Александр БУШКОВ

СЛЕД ПИРАНЬИ

Москва «ОЛМА-ПРЕСС»
Санкт-Петербург «НЕВА»
2002

ББК 84.3 Р2
Б 90

Бушков А. А.

Б 90   След пираньи: Роман. — М.: ОЛМА-ПРЕСС; СПб.: НЕВА, 2002. — 432 с.— (Русский проект).

ISBN 5-87322-477-3

Убить первым, чтобы выжить. Спасать врагов, чтобы спасти себя. Не предавать друзей, чтобы победить. Вот та ситуация, в которой оказывается герой романа А. Бушкова «След пираньи» капитан первого ранга Мазур, запомнившийся читателям по предыдущему триллеру «Охота на пиранью», сразу после выхода в свет ставшему бестселлером.

Загадочные и кровавые события, в которые помимо своей воли втянут Мазур — следствие пережитой им в тайге «охоты на людей».

События с головокружительной быстротой сменяют друг друга, закручиваясь в «крутую» спираль сюжета. И выбраться герою из нового лабиринта опасностей значительно труднее...

ISBN 5-87322-477-3   © Издательство «ОЛМА-ПРЕСС», 1998

ОТ АВТОРА

*Действующие лица романа вымышлены —
в отличие от многих таежных реалий,
которые порой списаны с натуры...*

Александр БУШКОВ

ГЛАВА ПЕРВАЯ

СТРАСТЬ ЗАДАВАТЬ ВОПРОСЫ

Погода была ясная, а настроение — сквернейшим.

Мазур сидел, как прилежный школьник в классе,— глядя вперед, на дорогу, не поворачивая голову и на миллиметр. Хорошо еще, теща с тестем — теперь, вообще-то, бывшие теща с тестем — тоже сидели смирнехонько, так и не проронив ни слова от самого Шантарска. Езды до аэропорта оставалось минут двадцать, и Мазур, чувствуя себя скотиной, все же облегченно вздыхал, вспоминая, что вскорости оба уйдут из его жизни, надо полагать, навсегда. Прекрасно понимал, что следовало бы ощущать себя виноватым, но отчего-то никак не получалось. Он знал, что выложился до предела, спасая Ольгу, сделал все, что мог, и, в конце концов, не был господом богом — но как раз этого-то и не мог объяснить откровенно.

Они так и уезжали, накормленные официальной версией — в поезде, по дороге из гостей, на Ольгу вдруг напал то ли хулиган, то ли маньяк с пистолетом. По нынешним временам вещь самая обыкновенная — кое-где уже и грабят пассажирские поезда, совершенно по-махновски. Родители ни на миг и не усомнились в преподнесенной им лжи, доктор Лымарь ручался...

Вот только от этого ничуть не легче. А то и труднее. Как ни тверди о разгуле преступности. Потому что крутой мужик, офицер, остался без единой царапины, а молодая женщина погибла. Ситуация, еще с древнейших времен считавшаяся для мужика весьма неприглядной. Так что сиди в дерьме и не чирикай...

Мазур чирикать и не пытался. Торчал себе в сторонке, повесив повинную голову. Лымарю спасибо — старался

изо всех сил, увещевая, утешая и даже легонько гипноти-
зируя, он это умел, он многое умел... И подсунуть таблет-
ку в надлежащий момент, и вполне профессионально, не
причинив ни малейшей боли, удержать тестя, когда того
бросило в истерику и он неумело попытался заехать Мазуру по голове.

Мазуру еще раньше, в Питере, было с ними нелегко.
Главным образом из-за разницы в возрасте его и Ольги.
Папа был Мазуру практически ровесником и вдобавок —
совершенно совдеповским доцентом, корпевшим в каком-
то НИИ, где ему платили в месяц примерно столько, сколько стоила зипповская зажигалка Мазура. Исторические
примеры папа принимал плохо, и Мазур нутром чуял, что
в глазах тестя с самых первых дней предстал этаким из-
вращенцем, совратителем малолетних.

Проблемы с тещей, если уж откровенно, лежали в другой плоскости. Поскольку она была двумя годами моложе
Мазура и смотрелась великолепно — чуточку более зрелое
издание Ольги, ничуть не потерявшее прелести,— Мазур в
свое время пару раз явственно ощущал, как где-то на рубе-
жах подсознания определенно ворохнулись фривольные
мыслишки, продиктованные извечным мужским цинизмом.
Да вдобавок Ольга как-то под великим секретом подели-
лась компроматом: мамочка, безусловно будучи главой семьи и добытчицей (трудилась переводчицей в процветающей фирме), порою искала на стороне маленьких радостей,
каковые без особого труда и находила. Однажды Ольга
даже полушутя-полусерьезно пригрозила выцарапать супругу бесстыжие глазыньки, заявив, будто перехватила ма-
мочкин оценивающий взгляд. Мазур тогда свел все на шутку, напомнив, что согласно традиции теща с зятем должны
пребывать в состоянии перманентной лютой вражды, но в
глубине души признавал, что был единожды такой взгляд,
очень уж недвусмысленно мазнули по нему очи Ирины свет
Викентьевны. И самую малость встревожился, не переда-
лась ли оная ветреность по наследству. Правда, откровен-
ная по-современному, Ольга ему заявила, что дело тут не в
ветрености, а в некоторой девальвации к сорока годам иных
папочкиных достоинств. В общем, с тестем не заладилось
моментально — а с тещей, наоборот, могло бы и сладиться
вовсе уж шокирующим образом, живи они все под одной
крышей достаточно долго. Такой вот фрейдизм. Слава богу,
под одной крышей Мазур прожил с Ольгиными родителя-
ми всего неделю.

Но все эти психологические экзерсисы относились ко времени прошедшему. Сейчас и вспоминать то ли смешно, то ли больно. Сейчас было д р у г о е — тесть три раза срывался в истерику, теща крепилась, Мазур прямо-таки телепатически чуял, что она, подобно ему самому, всего лишь загнала горе внутрь, поглубже. Отчего горе ничуть не стало слабее. И мрачноватые молчаливые поминки — вдовец, родители, а также немногословные подводные убийцы, числом восемь, для непосвященного предстающие самыми нормальными людьми, затурканным пехотным офицерьем, согласно легенде. Благо родители до сих пор пребывали в заблуждении, будто Мазур — флотский инженер, всю сознательную жизнь испытывавший новые модели аквалангов, намеченные к постановке на вооружение. Отсюда, мол, и некоторая доза секретности, постоянно его сопровождавшая. А регалии он при них и не надевал никогда...

Мазур не выдержал, украдкой глянул в зеркальце заднего вида — но они все так же сидели, явственно отвернувшись друг от друга, с застывшими лицами. Мысленно вздохнув, он сунул в рот сигарету — и перехватил настойчивый взгляд Михася.

И еще один, еще более многозначительный. Неспроста, конечно. Подумав немного, Мазур негромко сказал:

— Трасянка, пожалуй...

— Сойдет?

— Ручаюсь.

Старый сослуживец, чьи предки некогда живали почти в тех же местах, что и Мазуровы, после секундного колебания заговорил на трасянке — причудливой смеси белорусского, польского и русского, имеющей хождение в Беларуси:

— Таке враженне, што мамы огон.*

— Давно? — спросил Мазур.

— С квадранс**.

Он плавно вписался в крутой поворот, а Мазур тем временем глянул в боковое зеркальце. И точно, на некотором отдалении маячил светлый «Жигуль». «Волга» у них была самая обыкновенная, вообще-то «Жигуль» давно мог их обогнать — ограничения скорости тут нет, гаишники в этих местах практически не водятся...

---

* Такое впечатление, что появился хвост.
** С четверть часа.

6

— Навензац лончношчь?*

— Чакай,— сказал Мазур, покосившись на трубку радиотелефона.— Можа, то яки грат...**

Подметил краем глаза, что тесть с тещей самую чуточку встрепенулись, заслышав эту абракадабру, но особого интереса не проявили. Ну и ладушки. И не поняли ни черта — теща знает испанский и французский, а тесть, как и положено совковому доценту, иностранными языками не обременен...

Мазур неотрывно следил за идущей следом машиной — нет, на таратайку вроде не похожа, выглядит новенькой. Но нет пока что оснований для боевой тревоги: место бойкое, машин полно... В это время дня прут в аэропорт чуть ли не потоком — пока ехали, обогнали уже с десяток.

— Ну вот,— сказал Мазур равнодушно.

«Жигуль» наконец-то пошел на обгон, наддав на очередном повороте. Места были глухие, слева — лес, справа — равнина и сопки, так что Мазур бдительно проводил взглядом обогнавшую их машину: двое, молодые, в их сторону и головы не повернули — что, впрочем, еще не повод для благодушия...

Ага! Светлый «Жигуль» вдруг стал тормозить — и тут же за его задним сиденьем отчаянно замелькали пронзительно-синие вспышки. И такие же вспышки, словно отражения в невидимом огромном зеркале, запульсировали сзади и сбоку.

Три машины, сверкая милицейскими мигалками, откровенно взяли их в «коробочку». Впереди — «Жигуль», слева — второй, синий, сзади нарисовался белый «Рафик». Тот, что сидел в синих «Жигулях» рядом с шофером, здоровенный лоб в серо-белом милицейском камуфляже, приспустил стекло и высунул руку с полосатым жезлом, небрежно помахал, словно забивал гвоздь. И убрал руку, покосился со спокойной властностью, должно быть, полагая, что сделал достаточно и теперь вправе ждать немедленных результатов.

Михась вопросительно глянул.

— Притормози,— сказал Мазур.— Только ушки держи...

Кивнув, Михась стал тормозить, уходя к обочине. Все три машины, будто соединенные невидимыми ниточками,

---

* Связаться?
** Подожди. Может, какая-нибудь развалюха...

повторили маневр, по-прежнему светя синими вспышками. И в «Рафике» обмундированный мент — желтеет цевье автомата, а из-за его спины, напряженно застыв, таращатся трое в штатском.

Неуловимым движением Михась передвинул наплечную кобуру, выжал сцепление и остановился. «Коробочка» была заперта, три машины, встав почти впритык, блокировали «Волгу» с трех сторон — правда, возникни такая нужда, Михась ушел бы по целине, что по асфальту. Мотора он не выключил, конечно, и ноги держал на педалях, а правую руку с рычага так и не снял.

Мимо равнодушно пролетали машины, встречные и попутные, кое-кто любопытно косил глазом, но останавливаться, понятно, не собирался — синие мигалки, все три, по-прежнему работали с идиотским усердием часового механизма.

Тот, с жезлом, наконец вылез, из «Рафика» выскочил рыжий автоматчик и, расставив ноги, замер у капота, подстраховывая своего капитана — Мазур разглядел звездочки на погонах. Пока что в капитане ничего подозрительного не усматривалось: личность, правда, насквозь мрачная и неприветливая, но они нынче все такие, словно в понедельник их мама родила...

Молчание, пожалуй что, и затягивалось. Вероятнее всего, капитан ждал, что водила вылезет из машины и встанет на полусогнутых. Если так, ждал напрасно.

Видимо, ему и самому это пришло в голову — сделал шаг вперед и легонько постучал концом жезла по боковому стеклу, каковое Михась неспешно и опустил после кивка Мазура.

— Документы попрошу,— изрек капитан невероятную банальность.— На машину и ваши.

Михась столь же неспешно достал все из бардачка и протянул в окно. Документы были неплохие — та самая липа, за которой стоит государство, способная выдержать не только беглый дорожный осмотр невооруженным глазом. Согласно ксивам, которые проскочили бы любую компьютерную проверку, словно мокрый кусок мыла по водосточной трубе, машина принадлежала некоему сыскному агентству, где Михась с Мазуром (поименованные чужими фамилиями) и имели честь трудиться. Отсюда и пистолеты, совершенно законные.

У прочих, сидевших в машине, капитан документов требовать не стал. Зато Михасевы изучал с величайшим тщанием — Мазур держал его краешком глаза, сосредоточив все внимание на автоматчике, с непроницаемо-равнодушным видом нажевывавшем резинку. Остальные сидели в машинах, не проявляя ни малейшего желания вылезти.

Не поднимая взгляда от документов, капитан бросил:

— Мимо Зубатовки проезжали?

— Естественно,— пожал плечами Михась.— Я ж из Шантарска еду, другой дороги вроде бы и нету...

Капитан прямо-таки просиял, захлопнул водительские права и махнул ими в сторону:

— Багажник откройте, пожалуйста.

— Нет, что такое? — без малейшего наигрыша поморщился Михась.— В аэропорт опаздываем...

— Мимо Зубатовки проезжали?

— Ну.

— «Волга» с двумя пятерками в номере?

— Ну.

— Багажник откройте, пожалуйста.

— Вообще-то для осмотра багажника ордер полагается...— задумчиво сообщил Михась.

— Это точно,— ничуть не сердясь, кивнул капитан.— Потому я вам его открыть и не приказываю, а вежливо прошу. Ваше дело — отказаться. Только тогда придется проехать в управление, где мы вас в полном соответствии с законом три часа продержать можем... А самолет-то, поди, раньше улетает? В общем, думай, мужик, сам себе проблемы создаешь...

— Открой,— негромко произнес Мазур.

И, пока Михась вылезал из машины, чуть развернулся на сиденье, так что кончики пальцев оказались под полой куртки, в непосредственной близости от пистолета. Благо автоматчик затопал следом за Михасем к багажнику, у «Волги» остался один капитан, у которого кобура где-то под бушлатом, снаружи ее не видно, если кто-то из сидящих в машинах и начнет баловаться с оружием, всегда можно опередить, не особенно и подставляя под неприятности тестя с тещей...

Капитан положил жезл на кромку полуопущенного стекла, словно прицелясь им в Мазура:

— А у вас документики имеются?

— А как же,— сказал Мазур.

— Взглянуть можно?

В следующую секунду льдисто-туманная струя ударила Мазуру в лицо, гася сознание дурманящей волной.

...Едва он смог совершенно точно определить, что из беспамятства вернулся в реальность, принялся, не шевелясь, анализировать ощущения. Ощущения были довольно безрадостные: вокруг царит душный мрак (но это исключительно из-за надежно нахлобученного на голову глухого капюшона), руки схвачены за спиной «браслетами», с обеих сторон, плотно сжав боками, устроились неизвестные живые объекты, явно относящиеся к гомо сапиенс. А судя по окружающим звукам, они еще в машине и куда-то едут.

Стараясь ворочаться как можно неуклюжее — пусть думают, что он медленно очухивается,— Мазур провел по левому боку рукой и тут же убедился, что кобура под мышкой пустая. Что ж, следовало ожидать...

Движение не прошло незамеченным — его сжали боками еще теснее и для надежности мертвой хваткой стиснули оба запястья. В целях дальнейшей проверки Мазур попытался было спросить во весь голос:

— В чем...

Ровно столько и удалось произнести — в шею под челюстью тут же уперлось нечто твердое, но на дуло пистолета вроде бы не похожее, и довольно спокойный голос сообщил:

— Будешь орать, вырублю шокером. Сидеть тихо.

Мазур послушно заткнулся, поскольку это на данный момент было единственно верной линией поведения. В такой позиции и супермену выгоднее на время поджать хвост, благо убивать пока что не собираются — сто раз могли угрохать еще на шоссе, будь такой замысел... Означает ли то, что им не по нраву возможные вопли, что он имеет дело отнюдь не с какой бы то ни было государственной конторой?

В общем, не факт. Самые разные у них могут быть побуждения, любовь к тишине еще не означает автоматически, что он угодил в гости к частным лицам... А если это не частники, визжать от восторга рано: найдутся вполне добропорядочные органы, которые смогут задать ему массу неприятных вопросов, на иные из которых утвердительно отвечать нельзя, иначе махом узришь небо в клеточку, и пока еще раскачается родной особый отдел... У неведомых похитителей есть пара часов в запасе: искать Мазура начнут не раньше, чем улетит по расписанию питерский самолет, даже если свяжутся с машиной по рации и не получат ответа, ничуть не встревожатся —

решат, что «Волга» торчит на стоянке, и все четверо ушли в зал ожидания...

Насколько можно понять по шумам уличного движения, они вернулись в Шантарск — значит, в беспамятстве пребывал не более получаса. Слышно, как водитель переключает передачи,— и что-то далековато он сидит от Мазура. Значит — «Рафик»...

Раза четыре Мазура по инерции отклоняло то вправо, то влево — это машина поворачивала. Остановилась. Простояла совсем недолго. Вновь тронулась. Судя по звукам, въехала куда-то под крышу — ангар или гараж — и тут же затормозила.

А там и умолк мотор, распахнулась дверца. На затылок Мазуру опустилась ладонь, сгибая его в три погибели,— и тут же толкнули вперед. Он не противился, ухитрился не споткнуться, когда подошвы встретили твердую поверхность, скорее всего асфальт. Шаги звучали гулко — если гараж, то небольшой... Не теряя времени, его в темпе подхватили под локти и потащили куда-то. Временами кто-нибудь из конвоиров снисходил до предупреждения:

— Ступеньки вверх. Ступеньки вниз. Голову ниже.

Что интересно, сзади звучали те же реплики — значит, с Мазуром той же дорогой шагал как минимум один из спутников. Разборка перед тем, как мочить, или допрос? Допрос, пожалуй что, даже похуже — тестюшка характером слаб, а Ирину, как всякую женщину, в особенности не замешанную в бурные будни теневой стороны жизни, ломать проще, чем мужика...

Пришли, кажется. Явственно захлопнулась дверь. Сзади под коленки Мазуру уперлось что-то твердое, горизонтальное, и тут же рявкнули:

— Сесть!

Он осторожно присел. Сразу же с головы рванули капюшон — вовсе уж неделикатно, захватив пятерней волосы и выдрав при этом энное количество. Мазур зажмурился от яркого света, а потерю волос перенес стоически. Понемногу разлепил веки.

Ничего зловещего вокруг не усматривалось. Довольно большая комната без окон, примерно десять на десять, стены облицованы пластиковыми листами, пол выложен мраморной крошкой, чисто, вот только меблировочка скудная: стул, на который толкнули Мазура, стол у противоположной стены. За столом восседала женщина лет тридцати, с короткими, чуть растрепанными светлыми волосами, перелистывала документы, в которых Мазур тут же опознал свои собственные. Довольно симпатичная, спортивного типа, в сиренево-белой спортивной курточке — а вот юбка на ней или брюки, Мазур рассмотреть не смог, стол был глухой, из коричневой деревоплиты. Паршивенький такой стол, скорее уж подходивший для скудно финансируемых присутственных мест. И характерная деталь: это, скорее всего, подвал. Ступеньки вели сначала вверх, потом вниз — и вообще, ощущение такое, то ли инстинкт работает, то ли чутье...

Он решился осмотреться по сторонам. Сошло, по шее не въехали. Один из конвоиров топчется за спиной, двое стоят подальше, рядом с Михасем, прикованным к батарее за правое запястье. Знай они Михася получше, поняли бы: это все равно, что залепить ягуару морду одной-единственной полосочкой лейкопластыря... Капитан-лейтенант оказался на высоте: он скрючился на корточках, старательно закатывая белки и всем своим жалким видом давая понять, что все еще травмирован — то ли струей газа, то ли ударом, неизвестно, как там его вырубали. Скорее газ — не тот это был тип, чтобы дать себя вырубить неожиданным ударом... Надо же так попасться: примитивная дубинка с газовым баллончиком внутри, крашенная под отечественный милицейский жезл, то-то она подсознательно показалась какой-то не такой. Если подумать чуток, можно вспомнить марку — но на кой хрен это сейчас?

Белокурая за столом отложила документы и пытливо воззрилась на Мазура. Он сделал нейтральную рожу. Особенного страха не было, равно как и чувства безысходности: после всего пережитого на службе рассыпавшейся империи ситуация была не из самых опасных. На троечку, пожалуй, если уместна сейчас пятибалльная шкала. Крепенькая девка. Определенно тренированная. Вроде тех лялек из обожаемой Михасем питерской школы прапорщиков, что одинаково хороши и на полосе препятствий, и в постели. Ну, здесь-то она ходит явно не в прапорщиках, а повыше — сидит за столом, как белый человек, а мордовороты (среди коих и хренов милицейский капитан) переминаются себе с ножки на ножку, определенно ждут инструкций...

— Господин Волков Николай Семенович? — спросила белокурая.

— Их бин и аз есмь,— сказал он не то чтобы с вызовом, но, в общем, независимо.— В чем дело?

— А вы что, не удивляетесь? — скользнула по ее лицу мимолетная сучья ухмылка.

«Ну уж сразу и сучья,— урезонил себя Мазур.— Работа у человека такая». И пожал плечами:

— Удивлен. Страшно удивлен. Жду объяснений.— Скосил глаза в сторону капитана.— Откуда такой произвол в отношении к мирному обывателю, а, мусор?

Тот на обидное словцо не отреагировал, остальные жлобы тоже стояли спокойно. «Ах, так?» — подумал Мазур и решил слегка накалить атмосферу:

— Нет, в чем дело, ты, мочалка? Жопу не вздрючивали? Если наезжаешь, давай по-культурному: где претензия и за что? А погоняла у тебя кто? Не этот же штакетник? — он кивнул на капитана.— Ну, кому я мозоль оттоптал? От кого выставляешься? У меня такие, как ты, хрен в рот забирают по самый корень и сосут с проглотом...

Замолчал, ожидая реакции. Реакции не воспоследовало — не дали по загривку, не одернули. Жлобы, правда, потемнели лицом, как любой бы на их месте, белокурая тоже подобралась, зло поджала губы — тут любой обидится, дамы и господа,— но никто не дергался, молчали все. Это, может, и хуже. Профессионалы. Точно, профи — зря не дергаются, не мельтешат...

— Ну,— сказала блондинка.

— Что — ну? — Мазур самую чуточку опешил. Самую чуточку.

— Продолжайте. У вас это так эмоционально и красочно все получается... Усладительно для уха, я б сказала,— сверкнула она умело подведенными глазами.— За щеку я у таких козлов не беру, а вот тебе могу яйца прищемить и посмотреть, как будешь дергаться...— Сунула руку в ящик стола и продемонстрировала Мазуру новенькие пассатижи с залитыми пластиком ручками.— Ясно?

— А не боишься, что тебе потом клитор вырвут без наркоза? — продолжил он тем же хамским тоном приблатненного частного сыскаря.— Не хочешь, чтоб тебе хамили, объясни, с какой стати наехали... И сигарету дай.

Она выразительно дернула бровями. Капитан подошел, сунул Мазуру в рот сигарету, щелкнул зажигалкой. Убедившись, что пленник прикурил, убрал зажигалку и развернул перед глазами красное удостоверение. Капитан Как-там-его-на хрен... УВД г. Шантарска, уголовный розыск... смотрится ксива...

— Вы эти сказки младшему школьному возрасту впаливайте,— сказал Мазур, зажав губами сигарету в углу рта.— Покажите ордерок по всей форме, чтобы там прокурор коряво расписался. Тогда я буду на «вы» и со всем почтением.

— Удостоверения тебе мало?

— Мало,— сказал Мазур, улыбнувшись капитану.— Мало, хороший мой. Ты мне еще докажи, что я в милиции.

Краем глаза он видел дверь за спиной — толстая на вид, старательно обитая, прилегает плотно. Пожалуй, наружу ни звука не донесется...

— А ты про указ президента слышал? — спросил капитан.— Насчет тридцати суток без всякого прокурора?

— Так и это ж не доказательство. Про указ все слышали...

— Пистолет откуда? — спросил капитан, нависая над ним и в такт словам похлопывая по плечу дубинкой.

— Там все написано,— Мазур кивнул на стол.— Все законно, в рамках и на основании...

— Волков?

— Ау?

— А это что? — она извлекла из ящика паспорт и развернула на страничке с фотографией.— Тут вы уже никакой не Волков, вовсе даже Минаев Кирилл Степанович и прописочка питерская...

Плюха, пожалуй. Если пораскинуть мозгами, ничего и не проясняющая. Как известно по собственному печальному опыту, у Прохора Петровича на службе и майоры имелись...

Мазур пожал плечами:

— Нет, надо же... А вы уверены, что там на снимочке — я?

— По-моему, никаких сомнений,— сказала белокурая.

— Вот если бы в наших документиках, как в штатовских, отпечатки пальцев имелись...— сказал Мазур.— Тогда бы я извертелся, как карась на сковородке, объясняя, как это меня угораздило свой пальчик аккурат под фотографией этого вашего Минаева оставить... Но ведь нету отпечатков, тут родная милиция определенно недосмотрела. Я эту краснокожую паспортину впервые вижу. Вы его что, у меня изъяли? Мало ли кто надо мной шутит...— Он кивнул в сторону Михася, все еще сидевшего с обалделым видом: — Вы бы лучше, красивая, насчет доктора расстарались...

— А что такое? — вполне серьезно спросила она.

— А у него ампула вшита,— сообщил Мазур.— За невоздержанность в прошлой жизни. Мне-то ничего — а его, видите, как перекосило? Ребята, у всех этих газов механизм действия схож с алкогольным, у него вскорости ломка начнется, точно вам говорю...

Он говорил громко. Михась не мог не ухватить ключик к дальнейшему обороту событий. Все присутствующие, кроме Мазура, невольно покосились на него — но отвлеклись лишь на миг, и Мазур решил подождать с броском. Не горит пока.

С полминуты белокурая размышляла, потом бросила:

— Начнет ломать, тогда и посмотрим... Так как же все-таки с вашей натуральной фамилией обстоит? Который паспорт настоящий?

— Волков я,— сказал Мазур истово.— А эту вашу ксиву впервые вижу.

И подумал, что все же следует поторопиться, наплевав на дальнейшие словесные поединки. Все бы ничего, но в этот миг где-нибудь за стеной могут допрашивать тестя с тещей, а уж они-то, ничего серьезного не зная, тем не менее в два счета выложат его настоящую фамилию-звание-дислокацию... А стол-то к полу не прикреплен и до стеночки от него близко... И пушки они в руках не держат...

— Волков я,— повторил он.— Вы там насчет врача расстарайтесь, я его сто лет знаю, вон, уже началось...

У Михася, действительно, изо рта поползли слюни, он взвыл-простонал так, что пронять могло любого. Тот, что стоял к нему ближе всех, без команды нагнулся, всматриваясь.

— Бей! — выдохнул Мазур, давненько уже сидевший напряженным, как сжатая пружина.

В следующий миг пружина разжалась. Взмыв с отлетевшего стула, Мазур правой ногой подшиб капитана, успел добавить коленом под горло, пока тот падал (там, где пребывал Михась, послышался вопль), метнулся вперед и что есть силы въехал всей подошвой по столу. Удержать равновесие, даже со скованными за спиной руками, на шероховатом полу было нетрудно. Не глядя на влепившуюся в стену затылком белокурую, ушел влево (на тот случай, если тип за спиной успел достать пистолет), молниеносно развернулся парой отточенных пируэтов.

Тот, что за спиной, оторопело пытался выдернуть руку из кармана куртки — как частенько бывает, пистолет зацепился то ли рукоятью, то ли курком. Мазур не дал ему времени извлечь оружие, равно как и поставить блок левой рукой. Не колеблясь, вмазал носком туфли в то место, где пролегает сонная артерия. Иногда от такого удара умирают на месте. Иногда — нет. Кому как повезет, ваши проблемы, господа...

Кинулся вперед, двумя ударами надежно отключил пытавшегося встать капитана. Упал на задницу, извернувшись, поджав ноги, пропустил их меж скованными руками, миг — и руки были теперь скованы впереди, а это все ж малость полегче...

Михась, уже без наручников, сиротливо болтавшихся на трубе, добил коленом своего кадра. Вопросительно глянул. После двух жестов Мазура выхватил у одного из бесчувственных пистолет из кармана, на цыпочках кинулся к двери и застыл возле нее. Сам Мазур торопливо охлопал карманы капитанского бушлата, из левого извлек свой собственный «Макар», передернул затвор. Какое-то время оба напряженно прислушивались.

Никто не ворвался — пожалуй, солидная дверь и в самом деле заглушила все звуки... Теперь только Мазур, не спеша, высвободил из наручников запястья. Жить вновь стало легко и почти что весело. Он сделал два шага, отодвинул стол и поднял за воротник белобрысую. Покачал вправо-влево ее голову — нет, шея не перебита, кровь не сочится ни из носа, ни изо рта — ощупал пальцами основание черепа. Точно, нигде ничего не сломано, будет жить, хотя затылком в стену вмазалась качественно...

В темпе выдвинул ящик стола, перевернул. Улов хилый — на стол упала пачка сигарет, авторучка, пара чистых листов бумаги, женские часы на браслетке. Молниеносно обыскал всех четверых, бесцеремонно выворачивая карманы. Кроме капитанского удостоверения и водительских прав, обнаружившихся у одного из жлобов,— никаких документов. Вещи неинтересные — обычные мелочи, вроде зажигалок и перочинных ножичков. Зато пушки у всех — два ПСМ, два «Макара». Пошли бы милиционеры на операцию без служебных корочек? Черт их знает, однако что-то сомнительно — операцию крутили серьезную...

Белокурая стала проявлять признаки жизни. Заглянув ей в глаза, Мазур обнаружил, что взгляд ставновится все более осмысленным,— и тут же вновь отправил в беспамятство, на сей раз, можно бы выразиться, деликатно.

16

Решение следовало принимать немедленно. Конечно, то, что за столом сидела именно она, ничего еще не доказывало. Трюк, старый как мир: на почетном месте, в красном углу сидит пешка, а подлинный босс скромно хоронится среди прочих пешек. И все же... Даму, в конце концов, тащить легче, это не главное соображение, но и оно свою роль играет.

Они вновь обменялись быстрыми профессиональными жестами, и Михась, попробовав предварительно ручку на прочность, рывком распахнул дверь, а Мазур в нее бомбой и вылетел. За дверью открылся неширокий и короткий коридорчик без окон — дверь напротив, дверь справа. Со стула заполошно вскочил детина в штатском, и Мазур, достав его одним прыжком, угостил столь же качественно, как лежавших без чувств сообщников. Поднял, головой вперед забросил в дверь, она была пониже коридора, вниз вели целых пять ступенек, и лететь бы вырубленному лобешником на пол, но Михась великодушно его подхватил, устроив на полу.

Дверь напротив... Мазур подкрался к ней, рывком распахнул так, чтобы образовалась узкая щель, выглянул — вряд ли у них тут за каждой дверью часовой, это уже не подвал...

Точно, нет часового. Картина самая мирная — крохотный магазинчик, покупателей что-то не видно, спиной к Мазуру стоит блондиночка. Обернулась. Оказалось, совсем соплячка. Рядом с ней еще одна дверь.

— Серега не выходил? — как ни в чем не бывало спросил Мазур.

Там, куда ходит много народу, обязательно отыщется какой-нибудь Серега — как и Миша с Колей...

Девчонка растерянно пожала плечами:

— Да не было вроде...

— Ну, ладно,— кивнул Мазур.

Закрывая дверь, отметил, что открыть ее можно только с его стороны. Стандартно, но неглупо — магазинчик настоящий, за второй дверью, должно быть, складик, а в подвале обитают «доверенные ребята владельца», в дела которых наученные сложностями нынешней жизни девочки-продавщицы предпочитают не соваться — то-то у ляльки глазенки были чуть испуганные... Плюс звуконепроницаемая дверь — хоть варфоломеевскую ночь в подвале устраивай. Когда его вели, он запомнил два поворота...

Ага. За второй дверью — нечто вроде небольшого крытого гаража. «Рафик» — глаза бы на него не смотрели — «Волга» Михася и «Газель» с тентом. Вот эта дверь, несомненно, ведет на склад, а вторая, железная и высокая, может быть только воротами. «Элементарно, Ватсон»,— буркнул под нос Мазур, чуть приоткрыв створку и узрев снаружи солнечную улицу.

Бегом вернулся в подвал. Забрал со стола ключи от «Волги» и пассатижи. Ключи бросил Михасю, пассатижи хозяйственно прибрал в карман, приказал сквозь зубы:

— Уходим!

И, уже не колеблясь, подхватил белокурую, без всякой нежности прижав к себе, поволок в гараж. Она висела, как мешок, ноги волоклись по полу. Михась прикрывал по всем правилам. На счастье, в гараже так никто и не показался, пока Мазур, вновь без тени галантности, забрасывал белокурую на заднее сиденье, а Михась распахивал ворота. Когда «Волга» вылетела на улицу, Мазур ощутил ни с чем не сравнимое, пьяняще-дикое чувство с в о б о д ы.

Без команды Михась погнал прочь — но не зарываясь, соблюдая все правила.

— Где это мы? — поинтересовался Мазур.

— А черт его знает, Кирилл, мне-то откуда знать? Ты же тутошний.

— Я тут бываю раз в сто лет... Ладно, гони куда попало, лишь бы подальше.

— Базу вызвать?

— А чем нам поможет база...— скривился Мазур.— Ты гони, гони, где-нибудь да определимся...— Глянул на ближайшую табличку с названием улицы.— Ага, где это у нас Байкальская? Правый берег, это-то я помню... Держи на ост.

Еще через четыре квартала Мазур почувствовал себя увереннее, стал показывать дорогу, то и дело кидая косые взгляды на зашевелившуюся белокурую. Ага! Ремень у него был старого доброго фасона — с обычной пряжкой. Быстренько его сдернув, Мазур сделал мертвую петлю и захлестнул ею запястья пленницы. Она открыла глаза, попыталась дернуться. Мазур бесцеремонно надавил ладонью, опрокинув живой трофей на сиденье:

— Лежи тихо, подруга. А то больно сделаю, твоими же пассатижами... так, теперь направо, дуй к сопкам, там нас ни одна собака не потревожит...

Места пошли насквозь глухие. Справа высокая сопка, аккуратно стесанная с одного бока на приличную высоту, чтобы сделать место для дороги, уводившей в сосновый бор. Асфальт вскоре кончился, потянулась разбитая колея. Бор редел, по обеим обочинам все чаще попадался индустриальный мусор — ржавые кабины здоровенных грузовиков, ржавые бочки, груды вовсе уж непонятного металлического хлама, лысые покрышки. Впереди замаячили серые строения.

— Нервничаешь, сучка? — ласково спросил Мазур, пощекотав пленницу за бочок указательным пальцем.— И правильно делаешь...

В глазах у нее стоял откровенный страх, но все же изо всех сил пыталась взять себя в руки. Недобро пообещала:

— Вы ответите. Я сотрудник...— и прикусила язычок.

— Сотрудница,— поправил Мазур.— Русский язык знать надо. Или ты у нас из мужика переделанная и еще не привыкла...

— Сволочь...

Он без церемоний остановил ее оглушительной пощечиной, подумал и отвесил еще одну — чтобы разбить губу, чтобы кровушка на светлую куртку живописно закапала. Она и закапала, конечно.

— Так чего ты там сотрудница? — спросил Мазур.

Она промолчала, с ненавистью зыркая исподлобья.

— Э-э, ты это брось,— сказал Мазур, поворачивая ее голову правее.— Ты нам машину не пачкай, капай на себя... Где трудишься, говорю?

Молчание. Правда, он особенно и не настаивал — не видел особой нужды. Их магазинчик, служивший крышей, все равно засвечен, нетрудно будет взять в разработку соответствующим службам, даже если все они оттуда моментально смоются, ниточка останется для умелых рук подходящая, распутать смогут...

Переваливаясь на ухабах, машина подъехала к тем самым серым строениям, служившим идеальной декорацией для съемок очередного фильма о битве за Берлин: пустые оконные проемы, груды кирпича и комья серого бетона, полуобвалившиеся и ржавые металлические леса. Мазур, наконец, узнал место — не далее как вчера случайно узрел по телевизору, в одной из местных программ. Недостроенный керамзитовый завод — его сгоряча, поддаваясь общей лихорадке, прихватизировали, но тут же оказалось, что достраивать не на что, да и незачем, откровенно говоря. Так что российского Форда из нового хозяина не получилось, и он бросил недостроенные владения на произвол судьбы — продать все равно было некому, не находилось такого идиота.

Стояла покойная тишина, ничего живого вокруг не наблюдалось. Лунная поверхность. Мазур нетерпеливо вертел головой, то и дело поглядывая на съежившуюся пленницу, которой явно становилось все неуютнее.

— Ну, так чья ты там сотрудница? — спросил он лениво.

— Вам головы оторвут...

— Притормози,— сказал Мазур, углядев кое-что, как нельзя лучше подходившее для декорации к допросу.— Вот что, красивая. Вдумчиво беседовать с тобой некогда, ты мне быстренько скажешь одно: где мои пассажиры? И милиционершу из себя не строй, худо будет...

Она молчала, вздернув подбородок, но глаза бегали, а грудь часто вздымалась, и предательские капли пота вереницей поползли по вискам. Успела взвесить свои шансы и понять, что нет ни одного.

— Ну? — спросил Мазур.

Молчание.

— Зоя Космодемьянская, значит,— сказал Мазур, нехорошо скалясь.— Гоп-стоп, Зоя, кому давала стоя... Ну вот что. У меня нет времени аккуратненько выдергивать тебе ноготки твоими же пассатижами или баловаться с прикуривателем. Результаты будут, но не скоро. Посему слушай. Во-первых, те, кого вы сцапали, мне, в общем-то, не друзья и даже не родственники, поскольку родня — бывшая... Во-вторых, у меня еще есть время вернуться в ваш магазинчик и вдумчиво поработать там. Они еще очухаться не успели, языки будут... А ты посмотри-ка вон туда... Бак видишь?

И показал на ржавую цистерну емкостью тонн в двадцать, громоздившуюся неподалеку. Ухмыльнулся. Она поняла, ее прямо-таки передернуло.

— Сообразила? — спросил Мазур.— Мучить тебя не будем — скинем в бак и укатим навсегда. Тебя тут в жизни искать не догадаются. Если не закроем люк, протянешь недельки две — при полнейшем отсутствии шансов на спасение, оттуда ж не вылезешь, а стука ни одна собака не услышит, кто в эти места заходит? Ну, а если крышку закроем, проживешь ровно столько, пока весь кислород не употребишь. Цистерна, конечно, ржавая, но не настолько, чтобы

ты ее головой пробила... Да, а руки, само собой, я тебе раз-
вязывать не буду — ну зачем тебе там развязанные руки,
какая разница? Вон лесенка, взобраться можно...

Распахнул дверцу, ухватил белокурую за ворот и головой вперед выдернул из машины, как редиску с грядки.
Подхватил на лету и поволок к цистерне. С каждым шагом цистерна нависала над ними, повеяло удушливым запахом солярки.

— Тебе везет,— сказал Мазур.— На дне, похоже, жижа
осталась, так что задохнешься и вовсе быстро...

Она отчаянно барахталась. Мазур усмирил ее одним
легким тычком в нужное место, с помощью подоспевшего
Михася поволок, обмякшую, наверх по узенькой железной лестнице. Лестничка скрипела, слегка шаталась, но не
обрушилась. Они взобрались на крохотную железную площадку. Мазур с натугой отвалил крышку и побыстрее отпрянул — изнутри шибануло такой угарной волной, что
желудок чуть не выскочил через горло. На дне и в самом
деле должна оставаться солярка.

Пленницу повалили животом на горловину люка, так,
чтобы голова свесилась внутрь. Она моментально пришла
в себя, изо всех сил задергалась — впустую, конечно, потом ее шумно стошнило вниз и она захлебнулась воющим
криком. С ухмылочкой Мазур определил, что кончились
и игра, и упорство — все, хрустнула девочка, как сухое печенье...

Поднял ее, повалил на площадку, присел над ней на
корточки:

— Ну, сука! Некогда тебя обхаживать по всем правилам! Где они? Или скину к херам!

Всмотрелся, рывком поднял на колени, а сам торопливо отодвинулся — ее снова стало тошнить. Процесс пошел. Дождавшись его конца, не давая опомниться, Мазур
налег вновь:

— Ну, где они, блядь такая?

— Сво...

Мазур залепил ей пощечину:

— Сама ты сволочь! Ну?

— Да нет...— прошептала она, делая отчаянные гримасы.— Это про улицу... Свободная, сорок пять, квартира четырнадцать...

— Еще одна ваша хаза?

— А-га...

— Сколько там ваших козлов?

— Т-три... или четыре...

— Все,— Мазур рывком вздернул ее на ноги.— Вали вниз. Сейчас быстренько поедем в гости, и смотри у меня, начнешь дергаться — словишь первую пулю, это я тебе гарантирую...

...Перед тем, как покинуть развалины завода, пленницу немного привели в порядок — пожертвовав собственные носовые платки и тряпку из багажника, кое-как обтерли физиономию и одежду от блевотины и ржавчины. Но все равно вид у нее был несколько предосудительный — разгульная особа, пару суток безвылазно пробухавшая в каком-нибудь сарае, где извозилась до полной потери товарного вида. Ручаться можно, именно так и подумали две бабки, торчавшие на лавочке у подъезда, когда Мазур, двигаясь вдоль стеночки, вел свою пленницу к двери. Он якобы нежно и заботливо обхватил ее левой рукой, прижимая к себе, чтобы не выкинула какой-нибудь номер, а накинутая ей на плечи ее же собственная куртка никак не давала увидеть, что руки схвачены ремнем за спиной. Если особенно не приглядываться, ничего и не заметишь — небрезгливый мужик подцепил где-то более-менее приглядную бичиху и волокет домой для немедленного употребления. Чтобы закрепить эту версию, Мазур громко сказал, работая на бабулек:

— Ниче, Маня, щас опохмелишься, жизнь вернется...

И побыстрее затолкнул ее в подъезд. Следом скользнул Михась. Удалось еще услышать, как осуждающе заохала одна из бабуль:

— От они, от они, нынешние! Девка-то как с помойки...

Дальше он не слышал — на цыпочках взбежал на второй этаж, постоял, навострив уши, возле двери четырнадцатой квартиры. Дверь была солидная, обитая коричневым дерматином, под которым угадывалась прокладка толщиной с хороший матрац, а может, она и вообще была железная, хорошо замаскированная, со внутренними петлями. Что-то фактура косяка скорее смахивает на металл...

Тишина, ни звука изнутри не доносится. А вот глазка нет, что только на руку... Насчет количества комнат — две — и планировки Мазур успел расспросить пленницу на обратном пути. Если только она не врала...

— Давай,— кивнул он, уперев дуло пистолета в ту самую ямку пониже макушки.— И смотри у меня...

22

Она, покосившись с ненавистью, подняла руку, нажала кнопку звонка — дзинь-дзинь, дзинь, дзззз... Михась мгновенно, едва отняла палец, завел ей руки за спину и вновь затянул ремень.

— Кто? — послышалось изнутри.

— Я, Ксана,— громко ответила она.

Томительно долго тянулось мгновение. Решающее. Наконец замок негромко щелкнул, дверь стала распахиваться — самым нормальным образом, без лишней спешки и без медлительности. Мгновенно отметив, что все вроде бы в порядке, Мазур оттолкнулся от стены и бросился в ширившийся проем. Попотчевал рукояткой пистолета чью-то рожу, так и не успевшую стать ни испуганной, ни удивленной, добавил коленом, ребром ладони свободной руки — уже на ходу, отработанным броском врываясь в комнату. Заорал:

— Руки! Всем стоять!

В прихожей стукнула захлопнувшаяся дверь — Михась ворвался следом, ушел вправо по стеночке, держа пистолет обеими руками, встал так, чтобы держать в поле зрения и дверь в кухню, и дверь в другую комнату.

Сцена, словно позаимствованная из боевика, но тем не менее вполне жизненная, в последние годы мало кого уже удивляющая на съежившихся просторах Отечества: Ирина свет Викентьевна, теща ненаглядная, сидит на стуле, руки связаны, белая блузка распахнута, так что обнаженная грудь («надо сказать, все еще великолепная» — отметил где-то на периферии мозга Мазура недремлющий мужской инстинкт) открыта нескромным взорам — вот только эротической подоплеки нет ни на капельку, поскольку один из двух стоящих за стулом верзил демонстративно держит зажигалку у самого ее соска, сделав соответствующую морду лица. А третий, нависая над съежившимся в кресле тестем (и у того руки, конечно, связаны, а интеллигентная физиономия, сведенная испугом, украшена свежим синяком), подсунул ему диктофончик под самый нос. Словом, классический допрос с угрозами, судя по всему, очень быстро увенчавшийся успехом — сейчас-то все, понятное дело, замолкли, ошеломленные вторжением, но еще пару секунд назад тесть, никаких сомнений, заливался соловьем...

Ни разу еще Мазур не видел у своей тещи столь радостной физиономии. Рот у нее, правда, был залеплен широкой белой полосой полупрозрачного скотча — но глаза прямо-таки полыхнули радостью. Нет, все же очаровательная женщина, даже в этаком виде,— а может, именно этакому виду и благодаря...

Немая сцена затянулась не долее чем на три секунды. Мазур бесшумным кошачьим шагом передвинулся влево. Тесть дернулся, попытался встать, его опекун чисто автоматически протянул руку, чтобы удержать на месте...

— Всем стоять! — повторил Мазур.— Кто дернется...

Положительно, ребятки были профессионалами — застыли, кто где оказался, прекрасно понимая, что дернувшийся первым пулю первым и получит. Никому не хотелось стать пионером в этом сомнительном предприятии. Конец двадцатого века вообще скуден на героев, порывавшихся бы заткнуть грудью амбразуру.

Мазур повелительным взглядом послал Михася в соседнюю комнату. Тот, едва заглянув, отрицательно покачал головой и занял прежнюю позицию. Нельзя было давать им время на раздумья, и Мазур, усмотрев подходящий по ширине кусок стены, тихо распорядился, мотнув головой:

— Туда! Руки на стену, ноги шире! Кто, блядь, дернется... Эй, диктофон положи на кресло — медленно, плавно... Сидеть!

Последнее уже относилось к тестю, попытавшемуся было вскочить,— не хватало еще, чтобы начал метаться по комнате и кто-то воспользовался им в качестве живого щита...

Трое приняли указанную Мазуром позу. Михась, благо на столе лежал и нож, и моток белой синтетической веревки, мгновенно отхватил несколько кусков и выскочил в прихожую, дабы спеленать ушибленного привратника и вырубленную Ксану. Взяв освободившийся нож, Мазур одним рывком рассек веревки на запястьях Ирины и осторожненько отодрал со щек и губ клейкий скотч. Она была в некоторой заторможенности и потому даже не потянулась прикрыть грудь, вообще не шевелилась — сидела и таращилась на него округлившимися глазами. Мазур мимоходом отвесил ей пощечину — в целях предупреждения истерики, на посторонний взгляд игривую, но довольно чувствительную. Сделал страшную рожу тестю — которым некогда пока что было заниматься.

На столе отчаянно запищала черная рация-переноска, замигала зеленая лампочка. Некогда было обыскивать троицу на предмет документов и любых других улик —

Мазур выработанным за годы звериным чутьем ощущал, что пора сматываться, и как можно быстрее. Неважно, мафия это или спецслужба — за ребятками определенно о р г а н и з а ц и я, в каковой, вполне возможно, уже заливаются тревожные звонки, лихие события в том магазине не могли остаться незамеченными...

Он махнул Михасю и с разбегу оглушил крайнего справа в шеренге. Михась тут же попотчевал двух остальных — от всей души, на совесть. Сзади слабо ахнула Ирина, зрелище и в самом деле было малоэстетичное, далекое от общечеловеческого гуманизма. Мазур, окинув беглым взглядом павших витязей, повернулся к ней и посоветовал:

— Застегнись, простынешь.

Видя, что она все еще пребывает в легоньком трансе, сам подошел, застегнул блузку, верхнюю пуговицу летних брюк. Тут только она дернулась:

— Лифчик...

— Оставь на память,— нетерпеливо сказал Мазур, озираясь.— Новый купишь...

Схватил со стола ее сумочку, заглянул, убедившись, что документы тестя с тещей там так и лежат — но их явно вынимали для просмотра, все в сумочке перерыто,— сунул теще в руку, подхватил с кресла ее бежевый пиджак, накинул на плечи. И тогда только перерезал веревки на руках у тестя, подтолкнул его к двери:

— Ходу! — Подхватил попутно диктофончик и спрятал себе в карман.— Ира, пошли, без истерик...

— Нужно же милицию вызвать! — в голос предложил тесть.— Это мафия какая-то...

Не вступая в совершенно излишние дискуссии, Мазур тычком наладил его к двери. Мимоходом отметил, что впервые в жизни назвал тещу на «ты» и без отчества, но некогда заниматься еще и психоанализом — вышел последним, держа пистолет дулом вниз в опущенной руке. Сверху как раз спускался какой-то тип — и увидев странную процессию, обратился в соляной столп.

— Тихо,— ласково, дружелюбно даже сказал ему Мазур.— Вот так и стой, да не ори...

Михась выскочил первым, держа руку с пистолетом в кармане куртки. Оглядевшись, направился за угол. Мазур распорядился:

— За ним, к машине, в темпе!

Тоже спрятав вооруженную руку в карман, двинулся замыкающим. Бабки на лавочке таращились вовсю, на лицах отражалась усиленная работа мысли, но явленная им загадка была чересчур сложной для того, чтобы разгадать ее с маху. Мазур с ними мимоходом вежливо раскланялся и быстрыми шагами направился за угол, то и дело подталкивая Ирину нетерпеливыми шлепками по талии.

Он уже собирался юркнуть за угол, когда за спиной отчаянно взвизгнули тормоза. Обернулся, инстинктивно вырвав руку из кармана.

Из косо вставшей поперек дорожки синей «пятерки» в хорошем темпе выскакивали хмурые здоровенные ребята — числом трое, два облачены скорее по-спортивному, третий в хорошем костюме с галстуком. Они по инерции метнулись было к подъезду — но тут «костюм» заметил Мазура, затормозил с маху и, не колеблясь, сунул руку под мышку...

Мазур, коли уж такое дело, тоже не колебался. Аккуратно и метко прострелил ему плечо. Мог бы сделать и дырку во лбу, но наглеть не стал — кто их знает, вдруг все же на государство работают...

Обеих бабуль словно вихрем снесло со скамейки — Мазурова пуля зыкнула как раз над ними. Но вместо того, чтобы залечь, обе бестолково затоптались, оглашая округу воплями:

— Хулиганье! Милиция!

Мазур, прямо-таки перекосившись от их наивности и полного непонимания ситуации, перехватил пистолет обеими руками, вмиг заставив себя собраться и стать боевой машиной. Оба оставшихся в строю противника — «костюм» сидел на корточках, оскалясь от боли и зажимая плечо окровавленной ладонью — уже полезли за пушками, а Мазур что-то не верил в их гуманизм, могли открыть беспорядочную пальбу, ничуть не озаботясь наличием на директрисе огня посторонних бабуль...

Он выстрелил четыре раза, перемещаясь вправо-влево короткими шажками, приседая, ухитряясь островком сознания ругательски ругать про себя метавшихся у лавочки бабок. К их воплям присовокупился нелюдской вой — это Мазур прострелил одному из верзил коленную чашечку. Отнюдь не смертельно, зато жутко больно. На какое-то время человек совершенно перестает интересоваться окружающей действительностью и жаждет одного — чтобы его кто-нибудь пожалел...

Чертовы бабки мельтешили, как мотыльки. К тому же третий, недострелленный, бля, успел лихим кенгурячьим прыжком перемахнуть через капот машины и укрыться за нею. И, в свою очередь, начал палить, что было с его стороны самым естественным поступком, но Мазуру ничуть не понравилось. Над головой у него звонко разлетелось стекло в одном из окон первого этажа, кто-то внутри ошалело возопил — и Мазур кинулся за угол. Обернулся, махнул рукой. К нему задним ходом подлетела «Волга», тормознула рядом, но он терпеливо выжидал: умный в такой ситуации будет сидеть за машиной, а дурак кинется вдогонку...

Уровень интеллекта своего противника он определил секунд через пять, когда стоял, прижавшись к стене. Верзила бомбой вылетел из-за угла, предполагая, что беглец уже улепетывает со всех ног — и тут же поплатился за нездоровый охотничий азарт. Первый удар сбил его с ног, второй пришелся по затылку. Мазур был сыт нежданной бондианой по горло — и, убедившись в отсутствии противника, с превеликим облегчением запрыгнул в заднюю дверцу, пока на него не сбежались глазеть со всего микрорайона. «Волга» рванула, как спятивший метеор, Мазура швырнуло на Ирину, да так, что она жалобно охнула.

ГЛАВА ВТОРАЯ

УЮТНАЯ РОДНАЯ ГАВАНЬ

Майор Кацуба чем-то неуловимо смахивал на кота — то ли редкими усиками в три волосинки, которые, несмотря на всю их убогость, тем не менее холил и лелеял, то ли мягкими, плавными движениями, то ли хитрющими глазами. Правда, кот этот отнюдь не выглядел балованным домашним мурлыкой, скорее уж битым и травленым ветераном помоек — Кацуба был худой, высокий и жилистый, словно бы подкопченный с целью удаления излишков жирка и влаги. Мазур с удовольствием сходил бы с ним в баньку — поглядеть украдкой, не найдется ли на теле шрамов, и каких. Человеку понимающему любой шрам кое о чем говорит. То, что их не видно на открытых обозрению кистях рук и лице, ни о чем еще не говорит. По слухам, та еще птичка — то ли левая, то ли правая рука генерала Глаголева, заведовавшего здешним «Аквариумом», то ли иной какой жизненно важный орган. Во всяком случае, Морской Змей советовал быть с ним настороже.

Пока что все протекало почти что идиллически — Мазур сидел в углу, смоля сигареты, от которых во рту уже стояла противная горечь, а Кацуба (похоже, в третий раз) старательно читал его отпечатанный на машинке рапорт, хмурясь, похмыкивая и порой покусывая нижнюю губу. Когда он стал складывать прочитанные листы в стопочку на краю стола (а допрежь того не выпускал их из рук), Мазур понял, что конец идиллии близок. Дело тут не в традиционном соперничестве меж армией и флотом — просто ситуация такова, что неприятных вопросов не избежать...

Кацуба отложил последний листок, старательно подровнял стопочку, погладил усики концом авторучки (которую зачем-то все это время вертел в руке, так и не сделав ни единой пометки), поднял на Мазура хитрые кошачьи глаза и спросил:

— Можно, я вас буду называть полковником? Капитан первого ранга — слишком длинно, а капе́ранг — то ли на «капор» похоже, то ли вообще черт-те на что...

Мазур пожал плечами:

— А какая разница...

— Ну вот и отлично. Может, и «выкать» не будем? Ты, скажем, Степаныч, а я — Артемыч?

Мазур столь же нейтрально пожал плечами.

— Вот и ладушки,— сказал Кацуба.— Степаныч, садись поближе, нам еще болтать и болтать... Генерал стоит на дыбах. Он у нас характерный, и столь хамского обращения со славным представителем флота российского, да еще засекреченным орлом, терпеть никак не будет. Землю ройте орет, яйца в дверь пихайте... А кому яйца-то пихать, ежели ни одного языка? Что ж ты, Степаныч, не озаботился хоть одного прихватить?

— Некогда было,— тщательно взвешивая слова, сказал Мазур.— Так все крутилось... А что там с удостоверением? И с хазами?

— С хазами так быстро не получится, зато удостоверение, сразу тебе скажу, липовое. Да-с. Но хорошо нарисовано, с ба-альшим приближением к реальности, человеком понимающим... Степаныч, я тебе балаболом, часом, не кажусь? Что ты все плечиками пожимаешь?

— Не кажешься пока,— сказал Мазур.— Может, это у тебя стиль такой... Артемыч...

— Точно,— сказал Кацуба.— Беседа у нас с тобой самая что ни на есть неофициальная, откровенно-то говоря. Официальное расследование, сам понимаешь, начнется через денек-другой и пойдет по другому ведомству, а пока что идут сплошные забавы в плащи и кинжалы, к чему дипломатов изображать? Согласен?

— А что мне? — хмыкнул Мазур.

— Ну и молодец. Успеешь еще с официальными расследователями побакланить со всей возможной чопорностью. Ты вдобавок ко всему еще в отпуске числишься, так что развались посвободнее, пузо почеши, если чешется...— и тем же тоном продолжал: — Как на твой непредвзятый взгляд — кто это? Гангстеры или государственная служба?

— Совершенно не представляю,— подумав, сказал Мазур чистую правду.— Ты не посчитай за похвальбу, но я лучше в забугорных к о н т о р а х разбираюсь, чем в отечественных. Специализация такая. Да и жизнь у вас на суше в последние годы такая запутанная, что сам черт ногу сломит.

— Резонно,— серьезно кивнул Кацуба.— Я вообще-то и сам не особенный спец по внутренней жизни, честно тебе скажу, так что другие землю роют, а я координирую да перед Глаголом один за всех отдуваюсь — и хоть бы кто спасибо сказал... Степаныч, тебе хамский вопрос задать можно?

— Смотря какой.

— Ты свою тещу, часом, вопреки массе анекдотов, по постелям не валяешь? Что таким зверем смотришь?

— Чего-то тебя, Артемыч, не туда понесло...— сказал Мазур сердито.

— Ну, а по-мужски? Она ж тебя на два годочка моложе, а вид таков, что наши лейтенанты стойку делают...— Он разглядывал Мазура холодными круглыми глазами.— Задумался ты, Степаныч... Прикидываешь, в чем тут подвох и с чего это я углубился в такие дебри, а? Так нету подвоха, полковник. Считай, во мне любопытство играет.

— Нашел время...

— Так мы же условились, что беседа насквозь неофициальная... Ладно, проехали. Чего-то я сегодня определенно глуповат... Так и прет из меня дурь. Считай, что я извинился. По всей форме. Так как, проехали?

— Проехали,— ответил Мазур несколько настороженно.

Вот и гадай, где тут подвох,— а он обязан быть, не тот майор простак...

— Как по-твоему, похожи эти орелики на иностранных шпионов? — совершенно безмятежно спросил Кацуба.

— Ну, это вряд ли.

— Что, так уж и не похожи?

— Нет, я неточно выразился, пожалуй,— сказал Мазур серьезно.— Я имел в виду, не верю нисколечко, чтобы иностранные шпионы столь весело и непринужденно резвились в городе. Даже в наши идиотские времена... Останавливать на трассе средь бела дня, нагло, под видом милиции, таскать по явкам... Нет, ерунда.

— Вот и мне так кажется,— кивнул Кацуба.— И всем прочим, кто занят этим веселым делом. Продукт исключительно отечественный. И отнюдь не мелкая шпана. Из твоего рапорта вытекает, что это профи? Непонятно чьи профи?

— Уверен,— сказал Мазур.— Они вообще-то мне показались ребятами хваткими. И скрутили мы их только оттого, что они, полное впечатление, плохо представляли, с кем связались. Не было у них времени поиграть в полную силу...— Он немного подумал.— Или суть вовсе в другом. Я бы не стал очень уж категорично формулировать, но все равно кое-что прокачал по горячим следам... Первые наметки пойдут?

— Еще бы.

— Они прекрасно провели операцию по захвату,— сказал Мазур.— Все четко, грамотно, по высшему разряду. Но дальше все у них пошло наперекосяк, а это наталкивает на версию: они попросту столкнулись с чем-то, чему их не учили...

— Конкретнее,— серьезно сказал Кацуба, задумчиво прикрыв глаза и помахивая авторучкой.

— Их не учили защищаться, такое у меня осталось впечатление,— продолжал Мазур увереннее.— Со мной самим дело обстоит почти так же, я на девяносто девять сотых учен нападать, я могу защищаться, но вряд ли способен наладить грамотную оборону на серьезном объекте... Не моя задача.

— А противодиверсионные мероприятия?

— Противодиверсионные мероприятия и оборона — разные вещи, если вы... если ты понимаешь, что я имею в виду.

— Понимаю,— сказал Кацуба.— Дальше?

— Я бы сказал, для них явилось полной неожиданностью, когда допрашиваемые вдруг превратились в нападающих. Они элементарно растерялись. Но это профи, зуб даю...

— Профи, которые не привыкли к тому, что допрашиваемый вдруг превращается в атакующего...— помахивая авторучкой в такт, произнес Кацуба, словно пробуя эту гипотезу на вкус.— Профи, которые умеют нападать и теряются, когда на них самих вдруг совершен налет... А это интересно. Это версия. Потому что, если подумаем, отыщем конторы, отвечающие этим условиям, нет? К о н т о р ы,— подчеркнул он голосом.— Поскольку криминальным структурам, по идее, следует одинаково хорошо владеть приемами как нападения, так и защиты. По идее... А в жизни возможны варианты — оборзели, распустились, рассчитывают, что никто на них в жизни не нападет... Словом, версия твоя интересная, но однозначно не скажешь, а?

— Конечно. При минимуме информации...

— И отсутствии успехов в моей работе по делу, а? — усмехнулся Кацуба.— Это ты подразумеваешь в подтексте?

— Подразумевать — еще не значит упрекать,— сказал Мазур.— Я же понимаю, вы только начали...

— Ну, спасибо, что не упрекаешь,— крайне серьезно сказал Кацуба.— Положеньице у нас деликатное, хоть газетки помоев на нас льют вдесятеро меньше, чем в незабвенные времена угара перестройки, но все равно внутри страны приходится работать деликатненько, так, словно нас вовсе и нету... Вот, кстати. Тебя на завтра в РУОП вызывают. Повесточку привезли в штаб. Сам понимаешь, пришлось им передать чуток препарированные материалы по...— он помолчал,— по убийству в поезде. Вопросы у них, конечно, имеются, проще ответить, чем давить нашим авторитетам на ихних авторитетов...

— Понимаю,— тусклым голосом сказал Мазур.

— Съездишь, поговоришь, вряд ли они тебе что пришьют, ты же в любом случае — сторона пострадавшая...

— У тебя все? — спросил Мазур. Никакого желания продолжать разговор в этом направлении не было.

— Да вроде бы.— Кацуба задумчиво уставился в потолок.— Значит, к каким выводам мы пришли? Про иностранных шпионов не стоит думать даже в шутку. То, что у них оказался твой паспорт прикрытия, ясности не вносит — с равным успехом они могут оказаться и мафией, и государственной структурой... либо причудливой помесью того и другого: мафия плюс государственная структура в лице ее худших представителей, весьма нечестным образом подрабатывающих на стороне. Прецедентов хватает...— Он вновь принялся созерцать потолок.— Вот только при любом раскладе возникает сакраментальный вопрос: мотивы... Какие мотивы у них возникли, подвигнувшие столь бесцеремонно, столь нагло перехватывать вас всех прямо по дороге в аэропорт?

— А тесть с тещей что говорят? — спросил Мазур.

— Тесть уже ничего не говорит, с ним что-то вроде легкого микроинфаркта приключилось от всех переживаний, в нашу больничку увезли, в город... Теща покрепче, волевая женщина, Лобанов ее в пятом коттедже устроил, подождем, пока тесть оклемается, отправим в Питер военным бортом для надежности...— Кацуба играл авторучкой.— Так вот, выясняли у них одно: кто ты есть такой. Где трудишься, чем трудишься. Судя по записи, тесть твой в непритворном страхе за здоровье супруги успел выложить все, что знал: военный инженер, в данный момент находишься в рядах славного флота, поехал в отпуск с женой. Когда спросили про пресловутый паспорт на фамилию Минаева, он им сказал, что ты, насколько ему известно, инженер шибко секретный, с новой техникой дело имеешь постоянно, вот оттого-то, должно быть, фамилий у тебя больше, чем нормальному инженеру, даже военному, положено. Ну, за то, что пел соловьем, винить его трудно — попади-ка посторонний человек в такие игры... Ладно, вернемся к мотивам.

— А что — мотивы? — сказал Мазур.— Хотят меня нейтрализовать, как крайне неуместного свидетеля. Возможно, сели на хвост тогда, на перроне. Вели до базы... Не удивлюсь, если и на похоронах кто-то наблюдал.

— И узнав, что ты — военный, все равно решили подержать за адамово яблочко... В общем-то, и это меня не удивляет — нынче никто никого не уважает, нет прежнего трепета. Вот только...— Он замолчал и какое-то время таращился на Мазура с простецким видом.— Ты им, случайно, на хвост не наступал уже здесь, по возвращении?

— Каким образом? — пожал плечами Мазур.

— Любишь ты плечами пожимать, я уж заметил. Ладно, я сам не без вредных привычек — авторучку вон грызу, что твой хомяк... Степаныч, Прохора Петровича, то бишь Сергея Суховцева, не ты мочканул?

Мазур, сжав зубы, смотрел в пол. Плюха была неожиданной.

— Ну, что молчишь?

— А какие доказательства? — спросил Мазур, все еще не поднимая глаз.

Кацуба хохотнул:

— Доказательства в том, что нет никаких доказательств... Так чистенько и культурно положить кучу народу, не привлекая ни малейшего внимания и благополучно растворившись в ночной тиши, мог исключительно толковый специалист...

— Мало их нынче от мафиозников кормится?

— Многовато,— согласился Кацуба.— Только у тебя, в отличие от многих, еще и мотив есть... Был, вернее. А? И кре-епкий мотив-то. Я в свое время был малость южнее Панамского канала... ну, турпоездка такая выпала. Насмотрелся на тамошние нравы — народ горячий, такая вендетта из-за любого пустяка закрутиться может, а если не из-за пустяка, так вообще святых вон выноси, туши свет и лезь в бомбоубежище... Ты не ерзай, Степаныч,— сказал он резко.— Я, во-первых, не военный прокурор, а во-вторых, прекрасно понимаю, что улик против тебя нет никаких. Не те вы мальчики. А если уж предельно откровенно, то я на твоем месте сделал бы то же самое, точно тебе говорю. Еще и дом бы с землей сровнял... после всего пережитого. Не мое это дело — тебе мораль читать. Пусть читает тот, кто уличит,— а уличить тебя не смогут до двадцать второго столетия... Но если уж вокруг тебя — и вокруг серьезного объекта, кстати — начались такие странности, знать я просто обязан. Посмотри на меня и кивни буйной головушкой — самую малость. Ну? Тебя это ни к чему не обязывает, а мне нужна полная определенность... Да ты не стесняйся, я на суше видел не меньше, чем ты на воде. В обморок не упаду и стучать не побегу. Альзо?

Мазур поднял глаза — Кацуба таращился на него зорко, с благожелательной подначкой — и чуть заметно кивнул, криво усмехнулся:

— Мой грех...

— Ну вот, а ты кобенился,— крайне буднично сказал Кацуба.— Неуемный вы все-таки народ, водоплавающие: мало вам, что за рубежами многострадального отечества жмуриков штабелями кладете, вам еще непременно надо и в отпуске кого-нибудь зарезать. Как дети малые, честное слово. Работнички ножа и топора... Ну, я тебе обещал мораль не читать, значит, не буду. Я только себе позволю обратить внимание на крохотный нюанс... Ваша будущая операция, о которой мне и знать не полагается, все, конечно, спишет. Но не дай бог окажется, что вся эта катавасия связана как раз с вашим ночным рейдом в район крайне престижных коттеджиков... Вот тогда для тебя есть определенный риск нахватать неприятностей — в сугубо неофициальном порядке. Не пугает?

— А меня сейчас ничего уже не пугает,— вяло сказал Мазур.

— Ну ладно, шагай уж. Появится что новое — скажу.

Мазур спустился с невысокого крыльца. Уже смеркалось, и повсюду зажигались окна — в серых панельных двухэтажках, протянувшихся в несколько рядов, в коттеджах вспыхнули желтые фонари, и вдалеке, на вертолетной площадке, вертикальной гроздью ярко-малиновых огней светилась решетчатая вышка. Этакий маленький городок — база была довольно приличных размеров, бог ее знает, что здесь крутили за десять прежних лет ее существования. Мазур, естественно, не лез с расспросами, знал лишь, что из здешних обитателей форма и содержание полностью соответствуют друг другу только у охраны и обмундированной части поселка. А все остальные могут оказаться кем угодно.

Из-за ближайшего угла почти бесшумно показалась здоровенная овчарка — согласно регламенту выпустили сторожевых псов. Мазур под ее внимательным взглядом невольно опустил глаза к поясу, где должна была висеть короткая полоска материи. На месте. То же самое констатировала и овчарка — не приближаясь, потянула ноздрями воздух, лениво шевельнула хвостом и исчезла за углом. Неизвестно, чем была материя пропитана, Мазур специально нюхал и совершенно никаких ароматов, ни плохих, ни приятных, не уловил, но его настрого предупредили, что собаки, в отличие от человека, запах чуют прекрасно и любому, рискнувшему щеголять на территории базы без магического ключика, в горло вцепятся без всякого предупреждения.

На сопке прилежно крутились локаторы. Цепочка огней, по параболе опоясывающих лодочный причал, отражалась в воде длинными зыбкими языками. Поразмыслив, Мазур свернул к пятому коттеджу. Постучал в дверь. Изнутри довольно настороженно откликнулись:

— Да?

Он вошел, метко бросил на крючок фуражку, одернул дурацкий пехотный кителек с капитанскими полевыми погонами. Ирина сидела в крохотной гостиной, откинувшись на спинку кресла, все в тех же летних брюках и белой блузке (Мазур запоздало вспомнил, что в том клятом магазинчике чемодан с тещиными вещами вытащили из машины, для скрупулезного изучения, должно быть, а они, прорываясь, ни о каком чемодане, конечно, не думали).

— Совсем забыл насчет одежды,— сказал он виновато.— Надо придумать что-то...

Ирина бледно улыбнулась:

— Мне тут уже предлагали военную форму. Других нарядов, сказали, не имеется. Ну, я отказалась — совсем отчего-то не тянет облачаться в форму, даже не всерьез... Хотя, уверяли, мне пойдет.

Мазур глянул на стол. Там гордо красовалась во всем своем неподдельном импортном великолепии бутылка «Гордона». И хмыкнул:

— Лымарь заходил?

— Ага. Проводил сеанс психотерапии с мягкими намеками на готовность раздвинуть понятие «психотерапия» до любых мыслимых пределов. Что, догадался?

— Дедуктивный метод,— сказал Мазур.— Нехитрая ассоциативная цепочка: очаровательная испереживавшаяся женщина, «Гордон» и ограниченное замкнутое пространство. Как правило, на конце цепочки оказывается доктор Лымарь.

— Он вообще-то миляга. Только у меня и без него голова идет кругом, пришлось деликатно выставить...

— Милейший человек,— кивнул Мазур.

Давно бы уже быть милейшему доктору капитаном первого ранга, не вмешайся судьба в виде беспутной доченьки некоего адмирала. Все бы ничего, но адмиралу пару лет назад президент одной крохотной африканской страны вручил высший орден своей державы, с тарелку размером, снабженный лентой, размалеванной в попугайские колера тамошнего штандарта. Адмирал оказался перед непростой философской дилеммой: орден хоть и высший, но африканский, а с другой стороны — хоть африканский, но все же высший. Тарелку эту он носил редко во избежание насмешек, но дома вместе с лентой держал в шкафу со всем возможным почетом. И как-то вернулся домой на два дня раньше, чем ждала дочушка.

В общем, все бы сошло — адмирал давно уже не строил иллюзий относительно морального облика единственного чада и как-то помаленьку стал свыкаться с завалявшимися в ее постели хахалями. Однако на сей раз, войдя в квартиру, бравый морской волк нос к носу столкнулся с выходящим из ванной субъектом, на котором всей одежды только и было, что набедренная повязка. Смастеренная как раз из вышепомянутой ленты. Лымарь потом клялся друзьям, что он, изрядно приняв на грудь, совершенно искренне считал эту тряпку разновидностью импортного полотенца, то же он попытался сгоряча объяснить адмиралу — но тот еще сильнее обиделся. Понимающий человек согласится, что адмиралы способны изрядно испортить жизнь чинам нижестоящим, а этот оказался особенно вредным и в лучшем стиле парусных фрегатов принес страшную клятву с богохульствами, заверив, что пока он пребывает на флоте, доктор очередной звезды ни за что не получит. Нужно добавить, что адмирал был крепок, как бык, и Лымарю грозила нешуточная опасность остаться вечным капитаном второго ранга...

— Может, и я некстати? — поинтересовался Мазур, не садясь.

— Да садись уж... зятек чертов.— Судя по уровню золотистой жидкости в бутылке, психотерапия шла успешно.— Выпьешь?

— Конечно,— сказал Мазур и налил себе немного, присел на краешек кресла, словно на раскаленную сковородку. Он никак не годился в утешители и оттого маялся — еще и оттого, что был причиной всех ее неприятностей. Впрочем, называть пережитое неприятностями было бы чересчур мягко...

Остается надеяться лишь на ее характер — довольно спокойно держится, отвопила и отплакала, загнав все далеко в подсознание. Мазуру эта черта в людях весьма нравилась — помогала жить...

Ирина медленно выцедила виски, отставила стакан:

— Это что, какая-то секретная база?

— Что-то вроде,— сказал Мазур.— Около того и вообще...

— А о н и кто? Т е? Шпионы, что ли?

— Да как тебе сказать... Не похоже.

— Конкурирующая фирма? Как в боевиках?

— Ох, да забудь ты обо всем,— сказал он в сердцах.— Справились, как видишь.

— А ты вообще-то инженер или кто?

— Как тебе сказать...

— Значит — «или кто»,— усмехнулась Ирина.— Не такие уж мы темные, как-никак в Северной Пальмире обитаем... Тебе не кажется, что я имею право на кое-какие объяснения? После того, как мне приставляли нож к горлу в прямом смысле и требовали рассказать, кто ты таков есть? Иначе обещали такое, что вслух повторять не хочется.

— Ох, да тут такая ситуация...— безрадостно пожал он плечами. Врать не хотелось, а на правду не было санкции свыше.— Тебе майор Кацуба ничего кратенько не объяснял?

— Вот именно, кратенько. Про ваш секретный агрегат, за которым шпионы охотятся.

«Версия как версия, не хуже других,— мысленно отметил Мазур.— Вполне проходит...»

Ему пришло в голову: было бы даже лучше, примись Ирина его ругать или проклинать. Но она держалась довольно спокойно, только временами поглядывала с откровенной тоской.

— Мне медаль не полагается? — усмехнулась она, плеснув в стаканы еще на два пальца.— За стойкое поведение под пытками? Серьезно, я с самого начала принялась отчаянно визжать, что ничего не знаю, они, похоже, шума не хотели, вот и принялись за супруга. Прижгли, гады, до сих пор болит...— Она коснулась пальцами левой груди.— Хоть и смазали чем-то импортным.

Мазур выпил свое виски, как лекарство, досадливо поморщился и налил себе еще. Идти никуда не хотелось — куда и зачем?

— Я пойду быстренько душ приму,— сказала Ирина, вставая.— Мне тут халат раздобыли, как раз собралась мыться, тут ты пришел... Что поглядываешь? Не рыдаю? Сама понимаю, что следовало бы, но что-то замкнуло намертво и такая блокировка встала, что наружу ни единой слезинки не лезет...

— Это бывает,— сказал Мазур глухо.— Я пошел?

— Посиди, если не спешишь. Есть к тебе пара вопросов...

Она ушла, а Мазур уселся на подоконник, тупо таращился на покрытую множеством палых листьев улицу. Стояла тишина, как обычно. Не хотелось верить, что он сам загнал себя в некий жизненный тупик — в дополнение ко всему пережитому. Понемногу стемнело совсем, на столе горела лампа, а Мазур так и сидел в темноте, сгорбившись.

Вернулась Ирина, села в кресло, небрежно запахнув халат. Полы тут же соскользнули с колен. Мазур смотрел на ее высоко открытые ноги, на лицо, из-за глубокой тени казавшееся совсем молодым. Ощущение было жутковатое: временами столь остро и пронзительно мерещилось, будто перед ним сидит Ольга, новая, чуть повзрослевшая, набравшаяся печального и, в общем-то, не особенно и нужного жизненного опыта, что нехороший холодок подступал к затылку.

Ирина медленно вытянула руку, взяла налитый на четверть стакан, поднесла к губам. Во впадинке под макушкой, куда так надежно бывает всаживать пулю, у Мазура торчал кусочек льда.

Она выпила до дна, отставила стакан и тихо спросила:

— Во что ты втравил Ольгу? Она что, тоже имела отношение к чему-то... такому?

Он тяжко вздохнул:

— Ни к чему она не имела отношения. И ни во что я ее не впутывал. Жизнь впутала. Судьба...

— Бог ты мой,— сказала Ирина еще тише.— Дочку убили, муж — тряпка, зять — непонятно кто. Какие, к черту, флотские инженеры и засекреченные агрегаты, у всех тут глаза убийц, даже у Лымаря. То-то у тебя орденских планок до пупа. А когда этот ваш Кацуба дружески улыбается, по спине морозом продирает... Кирилл, ты кто такой? Рэмбо какой-нибудь?

— Да я сам не знаю, кто я,— сказал Мазур, вздохнув.

— Ну, а как мне дальше жить, не посоветуешь? — Она вскочила, взметнулись полы распахнувшегося халата, встала вплотную к Мазуру.— Жить-то как, господи? Мало мне десяти лет перестройки, еще и влипла непонятно во что...

Мазур поднял руки и обнял ее столь спокойно и непринужденно, словно телом управлял кто-то посторонний. Прижал к себе, ладонью вмиг разделавшись с пояском халата, кое-как обмотанным вокруг талии. Ирина почти не сопротивлялась, опрокидываясь на постель. Мазур взял ее почти сразу же, охваченный паническим желанием избавиться от ледяного комка под самой макушкой, и женщина покорно раскинулась под ним в косой полосе лунного света, падавшей поперек комнаты, но тут же переплела руки на его шее, прижимая к себе и отвечая так, что он охнул от удовольствия, позабыв о ледышке. Вот только жутковатый холодок во всем теле упорно не проходил — под ним ритмично колыхалось незнакомое тело и манера любить была совершенно другой, но стоило отстраниться, бросить беглый взгляд, и он наяву видел лицо Ольги со знакомым изгибом полуоткрытого рта, знакомой гримасой отрешенного наслаждения, снова и снова входил в нее в приступе чего-то, не имеющего названия, испытывал на все лады — в попытках то обрести прежнюю Ольгу, то окончательно убедиться, что это не она, что прежняя ушла безвозвратно. Лунный свет давно сполз с них, словно ожившее покрывало, а они не могли остановиться, потому что это означало возвращение в реальность.

И все же настал момент, когда пришлось вынырнуть из забытья в лунную прохладу. Они долго валялись на смятых простынях, прижавшись друг другу без всякого раскаяния — был, правда, момент, когда Ирина попыталась плакать, но вряд ли от раскаяния, да и не получилось ничего, кроме глубокого отпечатка зубов на плече у Мазура. Он лежал, держа руку на бедре расслабленно привалившейся к нему женщины, и философски думал, что тоска, как ни крути, лечится самыми примитивными лекарствами — право слово, становится легче...

— Бог ты мой, ну и натворили...— прошептала Ирина ему в ухо.— Это как же называется — снохачество?

— Да нет, снохачество — это совсем другое,— сказал Мазур, подумав.— По-моему, это сексом просто-напросто и называется...

— Дрянь я, а?

— С чего бы? — удивился он искренне.— Извращенцы мы, что ли? Или кровная родня?

— Зато скоты все же изрядные...

— Брось,— сказал Мазур.— Жизнь иногда такие вензеля заплетает... Полегче стало, а? Вот видишь...

— И все же мы скоты,— шепнула она. И с типично женской логикой добавила: — Ну почему я тебя т о г д а не встретила? Ведь могла?

— Самое смешное, что вполне могла,— сказал Мазур.— Ты когда замуж выскакивала? Ага, я как раз первым курсантским шевроном блистал и чванился в том же самом городишке... Может, мы даже на улице встречались. Ты на моряков тогда внимание обращала?

— Нет,— сказала Ирина.— Я тогда была преогромная интеллектуалка с серьезными исканиями и невероятными духовными запросами. А нынешний благоверный сущим Эйнштейном казался, тогда еще мода на физиков не прошла, хотя и подтаивала уже... Можно идиотскую вещь сказать?

— Валяй.

— Возьми замуж, а?

— Ты же вроде бы некоторым образом...

По движению прижавшихся к его щеке губ Мазур понял, что она усмехнулась:

— Мы же в двадцатом веке живем, да вдобавок при его почти что издыхании... Правда, Кирилл, возьми замуж? Мне, как любой бабе, за каменную стену охота. Оба мы... перегоревшие, может, и получится более-менее удачно. Я, конечно, понимаю, что — жуткая стерва, такое сейчас предлагать, только во мне глупого бабьего еще больше, чем казалось...

Признаться, Мазура такое предложение чуточку ошарашило, и он понял, что угодил в недурственный капканчик: отвергать ее с е й ч а с — изряднейшее скотство. Когда на могилке еще не осела земля, да и могилка та появилась в какой-то степени по его вине. Вот и получится своеобразное искупление грехов... впрочем, не в нем одном дело. Почему бы и нет? Может, как раз и удастся устроить то, что осталось от личной жизни, с третьей, самой нежданной попытки?

Ирина подняла голову, не отнимая щеки от его груди, глянула в глаза. Лунного света было достаточно, чтобы Мазур видел ее лицо, полное печали и надежды:

— Правда, Кирилл? Не соплякии...

— Ох, Иришка...— сказал он, совершенно запутавшись в мыслях и чувствах.— Мне еще так не...

Совсем неподалеку грянул столь отчаянный и злобный собачий лай, что Мазур поневоле замолчал. Тут же откликнулись другие псы. За все дни, что прожил здесь, Мазур такого еще не слышал. Посмотрел в окно поверх плеча Ирины, но ничего увидеть не смог — собаки заливались гораздо правее, такое впечатление, будто сбегались в одно место со всей базы. Пожав плечами, потянулся к столу за сигаретами.

Раскатисто-упругий грохот близкого взрыва заставил его замереть в нелепой позе. Чисто инстинктивно он рванул Ирину за голое плечо, перекатом бросил через себя,

40

скидывая с постели так, чтобы постель заслонила их от окна, сам «щучкой» метнулся следом, успел подставить ладонь, чтобы не ушибла затылок об пол. И вовремя — в следующее мгновение взрывная волна вышибла стекло, осколки, воя и жужжа, пролетели низко над полом, звучно шлепаясь о противоположную стену. Автоматически Мазур прикинул по звуку их полета, по разлету возможную мощность взрыва — ну, ни хера себе...

Ирина трепыхнулась под его рукой. В той стороне визжала собака, словно от невыносимой боли, дважды могуче квакнула сирена. Отсвет близкого пожарища залил улочку, застрекотали длинные автоматные очереди. «Что за черт?» — изумился Мазур, распознав по звукам, что автоматчик лупит прямехонько в небо. Диверсанты? Война? Ерунда какая...

Настольная лампа погасла, тоже сброшенная со стола взрывной волной. Но желтые фонари за окном горели по-прежнему. Мазур встал на колени, поглядел в окно, щерившееся по всему периметру зубчатыми осколками.

По улице, в направлении разраставшегося близкого зарева, протопали люди, звучно передергивая затворы автоматов, снова взвыла и умолкла сирена.

— Господи, это еще что такое? — шепнула Ирина.

— Лежать! — страшным шепотом приказал Мазур, ничего еще не соображая, но по всегдашней привычке готовясь к худшему.— Ползи под кровать и лежи там, ясно?

На улице больше не стреляли, но беготня усиливалась, уже звучали резкие команды. Насколько Мазур мог оценить, паники не было ни малейшей.

Он еще раз прикрикнул на Ирину, выпрямился и осторожно пробрался к креслу, где в беспорядке валялась разбросанная одежда,— упругой кошачьей походкой, как учили, так, что несколько раз наступал на битое стекло, но не поранился ни разу. Наспех облачился, выскочил на улицу.

И тут же шарахнулся — мимо, воя и сверкая мигалкой, пронеслась здешняя пожарная машина, крохотная, на базе какого-то импортного микроавтобуса. Припустил следом.

Одна из панельных двухэтажек как-то странно изменилась. Подбежав поближе, Мазур рассмотрел сквозь рыжее пламя — словно бы вырвало угол с парочкой панелей, в комнате, лишившейся крыши, бушует пожар. Машина уже лупила по нему пухлой высокой струей пены, в подъезд как раз вбегали несколько фигур в мешковатых комбинезонах, навстречу им бегом волокли носил-ки, на которых лежал кто-то, кричавший столь непере-носимо, что нельзя было разобрать, мужчина это или женщина. Бежавший рядом врач на ходу делал укол. Ошалело озираясь, Мазур видел распластавшуюся на га-зоне мертвую собаку, россыпи битого стекла. В собрав-шейся поблизости немногочисленной кучке людей он рас-познал нескольких своих парней. Потом, отпихнув его, пронесся здешний комендант подполковник Стеценко, в расстегнутой форменной рубашке, с непокрытой головой. Схватил кого-то за шиворот и принялся распоряжаться, для связки и доходчивости перемежая короткие команды жутким матом. И уже заорали в три голоса, дублируя его приказы:

— Всем разойтись! Лейтенант, добей собаку! Карпова сюда!

На Мазура налетел оскаленный автоматчик, недву-смысленно дернув прикладом:

— Всем разойтись! По домам!

Мазур прекрасно понимал, что никакие звания сейчас в счет не идут, комендант в этот момент царь и бог, так что получить прикладом по хребту можно запросто, будь ты хоть засекреченный адмирал. И дисциплинированно направился прочь, озираясь на ходу. К тем же точно умо-заключениям пришел, должно быть, вскоре догнавший его Морской Змей. Торопливо цокали каблучками юные свя-зистки, жившие неподалеку, верзила-сержант подзывал собак и брал их на поводок — через плечо у него висел целый пучок. Пламя помаленьку сбивали, но дым все еще вздымался в небо.

Остановившись в тени, Мазур вытянул из пачки сига-рету.

— Дай-ка,— Морской Змей взял у него мятую пачку.— Интересное кино...

— Что там?

— Да я не больше тебя знаю. Рвануло, вот и выскочил согласно условному рефлексу. Как раз на боковую соби-рался. Странно.

— А что там, в том доме?

— То-то и оно, что жилой. Никакой взрывчатки и близ-ко не было. А ведь ахнуло качественно. С кило будет, если на тротил перевести.

— А если там был «Скартекс» — и вообще...— задум-чиво сказал Мазур.

— Я и говорю,— он покосился на темные сопки.— Полное впечатление, что прислали гостинчик...

— Что ты на меня так уставился? — Мазур ощутил некую неприятную тяжесть в желудке.

— Да так,— сказал адмирал, глубоко затягиваясь.— Прикидываю, не свалял ли дурака, разрешив тебе на стороне повыпендриваться...

— Думаешь? — насторожился Мазур.

— В совпадения не верю, вот и все. Что Кацуба говорит?

— Совершенно меня не интересует, что он говорит,— сказал Мазур.— Вот что он думает — это гораздо интереснее...

ГЛАВА ТРЕТЬЯ

ВЕДМЕДЬ

Когда машина остановилась, Кацуба, предупреждая движение Мазура, потянувшегося было открыть дверцу, положил ему указательный палец на сгиб левой руки:

— Джаст минут, каперанг... Крепко запомни себе в голову: с этим обломом держись так, словно гуляешь босыми ногами по минному полю. Хотя кличка у него Ведмедь, мозги скорее лисьи... Усек?

— Усек,— сказал Мазур вяло.

— В общем, голова. Следи за базаром. И запомни еще, что у него, по недвусмысленным данным разведки, «синдром полковника». Разные бывают полковники. Одному достаточно пары просветов, другой стремится в генералы. Сам понимаешь, а?

Мазур кивнул.

— Очень ему хочется в генералы, понимаешь ли,— сказал Кацуба.— Дело, в принципе, житейское, только не за наш же счет? Пусть свою мафию раком и ставит, если такой прыткий... Короче, генерал мне сказал, что с этим Шерлоком должным образом поговорили. Объяснили доходчиво, в общих выражениях, что такое есть наши базы и как чревато их трогать, сиречь мотать нервы нашим ребятам. Так что этот нюанс учитывай и используй. Не хами, но и не зарывайся. Я тебя в случае чего моментально выдерну, но зацепок лучше не давать,— он мимоходом, одним пальцем потрогал микрофон за отворотом пиджака Мазура.— Главное, что предъявить тебе ему нечего. Самое слабое место было — хата паромщика.

— Почему «было»?

— Сгорела хата,— хмыкнул Кацуба.— Позавчера. Такое вот вышло невезение. То ли шаровая молния залетела, то ли произошло самовозгорание поленницы. По-ученому — полтергейст. Ясно?

— А утром ты мне этого сказать не мог? — недружелюбно бросил Мазур.

Кацуба фыркнул:

— Может, тебе и жопу на ночь? Ты, блядь, будешь веселиться, вендетту устраивать во глубине сибирских руд, а мы тебе — нервишки успокаивать? Нет уж, надо было, чтобы у тебя серые клеточки заработали со страшной силой, чтобы ты извертелся весь, убедительные оправдания выдумывая...— Он пригладил кошачьи усики ногтем большого пальца.— Считай, что это тебе было вместо строгача с занесением по партийной линии — надо ж чем-то компенсировать отсутствие парткомов, легоньким моральным террором разве что...

— Сука ты, майор,— сказал Мазур беззлобно.

— А то,— кивнул Кацуба.— Должность такая. Ты еще с генералом не общался, в роли проштрафившегося, Глагол бы тебе выписал впечатлений на всю оставшуюся жизнь... Словом, нету больше твоих пальчиков у паромщика, поскольку нету хаты. И не был ты там никогда.

— А пижманские менты их снять не могли? По горячим следам?

— То-то и оно, что не сняли,— сказал Кацуба.— Там тебе не Скотланд Ярд, там провинция а натюрель... Ладно, шагай и ухо востро держи...

Мазур кивнул, вылез из машины и быстро поднялся по грязным ступенькам. Его уже ждали — навстречу моментально шагнул парень лет тридцати с неприметным лицом и, невнятно пробормотав звание и фамилию, скороговоркой спросил:

— Гражданин Мазур?

Но спросил явно проформы ради, судя по тону, должен был знать Мазура в лицо. Возможно, и был на том допросе в областном УВД — Мазур тогда не особенно приглядывался к лицам, все они выглядели близнецами, и не было ни нужды, ни желания их запоминать...

А вот полковника Бортко Мазур никогда прежде не видел, но опознал моментально: по экстерьеру. Вряд ли их тут имелось двое, таких. Медведеобразный верзила в штатском сидел, отодвинувшись от стола насколько возможно — стол ему был определенно мал, как и сама комнатка, довольно спартанского стиля, украшенная лишь ярким плакатом-календарем с изображением ушастого русского спаниеля и большим прямоугольным зеркалом в довольно новенькой деревянной раме.

Провожатый, стараясь двигаться как можно тише, поставил себе стул в углу и примолк там. Бортко, неуклюже обогнув стол, вышел навстречу Мазуру. Физиономия у него была самая что ни на есть простецкая — хоть сейчас засылай тайным агентом к пьющим слесарям, никто и не заподозрит внедренки. Причем, что интересно, Мазур не подметил и тени лицедейства — а это означало, что лицедейство было высшего класса, маска попросту приросла к лицу...

— Мазур, стало быть, Кирилл Степанович? — спросил Бортко с некоторой даже ноткой радушия.— Садитесь вот сюда и доставайте табачок, если курите...— Он вернулся на свою сторону стола и немного помолчал, опустив взгляд к лежащим на коленях широченным ладоням.— Вы уж извините, что снова приходится вам душу бередить, да ничего не поделаешь, служба, как человек военный, понимаете, должно быть...

— Да,— сказал Мазур без всякого выражения.

Стол перед полковником был чист — ни единой бумажки, ничего. Только черная чугунная пепельница в виде ежика с несколькими окурками.

Какое-то время они смотрели друг на друга поверх этого пустого стола, потом Бортко пошевелился, чуть понурился и сказал:

— Мне тут настоятельно советовали вам особо не досаждать, говорят, вы человек невероятно засекреченный, в старое время и словечком бы перемолвиться не дали...

Мазур молчал, поскольку ответить было совершенно нечего — утвердительно кивать как-то глупо, а перечить — еще глупее. Парень за его спиной сидел тихонько, как мышь под веником. В какой-то момент Мазуру вдруг почудился тоненький электронный писк, но оборачиваться он не стал. Зато Бортко живо глянул поверх его плеча, спросил:

— Это не на вас ли микрофончик надет? А то у капитана что-то детектор распищался...

— У меня,— сказал Мазур, пожал плечами: — Правила знаете ли...

— Ну да,— понятливо кивнул Бортко.— Военные секреты, тайная война, фронт без флангов. Я так и подумал, что это на вас клопик,— мой-то кабинетик час назад проверяли по новому печальному обычаю... Честно вам признаюсь, даже некоторую неловкость в организме чувствую: как с вами, таким секретным, разговаривать, чтобы ненароком не нарушить чего?

Произнесено это было столь же простецки, без малейшего притворства или насмешки — и Мазур собрался, как перед прыжком. Сидевший напротив верзила был опасен, как неизвлекаемая мина.

— Жизнь у меня нелегкая,— сообщил Бортко.— И от текущей мелочевки вкупе с текущим крупнячком свихнуться можно — а теперь еще и ваша история...

— Ну, а вас-то кто заставляет? — спросил Мазур.— Вы же, насколько я понял, по организованной преступности работаете?

— Ох...— вздохнул Бортко.— Времена сейчас такие суматошные, что и не знаю даже, кто нынче прямыми обязанностями занимается. У начальства есть милая привычка — взваливать на шею все подряд, не разбирая. А возражать начальству как-то не принято. У вас ведь, должно быть, то же самое, а?

— Да, в общем-то...— сказал Мазур.

— Вот видите. Взвалили — и не пискнешь. Будь вы человеком не столь загадочным, прошло бы мимо меня и вообще мимо нас. Но грохнуло начальство кулаком по столу: «На твоей, говорит, Бортко, территории убили жену заслуженного человека, секретного капитана первого ранга...» Что тут попишешь? Только каблуками щелкнешь...— Он говорил так задушевно, что невольно тянуло ему посочувствовать.— Значит, вы с супругой из Аннинска ехали?

— Да,— сказал Мазур.

— Проведя там в гостях две надели у гражданина Шагарина Виктора Тимофеевича, что означенный гражданин подробно подтверждает... Авторитетный гражданин. Столь же серьезный и засекреченный... Настолько, что не верить ему ну просто-таки невозможно, в особенности если собственное большезвездное начальство три раза повторило: ты, Бортко, свои хамские замашки брось и работай, как джентльмен...— Он спросил участливо: — Как же так вышло, что этот негодяй к вашей жене привязался?

— Если бы знать...— сказал Мазур.

— Значит, вы, вернувшись в купе, увидели, что она лежит мертвая, а этот мерзавец стоит над ней с пистолетом?

— Да.

— И вы его...

— Да,— сказал Мазур сухо.— Это я умею. Есть претензии?

— Какие там претензии — законная самооборона плюс особое состояние души от психологического шока... Ничего необычного я тут не вижу. Любой мужик бы...— Он поднял голову и остро глянул Мазуру в глаза.— Я необычное в другом усматриваю. Свидетелей нет, ни единого.

— А что, на такие дела идут, сопровождаемые дюжиной свидетелей? — жестко бросил Мазур.

— Вы не поняли. Я о проводнице говорю. Исчезла проводница после прибытия поезда в град Шантарск. Случайно, не у вас в гостях обретается?

— Вот не знаю,— сказал Мазур.— Я в эти детали абсолютно не посвящен. Сами понимаете: наши особисты мне о своих действиях не докладывают. Я же не начальник, хоть и звезд изрядно...

— Понятно,— протянул Бортко.— А тут еще бригадир поезда загадок добавляет. Опрошенный по горячим следам, показал, что вы, когда пришли к нему, показали милицейское удостоверение...

— Ну, это он напутал,— сказал Мазур.— Я ему показывал свое офицерское удостоверение, вот это самое. Не разобрался сгоряча, надо полагать.

— Надо полагать,— повторил Бортко.— Так он сам и заявил на втором допросе, три дня спустя. Горячо заявил, прямо-таки вращая глазами и маха́я руками для пущей убедительности. А в глазах-то у него страх стоял, я такие глаза знаю, насмотрелся... Так он мне доказывал, будто в первый раз напутал, что жалко было болезного...

— Ну, это ваши заморочки,— сказал Мазур.— Я вам рассказал, как было. Если у вас есть другая информация...

— Господи, откуда? — развел руками Бортко.— Ошибся человек, бывает. Ну с чего бы вдруг вам милицейским удостоверением размахивать, когда у вас есть свое, авторитетнее? Да и где вы милицейское взяли бы? И зачем? Вы же не гангстер, в самом-то деле, и интересы ваши, как мне намекнули, направлены на зарубеж... Вы уж простите за нескромный вопрос, но в вашей семейной жизни не было ли трений или иных скандалов на разнообразной почве? Мало ли что бывает...

— Куда вы клоните? — спросил Мазур прямо.

— Изучаю проблему, как оперу и положено,— сказал Бортко.— Был у меня, знаете ли, печальный случай. Один тип, к стыду нашему, милицейский капитан, решил убить женушку. Не угодила чем-то, дело житейское. И убил, козел. Три раза ткнул ножом прямо на дому, а потом убеждал всех, что это ему садистски отомстили уголовные клиенты. И убедил почти, знаете ли. Только нашлась в его показаниях крохотная прореха, вовсе даже пустячная, однако отыскался рядом опытный опер, который за эту промашку тут же ухватился, ну, и размотал клубочек.

— Слушайте...— повысил голос Мазур.

— Да бог с вами!— Бортко излучал сочувствие и доброжелательность.— Я никаких параллелей не провожу и ассоциаций не ищу. Только органы, будет вам известно,— механизм громоздкий и разветвленный. И ваши показания, как любые другие, путешествуют по этому механизму достаточно долго. И на многих этапах попадается хмурый, изначально подозревающий всех и вся народ. Рано или поздно появляется какая-нибудь желчная физиономия, набравшаяся хамства задать циничный вопрос: «А отчего это показания вашего потерпевшего основаны на его собственных словах? И только?»

— Уже задали?

— Можно сказать,— неопределенно ответил Бортко.— Тысячу раз простите, я ведь не из пустого любопытства стараюсь, понимаю, каково вам... Но факты — вещь упрямая. В купе — два трупа. И вы — единственный свидетель.

— А как насчет презумпции невиновности? — спросил Мазур сквозь зубы.

— Так никто ж ее не отменял,— сказал Бортко.— Я вам просто объясняю, какие вопросы возникают в иных умах — и не более того. А знаете, из-за чего эти вопросики возникать начали?

За спиной Мазура тихо стукнули ножки стула, чуть погромче стукнула дверь. Он обернулся — парня в комнате уже не было.

— Все предельно упростилось бы, окажись ваш злодей поездным вором или иной уголовной шпаной,— сказал Бортко серьезно.— Но это ведь не уголовник и не ошалевший наркоман — покойный гражданин Денисов, как вам, должно быть, неизвестно, был человечком довольно приличным. Трудился на ниве маркетинга в шантарской фирме с лирическим названием «Синильга». Я бы, конечно, за стопроцентную добродетель покойного не поручился, частные фирмачи — тот еще народ, но признаюсь вам откровенно: компроматом на него не располагаю никаким. И какого черта он делал в том поезде — притом трезвый и наркотиков не кушавший,— никто внятно объяснить не в состоянии. И совершенно непонятно, зачем ему понадобилось убивать вашу супругу.

— Я его в жизни не видел,— сказал Мазур.

— Не сомневаюсь,— кивнул Бортко.— До этого печального случая ваши с ним пути никак пересекаться не могли — вы с супругою обитали в Питере, он — в Шантарске, где ж вам было познакомиться, а тем более, на какой почве враждовать? Нигде не могли пересечься засекреченный балтийский каперанг и сибирский коммерсант... А вот взяли и пересеклись. Если б вы до того в вагоне-ресторане поскандалили — все зацепка. Но не было в том поезде вагона-ресторана, и ехал он, согласно билету, за три вагона от вас...

— А отпечатки на пистолете?

— Его отпечатки, тут вы правы,— кивнул Бортко.— И кобура от этого пистолетика была у него под мышкой. И пистолетик был насквозь незаконный. Только это ведь ничуть не объясняет странности всего происшедшего...

— Ну, а я уж тем более объяснить не могу,— сказал Мазур.— Только убил ее он. Некому было больше.

— Верю,— сказал Бортко.— Хотя и в толк не возьму, зачем ему понадобилось. Никто у него вроде бы маньяческих наклонностей не замечал. Вот только шефа, увы, не расспросишь: убили хозяина «Синильги» пару дней назад. Так чистенько и грамотно положили вкупе с женой и охраной, что получается классический тупик... Ну, мало ли. Задолжал кому или дорогу перешел. Нынче у нас норовят самые разные проблемы пулей решать...— Он покосился вбок, на стену.— Словом, пошли сплошные загадки, самые неожиданные пересечения... Вы, кстати, во время отпуска по тайге не гуляли?

— Нет,— сказал Мазур.

— А я тут краем уха слышал, что вы в Курумане какой-то плот строили. Основательное сооружение.

— Строил,— сказал Мазур.— Сначала и в самом деле хотели сплавляться. Потом жене что-то разонравилось — и поехали в Аннинск к Вите Шагарину.

— А плот куда делся?

Мазур пожал плечами:

— Проплыли мы всего верст пятьдесят — до Кареево. Там сели на поезд и поехали в Аннинск. А плот я пустил по Шантаре — что с ним было делать, не продавать же? Кому он нужен?

— Действительно... Дальше Кареево не добрались?

— Я же сказал.

Теперь и Мазур покосился на стену, точнее — на зеркало. Было в нем что-то неправильное. Рамка чересчур толстая, а само зеркало чересчур уж вровень со стеной. Вполне можно допустить, что это «стекло Гизелла» — зеркало с односторонней прозрачностью. По ту сторону может торчать целый взвод и пялиться на тебя во все глаза — а ты не увидишь ничего, кроме обычнейшего зеркала. А ведь похоже... То-то и парнишка смылся. Свободно могли отыскать кого-то из тех лесных пожарников... ну, а что это им даст? Устные заверения, никакими доказательствами не подкрепленные?

— Значит, по тайге не гуляли...— сказал Бортко.

— Нет.

— Повезло вам,— сказал Бортко.— А то в тайге за последние недели творилось черт-те что...— Он грузно встал со стула, вытянул из ящика стола потрепанную карту, положил перед Мазуром и стал тыкать в нее авторучкой.— Вот здесь — убийство, и здесь, и здесь тоже, под самым Пижманом, да и в Пижмане несколько трупов. Полное впечатление, словно шел какой-нибудь долбаный Терминатор и развлекался от души, ни разу не попавшись... И если мы эту воображаемую линию продолжим, она аккурат в железную дорогу и упрется. Только там все наоборот: там, в поезде, убийца налицо, хоть и мертвый...

— И к чему вы мне все это говорите?

— Сам не знаю,— пожал плечищами Бортко.— Просто выдался этакий вот сезон загадок, сатанеешь, честное слово.— Он нагнулся к Мазуру совсем близко.— И так и тянет вам очную ставочку устроить.

— С кем? — глядя ему в глаза, спросил Мазур.

— С самым разным народом.

— А зачем?

— Вот то-то и оно — зачем? Даже если какому-то обормоту вы и покажетесь знакомым — всякое бывает,— подкрепить это ничем не удастся. Снова меня, болезного, одернут, я рожки и втяну, что та улитка... И поговорить нам совершенно не о чем, а?

— Не о чем,— сказал Мазур.

— Решительно? — Бортко дернул уголком рта.— Вы поймите меня правильно: я вас ни в чем не обвиняю и ничего не пытаюсь пришить. Не столько из врожденной доброты, сколько оттого, что дело безнадежное. Но вот если бы вы мне рассказали совершенно добровольно, я бы даже уточнил, как частное лицо — частному лицу, не наблюдались ли в нашей тайге какие-нибудь нехорошие странности? Не встречалось ли вам чего неприглядного?

— Не был я в тайге,— сказал Мазур.— Не взыщите.

— Точно?

— Точно,— сказал Мазур.

— Я понимаю, что вы насквозь засекреченный и крайне нужный державе человек,— произнес Бортко врастяжку.— Но вот запросто, по-человечески могли бы поболтать? Я же не из любопытства вас пытаю, мне по работе знать надлежит обо всем, что в губернии делается...

Пожалуй, это звучало, как просьба — без лицедейства на сей раз. Но Мазур идти навстречу не собирался. Все было бессмысленно — доказательств нет, а половина свидетелей отправилась к праотцам...

— Ну, а все-таки? — мягко спросил Бортко.

— Нечего мне вам рассказать, к сожалению,— пожал плечами Мазур.— Не был, не видел...

— А если кто-то еще вляпается? Только не будет у него ни вашей сноровки, ни вашей крыши?

— А если доказать ничего нельзя? — в тон ему ответил вопросом Мазур.

— Это уж мне решать.

— Нет, увольте...

— А что там у вас в расположении рвануло? — спросил Бортко, неторопливо пряча карту в стол.

— Представления не имею,— сказал Мазур.— Это уж настолько не мое дело... Я ж не особист.

— Понятно.

Вошел неприметный, вновь бесшумно устроился на стуле и в ответ на взгляд шефа пожал плечами. Не похоже было, чтобы полковника это разочаровало, хотя Мазур ничего не стал бы утверждать с уверенностью.

И спросил, подумав:

— Я вам больше не нужен?

— Как вам сказать...— протянул Бортко.— С одной стороны, больше вроде бы и рассуждать не о чем. С другой вроде бы очередная странность напрашивается в гости. Я ж говорю — странности у нас косяком пошли... Уж простите за новый нескромный вопрос: у вашей супруги татуировки были?

Вот этого Мазур решительно не ожидал. Поднял голову. Бортко вперил в него тяжелый взгляд. Молчал и ждал.

— Вот ситуация, да? — тихо произнес он, не отводя от Мазура колючих глаз.— Скажешь «нет» — соврешь. Скажешь «да» — придется объяснять...

— Что — объяснять? — тихо и недобро спросил Мазур.

— Ну, хотя бы откуда у молодой женщины из вполне приличной семьи, окончившей далеко не последнее учебное заведение, вдруг взялись наколки на манер зэковских...

— Студенческие глупости,— отрезал Мазур, уже чуя что-то насквозь нехорошее.

— Оно, конечно,— задумчиво сказал Бортко.— У самого дочка гранит грызет, всякого насмотришься... Развлекаются, как хотят, акселераты этакие...

— Я могу идти?

— Да нет пока что,— сказал Бортко и сделал какой-то знак адъютанту. Тот мгновенно пересел к столу, вытащил бланк протокола допроса и авторучку.— Боюсь, придется вас допросить по другому делу, где вы выступаете то ли в роли потерпевшего, то ли свидетеля. Уж и не знаю, как сформулировать — загадки вновь ходят косяками... Может, попросту казенную бумагу взять и процитировать?

— Сделайте одолжение,— сказал Мазур.

Бортко извлек из стола папку, из папки — несколько листочков, бегло пробежал их взглядом, переложил — должно быть, согласно нумерации — и, не поднимая глаз на Мазура, принялся бубнить:

— «...в ноль часов шестнадцать минут внимание экипажа патрульно-постовой службы отдельного батальона ГАИ привлекли находившиеся на Кагалыкском кладбище неизвестные. Во время приближения к ним для проверки документов по старшему сержанту Тополькову В.С. и лейтенанту Ильину М.Т. неизвестными были произведены выстрелы из автоматического оружия с причинением множественных пулевых ранений, вызвавших невозможность действий по задержанию...» Коряво написано, что греха таить, но суть ухватываете?

52

— Ухватываю,— сказал Мазур.

— Короче, ребят положили на месте. Они особо не береглись — решили, видимо, что там опять бичи собрались водку трескать и венки воровать... Шли в рост с зажженными фонарями. Водитель залег у ограды, стал палить, потом начал вызывать подмогу. Только никого взять не удалось — у них там была машина, успели смыться. Несколько дорог, местность сложная... Когда приехала опергруппа, обнаружилось, что могила вашей супруги вскрыта, гроб извлечен и также вскрыт.

— Как... вскрыт? — глухо спросил Мазур.

— Гвоздодером, надо полагать. Или ломиком,— безразличным голосом продолжал Бортко.— По заключению экспертов, подушечки пальцев, все десять, испачканы веществом, аналогичным применяемому в дактилоскопии для снятия и фиксации отпечатков пальцев. Проще говоря, сняли отпечатки. Каких-либо других целей вроде бы не было. Ничего пояснить не хотите?

— Нет,— сказал Мазур, непослушными пальцами выковыривая из пачки очередную сигарету.— Потому что сам ничего не понимаю.

— Так-таки и ничего? Снова совпадение? Или просто так кому-то шизанутому вздумалось с трупами играться? Я ведь вам лапшу не вешаю и на пушку не беру. На парней в морге посмотреть хотите? И как, по-вашему, я еще мог о татуировках узнать? Да оттуда же, из протокола осмотра трупа...— Он вновь навис над Мазуром.— Ну ты ж мужик и офицер, что ты мне тут крутишь сироту казанскую? Я не говорю, будто ты что-то натворил, но объясни ты мне, во что вы с ней в л я п а л и с ь! Что вы такое видели? Был ты в тайге. И она была. И что-то там у вас произошло с мальчиками из «Синильги». Нет? — Он вновь вытащил карту, чуть не порвав, яростно развернул.— Вот здесь — прииск «Синильги». Здесь — их дачка, возле заповедника, собственно, в самом заповеднике... Здесь, на переправе, пришили их людей — и свидетели оч-чень подробно тебя описывают... И жену твою тоже.

— Может, они еще и описывают, как я на глазах у них мочил кого-то? — хмыкнул Мазур, не поднимая глаз.

— Не танцуй. Сам прекрасно знаешь, что они описывают.

— Ну, тогда, может, и проведем опознание по всей форме? — спросил Мазур. Кивнул на стену.— Эти фокусы с зеркалами, насколько помню, совершенно незаконные...

Бортко яростно сопел.

— Сам знаю,— сказал он, немного остынув.— А незаконные они потому, что на законное опознание у меня санкции нет и никто мне ее не даст. Ты ж у нас со всех сторон прикрытый, супермен хренов, из-за тебя меня генералы раком ставить будут... И свои, и чужие. Так что выпорхнешь ты отсюда, весь в белом, а я останусь понятно в чем...— Он окончательно успокоился, сел у стола, закурил. Глядя в пол, громко спросил:

— Все его опознали?

— Все,— сказал сидящий у двери.

— А толку-то от этого...— поднял на Мазура злой и упрямый взгляд.— Так вот, Ихтиандр,— нисколечко не верю, что тут имеют место некие шпионские игрища. Я, конечно, полный болван во всем, что касается шпионажа, но в этой комнатушке сижу давно и этот город знаю вдоль-поперек. Ты мимоходом вляпался в некую уголовщину, вылез из нее благодаря выучке, положил кучу трупов, да вот жену не уберег... Так мне вещует опыт, а опыта у меня богато. Так оно все и было. И никак иначе. Я не требую, чтобы мне выдавали государственные тайны, но обо всем, что касается моих клиентов, хочу знать как можно больше. Усек?

— Я могу идти?

— А ты мудак,— сказал Бортко.— Уж прости за прямоту.

— Какой есть.

— Может, фотографии с кладбища показать?

— Чтобы я озлился и помог следствию? — хмыкнул Мазур, уже успевший встать.— Не пойдет, точнее, не выйдет. Ты уж извини, но что-то мне не верится, будто тебе удастся чего-нибудь путнего достичь... Уж мне-то виднее,— усмехнулся он горько.— Право слово, виднее.

Они стояли по обе стороны стола и смотрели друг другу в глаза. Сидевший у двери, казалось, и не дышит вовсе. Мазур и в самом деле чувствовал себя чуточку подонком — но он и впрямь не верил, что Ведмедю удастся чего-то добиться: не тот расклад, не тот народ. Все концы обрублены, иные сам рубил...

— Ну ладно,— сказал Бортко.— Сам попытаюсь. Есть, знаешь ли, опыт...

— Бог в помощь,— вежливо сказал Мазур.

Повернулся к двери. Неприметный парень невольно дернулся, собираясь загородить дорогу, но Мазур краешком глаза отметил, что полковник остановил его жестом. И пробасил в спину:

— Ты запомни для сведения, Ихтиандр: это у себя там ты — король. Морской царь. А если ты в м о е м городе во что-нибудь такое влипнешь — могут и генералы не спасти. И пока ты здесь, я с тебя не слезу, честно предупреждаю....

— Учту,— сказал Мазур, четко повернулся через левое плечо и вышел.

Шагал по коридорам, не различая встречных, в голове была совершеннейшая каша. Только сейчас ему стало приходить в голову, что игра пошла гораздо серьезнее, чем представлялось. Если профессионализм тех, кто пытался расколоть их вчера, еще можно было свалить на пресловутые «мафиозные структуры», то ночной взрыв (похоже, совпавший по времени с событиями на кладбище) как-то особенно уж неприятно щемил сердце. Стоит только представить, что это не наглость, а уверенность в себе,— многое предстает совсем иначе...

Он чуть ли не запрыгнул в машину, яростно хлопнул дверцей. Кацуба неторопливо вынул из уха черный шарик на кольчатом шнуре, пожал плечами:

— Интересное кино...

— Все слышал?

— Естественно.

— Как думаешь, он не блефовал насчет кладбища?

— Так проверить-то — минута дела,— сказал Кацуба.— И не проходит у меня впечатление, что ты, голубь, нас втравил в паскуднейшую историю...

— А ты на моем месте сидел бы сложа руки?

— Да я ж тебя не упрекаю,— сказал Кацуба.— Просто паскудных историй терпеть не могу — потому что работать заставляют, как папу Карло, чтобы их затушевать... А ты за меня работать не будешь, понятное дело.

— Хочешь, поработаю,— равнодушно отмахнулся Мазур.

— Ох, смотри, голубь,— хитро глянул на него Кацуба.— Поймаю на слове, у меня это запросто, а у генерала еще проще...— Он смотрел насмешливо и непонятно.— Помнишь «Джентльменов удачи»? «Косой, ты нырять умеешь?»

— Ладно, поехали,— нетерпеливо пошевелился Мазур.

— Погоди,— сказал сквозь зубы майор.— Сейчас вся эта орава на красный остановится — я и рвану. И хвостик получится заблокированным... Башкой не верти! — прошипел он.— В зеркальце глянь с равнодушным видом, развались, сигаретку вытащи, словно мы тут еще час проторчать собрались за дружеской беседой — или ждем кого...

Мазур посмотрел в зеркальце, но ничего особенного не усмотрел — поблизости, по обеим обочинам улицы с односторонним движением, стояло несколько припаркованных машин, и люди сидели в трех из них.

— Который? — спросил он тихо.

— Вон та «семерочка» цвета мышиного помета,— оскалился Кацуба.— Только она нас не с самого начала пасла — когда выехали с базы, у зверосовхоза на хвост села совсем другая, а этим нас уже где-то в центре передали... Ребятки наглые, если полезли за нами к самому РУОП,— только это еще ни о чем не говорит, в смысле возможной идентификации... опа!

Мазур ждал рывка, но Кацуба рванул машину в самый неожиданный момент, так что каперанга швырнуло назад, и он выронил за окно едва прикуренную сигарету. С хищной улыбкой под реденькими усиками Кацуба выписал крутой вираж, под отчаянный визг покрышек ушел влево, на красный, разминувшись в паре микронов с дернувшейся было на зеленый «Газелью», из-под колес брызнули воробьями прохожие — это майор с великолепным пренебрежением к правилам хорошего тона проскочил прямо по кромке тротуара. Машина промчалась до очередного светофора, оставляя сзади скрип тормозов и разноголосую матерщину клаксонов, свернула на зеленый, начертила еще пару виражей, наконец неспешно, вполне культурно влилась в поток на Энгельса, уже ничем не выделяясь. Никакой хвост удержаться бы не смог.

— Ну, ты даешь...— покрутил головой Мазур.

— А ты так не умеешь?

— Умею. Только к чему так дергаться было? Они ж прекрасно знают, что мы обитаем на базе. И другой туда дороги, кроме как мимо зверосовхоза, нету. По воде разве что...

— Сам знаю,— сказал Кацуба.— Но едем мы, дружок, не на базу, и мне совершенно неинтересно, чтобы они вычислили ту хату, где нас ждут...

— А-а...

— Обратил внимание — он тебе не задал ни единого вопросика про твои лихие подвиги на тех двух «малинах»? Я про Бортко.

— Пожалуй, он и не знал,— сказал Мазур, подумав.— Иначе держался бы по-другому, несмотря на все ему напоминания о предельной деликатности. РУОП исстари живет в контрах с прочими службами, но есть же у них корпоративная солидарность, не хуже нашей, когда мента хлопнут, они все на дыбы встают...

— Вывод? Никакие это не менты...

— Да знаешь, я это и сам давненько подозреваю...— не без сарказма бросил Мазур.

— А вот интересно, что ты вообще насчет наших виновников торжества подозреваешь? Мафиозники это или к о н т о р а?

— Не знаю,— сказал Мазур.— Даже после вчерашнего. Мы же эту тему уже развивали — я не оперативник, я боевик. Кстати, что там со взрывом?

— У генерала узнаешь,— сказал Кацуба.— А насчет виновников — советую подумать...

— Что, я должен?

— Должен, голубь, должен,— сказал Кацуба тоном, каким майору, даже аквариумному, вроде бы совершенно не полагается разговаривать с тем, кто носит на две аналогичных звезды больше и сам причастен ко многим секретам.— Все равно тебе сегодня до вечера придется извилинами шевелить, гарантирую...

— Ты хоть намекнул бы, что там меня у генерала ждет...

— Увлекательная беседа,— хмыкнул Кацуба.

— Ничего в голову не приходит, честное слово,— серьезно сказал Мазур.— Говорил уже: не ориентируюсь в нынешней практике братских контор, а в трудовых буднях криминала тем более не разбираюсь. Судя по тому, что в газетках пишут о разгуле криминального элемента, все эти сюрпризы нам и мафия подкинуть могла. Не пойдут же они на меня в суд подавать из-за Прохора — а вот вычислить могли...

— Логично,— сказал Кацуба.— В связи с чем сам собой возникает интересный вопрос: если это мафия, почему они тебя примитивно не хлопнули, мстя за своего корешка? К чему им все эти спектакли?

— Вот уж не знаю, извини, почему меня не хлопнули... Меня, признаться, и нынешнее положение устраивает, когда я жив.

— Меня тоже,— сказал Кацуба.— Точно тебе говорю...

ГЛАВА ЧЕТВЕРТАЯ

НОВЫЕ СЮРПРИЗЫ

Кацуба сделал еще парочку кругов, проверяясь на предмет возможного хвоста, и, не обнаружив такового, погнал с предельно дозволенной скоростью по проспекту Авиаторов, свернул влево. Вскоре они подъехали к высоким зеленым воротам военного городка, привольно угнездившегося чуть ли не в центре Шантарска. Мазур здесь бывал лишь единожды, но, когда их после недолгой проверки документов пропустили, по сторонам глазеть не стал — все было насквозь привычно и знакомо.

Попетляв меж складов, они оказались у высокой бетонной стены с такими же зелеными воротами, на которых, как во множестве других военных городков, еще сохранились по старой памяти красные звезды. Здесь проверка была посерьезнее — хмурые автоматчики, заметно превосходившие по возрасту солдат-срочников, заставили выйти из машины, и Кацуба предъявил им сразу два пропуска, в двух экземплярах каждый — на себя и на Мазура. Впрочем, Мазуру и это было знакомо до скуки.

За воротами он точно так же не узрел ничего интересного — те же склады и казармы, разве что в окруженном стеной «городке в городке» заметно чище, чем снаружи.

Самая обычная на вид казарма. Еще одна проверка документов — каковую на сей раз осуществили двое прапорщиков с автоматами «Кипарис». Может, и впрямь прапорщики, а может, и нет. Они стали подниматься по лестнице, и Мазур машинально отметил, что выходящие на нее двери все, как одна, железные, с кодовыми замками. А здесь, несомненно,— замаскированная амбразура, где-то должна быть вторая, под пару, чтобы устроить перекрестный огонь... ага, вон она.

На третьем, последнем этаже Кацуба остановился, свернул к правой двери и сноровисто набрал код. Распахнул, пропуская вперед Мазура. Внутри, у самой двери, сидел за столом еще один хмурый прапорщик — на сей раз, должно быть, для разнообразия, без автомата. По крайней мере, ни на шее, ни рядом автомата не видно, что опять-таки ни о чем не говорило. Столы в военном ведомстве бывают всякие, попадаются и хитрые, способные при нужде шарахнуть из нескольких стволов, что твой взвод...

Тихий коридор, два ряда дверей. Никакой приемной не было — Кацуба постучал и, дождавшись, когда над косяком вспыхнет зеленая лампочка, потянул дверь на себя. Вновь пропустил вперед Мазура. Вошли. Ни отдавать честь, ни вытягиваться по стойке «смирно» не стали, оба были в цивильном.

О генерале Глаголеве Мазур был самую чуточку наслышан — точно, белокурая бестия. Повыше Мазура на голову, верзила с холодными голубыми глазами викинга. Помещать в одну комнатушку с гремучей змеей категорически не рекомендуется — змейку жалко... Примерно так его Мазуру рекомендовали.

Однако смотрел на Мазура он вполне дружелюбно, и на столе не имелось ничего, напоминавшего щипцы для выдирания ногтей,— ну, такие штуки и в ящике стола прекрасно умещаются до поры...

— Садитесь,— сказал Глаголев, легким движением указательного пальца определив Мазуру место напротив своей персоны, а Кацубе — у стены.— Чувствуйте себя непринужденно, Кирилл Степанович. Наслышан о вас. А вы обо мне?

Мазур хотел пожать плечами, но благоразумно воздержался. Хитрый вопросик, не знаешь, как и ответить, как будет воспринято твое «нет» или «да»... Посему он вежливо промолчал, изобразив лицом нечто вроде озабоченного внимания.

— Вот, кстати,— словно не заметив заминки, сказал Глаголев.— У меня есть тут для вас экзотический сюрприз, под пивко. Готов поспорить, не едали...

Он остановил жестом привставшего Кацубу, сам ловко застелил пустой стол белой салфеткой, выставил из холодильника, скрывавшегося за полированной деревянной дверцей стеллажа, несколько банок пива. Бережно положил рядом сверток в белой плотной бумаге, несколько театрально развернул.

Мазур посмотрел с любопытством. Три мастерски закопченных коричнево-золотистых рыбы, но какие-то странные, хотя, несомненно, где-то виденные — величиной с небольшую селедку, но гораздо шире, с огромными головами, зубастые...

— Прошу,— радушно сказал Глаголев, указывая на рыб.— Ровно три, по числу присутствующих... Копчененькая пиранья под пивко — сроду не пробовал, а вы? Ну вот и испробуем. Пиранья, как говорится, аутентичная. Один мой знакомый ездил в Перу, посмотреть, как там наша техника палила по эквадорцам. Ну, выдалось свободное время, любит русский человек экзотических зверюшек, да и кулинарные эксперименты... Взял да наловил, попутно обучив перуанцев глушить рыбу гранатами. Они, хоть народ и горячий, до такого как-то не додумались. Очень, говорит, благодарили за науку. Вот и привез вязочку пираньи. Хотел для развлечения живых довезти, да воду вовремя не поменял, передохли... Ну, угощайтесь. Вы, кстати, к перуанско-эквадорскому конфликту как в свое время отнеслись?

— Нейтрально,— сказал Мазур.

— И правильно, как к нему относиться? — Глаголев, подавая пример, принялся вдумчиво обдирать шкуру со своей рыбины.— Вы смотрите, получается, что твоя вобла...

— А они, случайно, каким-нибудь перуанцем не завтракали? — спросил Мазур, повертев в руках пиранью, пахнувшую, надо сказать, столь же аппетитно, как и вобла.

— Мы с вами, по крайней мере, их за этим занятием не видели...— усмехнулся генерал.— В конце концов, русскому ли человеку пугаться позавтракавшей перуанцем рыбки? Мы что хошь сожрем... Ну, господа?

Он дернул колечко пивной банки и, подавая пример, отважно отправил в рот длинное перышко темно-коричневого мяса, глядя в потолок, прожевал, запил пивком и заключил:

— В общем, бывает и хуже...

Мазур тоже решился отпробовать хищный деликатес — в самом деле, бывает и хуже, рыбка как рыбка...

— Хорошо сидим,— сказал Глаголев прямо-таки растроганно.— Ну, так уж у меня заведено — если ты ко мне пришел, а я пью пиво, садись со мной пить пиво, вот такой я командир. Слуга царю, отец солдатам. Царек у нас, правда, малость недоделанный, зато солдаты еще остались — солдат что таракан, его так просто не выморишь... Ударяйте по пивку, Кирила Степаныч. Жалко вот, гармошку не догадался прихватить. Кацуба на гармошке наяривает, словно какой-нибудь Мстислав Растопырьевич на контрабасе. У него особенно великолепно получается «Ich hatte einen Kameraden»*. Та самая мелодия, на которую наши положили пресловутый шлягер: «Средь нас был юный барабанщик...» Знаете эту историю?

_____

* «Был у меня товарищ» — старая германская солдатская песня.

60

— Знаю,— сказал Мазур.

— Музыка в точности та же, слова, конечно, другие. Но Кацуба хвастается, что знает канонические немецкие слова. Знаешь, Кацуба?

— Так точно,— браво отчеканил Кацуба.

— Споешь?

— Как же без гармошки?

— Без гармошки, действительно, не в цвет...— согласился Глаголев.— Отставить пение, Кацуба.

— Есть отставить пение.

Мазур прекрасно понимал, что с ним играют, словно с мышкой. Многолетний армейский опыт учит нехитрым житейским истинам: плохо, когда на тебя орет свой генерал, но еще хуже, когда зачем-то обхаживает чужой, да еще из такого заведения. Ничего хорошего из таких посиделок еще не получалось — особенно если учесть все странности вокруг базы...

Но деваться было некуда — приказ от непосредственного начальства самый недвусмысленный. И он прихлебывал пивко, отдирал с костей клочки мяса, старательно помалкивая или отделываясь короткими репликами, все более неловко чувствуя себя под прицелом светлых варяжских глаз. Генерал словно бы не замечал в происходящем ни малейшего оттенка сюрреализма, можно подумать, каждый день попивал тут пивко с посторонними морскими офицерами. Кацуба вообще казался тенью, по недосмотру проникшей в материалистический мир. За все это время ни разу не зазвонил телефон, не постучали в дверь.

— А хорошо,— мечтательно сказал генерал, отставив пустую банку.— Сейчас бы водочки, да в баньку, да сосок в ассортименте... Ну, перейдем к грубой прозе жизни? Майор, бардак ликвидируй.

Кацуба моментально собрал в пластиковый пакет остатки импровизированного банкета, отправил пакет в урну и раздал им бумажные салфетки. Мазур внутренне подобрался — начинались танцы с волками...

— Ситуация, конечно, неприятная,— сказал Глаголев.— Столько лет существовала база — и жила она без всяких хлопот, а стоило вам появиться...

— Ко мне есть претензии? — спросил Мазур.

— Претензии, если покопаться, отыщутся к любому,— уклончиво ответил генерал.— К вам пока что есть вопросы... Кацуба, снимки. Вы как профессионал вполне можете сформулировать авторитетное мнение насчет ночного взрыва. Осмотрелись вчера утром?

— Конечно.

— Ну и?

— Кумулятивный заряд,— сказал Мазур.— Направленный строго вертикально. Вниз. Не самая модерновая конструкция, по-моему, но достаточно эффективная. Первые образцы появились еще во вторую мировую, уже тогда эффект был недурной — полукилограммовая авиабомбочка прожигала танковую башню. Хотя... Несомненно, в комбинации с зарядом использовалось что-то зажигательное. Я бы сказал, нечто вроде «БД-19» или диверсионной «Иглы», вариант для подрыва емкостей с горючим. Не могу сказать точно, облегченный или стандартный — представления не имею, установили его там заранее или доставили.

— А как бы вы доставили «Иглу»?

— Самый надежный вариант — на воздушном шарике,— сказал Мазур.— Тут пошли варианты: шарик либо надут горячим воздухом и потому теряет высоту самостоятельно и быстро — неплохо для применения против объекта большой площади, когда точность не нужна,— либо наполнен газом, тогда по радиосигналу подвесной груз отсекается от тросика над заданной точкой. В общем-то, ювелирной точностью попадания и здесь похвастаться нельзя, ветер — штука капризная, но все зависит от целей, которые перед собой ставит диверсант...

— Великолепно,— сказал Глаголев.— Как будто вы сами бомбочку и подкинули. Ну, я шучу, понятно. Взгляните.

На нескольких снимках — покореженные, обгоревшие детальки с непременной масштабной линейкой в углу каждой фотографии. На последнем — какая-то черная тряпка, аккуратно расправленная, с полосой дырок.

— Все верно,— сказал Глаголев.— Остатки отсекателя и направляющей полусферы, ребятки исползали на брюхе окрестности ·А это — бренные останки шара. Часовой, молодец, заметил, прежде чем он улетел к воде, снял из автомата — видите пробоины?

— То-то пальба началась сразу же...— сказал Мазур.

— С военной точки зрения ущерб ничтожен — выгорели две жилых комнаты, один человек убит, двое ранены, плюс четыре сторожевых собаки. Песики, очень похоже, заметили шар, когда он летел не столь уж высоко над крышами,— Кацуба говорит, их тренировали и на непонятные летающие объекты. Сбежались туда, тут и рвануло... Да, наши определили, что шарик был наполнен гелием, но, судя по расчетам, летел грузновато и невысоко, то ли специально подобрали такой объем, то ли другого под рукой не оказалось, тут пока неизвестно... Вернемся к ущербу. Цинично говоря, он крайне ничтожен. Хамская демонстрация. Однако люди, располагающие подобной техникой, впустую не хулиганят. Даже при нынешнем бардаке такой заряд трудновато раздобыть — «список три», не вам объяснять, что это такое. Отсюда проистекает, что развлекался человек серьезный, чью принадлежность пока что невозможно определить... Что касается мотивов, с ними еще сложнее. Один из моих мальчиков на безрыбье выдвинул версию, будто базу пытаются оттуда выжить определенные элементы, присмотревшие райское местечко под коттеджи,— но сейчас не девяносто первый год, любой элемент понимает, что может получить от меня по рогам так, что мало не покажется... В хитрого психопата мне тоже отчего-то не верится. Посему, как ни печально такое говорить, у меня в качестве побудительного мотива остается лишь ваше присутствие... Я не садист, нервы вам мотать не собираюсь, скажу сразу: пока неизвестно, что именно вызвало вчерашний сюрприз,— ваше присутствие на базе или ваша дружеская критика по отношению к покойному владельцу фирмы «Синильга», выраженная крайне эмоционально и крайне профессионально. Поэтому никто не собирается запихивать ваши пальчики в машинку для выдирания ногтей. Пока что,— уточнил он с приятной улыбкой сытого людоеда.— Я не собираюсь читать вам мораль, да и Кацубе не велел — что тут скажешь, если сами загнали себя в ситуацию, когда можно огрести такие неприятности...

— Если бы на меня заимели зуб друзья и коллеги покойного, у них была масса времени и возможностей вульгарно меня хлопнуть,— сказал Мазур.

— Резонно. Признаюсь, именно такие умозаключения меня пока и удерживают от того, чтобы смахнуть пыль с машинки для выдирания ногтей...

— Вам удалось хоть что-то выяснить?

— Немногое,— сказал Глаголев.— Этот чертов магазинчик и квартира на Свободной прошли через столько рук, что концов пока не найти...

— Вопрос можно?

— Конечно.

— Почему вы упорно не рассматриваете самую простую версию? — спросил Мазур.— Лежащую на поверхности? Я — нежелательный свидетель. Возможно, единственный человек со стороны, знающий о таежных охотничьих забавах. Логично предположить, что отсюда все и вытекает...

Глаголев ответил, практически не раздумывая:

— Свидетели, знаете ли, имеют тенденцию делиться на опасных и неопасных. Мне кажется, вы давно уже понимаете сами, что относитесь к последним. Во-первых, уличить их невозможно. Во-вторых, во время бегства вы натворили кое-что, не позволяющее вам сейчас появляться принародно в белых сияющих одеждах и требовать справедливости. В-третьих, гораздо прагматичнее было бы убрать вас без лишнего шума, нежели по-дурацки баловаться со специфической подрывной техникой, рискуя впутаться в чреватый крайне серьезными последствиями конфликт с крайне серьезным ведомством. Согласен, и происшедшее на кладбище, и это ковбойское похищение идеально ложатся в гипотезу о том, что вашу личность устанавливали. В спешке, не считаясь с последствиями и затратами. Случившееся на кладбище может иметь только одну-единственную цель: сравнить отпечатки пальцев вашей жены с некими, уже имеющимися. А интересовать это может опять-таки ваших таежных приятелей. Снова возникает вопрос: почему вас не прикончили, если ими двигало желание отомстить? А другого желания у них быть не может, они-то прекрасно понимают, что вы не опасны в качестве свидетеля... Вы сами только что, буквально две-три минуты назад, признали, что прикончить вас могли давно.

— Кажется, положение у меня самое идиотское,— сказал Мазур.— Даже не оправдаться нужно — сообразить, в ч е м следует оправдываться... Будь это месть за Прохора, меня давно убили бы. Где-нибудь в городе. Так что, возможно, взрыв на базе с моими... прегрешениями и не связан? И все шло бы своим чередом независимо от моих поступков? Для чего-то же вам понадобилась моя скромная персона? Вы же не военная прокуратура, в конце-то концов... Чтобы залить мне сала за шкуру, не было нужды привлекать постороннее ведомство — свои ремней из спины нарезали бы столь же изящно и непреклонно.

— Непугливый клиент пошел, а, Кацуба? — усмехнулся Глаголев.— В старые времена у него зуб на зуб не попадал бы...

— Он нынче незаменимый,— в тон начальству поддакнул Кацуба.

— А это как посмотреть. За подобные художества могут и по головке не погладить. В особенности если у него дублеры имеются. Он не хамит, Кацуба, он уверен, что его шалости на ход событий нисколечко не влияли...

Где-то справа от Мазура мелодично мяукнуло. Генерал с Кацубой молниеносно обменялись взглядами, потом Глаголев прошел к двери, вышел в коридор. И вернулся буквально через минуту, с бумагой в руке. Мимоходом показал ее Кацубе — и тот прямо-таки расплылся в непритворной радости.

Генерал изменился мгновенно — хищно-упругие движения зверя, ни единого лишнего жеста.

— Все,— сказал он отрывисто.— Начали работать.

«Господи,— подумал Мазур,— неужели они всего лишь тянули время? Чрезвычайно похоже... Что за игры идут?»

— Бортко проявляет интерес к базе отдыха «Синильги» «Северная заимка»? — спросил Глаголев.

Мазур кивнул на Кацубу:

— Должна быть запись...

— Записи меня не интересуют, поскольку видеосъемки не велось. Меня интересуют ваши личные впечатления от встречи.

— Я бы сказал, «Заимка» его крайне интересует,— ответил Мазур.— Он конечно, хитрован, но все же рискнул бы сказать, что его прямо-таки припекало...

— Все сходится,— бесстрастно сказал Глаголев.— Вчера вечером в него стреляли. История темная, но эксперт клянется, что это не покушавшиеся со стороны. В полковника стрелял человек, сидевший за рулем его собственной служебной машины, когда Бортко в нее садился. Только Ведмедь успел отклониться и, в свою очередь, шарахнул почти в упор. Не исключаю, ждал чего-то подобного. Кстати, его шофер исчез.

— У него, должно быть, недоброжелателей...— сказал Мазур.

— С недоброжелателями у него давно установилось нечто вроде вооруженного нейтралитета,— сказал Глаголев.— В том смысле, что враждующие стороны воздерживаются от покушений на, если можно так выразиться, полководцев противника. Там свои правила игры, продиктованные житейской необходимостью. Между прочим, после покушения Бортко не предпринял ровным счетом никаких репрессий против подопечного элемента, что на него совершенно не похоже. Когда в прошлом году подстрелили его лейтенанта, город сутки стоял на ушах... Нет, он прекрасно знает, с какой стороны целили.

— А вы знаете?— спросил Мазур.

— Не знаю пока,— сказал Глаголев.— Ясно только, что вокруг вашей «Заимки» замельтешила масса народа, а «Заимка», надо понимать, сопротивляется... Элегантно, я бы сказал, отбивается. Вы шантарские газеты читаете?

— Каюсь, и не заглядываю.

— Кацуба, продемонстрируй.

Майор вытянул из лежавшей с ним рядом папочки довольно толстую газету — цветные фотографии, заголовки в три краски, название «Шантарский скандалист» выполнено вычурными буквами и пониже, шрифтом помельче, но столь же заковыристым, продублировано на английском.

— Новый бульварный орган,— прокомментировал Кацуба.— Второй номер — точнее, третий, потому что две недели назад был нулевой. Ознакомься. Сегодняшний. Тираж еще не отшлепали, ребята его из типографии увели... Данный номерок, конечно, не тираж.

Мазур бегло проглядел заголовки: «Инопланетяне над Елкино!», «Спит ли губернатор с Зоенькой Клименко?», «Милиционер-вампир!», «Студентки ударили ножом восемнадцать раз!».

— На четвертой странице полюбопытствуй,— хмуро сказал Кацуба.— Где заголовочек «Спецназ почти не виден».

Мазур зашуршал плотными страницами. На четвертой и на пятой, под растянувшимся во всю ширь развернутой газеты помянутым заголовком (выполненным готическим шрифтом с истекающими кровью буквами) в глаза прежде всего бросались яркие фотографии — зверские морды, перекошенные в крике и размалеванные черными полосами, устрашающего вида штык-ножи, блистающие во всей красе на переднем плане, дюжие молодцы в пятнистых комбинезонах старательно лупят друг друга по челюсти толстенными подошвами ботинок, выкручивают конечности, резвятся на полосе препятствий, старательно минируют какую-то стену...

Мазур присмотрелся:

— Туфта. Вот это вообще никакой не спецназ — голландские мотострелки на учениях. А это — стандартный штык к «Стэнам» и винтовке номер четыре, в спецназе из-за громоздкости и полной устарелости не используется...

— Это мы сами знаем,— поморщился Глаголев.— Вчитайтесь в текст, это гораздо любопытнее...

— Пожалуй...— сквозь зубы сказал Мазур, пробежав первые же абзацы.

Автор, именовавшийся с крестьянской простотой Арчибальд Икс, пространно повествовал о некоем засекреченном объекте, в самые что ни на есть застойные времена бесцеремонно возведенном в живописнейшем местечке, в тайге, на берегу Шантарского водохранилища, где следовало бы устроить детский сад или иное заведение, служившее бы народу, однако коварные партократы и здесь показали свой волчий норов, оттягав у трудового народа угодья и передав их медноголовой военщине, тут же поспешившей приспособить подарок для самых низменных целей и бесповоротно нанеся ущерб окружающей среде, вплоть до реликтовых сосен, на которых пьяные военные вырезали штыками сначала похабные, а впоследствии и антиперестроечные лозунги. Полунамеками и звучными фразами рассказывалось о таинственных, крохотных подводных лодках, замеченных в прилегающих водах, о неназванных по фамилиям мирных рыболовах, чью лодочку, дрейфовавшую в полукилометре от берега, перевернуло взрывом, о бедных старшеклассницах, обманом завлеченных на базу и злодейски загнанных в сауну к похотливым генералам. Словом, смесь сенсационной болтовни и душевной боли за прекрасные угодья, оскверненные военщиной. В самом конце Арчибальд Икс недвусмысленно намекал, что на базе, вполне возможно, хранится ядерное оружие, и миллионному городу следовало бы всерьез обеспокоиться столь страшной и явной опасностью, нависшей над Шантарском. В качестве доказательств похотливости генералов прилагалось фото женской задницы, украшенной то ли татуировкой, то ли просто надписью: «Слава Советской Армии», а байка о ядерном оружии подкреплялась снимком некой смутно различимой, но внушительной цистерны, покоившейся на прицепе «Урагана».

— Впечатления? — с любопытством спросил Глаголев.

Мазур пожал плечами:

— Может, я чего-то в гражданской жизни недопонимаю, но это, по-моему, чересчур... Должна же быть какая-то цензура?

— Где сейчас цензура...— вздохнул Глаголев.

— И все равно, есть же какие-то правила насчет разглашения секретов?

— А как же. Только засунуть хвост в мясорубку этой газетке и персонально Арчибальду будет крайне затруднительно. Я уже кое с кем советовался... Никаких р е а л ь- н ы х деталей о базе этот скот не дает, обратили внимание? Ядерного оружия там не было отроду. Сауна, правда, есть, сами прекрасно знаете, но девиц на улицах для нее не хватали... И никакую лодку взрывом не переворачивало в указанные даты. Гораздо интереснее вот эта фразочка: «Не удивлюсь, если у них там при такой жизни завтра чего-нибудь шумно подорвется — и дай-то бог, чтобы не атомная бомба...» Приятное совпаденьице, а? В следующем номере вполне можно давать взволнованное письмо читателя Кособрюхова из близлежащей деревеньки Драчевка о загадочном ночном взрыве. О нем, кстати, слухи по городу уже пошли — поблизости, по другую сторону сопок, и в самом деле пара деревень, дачные поселки, зверосовхоз, фейерверк могли наблюдать и слышать непосвященные люди... Вот интересно, Арчибальд у нас экстрасенс или нет? Случайно он про грядущий взрыв ляпнул или как? Для всего окружающего мира там испокон веку была локаторная станция, а речь идет о намеренной утечке, зуб даю...

— Адрес редакции...— Мазур заглянул на последнюю страницу.— Абонементный ящик. Но ведь можно же доискаться? И взять в разработку? Я в такие совпадения тоже не верю...

— Воспрянули духом? — усмехнулся Глаголев.— Есть основания, признаться. Нападки на базу — это уже не нападки на вас персонально, устраивать подобные забавы с многокрасочной печатью только для того, чтобы сделать вам пакость, в первую очередь непрактично... Ни один серьезный человек на это не пойдет. А против нас играют люди серьезные, если набрались нахальства задираться с нашей конторой...

— Значит, с той стороны — тоже к о н т о р а? — тихо спросил Мазур.

Глаголев молча разглядывал его с непонятным выражением лица, потом усмехнулся:

— У вас есть какие-нибудь предположения насчет того, зачем серьезной конторе ваша «Заимка»? Если есть, поделитесь. Право, любопытно послушать.

— Нет у меня никаких соображений,— подумав, признался Мазур.— Все, что я там видел, толкуется однозначно — наглый, зажравшийся криминал...

— Вот видите. В общем, я вас запрягу, уж не посетуйте. Придется поработать. Главная тяжесть ляжет на хрупкие плечи Кацубы, а вы будете внушительно возвышаться на заднем плане и подыгрывать, смотря по ситуации. Как хор в греческой трагедии. Сначала съездите к одному весьма любопытному субъекту, Кацуба его знает — а там, если договоритесь и он вам сдаст издателя «Скандалиста», двинете к нему...

Мазур уловил краем глаза, что Кацуба едва заметно дернулся, словно собираясь вставить реплику, но не посмел, похоже.

— Если договоритесь, вдвоем поедете к издателю,— повторил Глаголев явно для своего верного адъютанта.— Впервые видите, как планы меняются на ходу? Ты, Кацуба, и есть зам по хозчасти, про которого столь живописно изложено, как он ловил старшеклассниц для генеральских утех. Обидно тебе стало, волосы на голове дыбом встали, как только представил, что будет, если женушка прочтет. Ревнивая она у тебя и к печатному слову до сих пор доверие питает. Зам в статейке оставлен анонимным, вот пусть тебе Арчибальд и докажет, что не тебя имел в виду... А этот дядя,— он кивнул на Мазура,— твой двоюродный брат, который тоже в морду залезть не дурак. Словом, бутафорьте по обстановке, люди опытные, не учить же вас? Мне нужно, чтобы вы его посмотрели в привычной обстановке, налетев неожиданно. Водочкой, что ли, галстуки сбрызните, чтобы от вас припахивало... Если покажется, что того требуют интересы дела, и в самом деле навешайте по чавке, только не увлекайся, Кацуба, душевно тебя прошу, а то ты в Южной Америке ихнего менталитета нахватался... Позвонишь отсюда, от Володи. Шагом марш. Ступайте, господин капитан первого ранга, и впредь не грешите... А то ноги повыдергаю прежде, чем успеете в адмиралы проскочить,— и он улыбнулся столь простецки-хищно, что Мазур даже не сумел толком обидеться.

В коридоре, когда они подошли к двери, Кацуба жестом велел ему обождать, а сам без стука юркнул в ближайшую дверь. Мазур переминался с ноги на ногу, чувствуя себя чуточку глупо — хмурый прапорщик то и дело бдительно косился на него, а Кацуба что-то задержался.

На столе у прапорщика загудел зуммер. Страж глянул на маленький экран видеомонитора и вдруг явственно заерзал, то бросая на Мазура отчаянные взгляды, то порываясь нажать на большую синюю кнопку непонятного назначения. Полное впечатление, что Мазур ему чертовски мешает своим присутствием, но и куда девать постороннего, прапорщик не представляет. Глядя на него без всякого сочувствия, Мазур демонстративно отвернулся — пусть сами решают свои проблемы.

Решившись, должно быть, прапорщик встал и отпер дверь своими руками, хотя она, несомненно, была снабжена и магнитным замком,— когда нагрянули Кацуба с Мазуром, прапор остался за столом...

Краешком глаза Мазур смотрел, как входят трое — двое высоких крепких мужиков в штатском и темноволосая молодая женщина в бордовом брючном костюме. Прапорщик истово отдал честь, отступив на шаг, и троица прошла мимо, держа курс на глаголевский кабинет. Точно, так и есть — шагавший первым уверенно постучал и вошел едва ли не раньше, чем мигнула зеленая лампочка.

Прапорщик уселся, делая вид, будто ничего не произошло, но за этой мизансценой, Мазур нюхом чуял, что-то такое крылось. Ну и черт с ними, пусть играются в свои игры...

Вышел Кацуба, мотнул головой:

— Двинули.

— Ох, и лялечки у вас тут ходят,— задержавшись из чистой вредности, сказал Мазур.— Видел бы ты, какая крошка без тебя к генералу протопала...

Прапорщик воззрился на него с нескрываемым ужасом — положительно, о крутой секрет Мазур мимоходом потерся,— вскочил и шепнул что-то Кацубе на ухо. Тот еще больше посмурнел:

— Пошли, некогда.

...Когда перед ними стали медленно раздвигаться зеленые внешние ворота, Кацуба бросил:

— Пристегнись.

— Что, опять гонку устраивать будешь?

— Если на базу ведет одна-единственная дорога, сюда тоже только по Крупской проехать можно...

— Ага,— сказал Мазур.— Но это ж означает, что они не только меня, но и тебя в лицо знают? Следовательно, не в моих грехах дело?

— Умный больно,— сквозь зубы сказал Кацуба, выехал за ворота и свернул влево.

— Ну, это даже мне ясно,— сказал Мазур, глядя в боковое зеркальце.— Во-он, от обочины синий «опелек» за нами вывернул...

— Наблюдательный ты, Степаныч,— с кривой ухмылкой откликнулся Кацуба.— Хороший был «опелек», новенький, блестящий такой... Ну, ты пристегнулся?

Он привычно перебросил рычаг, машина рванулась вперед. В зеркальце Мазур видел, что и «опель» с двумя пассажирами прибавил газу, держась метрах в тридцати. Справа был пустырь с широкой полоской чахлого газона, полузадушенного выхлопными газами, слева тянулись трехэтажные кирпичные домики сталинской постройки, закопченные по самые крыши.

Кацуба вдруг дал длинный сигнал, еще прибавил. Почти сразу же сзади раздался жуткий грохот, лязг, Кацуба понесся еще быстрее. Мазур оглянулся — сзади, полностью перегородив неширокую дорогу, стоял «ЗИЛ-130», обшарпанный самосвал, в который, надо полагать, «опель» весьма неосмотрительно врезался.

— Вот так,— сказал Кацуба, круто сворачивая на проспект Авиаторов.— А то обнаглели, скоро под окнами шататься будут...

— Кто это? — спросил Мазур без особой надежды получить ответ.

— Я так понимаю, хвосты,— усмехнулся Кацуба.— Которые следует тяпками рубить...

ГЛАВА ПЯТАЯ

ЖУРНАЛИСТИКА ПО-ШАНТАРСКИ

Кацуба первым вошел в обширный цех с высокими оконными переплетами. Шаги звучали гулко, стояла тишина, повсюду лежали кучи желтых опилок, приятно пахло свежеразрезанным деревом и далеко не так приятно — чем-то вроде ацетона или мебельного лака. Насколько Мазур разглядел по дороге, вокруг и в самом деле бурлила вполне благопристойная, законопослушная работа — из ворот выезжали грузовики с мебелью, погрузчики таскали пакеты досок, отовсюду доносился визг пил, лязганье каких-то станков, без излишней суеты колготились работяги. Похоже, крыша была самая настоящая, старательно производившая мебелишку.

Пройдя зал насквозь, они вышли в небольшой внутренний дворик. Кацуба уверенно свернул к серому бетонному строеньицу, но вместо того чтобы взяться за ручку, полез большим пальцем куда-то за боковой косяк. Слышно было, как внутри тренькнул звонок. Краем глаза Мазур заметил, что в дверях цеха появился рослый крепыш, одеждой неотличимый от пролетариата, привалился плечом к железной створке двери, замер со скучающим видом.

Дверь приоткрылась, еще один верзила, по виду — близнец скучающего пролетария, секунду смотрел на них, потом немного оттаял лицом, кивнул Кацубе и распахнул дверь пошире. Они вошли. Внутри не оказалось ничего загадочного — обычная крохотная контора, в уголке, под лестницей, даже сохранилась со старых времен красивая доска с накладными деревянными буквами: «Экран социалистического соревнования». Правда, на ней не имелось ни фотографий, ни бодрых призывов, один фанерный профиль Ленина и отмененное красное знамя.

Провожатый распахнул перед ними дверь и остался снаружи. За простецким канцелярским столом сидел человек в простецком костюмчике — большелобый, с лысиной, обрамленной венчиком редких светлых волос. Комнатка была самая затрапезная — кабинетик завхоза, и только, единственным новомодным предметом, с совдеповскими интерьерами не гармонирующим, оказался небольшой персональный компьютер, стоявший наискосок к Мазуру, раскрытый, как «дипломат»,— видно было, как по экрану проплывают желтые строчки.

Сидевший без особой поспешности выключил импортную игрушку. Кивнул на обшарпанные стулья.

— Знакомьтесь,— сказал Кацуба.— Фрол Степанович — Кирилл Степанович, такое вот совпадение...

Мазур коротко кивнул. Кацуба успел посвятить его в кое-какие детали, и он уже знал, что этот простецкий на вид дядя — «черный губернатор» Шантарска, объемом власти и возможностями самую малость превосходивший губернатора официального. Однако смотрел без всякого интереса, скорее неприязненно. Умом он прекрасно понимал, что такое закулисная дипломатия плюс нынешняя сложность бытия, но сейчас этот человек для него олицетворял все пережитое в тайге...

— Выпьете? — спросил хозяин.

— Не стоит,— отказался Кацуба.— Еще остановит какой-нибудь ретивый сержантик, права отымет...

— Тогда, конечно, аргумент... Сержанты — бич божий. К здешнему завхозу регулярно заезжают, ироды,— нацеди да нацеди им спиртику, его, мол, все равно полно. Ну, цедит, что поделаешь,— он цепко глянул на Мазура.— Майор, ваш друг и вправду на меня глядит волком или у него имидж такой?

— Натерпелся человек,— сказал Кацуба.

— Слышал краем уха,— он смотрел на Мазура серьезно, без насмешки.— Только я здесь, честное слово, ни при чем. Я вам, Кирилл Степанович, расскажу одну историю. Шла милая девочка, дочка знакомого моего знакомого, и повстречала двух в дымину пьяных морячков — старшин которой-то статьи, как они там у вас именуются... Предложили недвусмысленно, слов не выбирая — она их послала, тогда один девочку ударил ножом. Насмерть. Вот вы мне скажите: следует теперь отцу брать автомат и мочить всех, кто щеголяет в морской форме, не разбирая погон и анкет? Между прочим, быль, я ради вас страшных историй не стану выдумывать...

— Да все я понимаю,— сказал Мазур угрюмо.

— Вот и прекрасно. Беспредельщиков на этом свете полно, будь мы в состоянии их гасить еще на взлете, жизнь настала бы просто прекрасная, но нет пока что такой возможности...— Он досадливо вздохнул.— Объяснял я майору: ни за что бы не допустил столь шизофренических забав на вверенной, как принято говорить, территории. Но вы, как люди военные, должны понимать: бывают ситуации, когда старший по званию построит себе дачку на территории твоего родного объекта, велит тебе ни во что не вмешиваться, и останется тебе одно — смотреть, стиснув зубы, как они там блюют с крыльца и кувыркаются с голыми профурсетками посреди двора... Не та у тебя астрономия на погонах, чтобы благородно протестовать.

— А что, замаячили... астрономы? — спросил Кацуба.

Лицо у него стало напряженно-хищным, даже подался вперед. Таким его легко было представить где-нибудь южнее Панамского канала — скользящим с автоматом наперевес меж экзотических разлапистых деревьев так, что ни один листок не шелохнется, ни одна окрестная обезьяна не встревожится и не заблажит... Мазур попытался угадать, где конкретно мог творить смертоубойные художества Кацуба, но ничего не придумал, конечно, поди угадай...

Фрол вынул крохотную гибкую дискетку, осторожно держа за углы двумя пальцами, сунул в конвертик и передал Кацубе:

— Чем богаты... Всецело полагаюсь на вашу деликатность, майор. В случае чего, могу вас заверить, не мне одному придется путешествовать под Шопена, так что вы уж поосторожней...

Кацуба спрятал дискетку так бережно, словно это был приказ о его производстве в первый генеральский чин, на миг расслабился с нескрываемой радостью, но тут же спросил:

— А как насчет мальчика?

— Ну, это-то не в пример проще...— Фрол черкнул в блокноте пару строк, выдрал листок и отдал майору.— Все координаты. Но я вас честно предупреждаю: держитесь осторожнее. Этот мальчик, что вдруг подался в бульварную журналистику, еще месяц назад перепродавал таким же соплякам сгущенку и презервативы. И совершенно неожиданно раздобыл вдруг энное количество «лимонов» на выпуск красивой цветной газетки. Словно в старых брюках нашел. Дело даже не в миллионах, которым у него неоткуда было взяться, а в самой метаморфозе — издательский бизнес, газетный особенно, нынче могут начинать с нуля только те, кто обрел хорошую заручку. Одна беда, не отследили пока что мои ребята никаких ниточек. Может, вам больше повезет. Знаете, когда я не могу найти концов, заранее начинаю слегка тревожиться: очень уж редко случается, чтобы система давала сбои. И каждый раз, когда такое случается, вблизи следует искать крупную фигуру, по-настоящему крупную, понимаете? Либо м е с т н ы е крупные фигуры вдруг начинают вести какую-то качественно новую игру, не имеющую отношения ко всем предыдущим хохмочкам, либо в наши палестины неожиданно запускает щупальца некто издалека. Вариантов тут только два, без всякого плюрализма...

— Учту,— пообещал Кацуба.

— Кирилл Степанович, вы мне в свой черед маленькую услугу не окажете ли? Сущий пустяк. Я вам покажу

74

ворох фотографий — может, узнаете кого? Я имею в виду, кого-то из тех, с кем вас судьба свела в тайге этим летом?

Мазур покосился на Кацубу — тот повелительно прикрыл глаза. Фрол положил перед ним ворох фотографий — попадались и цветные, но больше было черно-белых, маленьких, любительских. Сюжеты не блистали оригинальностью, и запечатленные на них сцены, в общем, казались совершенно неинтересными: главным образом чисто мужские компании (а если попадаются женщины, в разряд дам или леди мало-мальски опытный мужик их ни за что бы не отнес) — за шашлыком на природе, за обильными столами, на пляже, иные разукрашены затейливыми наколками, иные выглядят невероятно респектабельно, на заднем плане маячат накачанные мальчики туповатого облика (которым, должно быть, за стол садиться по рангу не полагается), порой на скатерти меж бутылками небрежно валяются импортные пистолетики, чернявый восточный человек, театрально выпучив глаза, держит в зубах кинжал с роскошной рукояткой, девица в купальнике разлеглась на обширном капоте иномарки...

Мазур вздрогнул. Снова взял уже отложенную было фотографию, всмотрелся. Приложил к ней еще одну, цветную, побольше. И еще одну. Спросил:

— Бороду подрисовать можно?

— Ради бога,— Фрол покопался в ящике стола и подал ему черный фломастер, опробовав предварительно на листке.— Хоть рога подрисуйте, хоть что...

Мазур выбрал самую большую фотографию, ту, цветную. Примерился, прикинул — и тщательно пририсовал бороду крепкому мужичку лет пятидесяти, в белой майке и джинсовом костюме, сидевшему за простым деревянным столиком где-то в саду. Подумал, провел еще несколько линий, сделав короткую прическу довольно длинной шевелюрой. Удовлетворенно кивнул.

На него уставился колючим взглядом поганый старец Ермолай Кузьмич — собственно, не такой уж и старец, правая рука Прохора там, на «Заимке». Тот самый, которого хотелось убить даже сильнее, чем Прохора. Прохор, в конце-то концов, был явным параноиком, а Кузьмич пребывал в полной ясности ума и был по уши пропитан крайне поганой философией, с которой хотелось поспорить не иначе, как пулей или десантно-штурмовым ножом — и чтобы подыхал помедленнее...

В висках жарко стучала кровь. Мазура легонько трясло — он чувствовал, что вновь вернулось шалое желание убивать просто так, из первобытной мести...

— Можно взглянуть? — тихо спросил Фрол.

Мазур придвинул к нему снимок:

— Сейчас, т а м, он именно так и выглядит...

Через плечо заинтересованно смотрел Кацуба.

— Ага,— сказал Фрол.— Что-то такое нюхом ощущалось... Ну да, то-то и...— он спохватился, замолчал.

— Кто это? — спросил Мазур.

— Милейший человек,— сказал Фрол.— Последняя кличка — Апостол, давненько не появлялся, я уж думал, и не свидимся больше никогда.

— В законе? — деловито поинтересовался Кацуба.

— Вот это — нет,— задумчиво сказал Фрол.— Не дотянул Кузема, ох не дотянул. Хотя шлейф за ним тянется достаточный — ходки, немалые дела и прочие атрибуты светской жизни. Года два назад растворился в нетях, ходили слухи, что подался в монастырь, толком никто ничего не знал, говорили даже, что дернул за рубеж, чему лично я решительно не верил — не было у него ни единой ниточки за бугор, языков не знает, особым капиталом не обременен. А он, изволите ли видеть, в егеря подался...

— Чур, этот индеец мой,— сказал Кацуба вроде бы шутливо, но с непреклонностью в голосе.

— Да бога ради,— поморщился Фрол.— Мне туда соваться, как я и говорил, совершенно не с руки. Просто помогло кое-что понять, и смогу я теперь в рукав пару карт припрятать, если доведется вежливо просить кое-кого, чтобы не паскудили наши угодья своими голливудскими забавами... Это наши скучные внутренние дела, вам, майор, совершенно неинтересные.

— Степаныч,— сказал вдруг Кацуба.— Не в обиду, поскучай на крылечке пару минут...

Мазур покладисто встал. Дежуривший в коридорчике плечистый парень предупредительно распахнул перед ним прочную дверь, он вышел на невысокое крыльцо, прошелся по дворику. Поодаль визжали пилы, лязгали станки. Суша осточертела до невозможности, со страшной силой хотелось в море, на глубину, в пронизанную цепочками пузырьков отработанного воздуха соленую невесомость, к неповторимому ощущению б е з д н ы, простершейся вниз под твоим лишенным веса телом...

Кацуба появился и в самом деле через пару минут, выглядел он весьма довольным, по-прежнему напоминал кота — но удачно укравшего добрый шмат ветчины и безнаказанно стрескавшего в укромном уголке. Он даже щурился совершенно по-кошачьи и громко насвистывал что-то бодрое. С ходу направился в цех, сделав рукой размашистый жест Мазуру, чтобы следовал за ним. Молчаливый страж все еще торчал на входе. Кацуба мимоходом похлопал его по боку, бросив наставительно:

— Повышайте качество продукции, юноша, а то, по слухам, югославские гарнитуры на подходе...

Тот озадаченно покосился, непроизвольно шарахнувшись,— очень похоже, Кацуба якобы небрежно хлопнул его прямо по подмышечной кобуре, но смолчал. В машине майор откинулся на спинку сиденья, какое-то время задумчиво созерцал громоздившиеся вблизи штабеля досок, потом, не оборачиваясь к Мазуру, сообщил:

— Как выражался Дюма, интрига затягивается... Или завязывается? В общем, один черт...

Мазур дисциплинированно молчал — не та ситуация, чтобы лезть с вопросами, ясно, что погулять его отправляли не зря. Спросил только:

— А верить этому твоему «черному папе» можно?

— Определенно,— откликнулся Кацуба.— Потому что врать ему нет никакого смысла. В силу разных хитрых факторов ему твоя «Заимка» — как бельмо на глазу. Выгоды никакой, а беспокойство и головная боль налицо. Не настолько еще мы пали, чтобы с нами, многогрешными, не считались... Что ты на меня так смотришь? Не к настоящему же губернатору идти? Природа, друг мой, не терпит пустот, вот и все. Если власть выпускает из рук ниточки, они в пустоте долго болтаться не будут — быстренько кто-нибудь подхватит и намотает на пальчики, вот тебе и вся нынешняя политграмота в кратком изложении. А чистоплюйничать мы как-то не привыкли, да и вы тоже — можно подумать, тебе в Эль-Бахлаке местная компартия помогала склады подрывать...

...Остановившись на лестнице меж этажами, Кацуба извлек из кармана пластиковую бутылку с «Белым орлом», зажав большим пальцем горлышко, попрыскал себе на рубашку, плеснул на Мазура. Потом подумал, махнул рукой:

— Не все ж добро переводить...— сделал приличный глоток.— Будешь?

— Да ну, в подъезде, без закуси...

— Эстет ты у нас, я сразу просек... Ладно, пошли.

Он поднялся на третий этаж и решительно позвонил в дверь. Довольно быстро зашлепали шаги, изнутри спросили:

— Кто?

— Участковый,— моментально рявкнул Кацуба.— Ваша «Тойота», гражданин Нефедов, в неположенном месте торчит?

Щелкнул замок, дверь стала медленно приоткрываться. Кацуба вмиг двинул по ней плечом, отшвырнув хозяина в глубь прихожей, рванул следом, как бульдозер. Мазур вошел за ним, старательно притворил дверь и защелкнул замок.

Хозяин, кое-как обмотанный большим махровым полотенцем, удержался на ногах и сейчас хватал с полочки под зеркалом черный револьвер. Кацуба преспокойно дал ему время не только схватить, но и почти поднять руку — потом выбил пушку, небрежно даже, словно отгонял муху или работал с манекеном в тренировочном зале. Подхватил на лету, нажал кнопку, выщелкнул барабан:

— Ты смотри, резинкой хотел в нас пальнуть, сучонок...— Вмиг ухватив хозяина за ушибленную руку, развернул и головой вперед швырнул в комнату. Полотенце слетело, и хозяин приземлился на полу совершенно голым. Кацуба вразвалочку вошел следом, громко комментируя: — Значит, мы тут имеем МЕ-38-компакт с безоговорочно запрещенными резиновыми пульками... Если в лоб, будет больно, если я тебе сейчас шмальну по яйцам, выйдет и вовсе похабно...

Квартирка оказалась однокомнатная. На широкой тахте обнаружилось довольно юное создание противоположного пола, с испугу укрывшееся простыней до носа. Хозяин лежал в углу в нелепой позе — совсем еще сопляк с гладенькой глуповатой физиономией. Безжалостно хрустя подошвами по разбросанным кассетам, Кацуба прошел на середину, пинком поддел черный шнур и вырвал его из розетки. Стоявший на полу магнитофон замолчал.

— Ногой по чавке хочешь? — поинтересовался майор у лежавшего.

Тот молчал, но по его лицу читалось, что предложение не вызвало у него ни малейшего энтузиазма.

— Ну тогда вставай, выкидыш,— сказал Кацуба.— Трусы натяни, что ли, вон валяются,— а то как бы у меня

78

педерастические склонности не заиграли... Встать! — рявкнул он так, что девица спряталась под простыню с головой. Повернулся к Мазуру.— Вова, залетай, сейчас разборочку учиним по всем правилам, с кровищей на стенах и яйцами на люстре...— вытащил бутылку и глотнул из горлышка.

Хозяин, опасливо косясь на них и обходя стороной, натянул трусы, потянулся было к рубашке.

— Отставить! — рявкнул Кацуба.— И так сойдет... Ты, фемина, ну-ка быстренько вылезла, прошлепала на кухню и живенько мне приперла чего закусить...— Он огляделся, поднял со стула синее платьишко и швырнул ей.— На, задрапируйся — и в темпе, фемина, в темпе!

Она кинулась на кухню, натягивая платье на ходу. Кацуба успел звучно шлепнуть ее по попке, нехорошо оглядел хозяина и сообщил:

— Ну, щас я тебя, Витек, буду мочить, как мамонта...

Хозяин наконец-то смог выговорить:

— Нет, мужик, ну ты хоть объясни...

— Объяснить тебе? — зловеще протянул Кацуба и захохотал, словно привидение.— Щас я те объясню, журналист хренов, я тебе так объясню, что в Склифасовского не соберут...— Вытащил из кармана безжалостно смятый номер «Шантарского скандалиста», расправил и замахал под носом собеседника: — Твоя газетка, сучий потрох? Да ты мне целку не строй, тебя типография с потрохами заложила, они ж там все живые люди, никому неохота, чтоб ими окно прошибали — окно-то на третьем этаже было... Ты эту газетку тискаешь, говорю? Отвечать, блядь, без промедления!

— Ну, моя...

— Ага! — еще более оживился Кацуба.— Вот я те щас корректуру и устрою, как в лучших домах...

Вернулась девчонка, издали на вытянутых руках протянула тарелку с яблоками и наваленными грудой конфетами.

— Конфектами — водку? — печально спросил Кацуба, но все же сгреб с тарелки яблоко, глотнул водочки и откусил от яблока изрядный кус.— Теперь ставь сюда и волоки аршины в темпе, вон Вова с утра неопохмеленный и потому зверь почище меня...

— Что волочь? — робко переспросила она.

— Стаканы, чадо! — страдальчески поморщился Кацуба.— Нет, ну что мы за молодежь ростим, если она русского языка не знает... Садись, Витек, в ногах правды нету... От-так. Только смотри у меня, не дергайся, а то рассвирепею напрочь...

Принял у девчонки пару рюмок, плеснул в одну для Мазура, сунул ему в руку, распорядился:

— Теперь прыгай в постельку, фемина, и сиди там тихонечко, словно тебя и вовсе нету... Вова, у тебя налито, шарашь под яблочко, а Витьку мы не нальем, перебьется...— Опрокинул свою рюмку, успешно притворяясь вовсе уж пьяным. Чуть пошатнулся, оглядел хозяина с ног до головы и с блатным надрывом возопил: — Ты за что ж меня опозорил на весь белый свет, сука драная?

— Да объясни ты толком! — воззвал Витек.— Газета-то толстая, там много всего...

Перелистав страницы — и порвав при этом парочку, Кацуба сложил газету пополам, так, что с обеих сторон оказалась пресловутая статья, взмахнул ею под носом у незадачливого главного редактора:

— Твоя работа?

— Ну...

— Ага,— сказал Кацуба, прямо-таки лучась счастьем и радостью.— Ты писал, значит?

— Ну, вообще-то... Не то чтобы... А в общем...

— Так ты?

— Я...

— Яйца вырву,— ласково сказал Кацуба.— Выкину из окна — и полетишь ты у меня, как фанера над Парижем. Ты что это тут написал про зама по хозчасти, который генералам ловит сосок прямо на улице, в машину затаскивает, в бане по печенкам стучит, чтобы ложились под гостей без лишнего писка? — И вновь подпустил блатного надрыва: — Курва ты долбаная, я ж и есть зам по хозчасти последние семь лет и никакого другого зама там сроду не бывало! Тебе бумагу предъявить? — Он выхватил офицерское удостоверение личности, раскрыл, сунул парню под нос.— А ну, выползок, декламируй вслух! А то пну!

Тот торопливо забубнил:

— Майор Щербак Василий Васильевич, заместитель командира по хозяйственной части в/ч 35773...

— Ну, понял, блядь? — торжествующе возгласил Кацуба.— Я и есть зам по хозчасти. И в жизни я телок по улицам не ловил, как ты тут накропал, а уж тем более в бане их не пежил. Да если моя баба эту херню прочитает, она об меня все тарелки перебьет, а потом кастрюлями башку отполирует... Ты вот у Вовки спроси, он мою бабу знает, сто лет вместе служим — не баба, а чистая зондер-команда. Если ей твоя говенная газетка в лапы попадет, мне и на Северном полюсе покоя не будет, хоть домой не возвращайся... Вовка, скажи!

— Это точно,— сказал Мазур.— Кранты Ваське придут...

Он добросовестно играл свою роль — с грозным видом топтался посреди комнаты, в самых патетических моментах майорских монологов поливая съежившегося в кресле газетера зверскими взглядами, недвусмысленно помахивая кулаком. На газетера жалко было смотреть.

— Да откуда ты на мою голову взялся, сука типографская? — воззвал Кацуба к потолку, долженствующему изображать небеса.— Жили-жили, не тужили — и нате вам, пироги с котятами! Мне чихать, что ты там накропал про подводные лодки и атомные бомбы, пусть с тобой за это наши особисты разбираются — а они тебя, гада, вскорости возьмут за кислород! — но за то, что ты про меня вагон херни нагородил, я тебя сейчас понесу на пинках по всем углам, и ни хера мне за это не будет, все равно за тобой, того и гляди, особисты явятся, попинают еще почище!

— Вы не особенно-то...— подала голос девчонка.

Кацуба развернулся к ней:

— А ты сиди и не вякай! Ты кто такая?

— Невеста, между прочим! — отрезала она задиристо.— Скоро заявление подадим, вот!

Она даже привстала с задорным видом, явно намереваясь защищать кавалера от любых посягательств. Созерцавший ее Мазур уже примерно догадывался, кто будет главой семьи, если дойдет до законного брака,— парнишечка выглядел сущей тряпкой, отнюдь не подходившей на роль крутого репортера а-ля Невзоров. А это уже странно и заставляет задуматься...

— Да какое заявление? — заржал Кацуба.— Я ж ему вскорости женилку оторву, и будет он тебе без всякой надобности!

— Жди, разорался! — огрызнулась девчонка.— Разобью сейчас окно, заору на всю улицу...

Видимо, как только она поняла, что нападавшие к уголовному миру определенно не относятся, твердо решила сражаться за двоих.

— Я тебе заору! — пообещал Кацуба.— Сиди смирно!

— А ты мне не указывай! Крутые нашлись!

— Нет, лялька, ты сама подумай,— с надрывом пожаловался Кацуба.— Он же меня подставил, твой хахаль, как в жизни не подставляли! Говорю тебе, сроду мы никаких девок силком в баню не таскали! На кой хрен оно нам надо, если шлюх и так немеряно, только свистни? — И сыграл мгновенную смену настроения, у пьяных в дым весьма частую: — Не, я ему щас всю жопу распинаю, а Вовка тебя подержит, чтобы не дрыгалась. Так я тебя к окну и подпустил...

— Ох, Витька, говорила я тебе, что вляпаешься...— вздохнула она с таким видом, словно была лет на десять старше.

— А куда деваться? — машинально огрызнулся он, но умолк, побледнев.

— Ах ты, падла! — рявкнул Кацуба и кинулся к нему.— Деваться ему некуда? Щас ты у меня головой в унитаз денешься!

— Э! Э! Э! — заорал Мазур, обхватив его поперек туловища и оттаскивая подальше.— Вася, не заводись, что-то я тут чую за всем этим хитрожопое...

Кацуба с превеликой неохотой дал себя оттащить и малость успокоить. Закинул голову, присосавшись к бутылке — но на сей раз, Мазур заметил, только делал вид, будто хлебает. Роли определились, и Мазур, честно отыгрывая свою, сообщил:

— Витек, ты его не заводи, он в Афгане контуженный и битый по горячим точкам, в любой психушке с распростертыми объятиями примут, так что ментами не пугай, отмажется... Ты мне скажи честно: ну на кой хрен ты про него такую херню написал? Точно тебе говорю, херня полнейшая. Ты, если можешь оправдаться, язык на запоре не держи, я его долго не удержу...

— Удавлю, блядь! — взвыл Кацуба, не трогаясь, однако, с места.

— Говорила я тебе, влипнешь! — укорила жениха юная невеста.

— Лизка! — прямо-таки взревел тот.

— Молчать! — рявкнул Кацуба. Покачался посреди комнаты, круто свернул к постели и плюхнулся рядом с отшатнувшейся невестой Лизой.— Лиза, говоришь? Лиза-Лиза-Лизавета, я люблю тебя за это, и за это, и за то, что ты пропила пальто... Лиз-за, ты со мной не играй, а то озверею... Во что этот придурок влип, говоришь? Ну-ка, колись, а то будет тут варфоломеевская ночь... Если он тут ни при чем, ты мне покажи, кто при чем, чтоб я ему яйца и выдернул...

Газетер дернулся — но Мазур, заслонив его спиной, показал вынутый из-под куртки пистолет. Потом демонстративно пистолет уронил, так, чтобы девчонка видела, не спеша подобрал.

— Вовик! — радостно заорал Кацуба.— Я, бля, и забыл, что пушку брал! — Выдернул пистоль из кобуры, неуклюже помахал им возле свеженькой Лизиной мордашки.— На дуэль вызывать не буду — влет подстрелю!

Вот теперь лица у молодой парочки стали одинаково бледными. Черные пистолеты выглядели убедительно, а разобиженные господа офицеры выглядели достаточно пьяными, чтобы не думать о последствиях...

Перехватив умоляющий Лизин взгляд, Мазур отобрал у Кацубы пистолет:

— Вася, Вася! Ты ж так в нее шмальнешь, а она ни при чем, чуешь? Лизавета, ты уж не темни, душевно тебя прошу, нашкодили — извольте выкручиваться... Я Ваську знаю...

— Они его завербовали! — выпалила Лиза с отчаянным лицом человека, прыгающего в одежде в холоднющую воду.— Вот и ходит теперь на поводке, как пудель!

Витек скорчился, зажимая ладонями виски, простонал:

— Ну, дура...

— Зря ты так,— сказал Мазур.— Она умная. Она тебя, дурака, от Васькиной пули спасает... Кто вербанул-то, Лиза? Ты тихонько, никто и не услышит...— и наклонился, подставив ухо.

«Ах, вот оно что,— подумал он, услышав произнесенную шепотом аббревиатуру — несколько честных советских букв.— Соседушки дорогие, конкуренты, мать вашу. То-то к о н т о р о й за версту попахивало... Все сходится, господа офицеры! Вот только — з а ч е м?

— Так,— сказал он.— Вася, захлопни пасть и посиди смирненько, тут обмозговать треба... Водки хочешь, Лиза?

— А давайте! Только вы его придержите...

Мазур, чувствуя, что смотрится в ее глазах не столь уж и скверно, галантно поднес рюмку вкупе с яблоком. Она лихо осушила, скупо куснула яблоко и заторопилась:

— Они его, дурака, вербанули на валюте. Все крутят дела с валютой, у всех проскакивает — а Витьку подловили по невезению, при всех уликах и свидетелях, и взялись раскручивать... Знаете, как они его пугали!

— Так ты еще и стукач? — рявкнул Кацуба.

В глазах у него явственно мелькнуло неприкрытое страдание — это ему следовало вести допрос, но опрометчиво выбранная роль пьяного скандалиста выйти из образа не позволяла...

— Тихо, Вась! — сказал Мазур.— Тут пошло заграничное кино, сам видишь... Витек, она нам мульку не гонит?

Витек, с лицом самоубийцы, старательно замотал головой.

— Так-так-так...— протянул Мазур, изобразив голосом некую долю сочувствия.— Значит, они тебя и подвязали газетку издавать? И статейку эту идиотскую они подсунули? Кино, бля... Что ж с тобой теперь делать-то? Не убивать же, в самом деле...

— Хоть попинать! — предложил Кацуба.— Нет, пусть он, выродок, точно опишет, кто его мотал, может, киска звездит, как нанятая, лапшу мне вешает...

— Да? — обиделась Лиза. Вскочила, распахнула секретер, бросила Мазуру на колени кипу листков, густо покрытых машинописными строчками.— Вот он с чего и переписывал!

— Р-разберемся,— промычал Кацуба, смяв листы и запихнув их в карман.— Ну, раз такие дела — полетели, Вова, комбату срочно жаловаться. Он им устроит клизьму с дохлыми ежиками...— Уже в дверях остановился, погрозил кулаком: — И смотри у меня, писатель! Если что, душу выну!

Мазур загромыхал следом за ним по лестнице. Отступление было проведено грамотно и вовремя, ничего не скажешь. Можно было, конечно, потрясти парнишечку насчет внешнего облика и фамилии совратившего его следователя — но нет гарантии, что фамилия настоящая. А если квартира на подслушивании, сюда уже могли выехать «соседи», пора уносить ноги, чтобы не влипнуть в излишние сложности...

На лавочке грустит потрепанный бомжик в клочковатой бороде. Кацуба мимоходом сунул ему в руку наполовину опустошенную бутылку и побежал к машине.

— А ведь не врут деточки, а? — спросил он, выворачивая на Кутеванова.

— Не врут,— кивнул Мазур.— По крайней мере, все это прекрасно ложится в гипотезу... Оперативнички, которые не привыкли защищаться от постороннего вторжения, чересчур уж наглый наезд на базу посредством разболтавшейся печати... Но зачем? Я понимаю, могли купить одного-двух — но против нас целое подразделение действует, ручаться можно...

— А может, купленный высоко сидит,— бросил Кацуба.

— Надо ж теперь к генералу...

— Успеется,— отмахнулся Кацуба не без легкомыслия.— Генерал все равно по делам смотался в штаб округа. Напишу на базе рапорт по всем правилам и хай оно идет согласно бюрократии...

— А они его тем временем спрячут?

— Пусть прячут,— Кацуба правой рукой похлопал себя по карману.— Все на пленочке, друг мой. Да и не побежит он рассказывать — потолкуют сейчас со своей Лизкой по уму и решат сидеть тихо, как мышки. В Лизочке, помимо сексапильности, характер чувствуется, определенно. Ведь расколола, паршивочка, или, что вероятнее, сам ей в соплях и слезах признался, совета просил, как дальше жить...

...Зеленые створки разъехались в стороны, пропуская машину на базу, но часовой, вместо того, чтобы посторониться, вышагнул наперерез. Кацуба поневоле затормозил. Тут же из караулки вышел незнакомый пехотный капитан и распахнул дверцу со стороны Мазура:

— Выйдите, пожалуйста.

— В чем дело? — Мазур полез наружу, на ходу вытаскивая из кармана пропуск,— вполне возможно, после взрыва меры безопасности, как водится, удесятерили, все мы задним умом крепки.— Вот...

Капитан забрал у него пропуск и, не глядя, сунул в нагрудный карман:

— Мазур Кирилл Степанович?

— Так точно,— ответил Мазур, напрягшись.

— Личное оружие при вас?

— Да.

— Прошу сдать.

— Что-о?

— Сдайте оружие,— сухо приказал капитан, положив руку на кобуру.

Мазур огляделся по сторонам — сзади уже стояли двое, меж ним и воротами, чернявый широкоплечий лейтенант и сержант, по возрасту годившийся скорее в капитаны. Они стояли в положении «вольно», оружия в руках не было — однако Мазуру хватило беглого взгляда, чтобы распознать хорошо подготовленных волков...

Он вытащил пистолет и рукояткой вперед протянул капитану. Двое моментально встали по бокам, и за спиной с лязгом захлопнулись ворота. Часовой, украдкой зыркая на происходящее, отошел к темно-зеленому «грибку».

— Пройдемте в штаб,— капитан держался вежливо-отстраненно.

Из машины на них бесстрастно смотрел майор Кацуба.

ГЛАВА ШЕСТАЯ

А ВАС, ШТИРЛИЦ,
ПОПРОШУ ОСТАТЬСЯ...

Скромные труженики специфических профессий еще во времена становления ремесла, в эпохи, не обремененные электроникой и писаными документами, открыли простую житейскую истину: попасть на допрос к своим — не в пример хуже, нежели к противнику. И дело тут не в перечне грядущих неприятностей — порой свои тебе нарежут ремней из шкуры в ситуации, когда чужие ограничились бы парочкой оплеух...

Все дело в нешуточной психологической плюхе. Человек мгновенно изымается из прежних отношений, из прежней системы и переходит в иное качество: окружающие остаются на своем месте, а он словно бы уже ч у ж о й...

Невесть откуда взявшаяся троица отконвоировала Мазура в штаб, а там, в комнате, куда Мазур прежде как-то не захаживал, обнаружился еще один пехотный капитан — согласно форме. Содержание оказалось несколько иное: капитан предъявил документы, из которых явствовало, что он вообще-то в миру — капитан третьего ранга и имеет честь состоять в контрразведке флота. Того самого, к которому был приписан и Мазур всю свою сознательную военную жизнь. Легко догадаться, что неожиданная встреча сослуживцев протекала отнюдь не в теплой и дружественной обстановке. По голове, правда, не били — контрразведчик, исполненный свойственной его ремеслу бюрократической загадочности, вдумчиво проверил документы Мазура, хмуро сличил фотографии с оригиналом, а потом непринужденно упрятал документы в стол.

Дальше все было предельно просто. Внутреннее расследование. Домашний арест. Стопка чистой бумаги в палец толщиной, заботливо врученная авторучка с запасным стержнем. Обосновавшийся в коридоре, под дверью его комнаты, ряженый сержант. Телефон отключен. Жратву, правда, принесли в обед согласно распорядку, даже одарили блоком сигарет (зато свои, что лежали в комнате, исчезли, определенно на предмет проверки. Вообще Мазур без труда обнаружил, что комнату в его отсутствие весьма профессионально обшарили). Приказ-пожелание контрразведчика, высказанный столь же бюрократически сухо, был недвусмысленным: как можно более подробно и обстоятельно описать все, что Мазур делал с того момента, как отчалил на плоту из Курумана,— и до той минуты, как вышел на перрон шантарского вокзала.

Время не лимитировано — лишь бы подробнее и обстоятельнее... Как водится, на прощанье особист использовал на нем часть их всегдашнего арсенала: якобы всезнающие взгляды типа «советую-не-запираться-нам-все-известно», туманные намеки на то, что вскоре прибудет некто облеченный полномочиями, который Мазуром и «займется всерьез», а также непременное пожелание «подумать как следует». С точки зрения психиатрии все это именуется «ложная многозначительность» и служит неопровержимым симптомом иных расстройств — но тогда лишь, когда речь идет о гражданах цивильных. Для особистов же всех времен, стран и народов подобное поведение, наоборот, служит признаком их полнейшего служебного соответствия, и ничего тут не поделаешь, аминь...

Эмоции пришлось временно отложить в долгий ящик — что бы Мазур ни чувствовал и какие бы слова про себя ни произносил, он был армейской косточкой, офицером от плоти и крови, а потому не собирался заламывать руки подобно истеричной гимназистке. В конце концов, во времена развитого социализма после каждого возвращения из забугорных странствий отписываться приходилось не менее обильно. Сплошь и рядом индивидуумы, подобные хмурому капитану третьего ранга, таращились на вернувшихся ничуть не дружелюбнее, словно априорно подозревали в измене, лжи и вероломстве и были уверены, что «морские дьяволы» по своей собственной инициативе проникали за рубеж, проползши на брюхе мимо погранцов, а ч у ж и х профессионалов резали ножиками опять-таки по извращенной страсти к садизму. Скромные труженики специфических профессий смолоду осознают, что их жизнь будет четко делиться на две половины — работа и отписыванье... И не стоит сваливать все на систему — по достоверной информации, на той стороне то же самое, не зря же еще полсотни лет назад там родился милейший эвфемизм «поездка в Канаду»*...

Словом, у него был большой опыт отписываться — укладывать самые невероятные и драматические события в косноязычные канцелярские абзацы, от которых человеку непосвященному (и посвященному, впрочем, тоже) неудержимо хочется блевать. И то, что речь на сей раз шла о нем и о жене, ничего, если подумать, не меняло: бывает, смерть лучших друзей приходится описывать корявыми оборотами, способными повергнуть нормального человека в брезгливый ужас...

Однако все это еще не означает, что дело идет легко. В особенности когда приходится подробно формулировать, почему ты посчитал целесообразным убить одну женщину, чтобы спасти другую. Или описывать, как жена собственным телом выкупала вашу свободу у трех подонков. Или объяснять, как ты решился подмогнуть одному гангстеру ограбить другого. Сразу по возвращении ему уже пришлось составлять подробный отчет, но это не меняет дела — от механического повторения на душе ничуть не легче, наоборот...

И все же он был профессионалом и потому старался, как мог. Засиделся до темноты, перенося каждую фразу на бумагу не раньше, чем обкатавши ее в уме до полной и законченной казенщины. С темнотой под окном (его комната была на первом этаже одной из серопанельных трехэтажек) обосновался часовой, расхаживавший с идиотским упрямством автомата. Обычный часовой, при автомате. Мазур мельком оскорбился — и перестал об этом думать, с головой уйдя в писанину.

Потом девчонка-сержант из офицерской столовой принесла ужин. Как и в прошлый раз, караульный пропустил ее беспрепятственно, даже не попытавшись проверить прикрытые крышками судки на предмет веревочных лестниц и напильников — вообще-то ребята-«контрики» должны прекрасно понимать, что оружием «морскому дьяволу» (а

---

* В годы второй мировой войны на жаргоне американских спецслужб «поездкой в Канаду» именовалась ликвидация агентов противника (или двойников в собственных рядах).

равно и средством самоубийства) может послужить практически любой бытовой предмет, начиная от авторучки и кончая электролампочкой, так что, если смотреть с этой точки зрения, у Мазура в комнате и так целый арсенал, равно пригодный и для харакири, и для ближнего боя...

Прикрыв чистым листком стопку исписанных, Мазур хмуро ждал, когда она расставит судки и уйдет. Девица что-то медлила, украдкой поглядывая на него не без почтительного ужаса — вряд ли на базе часто случались такие представления... Мазур не выдержал, поднял голову и уставился на нее вовсе уж неприязненно — и обнаружил, что она, должно быть, уже давненько, делает отчаянные гримасы, пытаясь даже шевелить носом, указывая на один из судков, с умыслом поставленный наособицу.

Мазур поднял алюминиевую крышку. Меж котлетой и стенкой судка обнаружилась туго свернутая в трубочку бумажка. Он кивнул, девица-сержант с облегченным вздохом привела мордашку в нормальный вид и покинула комнату.

Когда дверь затворилась, Мазур развернул нежданный «грипс». Две строчки машинописи в один интервал: «О всех наших делах и базарах — полное молчание. Тогда вытащим. Будешь болтать — поможем утопить. Вася Щербак».

Мазур задумчиво сжег бумажку в пепельнице. Вася Щербак — это, естественно, Кацуба, тут и гадать нечего. Хуже нет — замешаться в веселые межведомственные интриги, а с ним это, похоже, как раз и произошло. Вот и думай теперь: то ли поступать, как советуют, то ли нет...

К полуночи он покончил с писаниной. Бегло пролистал записи, чуя нараставшее беспокойство, и, отложив последний листок, уже мог с уверенностью сказать, что его тревожит.

Все это — исключительно словеса. Доказать, что он написал чистую правду, что он действительно все это пережил, решительно невозможно. Ольга на кладбище, Прохор мертв. Крест растворился на российских просторах, домик паромщика сгорел, лесные пожарники неизвестно где, полковник Бортко может заявить, что он о них в жизни не слышал, не говоря уж о том, чтобы приглашать на опознание. Обитатели «Заимки», честно глядя в глаза, могут до скончания века заверять, что видят Мазура впервые и все его россказни — следствие неумеренного потребления неразведенного спирта...

Зачем глаголевские орлы спалили домик паромщика? И что стоит за посланием Кацубы?

Так и не найдя ответов, Мазур приоткрыл дверь, отдал бумаги бдительно вскочившему со стула сержанту. Тот зачем-то взвесил пачку в руке, как ни в чем не бывало кивнул:

— Можете спать. Если понадобитесь, завтра вам сообщат.

Глупо было бы задираться с ним или задавать вопросы. Мазур вернулся в комнату, разделся и лег. Под окном тихо бродил часовой. При мазуровской выучке ничего не стоило бы обрушиться ему на голову вместе с выбитой ради экономии времени и пущей неожиданности оконной рамой — вот только зачем?

Несмотря на вполне понятную тревогу и некоторый нервный раздрай, он понемногу погружался в сон — в старинной военной мудрости «солдат спит, а служба идет» гораздо больше сермяжной истины, чем может показаться некоторым штатским...

...Вопреки расхожим штампам, кошмары его не мучили. Сны были самые обычные. И проснулся в половине восьмого, как обычно. В восемь появилась сержантесса с завтраком, но на сей раз никаких знаков в стиле Марселя Марсо не подавала. Часовой все еще торчал под окном. Вполне возможно, это был уже другой, не вчерашний. Обитатели базы, народ к загадочным сложностям военной жизни насквозь привычный, старательно обходили стороной дорожку, по которой он прохаживался, притворяясь, будто ничего не видят и никакого автоматчика там вовсе нет,— хотя в том месте, где охранять на первый взгляд совершенно нечего, часовой выглядел столь же нелепо, как коммерческий киоск на взлетно-посадочной полосе авианосца...

Его не беспокоили до самого обеда. С доставкой такового вновь начались мимические сюрпризы: сержантесса, указав взглядом на судки, сделала тремя пальцами жест, словно загоняла себе что-то в вену невидимым шприцем. Мазур понял — и к еде не прикоснулся. Особисты любят такие штучки: запросто подмешают нечто, в общем легонькое, но надежно парализующее волю и способное вызвать на нешуточную откровенность...

В час дня за ним пришли. Без кандалов и примкнутых штыков, правда. Давешний капитан без стука распахнул дверь и с самым безразличным выражением лица пригласил:

— Пройдемте. Вас ждут.

Ждали его в кабинете без таблички на двери, явно принадлежавшем местному особисту: на обоих окнах — выкрашенная в белый цвет затейливая решетка, в углу — солидный сейф, да и телефонов для скромного кабинета что-то многовато. Все уже было готово для теплой и душевной беседы: в красном углу восседал человек, которого Мазур впервые в жизни видел в штатском,— контр-адмирал Самарин, фигура номер два в контрразведке флота. Капитан третьего ранга по фамилии Крайко скромненько сидел сбоку, а в углу за хлипким журнальным столиком примостился сутулый тип в затемненных очках — несомненно, сто раз проверенный стенографист. Магнитофона Мазур нигде не увидел, но это, понятно, не означало, что его не было.

Настроение, честно признаться, было аховое. Среди своих адмирал Самарин давно уже получил вполне заслуженную кличку Лаврик — как легко догадаться, данную по ассоциации с известным в истории носителем пенсне. Злые языки шептали, что Самарин, будучи слегка близорук, вместо очков носил пенсне как раз потому, что давно прослышал про кличку, и она его самолюбию весьма польстила. Пенсне, правда, напоминало скорее чеховское, но потаенное общественное мнение пришло к выводу, что это проделано для отвода глаз, дабы избегнуть чересчур уж явных ассоциаций. Если отвлечься от фольклора и естественной неприязни строевиков к особистам, следует признать, что Лаврик был неплохим профессионалом, но это лишь усугубляло ситуацию, поскольку крутой профессионал сплошь и рядом может поломать кому-то жизнь и карьеру не в пример искуснее и эффективнее, нежели тупой службист. Каковое умение Лаврик не единожды и показывал. Будь ты хоть светочем гуманизма и рыцарем без страха и упрека, но коли служить тебе выпало в особистах, очень быстро поймешь, что твоя карьера зависит от того, скольких шпионов ты усердно изловил и скольких потенциальных «слабых звеньев» успешно профилактировал... Это вовсе не означает, будто Самарин лепил дутые дела,— но всему флоту известно, что Лаврику лучше не попадаться, если у тебя за душой отыщутся мелкие грешки...

Мазур сел и выжидательно замолчал. От предложенной адмиралом согласно извечной традиции сигареты отказался, вытащив свои,— черт его знает, что там могло быть подмешано в Лавриковы сигареты, тем более что сам-то он сигаретку вытащил не из предложенной Мазуру пачки, а из знаменитого серебряного портсигара дореволюционной работы, с золотыми накладками в виде охотничьих собак, подковок и загадочных монограмм...

Мягко шумел кондиционер. Стенографист навис над столиком с видом оголодавшего стервятника.

Держа сигарету, по своему обыкновению, меж большим и средним пальцами, адмирал разглядывал Мазура с хорошо рассчитанным сладострастием сексуального маньяка из импортных ужастиков, прекрасно понимающего, что загнанной в угол растрепанной блондиночке бежать уже некуда. Пенсне придавало ему весьма интеллигентный вид, так и казалось, что сейчас изречет что-нибудь вроде: «А печень у вас, батенька, пошаливает определенно...»

— Капитан, вы ведь профессионал? — спросил Самарин вдруг.

— Пожалуй,— осторожно сказал Мазур.

— Ну, не прибедняйтесь... Скажите мне по совести: если бы вам, окажись вы на моем месте, кто-нибудь изложил столь занимательную историю, какую вы тут так ярко изобразили,— он с легкой брезгливостью коснулся стопочки исписанных листков, в которой Мазур издали опознал свой рапорт,— что пришло бы вам в голову прежде всего?

— Но ведь не все занимательные истории — чистая выдумка? — спросил Мазур, стараясь не заводиться с первых реплик.— Помните операцию «Туман»? Очень многие со спокойной совестью ее бы зачислили по ведомству самой необузданной беллетристики...

— Логично,— согласился адмирал что-то уж подозрительно мягко.— И «Туман», и «Всплеск», да мало ли примеров... Только позвольте вам напомнить, что, в отличие от ваших увлекательных приключений, «Туман» был с самого начала подкреплен конкретными доказательствами. Другое дело, что не всем они казались убедительными — да ведь были доказательства, а?

— Были,— вынужден был кивнуть Мазур.

— Вот видите? А меж тем у вас — одни словеса. Свидетели, которые могли бы подтвердить ключевые моменты, точнее, те, кого вы среди таковых свидетелей перечислили, либо мертвы, либо рисуют картину, полностью отличную от вашей. Разумеется, их можно заподозрить в злонамеренном искажении истины, но вот в чем загвоздка: самые разные люди, коих трудно заподозрить в сговоре, дают показания, решительно расходящиеся с вашими... Все напоминает известную присказку о роте, идущей не в ногу. Вашу «Заимку» проверили с участием госбезопасности — и не нашли никаких улик...

— А вы что же, думали, там на видном месте вывешены некие правила охоты? — вздернул голову Мазур.

— Ну что вы, вовсе не думал... Но как прикажете поступать, когда нет и косвенных доказательств? Домик паромщика сгорел. Местонахождение лесных пожарных, да и саму их личность, установить не удалось. Экологический заповедник и в самом деле располагает вертолетом, приданным группе военизированной охраны, но ни один из членов группы не напоминает описанных вами людей. Изволите убедиться? — Он выложил перед Мазуром веер цветных фотографий.— Может быть, найдете кого-то знакомого?

Минуты через две Мазур отложил фотографии, мотнул головой:

— Абсолютно незнакомые физиономии.

— На «Заимке», кстати, тоже не оказалось описанных вами людей...

— Не удивительно.

— Заговор? — прищурился адмирал.

— Нужно же быть идиотом, чтобы не предвидеть проверки — после того, как мне удалось вырваться.

— Возможно...— адмирал играл портсигаром.— Продолжим? По милицейским данным, ни одного своего сотрудника они не отправляли в засаду на дороге. У пижманской милиции нет данных о трупах, оказавшихся в приблизительно указанном вами месте. Никто никаких трупов в тех местах не находил.

— Я же забрал у одного удостоверение, оно приобщено к моему рапорту...

— Есть такое удостоверение, поддельное, кстати. Не хватает мелочи: доказательств, что вы его действительно забрали у человека, убитого вами. Нет, кстати, доказательств, что вы и в самом деле убили кого-то... Что, вас это не утешает? Вовсе даже наоборот? — Он усмехнулся.— Интересные дела, впервые вижу человека, удрученного тем, что нет доказательств совершенного им убийства... Пойдем далее. Шишигин Павел Матвеевич, рулевой-моторист суденышка под наименованием «Таймень», вас со всей уверенностью не опознал. Хозяйка описанного вами дома помнит лишь «мужчину с милицейскими корочками» и «какую-то женщину». Других свидетелей, по-моему, в вашем списке нет?

— Интересно, а убийства двух прапорщиков тоже не было?

— Имело место, имело,— легко согласился адмирал.— Я и не говорю, будто в названных вами населенных пунктах в о о б щ е ничего не происходило. Были убиты паромщик с женой. Были убиты два прапорщика из охраны колонии. Были убиты в Пижмане инспектор уголовного розыска Сомов, капитан роты ГАИ Зыкин, заместитель начальника горотдела майор Завражнов, а также четверо граждан, если можно так выразиться, с обратным знаком — имевших прямое отношение к организованной преступности, а с ними местная блядь, список прилагается...— он щелкнул пальцем по одной из лежавших перед ним бумажек.— Только опять-таки нет никаких доказательств вашей причастности к череде сих гробовых забав. Это может выгодно свидетельствовать о вашем профессионализме, а может и служить доказательством вашего вранья... Честно признаться, я склоняюсь ко второму варианту. Вы, легко понять, предпочитаете первый. Что ж, каждому свое...

— А как насчет сомнения, толкующегося в пользу обвиняемого? — рискнул Мазур сделать намек на атакующее движение, легонький выпад.

— Мы не в трибунале,— отрезал Лаврик.— Процедура внутреннего расследования вам известна.— Он наклонился вперед: — А еще тебе, несомненно, известно, блядь такая, что своими ножками ты до трибунала можешь и не дойти — непропеченная буханка хлеба на голову упадет из окна столовой или поганка в гарнире к котлетам замешается... Известно это тебе, сука?!

Он не притворялся — глаза за чистейшими стеклами чеховского пенсне горели лютой злобой, до поры скрывавшейся. Мазура поневоле передернуло. Даже делая все возможные поправки на должность Лаврика, его личность и характер, никак нельзя было ждать столь хамского обращения.

И только теперь Мазур сообразил, что за неприметная деталь его подсознательно беспокоила — перед Крайко, под листом машинописи, лежал пистолет. Когда Лаврик клал на стол фотографии, одна задела уголком лист, тот чуть сдвинулся, и очертания пистолета четко обозначились... Это уже не просто хреново — архихреново, как выразился бы Владимир Ильич.

— Я бы попросил...— сказал Мазур разведки ради.

— Пистолета с одним патроном ты у меня, проблядь, все равно не допросишься,— отрезал Лаврик.— Не старые времена.

Наступил тот кристально просветленный миг, когда человек прекрасно понимает, что хуже ему все равно не будет, а потому лучше умереть стоя, чем жить на коленях...

— Извольте объясниться,— сказал Мазур звенящим от ярости голосом.— Пока пенсне целое.

Как ни странно, Лаврик остался спокоен. С улыбочкой открыл портсигар, постучал по крышке сигареткой, выдерживая классическую эффектную паузу:

— Будем объясняться? Или еще повозмущаетесь? Вы, мол, ножиком вражьих супостатов резали, пока я на безопасном берегу штаны просиживал? В таком ключе?

— А почему бы и нет? — сказал Мазур.

— Сигаретку в рот суньте табачком, вы ж ее фильтром пихаете...

Видимо, Мазур сделал излишне резкое движение — лист бумаги мгновенно отлетел в сторону, и в руках у Крайко оказался пистолет со взведенным курком.

— Бросьте ковбойщину,— поморщился адмирал.— Он же профессионал, прекрасно понимает, что деваться некуда...

— А может, ему в голову лезут всякие глупости насчет заложников и торга,— бросил Крайко, опустив, впрочем, пистолет.

— Ну что ему это даст? Нереально...— Лаврик поправил пенсне и нехорошо улыбнулся: — Хорошо, начнем разбор полетов. И начнем мы его с клеветнических измышлений растленной буржуазной прессы, процветающей в мире загнивающего капитала благодаря паразитированию на нездоровых сенсациях, большей частью вымышленных... Вы, насколько я помню, на данном языке читаете? Газетка довольно свежая, позавчерашняя, не угодно ли?

Мазур взял у него газетную вырезку под броским красным заголовком: «Русская акула по-прежнему голодна!». Он и в самом деле владел этим языком настолько, чтобы читать свободно,— но лучше бы не владел...

С первых строчек становилось ясно, что все рухнуло — и не только его гипотетические адмиральские погоны, речь шла о вещах посерьезнее... Рухнула сама операция «Меч-рыба», засекреченная и отработанная с учетом всех возможных мелочей — кроме подобного сюрприза, о кото-

ром речь и не шла. В статье подробно и смачно повество-
валось, как доблестной контрразведкой заинтересованной
державы был вовремя вскрыт злодейский замысел русских,
коварно намеревавшихся выбросить в район испытаний
группу боевых пловцов с хитрой аппаратурой. Естественно, те, кто готовил испытания сверхсовременного подвод-
ного аппарата, намерены теперь перенести их в другое
место и до предела ужесточить меры безопасности с учетом горького опыта. Подробно перечислялись абсолютно
достоверные детали: «океанографическое» судно «Азов»,
которому предстояло в нейтральных водах, неподалеку от
острова Икс выпустить аквалангистов, рыболовный тра-
улер «Зубатка», которому предстояло, имитировав кораблекрушение, отвлечь судно охранения и дать возможность
пловцам установить аппаратуру. В довершение всего, там
красовались фамилии куратора операции контр-адмирала Триколенко (сиречь Морского Змея) и непосредственного руководителя группы капитана первого ранга Мазура. В качестве иллюстрации был даже приложен предполагаемый маршрут «Азова» — насколько знал Мазур, со-
впадавший с реально намеченным. Это был провал —
звонкий, оглушительный, безоговорочный. Всякому, кто
хоть чуточку разбирался в таких вещах, ясно было: вскорости полетят погоны, свистя, словно бумеранги, звездо-
пад начнется такой, словно Земля вновь пересекает очередной метеорный поток... Как водится, граница меж правыми и виноватыми будет чисто условной, пальба пойдет
по площадям...

— Впечатления? — вежливо спросил адмирал.

— Паршивые впечатления,— честно признался Мазур.

— Отрадно слышать. Постараюсь сделать вам воспри-
ятие окружающей действительности еще более паршивым...
Только вот что — я плохо верю, что вы попытаетесь устраивать танцы с саблями, но все же постарайтесь без резких
движений, вы же профессионал и должны трезво взвешивать шансы...— он вытянул очередной листок и скучным
голосом стал читать: — «Согласно установочным данным,
поступившим по линии госбезопасности, в Эрлангене мест-
ными контрразведывательными органами задержан по по-
дозрению в шпионаже в пользу иностранного государства
подданный данной страны Герхард Скуле, в течение последних трех месяцев имевший регулярные контакты с гражданином России Ярополовым, под прикрытием коммерчес-
кой деятельности ведущим активную разведывательную

работу. По сообщению источника Петер, через восемь часов после задержания Скуле к начальнику отдела «111-Б» обратился представитель Ай-Ди-Эй в стране, установленный нами Реджинальд, заявивший, что Скуле в действительности выполнял для Ай-Ди-Эй функцию «почтового ящика», а Ярополов является агентом Ай-Ди-Эй, передающим информацию от источника Фрегат. Данное заявление подтверждается показаниями самого Скуле, данными им во время первого допроса. После соответствующих консультаций руководства двух служб Скуле был выпущен, обвинения сняты. Ориентированные на установление личности Фрегата источники из окружения Реджинальда к конкретным выводам пока что не пришли, однако имевшиеся на данный момент сведения позволяют заключить: Фрегат — кадровый офицер ВМС, в звании предположительно капитана второго или третьего ранга, женатый на женщине значительно моложе себя, в отношении которой в последнее время испытывает определенные подозрения и не исключает ее связь с российскими контрразведывательными органами, в связи с чем нервничает и вновь повторяет просьбу о нелегальной переброске его за рубеж. По непроверенным данным, Фрегат — либо рядовой сотрудник, либо заместитель командира группы, носящей официальное шифрнаименование «Мурена», предположительное место вербовки — Эль-Бахлак. Дальнейшая разработка проводится форсированными темпами».

— Вот так, сокол мой,— сказал Лаврик.— В вопросы и ответы не поиграем ли? Кто из нас двоих заместитель контр-адмирала Триколенко? Каперанг Мазур вроде бы? У кого единственного в «Мурене» жена была значительно моложе его? Опять-таки у каперанга Мазура. Кто видел из купе, когда следом за ним несли два трупа — супруги и вышеупомянутого гражданина Ярополова? — Он показал Мазуру четкую цветную фотографию субъекта, больше известного тому как Ибрагим-оглы.— Я умолчу о деталках вроде Эль-Бахлака... Да на вас лица нет, милый мой? Водички дать?

Стенографист упоенно работал остро заточенным карандашом. Крайко поглаживал пистолет кончиками пальцев, глядя на Мазура глазами хорошо выдрессированной собаки.

Мазуру нестерпимо хотелось проснуться. Однако вокруг была самая доподлинная реальность, обернувшаяся кошмаром.

— Давайте сопоставим даты? — как ни в чем не бывало продолжал Лаврик.— Инцидент со Скуле произошел — обратите внимание на даты — в те дни, когда вы, если вам верить, романтически странствовали по лесам. Ярополов прилетел из Эрлангена за день до вашей роковой встречи в поезде. Между прочим, «соседи» заверяют, что Ярополов, по их данным, перекачивал сведения за бугор с ведома, благословения и поручения своего босса, хозяина АО «Синильга», несколько дней назад ликвидированного заодно с женой и двумя охранниками — в хорошем стиле, поневоле заставляющем вспомнить о тактике спецназа. И если супругу с охранниками убили прямо на даче, то самого хозяина предварительно отвезли подальше и, прежде чем отправить в мир иной, такое впечатление, душевно с ним беседовали... Интересно получается, Кирилл Степанович? Существуют две версии, ваша и, скажем так, «соседская». Но если ваша ничем не подтверждается, другая, наоборот, твердо подкреплена...

— К о с в е н н ы м и данными,— сказал Мазур, чувствуя, как язык становится толстым и шершавым.— Сплошь косвенными...

— Возможно,— кивнул Лаврик.— Но вы же не ребенок и много раз сталкивались с ситуациями, когда количество косвенных данных переходит в качество, а? Случалось? Вот видите... Вы, конечно, звучно бия себя в грудь, будете уверять, что вас подставили, на вас отоспались — и тому подобное... Вообще-то вполне приемлемый вариант... не будь кое-каких коварных подробностей. Безоглядно полагаться на информацию от «соседей» никто у нас не собирается — и никогда не собирался. Независимо от них «эрлангенское дело» проверял «Аквариум». И пришел к тем же выводам. По крайней мере, все так и происходило — существует незадачливый Скуле, работавший на американцев под носом у родной контрразведки, как водится, не посвященной в такие сложности, его в самом деле арестовали сгоряча, и давно известный «Аквариуму» Реджинальд его в самом деле вытаскивал. А это означает, что они в то время не намеревались прекращать операцию, рассчитывали и дальше качать информацию от нашего таинственного Фрегата. Местным они о Фрегате, разумеется, ничего не сообщали — лишь в самых общих деталях. Но в окружении Реджинальда и в самом деле циркулирует именно такая информация о Фрегате, более того — «аквариумные» докопались, что Фрегат, помимо всего прочего, всерьез подумывал о

98

ликвидации собственной супруги...— Он осклабился.— Кстати, мой дорогой,— когда безутешный вдовец буквально через пару дней после похорон начинает драть маменьку своей благоверной, пусть даже еще вполне сексапильную, это не в его пользу играет, в особенности если и так собрано о нем масса неприглядного... Согласны кратенько охарактеризовать ситуацию?

— Бред,— сказал Мазур.

— Или — провал. Что-то не сладилось. Произошел какой-то сбой. И нашему Фрегату пришлось импровизировать на ходу, уже в силу обстоятельств не заботясь о минимуме достоверности,— не давала ему жизнь такой возможности... Отсюда все нестыковки, несообразности и фантастика самого дурного пошиба. Так оно с импровизациями всегда и бывает. Я, конечно, не надеюсь на чудо, но, быть может, выслушаем чистосердечное признание? Простите за пошлую фразу, но ведь и в самом деле может повлиять на вашу участь...

— Бред,— повторил Мазур.— Не в чем мне признаваться. Вам не приходит в голову самый простой вариант?

— Что всеми странностями, нагроможденными вокруг вас, некто отвлекает внимание от истинного виновника? И «крот» — кто-то другой? — Лаврик устало улыбнулся.— Вы что, считаете меня приготовишкой? Ну естественно, в первую голову мы подумали именно об этом. Стандартный вариант, и не столь уж редкий. Но против такого варианта есть серьезные возражения. Во-первых, я давно уже питаю стойкое доверие к п е р е к р е с т н о й информации, сиречь полученной из двух независимых источников, каковые в данном случае испытывают, мягко говоря, страсть к некоторой конкуренции. Эрлангенская информация полностью отвечает этим критериям, не правда ли? Во-вторых... Во-вторых, даже если предположить, что вас хотели подставить, никто не стал бы разыгрывать столь громоздкую операцию, всецело зависящую от множества неожиданностей... Давайте на секунду поверим, что все так и было, как вы живописно преподносите: вы в самом деле столкнулись с некими нехорошими людьми, которые вас долго и увлеченно гоняли по тайге... Интересно, вы отдаете себе отчет в том, что вариант «спятившего купца Калашникова», если разобраться вдумчиво, вовсе не спасает вас от обвинения в шпионаже? Человек такого пошиба, вздумавший ликвидировать опасного свидетеля своих охотничьих забав, вас попросту убрал бы, не обинуясь. Скажем, на похоронах. Или во время ваших разъездов по городу. Это, простите за цинизм, было бы неизмеримо практичнее, нежели затевать сложнейшую операцию по вашей компрометации через заграницу,— а я не верю, что у рядового, в общем-то, коммерсанта были столь обширные возможности.

— У него там бывали иностранцы,— сказал Мазур.— Черт их знает, кто они такие и сколько весят у себя дома... Такая забава, мне сдается, по плечу только богатеньким, и очень.

— Это все ваши домыслы,— отрезал Лаврик.— Ничем не подкрепленные. Повторяю, вас неизмеримо практичнее было бы попросту убрать, а не затевать грандиозную акцию со втягиванием парочки импортных спецслужб. Чересчур уж быстро, если принять ваш вариант, вас смогли установить... Для коммерсанта, пусть разжиревшего на дурной сверхприбыли, сроки все-таки фантастические. Вы е щ е бегали по тайге, а в Эрлангене уже полным ходом разворачивалась операция по вашей компрометации? Да мать вашу, каким чудом ваш коммерсант ухитрился прознать про операцию «Меч-рыба»? Что, я вам должен объяснять насчет круга посвященных?

— Вот и поискали бы среди посвященных...— огрызнулся Мазур чисто инстинктивно, тут же почувствовав, что вышло прямо-таки по-детски.

Лаврик поднял брови:

— Ну, капитан... Вам не кажется, что это уже попахивает паранойей? По некоему зловещему совпадению некий «крот» в больших звездах оказался добрым знакомцем хозяина «Заимки», где вы изволили проводить отпуск? И они быстренько договорились уничтожить вашу репутацию? Вы сами-то в такие совпадения верите? Хоть немножечко? — Он поиграл портсигаром.— Лично мне гораздо более соответствующим истине представляется другой вариант. Фрегат — это вы. И работали вы в тесном контакте с обоими покойничками из «Синильги» — Ярополовым и его боссом. Вполне возможно, вы и в самом деле побывали на «Заимке». И что-то у вас там не сложилась, что-то пошло наперекор вашим ожиданиям. Скажем, вы нервничали и рвались за бугор. А там решили, что вы, в принципе, и не нужны более, что «Меч-рыбу» по каким-то их соображениям гораздо выгоднее провалить с шумом и плясками... И пешки вроде тех двоих больше не нужны.

Не такая уж редкость в практике разведки. Тут опять что-то произошло. По чести говоря, я готов допустить еще, что вы запаниковали, ударились в бега, вы как-никак битый волк, рыбка пиранья, и ухлопать вас отнюдь не просто... И начались ковбойские приключения. С этого момента ваши показания истине, очень может быть, более или менее соответствуют... Хоть и далеко не во всем. Как насчет такой гипотезы, дружище Фрегат?

Мазур сидел, сгорбившись, устало смотрел на него. Не было сил шумно протестовать, бить себя в грудь. Он понимал, что идет ко дну, как оброненный за борт колун, но решительно не представлял, что можно сказать или сделать. Не находил лазеек в хитро сплетенной сети обвинения, куда можно просунуть хотя бы голову. Лазеек...

— Постойте,— сказал он.— А нападение на трассе, по дороге в Ермолаево? Это что, мне тоже привиделось? И похищение, и все прочее? Есть три свидетеля, помимо меня...

У него упало сердце, когда адмирал, даже не дослушав, ухмыльнулся с таким видом, словно только и ждал этой реплики:

— А я-то ломаю голову, когда вы сошлетесь на этот триллерочек... Будем его углубленно разрабатывать? Ну давайте... Только потом, чур, не хныкать. Договорились? — он повернулся к Крайко, так и молчавшему все время разговора.— Пригласите коллегу, давненько ждет, сердешный...

ГЛАВА СЕДЬМАЯ

ПЛОВЕЦ ИЗ ТОПОРА ХРЕНОВЫЙ

Несмотря на всю нелепую жуть ситуации, у Мазура легонько ворохнулось в сердце любопытство: что они еще там затеяли, твари? Стоит ли ожидать помощи от Морского Змея, никогда не бросавшего своих? Не может же он всерьез поверить...

Он думал, что Крайко выйдет, но тот снял трубку, набрал короткий внутренний номер и бросил:

— Пригласите.

Через пару минут появился лощеный субъект в штатском, с терпеливо-брезгливой физиономией опытного врача, вынужденного каждодневно лицезреть уродства и сифилитиков. Если что Мазур и ненавидел в жизни сильнее глубинных бомб — то именно такие физиономии.

— Уж извините, что заставили ждать представителя братской конторы,— сказал адмирал,— но сначала требовалось решить чисто военные вопросы...

Лощеный сложной гримасой дал понять, что все прекрасно понимает и ничуть не обижен. Потом глянул вопросительно:

— Простите?

— Полковник Трунов, начальник отдела военной прокуратуры округа,— глядя честнейшими глазами, произнес Лаврик и предъявил гостю удостоверение.

Судя по лицу пришельца, там именно так все и написано. Мазур и не порывался внести ясность, понятно. Если пошарить у Лаврика по карманам, там можно, пожалуй, отыскать и корочки мажордома шведского королевского дворца — если во дворце есть мажордом...

— Капитан Благоволин, старший следователь.— Он тоже в знак доброй воли предъявил орленый краснокожий документ.— Разрешите приступить?

— Приступайте,— благодушно разрешил адмирал.

Капитан уселся напротив Мазура, профессионально посмурнев лицом, выдернул из темно-красной папочки разграфленный типографским способом лист бумаги:

— Должен вас предупредить об ответственности за дачу ложных показаний...— пробубнил он скороговоркой классическую формулу.— Гражданин Мазур Кирилл Степанович?

Мазур хмуро кивнул.

— Прошу отвечать,— сказал капитан.

— Мазур Кирилл Степанович,— сказал Мазур.

— Воинское звание?

— Инженер-капитан первого ранга.

— Место прохождения службы?

— Плавбаза «Камчатка», Балтийский флот,— отчеканил Мазур заученно.

Капитан задал еще несколько формальных вопросов, занес в нужные графы короткие ответы, помолчал с внушительным видом. «Ну давай, мудак,— мысленно поторопил его Мазур.— Что вы там еще приготовили?»

— Итак, гражданин Мазур...— протянул капитан.— В каких вы находились отношениях с гражданином Нефедовым Виктором Ильичом?

«Хороший вопрос,— подумал Мазур.— Гадай теперь, что отвечать. Может, в квартире у сопляка все же был микрофончик? Или за ней следили и засекли их с Кацубой? Ситуация...»

— Простите, не припоминаю...

— Да? — капитан сунул ему под нос фотографию, где Нефедов Е.И. безмятежно смотрел в объектив и о сложностях жизни, похоже, не задумывался.— А может, припомните?

— А, ну да...— медленно начал Мазур.— Это тот, что издает «Шантарского скандалиста»?

— Именно. А с гражданкой Бойченко Елизаветой Григорьевной знакомы?

— Вот это — нет,— искренне сказал Мазур, догадываясь, конечно, что речь идет о Лизочке-с-характером, но не собираясь облегчать капитану работу.

— Да? Посмотрите, может, и ее припомните?

— Ну да, Лиза...— сказал Мазур.— Но ни отчества, ни фамилии я и не знал...

— Значит, знакомы с обоими?

— Смотря что назвать знакомством. Я у него вчера был дома.

— На предмет?

«А, пропади все пропадом»,— подумал Мазур и сказал:

— Собственно, не я придумал туда идти...

— А кто?

— Майор Щербак, зам по хозчасти командира данной воинской части,— не без легкой мстительности сказал Мазур.

— Есть такой,— благодушно кивнув, сообщил капитану Лаврик.

— И с какой целью вы надумали посетить гражданина Нефедова у него на квартире?

Мазур решил перейти на классический канцелярит:

— В последнем номере «Шантарского скандалиста» была опубликована статья, задевающая честь и достоинство означенного майора Щербака, в связи с чем майор попытался установить источники информации, использованной гражданином Нефедовым в его клеветнической статье...

— Не так быстро,— попросил капитан.— Клеветнической... И что было потом?

— А ничего,— натужно улыбнувшись, сказал Мазур.— Гражданка Бойченко проинформировала нас, что гражданин Нефедов был в свое время завербован тем самым учреждением, к коему вы имеете честь принадлежать, и уверила, что именно вышеназванное учреждение снабдило гражданина Нефедова данным материалом, в приказном порядке обязав опубликовать материал в поименованной ранее газете...

Капитан и бровью не повел — старательно записал все, поставил точку. Спросил:

— С вашей стороны к гражданину Нефедову применялись меры физического воздействия?

— Ни боже мой,— сказал Мазур.— После столь сенсационного признания мы квартиру попросту покинули. Оба мы с майором Шербаком — люди законопослушные и понимаем все тонкости оперативной работы столь серьезного учреждения...

Он заметил, что капитан записал его ответ в виде краткого: «Нет». И заторопился:

— Эй, я это подписывать не буду...

— Почему?

— Искажаете ответы,— сказал Мазур.

— Ничего подобного. Я спросил, применялись ли вами к Нефедову меры физического воздействия, и ваш ответ перевел как «нет». Я был неправ?

— Правы,— сказал Мазур.— Только вы все же мои слова внесите в протокольчик...

— Пожалуйста,— пожал плечами капитан и старательно вывел несколько строчек.— Быть может, с вашей стороны имели место угрозы убийством или причинением телесных повреждений?

— Ничего подобного.

— А относительно гражданки Бойченко?

— Девочку мы вообще не задевали,— сказал Мазур.— Тем более что она как раз и сообщила нам реабилитирующие гражданина Нефедова факты.

— Реабилитирующие?

— Ну конечно,— с простецким видом сказал Мазур.— Мы-то решили, что он попросту искал дешевой сенсации. Но если человек выполнял негласное задание столь серьезного учреждения, то это совсем другое дело...

Откровенно говоря, он питал зыбкие надежды, что удастся столкнуть Лаврика с этим лощеным гусем. Не получилось, увы,— адмирал ничуть не заинтересовался столь сенсационными и пикантными откровениями...

— Они что, подали жалобу? — спросил Мазур.

Капитан с откровенной издевкой глянул ему в глаза:

104

— Да нет. В нынешнем своем состоянии подавать жалобу им было бы крайне затруднительно. Гражданин Нефедов и гражданка Бойченко найдены убитыми в квартире, которую вы имели неосторожность посетить. Не угодно ли?

Он достал несколько черно-белых фотографий и веером раскинул их перед Мазуром, словно опытная гадалка — карты. Адмирал, подавшись вперед, поднял брови. Зрелище, признаться, было малоаппетитное, даже для тех, кто к смерти привык давно: молодого любителя сенсаций, запутавшегося в играх с серьезными конторами, Мазур узнал сразу, а вот Лизе, судя по всему, пуля угодила в затылок, и выходное отверстие пришлось на лицо...

— Ну, а я какое к этому имею отношение? — спросил Мазур.

— Где вы были в момент убийства?

«Болван,— тоскливо подумал Мазур,— ничего умнее не мог придумать?» И сказал:

— Вы мне сначала напомните, когда убийство произошло, сам я совершенно не в курсе...

— Меж девятнадцатью и девятнадцатью тридцатью.

Мазур облегченно вздохнул:

— Тогда придется вас разочаровать. Мы вернулись на базу около шести, и сразу же меня... гм, посадили под присмотр пары ангелов-хранителей. Один ангел неотступно торчал у дверей, а второй гулял под окном. Так что алиби у меня железобетонное.

Адмирал милостивым наклонением головы подтвердил это, стоило капитану вопросительно воззриться на него. Однако не похоже, чтобы капитана это повергло в печаль, наоборот, он выглядел вполне удовлетворенным. А значит, следовало ждать очередных сюрпризов...

— В каких отношениях вы находились с гражданином Лобановым Семеном Сергеевичем?

— Я о таком гражданине впервые слышу,— сказал Мазур, не кривя душой.— Может, вы мне его предъявите? Если не вживую, то хотя бы в виде фотографии?

— Пожалуйста.

Мазур долго разглядывал совершенно незнакомую физиономию, вернул снимок, мотнул головой:

— Впервые вижу.

Даже если мысленно подрисовать бороду и усы, изменить прическу — личность сия была ему незнакома.

Капитан с непроницаемым видом вытягивал из папки несколько исписанных убористым почерком листков:

— Гражданин Лобанов, начальник службы безопасности акционерного общества «Синильга», был задержан нами сегодня, в девять часов утра, в результате оперативно-розыскных мероприятий, суть которых я раскрывать, простите, не буду. Под давлением улик сознавшись в двойном убийстве, гражданин Лобанов заявил, что оно было совершено по приказу лица, идентифицированного нами как капитан первого ранга Мазур Кирилл Степанович. В свое время гражданин Лобанов получил от гражданина Ярополова... данная личность вам тоже неизвестна?

— Известна,— вынужден был сознаться Мазур.

— Прекрасно. Так вот, Лобанов, находившийся в зависимости от Ярополова как согласно служебному положению, так и имеющимся в распоряжении Ярополова компрометирующим материалам на Лобанова, неоднократно был вынужден выполнять поручения, находившиеся в прямом противоречии с законом. В начале августа Ярополов представил ему лицо, впоследствии идентифицированное как Мазур Кирилл Степанович, и заявил, что Лобанов обязан выполнять любые распоряжения последнего. Встреча состоялась на базе отдыха акционерного общества «Синильга», находящейся в тайге и более известной, как «Северная заимка».— Он упоенно декламировал свою канцелярщину, казалось, вот-вот начнет помахивать авторучкой, как дирижерской палочкой.— У гражданина Лобанова во время пребывания на «Северной заимке» создалось впечатление, что в отношениях меж данной парой — Мазур и Ярополов — подчиненное положение занимает скорее последний, что, по мнению Лобанова, нашло подтверждение в происшедшем на его глазах инциденте...— Он вытащил из кармана аудиокассету и чуточку растерянно обвел взглядом контрразведчиков.— Простите, у вас магнитофона не найдется? Я как-то не подумал...

Повелительный взгляд адмирала — и Крайко полез в шкаф. Особисты люди запасливые, магнитофон там, конечно, отыскался. Разыгралась короткая мимическая сценка: капитан инстинктивно отстранил руку с кассетой, когда Крайко потянулся было ее забрать, они переглянулись, хохотнули, и Крайко широким гостеприимным жестом пригласил Благоволина к столику с магнитофоном. Тот перемотал пленку, послушал при минимальной громкости, остался стоять рядом, словно боялся, что кто-то нападет и вырвет бесценную улику. Стенографист вопросительно уставился на Лаврика и, увидев недвусмысленный жест, торопливо схватил новый карандаш.

— ...его там чаще звали Адмиралом. Такое впечатление, в шутку. Или Кириллом,— послышалась чуть испуганная скороговорка.— Адмирал — это, конечно, не зря, кто-то говорил, он моряк... Военный, не торговый.

— Вам это достоверно известно? — спросил гораздо более спокойный голос, в котором Мазур легко опознал благоволинский.

— Ну, я бы не сказал... Помню, был разговор мимоходом. Не станешь же расспрашивать всерьез, сами понимаете. Мало ли что. В нашем деле голову отрывают и за то, что молчишь, и за то, что языком треплешь... Но кто-то говорил, что он моряк, точно. Даже шутка промелькнула насчет Балтийского флота...

— Расскажите подробно об имевшем место инциденте...

— Котором?

— О драке меж Ярополовым и Мазуром.

— А... Ну, это был не инцидент, а самая обычная бытовушка. Шерше ля фам, один, стало быть, пошел шерше, а другой уже тем временем нашел.

— Вы мне давайте тут без зубоскальства. В вашем положении только и зубоскалить...

— В моем положении, капитан, только и зубоскалить — хуже все равно не будет, хоть посмеяться...

— Лобанов!

— Понял, молчу... В общем, эта адмиральская красоточка, даром что законная супруга, не особенно и протестовала, когда ее пытались уманить в темный уголок. А потом получился прокол. Я за хозяйским столом не сидел, не больно-то приглашали, зато адмирал с Прохором Петровичем квасили по-черному... вы уж простите, я босса именно так называть привык, когда он на «Заимке», настрого было вдолблено: кто его сдуру назовет настоящим имечком, вылетит оттуда, как ракета...

— Я понял. Продолжайте.

— В общем, Прохор с Адмиралом кушали водочку тет-а-тет, а Олечку отчего-то не позвали, и она скучала. Ну, Коля Ярополов такого не стерпел, тот еще кобелино, он и взялся развеивать ей скуку, как умел. И нет бы ее увести куда подальше — залегли прямо в адмиральских покоях. Думали, он задержится. А он ни с того ни с сего поперся в свои апартаменты — может, взять что... Как я понял, Коля

107

только-только взялся ее разоблачать — а тут нарисовался Адмирал. Вы бы видели, как он Колю мудохал...

— Ну, и что вы здесь видите необычного? — послышался смешок Благоволина.— По-моему, самая обычная картина...

— Необычное в том, что Коля и пальцем не шевельнул, пока его Адмирал возил на пинках по коридору. Абсолютно это на него не похоже. Будь ты хоть раззаконный муж, хоть самый почетный гость, не стал бы Коля плюхи сносить с христианским смирением... Не тот типаж. А он, я вам говорю, гнулся, как последняя шестерка. Вот тогда я и понял, что Адмирал — та еще карта в колоде... Имеет право учить сапогом по морде. Такое Коля разве что от Прохора Петровича снес бы, да и то под вопросом... Отмудохал его Адмирал, как проститутку Троцкого, разве что без ледоруба, голыми руками. Да такому ледоруб и не нужен, я таких приемчиков в жизни не видел...

— Что было потом?

— А ничего особенного. Попинал Колю, навесил пару плюх женушке — и пошел дальше пить. А я убрался подальше от греха, повел Колю синяки зализывать. А назавтра улетел в Шантарск, как раз вертолет туда подался...

Благоволин выключил магнитофон, выщелкнул кассету и убрал ее в карман:

— Что скажете?

— Не было ничего подобного,— сказал Мазур.

— Но в «Северной заимке» вы с женой были?

— Капитан, если вы не возражаете...— решительно вмешался Лаврик.— Пребывание гражданина Мазура на «Заимке» — отдельная тема, которая скорее в нашей компетенции, и мне не хотелось бы ее затрагивать преждевременно. Или вы настаиваете?

— В общем, не особенно,— сказал Благоволин.— Это может и подождать, мне другие аспекты прояснить хочется в первую очередь...— Он вернулся к столу и занял прежнее место напротив Мазура.— Так вот, гражданин Лобанов показал далее, что седьмого сентября, около полуночи, встречался с вами возле ресторана «Шантара». Вы, подъехав на машине марки «Волга», передали ему пистолет «ТТ» китайского производства с глушителем и запасной обоймой и приказали с помощью данного оружия совершить ликвидацию Виктора Нефедова, особо оговорив число — то самое, в которое убийство и произошло...

— Я с ним не встречался,— сказал Мазур.

— В таком случае, где вы были седьмого?

Ответить было легко. Нельзя было ответить. Седьмого, около полуночи, Мазур с Големом как раз и наблюдали за дачей Прохора — куда вскоре ворвались... Предъявлять подобное алиби, конечно, безумие.

Все это в какой-то миг пронеслось у Мазура в голове, и он, как мог небрежнее, сказал:

— Здесь был, на базе. В расположении.

— Это можно уточнить? — повернулся капитан к Лаврику.

— Уточним,— пообещал тот.— Дело нехитрое.

— Итак, гражданин Мазур?

— Все, что я мог сказать, сказал,— произнес Мазур.— Ваш Лобанов брешет, как сивый мерин,— вот и вся истина.

— Другими словами, вы категорически отказываетесь подтвердить его показания?

— Отказываюсь,— сказал Мазур.— Л ю б ы е его показания. И те, что у вас есть, и те, что он еще даст.

— Откуда такая уверенность?

— Оттого, что я его в жизни не видел,— сказал Мазур.

— Вы понимаете, что последует очная ставка?

— Понимаю.

— Что подобные показания мы обязаны рассмотреть со всей серьезностью?

— Что тут непонятного?

— Распишитесь,— он подождал, пока Мазур вдумчиво перечитает и распишется, спрятал все свои бумаги, уставился на Мазура откровенно хозяйским взглядом.— Товарищ полковник, как вы понимаете, неизбежна очная ставка и прочие формальности...

Судя по его взгляду, он жаждал Мазура, словно семиклассник-девственник — смазливую соседку по парте. Еще немного, и пустит слюни. Мазур поневоле ощутил себя конфеткой, попавшей в руки двух капризных ребятишек.

— Я все прекрасно понимаю, капитан,— сказал Лаврик не без металла в голосе.— Как видите, на д а н н о м этапе я вам оказал все возможное содействие. Не скрою, еще и потому, что наши цели где-то перекрывались... Но сейчас, уж простите, нам с этим г р а ж д а н и н о м еще нужно какое-то время вдумчиво поработать... У вас есть возражения?

Возражений у капитана имелась масса, достаточно взглянуть на его разочарованную физиономию, но он их благоразумно удержал при себе. Лаврик знал, какие документы себе нарисовать: перед военной прокуратурой «сосед» поневоле должен был стушеваться, потому что сам, подобно армейцам, под этой веселой конторой ходит...

Уходя, капитан послал Мазуру столь откровенный взгляд, означавший что-то вроде: «Как я жажду нашей новой встречи, милый!», что даже стенографист выдавил из себя кислую улыбку, не говоря уж об адмирале с Крайко, ухмылявшихся предельно откровенно, с адресованной Мазуру жестокой насмешкой.

— Надо же, как он с вами жаждет побеседовать, дружище Фрегат...— протянул Лаврик.

— Я не Фрегат,— сказал Мазур.

— Да уж какой из вас фрегат...— согласился адмирал.— Скорее топор, который плавает хреново... Интересные новости нам принес в клювике «сосед», верно? Ну, так зачем вам понадобилось мочить бедного мальчика?

— Это они... Они сами,— сказал Мазур, чувствуя себя полным идиотом.

— «Соседи»?

— Да.

— А им — зачем? Из врожденной подлости? — Лаврик досадливо поморщился.— Да им этот мальчишечка был крайне необходим живым — чтобы дополнить увлекательные показания этого Лобанова...

— Думаете?

— Не думаю — уверен,— сказал адмирал.— Потому что успел кое-что проверить. Интересная мозаика складывается, дражайший Кирилл Степанович. Неопровержимо установлено, что Нефедову дал деньги на издание газеты и помог побыстрее получить лицензию не кто иной, как Ярополов. А магазинчик и та квартира, откуда вы столь киногенично освобождали своих «товарищей по плену», как столь же неопровержимо доказано, принадлежат все той же фирмочке «Синильга», которая с таким постоянством всплывает в связи с вами, о чем ни зайдет речь...— Он на миг озверел лицом и пристукнул ладонью по столу.— Я вас умоляю: хватит мне преподносить старую песню о компрометации! Не-ло-гич-но! Уж простите профессионала — нелогично и глупо! Если принять этот вариант, мы обнаружим, что они вас «компрометировали» ценой ощутимейших для себя потерь. Засвечены их люди — мы ведь быстренько установим тех, кто провел инсценировку вашего «похищения», засвечены их объекты. Мало того — этот их Лобанов вдруг признается в двойном убийстве для того только, чтобы доставить вам побольше неприятностей! Это даже не «мыльная опера» — боевик для дошколят «Пузырь, соломинка и лапоть»! Что там у вас еще в запасе? Все сговорились против вас — и «соседи» тоже? Весь мир идет на вас войной? Бедное мое дитятко... Он был в непритворной ярости, хоть и старался сдерживаться.— Вы мне лучше объясните, почему убивец Лобанов валит все именно на в а с! Его босс мертв, Ярополов мертв — вот вам два прекрасных кандидата, на которых любой мало-мальски смышленый злодей с радостным визгом и повесил бы все, начиная от Адама и кончая вчерашней аварией молоковоза возле зверосовхоза! И попробуйте вы его уличить! Нет, он отчего-то прицепился к вам... Где вы были вечером седьмого?

— На базе.

— На фуязе,— сказал Лаврик.— Капитан, каюсь, у меня в отношении к вам начинает рождаться этакая легонькая брезгливость — то ли вы меня упорно считаете дураком, то ли сами не продумали все, как следует... Мы же не в расположении зачуханного стройбата, в конце-то концов! Перемещения машин вашей группы в журнале, как и надлежало, не регистрировались, но часовые проинструктированы... Ваша «Волга», где, кроме вас, находился еще один орелик, предположительно — старший лейтенант Бирюков, покинула базу чуть позже одиннадцати вечера и вернулась около часа ночи. Где вы раскатывали?

— Бог ты мой,— сказал Мазур.— Да за водкой ездили, если уж откровенно. Я вам могу во всех подробностях киоск на Кутеванова, где мы затарились «Абсолютом», описать и даже нарисовать. И киоскершу описать могу: Саша Бирюков ее минут десять в гости зазывал, она его хорошо должна помнить. Меня малость похуже, я в сторонке торчал, не до девочек было...

Голема пришлось сдать — все равно его вычислят максимум через полчаса. Ничего страшного, впрочем: он о таком раскладе заранее предупрежден и будет с железным упорством держаться легенды, благо «Абсолют» они покупали именно там, и с юной ларечницей Сашка заигрывал достаточно долго, чтобы запомнила как следует... Как они брали комбинезоны со склада, как клали назад, не видела ни одна собака, оружие и гильзы покоятся на дне Шантарского водохранилища в километре от берега — тут все чисто, комар носу не подточит. Однако, похоже, все это как раз против него и оборачивается...

— Значит, за рулем был все-таки Бирюков?

— Да,— сказал Мазур.— Это криминал?

— Вот смотрю я на вас, капитан, и, честное слово, сожалею о позабытых временах «активного следствия»...— признался Лаврик.— Впрочем, нельзя сказать, что они канули в забытье во в с е й полноте...

— Валяйте,— сказал Мазур.— Раз пошла такая пьянка... Вы уже наверняка пролистали мое досье, прекрасно знаете, что не противопоказан мне ни пантопон, ни прочие «микстурки правды». Я просто требую, в конце концов, чтобы меня побыстрее накачали пантопоном или иной гадостью...

«Вообще-то и без его соизволения накачают, и весьма скоро, надо полагать. Ну и ладушки. Конечно, может очень быстро выплыть на свет божий убийство Прохора, но лучше уж отвечать за него, чем оказаться в роли источника по кличке Фрегат».

— Можем, конечно, и накачать,— задумчиво сообщил адмирал.— Вот только, к великому моему сожалению, не уверен я, что это нас приблизит к истине. Вы ведь профессионал, превзошли все методики поведения на допросе. Не хуже меня знаете, что и хваленые «сыворотки правды» сплошь и рядом дают сбои...

— Но, насколько я понял, меня еще не приговорили? — спросил Мазур.

— А голосок-то дрогнул самую чуточку...— осклабился Лаврик.

— Интересно, у вас на моем месте не дрожал бы? — огрызнулся Мазур.

— Как знать, может, и дрожал бы... Конечно, никто вас пока не приговаривал. У меня пока что и ордера нет. Но будет,— обнадежил адмирал.— Очень скоро будет. Тогда и побеседуем уже всерьез, закрутим карусель на полную мощность — с очными ставками, перекрестными вопросами и прочими прелестями. И Бирюкова порасспросим, и вашего командира, и кой-кого еще...

— А «соседи»? — спросил Мазур с вялым ехидством.

— Я вас могу на сей счет успокоить.— Лаврик снял пенсне и принялся его протирать носовым платочком.— К ним вы попадете не раньше, чем вас выпотрошу я. Тут, как вам должно быть ясно, открывается широкий простор для комбинаций: можно вас им передать, на чем они усиленно настаивают, а можно и не передавать. Очень уж чревато — человека с вашей памятью и опытом отдавать посторонней конторе, пусть и братской, на вас висит столько подписок и отчетов, что людям сухопутным совершенно ни к чему знать про иные морские забавы...

Угроза была неприкрытая. Хватало в прошлом ситуаций, когда проштрафившийся до трибунала не доходил, поскольку покидал наш бренный мир гораздо раньше, чем ему хотелось. Кроме внутренних расследований, бывают еще внутренние приговоры — но выносят их не раньше, чем вина будет доказана неопровержимо. А пока что есть темные места и прорехи в слепленном на скорую руку обвинении, Мазур вовсе не пытался прибавить себе бодрости, он просто знал, что голова еще торчит над водой. Как бы ни свирепело командование, какие бы маты ни сыпались в высоких кабинетах, какую бы накачку Лаврик ни получил — офицеров его ранга и биографии не списывают в расход походя, тут вам все-таки не Голливуд... Или это он себя старательно убаюкивает?

— Признаюсь честно, мне очень хочется вам верить, капитан,— сообщил Лаврик, водрузив пенсне на нос.— Послужной список, вся грудь в орденах... До сих пор среди «морских дьяволов» не было ни единого случая предательства. Только это еще не аргумент и не индульгенция. Я могу понять, когда человека подставляют, компрометируют, но скажу вам совершенно откровенно, ни разу за все время службы не встречался со случаем, когда нет ни единого «за» при адском скоплении «против»...

Мазур бледно усмехнулся:

— Коли уж речь зашла о послужном списке и орденах... Мне кажется, я имею право требовать, чтобы были проверены все абсолютно версии? В том числе и самые безумные?

— Можете,— со вздохом сообщил Лаврик.— Мы ведь еще только начали, по первой опрокинули, так сказать...— Он лениво повертел портсигар и спросил вдруг: — Знаете историю, как погиб последний на Руси Змей Горыныч?

— Нет.

—Поселился он, аспид, вблизи деревушки, затеррозировал мирных землепашцев и какое-то время жил припеваючи. Таскают ему в условленное место пироги, самогонку, девок водят — не жизнь, малина. Только однажды не оказалось на пригорке ни пирогов, ни пышек. И длилось так неделю. Отощал Горыныч, озлел — и полетел в деревню разбираться. Смотрит, в деревне что-то не то — окна выбиты, двери на одной петле болтаются, народишко попрятался незнамо куда. Сел он, бедолага, посреди улицы, расшеперился и вопит: «Куда ж вы все подевались, ироды?» А в ответ ему из-за угла тихий такой, испуганный голосок: «А ты кто есть?» Ревет Горыныч: «Я — Чудо-юдо!» За углом словно бы и повеселели в одночасье: «Юде?! Фойер!» Мораль сей басни такова: права правами, а человеку сплошь и рядом приходится д о к а з ы в а т ь, что он не верблюд...— и он с треском захлопнул портсигар.— Можете идти. Посидите, подумайте, а там и продолжим, благословясь...

Мазур направлялся к месту своего заточения в сопровождении двух хмурых конвоиров, которые притворялись, что никакие они не конвоиры, шагали не в ногу по сторонам, один даже что-то игривое насвистывал. Еще издали он увидел, что под окном по-прежнему маячит часовой. И окончательно уверился, что дела хреновые: если и удастся каким-то чудом из всего этого выскочить, будущее крайне проблематично, после такого скандала люди повесомее его вылетали из рядов с позором. Если его и не признают шпионом по кличке Фрегат, лучшего козла отпущения все равно отыскать трудно...

Время ужина давно прошло, и он вяло подумал, что кормить сегодня не будут. Но, не прошло и десяти минут, как в коридоре простучали каблучки, явилась сержантесса с судками. Мрачно куривший у окна Мазур на сей раз оглядел ее внимательнее и пришел к выводу: девочка старше, чем ему казалось, лет двадцати пяти, не меньше. Решительно не представляя, куда ему присобачить это ненужное открытие, он направился к столу. Сержантесса что-то не торопилась уходить — снова очередные тайны мадридского двора?

Остановившись перед ней, Мазур вопросительно взглянул, ожидая новой порции мимических откровений.

Не дождался. Приложив палец к губам, дева подняла правую руку — и поток чего-то невесомо-обжигающего ударил ему в лицо. Мир вокруг погас мгновенно, словно повернули выключатель.

ГЛАВА ВОСЬМАЯ

САМЫЕ ДУШЕВНЫЕ РЕБЯТА

Неудобство в левой руке становилось все сильнее, в конце концов Мазур, не открывая глаз, попробовал пошевелиться — и моментально чьи-то жесткие ладони придавили его плечи, а над самым ухом командный голос рявкнул:

— Лежать смирно!

Он подчинился, чувствуя, как из руки выходит игла, как руку сгибают в локте, предварительно сунув к месту укола комок ваты. Медленно открыл глаза.

Пожилой капитан с «запьянцовской змеюкой» в уголках воротника старательно укладывал в металлическую коробку шприц и резиновый жгут. Прямо за спиной у него было окно — д р у г о е, совсем не то, что в импровизированной камере. Там взгляд сразу же утыкался в соседний серопанельный дом, а здесь вплотную к окну стояли толстые ели с морщинистыми сероватыми стволами. И комната была другая, гораздо больше. А может, так казалось из-за спартанской меблировки: кровать, на которой лежал Мазур, темный двухтумбовый письменный стол, пара стульев. Впрочем, комната выглядела чистой, недавно отремонтированной, даже попахивало слегка свежей краской. В углу сидел майор Кацуба, а на углу стола, покачивая обутой в сверкающий сапог ногой, восседал генерал Глаголев, белокурая бестия сибирского розлива, разглядывая Мазура с совершенно непонятным выражением лица. За окном уже смеркалось, стояла тишина.

Доктор, повинуясь мановению генеральской десницы, покинул комнату, не оглянувшись на пациента. Мазур пошевелился, сел, старательно держа согнутой в локте левую руку. В общем, он себя чувствовал нормально, только во рту еще стоял странноватый привкус чего-то едко-химического.

— Что ж это вы, голубчик, в обморок брякаетесь посреди коридора? — поинтересовался Глаголев насмешливо.

— Да погодите, какой коридор...— сказал Мазур, оглядев себя и обнаружив, что одет в чужие джинсы и незнакомую рубашку, а ноги и вовсе босы.— Эта стерва мне чем-то шарахнула прямо в лицо...

— Полная ясность мысли, мгновенная адаптация, а, Кацуба? — бросил Глаголев через плечо.— Как самочувствие?

Мазур пожал плечами:

— Ничего...

— У некоторых, случается, голова потом раскалывается пару часов,— сообщил генерал насмешливо.— А этот — как огурчик.

— Водоплавающий,— поддакнул Кацуба.— У них, говорят, биохимия другая.

— Зато начальство то же самое, пальцем деланное,— хохотнул Глаголев.— Это меня с их суперменством самую чуточку примиряет.— Он неуловимым движением соскользнул со стола, прошел к Мазуру, блистая сапогами, остановился почти вплотную.— Ну что, оклемался, шпиён долбаный? Как там тебя кличут — Корвет? Или Бригантина? Да не надо зыркать на меня так глазами, каперанг, в нынешнем твоем состоянии реакции у тебя все равно замедленные, успею уклониться, а там и врежу со всем усердием... Кацуба, опять недоработка? Почему клиент босиком? Сходи, пошукай там в запасниках да носки прихвати... Сигаретку дать, Ихтиандр?

— Можно,— сказал Мазур, напрягшись от непонимания происходящего.

Глаголев сунул ему пачку, поднес зажигалку. Подхватив стул одним пальцем под спинку, перенес его к кровати, уселся на него верхом. Закурил сам, не отрывая от Мазура холодных синих глаз, усмехнулся:

— Поворот все вдруг, капитан. Так у вас, по-моему, говорят? В случае резкой смены курса? Ладно, не буду вам мотать нервы на плетень, внесем полную ясность. Дерьмом вас облили весьма даже качественно, и бултыхаться бы вам до сих пор в этой поганой субстанции, не попадись на вашем пути парочка душевных ребят — то бишь мы с Кацубой. Специализация у нас такая: вытаскивать из неприятностей водоплавающую фауну... Могу вас обрадовать: все п р е ж н и е неприятности кончились. Вопросы будут?

У Мазура просто-напросто не было сил радоваться, а уж тем более восторгаться, не говоря уж о том, чтобы бросаться на широкую генеральскую грудь и орошать ее слезами умиления. Он всего лишь спросил:

— Значит, Фрегат — это кто-то повыше?

— Почему — выше? — молниеносно отреагировал генерал.— А не просто «кто-то другой»?

— Потому что я не верю, будто это кто-то из наших...

— Похвально,— сказал Глаголев.— Дух корпоративности, морская душа, гвозди бы делать из этих людей...

116

Кирилл Степанович, меня не далее как в прошлом году предал человек, которому я верил п о ч т и как себе. С тех пор я как-то остерегаюсь верить — предпочитаю з н а т ь. Я понятно излагаю? А то у некоторых после этого препарата и в самом деле долго трещит голова...

— Нет, все нормально,— сказал Мазур.

— Ну да, вы же вдобавок на седьмом небе, услышав, что все кончено и ваше доброе имя вам торжественно возвращено... Вы, кстати, не вполне правы, если так думаете. Ничего еще не кончено, а доброе имя вам возвернули в неофициальной обстановке, свидетелями чего стали мы с Кацубой да еще два-три человека, подобно нам, болтливостью не страдающие. Так что не торопитесь прыгать до потолка. Право же, рано.

— Вас интересует настоящий Фрегат?

— Ох, Кирилл Степанович... Самая страшная тайна Фрегата в том, что его никогда не существовало.

— Но как же так?

— Да так вот,— сказал Глаголев, скалясь.— Не было никакого Фрегата. Хотя, в определенном смысле... Я многословен, правда? Что поделать, все мы живые люди, и после двухнедельной бешеной работы поневоле тянет резонерствовать, душевно рассказать кому-то, какой я молодец, умница и крутой профессионал. Пожалуй, это нервное. Все-таки годы... Остается утешаться тем, что ваше положение даже похуже моего — у меня самую чуточку растрепались нервишки, но вы-то — вы вообще мертвы...

— Что-о?

— Все мы смертны,— сказал Глаголев.— Что хуже всего — мы, как выражался классик, в н е з а п н о смертны. Подбросит некая сука в безобидный судок с котлетой крохотную таблеточку, действующую гораздо эффективнее выстрела в висок — и падает человек мертвым с вышеупомянутой недоеденной котлетой во рту. И, что интереснее, любая экспертиза, пусть даже составленная из профессоров «кремлевки», не погрешив против профессиональной выучки, признает, что смерть воспоследовала от сердечного приступа. Что удивительного в том, что у человека в вашем положении внезапно остановилось сердце? Если вы шпион — от лютого стресса, а если честный человек — от незаслуженных переживаний. Вы, в конце концов, не мальчик и сердчишко давно поднадорвали, скитаясь по морям?

— Значит, эта стерва с судками...

— Ну-ну-ну,— остановил его Глаголев жестом.— Вы мне моего верного лейтенанта не забижайте. Способная девочка. Я же сказал насчет т а б л е т к и. Которую вы непременно сожрали бы с котлетою в качестве бесплатного приложения, если бы не Катенька. Вы ей потом торт купите, я скажу, какие девке нравятся... В общем, вы вдруг, едва откушав ужина, брякнулись на пол в совершеннейшем бесчувствии — в каковой позиции вас Катенька и обнаружила, придя за пустой посудой. Шум, визг, суета, срочно забросили вас в вертолет и по кратчайшей линии меж двумя точками повезли в гарнизонный госпиталь. Слопай вы таблеточку — которую Катюша тем временем упаковала в мешок вместе со вторым да и укрыла под форменной юбкой,— в госпиталь вас доставили бы уже холодного. Но как легко догадаться, вы отведали н а ш е й химии — и потому, имея снаружи классический вид трупа, внутри были все-таки живы. А дальше все было гораздо проще. Возле трупов народу обычно мало, располагая некоторыми возможностями, нетрудно не один труп потаенно вывезти, а дюжину. Дюжина нам, правда, ни к чему, Кацуба прихватил вас одного. Вот только для всего остального мира, и в первую очередь для обитателей базы, вы сейчас лежите после вскрытия где-то в морозильнике. И такое положение дел, скажу откровенно, на какое-то время сохранится. В морге у меня человек бдит, да и не полезут они в морг — полное впечатление, наживку заглотнули. Тем лучше. Но загробная ваша жизнь, уж не взыщите, будет проходить под моим строжайшим контролем...

— К т о? — спросил Мазур.

— Плохие парни,— сказал Глаголев чуточку рассеянно.— Плохие парни, кому же еще? Хорошие таким делом заниматься не станут, логично? Что-то вы, друг мой, бледноваты, подлечить треба...

Он достал из стола бутылку джина с роскошной многоцветной этикеткой, плеснул в пластмассовые кофейные чашки:

— За загробную жизнь, а?

Вернулся Кацуба, сунул Мазуру кроссовки и новенькие носки, еще скрепленные ниточкой с бумажным ярлыком, потом бесшумно устроился в углу с ленивым видом.

— Даже когда в деле еще не было окончательной ясности — я о вашем злодейском шпионаже,— меня смущала эффектная, романтическая декорация,— сказал Гла-

118

голев.— Таинственные свидания на затерянной в тайге «Заимке», ссоры посреди диких ландшафтов, роковые страсти, бегство... Вас, моряков, уж простите, испокон веку отличала романтика самого бульварного пошиба — кортики ваши, адмиральские чаи, склянки-банки... У меня сразу родилось подсознательное недоверие. То, что среди «морских дьяволов» не было еще ни одного предателя, с точки зрения теории вероятности ни в чем еще не убеждает: даже среди апостолов нашелся один стукач, несмотря на строжайший отбор. Есть другое, гораздо более существенное возражение, опирающееся на личный опыт. И на закрытую статистику. Процент шпионов среди подобных вам боевых псов, какой бы державе они ни служили, невероятно низок. Что обусловлено, по-моему, не столько высоким моральным обликом, сколько многолетней дрессировкой. Охотничья собака просто н е у м е е т переходить на противоположную сторону, поддаться вербовке со стороны зайцев или лисиц. Шпионаж — дело скучное. Секретные сведения обычно таскают в клювике противнику неприметные серенькие мышки с мозолями от долгого сидения на канцелярском стуле, а покупают их столь же невидные лысоватые типы самого заурядного облика, сроду не бегавшие по крышам с пистолетами, а роковых красоток видевшие лишь по телевизору... Наконец, рядовых спецназовцев вербовать попросту глупо — от них никогда не получишь регулярной и ценной информации, они сами не знают вплоть до последнего момента, куда их пошлют и кого заставят резать. Это азбука. В общем, с самого начала ваше дело показалось мне чересчур красочным, эффектным и романтическим, чтобы быть истиной. И шито оно было как раз в расчете на некоторые особенности человеческой психологии, на людей определенного склада. Самарин ваш, Лаврик,— твердый профи, за ним числится не одна приличная операция, которой можно гордиться. Но в данном случае декорации и антураж были рассчитаны как раз на его тип характера и способ мышления. Вам ведь известно, что такое психологическая карта?

— Конечно,— сказал Мазур.— Только я своей, понятное дело, не видел сроду, когда это нам показывали наши досье...

— И не покажут. Лаврику, впрочем, тоже. Но тот, кто операцию разрабатывал, с т а в и л все в расчете на конкретного человека, вашего мудозвона в пенсне. По-моему, они достигли цели? Лаврик, собственно, уже вынес вам приговор. Нет?

— Да,— сказал Мазур.

— То-то... Впрочем, должен признать, они сработали не столь уж плохо. Вас не особенно-то и мазали дерьмом, тут все тоньше: вокруг вас было старательно нагромождено столько неясностей и странностей, что это с точки зрения любого здравомыслящего человека превосходило критическую массу. Еще и благодаря тому, что вы ухитрились наворотить кучу дел... Высший пилотаж не в том, чтобы вывалить кучу фальсифицированных улик. Наши плохие парни достигли большего: создали ситуацию, в которой вы, даже после скрупулезнейших проверок, навсегда останетесь на подозрении, следовательно, в лучшем случае вылетаете в отставку и всю оставшуюся жизнь проживете под колпаком у тех, кто в конце концов пришел к выводу, что дыма без огня не бывает... Вы, часом, не питаете иллюзий насчет наших отцов-фельдмаршалов? Самых высоких?

— Никаких,— угрюмо сказал Мазур.

— И правильно. Они в общем-то неплохие люди, но должность обязывает. Когда разгорается скандал, подобный вашему, его сплошь и рядом стараются погасить не скрупулезнейшим добыванием полной и окончательной истины, а чисто косметическим ремонтом. Поскольку гипотетическая истина частенько уже не влияет на понесенный урон и не способна ничего исправить, а торопливое нанесение косметики, наоборот, спасает престиж в с е й системы... Согласны? Умница. Именно поэтому ваша смерть устраивает всех — и тех, кто верит в вашу виновность, и тех, кто по профессиональной въедливости все же предпочел бы для очистки совести еще раз проверить все сомнительные узелки. Не будем к нашим фельдмаршалам излишне строги — мы на их месте, боюсь, рассуждали бы точно так же. Помер каперанг Мазур — и гора с плеч. То ли он, паскуда, шпион, то ли нет, но очень уж много вокруг него нагромоздилось всякого, уж в чем-то да виноват. А допрашивать его с широким применением «сывороток правды» было как-то не с руки — знает чересчур много такого, что и среди своих вспоминать не стоит, ради вящего спокойствия...

— Вы что, хотите сказать...

— Ну, ну, не щелкайте клыками. Не столь уж скверного мнения я о вашем адмирале. В а ш а контора санкции на ваше устранение не давала, они просто-напросто вздохнут облегченно, а это все же две большие разницы, верно? Ладно, не буду вас мучить. Во всей этой истории камнем преткновения оставался один-единственный вопрос: п о ч е м у вас с такой яростью и усердием пытались скомпрометировать? Вы его себе не могли не задавать...

— Еще бы,— сказал Мазур.

— Необходимы цель и мотивы. Они были. И скажу вам со всей откровенностью: хотя мы с Кацубой ребята неглупые, существовала реальная опасность, что у нас так и не будет ничего, кроме подсознательного недоверия к официальной версии, которое к делу не подошьешь и трибуналу для органолептического осмотра не предъявишь. На ваше счастье, появился чертик из коробочки. Для начала я вас с ним познакомлю.— Он протянул Мазуру синюю расческу.— Поскольку это дама, причешитесь как следует, она в вас должна сразу увидеть серьезного человека...— Он склонился к Мазуру, сузив глаза: — Насчет предельной секретности происходящего я напомню лишь мимоходом — вряд ли вы забыли, что валяетесь в морге, и, если вдруг заявитесь к вашим командирам в живом виде, заработаете одни неприятности, вплоть до того, что вновь перейдете в разряд покойников, и на сей раз уже по-настоящему... Вы, голуба моя, оказались в центре столь секретной операции, что никаких грозных подписок с ее участников не берут и орденами не награждают — просто-напросто за хорошее поведение позволяют остаться живыми... Пошли?

Он вышел в коридор первым. Коридор был высокий, длинный и, по непонятно откуда взявшемуся убеждению, напоминал скорее больничный: то ли большие промежутки меж дверями без номеров, причем неравномерные, то ли едва уловимый запах медикаментов заставляли в первую очередь подумать о лечебнице... Здание, должно быть, немаленькое, судя по лестничной клетке, куда свернули,— внизу как минимум один этаж, наверху несколько...

Генерал поднялся на самый верх. На площадке была одна-единственная дверь, обитая коричневым дерматином. Глаголев нажал кнопку — но внутри не слышалось звонка. Через несколько секунд тихо клацнул замок, генерал потянул на себя дверь, оказавшуюся что-то уж подозрительно толстой, обитой с внутренней стороны тем же простецким дерматином — но торец, как Мазур и подозревал, посверкивал металлом, над которым чуть-чуть выступали три ригеля сложного замка. Детина в пятнистом комбинезоне без знаков различия, словно бы невзначай державший их под прицелом «Клина» с глушителем, опустил автомат не раньше, чем дверь закрылась за вошедшими. Второй, сидевший за столиком с мониторами, так и не встал, ограничившись кивком.

— Так уж заведено,— негромко сказал Глаголев, шагая в конец коридора.— В приличном заколдованном замке принцессу всегда стерегут на совесть... Кирилл Степанович, спешу предупредить: люди, которых я вам сейчас представлю, не самозванцы и не актеры, поэтому, умоляю, воздержитесь от удивленного аханья и глупых вопросов типа: «А вы не врете?»

Э т о т коридор гораздо больше походил на приличную гостиницу: ковровая дорожка, темно-коричневые полированные двери, красивые светильники, торцевое окно представляет собою витраж с сине-красно-желтым геометрическим узором, и возле него устроен крохотный холл с мягкими креслами и кашпо по стенам. Не доходя до него, Глаголев резко остановился, постучал, вошел, не дожидаясь ответа. Мазур двинулся следом, чувствуя себя немного неуклюже в чужой одежде, самую малость великоватой.

Самый обычный гостиничный номер. У столика, ближе к двери, сидела та самая темноволосая молодая женщина, которую Мазур видел в глаголевской вотчине, упрятанной посреди военного городка. Только сейчас она была в синем платье. Как и в прошлый раз, красотка показалась Мазуру чуточку скованной, очень уж напряженно сидела, сдвинув колени, словно примерная школьница в классе, по невинности своей и не пытавшаяся использовать против строгого учителя безотказное оружие — очаровательные ножки. Мужчина, шагнувший им навстречу от окна, был Мазуру незнаком, но он чисто машинально встал на несколько секунд по стойке «смирно», потом, правда, опомнился и раскланялся вполне штатским образом. Однако Мазуру эта стойка успела сказать многое, и он в полной растерянности успел подумать: «Не может же быть...» Сухопарый, жилистый, подтянутый по-военному мужик, примерно ровесник Мазура,— и штатская одежда точно так же кажется маскарадной...

— Знакомьтесь, господа,— как ни в чем не бывало произнес Глаголев по-английски, усаживаясь первым.—

Кирилл Мазур, военно-морской флот. Лейтенант-коммандер Крис Меллинг — база Уорбек-Бей, военно-морские силы США. Дженнифер Деспард, помощник окружного прокурора штата Пенсильвания. Капитан первого ранга Мазур — начальник группы, только что утвержденный командованием, однако, как частенько случается, еще не посвященный во все детали. Я имею в виду ваш участок работы, мисс Дженнифер, исключительно ваш... Мне пришло в голову, что первое знакомство, каковое приходится устраивать в молниеносном ритме, будет чуточку непринужденнее, если вы прочтете маленькую лекцию господину Мазуру, дабы он проникся серьезностью момента...

— Вы хотите сказать, он совершенно не в курсе? — голос у нее был приятный, чуточку хрипловатый, не свободный от той же скованности.

— Во всем, что касается вашего... объекта.

Мазур, сидевший с каменным выражением лица, украдкой переглянулся с долговязым лейтенант-коммандером — и словно бы смотрел на свое отражение в зеркале, оба мгновенно прокачали друг друга и оценили должным образом... Два боевых пса, чутьем определившие в момент, что к завитым болонкам отношения не имеют и всю сознательную жизнь провели в борющихся за выживание стаях...

Очаровательная Дженнифер протянула Мазуру цветную фотографию и произнесла, старательно выговаривая слова по всем правилам грамматики, словно имела дело с неграмотным туземцем из джунглей, знакомым с английским лишь по этикеткам на консервных банках:

— Этот человек — кандидат в вице-президенты на предстоящих выборах, которые состоятся, согласно нашим правилам...

— Джен...— насмешливо поморщился долговязый Меллинг.— Ты бы еще перешла на «пиджин-инглиш». Генерал ведь предупреждал...

— Я с вашим языком немножко знаком,— торопливо сказал Мазур по-английски, чтобы выручить девушку из неловкого положения (у нее явственно запунцовели кончики ушей).— Хотя философские диспуты вести и не взялся бы... Можно посмотреть? Я бы сказал, лицо данного джентльмена вызывает доверие и поневоле располагает к себе, хотя сдается мне, помощник прокурора не станет везти за тридевять земель фотографию безгрешного ангела... У него, кстати, хорошие шансы?

— У него великолепные шансы,— тихо сказала Джен уже нормальным голосом.— Это больше, чем шансы — по всем прогнозам. Если не случится чуда, Рэмпол и Дреймен пройдут в Белый Дом, как лыжник по трамплину...

— Это, как я понимаю, Дреймен? — спросил Мазур.

— Да. Роберт Стайвезант Дреймен... вас интересуют детали биографии и политической карьеры?

Мазур оглянулся на Глаголева. Тот чуть заметно мотнул головой.

— Расскажите лучше, что он натворил,— сказал Мазур.— Человек со столь честной рожей, похоже, по мелочам не работает...

— Откровенно говоря, он не успел еще натворить ничего серьезного,— сказала Джен.— Но мы обязаны его остановить как раз из-за того, что он сумеет натворить в будущем... Это человек мафии, господин Мазур, и отнюдь не мелкая пешка — крупная фигура, которую ведут к восьмой горизонтали шахматной доски еще более крупные фигуры. Знаете, у профессионалов из наших определенных структур вечной головной болью была как раз эта предсказанная, но все же казавшаяся несбыточной ситуация — человек мафии, обосновавшийся в Овальном кабинете...

— Постойте, почему в Овальном? — спросил Мазур.— Насколько я знаю, вице-президент у вас — фигура чисто декоративная...

И осекся. Все верно, американский вице-президент, как заведено исстари, служит исключительно для мебели — стоит позади хозяина Овального кабинета на торжественных церемониях, перерезает ленточку на открытии приюта для престарелых попугаев и тому подобное. А потому в Штатах на пост вице-президента «задвигали» тех, от кого хотели избавиться, навсегда выкинуть из политической жизни — вроде того, как опального члена Политбюро ЦК КПСС отправляли заниматься сельским хозяйством, что означало для него полный крах карьеры...

Однако есть одна-единственная ситуация, мгновенно выводящая пешку в ферзи. Тому, кто возжелает провести своего человека в обитатели Овального кабинета, нет нужды протаскивать его на пост президента США. Вполне достаточно сделать его вице-президентом — каковой в случае смерти президента автоматически занимает его место согласно конституции. Получится гораздо проще, дешевле и эффективнее — если только у вас есть должные возможности устранить президента США... Возможно, хозяе-

124

ва импозантного мистера Р.С. Дреймена для приличия выждут несколько месяцев — но вряд ли станут затягивать надолго, на их месте Мазур не стал бы копаться, чтобы президент не успел обрасти связями, ставленниками на ключевых постах и влиятельными сторонниками...

— Вы поняли? — спросила Джен.— У вас так изменилось лицо...

— Интересно, сколько жизни они отмерят президенту? — натянуто усмехнулся Мазур.

— Вряд ли много,— сказала она с таким выражением, словно готова заплакать.

— И у вас нет никакой возможности его остановить?

— Будь такие возможности, мы бы здесь не сидели...— призналась она в том, что Мазур и сам уже понимал.— Разве только с помощью снайперской винтовки, но на это не пойдут...

Мазур перехватил хищную ухмылку заокеанского моряка — ясно было, что он-то с превеликим удовольствием использовал бы как раз аргумент с оптическим прицелом. В чем Мазур его безусловно поддержал бы. Но решения, надо полагать, принимают политики, а они в первую голову боятся скомпрометировать себя. Случай и в самом деле пикантный донельзя, как сыр с червями для гурманов... Вздумав решить вопрос с помощью дальнобойной винтовочки, можешь подставиться так, что сто лет не отмоешься...

— Одно маленькое уточнение,— сказал Глаголев.— Наш фаворит предвыборной гонки имел неосторожность прошлым летом посетить здешние места, где довольно опрометчиво принял участие в экзотической охоте.

— Ах, вот оно что...— выдохнул Мазур.

— Именно,— сказал Глаголев.— Мисс Дженнифер, могу вас заверить — капитан Мазур человек скромный, и у него никогда не закружится голова от того, что он держал в своих руках судьбу лично мне симпатичного президента Рэмпола. Будущего президента, конечно, но я верю вашим аналитикам, когда они прорицают, что в Белом Доме водворятся именно Рэмпол с Дрейменом... Я рад, что вы наконец познакомились и, смею надеяться, понравились друг другу — ибо, мисс Джен, я не способен представить мужчину, которому вы не понравились бы... С вашего позволения, мы вернемся к конкретным деталям через часок. А сейчас нужно решить парочку неотложных вопросов...

Он встал, небрежным жестом пригласил Мазура следовать за ним, на пороге обернулся и послал очаровательной помощнице прокурора самый любезный взгляд, бравший начало где-то у точеных щиколоток и повторявший все плавные изгибы фигурки. Она отважно пыталась ответить совершенно спокойным взглядом — но щечки предательски заалели.

— Очаровательная кошка, а? — спросил Глаголев в коридоре как ни в чем не бывало.— Жаль, пугливая чуточку, боится русских генералов, глупая...

— Это все...

— Это все — правда.— Глаголев распахнул ближайшую дверь и бесцеремонно подтолкнул Мазура внутрь.— Это самая настоящая помощница прокурора. И ваш коллега, как вы, похоже, сообразили, самый настоящий.

— Почему — Пенсильвания? — тупо спросил Мазур.

— Потому что именно тамошний окружной прокурор решил поставить все на карту и вылезти в новые Джимы Гаррисоны. Он этого Дреймена давненько отслеживает, пасет, как ангорскую козочку...

— Значит, мне предстоит подтвердить...

— Тьфу ты! — с сердцем сказал Глаголев.— Ну какого черта вы можете подтвердить, если Дреймен был там п р о ш л ы м летом? Напрягите фантазию и подумайте, для чего нам здесь нужен американский спецназовец — не охранять же добродетель Мисс Пенсильвании? И для чего мне вы, такой красивый?

— А к ц и я? — спросил Мазур.

— Ну конечно, мой дорогой Ихтиандр. Примитивный «Сникерс» — только не через «ай», а через «е» и «эй»*... «Заимку» предстоит тихонько выпотрошить, взяв молниеносным налетом, а потом, обретя искомое, быстренько раствориться в лесной глуши — скромности ради. Вас этому слишком хорошо выучили. Американскую версту коломенскую — аналогично. Вам надо объяснять, что за подразделение дислоцируется на базе Уорбек-Бей?

— Да нет, что там объяснять,— сказал Мазур.— Это «красные береты», дураку ясно...

— Ага. Я понимаю, что прежде вы их старательно резали, если сводила судьба, но теперь предстоит поработать на пару. Или испытываете моральные терзания?

---

* Английский термин «to sneakers» означает «тихо, незаметно подкрадываться».

— Да нет, какие там терзания... Просто чересчур уж неожиданно все свалилось на голову.

— Думаете, для меня это зрелище — шайка «красных беретов» в коридорах моей конторы — было скучным и обыденным? — хмыкнул Глаголев.— Ничего не поделаешь, приходится сотрудничать... Благо выгода обоюдная.

— Какая будет группа? — спросил Мазур.

— Командир, как уже говорилось,— вы. С вами пойдет Меллинг, трое его людей, четверо моих... и, увы, очаровашка Джен. Таковы условия игры, ничего не попишешь, придется тащить ее с собой. Обе стороны, как легко догадаться, подозревают друг друга в нечестной игре...

Мазур с сомнением пожал плечами:

— Я, конечно, понимаю, что там — не ядерный центр, помню тамошних орясин. Мы их сделаем в два счета, и все же — сводная группа, без тренировок на дубль-макетах... Или вы даете время?

— Нет,— сказал Глаголев.— Не будет никаких тренировок. И в поход вам выступать нынче же вечером, за сутки кораблик как раз дошлепает до расчетной точки... Кораблик,— повторил он, похлопав Мазура по плечу.— Это придаст любимую вами долю морского колорита, а? Хотя продиктовано, конечно, в первую очередь соображениями дела. Итак, тренировок не будет — это минус. Но у вас будет точнейший план объекта и полные сведения о его гарнизоне и системах охраны. Это, безусловно, плюс. В конце концов, вы все профессионалы, за исключением Женечки-Джен,— но она самые веселые моменты визита пересидит где-нибудь под елочкой...

— Что там нужно взять?

— Свидетелей. И видеокассеты. Там е с т ь коллекция видеокассет, я это знаю совершенно точно. Запечатлены на кассетах самые пикантные моменты таежных охот — с упором на поданные крупным планом рожи охотничков. Великолепные доказательства, которые вкупе с показаниями некоторых субъектов способны оборвать политическую карьеру не одного мистера Дреймена... В общем, у нас есть несколько часов, чтобы обговорить все детали: суденышко отойдет с темнотой. Что крутите буйной головушкой?

— Я все же профессиональный военный,— сказал Мазур.— И впутываться в такую операцию, по линии другого ведомства, без приказа от вышестоящих... Тем более — эти иностранцы...

— А вы, гражданин, не забыли, что, как бы поделикатнее выразиться, временно померши? И если сунетесь к вышестоящим, вас засунут в камеру, откуда могут вынести ногами вперед?

— Все равно, ситуация настолько сложная...

— Ангел мой, вы себе еще не представляете, н а с к о л ь к о она сложная...— сказал Глаголев с волчьей улыбкой.— Я бы, ради экономии времени, попытался сыграть с вами втемную, но так уж сложилось, что, экономя на времени, рискуешь проиграть в эффективности, а то и поставить под удар всю операцию... Чего доброго, и в самом деле будете рваться назад в узилище... Вы, серьезно, до сих пор не поняли, кому обязаны всеми неприятностями? Помните даты? Дезинформация о вашей причастности к выдаче «Меч-рыбы» была прокручена через Эрланген, когда вы еще бегали по тайге. Самарин вам нисколечко не соврал, все так и обстояло: контрразведке аккуратненько сдали Скуле, вывели их на успевшего покинуть страну Ярополова... А это означает, что ваш «паспорт прикрытия» был в сжатые сроки идентифицирован через Питер, ваша личность установлена — и в пожарном порядке проведена компрометация. Вполне возможно, они попросту испугались, решили сгоряча, что сказочки об отпуске — для отвода глаз, что вы заброшены с конкретным заданием, что на них вышли... Потом-то, надо полагать, разобрались, но механизм уже крутился, это их вполне устраивало, и давать заднего хода не собирались. Зачем, если вы все-таки ухитрились выбраться из тайги живым и вас все равно предстояло убирать? А все эти театральные фокусы с похищением и позаимствованными из кинотриллеров пытками, с помощью которых ваших родственничков пытались заставить назвать ваше подлинное имя,— фокусы и есть. Очередная пакость, призванная как можно больше запутать дело.

— Послушайте,— сказал Мазур.— Но это же означает... Это не в возможностях коммерсантов или криминала...

— Ну, вопрос, конечно, дискуссионный — в наши-то дурные времена... Однако в данном конкретном случае вы правы. Ваша пресловутая «Синильга» и шизофреник Прохор — не более чем размалеванный занавес. Не исключаю, в самом начале это и впрямь было частное сафари для земляков и зарубежных друзей — но потом «Синильгу» так набили агентурой, что можно со спокойной совестью го-

128

ворить о ней, как о филиале «соседей»... Ну да,— сказал он скучным, будничным тоном,— это «соседи», вы в какой-то момент подошли вплотную к разгадке. Совершенно правильно подметили, что они позволили себе некоторую беззаботность, как люди, совершенно не предполагавшие, что на их объекты могут нападать диверсанты извне... Впрочем, трудно винить их за такое легкомыслие. На них и в самом деле никогда практически не нападали, привыкли, что все их боятся и уважают... Подставьте их в уравнение вместо иксов-игреков — и все сойдется... Абсолютно все. Даже обормот Крайко, который остановил киску Катеньку с целью проверить, не передают ли вам записок в судке с котлетою — и, чуть разведя пальчики, уронил туда крохотную, незаметную таблеточку... ну, я вам уже рассказывал, что с вами было бы в результате. При известной ловкости это проделывается незаметно, но Катенька была строжайше проинструктирована и чего-то в этом роде ждала. Приятно сознавать, что я просчитал все правильно, следующий ход, в общем, так и просчитывался — чтобы окончательно все запутать, вас следовало убрать.

— И Крайко...

— Дело житейское,— усмехнулся Глаголев.— В наших долгих и теплых отношениях с «соседями» факт самый обыденный — мы к ним проводим своих дятлов, они к нам, тут уж как кому повезет... Вы еще не поняли, в чем таится главная пикантность? В самом деле?

— Значит, где-то в штабах все-таки сидит «крот»...

— Господи боже мой! — поморщился Глаголев.— Положительно, я начинаю думать, что судьба свела с идеалистом и романтиком... Нет никаких «кротов». Нет в этой игре никаких иностранных агентов — кроме тех, что сидят через пару комнат отсюда. Есть только две отечественных конторы, которые упоенно преследуют свои интересы. По большому счету «соседям» плевать на успех или провал «Меч-рыбы». Для них гораздо важнее собственные успехи. Вы представляете, что такое — держать в кулаке охотника на людей, нашего милого вице-президента, а в будущем, очень даже вероятно, и президента США? Где-то я их понимаю: перспективы головокружительные... Возможно, при другом раскладе мы бы попытались либо перехватить у них добычу, либо подключиться к игре. Но у меня другой приказ: топить этого сукина сына еще до выборов. Вполне можно успеть. А если даже произойдет накладка и до инаугурации не успеем, ничего страшного.

Неделя-другая тут роли не играет, вице-президенты вылетают в отставку, как намыленные, прецеденты известны...

— Лихо... — сказал Мазур.

— Если уж пошел откровенный разговор, идти надо до конца, — произнес Глаголев с той же хищной улыбкой. — У вас нет ни единого шанса соскочить с поезда. Повторяю, вы вляпались в игру, где кое для кого награда простая, но чрезвычайно ценная — жизнь. Дело в том, что операция «Тайга» — как ее назвал какой-то идиот — проводится исключительно армейцами двух стран. Без малейшего участия политиков. Если это выплывет наружу раньше времени — наши заокеанские партнеры получат астрономические сроки там, у себя, а мы, соответственно, здесь. Или, если они не успеют покинуть матушку-Россию, вся компания будет обживать здешнюю зону — потому что с точки зрения законов обеих стран все мы не более чем теплая компания государственных изменников... Мы играем без политиков. Ну их к черту. Бывают ситуации, когда солдаты всегда договорятся... Выгода обоюдная: если все пройдет гладко, наши коллеги по ту сторону океана сохранят за собой кое-какие крайне им необходимые угодья, на которые уже положили глаз друзья мистера Дреймена и всерьез намереваются с его помощью впоследствии отобрать у армии. А мы, со своей стороны, получим трудами подельщиков кое-какие выгоды на переговорах по обычным вооружениям в Европе. Ситуация проста: двое на необитаемом острове, у одного есть спички, у другого — коробка... Не стану врать, что я с вами был п о л н о с т ь ю откровенен, но не соврал ни разу и главное изложил. Понимаете, почему? — Он замолчал, пытливо глядя на Мазура, потом хохотнул: — Понимаете... Обратной дороги вам нет. Невозможно отказаться и тихонечко уйти. Во-первых, я вас не выпущу. Во-вторых, если и выпущу, очень скоро вас прикончит Крайко. — Он похлопал Мазура по колену. — Ну, а когда вы окажетесь на корабле, смыться оттуда будет и вовсе невозможно, против четверых моих мальчиков не потянете... Как говорится, попала собака в колесо — пищи, но беги. Ну, а после того, как вы возьмете «Заимку», которую вы просто обязаны взять, не будет никакой необходимости за вами надзирать. Потому что единственной вашей защитой от «соседей» станем мы. Ну, как я вас перевербовал, Штирлиц?

— Значит, командир группы — это фикция?

— Отчего же, — сказал Глаголев. — Вы, в конце концов, опытный диверсант, бывали на «Заимке», имеете там парочку личных врагов... Вы остаетесь командиром, пока не сделаете неосторожного шага в сторону. В этом случае, уж не посетуйте, вас мягко и незамедлительно покритикуют, последний раз в вашей жизни... По-моему, условия не столь уж обременительные, а?

— Если бы я мог вам верить...

— Уж простите за пошлую фразу, но нет у вас выбора,— сказал Глаголев.— Или рассчитываете на здравый смысл Лаврика? Увы, придется положиться на мое слово. Мы не предатели. И янки — тоже. Все так и обстоит — армейцы двух стран решили поправить кое-какие несообразности политической жизни, ко взаимной выгоде. Есть и личные мотивы, понятно. Открою вам один секрет: мы с Кацубой — малость проштрафившиеся. Оказались во глубине сибирских руд, словно в почетной ссылке. А я вдобавок уже здесь лопухнулся самым позорным образом. Сумел поправить дело, но все равно пятно осталось... Для нас это — шанс с большой буквы. Для вас — тем более. В игре задействованы не только сухопутные «большие звезды», но и флотские. Вернетесь героем — героем и будете. Победа все спишет. Попадетесь «соседям» — шлепнут на месте, пожалуй, не доведут до трибунала ни вас, ни всех остальных...

— А там есть кассеты? — тусклым голосом спросил Мазур, глядя в пол.

— Есть. Я не зря отправляю вас в такой спешке. Сегодня утречком мы взяли человека, приехавшего в Шантарск с «Заимки». И поговорили по душам. Там хранится еще один комплект видеоархива. Они, как вы совершенно справедливо подметили, все еще не допускают мысли, что на них могут напасть, притихли с окончанием охотничьего сезона, сделали генеральную уборочку, отпустили по домам часть персонала, всяких там кухонных мужиков и баб, но ликвидировать объект никто не собирается. Так вот, его не будут искать суток двое. Потом, конечно, забеспокоятся, а очень скоро — всполошатся. Меня пока не подозревают, но не стоит благодушествовать... В общем, у вас — двое суток. Я, пока вы валялись в беспамятстве, имел дипломатичную беседу с Лавриком. Он считает, что ваша столь внезапная смерть от инфаркта на территории базы — не вполне то, что подходит для данной ситуации. И потому я без труда его убедил: гораздо лучше будет, если вы все же выкарабкаетесь трудами реаниматоров, но по дороге на аэродром попадете в аварию.— Он вскользь глянул на часы.— И часика через два вы в нее попадете. Я вам гарантирую красиво пылающую на обочине машину и штучки три обожженных до полной неузнаваемости трупов — в моргах, куда свозят бомжей, этого бесхозного добра... Смею думать, «соседей» это окончательно запутает — то есть, они решат, что все концы убраны и дело закончено...

Мазур посмотрел ему в глаза:

— А где гарантии, что я все же воскресну?

— Как дите малое, честное слово,— усмехнулся Глаголев.— Какие, к черту, гарантии? На бумажке, что ли, написать: «Обязуюсь не отрывать каперангу Мазуру умную головушку, в чем и подписуюсь?» Гарантии у вас простые — к а с т а. Вы морской житель, а я сухопутный, но мы все же оба — а р м и я. Армия, которая играет против своего старого конкурента, отнюдь не впервые в истории, кстати... И верить приходится не мне, многогрешному, а, я бы выразился, типичному представителю вашей же касты... Это уже на подсознательном уровне — собаки всегда объединяются против кошки, не требуя друг у друга гарантий.

— А волки сплошь и рядом рвут друг друга.

Глаголев поморщился:

— У нас мало времени, чтобы играть в слова...

— Ну, а если я все же предпочту красиво погибнуть? От полной безысходности и невозможности разобраться, где тут истина?

— Сдаваться пойдете?

— Хотя бы, предположим, я пройду через ваших мальчиков...

Мазур неотрывно следил за сидевшим напротив генералом, прекрасно понимая, что перед ним не старпер, прячущийся за спинами подчиненных,— верзила с холодными варяжскими глазами был противником нешуточным. Однако Глаголев, на вид по крайней мере, казался расслабленным. И не похоже было, чтобы реплика Мазура его привела хоть в малейшее замешательство.

После долгого молчания Глаголев искренне рассмеялся:

— Глупости. Я же знаком с вашим досье — насколько удалось влезть. Блестящие морские офицеры государя императора, штатские генералы путейского ведомства, гонор и гербы, анненские кортики, дуэли на пленэре... Вы счастливец, я-то сам из мужиков, совершенно нечем похвастаться, не говоря уж о генеалогических изысках. Так вот, сударь мой, на мое счастье, вы принадлежите к тем редким экземплярам, которые всерьез озабочены восстановлением порушенной чести. Ну не станете вы нырять в небытие, оставляя пятно на фамилии... Это прекрасные побудительные мотивы: чувство чести и чувство мести. А с местью в данном случае все обстоит просто прекрасно: на «Заимке» вас ждет парочка типов, с которыми вы посчитаетесь, визжа и суча ножонками от оргазма. Это меня привлекает... Ну, кончим болтовню и поговорим о деле?

— Хорошо,— сказал Мазур.— Если уж говорить о деле... Вся эта хитроумная затея с уловлением в сети будущего президента — государственная операция или самодеятельность каких-то больших бонз, озабоченных в первую очередь своим карманом?

Почти без промедления Глаголев сказал:

— Неглупо... Ладно, обратной дороги у вас все равно нет. Мысль верная. Есть бонзы, которым при успехе дела, как легко догадаться, в карманы потечет золотая река, какой еще свет не видел. Что вашу задачу лишь усложняет. Попади вы в плен к конкурирующей государственной конторе, у вас был бы зыбкий шанс — а при данном раскладе нет ни единого. Даже как у боевого пса — у игроков такого уровня своих бультерьеров хватает, сто раз проверенных, так что никто не станет вас перевербовывать.

— А отсюда вытекает, что взять «Заимку» — еще не самая сложная задача, а? — спросил Мазур.— Главное будет — смыться с нахапанным.

— В яблочко,— сказал Глаголев.— Я иллюзий не питаю: ежели база профильтрована моими людьми, ежели в стане «соседей» у нас есть засланные казачки — по теории вероятности возле меня просто не может не оказаться ихних Штирлицев. Поэтому главные сложности нагромождены как раз вокруг отхода...

ГЛАВА ДЕВЯТАЯ

ЕСЛИ ДОВЕРИТЬСЯ СОЛДАТАМ...

Немногим приходилось лицезреть со стороны место собственной гибели, оставаясь при этом во плоти и крови, а не в виде пресловутого астрального тела, порхающего вопреки законам природы невидимо и неслышимо для смертных.

Мазур этой сомнительной чести удостоился, сидя в кабине «Газели». Вообще-то к Шантаре можно было проехать несколькими маршрутами, но Кацуба, определенно с умыслом, покатил в сгущавшихся сумерках мимо мясокомбината на окраине города — и, не притормаживая, предупредил:

— Будет поворот, смотри внимательнее. Справа ты и упокоился. Поворот коварный, там частенько бьются, так что подозрений никаких...

Было еще достаточно светло, чтобы рассмотреть далеко под откосом валявшийся на боку фургончик «скорой помощи» — мятый, словно попавшая под гусеницу трактора консервная банка, черный, выгоревший. Зеленый склон откоса пропахан широкой бороздой, на дороге уже ни зевак, ни милицейских машин.

— Хорошо летела,— сказал Кацуба.— Что твой Икарушка с небес. Ты не переживай, случается и похуже. Есть один тихий городок южнее Панамского канала, где куча народу до сих пор свято верит, что я в конюшне сгорел, лошадки меня, понимаешь, с испугу затоптали, когда выводить пытался. Конь — животное умное, а вот поди ж ты, из горящей конюшни его нипочем не вытащишь, упирается всеми четырьмя...— ухмыльнулся он.— И могу побиться об заклад, что одна милая вдовушка до сих пор ставит свечки за упокой, от этого и жить легче...

Он свернул возле серого здания речного вокзала сталинской постройки и покатил в конец набережной, к небольшому белому теплоходу, бросив мимоходом:

— Прикрытие довольно надежное. Речники сейчас в параличе и трансе, у них эти кораблики нанимают кому не лень — главным образом богатенький народ для веселых пикников. Так что встретить их можно на реке где угодно. Команда, правда, наша, сам понимаешь, так оно надежнее как-то...

— Или наоборот,— сказал Мазур.

Кацуба покосился на него:

— Соображаешь... Только от утечки все равно не убережься — слишком много народу задействовано, как ни сужай круг.

Мазур кивнул на бродивших по набережной людей, мимо которых они медленно проезжали:

— А это ничего, что нас так мало?

— Да ну, обычное дело,— сказал Кацуба.— Вполне приличное количество для пикничка. Намедни какой-то новорус «Достоевского» фрахтовал — и загрузился на него лишь со своей телкой и парой охранников. А «Достоевский» вашего корыта раза в три поболе.

Микроавтобус остановился у трапа. Пожалуй, в одетой модно и небедно компании, устремившейся на теплоход, и впрямь трудно было заподозрить спецгруппу — Глаголев озаботился снабдить их яркими сумками, парочкой магнитофонов и целым штабелем прозрачных упаковок с пивными банками, каковую поклажу все и тащили с бодро-нетерпеливым видом людей, жаждущих поскорее развлечься после то ли праведных, то ли неправедных трудов. То, что на всю компанию приходилась одна-единственная дама, тоже вряд ли кого-то удивит — можно подыскать массу разнообразных объяснений.

Мазур собрался вылезти следом за всеми, но Кацуба придержал его за локоть:

— Погоди-ка.— Подождал, пока все скроются, понизил голос, хотя остерегаться было уже вроде бы и некого: — Есть одна хитрая деталька. Глагол — человек недоверчивый. И, когда вся эта импортная компания уходила в столовую подкрепиться, он посылал ребят проверить апартаменты. Любопытная штука обнаружилась. Там, куда поселили мужиков, моментально прописались «клопики», весьма современные. Ну, мы не стали их снимать с шумом и помпой, а попросту разместили в номере поблизости техника с кучей хитрых детекторов... В общем, выяснилось, что эта гладкая кошка вовсю подслушивает своих, регулярно и старательно. Хотя подслушивать, сразу скажу, было и нечего — ну, мы ж параллельно слушали тоже, сам понимаешь. И делали выводы. Если подвести итоги, получается следующее: у кисы есть весьма компактная аппаратура нескольких разновидностей, которую она таскает с собой постоянно. Сразу по размещении с той самой нашей фазенды, на которой ты с ними познакомился, пришел кодированный радиосигнал, продолжительностью в шесть секунд. То ли в городе у нее есть нелегальная подстраховка, то ли сигнал пошел на какой-нибудь спутник — их сейчас столько развелось... Видимо, докладывала что-то типа того, что прибыла благополучно, и все пока идет по плану. Не можем же мы ее обыскивать, игра идет на всем возможном доверии, да и попали они к нам, минуя таможню, черта можно было в лифчике протащить... В общем, первое — у нее есть связь, второе — она своих мальчиков ретиво и усердно подслушивает.

— А вас не пыталась? — спросил Мазур.

— Нет,— тут же серьезно ответил Кацуба.— Проверяли. Ты эти детали учитывай...

Подумав, Мазур сказал задумчиво:

— Вообще-то — самое обычное поведение. На ее месте и в ее положении. Прокуроры везде одинаковы. Или у вас насчет нее есть сомнения?

— Никаких пока. Вроде бы та, за кого себя выдает. Просто ты за ней приглядывай. Вряд ли они рискнут смыться с добычей единолично, не та ситуация... Ты как профессионал рискнул бы на их месте вести свою игру, сидя где-нибудь в географическом центре США? Смываться, обманув хозяев?

— Вряд ли,— заключил Мазур.

— То-то. Здесь весь интерес — в будущей совместной игре, доверие, если можно так выразиться, подневольное. Но все равно — поглядывай. Кстати, она и пушечку притащила с собой, в отличие от мужиков. Мы к ней под юбку не лазили, но по всем приметам вроде бы стандартный кольтовский «Лоумен»...— он со вздохом хлопнул Мазура по колену.— Ну, давай, что ли... Аста маньяна!*

...Обуревавшие Мазура чувства являли собой нечто среднее меж противным ощущением камешка в ботинке и неудачными попытками вспомнить улетучившийся сон. Клубок противоречий — вот и вся недолга. С одной стороны, ему даже в лучшие времена не доводилось возглавлять группу, прямо-таки увешанную от ушей до каблуков самой заковыристо-компактной электроникой, суперсовременными штурмовыми ножами, чрезвычайно удобными в скоротечных схватках хеклер-коховскими трещотками «МП-5-А-3», глушителями ко всему огнестрельному и прочими плодами больной фантазии секретных конструкторов. Обычно он привык обходиться более спартанским прожиточным минимумом, что не означало, будто пользоваться всем этим не умел. Да и сам штурм глаголевские ребятки, надо отдать им должное, расписали идеально, Мазур как профессионал поневоле снимал перед ними несуществующую шляпу. Наконец, за вычетом аппетитной прокурорской помощницы, все поголовно были великолепными компаньонами для предстоящей забавы, лучших и не подберешь.

---

* До скорого! (испан.).

С другой стороны, он чувствовал вполне понятный легонький раздрай в мыслях и чувствах, пусть и имевший мало общего с внутренним сопротивлением. Очень уж привык, что сосавшие сейчас пивко в кают-компании импортные ребятки всегда находятся по другую сторону, и их надлежит если не резать, то, по крайней мере, опасаться, не поворачиваясь спиной и не приближаясь на дистанцию выстрела или броска ножа. А от того, что работать с ними на пару приходилось не в дальних экзотических странах, а в родных, почитай, местах, и вовсе нереальными казались окружающие пейзажи.

Правда, и они испытывали некую внутреннюю зажатость, конечно, обуреваемые теми же мыслями. Это политики с обеих сторон за последние десять лет привыкли лобызать друг друга взасос и оказывать друг другу мелкие услуги в обмен на крупные чеки — военным перестроиться было чуточку труднее. Оставалось надеяться на профессионализм, вбитый в гены. И на удачу, естественно.

Будь у него в запасе несколько суток, все прошло бы полегче: хватило бы времени притереться и, чем черт не шутит, вспомнить прошлую жизнь, где непременно отыскались бы общие, заочные знакомые. С присущим профессионалам цинизмом, чего доброго, и чуть сентиментально обсудить иные минувшие операции вроде «Торнадо» или рейда на Эль-Бахлак. В конце-то концов, они не по природной извращенности тыкали друг в друга ножичками на глубине — политики послали, Родина велела, как просто быть ни в чем не виноватым, солдатом, солдатом...

Да только времени не было. Без всяких реверансов оказались за столом, во главе которого восседал Глаголев, за точнейшими картами. Ледок помаленьку и растаял. Зато теперь Мазур пару раз перехватывал взгляд майора Прагина, глаголевского личарды, выполнявшего при Мазуре благородную роль галерного надсмотрщика, в общем, спокойный такой взгляд, вовсе даже не людоедский, но что характерно, исполненный несуетливой готовности располосовать глотку от уха до уха в случае производственной необходимости... Майор был низенький, жилистый, с незамысловатым лицом пьющего комбайнера из захолустного колхоза — следовательно, как подсказывал Мазуру опыт, не в пример опаснее, нежели верзила с накачанными до всех мыслимых пределов мышцами. Интересно, он тоже из проштрафившихся в неведомых миру переделках?

Теплоход, хоть и невеличка, все же для такой компании был словно шварценеггеровский пиджак, напяленный на лилипута. Со всеми удобствами можно было разместить человек сорок. И потому Мазур — да и остальные тоже — чувствовали себя здесь чуточку неловко. И держались вместе: молчаливые янкесы, молчаливые глаголевские спецназовцы, вовсе уж немногословный майор Прагин и красотка Джен, нервничавшая вполне явственно,— так, что, вопреки слухам о помешавшихся на здоровом образе жизни американцам, истребляла сигареты в диком количестве. Что лишний раз доказывало: под любыми широтами прокурорские нервы искрят, как поизносившаяся электропроводка...

Команда держалась так, словно ее и не было, и теплоходик под лирическим названием «Жемчужина» плывет самостоятельно, этаким Летучим Голландцем сибирских широт. Разве что время от времени появлялся бравый субъект в форменной фуражке речника и на ухо докладывал что-то Прагину. Судя по некоторым признакам, это были стандартные рапорты на предмет того, что все пока идет благополучно.

Когда Прагин объявил, что пора и на боковую, Мазур рискнул ослушаться — недолго думая, направился на палубу следом за Дженнифер, отправившейся подышать на сон грядущий свежим воздухом. А может, и не дышать — баловаться со своими неизвестными аппаратами. Подглядывать за женщиной офицеру как-то неприлично — но, во-первых, есть прямой приказ, во-вторых, вряд ли она будет заниматься на палубе какими-то интимными женскими делами вроде переодевания колготок. А в-третьих, было скучно, и спать нисколечко не хотелось.

Майор перехватил его у самой двери, с ленивой бдительностью поинтересовался:

— Бессонница?

Мазур не собирался с ним цапаться из-за пустяков, гонора ради,— но и на цыпочках маршировать перед надсмотрщиком не стоило. Довольно нейтральным тоном ответил:

— Мне, знаете ли, поручено кое за кем приглядывать в любое время дня и ночи...

Видимо, о его благородной миссии Прагин был осведомлен — кивнул и посторонился. Мазур не спеша прошел на корму, где и обнаружил искомое: Джен стояла у высоких перил, и не похоже, чтобы баловалась с миниатюрной аппаратурой: ладони на перилах, поза спокойная. Под тесными джинсами много не спрячешь — зато под мешковатой курткой может скрываться все, что угодно, вряд ли она оставит свои причиндалы в каюте, коли уж и своих подслушивает, пренебрегая чужими...

Без особых колебаний он подошел, остановился рядом и, как сущий джентльмен, негромко кашлянул. Девушка резко обернулась:

— И вы тоже?

— Простите? — галантно осведомился Мазур.

Она сказала спокойнее, чуть сердито:

— Ваш генерал-супермен уже пытался залезть мне под юбку. С соблюдением всех светских приличий, правда...

— Да что вы говорите?— изумился Мазур.— Когда я с ним общался, он себе ничего похожего не позволял... Может, он решил, что у вас под юбкой шпионский агрегат подвешен? Профессия у него такая.

Ага! Ручаться можно, хотела потянуться к чему-то, скрытому под курткой, но в последний миг опомнилась. Пожала плечами:

— Насколько я могу судить, профессиональными интересами там и не пахло. Обычное мужское хамство.

— Слава богу, хоть не русское,— сказал Мазур.— Потому что у меня есть стойкое убеждение, что и американский генерал не отказался бы от кое-каких действий, связанных с вашей юбкой...

— А это обязательно? Приставать?

— Помилуйте,— сказал Мазур.— Просто нам с вами нужно побыстрее установить тесные рабочие отношения. Я старший группы, а вы представляете закон... правда, в условиях, когда не работают все и всяческие законы, но какая разница?

— И как вы себе представляете тесные рабочие отношения?

Следовало признать, что девчонка его срезала. Мазур не без смущения переступил с ноги на ногу:

— Действительно, как-то сразу даже и не представишь... Но все равно, следует как-то перейти на менее чопорные отношения. Только не подозревайте меня в эротическом беспокойстве...

— Загадочная русская душа? — бросила она насмешливо.

— А что? — сказал Мазур.— Мы люди простые, патриархальные...

— И потому нам следует немедленно выпить водки, закусив ее икрой?

— Хотите верьте, хотите нет,— сказал Мазур.— В жизни не закусывал водку икрой, плохо представляю себе этот процесс...

— Пожалуй,— согласилась она, на сей раз без насмешки.— У вас безукоризненный английский, я бы скорее вас приняла за долго жившего в Австралии англичанина или американца-южанина...

Совпадение это или нет? Очень уж странное попадание в десятку. В свое время Мазуру с т а в и л и именно такой акцент: чтобы даже особо дошлые люди могли его принять за долго жившего среди кенгуру и бумерангов уроженца Альбиона или парня, родившегося южнее линии Мейзон-Диксон*. Помогает в иных командировках. Именно так: чтобы собеседник поломал голову — то ли англичанин, то ли американ-южанин. А девочка с первого выстрела... Странно. Неужели помощников прокуроров у них учат разбираться в подобных лингвистических тонкостях? Кажется, понятно, что Глаголев имел в виду. Но, с другой стороны, будь она подставочкой ЦРУ или иной веселой конторы, неужели столь легкомысленно проговорилась бы, показав ненужные в ее профессии знания?

— У нас английскому не так уж плохо учат,— сказал он в конце концов, чтобы не затягивать паузу.— Слышали, быть может?

— У в а с? — она явственно подчеркнула, что под этим словечком имеет в виду нечто конкретное, а не Россию вообще.— Ну да, наши парни, что со мной прилетели, тоже болтают по-русски так, что их можно принять за здешних...

— Ну, я себя и не выдаю за помощника прокурора,— сказал Мазур.

— А я, по-вашему, в ы д а ю?

— Нет, я просто хотел сказать, что не стараюсь прикинуться мирным обывателем, вам же обо мне должны были чуточку рассказать.

— Ага.— Она помолчала.— Интересно, сколько американцев вы убили?

— А вы спросите как-нибудь у прилетевших с вами мальчиков, сколько они убили русских,— сказал Мазур —

---

* По линии Мейзон-Диксон проходит в США воображаемая граница меж Севером и Югом.

140

спокойно, ничуть не задираясь.— Ведь определенно случалось...

— Я понимаю,— сказала она не без строптивости.— И можете на меня положиться во всем, что касается дисциплины. Но это еще не значит, что эта командировочка мне нравится...

— Вот совпадение, мне тоже.

— Это ведь не в Америке придумали — охотиться на людей, словно на оленей...

— Джен, вы забыли одну крохотную детальку,— сказал Мазур.— Но весьма многозначительную. Придумали-то наши доморощенные Эдисоны, зато мы с вами вынуждены таскаться по диким лесам как раз из-за ваших соотечественников... Которые, узнав про здешнее сафари, о правах человека отчего-то не кричали... Ну что, боевая ничья?

— Пожалуй,— сказала она, подумав.— А вы — коммунист?

— Бывший член партии,— сказал Мазур, сплюнув за борт.— Давайте не будем углубляться в теоретические дебри? Вам все равно не понять... Нельзя было заниматься кое-какими делами, не записавшись в партию,— как у вас невозможно остаться в славных рядах ЦРУ, будучи голубым или наркоманом...

— Но вы не против демократических реформ в России?

— Вы прелесть,— сказал Мазур.— Я вами очарован. Можно, я возьму вас за руку?

— Я серьезно спрашиваю.

— Я всегда был сторонником западного мира,— сказал Мазур доверительно.— Я просто мечтаю покинуть эту империю зла. Вывезите меня отсюда в чемодане, ладно? Или выходите за меня замуж, чтобы потом воссоединить семьи... Выразить невозможно, как я жажду припасть к стопам мраморного Авраама Линкольна, облобызать их с радостным воплем...

Она совершенно серьезно ответила:

— Но у вас сейчас демократия, зачем же бежать в США?

«Очаровательный ребенок,— подумал Мазур.— Такой живой, милый, непосредственный...»

— Там, куда мы плывем, демократией что-то не пахнет,— сказал он хмуро.— А вот при коммунистах такого безобразия не было.

— Но тоталитаризм...

— Ладно, оставим теорию,— сказал Мазур.— Подумайте лучше, как нам с вами повезло. В прошлые времена, будь мы героями шпионского романа, у нас было бы только два варианта будущего. Смотря где роман написан. Если у нас, вы в конце концов пленились бы идеями коммунизма и остались бы здесь строить социализм из материала заказчика. Если у вас, я непременно прозрел бы, осознал преступную суть коммунистического режима и упорхнул бы следом за вами в Штаты, где стал бы уличным проповедником или продавцом мороженого... Слава богу, мы от этих штампов избавлены, вам не кажется? — фыркнул он.— Впрочем, в обоих вариантах не исключалась бы эротическая сцена с нашим участием: в нашем романе изображенная предельно пуритански, с отеческим поцелуем в лобик, в вашем — гораздо более раскованная... Нет?

Она наконец засмеялась:

— Нет, вы и правда на русского совершенно не похожи...

— А вы их много видели? То-то...

— Красиво, правда?

Ночь стояла лунная, хоть иголки собирай. Они оставили Шантарск далеко позади, давно уже потянулись дикие места, бравшие начало, в общем, не так уж далеко от города, если плыть или ехать на север,— и в чистом небе висела огромная, пухлая, ярко-желтая луна, освещая тайгу так, что четко выделялось каждое дерево, а звезд высыпало и вовсе неисчислимо. Будь на сердце поспокойнее, можно блаженно любоваться ночной красой, исподтишка пытаясь залучить в ладонь тонкие девичьи пальчики...

— Ужасно не хочется сбиваться с романтической ноты,— сказал Мазур,— но для нашей экспедиции такая погода хуже личного врага. Я бы предпочел самый поганый дождь с туманом, обычно в это время года дожди льют, как из ведра. Такое уж у нас везение... Вообще места, наверное, непривычные, а?

— Да нет,— отозвалась она чуть погрустневшим голосом (видимо, тоже вернулась на грешную землю).— Я из Мичигана, там хватает похожих мест, только река у вас пошире...

— То-то и заверяете, что умеете ходить по лесу? А я думал, странствовали в скаутах.

— У нас далеко не везде есть скауты. Теперь вы впадаете в штампы...

— Что делать,— пожал плечами Мазур.— Непременно хотите идти к объекту?

142

— Это моя обязанность,— сказала она сухо.

«Может, так оно и есть,— подумал Мазур.— А может, просто девочке страшновато оставаться одной на русском пароходе, где полно загадочных бывших коммунистов. По-человечески понятно. Ладно, посадим под елку на опушке, как того зайку из детской песенки, пересидит веселье. А если провалимся — всем и так кранты, от вертолета той марки, что приютился на «Заимке», теплоходу не уйти... От любого другого, впрочем, тоже. От реки до «Заимки» всего километров десять, как выяснилось, просто вертолет тогда описал широкую дугу, предосторожности ради...»

— Вам не кажется, что за нами кто-то летит? — спросила она внезапно.

Мазур старательно прислушался. Шум двигателей теплохода совсем не слышен, чуть заметно шумит рассекаемая форштевнем вода, но с неба никаких звуков вроде бы не доносится.

— Может, и послышалось,— сказала она торопливо.— Но однажды так явственно слышался шум в небе, то ли самолет, то ли вертолет, не разобрала. Далеко позади. И вроде бы красный огонек перемещался. Очень высоко. Тут проходят трассы?

— Конечно,— сказал Мазур.— Может, рейсовый и видели. Хотя я к майору все-таки схожу, пусть поставит кого-нибудь до утра на корме, чтобы смотрел и слушал...

— Неловко как-то, решат, что подняла панику... Показалось, скорее всего.

— Ничего,— сказал Мазур.— В таких делах лучше перебрать, чем проглядеть...

Они еще минут пятнадцать простояли у перил, перебрасываясь редкими фразами, но подозрительных звуков в небе так и не услышали, а подозрительных огней не усмотрели. Взглянув на часы, Мазур махнул рукой:

— Ну все, со спокойной совестью можно покидать пост. Или хотите помедитировать в одиночестве?

— Да нет, какие медитации?

Пожалуй, и впрямь не походило, чтобы она все это время так уж тяготилась его присутствием. При современном развитии спецтехники баловаться с миниатюрной рацией можно и в каюте... Даже не обязательно вывешивать антенну в иллюминатор.

— Тогда пойдемте спать? — спросил Мазур. И поторопился добавить: — Каждый в свою сторону, конечно...

ГЛАВА ДЕСЯТАЯ

ПРОФЕССИОНАЛЫ

Четверых Мазур оставил возле двух изб, где высоко вздымалась радиоантенна, а неподалеку все еще обитал в яме гнуснопрославленный медведь-людоед,— то ли он почуял идущих, то ли просто бдил по ночному времени, слышно было, как порыкивает и дерет когтями бетонные стены.

Остальные шестеро бесшумной вереницей скользнули дальше, по обочине узкой тропинки, держась возле крайних деревьев, так, чтобы луна осталась слева, и тени идущих слились со сплошной стеной леса, скользили по стволам, изламываясь. Мазур назад не оглянулся ни разу — четверых с майором во главе хватит за глаза. Если пленный не соврал, там только двое, а если и соврал, во что, вспоминая глаголевских орлов, плохо верится, все пройдет точно так же...

Он двигался последним, критически наблюдая за неузнаваемой в покрытом «лохмашками» комбинезоне помощницей прокурора. Правда, поневоле приходилось признать, что пока что никаких хлопот она не доставляла и не давала поводов для критики. Шла довольно тихо, не наступая на частенько попадавшиеся сухие ветки,— быть может, и не врала насчет безмятежного детства, проведенного близ мичиганских лесов. Впрочем, спотыкаться и сослепу ломиться сквозь кусты было бы мудрено: луна светила, словно спятивший прожектор, так, что злость брала, тени казались аккуратно вырезанными из черной фотобумаги, все вокруг напоминало старинную гравюру без малейших переходов-полутонов меж черным и белым, желтый круг, покрытый темными пятнами сухих морей, пробуждал в крови, честное слово, древнее желание выть долго и протяжно, захлебываясь звериным ликованием. В диком несоответствии с моментом Мазур отчего-то вспомнил, как капитан-лейтенант Рудницкий, хлебнувший в операции «Оркан» столько, что хватило бы на четверых, сошел с ума и зациклился на одном-единственном страхе: панически боялся, что на ровном месте, средь бела дня, вдруг провалится в далекое прошлое, и это неимоверно обострялось как раз в лунные ночи, как ни завешивали окна в палате, как ни подбирали палату так, чтобы лунный свет в нее не проникал, бедолага неведомым шестым чувством угадывал наступавшее полнолуние — и начиналось...

Позади, несомненно, уже расставались с жизнью радист и его напарник, согласно здешнему штатному расписанию обитавшие по соседству с медведем. Уже на берегу, сразу после того, как они оттащили в тайгу черные резиновые лодки, майор Прагин вполне будничным тоном сообщил Мазуру, что наверху мудро порешили свидетелей, за исключением языков, не оставлять. Шутник со страстью к каламбурам мог бы заметить, что свидетелей порешили порешить. У Мазура эта новость не вызвала ни внутреннего сопротивления, ни приступов гуманизма — всех маломальски н е п р и ч а с т н ы х обитателей отсюда уже убрали, остались откровенные холуи, хоть краешком, да замешанные в охотничьих играх, сами выбирали судьбу, нечего о них и плакать...

Шагавший впереди поднял руку, и вереница враз застыла на месте. Мазур рысцой выдвинулся в авангард. Тяжело болтавшийся на шее ночной бинокль не понадобился — впереди, на огромной прогалине, чуть призрачно белело длинное строение из рифленых листов оцинкованного железа, крайне напоминавшее коробку из-под обуви. Два окна, обращенные к опушке, где стоял Мазур, были темными. Поблизости красовался самый прозаический деревянный сортир, сработанный, правда, аккуратно, из тесаных досок,— а подальше темной обтекаемой глыбой стоял вертолет с обвисшими лопастями, со знакомым номером. Посадочная площадка, выложенная дырчатыми железными листами, вполне могла вместить еще парочку таких же. У самых деревьев на противоположной стороне прогалины — огромный резервуар с различимыми даже отсюда красными буквами ОГНЕОПАСНО. Все оборудовано по-хозяйски, с расчетом на долгую и спокойную жизнь. У входа в домик на гнутом кронштейне горит яркая лампа, свечей на двести пятьдесят,— ну да, в избе рядом с радиостанцией работает дизель, кабели проложены под землей, все удобства...

Мазур все-таки поднял к глазам бинокль, разглядывая большую конуру, куда уходила толстая цепь,— собачка безмятежно дрыхла. Послюнил безымянный палец, оттопырил его, повернул вправо-влево. Слабенький ветерок, едва заметное колыхание воздуха все же присутствовало,— но, облегчая задачу, ночной зефир струился от домика к засевшим на опушке диверсантам.

Все было расписано заранее, как по нотам. Но Мазур, памятуя, что повторенье — мать ученья, придвинулся к Джен, показал ей на усыпанную сухими иглами землю под ближайшей сосной, погрозил пальцем. В серебряном лунном сиянии ее лицо было совсем юным и азартным. Без дальнейших понуканий опустилась на землю, села, обхватив руками колени, положив рядом кургузенький коротокоствольный револьвер. Кивнув на него, Мазур погрозил уже кулаком. Она заверила размашистыми жестами, что все прекрасно понимает и в ковбоев играть не будет. Для вящего душевного спокойствия револьвер следовало бы отобрать вовсе, но Мазур опасался, что девчонка начнет барахтаться — страшновато ей в компании бывших членов КПСС, понимаете ли...

Как заправский дирижер, Мазур принялся управлять своей командой. Указательным пальцем ткнул в грудь одного из «красных беретов», показал на вертолет — мало ли что, вдруг кто-то в нем устроился на ночлег... Приложил к голове ладони, сделав из двух пальцев каждой руки подобие ушей, вручил одному из глаголевских орлов пластиковый пакетик, кивнул на конуру. Вряд ли здешних собачек обучали не подбирать с земли жратву — не было такой нужды. Можно, конечно, упокоить и из бесшумки — но палить придется наугад, может завизжать...

Еще несколько скупых жестов — и роли распределены получше, чем в Большом театре. По телу в одно неуловимое мгновение пробежал привычный, неописуемый словами холодок — ощущение последней секунды перед ударом, когда остановиться уже нельзя, как нельзя задержать рушащуюся на берег волну прибоя, когда закончились все расчеты и начался б о й... А бой бывает самым разным, вовсе не обязательно шумным.

Тот, кому поручили собаку, бесшумно перемещался, перебегая от дерева к дереву. Оказавшись напротив конуры, метрах в тридцати, развернул пакетик и положил кусок мяса в широкую черную резинку большой металлической рогатки. Опустился на одно колено, оттянув резинку до предела. Отпустил.

Над прогалиной мелькнула словно бы смазанная полоса — кусок мяса, для пущей привлекательности аромата пропитанный вкусовой добавкой (и кое-чем не столь приятным), влетел прямо в широкое полукруглое отверстие будки. Явственно слышно было, как потревоженный пес, звякнув цепью, вскочил, рыкнул спросонья. Несколь-

146

ко секунд тишины — и он показался из будки, лег башкой наружу, зажав меж передними лапами нежданный подарок, обнюхал. И в три глотка разделался с коварным угощением.

Отрава подействовала почти сразу же. Послышался короткий придушенный визг, и пес, чуть подавшись наружу, свалился набок, немного подергался, застыл. Следовало бы его пожалеть, чуть ли не единственного здесь, кто ни в чем не виноват, но не было времени на лирику. Понаблюдав и убедившись, что глаголевская фармакология сбоев не дает, Мазур дал отмашку ладонью.

Все происходило в совершеннейшей тишине. Фигуры в лохматых комбинезонах с разных сторон, короткими продуманными зигзагами кинулись к домику, держась так, чтобы их не видно было из окон. Кроме одной, быстро приближавшейся к вертолету. Еще несколько секунд — и двое заняли позиции у боковых стен, а Мазур, одним прыжком преодолев круг света у крылечка, встал вплотную к двери. Двумя пальцами левой руки попробовал ручку. Когда она послушно подалась, осторожненько потянул дверь на себя. Отошла, самую чуточку. Ага, крючок, и не более того...

Просунул в щель лезвие ножа — зазубренным обушком вверх. В две секунды приподнял крючок, аккуратненько опустил его, чтобы не звякнул. Потянул дверь так осторожно, словно вывинчивал взрыватель мины, стоя на полусогнутых, готовый в любой момент в прыжке уйти в сторону. Возле самого его уха замаячила широкая черная трубка глушителя — напарник подстраховывал.

Тишина. Из распахнутой двери пахнуло устоявшимся теплом жилища: несвежие постели, тушенка, лук, оружейная смазка... На цыпочках Мазур скользнул внутрь, быстро и бесшумно перемещаясь по методу ниндзя — подошва ставится за подошву, при сноровке словно на роликовых коньках катишься...

Судя по жизнерадостному храпу, все трое обреченных дрыхли здоровым сном, и это походило на казарму в том далеком городке с заковыристым названием, но там Мазур не испытывал ничего, кроме инстинктивного стремления сделать работу хорошо, а здесь в висках горячо, блаженно пульсировало предвкушение мести... Он переместился вдоль стены, все еще сжимая в руке нож, не прикоснувшись к висевшему за спиной автомату. Поднял указательный палец — и в окно за его спиной ударил луч мощного фонарика, а в руке тенью скользившего за ним напарника вспыхнул второй.

Нервы у спящих оказались вовсе уж железными — заворочались, не открывая глаз, переваливаясь на животы, но Мазуру хватило времени, чтобы опознать в крайнем слева (две койки из пяти пустовали) «капитана» Толика, командовавшего ряжеными солдатами, захватившими Мазура с Ольгой на берегу.

Условный жест напарнику — и автомат того дважды плюнул негромкими щелчками, тускло-желтыми язычками огня. Два тела дернулись на постелях, замерли, конвульсивно подергивая ногами в угасающем ритме. Теперь можно было и позволить себе пару секунд, не более, чисто личного времени...

Видимо, некий инстинкт вырвал «капитана» из сна. Он ошалело взметнулся, щуря глаза, вслепую нашаривая прислоненный к стене рядом с койкой автомат. Дав ему пожить еще секунду, Мазур метнулся вперед, окруженный ореолом от бьющего прямо в спину яркого луча — и всадил нож по самую рукоять, прямехонько под ребро. Он был из тех, кому прекрасно знакомо ощущение отлетающей души, передающееся через руку с ножом, как удар тока,— когда убитого тобою навсегда покидает жизнь, и на миг перед убийцей словно распахивается в иной мир окружающая реальность... Словами это не передашь, как ни старайся. То ли ангелом смерти сам себе кажешься, то ли ощущаешь прикосновение безумия...

Все. Нету больше у обитателей «Заимки» ни радиосвязи с Большой Землей, ни вертолета. По рации согласно заранее отданному приказу ласково пройдутся первым попавшимся гаечным ключом либо просто прикладом автомата, следовало бы заодно изуродовать приборы в кабине вертолета, но это будет совершенно излишний вандализм, поскольку вертолетчик — вот он, коченеет себе...

...Освещенный полной луной сказочный городок был по-прежнему прекрасен — чудо, возникшее словно бы по мановению волшебной палочки, кусочек древней Руси, неведомой силой перенесенный в чащобу. В серебристом лунном свете тускло сияли позолоченные двуглавые орлы на шпилях теремов и восьмиконечный раскольничий крест над церквушкой, загадочно посверкивают многоцветные витражи, длиннющая тень от башни протянулась по всей прогалине, упираясь в ближайшую сопку. Даже знакомый флаг висит над воротами, обмякнув в безветренном воздухе. Мазур покосился на замершую рядом Джен — еще немного, и совершенно по-детски разинет рот, вряд ли она ожидала, что поганое логово охотников за людьми смотрится со стороны так чарующе...

Положительно, залюбовалась... Мазур легонько подтолкнул её локтем, она опомнилась, виновато улыбнулась. Присевший на корточки спецназовец возился со своими тремя приборами, соединенными в единый блок. Остальные стояли и сидели в вольных позах, прислонившись к деревьям. Поблизости тихонько журчала речушка, протекавшая через волшебный деревянный городок и исчезавшая вдали меж сопками. В городке светилось одно-единственное окошко — в главном тереме, сбоку. Судя по колыхавшимся на потолке той комнаты разноцветным отблескам, кого-то в «час волка» мучила то ли бессонница, то ли тяга к искусству, и он смотрел цветной телевизор. Возможно, караульный.

— Ну? — спросил Мазур, когда оператор, налюбовавшись на зеленые загадочные синусоиды и переливы цветных лампочек, поднял голову.

— Сигнализация по периметру. Датчики короткого радиуса, типа «Ожерелье», принцип действия...

— Я знаю,— сказал Мазур.— И ничего больше?

— Ничего, ручаюсь. Даже странно чуточку...

— Чего там странного? Самоуверенный народ, вот и все... Пульт локализовали?

— С большой долей вероятности — во-он в том теремке.

— А с меньшей?

— Простите... В том теремке, ручаюсь процентов на девяносто.

— То-то,— проворчал Мазур.— А как насчет часовых?

— У них там есть кто-то на вышке. Один. В бинокль не видно, но детектор фиксирует.

— Значит, верхолаза будем делать в первую очередь...— сказал Мазур.— Давайте поплавок.

Он подошел к речушке, взял у оператора черный пластиковый шар размером с апельсин, ногтем передвинул крохотный выключатель и, опустив поплавок к самой воде, разжал ладони. Шар, казалось, топориком пошел ко дну — но на самом деле он лишь погрузился на точно рассчитанную глубину, и течение моментально потащило его прочь, к «Заимке». Оператор с сосредоточенным видом прижал обеими ладонями наушники.

Мазур наблюдал через его плечо, как меняются в окошечке небольшого прибора маленькие зеленые цифирки: 7... 9... 10... Течение было медленное, и шарик удалялся от них довольно неспешно. Вот он уже в пятнадцати метрах, в девятнадцати... Зеленые цифирки уже сложились в трехзначное число — но все равно, в пределы «Заимки» поплавок пока что не проник, расстояние до забора выверено лазерным дальномером до сантиметра...

Оператор обратился в статую. Цифирки менялись. 321... 322... 323... Все! Он уже плывет через «Заимку», скоро должен оказаться под ближайшим деревянным мостиком, бревенчатым, горбатым. Оператор совершенно спокоен, не шевельнулся. Нет больше нужды производить в уме вычисления, прикидывать расстояние на глазок. Главное и так ясно: никакой решетки или иной преграды нет, поплавок прошел беспрепятственно. И дальнейшая его судьба уже никого не интересует, пусть себе плывет до Шантары, а там, если повезет,— в Северный Ледовитый океан...

— Ну? — нетерпеливо спросил Мазур.

— Ничего нового. Придется подождать. Если там есть какой-то сюрприз, непременно всполошатся...

Ждать в таких условиях — хуже некуда. Секундная стрелка перемещается так медленно, что поневоле тянет подтолкнуть ее мизинцем, в кончиках пальцев возникает противный зуд, здесь бессильны выучка и опыт... Они старательно выждали четверть часа, но сказочный городок оставался погруженным в сон, ни одно окно не зажглось, ни малейшего шевеления меж теремами. Пора начинать, благословясь...

Мазур с надеждой взглянул на небо. Слева, над самым горизонтом, виднелся серовато-белый клочок облака, но обещанное военными синоптиками непогодье, как частенько с такими предсказаниями и бывает, запаздывало. Среди россыпи звезд ярко, самодовольно сияла луна, волчье солнышко. Вздохнув про себя, Мазур распорядился:

— Начали...

На сей раз Джен предстояло оставаться под серьезным эскортом — три прикрывающих лба плюс ручной пулемет. Мало ли какие неожиданности случаются, из пессимизма следует ожидать самой коварной засады. Он в который уж раз вспомнил вымученную усмешку Глаголева, когда речь зашла о взаимных внедренках. И, вздохнув про себя, принялся привычно набрасывать на плечи ремни акваланга.

Сочетание было самое сюрреалистическое — бескрайняя тайга и снаряженные по всем канонам аквалангисты. Подводная лодка в степях Украины. Но что поделать, если безымянная речушка самим своим существованием подсунула решение, а противник, будем надеяться, убаюканный магическим словом «тайга», вовсе даже не подумает о боевых пловцах...

Как и следует старшему по званию — известно, генерал посылает в бой, а адмирал ведет,— Мазур первым опустил ноги в реку. Встал в ней, вода доходила до груди, обтекала, мгновенно появилось знакомое ощущение, будто комбинезон липнет к телу. Холода не чувствовалось — комбинезоны рассчитаны на водичку и похолоднее. Он пару раз переступил ластами по дну, привыкая, присел, оттолкнулся, перевернулся на спину, прижимая к груди упакованный в непромокаемый мешок автомат, словно морская выдра — детеныша. Пошевелил ластами — и тихонечко поплыл по течению лицом вверх, в полуметре от поверхности. Акваланг был хитрой конструкции, разработанной как раз для подобных случаев,— и на поверхности не появилось ни единого пузырька. Мазура охватило ни с чем не сравнимое чувство п о л е т а, скольжения в полной невесомости, невероятной свободы, доступной лишь избранным. Но он, мгновенно спохватившись, отбросил эйфорию, принялся легонько загребать выброшенной вперед левой рукой, готовый моментально извернуться, если кончики пальцев встретят подводный камень. Он вновь был морским дьяволом — акула всегда останется акулой, была бы кругом вода, а уж челюсти не подведут...

Сквозь прозрачную воду светили чуть размытые звезды. Что-то упруго-верткое, скользкое по касательной задело бедро, ощутимо ударило, пропало — это проснувшаяся крупная рыба метнулась подальше от столь странного соседства. Хорошо, что дело происходит в Сибири. В одной жаркой стране один изобретательный на выдумки генерал, в отличие от хозяев «Заимки» решивший предусмотреть л ю б ы е случайности, запустил в окружавший его поместье ров парочку крупных крокодилов, которых держал впроголодь. У Прохора такие штучки не прошли бы — в холодной сентябрьской воде сибирских рек любой непривычный крокодил быстренько откинул бы ласты.

151

Впрочем, хитроумному генералу крокодилы не помогли — л ю б ы е случайности может предусмотреть лишь господь бог. Хапавшего не по чину да еще вдобавок ко всему возмечтавшего стать президентом при живом предшественнике генерала элегантно и чисто мочканули за пределами поместья, с помощью варианта, которого он не предусмотрел...

С башни пловцов не заметить, даже если всматриваться. Мазур, когда вышли к «Заимке», не поленился залезть на кедр и убедился, что вода, несмотря на лунное сияние, кажется совершенно непрозрачной, если смотреть сверху. Пока что все идет гладко. Вот если бы удрать с добычей удалось так же легко. «С добычей, которую не только не взяли, но и в глаза еще не видели»,— тут же напомнил он себе, ритмично вдыхая воздух.

Над головой неспешно проплыли торцы тонких бревнышек, составлявших изгородь, матово белевшие над самой водой. Ну вот, началось веселье... В два гребка Мазур оказался ближе к поверхности, почти касаясь ее стеклом маски. И попал в полосу густой тени — это он плыл мимо одного из подсобных строений. Сейчас будет первый мостик, а вылезать на сушу следует за вторым, с башни ничегошеньки не заметят — тут против наблюдателя работает ее высота и форма наподобие Эйфелевой, дальние окрестности прекрасно видны, просматриваются, как на ладони, но то, что творится у подножия, не усмотришь, разве что перегнувшись через перила можно увидеть, однако кому придет в голову перегибаться? Он там наверняка дрыхнет...

Ровная полоса тени поперек речушки, мостик заслонил от Мазура звезды. Ну что ж, вот вам живая иллюстрация того, как жизнь вышла из воды на сушу... Без всплеска вынырнув на поверхность, он цепко ухватился пальцами за кромку берега, подтянулся, в два счета перевалился на сушу, оказавшись на довольно широкой полосе земли под мостиком. Через несколько секунд из воды столь же бесшумно показались две обтянутые черным руки, и по другую сторону речушки, словно зеркальное отражение Мазура, выбрался на берег лейтенант-коммандер, а там вынырнули еще двое — один сел рядом с Мазуром, свесив ноги в воду, другой примостился возле американца.

Привычными движениями четверо распаковали мешки с автоматами. Почти бесшумно клацнули затворы. От ворот долетело звяканье железа — чертовы собаки что-то почуяли. Вроде бы их не учили поднимать тарарам при ночном шевелении в н у т р и периметра, но могут забрехать из чистого усердия... Ничего, под первым мостиком уже замаячили две черные фигуры, натягивающие рогатки.

Со всей возможной осторожностью Мазур высунулся из-под мостика. Цепи загремели громче — псы спешили освидетельствовать предметы, столь неожиданно плюхнувшиеся поблизости от них. Ага, один, мимолетно обнюхав кусок мяса, заглотал без колебаний, второй еще зевает, но вот и он целеустремленно потопал к гостинцу, волоча цепь. Извините, милые, необходимость, как сказал бы мой заокеанский напарник — в этом нет ничего личного... Первый уже заваливается. Вот и у второго подкосились ноги. Ничего страшного — сторонний наблюдатель вполне может решить, что собаки попросту прикорнули поодаль от конуры, позы довольно естественные, мертвая собака, в отличие от человека, почти всегда принимает естественную позу и кажется спящей...

Рывком сдернув ласты, Мазур дал отмашку тем, под соседним мостиком. Начиналась кадриль. Последовали ответные жесты, из которых он сделал вывод, что его команда принята и понята. Ну, господи, благослови...

Он первым выскочил из-под мостика и, скрючившись в три погибели, перебежками, по-лягушачьему запрыгал к башне, не выходя из ее тени. Оглянувшись, увидел, что остальные столь же бесшумно и целеустремленно крадутся к расписанным заранее объектам. В конюшне шумно фыркнула лошадь — но это уже не имело значения, пусть даже застигнутые врасплох обитатели «Заимки» и успеют выстрелить пару раз, плевать, нет у них никакой тревожной кнопки, мгновенно сообщившей бы в Шантарск о нападении, и это главное, лишь бы отсечь мышку от норки, а там можно и поиграть...

Он тенью крался по широкой лестнице — пролет за пролетом, словно зигзаги на генеральском погоне, конца им нет... Лестница сработана со всем тщанием — ни одна доска не скрипнула, ни один гвоздь не расшатался, умеют работать русские плотнички, не все спились и повымерли, это ж надо было сотворить такое чудо для таких сволочей...

Когда она кончится, мать ее? Снизу не доносилось ни малейшего шума, хотя к работе давно уже приступили,— что ж, да здравствует русско-американское братство, пусть мимолетное, в общем, неплохо получается, если довериться солдатам...

Мазур немного запыхался — не пацан все-таки, чуть взмок под комбинезоном, скорее, от нервного напряжения. Пространство вокруг смыкалось все теснее — башня сужалась в полном соответствии с парижской бабушкой. Над головой уже появилась широкая площадка, в квадратном проеме люка колюче светят звезды...

Затаив дыхание, Мазур преодолел последний пролет. Еще шаг — и голова поднимется над люком. Сверху не доносится ни единого звука... нет, прошуршало что-то, табачком потянуло... Ну!

Со всей осторожностью погладив подошвами — уже успевшими обсохнуть — гладко оструганные доски, убедившись, что нога не соскользнет, Мазур присел, оттолкнулся. И одним прыжком оказался на площадке, со всех четырех сторон окруженной высоким, по грудь, сплошным деревянным барьером.

Спиной к нему стоял человек и, облокотившись на барьер, лениво пускал дым. Мазур аккуратно прицелился ему под левую лопатку, положил палец на курок.

И передумал — что-то знакомое усмотрелось в плечистой фигуре часового. Видна роскошная, расчесанная борода... Мишаня, гнус таежный! Надо же, оклемался, хотя в свое время Мазур бил на совесть... Что это он вдруг табачищем вздумал организм поганить — неужто от переживаний?

Сделав два коротких бесшумных шажка, Мазур переместился совсем близко и, не снимая пальца с курка, спросил вполне дружелюбным тоном:

— С чего закурил, Мишаня?

Эффект вышел ожидаемый — сигарета, рассыпав веер искр, вмиг улетела за барьер, а здоровяк Мишаня дернулся так, словно ему в зад вогнали пятидюймовое шило во всю длину. Впервые в жизни Мазур убедился, что оборот «подскочить от неожиданности» вовсе не выдуман,— Мишаня, точно, подпрыгнул от этакого сюрприза, хоть и невысоко. Гулко налетел спиной на высокий барьер, выпучил глаза, едва нашел силы выдавить что-то вроде:

— Ч-чур меня...

В приливе бешеной радости Мазур повторил громче:

— Что закурил, Мишаня, спрашиваю, ты ж не дымил...

Здоровяк левой рукой слабо отмахнулся от него, словно от привидения. Мазур с усмешкой держал палец на курке — поймал себя на том, что испытывает прямо-таки наслаждение, но ничуть этим не огорчившись. Первобытное в нем подминало все остальные чувства. Уголком глаза он заметил прислоненный неподалеку к ограждению карабин, отступил на два шага и предложил самым приятельским тоном:

— Будешь ружьецо хватать? Я не тороплю...

— Ты как здесь... черт...— почему-то шепотом выговорил Мишаня.

— Проходил вот мимо,— сказал Мазур.

Не расслабляясь, окинул быстрым взглядом площадку — на столике в углу черный радиотелефон с толстой антенной, бутылка газировки, какие-то свертки... С точки зрения уставов Мазур вел себя совершенно непозволительно, играл с мышью, чтобы потешить душу,— но внизу стояла полная тишина, и это, пожалуй, давало право самую чуточку отпустить натянутую струну. Пусть подохнет, прекрасно понимая, что подыхает, и зная, от чьей руки. Если небеса не гарантируют высшей справедливости на грешной земле, мы создаем слабое ее подобие, ибо не нами сказано, но нами старательно усвоено: «Око за око, зуб за зуб...» Я их не трогал, спокойно плыл мимо, не собираясь убивать и лишний раз доказывать, что могу выжить там, где нормальный человек обязан сгинуть...

Наконец-то! Медленно-медленно, словно борясь с невидимыми веревками, тянувшими его назад, Мишаня, скособочась, не сводя с Мазура выпученных глаз, потянулся за карабином. Почему-то он не кричал, хотя давно уже должен был понять, что посетил его не призрак, а гость из плоти и крови. Спокойно подождав, когда широкая ладонь сомкнется вокруг цевья карабина, а другая обхватит шейку приклада, когда ствол проделает половину должной траектории, Мазур нажал на спуск. Один-единственный раз. В его руках знакомо дернулся «Хеклер-Кох» — и Мишаня, на миг нелепо замерев в несуразной позе, стал клониться, упал, придавив грудью карабин. Старомодный картуз свалился с головы (верзила, как и в прошлый раз, был одет по моде безвозвратно ушедшего века), упал рядом изнанкой вверх, словно готовился принять милостыню.

— Проходи, не подают...— беззвучно пошевелил губами Мазур, на миг вновь ощутив липкий холодок безумия, мягкой лапкой прошедшийся по вискам.

Кажется, его трясло. Но кто-то внутри, холодный, деловитый и собранный, тут же напомнил: р а н о сходить с ума... Он, скалясь, шагнул вперед и ногой перевернул труп — всегда следует проверить, многие, считавшие себя суперменами, на этом и ловились, уверив себя, что в жизни не напортачат...

Нет, все надежно. Уже не дышит. Мазур отпустил автомат, повисший на ремне, взял со столика бутылку. Вспомнил ту клятую газировку на даче, но рука дрогнула лишь на мгновение: нет, слишком невероятное стечение обстоятельств понадобится, чтобы... Точным ударом смахнул пробку о край столика, запрокинул голову. Прохладная пенистая жидкость потекла на комбинезон, но пролилось совсем немного. Осушив бутылочку, Мазур кинул ее в угол и, не взглянув больше на мертвеца, стал спускаться.

В главном тереме звонко разлетелось стекло. Мазур присел на корточки, нацелив ствол в ту сторону. Через несколько секунд тягуче заскрипела дверь конюшни. Мазур был уже на полпути к земле, все звуки долетали четко. Он побежал, перепрыгивая через несколько ступенек.

Из конюшни выскочил человек — пятном белеет рубашка, белеет смутное пятно лица,— держа за середину карабин, опрометью метнулся к воротам. Стоявший на площадке Мазур прицелился с должным упреждением, потянул спуск. Бегущий, подломившись в коленках, стал падать навзничь. Тишина, только фыркают и перебирают копытами потревоженные лошади. По двору бесшумно пробежал черный силуэт с задранной на лоб маской, остановился, увидев, что выскочивший из конюшни лежит неподвижно.

— Что там? — окликнул Мазур, выбежав из тени башни.

— Все в порядке, сэр,— чуточку возбужденно откликнулся лейтенант-коммандер.— Выскочил неожиданно, как чертик из коробочки, прыгнул на подоконник, успел разбить стекло... Парни взяли этих двух, тепленькими. Старик спал, а молодой смотрел телевизор...

— Сколько жмуриков? — спросил Мазур.

— У нас — двое, про остальных еще не знаю...

— Проверьте конюшню, осторожненько,— распорядился Мазур.

156

Но в конюшне, кроме лошадей, никого больше не оказалось. Похоже, виктория была полная — шнырявшие меж строениями черные фигуры одна за другой, оборачиваясь к Мазуру, подавали ему знаки, гласившие, что все чисто. И все же он бросил подошедшему майору:

— Соберите людей, как следует прочешите «дворец». Очень уж грандиозная махина, там где-то еще и подвалы есть...

Сам вынул фонарик из кармана на бедре, зажег и, обернувшись в сторону опушки, где оставил четверых сподвижников, описал ярким лучом несколько кругов — сигнал присоединиться к вечеринке, потому что до конца еще было далеко...

ГЛАВА ОДИННАДЦАТАЯ

ОСТРОВ СОКРОВИЩ, ИНКОРПОРЕЙТЕД

Вступление помощницы прокурора на покоренную территорию особой торжественностью не отличалось и напоминало скорее визит начитавшейся раннего Хемингуэя «белой охотницы» к пресловутым зеленым холмам Африки. Мазур поневоле залюбовался — со всей снисходительностью человека, проделавшего главную и, особо стоит подчеркнуть, грязную работу. Как выразились бы его далекие предки, чьим любимым занятием было запекать крестоносцев прямо в доспехах на хорошем огне,— отвалил кавал работы. Джен влетела в калитку, такое впечатление, повизгивая от нетерпения, как и все, щеголявшая в маскировочном комбинезоне и бушлате в тон,— Джейн, подруга Тарзана, извольте любить и жаловать. А африканские ассоциации возникли оттого, что следовавшая за ней троица была нагружена одеждой и прочей экипировкой тех, кто нагрянул на «Заимку» водным путем, налегке,— бушлаты, комбезы, высокие ботинки, рюкзаки, аппаратура и даже парочка компактных одноразовых гранатометов для полного счастья. Народ был привычный и пер на горбу все это богатство довольно резво — но со стороны три груды экипировки, из-под которых едва просматривались ноги, выглядели слегка сюрреалистически.

Пришлось распахнуть створку ворот экономии времени ради.

Мазур тем временем успел распорядиться, чтобы акваланги сбросили в колодец, а сейчас следом отправились и резиновые комбинезоны. Наступал самый веселый момент — когда приходится сломя голову улепетывать с добычей, тут уж следует избавиться от любого лишнего грамма. Добычи, правда, они еще не видели, но Мазур не сомневался, что она есть. Прежде чем одеться, расставил посты — пулеметчика на вышку, троих по двору, тасовал своих и заезжих, как карточную колоду, чтобы само собой возникло боевое братство, и все окончательно перемешались. До сих пор, правда, не было никаких шероховатостей — как-никак, профессионалы...

Он еще застегивал на себе ремни хитроумной портупеи, к которой можно было пристегнуть и прицепить уйму всяких полезных вещей, когда к нему подлетела Джейн, воинственно держа правую руку в кармане пятнистого бушлата.

— Попросили бы кобуру, неужто не дали бы? — проворчал Мазур.— Таскать оружие в кармане — чистая профанация...

— Вы нашли?

— Еще не искали, признаться,— сказал Мазур.— У нас и так забот хватало...

Он взглянул на часы — время пока что не поджимало, но все равно следовало поспешить. До Шантары два часа ходу, да еще придется по душам побеседовать с пленными и, не исключено, долго и вдумчиво уговаривать их быть паиньками...

— Показывайте, где тут наши найденыши,— повернулся Мазур к оказавшемуся ближе всех Брауну.

Так уж сложилось, что под настоящими фамилиями выступали лишь лейтенант-коммандер и майор Прагин. Трех молчаливых глаголевскихореликов Мазур знал, как Иванова, Петрова и Сидорова, а заокеанские, соответственно, были — Смит, Джонс и Браун. Ради той же экономии времени, чтобы не тратить время на запоминание подлинных имен, которые все равно предстояло очень быстро забыть.

Мазур шагнул к терему — и в кильватер ему тут же пристроился походный штаб в лице майора, лейтенант-коммандера и, конечно, Джен. Точно, начиналось самое веселое: в полном соответствии с богатыми традициями кладоискательства. Когда все участники окончившегося успехом предприятия, нашаривая под тельняшками пистолеты и ножи, начинают оценивающе коситься друг на друга, заранее подозревая соседей в тех же замыслах, которые питают сами, прикидывая, не уменьшить ли число пайщиков до самого минимального... «Пожалуй,— мельком подумал Мазур,— у американцев гораздо тревожнее на душе — мы как-никак у себя дома, в самом буквальном смысле близ центра России, а они оказались затерянными в Сибири. На их месте я бы тоже легонько переживал...» Они шагали по роскошным хоромам, все так же напоминавшим дурную декорацию из голливудского фильма: сводчатые потолки из полированных кедровых плашек, повсюду на уступчатых стеллажах сверкают огромные старинные самовары, на стенах висят дуги, ярко расписанные, с гроздьями колокольчиков, иконы понатыканы без всякого складу и ладу... Судя по лицам американцев, окружающая аляповатая роскошь производила на них большое впечатление. Возможно, они в простоте своей свято верили, что поместья сибирских латифундистов так испокон веку и выглядели.

— Кого первого, сэр? — спросил шагавший впереди Браун.— Мы их, как вы и приказывали, оставили там, где взяли...

— Ведите к старику,— сказал Мазур, не раздумывая.— Да зажгите свет, что ли, теперь никакой разницы...

Первым шагнув в высокую дверь, Браун нашарил выключатель. Ермолай свет Кузьмич пребывал в тишине и покое — лежал на постели в одном исподнем, умело и старательно опутанный белыми нейлоновыми веревками, с надежно вставленным в рот кляпом, и не какой-то импровизированной самоделкой, а надежным изделием из тех, что выпускают малыми сериями невидимые миру мастерские, где последний слесарь держит дома в шкафу кителек с погонами. После вульгарной роскоши терема его комнатушка выглядела весьма аскетически — железная кровать, двустворчатый шкаф, тумбочка, почерневшая икона в углу с тусклой лампадкой. Святой пустынник, да и только. Лишь валяющаяся на тумбочке амуниция портит картину — пистолет из кобуры забрали, а саму оставили за ненадобностью на прежнем месте.

— Ну, здравствуй, старче божий,— сказал Мазур, присаживаясь на край постели.— Так и думал, что свидимся когда-нибудь... Ты мне что, не рад? Лично я, скажу откровенно, радешенек...

Кузьмич, извиваясь, откатился подальше, пока не застрял, привалившись к стене. В глазах стоял столь откровенный ужас, что Мазур посмотрел, не расплывается ли из-под старого знакомого лужа. Лужи пока что не было.

Двумя пальцами вытащив резиновый кляп, Мазур, не глядя, отбросил его в угол, вытер пальцы о растрепанную бороду пленника и, превозмогая яростное желание выхватить нож, сказал:

— Ну, вякни что-нибудь, старче божий. Ты же, я помню, краснобай, каких поискать.

Краем глаза он видел, как лейтенант-коммандер, склонившись к уху Джен, торопливым шепотом переводит. Пожалуй, она и впрямь не понимала по-русски ни словечка — столь жадное, мучительное любопытство в глазах, пожалуй, не подделаешь. Американец замешкался, и Джен, не раздумывая, подтолкнула его кулачком в бок.

— Живучий ты, я смотрю,— сказал Кузьмич, подбирая каждое слово так осторожно, словно говорил на родном языке впервые.— Неисповедимы пути господни...

— Бывает,— сказал Мазур.— Погода переменчива...

— Издеваться будешь? — спросил Кузьмич обреченно. Лицо у него сплошь покрылось крупными каплями пота.

— Что, страшно?

— А кому не страшно? — Он молниеносно окинул стоящих за спиной Мазура цепким взглядом.— Я вас предупреждаю, гости дорогие: здесь вам не притон, а серьезный государственный объект, так что на каждого из вас найдется статья...

— Ну ты и сволочь,— сказал Мазур не без некоторого восхищения.— Может, еще скажешь, что и ты при погонах?

— Бог не дал,— смиренно сказал Кузьмич.

— Ага, погоны ты больше по другую сторону колючки видел...— Мазур усмехнулся, видя исказившую лицо старика гримасу.— Ну да, рассказали мне давеча твою боевую биографию.

— Ошибки молодости,— философски сказал Кузьмич.— Мало ли по юному неразумию нагрешишь...

— Ладно, хватит,— сказал Мазур.— Я бы с тобой побеседовал как следует, да времени нет, на твое счастье... Кассеты где? Кто у вас гулял с ключиками от сейфа — ты или Полковник? Живо, сволочь старая, ты на свете порядочно пожил, знаешь, когда пора заливаться соловьем, чтобы ремни из спины резать не начали...

160

— А что с Полковником? — тут же спросил Кузьмич.

— Да лежит тут, неподалеку,— сказал Мазур.— Спеленутый, как младенчик.

— Вот ты с ним и побеседуй. Он у нас человек государственный, облеченный полным доверием и всей ответственностью. А я — дворник на подхвате, у меня биография на ногах гирями висела, так что не делай ты из меня пахана... Если пошло такое веселье, мне бы и самому побыстрее подальше оказаться...

— Окажешься,— с нехорошей улыбкой пообещал Мазур, похлопал его по плечу и встал.— Полежи пока, помолись, чтобы у меня свободного времени не нашлось с тобой о прошлом потолковать...

Комната, куда они переместились, была обставлена не в пример богаче и современнее. Видеомагнитофон все еще работал, никто не потрудился его выключить, и на цветном экране две мулатки в хорошем темпе совращали застенчивую блондинку. На столике у мягкого кресла имел место недурной натюрморт с бутылочкой джина и закуской. Хозяин же, приснопамятный белобрысый крепыш, лежал прямо на полу, куда его сшибли, неожиданно вломившись, еще более тщательно спеленатый, в знакомой Мазуру каппелевской форме, при золотых полковничьих погонах царского образца. При нем пребывал молчаливый Сидоров, бдительно сидевший на застланной постели,— единственный, кто из-за возложенных на него обязанностей не успел снять черный комбинезон акваланги́ста.

— Иди, переоденься,— сказал ему Мазур.— Комбез потом кинешь в колодец... Размещайтесь, господа, места хватит.— Сам сел в кресло и дружелюбно-легонько придавил толстой подошвой руку связанного.— Что это вы, ваше превосходительство, и в полном одиночестве при форме расхаживаете?

— Привыкаешь, знаете ли,— сказал Полковник с гримасой, которая у нетребовательного зрителя могла сойти за вымученную улыбку.— Проникаешься атмосферой... Вы, случайно, не собираетесь мне показать ордерок от военного прокурора?

— Это называется — играть в профессионала? — спросил Мазур.

— Скорее уж — не ползать на брюхе.

— А если придется?

— Ну, человек, конечно, слаб... Только я и в самом деле профессионал. Наверняка уже знаете?

— Знаю,— сказал Мазур.— И это, по-моему, здорово упрощает дело. Можно обойтись без долгих уговоров и внушительного перечня угроз. Ордера у нас, конечно, нет. Но от этого ваше положение только ухудшается...

— Сигареткой не разодолжите?

Мазур поднял его под мышки, усадил так, чтобы спиной опирался на постель, сунул в рот сигарету и терпеливо поднес зажигалку. Потом сказал:

— Обстановка проста: радиостанцию мы малость покорежили, всю челядь положили. Ничего напоминающего тревожную кнопку здесь нет. Законами и предрассудками мы не связаны...

— Что вы тянете? — вскрикнула Джен.

По-английски, естественно. Голосок дрожал от волнения.

— Ого! — сказал Полковник.— То-то этот субъект ей бормотал на ухо на несомненном импортном наречии... Далеко же вы зашли, ребята, прямиком под расстрельную статью, если попадетесь именно тому, кто вам ее обеспечит...

— Не валяйте дурака,— поморщился Мазур.— Какие там официальные трибуналы при наших играх... Сплошные безымянные покойнички по кустам, вот и все. Ладно, не будем растекаться мыслью по древу. Времени нет. Или ты открываешь сейф так, чтобы при этом не включилось нечаянно никаких уничтожителей и кассеты нам достались целехонькими, или умирать ты будешь так долго и погано, что подумать противно. Вот и все, без красот и щелканья клыков... Или-или. Ну?

— Сигарету вынь, догорела...

Мазур двумя пальцами вынул у него изо рта догоревший до фильтра окурок, швырнул в пепельницу. Повторил:

— Ну?

— А с глазу на глаз нам поговорить нельзя?

— Нет,— покачал головой Мазур.

— Ну ладно,— сказал Полковник решительно.— Поберегу ваше время, поскольку оно одновременно и мое, похоже... Только сначала скажите, что предлагаете. Нельзя же человеку, даже в моем печальном положении, не предлагать с о в е р ш е н н о ничего?

— Дохлый шанс на жизнь,— сказал Мазур.— Чем богаты...

162

— Предположим, не такой уж дохлый,— вмешался майор Прагин.— Я бы уточнил — весьма приличный шанс на жизнь при хорошем поведении.

— Это в свидетели, что ли?

— Чем богаты,— передразнив интонацию Мазура, сказал майор.— Если подойти вдумчиво и с фантазией, раскаявшийся и весьма словоохотливый свидетель может и пожить... А то и зажиться на свете.

— А почему бы вам сейф не подорвать? — кивнул он на секретер.— Ключики вон там, а против кода выставьте свою супервзрывчатку...

— Ты же прекрасно знаешь, что при этом варианте в сейфе моментально сработают термопатроны,— усмехнулся Мазур.

— Это я проверял вашу осведомленность, коллега.

— Проверил? Ну, так как?

— Подождите, я не кончил... Можно встречное предложение? — Он помедлил, набрал воздуха в грудь.— Ребята, вы хоть примерно представляете, сколько это стоит? Если продавать нужному покупателю? Там два десятка кассет, даже если брать ограненными бриллиантами по весу, грамм на грамм — и при таком раскладе есть риск продешевить. Вы хорошо понимаете, ч т о лежит в сейфе? Какие там рожи на пленках, кроме будущего президента? Я понимаю, покупатели такие, что могут вместо честной расплаты снять скальпы, но мы же все профессионалы, можем разработать беспроигрышную операцию. Каждому хватит на три жизни. Никому из присутствующих еще не надоело горбатиться на политиков?

— Я, кажется, понимаю, отчего лишний комплект пленок столь неосмотрительно залежался в сейфе,— медленно сказал Мазур.— Не оттого ли, что кто-то уже замыслил такую негоцию*, только еще не разработал беспроигрышной операции по продаже или вульгарно колебался?

— Считайте, что я вам мысленно аплодирую,— сказал Полковник.— В точку. Были дерзновенные проекты... По-моему, это служит лишним аргументом в пользу моего предложения,— на губах у него появилась гаденькая улыбочка.—Вы, кстати, уверены, что ваш суперменистый генерал так уж и не намерен никому кассеты з а п р о д а т ь? Что ваши заезжие напарнички, в свою очередь, коммерческих стремлений не питают? Кстати, господа заезжие, вы увере-

---

* Н е г о ц и я — коммерческая сделка, торговля (*итал.*).

ны, что вас через пять минут не опустят в колодец? Вы, мистер, переведите девушке как можно тщательнее, чтобы она могла участвовать в обсуждении на равных...

Мазур едва не врезал ему ногой по физиономии. Хватка у «соседа» была хорошая — зерна раздора разбрасывал полными пригоршнями. Сейчас, когда обе группы с подозрением поглядывают друг на друга, а сам Мазур, вдобавок, опасается абсолютно всех, подобные неосторожные словечки немедленной схватки, конечно, не вызовут, но рабочие будни способны отравить и осложнить...

— Не пугайтесь русского медведя,— усмехнулся он, оглянувшись на Джен.— Судя по лицу, в ваши нежные ушки уже проник яд... Я вам скажу предельно цинично: соберись мы от вас избавиться, давно бы уже спустили в колодец следом за аквалангами... Это убеждает, а?

— Пожалуй,— ответила она с натянутой улыбкой.

— Бриллианты, конечно, вещь хорошая,— сказал Мазур.— Только торговцы из нас плохие, так что ваше предложение не проходит. Или у кого-то есть иное мнение? — Он оглянулся на молчавших спутников.— Единогласно, как в старые добрые времена... А посему вернемся к н а - ш е м у варианту. Ответ — немедленно.

— Вы понимаете, что я — в е с ь м а ценное приложение к кассетам? — усмехнулся Полковник, силясь придать физиономии максимум беззаботности и даже добившись некоторых успехов.

Переглянувшись с майором, Мазур кивнул:

— Понимаем, не дикари... Итак?

— Развяжите ноги.

Мазур самолично перехватил ножом веревки. Процессия, не теряя времени, двинулась в путь — впереди Полковник, за ним майор, упершый ему в поясницу пистолет, следом все остальные. Поводырь уверенно вел их по широким лестницам, покрытым коврами, потом свернул на лестницу поплоше и поуже, остановился перед сводчатой деревянной дверью, которую Мазур по его подсказке отпер ключом из внушительной связки. Они оказались ниже уровня земли, в бетонированном подвале, где, пожалуй, можно было и отсидеться, если кто-то агрессивный начнет сбрасывать на «Заимку» бомбы среднего калибра. В стене посверкивала дверца сейфа в половину человеческого роста, с одной замочной скважиной и двумя наборными дисками.

— Руки развяжите,— сказал Полковник.

— Нет уж,— усмехнулся Мазур.— Ты мне сейчас проникновенно выложишь коды, а потом прогуляешься во двор в сопровождении ассистентов. Сам открою.

— Зачем? — по-деловому спросил Прагин.

— А может, он камикадзе,— сказал Мазур.— И в этой стеночке заложена пара пудов взрывчатки. Самый простой способ уйти легко и красиво, избежав будущих неприятностей... Волоките его во двор, скота...— Обернулся и хмыкнул.— Да никуда я не денусь, вы не паникуйте...

— Я останусь,— решительно сказала Джен.

— Ладно,— у Мазура не было времени на дискуссии.— Только отойдите подальше, майор, и если мы тут красиво взлетим на воздух, вы уж постарайтесь, чтобы этот сукин кот помирал беспокойно...

...Оставшись наедине с Джен, он подмигнул:

— Романтика, правда?

— Да открывайте вы! — прямо-таки вскрикнула она, чуть побледнев, подалась вперед.

Мазур и сам волновался — насчет взрывчатки под сейфом он мог и угадать правильно. Или не рискнул бы Полковник нарываться на тяжелую смерть? А может, заряды заложены под всей «Заимкой», одна воронка останется от сказочного городка? С-ситуация...

Затаив дыхание, он нажимал стальные кнопки, квадратные, с небольшими, удобными для пальца луночками. Кнопки без малейшего сопротивления утопали в толстых дисках, заподлицо с ними. Пятая, шестая, второй диск, теперь ключ, два оборота вправо, один — влево...

Стиснув ручку во вспотевшей ладони, потянул дверцу на себя — и ничего не произошло, она легко распахнулась. На верхней полке — пачки патронов, стопки купюр в аккуратной, ненарушенной банковской упаковке, какие-то бумаги...

Мазур методично выбрасывал все это на пол — кроме патронов, конечно, чтобы ненароком капсюль не угодил на острую бетонную крошку (пол под ногами был забетонирован без особого тщания, так и бугрился — ну да, у нас хотя бы одну подсобочку да оставят в свинском состоянии, не достичь полного совершенства...) Пачки патронов он передавал Джен, все остальное отшвыривал, убедившись предварительно, что среди бумаг нет ничего любопытного.

Пухлая стопа цветных фотографий, знакомые все лица — Прохор, Кузьмич, Полковник, а это, надо полагать, гости-охотники... ну да, вот и будущий президент в безукоризненном комбинезоне цвета хаки с уймой карманов и пряжек. А это уже отечественная харя, да знакомая такая по телепередачам — надо же, и он...

И этот?! Не врал Полковник насчет бриллиантов по весу... Возможно, фотографии лишь дублируют пленки, но все равно, для порядка следует прибрать к рукам...

Вот оно. Два десятка маленьких черных кассет-крошек, сложенных аккуратным штабельком. На этикетках насквозь загадочные пометки — русские и латинские буквы, цифры. Ну, это уже детали... Мазур, опустошив сейф, для верности заглянул внутрь. Отступил:

— Ну, все. Теперь осталось вас прикончить и зарыть в подвале. Ради всего святого, Монтрезор...

Он осекся, рассмеялся. Заокеанская очаровашка стояла, сторожко выпрямившись, держала правую руку в кармане, и бушлат недвусмысленно оттопыривало кургузенькое дуло.

— Да я же пошутил,— сказал Мазур, отсмеявшись.

Она не улыбнулась, стояла с плотно сжатыми губами. Все-таки изрядная свинья ее шеф, прокурор, мечтающий войти в большую историю,— мог бы и сам поехать во глубину сибирских руд, а не посылать девчонку...

Чтобы рассеять подозрения, Мазур вышел первым, ощущая в спине некоторое неудобство: еще шарахнет сдуру.

— Похоже, ситуация осложняется? — сказал он, обернувшись через плечо.— Теперь еще прибавились загадочные торговцы, решившие сделать на кассетах маленький бизнес. А в общем, следовало ожидать и такого поворота. Так уж человек устроен: если есть у него что на продажу, непременно попытается... Впрочем, это ничего не меняет, я думаю.

В комнате Полковника он, пошарив в секретере, быстро отыскал среди россыпи кассет футляр-адаптатор, позволявший просматривать видеомалышки на обычном магнитофоне. Взял первую попавшуюся, отмотал немного вперед, нажал кнопку.

Джен бездумно, не соображая, что делает, стиснула его ладонь — пальцы у нее были сильные, хоть и тонкие.

Изображение прыгало, словно снимавший перемещался бегом,— мини-камера, конечно, но высококлассная. Мелькали спины в пятнистом камуфляже, ветки, порой все сливалось в сплошную зеленую полосу, сквозь хриплые выдохи то и дело слышались азартные вскрики, сразу и не разберешь, на каком языке,— а где-то впереди слышался дикий вопль и мелькало ярко-красное пятно. Мазур мгновенно понял, что это — спина очередного бедолаги, судя по всему, окончательно потерявшего голову и ломившегося напролом в слепом ужасе. Он смотрел, не в силах оторваться.

Изображение уже не прыгало — похоже, «оператор», описав широкую дугу, зашел сбоку и снимал поляну, покрытую редким кустарником. Человек в красном спортивном костюме уже не бежал — прижавшись спиной к стволу, медленно сползал на землю, и на лице был такой ужас, что человеческого, в общем, и не осталось вообще. Загнанное животное.

Кусты слева колыхнулись, показались охотнички — запыхавшиеся, уверенные в себе. Бежавший первым остановился, с хищной улыбочкой стал поднимать ружье — медленно-медленно, не было нужды торопиться...

— Остановите! — истерически вскрикнула Джен.

Мазур не спеша подошел к магнитофону, он еще успел услышать выстрел, прежде чем картинка исчезла с экрана. Оглянулся, налил из бутылки на столике пальца на два, сунул бокал в руку Джен, прикрикнул:

— Ну-ка, залпом!

Сгоряча он произнес это по-русски, но она, не переспрашивая, одним махом выплеснула в рот янтарную жидкость, перекосилась, закашлялась. Торопливо содрав обертку с конфеты, Мазур сунул ей в рот импортное лакомство. Спросил:

— Без обмороков обойдемся?

Она кивнула, вытирая рот ладонью. Выдохнула:

— Боже мой...

Мазур уже старательно упаковывал кассеты в пластиковый пакет. Он еще загодя положил в карман приличных размеров рулон синей изоленты — и теперь покрывал сверток плотной скорлупой, виток за витком, так, чтобы и капелька воды внутрь не проникла. На всякий случай, мало ли что. Ожидать приходится всего — вплоть до взятия «Жемчужины» на абордаж, когда добираться до берега придется вплавь...

В коридоре простучали торопливые шаги. Мазур уже упаковывал тем же способом ворох цветных фотографий — и, не прекращая работы, повернул голову к двери.

Влетел майор Прагин, держа автомат в руке, дулом вниз:

— Ну что?

— Можно сматываться,— сказал Мазур, накручивая виток на виток.— Самое время...

— Вертолет поблизости! Кружит вокруг...

— Ого,— сказал Мазур, не испытывая ровным счетом никаких эмоций.— Может, девочке там, на пароходе, и не показалось? Какой марки?

— Да откуда я знаю... Кружит поблизости. Не видно пока что, но слышно четко...

— Что такое? — вскинулась Джен, напряженно слушавшая непонятный ей, никаких теперь сомнений, разговор.

Мазур прошел к окну, недолго повозился со шпингалетами. Высунул голову в ночную прохладу.

В самом деле, на некотором отдалении, высоко в звездном небе, слышалось явственное металлическое зуденье. Судя по звукам, вертушка выписывала широкие круги. Высота — метров триста, автоматически прикинул Мазур, тип и марку пока что не определить точно. Однако ручаться можно: это не боевой, не «крокодил» огневой поддержки, способный в пару минут разнести «Заимку» на щепочки, так что, глядишь, и поживем...

Поманил пальцем Джен. Она подбежала, прислушалась и, надо отдать ей должное, поняла мгновенно. Никаких вопросов задавать не стала — смотрела вопросительно, с надеждой.

— Майор,— сказал Мазур,— я, вроде бы, пока что командую?

На простоватой физиономии захолустного комбайнера без труда читалось, что командовать предпочел бы он,— но и приказы вышестоящего начальства обязан соблюдать строжайшим образом. Майор кивнул.

— Отлично,— сказал Мазур.— Мне тут еще возни минут на несколько... Разместите людей для круговой обороны. Пулеметчику на башне сидеть тихо, как мышке, все внимание на окрестности. Вертушка вполне может отвлекать внимание, а подойдут они от леса... Словом, не мне вас учить.

Майор не тратил времени — тут же, полуотвернувшись, нагнув голову к левому плечу, принялся отдавать приказы в микрофон крохотной рации. Шум вертолета вновь надвинулся, уплыл влево, описав приличных размеров дугу.

— Выключить свет? — тихо спросила Джен.

— Бессмысленно,— ответил Мазур, в темноте, но без лишней поспешности наматывая витки.— Если это посторонние, они и так видят все сверху — в такую-то ночь... А если по нашу душу — и так знают...

Майор исчез за дверью. Скинув плоский рюкзак, Мазур забросил туда синий сверток размерами чуть побольше кирпича, перехватил взгляд Джен — прямо-таки по-детски обиженный. Усмехнулся, протянул ей сверток с фотографиями:

— Ну, коли уж братство народов... Только не потеряйте.

По соседним строениям, по земле, по горбатому мостику скользнул желтоватый, слабый свет прожектора. Гул вертолета слышался едва ли не над самыми крышами. Неужели идет на посадку? Теперь Мазур мог со всей уверенностью определить... ага, и гадать нечего. Призрачно белевший в серебристом лунном сиянии Ка-26 повис над восточной оконечностью «Заимки» — пассажирский вариант, с кабиной, где может уместиться дюжина о б ы ч н ы х мирных граждан, или вполовину меньшее количество десантников в полном боевом снаряжении... Вертолет, зависший было, дернулся, плавно снижаясь, прошел над воротами с обвисшим флагом, уже совсем решительно стал опускаться неподалеку от них на ровную площадку, старательно освещая ее прожектором. Белый, как кусок рафинада, с красной каймой, красным крестом в круге и большими буквами САНАВИАЦИЯ поперек борта. Со своего места Мазур видел две фигуры в пятнистом, прижавшиеся к воротам с обеих сторон калитки,— но вот заметили их с вертолета или нет?

— Красный Крест? — удивленно спросила Джен.

— Да вроде бы,— сказал Мазур, гася в комнате свет.— Пойдем-ка посмотрим...

Рация у него на плече затрещала, когда он был уже в двух шагах от парадной двери:

— Это Смит, сэр. С вышки. На десять пятнадцать — перемещение нескольких объектов у опушки.

Мазур глянул мельком — горела синяя лампочка, рация стояла на «общем приеме», и значит, сообщение слышали все, но, как и предписывает дисциплина, влезать в разговор не спешили.

— На открытое место вышли? — спросил он.

— Нет. Такое впечатление, что совсем было собрались, но опять оттянулись в лес...

Он глянул на компас, вмонтированный в браслет часов: север, конечно же, «двенадцать», значит, заходят почти с того самого направления, по которому группа должна была отступать. Что это, совпадение?

— Внимание, у ворот,— сказал он.— Иду.— Обернулся к Джен.— Оставайся здесь и носу не высовывай... Смит, ваша задача — те, в лесу. Только они. Внимание, все переговоры только на английском.

Их могли подслушивать — и, если у невесть откуда взявшегося противника хромает образование, выходит некоторое преимущество. В конце-то концов, за кладом охотятся самые разные фирмы, и не все обременены изучением иностранных языков...

Приближаясь к воротам, он слышал, как хлопнула дверца вертолетной кабины. Притянул к себе того, что стоял справа от калитки, взяв за угол воротника — это оказался Петров — шепнул на ухо:

— Если свистну, шарахнешь из «флейты». Но не раньше...— и, склонив голову к рации, распорядился: — Всем оставаться на местах, будем работать втроем...

Двое, громко перебрасываясь совершенно безобидными фразами, решительно шагали к воротам. Один в кожанке поверх свитера и форменной летной фуражке, другой в белом халате, без шапки. В глазок Мазур видел, что оставшийся метрах в пятидесяти вертолет выглядит совершенно пустым,— ни огонька в окнах, ни малейшего шевеления внутри, лампочка в салоне не горит. Что ни о чем еще не говорит, понятно. Вот только прямо через стекло стрелять не станут, если все же прячутся внутри, обязательно распахнут дверцу...

— Тишина в эфире,— успел он сказать.— Смит, огонь открывать не раньше, чем преодолеют половину дистанции...

И тут же в ворота замолотили со всей непринужденностью честных заблудившихся путников. Петров бесшумно снял с плеча «флейту» — гранатомет размером с тубус для чертежей, перехватил так, чтобы в две секунды привести в боевую готовность.

Выждав немного, Мазур громко спросил:

— Кого по ночам черт носит?

За воротами обрадованно заорали:

— Есть живые? То-то смотрим, свет горит...

— Глазастый ты, однако, паря,— сказал Мазур, изъясняясь в классическом стиле кинематографического сибиряка (из фильмов, снятых теми, кто восточнее Уральского хребта в жизни не бывал).— Чего надо?

— Да заблудились, понимаешь,— заторопился визитер.— Летели из Старцево, компас накрылся, а радиомаяк вторую неделю на ремонте. Мы шантарские, санавиация... Документы показать?

Широко распахнув калитку, Мазур вышел наружу и сделал два шага вправо, чтобы не заслонять проем, если укрывшимся внутри вдруг придется работать. Двое нежданных гостей поневоле дернулись следом, летчик то ли и впрямь удивился, то ли весьма натурально сыграл удивление:

— Витальич, глянь — чистый спецназ... Тут что, точка какая-нибудь? Сверху что-то не похоже, сущий княжеский терем...

— Ну, так какие проблемы? — спросил Мазур. Он стоял в свободной, непринужденной позе, держа руки подальше от автомата, прямо-таки провоцируя их на агрессию. Заблудившийся вертолет плюс укрывшаяся на опушке группа неизвестных — чересчур уж странное совпадение...

Летчик откровенно вытянул шею, заглядывая во двор (что, в общем, само по себе ничего еще не значило):

— Витальич, точно, терем-теремок... Случаем, не губернаторский? Ты скажи, если мы вперлись в калашный ряд с нашим-то рылом...

— Да как вам сказать, мужики...— задумчиво протянул Мазур.— С одной стороны, где-то и близко, но если по-честному — то не так уж и похоже...

Он откровенно тянул время. У них нервы тоже не железные...

— Что-то я тебя не пойму, мужик...— простодушно рассмеялся летчик.— Нет, ты скажи, куда мы вперлись.

Врач молчал. Под распахнутым халатом у него было надето просторное распахнутое пальто, и Мазуру не понравилось, что под левой подмышкой оно вроде бы оттопыривается посильнее, чем под правой...

— А что нужно-то, мужики? — спросил он, зевая во весь рот.

— Я ж говорю — определиться. А то и ночь пересидеть. Утром пойдем в Пижман вдоль реки...

«А кто ж тебе мешает в такую ночь вдоль реки тянуть?» — с большим удовольствием спросил бы Мазур, но не хотел их всполошить раньше времени. Поначалу летели на большой высоте, откуда не могли не видеть Шантару-матушку...

— Ночь пересидеть — это, конечно, можно,— протянул он столь же лениво.— Только документики сначала предъявите...

— И переночевать пустишь?

— А чего ж,— сказал Мазур,— если документы в порядке.

— Ну, ты бюрократ...

— Должность такая.

Летчик полез в боковой карман кожанки, где пистолет ни за что бы не уместился. В тот самый миг, когда Мазур уже касался кончиками пальцев какого-то темно-бордового удостоверения, летун как бы ненароком выпустил его, и оно приземлилось под ногами. «Старый финт»,— успел подумать Мазур, старательно нагибаясь — машинально якобы, неповоротливо...

И разогнувшейся пружиной ушел влево, успев в прыжке подшибить ногой молчаливого «доктора», уже почти успевшего выхватить пистолет из-под мышки,— и добавить в падении носком тяжелого ботинка по запястью, так что пистоль полетел в сторону. Летчик, совсем было поверивший, что сумеет огреть Мазура по макушке ребром ладони, застыл в нелепейшей позе, пытаясь сохранить равновесие,— уже нанося удар, вдруг сообразил, что наносит его в пустоту...

Мазур перекатился, вскочил на ноги, сняв с предохранителя автомат, замерев на полусогнутых. Неясностей не осталось, и он громко свистнул. Дверца вертолета распахнулась, звучно шлепнув о выпуклый борт, наружу рванулись темные фигуры — но в трех шагах от Мазура, по ту сторону забора, утробно прошипел гранатомет, из калитки, рассыпая искры, метнулась полоса дыма, распушившимся хвостом зацепив оторопевшего летчика, огненный клубок, вертясь штопором, влепился прямо под высокий двойной винт. В ушах у Мазура еще стояло шипенье «флейты», но его мгновенно перекрыло громыхание взрыва, на месте белого вертолета вспучилось пронзительно-желтое, ослепительное облако, жаркий порыв ветра ударил в забор, в ворота, проявился на миг черный остов фюзеляжа — разорванный, разлохмаченный — нелепым комком отлетела в сторону пылающая фигура и замерла без движения. Высоко взметнувшееся пламя высветило двух замерших незнакомцев — «доктор» успел встать на колени, а оглушенный и ослепленный летчик так и остался скрюченным в три погибели, и короткая очередь из автомата Мазура прошлась по ним, как по мишеням в тире, промахнуться было невозможно, а напортачить — тем более...

Длинная пулеметная очередь раздалась с вышки. Нет нужды возиться с рацией — вышколенный «красный берет» ни за что не открыл бы огонь вопреки приказу, значит, те, с опушки, решились преодолеть открытое пространство лихим марш-броском. Не самое мудрое решение, когда там, куда ты стремишься прорваться с налету, полностью готовы к встрече...

— Смит! — рявкнул Мазур в микрофон, присев на корточки над трупами и в бешеном темпе выворачивая им карманы.— Что там у вас?

— Залегли. Человек десять.

— Отсеките от леса, пусть там и валяются... Что по другим направлениям?

— Все чисто,— короткая пулеметная очередь на миг заставила динамик взорваться диким треском.— Никакого движения, только эти...

— Внимание всем! — позвал Мазур.— Собраться у ворот, уходим! Пленных — с собой.

Ничего интересного в карманах покойников не нашлось. Остатки вертолета все еще жарко пылали, давая достаточно света, чтобы рассмотреть: бордовое удостоверение — пустышка, чистые корочки, ничего нет ни снаружи, ни внутри. Неаккуратная импровизация на ходу...

С равнины послышались автоматные очереди, над головой тонко цвиркнули пули — залегшие на полпути к «Заимке» явно пытались достать пулеметчика, что с их стороны было предприятием если не безнадежным, то уж безусловно утопическим. Пулемет в таких условиях будет господствовать над окружающей местностью, как культурист в палате для дистрофиков...

Мазур невольно поморщился, вновь заслышав беспорядочную автоматную трескотню: автоматы без глушителей, совершенно неграмотная пальба — что за сиволапую деревенщину черт принес?! На мало-мальски серьезных диверсантов это никак не походило — так, самодеятельность, балетный кружок при макаронной фабрике. Только последний идиот решит, будто напугает кого-то хаотичной и непрерывной стрельбой. Руки чесались разобраться с этими дилетантами по всем правилам искусства, но его послали сюда не для показательных выступлений. Отходящий с добычей диверсант — сама деликатность: лишний раз не выстрелит, лишний раз не зарежет, усердно станет притворяться, что его здесь вовсе и нет, ни одна веточка не колыхнется...

ГЛАВА ДВЕНАДЦАТАЯ

ДОЛОГ ПУТЬ ДО ТИППЕРЕРИ, ДОЛОГ ПУТЬ...

Отходили классическим «караколем», видоизмененным приемом стародавних мушкетеров — под прикрытием скупого автоматного огня пулеметчик в темпе спустился с вышки, останавливаясь на каждой площадке и огрызаясь несколькими очередями, чтобы атакующие не решили, будто он там заснул. Потом рванули к лесу — волчьей цепочкой, след в след, держась так, чтобы «Заимка» осталась меж ними и наступающими. Даже если те догадаются после наступившего затишья, что осажденные пустились в бега, все равно не пойдут в атаку в полный рост и с развернутыми знаменами, справедливо опасаясь ловушки. Опасность тут была в другом — вторая группа могла, передвигаясь по опушке, выйти наперехват и встретить огнем.

Однако тайги достигли беспрепятственно, и Мазур окончательно уверился, что столкнулся с дилетантами, обладавшими изрядным аппетитом, но обделенными надлежащим опытом. Это, впрочем, еще не означало, что они — частные лица, отнюдь не означало... Не исключено, что вторжение на «Заимку» стало детонатором, и многие из тех, кто стремился захватить архив, вступили в игру...

Отходили, как и надлежит воспитанным людям, обрабатывая следы антисобачьим аэрозолем и ставя в укромных местах гранаты с проволочными натяжками. Собачьего лая они так ни разу и не услышали, и ни одна оставленная граната не разорвалась в пределах слышимости, но ритуал есть ритуал, и выполнять его следует неукоснительно — заранее не знаешь, когда все это тебе пригодится, а посему отступать от канонов не следует.

Оба пленничка, передвигавшиеся в середине цепочки, со скованными руками и под бдительным присмотром, хлопот, в общем, не доставляли — как-никак Мазур стал злом привычным и конкретным и нынешнее положение никаких недомолвок не таило, а попасть в плен к кому-то другому означало бы столкнуться с полной неясностью насчет будущего и самой жизни... Мазур это понимал так четко, словно читал их мысли.

Едва они углубились в тайгу на пару километров, двигаясь к Шантаре обходным путем, он приостановился, дождавшись, когда поравняется с Полковником, пошел рядом. Спросил:

— Нет соображений, что за народ нагрянул?

— А черт их знает,— пожал тот плечами, старательно уворачиваясь от еловых лап.— В последнее время вокруг зашныряли любопытные личности — охотнички заблудившиеся, туристы...

— И много вы их закопали?

— Сударь мой, мы же не идиоты,— фыркнул тот.— Нельзя, в самом деле, спускать в колодец всех подряд — еще всполошится кто-то и начнет сопоставлять... Хотя, откровенно говоря, одного такого заблудившегося пришлось взять в работу — когда начал махать удостоверением участкового и орать, что обязан тут все осмотреть на предмет выявления самогонных аппаратов. Мы-то знали, что такого участкового в радиусе тысячи верст никогда и не было...

— И что он вам рассказал интересного? — с любопытством спросил Мазур.

— Если бы... Мишаня, дебил, вопреки строжайшему приказу начал поливать из автомата, подшиб его на бегу. Бог ты мой! — вырвалось у него с неприкрытой горечью.— Ведь ясно было, что добром дело не кончится, что мы уже засветились по самое «не могу», пора было эвакуировать все... Нет, этот стратег воображал, что удастся продать кассеты и благополучно смыться...

— У меня такое впечатление, что стенограммы ваших допросов будут читаться, как романы Дюма,— хмыкнул Мазур.— Масса интересного.

— Доживите сначала,— огрызнулся Полковник.— Если охотники начали слетаться, как мухи на падаль, в окрестностях начнется веселье... Вы, как я понимаю, водой приплыли? Будь вы на вертолете, он торчал бы где-нибудь поблизости, тут есть масса подходящих полян.

175

Хорошо же будете выглядеть посреди фарватера — как слон на канате... Подумайте, еще не поздно пристроить кассеты приличным людям...

— Пошел ты,— буркнул Мазур, ускоряя шаг.

...К Шантаре вышли на рассвете, когда на востоке уже появилась над деревьями золотисто-розовая полоска, но над рекой и в тайге там и сям еще стояли мутновато-сизые полосы тумана, накрывавшие приличные пространства. Тишина стояла такая, что жутко становилось. Поневоле поверишь, что вся планета вдруг обезлюдела...

Мазур выслал разведку на вершину заранее присмотренного утеса, вздымавшегося над берегом метрах в четырехстах ниже по течению от того места, где осталась «Жемчужина». Когда двое в лохматых комбинезонах вернулись и доложили, что впереди все чисто, группа перебралась к подножию утеса, где и остановилась. На вершину поднялся лишь «генеральный штаб» — в лице Мазура, майора Прагина и лейтенант-коммандера. Джен, порывавшейся идти с ними, мягко объяснили, что сейчас предстоит решать сугубо тактические задачи по отступлению, не требующие прокурорского надзора.

Они лежали, распластавшись за деревьями, сожалея, что не могут стать плоскими, как блин или рыба камбала, напряженно прильнув к окулярам биноклей.

Пейзаж внизу был — само благолепие. «Жемчужина» стояла на якоре в точности там, где они ее оставили, метрах в ста от берега (ближе из-за малой глубины подойти не удалось), развернутая кормой по течению. Белый кораблик на фоне темно-зеленых елей просматривался отлично. В рубке горел свет, как и следовало ожидать, а окна на обеих палубах оставались темными. Ни единой живой души не видно — опять-таки ничего удивительного, так и уговорено.

Мазур повел биноклем правее, к тому месту, где оставили лодки. Разглядеть их отсюда не удалось бы — старательно запрятали в кустарник, но он какое-то время напрягал глаза, неизвестно на что надеясь, оттягивая момент, когда следовало принять решение. Если все в порядке, минут через десять можно блаженно расслабиться в салоне с баночкой пива в руке. Если обстоит наоборот — ловушка захлопнется в секунду.

Он медлил не из нерешительности, а оттого, что кого-то из группы предстояло послать, при неудачном раскладе, на верную смерть. Не впервые в жизни приходится это делать, все, в том числе и тот, кого посылают, прекрасно знают условия игры, но от этого не легче...

Еще раз обозрел окрестности. Показал лежавшим рядом на скопище елей у самого берега, где деревья стояли особенно густо,— как раз за кустарником, где лежали лодки.

Те молча́ кивнули в знак полного понимания. Идеальное место для засады. Захвати Мазур «Жемчужину» в отсутствие ушедших на задание диверсантов, именно там, в чащобе, расположил бы заслон, чтобы зажать в клещи вернувшихся. Берег слегка приподнят, поставив пулемет или хотя бы пару автоматчиков возле ели, похожей больше на кедр с ливанского флага, влепишь противнику идеальный мат, хороший бредешок получится...

Американец показал большим пальцем на свою рацию. Мотнув головой, Мазур ткнул пальцем назад, указав на подножие утеса, приложил ладони к ушам, повертел головой. Понятливо кивнув, лейтенант-коммандер по-рачьи отполз, оказавшись ниже вершины, поднялся на ноги и, пригнувшись, побежал вниз. Вскоре вернулся в сопровождении радиста. Тот лег на левый бок, принялся доставать из плоского рюкзака свои хитроумные электронные игрушки, упакованные в поролоновые чехлы. Вскоре Мазур остановил его жестом, кивнул на парочку необходимых в данный момент приборов, а остальные столь же безмолвно велел спрятать. Изобразил обоими указательными пальцами возле ушей некие синусоиды.

Радист надел черные наушники, принялся вращать верньеры на квадратной коробке со сложной выдвижной антенной. Все трое наблюдали за ним напряженно и хмуро.

Минуты через три он снял наушники, старательно упрятал прибор в поролон, покачал головой. Что означало тишину в эфире, никаких переговоров на интересовавших их частотах поблизости не велось. Это еще не аргумент, наоборот...

Еще один выразительный жест. Радист вновь надел наушники — но эти были соединены с незатейливым на первый взгляд прибором в виде короткой и толстой черной трубы. Повел ею, целясь на указанный Мазуром участок тайги...

И до того, как он повернул к Мазуру враз напрягшееся лицо, тот уже понял, что дела скверные — имел уже дело с подобными электронными игрушками (впервые примененными еще соотечественниками лейтенант-коммандера во

Вьетнаме) и прекрасно знал, что должно означать мигание зеленой лампочки...

Тут же радист утвердительно кивнул, показал несколько пальцев, поочередно отгибая их от ладони, пожал плечами...

В самом подходящем для засады месте прятались люди — или, по крайней мере, несколько «биологических объектов с массой тела, примерно соответствующей человеческой», как это именовалось бы в описании принципа действия, составленном разработчиками. Увы, прибор, как его ни совершенствуй, более точной информации дать не мог по самой своей природе. Указывал лишь, что означенные объекты там есть, в количестве, определяемом как минимум пятью или шестью. Пенять на него не стоит — информация в данный момент бесценная...

Мазур жестом отправил радиста прочь. Показал сподвижникам два пальца, и они прекрасно поняли смысл последовавшей затем короткой пантомимы... Отполз назад, и все трое стали спускаться к подножию.

Покосившись на американца, Мазур тихо сказал:

— Один ваш, один мой. Расходы пополам... Это справедливо?

— Это справедливо,— повторил тот с застывшим лицом.

Конечно, там, в тайге, не может оказаться роты полного состава. Такая же группа, только составленная из видавших виды волков,— коли уж смогли захватить «Жемчужину», где оставались отнюдь не преподаватели сольфеджио. Мало для облавной охоты, достаточно для профессионально поставленной засады. И все же у группы Мазура были серьезные шансы на победу в схватке — но схватка как раз категорически запрещена...

Проигнорировав вопрошающий взгляд Джен (умная девочка, не могла не почуять неладное, внезапно наступивший сбой в программе), отозвал в сторону Смита и Сидорова, тихонько растолковал задачу. Оба молча кивнули — что тут скажешь? Но в глазах у обоих появилась понятная лишь посвященному горькая о т р е ш е н-
н о с т ь — от всего на свете, кроме предстоящего. Они уже были по другую сторону.

Теперь радист... Мазур с ним особенно не разговаривал, не было нужды, просто бросил:

— Второй вариант.

178

Тот, присев на корточки, нажал кнопку, и рация выбросила упругую кольчатую антенну, крашенную в маскировочные цвета, взметнувшую метелочку из упруго качавшихся стальных проволочек выше голов стоящих.

— Я — Шмель, прием...

Буквально через полминуты он поднял глаза на Мазура. Тот опустился на корточки рядом, взял у него наушники, прижал к уху одну из черных чашечек с мягкой поролоновой прокладкой. Радист прибавил громкости.

Та-там-та-там-та-та-та-пам-пам... На условленной волне играла музыка, печально заливался аккордеон, старательно выводя мелодию «Средь нас был юный барабанщик» — еще до первой мировой войны известную у сентиментальных немцев как старая солдатская песня «Был у меня товарищ». Вертолет должен был прибыть на «вторую точку», вылетев немедленно с получением сего. Значит, появится в распадке часа через два, как раз хватит времени, чтобы добраться туда быстрым шагом, если только по дороге снова не встретится нервный народ, питающий нездоровую страсть к лежащим в рюкзаке Мазура кассетам... Даже если передачу перехватили и запеленговали — плевать, кадриль начнется не сразу, они должны сначала твердо увериться, что Мазур не пойдет на теплоход.

— Подъем,— сказал он, выпрямившись.— Ждите на ногах. Двое — в охранение.

И стал подниматься на вершину в сопровождении лейтенант-коммандера со Смитом. Сидоров уже скрылся в чащобе.

Ждать пришлось минут десять. Мглистый туман понемногу таял, от реки поднимался сырой холодок, и погода, похоже, портилась — с севера наползала серая хмарь, понемногу заволакивая небо. Приблизительно в том месте, где располагались неизвестные биологические объекты, массой тела равные человеку, вдруг резко затрещала сорока — словно бегущий провел палкой по длиннющему штакетнику. Перелетела немного в строну и вновь отчаянно застрекотала — то ли заметила Сидорова, то ли наткнулась на засаду.

Так... Слева в редколесье мелькнуло передвигавшееся бесшумно пятно. Разработчики комбинезонов-лохмашек свой хлеб ели не зря — Мазур прекрасно знал, откуда появится обреченный, но не мог его заметить до самого последнего момента.

Оказавшись почти напротив утеса, Сидоров (в полном соответствии с приказом бежавший, не оглядываясь по сторонам) задержался на миг, озираясь, свернул в кустарник, ловко раздвигая высокие корявые ветки. Что, если там его и возьмут? Нет, сомнительно — один-единственный человек, откровенно спешащий на судно... Пропустят на «Жемчужину», не могут не пропустить...

Пропустили. Сидоров, с автоматом за спиной, показался из кустарника — пятясь, тащил по песку черную резиновую лодку. Столкнул ее на воду, заработал короткими веслами, держась так естественно, что у постороннего наблюдателя не могло возникнуть и тени подозрений. Мазур ощутил комок в горле, глядя, как весла без всплеска погружаются в спокойную серую воду.

Лодка быстро достигла «Жемчужины», прошла вдоль борта и остановилась у вывешенного трапа широких деревянных перекладин, нанизанных на канаты. Примотав к нижней ступеньке конец веревки, Сидоров ловко перепрыгнул на трап и в два прыжка оказался на теплоходе. Постоял несколько секунд — пятнистая, буро-зеленая фигура, вся покрытая обвисшими ленточками-лохмашками, короткий автомат висит глушителем вниз — быстрыми шагами прошел по нижней палубе, распахнул белую дверь и исчез внутри...

Мазур перестал дышать. Секунды тянулись, как геологические периоды, широченная серая Шантара казалась застывшей, как полоса бетона, неумолчное сорочье стрекотание куда-то отодвинулось, пропало, не воспринималось сознанием...

Взрыв! Иллюминаторы поблизости от двери, в которой скрылся человек-приманка, со звоном вылетели спустя миг после того, как озарились изнутри ослепительной вспышкой, наружу метнулась туча осколков, перемешанных с бурым дымом, вода меж теплоходом и берегом вскипела сотней крохотных фонтанчиков, вся подернулась рябью и тут же вновь стала гладкой. Эхо прозрачным комом прокатилось над рекой.

Стиснув зубы, Мазур не отрывал глаз от теплохода. Из двух безобразных дыр с рваными краями, оставшихся на месте иллюминаторов, еще выползали последние струйки дыма, и кто-то страшно закричал внутри — протяжно, воюще, от нестерпимой боли. Подтолкнув локтем Смита, Мазур указал ему вправо — там, шумно продираясь сквозь кустарник, ломили напролом два автоматчика в пятни-

180

стом, в шлемах-сферах, обтянутых маскировочной сеткой и торчащими из ячеек еловыми веточками, бежали прямо к берегу. Остановились над водой, один, судя по жестам, порывался включить рацию, другой, озираясь, его удерживал. Так-то, не выдержали...

Все. Кошке ясно, что напоролись. Мазур положил руку Смиту на плечо, сжал на миг пальцы, тряхнул. Тот кивнул, не отрываясь от пулемета, на ощупь отыскал и придвинул к себе запасные рожки. Он так и не спросил, сколько ему держаться, вообще не спросил ничего — все прекрасно понимал, не зря Мазур уважал этих ребят, даже когда резал их под водой в старые времена...

Всех до единого ему все равно не положить, для души осталась разве что парочка гранат, однотипных с той, у которой успел вырвать чеку Сидоров за миг до того, как его скрутили.

Мазур побежал вниз по склону, лавируя меж деревьев. Рядом, скупо выдыхая, несся американец. Не останавливаясь, они миновали сбившихся в кучку диверсантов. Мазур, повернув голову, распорядился вполголоса:

— Вперед! Аллюр!

...Первую пулеметную очередь, хоть и приглушенную расстоянием, они еще успели услышать.

ГЛАВА ТРИНАДЦАТАЯ

БИЛЕТ В ОДИН КОНЕЦ

Для понимающего человека нет зрелища печальнее и нелепее, чем диверсионная группа, вынужденная метаться меж точками отхода. Все мгновенно летит к черту, когда начинается о х о т а — опасность может нагрянуть со всех трехсот шестидесяти румбов, нельзя быть уверенным ни в чем, весь окружающий мир становится враждебным, враз оборачиваются чужими и земля, и небо... Одно утешает: когда приходится нестись сломя голову, длинными перебежками с коротенькими промежутками на отдых, совершенно нет времени лелеять пессимистические мысли. Некогда думать. Сосредоточься на том, чтобы уберечь глаза от веток, следи, чтобы не подвернуть ногу,— иначе получишь пулю в ухо от своих же — да поглядывай, не появится ли по сторонам или впереди кто-то из комитета по торжественной встрече...

Цепочку возглавлял майор Прагин, временами поднимавший к глазам компас и очередной изыск пытливой конструкторской мысли — графический процессор, черную коробочку размером с большой портсигар, где на экранчике высвечивались нужные маршруты вкупе с привязкой к местности. За такую штучку продали бы душу дьяволу многие путешественники прошлого, она и впрямь была неоценимым помощником, но, увы, не могла показать возможные засады и прочие схожие сюрпризы. И уж тем более — растолковать, какое из звеньев цепочки оказалось слабым.

Именно так. Вполне возможно, Джен не ошиблась ночью, кто-то послал вслед за «Жемчужиной» самолет или вертолет — все равно, это можно объяснить исключительно утечкой информации на каком-то этапе. Они с Глаголевым такой вариант обсуждали заранее, но одно дело — с карандашиком в руках просчитывать версии и варианты и совсем другое — убедиться на опыте, что кто-то из облеченных доверием предал твою группу, как последняя сука, еще на старте... Когда до финала тебе еще далеко.

Майор, Мазур не мог не оценить по достоинству, вел группу великолепно, расчетливо переходя с бега на размашистый шаг, давая передышку именно так, как сделал бы сам каперанг. Все за то, что они достигнут «точки-два» даже раньше расчетного часа,— если бы не собственные слабые звенья...

В первую очередь, конечно, Джен. Девочка спортивная и не дохленькая, старалась изо всех сил, но сразу видно, что ей такие концы давненько не приходилось отмахивать. Автомобиль — бич человечества вообще и Америки в частности. Она держалась, однако все чаще сбивалась с шага, спотыкалась, налетала на бегущего впереди то ли Петрова, то ли Джонса, сорвала на бегу зеленую вязаную шапочку, сунула в карман, обеими руками ослабила у горла завязки комбинезона, что ей не особенно и помогло. Не было времени снимать с нее бушлат и бронежилет, единственное, что смог сделать Мазур,— догнать Иванова, хлопнуть по плечу и показать на девушку. Тот кивнул, подхватил Джен под локоть и целеустремленно повлек, словно опытный «дед» салагу-первогодка, не выдержавшего темпов марш-броска...

Как ни крути, а придется делать незапланированный привал. Обогнав всех и оказавшись рядом с майором, Мазур выдохнул:

— Тормози! На пару минут!

— Вперед! — отмахнулся тот, выпучив дикие глаза.

— Тормози, говорю! Девка сдает! Загоним же!

Бесшумно и яростно прошевелив губами — вслух материться уже не было сил — майор с маху остановился, кругообразно взмахнул правой рукой над головой. Аккуратная цепочка сбилась в кучу. Люди, ловя каждую секунду отдыха, плюхнулись, кто где стоял, но отрешаться от всего сущего не спешили: заглатывая воздух полной грудью, держали автоматы наизготовку, целя в окружающее зеленое безмолвие. Справа вздымалась над тайгой лысая вершина сопки. Майор показал Мазуру зеленую точку на экранчике процессора, потом ткнул пальцем в сопку. Мазур понятливо кивнул — с маршрута не сбились, и то хлеб...

Оглянулся, взял за локоть лейтенант-коммандера:

— Женщин раздевать случалось? Отлично, снимите в темпе с прокурора бушлат и броник, а то не добежит...

У него самого в легких ощутимо покалывали горячие иголочки — не пацан, годы свое берут... Американец сноровисто расстегивал на соотечественнице пуговицы и пряжки, бесцеремонно опрокинув в мох. Она лежала, как кукла безвольная, шумно дыша с закрытыми глазами. «Ну, киса, не посрами Мичиган, если ты и в самом деле оттуда...» — про себя сказал ей Мазур.

Оглянулся на пленных. Полковник, как и следовало ожидать, казался выжатым лимоном — мужик был не хилый, но не могла не взять свое вольготная жизнь на «Заимке» с хорошей жратвой и настоящим заграничным спиртным, пусть даже и перемежавшаяся таежными охотами. И все же помирать пока что не собирался, по потной физиономии видно, хочет еще пожить, пусть в роли перевербованного...

Другое дело — Кузьмич. Он, как и Полковник, пер, конечно, налегке, не обремененный ни оружием, ни снаряжением, в рубахе и знакомом Мазуру по прежней встрече длиннополом сюртуке. Но физиономия исполнилась очень уж нездорового, синюшно-бледного колера, а в пот бросало так, что даже борода промокла и повисла пегими сосульками. Даже на разделявшем их расстоянии Мазур слышал, что поганый старец хрипит, словно запаленная лошадь, становясь все бледнее. А ведь, пожалуй, не дойдет, еще километров семь, не меньше...

Сняв с пояса флягу, Мазур тяжело поднялся, остановился над Джен и, аккуратно наклонив горлышко, пролил ей на лицо тоненький ручеек. Она моментально открыла глаза, села:

— Какого черта, всю косметику...— и старательно принялась промакивать щеки платком.

— Это тест,— с ухмылкой сказал Мазур.— Если в такой ситуации женщина начинает беспокоиться о косметике, значит, умирать не собирается, и можно бежать дальше...

— Ох...— простонала она, падая навзничь.

— Вставай,— безжалостно сказал Мазур.— Пора... Майор!

Цепочка выстроилась в прежнем порядке, но Кузьмич, едва его подняли за скованные сзади руки, осел со стоном, вытянул ноги, прислонившись спиной к стволу и немилосердно пачкая сюртук смолой. Махнув майору, чтобы трогался, Мазур подошел, жестом отослал Петрова, старательно державшего пленника под прицелом, секунду всматривался и властно сказал, уже зная все наперед:

— Встать. Вперед. Прикончу.

Мимо них пробежал рысцой замыкающий. Кузьмич не шелохнулся, молча смотрел на Мазура снизу вверх, и в глазах не было ни страха, ни мольбы — совершеннейшая пустота, ясное осознание финала, не обремененное протестом...

Они еще миг мерились взглядами. Потом Кузьмич, вяло шевеля бледными губами, прошептал:

— Руки хоть развяжи, дай перекреститься...

Вряд ли прижившийся при Прохоре бывший уголовничек играл — помня прошлое, Мазур не сомневался, что это все всерьез, и староверские замашки, и набожность. Возможно, он был верующим с самого детства — ничего удивительного для затерянных в этих местах староверских селений. Вот только времени не было...

Мазур, заведя руку за спину, большим пальцем сдвинул узкий металлический язычок предохранителя. Подобной минуты он ждал много дней, еще с той поры, как оказался на нарах в бараке,— но теперь, когда наступил миг расплаты, ровным счетом ничего не чувствовал. Даже горячей жажды убить. Некогда было чувствовать. Вереница людей в камуфляже уже скрылась из глаз, их еще следовало догонять.

Он лишь сказал негромко, отведя глаза:

— Суди, Господи, не по делам нашим, а по милосердию твоему...

И, одним движением переместив автомат из-за спины, нажал на спуск. Серия приглушенных щелчков. Убедившись, что правки не требуется, Мазур опять забросил автомат за спину и с места взял приличный темп, не оглядываясь.

...Он примерно помнил дорогу, но, полностью положившись на майора, не сразу сообразил, что группа достигла цели. Просто удивился вяло: почему майор вдруг остановил людей, хотя для привала вроде бы рано? Потом сообразил, оглядевшись. С обеих сторон вздымаются густо поросшие сосняком сопки, впереди — узкий, вроде бутылочного горлышка, распадок. Значит, метрах в ста отсюда и стоит неизвестно кем возведенное лет двадцать назад охотничье зимовье, обозначенное на глаголевской карте как та самая «точка-два». Только ли на глаголевской?

Майор вопросительно оглянулся. Мазур сделал ему успокаивавший знак и, демонстративно возясь с тесемками на гульфике, отошел за деревья. Однако, скрывшись с глаз остальных, отнюдь не спешил оросить струей ближайшую сосну — по-воровски оглядываясь, углубился в чащобу еще метров на десять, вытащил из рюкзака упакованные в изоленту пленки и, быстро высмотрев подходящее место, упрятал сверток размером с кирпич под мох, старательно взрезав его ножом. Насыпал сверху высохшей хвои, поводил подошвой, растирая, пока не убедился, что заметить со стороны невозможно. Хорошенько запомнил место, окружающие деревья, неповторимой формы корявый пень. Со спокойной совестью справил малую нужду, следя, чтобы вопреки народной пословице последняя капля не оказалась в штанах, вышел на маршрут и направился к «точке», чувствуя себя чуточку мерзко — потому что приходилось поступать так, словно не доверяешь н и к о м у...

Но ведь нельзя иначе, как ни крути. Когда придет вертолет и там окажется Кацуба — можно будет со спокойной совестью, мысленно извинившись перед спутниками за последний, оговоренный с Глаголевым, финт, вернуться и забрать пленки. Ну, а если согласно их собственной, пакостной теории вероятности, не имеющей ничего общего с той, классической, предателем окажется и Кацуба — тут уж вины Мазура нет никакой. Сделал все, что мог. Останется лишь полагаться на отложенную в особый карман гранату, надеяться, что удастся рвануть кольцо...

Справа по стволу шустро скользнула белка — сверху вниз, мотая пушистым хвостом. Она еще была рыжей, не сменила пока что шубку на серую, зимнюю. На душе у Мазура стало чуть веселее. Он громко хмыкнул, представив, как белка будет писать на мох, под которым покоится бомба, способная сокрушить карьеру будущего вице-президента США, а заодно и полудюжины отечественных сытых хомячков, пресытившихся прежними развлечениями и завороженных будущими возможностями, открывавшимися, если на крючок угодит стремящийся в Овальный кабинет любитель экзотической охоты...

Вышел к избушке. Она была сложена обстоятельно, из толстых бревен, и могла простоять еще лет с полсотни — неизвестные промысловики постарались на совесть. Стекла в небольших окошечках пребывали в неприкосновенности — в последние годы иные скоты без зазрения совести пакостили в охотничьих избушках, вплоть до того, что поджигали их, но сюда, похоже, не добрались. Под сосной рядом с крылечком лежат приспособления для шишкования — огромное сито из железного листа с пробитыми дырочками, толстый колот, огромная скалка. Толстенная колода засыпана грудой свежей шелухи — чешуйки шишек, сбитых явно в этом году. Значит, где-то поблизости хороший кедровник...

Как он и предвидел, никто не пошел в избушку — не стоило лезть в гипотетическую ловушку. Группа расположилась метрах в двадцати от избушки, под могучими соснами. Трое сидели по некоему незримому периметру с автоматами наизготовку, а остальные, за исключением Полковника, которого никто не спешил брать на довольствие, с удовольствием жевали профессиональный деликатес — горький шоколад, прессованный с орехами, растертым в порошок сушеным мясом и еще кое-какими химическими добавками, придававшими бодрости. Джен, впрочем, клевала, как воробышек, не отдышавшись еще после недурного перегона.

Мазур подмигнул ей, остановившись рядом:

— Ну что, это вам не в «кадиллаке» по Бродвею?

Она улыбнулась — слабо, из чистой вежливости:

— Пожалуй...

На ней вновь красовались бронежилет и бушлат, и Мазур, не выдержав, откровенно ухмыльнулся: вообще-то и в отечественной, и в американской армиях сейчас хватает женщин, и в форме они выглядят самыми обычными зольдатиками, не хуже мужиков. Однако помощница прокурора в штатной спецназовской амуниции, хоть убей, казалась стопроцентной голливудской старлеткой (начинающей кинозвездочкой), наряженной для съемок боевика всех времен и народов «Баба-яга в тылу врага». Вот только отчего-то проявляет явственные признаки нервозности — вполне, впрочем, простительной, прокурор как-то привык, что это его боятся все, это именно ему приходится выступать в роли охотника, а не наоборот...

Остальные размеренно жевали с устало-отрешенными лицами опытных солдат, привыкших наслаждаться каждой минуткой отдыха,— и выглядели сейчас столь одинаковыми, что Мазур, не зная заранее, кто родился под сенью родных осин, а кто прибыл из-за океана, ни за что не отличил бы земляков от залетных гастролеров.

Он разорвал пакетик с ломтем обезвоженной ветчины, сухой и легкой, как пробка, налил туда воды из фляги — есть не особенно и хотелось, но все равно следовало набить калориями организм.

— Супермены! — вполне непринужденно позвал Полковник.— Дайте жрать. Женевская конвенция, как-никак, обязывает...

— Освоился, падаль,— проворчал майор Прагин.— Ладно, дайте ему кто-нибудь кусманчик, да не особенно большой — не сват, не брат...

Он задумчиво играл с процессором, вновь и вновь высвечивая на экране точку, где они в данный момент находились. У Мазура в одном из многочисленных карманов лежал такой же, но не было пока случая воспользоваться. Равнодушно откусывая от набухшего и ставшего мягким куска ветчины, он достал другой рукой маленький радиоприемник (чьи миниатюрные размеры вовсе не означали примитивности), нажал кнопку автонастройки. Из динамика неслись лишь шорохи и треск — никаких радиопереговоров поблизости. Потом послышался треск погромче, словно с размаху разодрали кусок ситца. И снова.

Мазур взглянул на небо, на тот крохотный кусочек, что был доступен взору меж густыми кронами. Все уже затянуто серым — совсем недалеко сверкают молнии, пожалуй, гроза скоро докатится и сюда. Беспокойно покосился на часы — пора бы, пора...

— Отличная погода надвигается, а? — тихо спросил майор.— Какое серьезное прочесывание в ливень...

— А летчик у вас хороший? — спросил Мазур.— Вертушке в такую погоду тоже неуютно...

— Дерьма не держим.

— Вы и на «Жемчужине» дерьма не держали...— увидев, как исказилось лицо майора, он мысленно выругал себя.— Извини...

— Ладно. Хочешь идиотскую версию? Насчет теплохода?

— Ну?

— Если уж впадать в манию преследования...— сказал майор.— Они вполне могли прятаться где-то на судне.

— Что, втайне от команды?!

— Если предположить сообщника из числа команды — не столь уж и нереально,— сказал майор.— Там в корме есть небольшой грузовой трюм, он пустует... пустовал. И две трети кают были заперты. Для битых волков просидеть сутки, как мыши,— ничего невозможного.

— Но должны же были проверить?

— Я говорю — при наличии сообщника в команде, и не из рядовых...

— Я смотрю, у вас, сухопутных, порядок в хозяйстве стоит образцовый...— усмехнулся Мазур.

На сей раз майор не обиделся — осклабился еще шире:

— А чей это контрразведчик, лицо, приближенное к адмиралу, оказался подсадкой «соседей»?

— Тут ты меня подсидел,— сказал Мазур преувеличенно душевно.— Тут мне крыть нечем... Опознавательные знаки у вертушки какие?

— Бортовой номер — триста пятнадцать,— сказал майор.— И синяя ракета при подлете.

— Все верно...— Мазур дожевал ветчину и по накрепко вбитой привычке старательно поджег пакетик зажигалкой.— Инструкции у нас одинаковые... А дождика все нет, я смотрю... стоп, куда это наша дева?

Майор обернулся в ту сторону. Джен, непринужденно помахивая длиннющей полосой зеленой туалетной бумаги — с собой привезли, аккуратисты — направлялась вверх и наискось по склону, явно намереваясь перевалить за гребень.

188

— Покакать пошла,— сказал майор.— От переживаний. Эй, ты что?

— Извращенец я,— сказал Мазур, уже стоя на ногах.— Грех такой... А вы сидите, как сидели...

Он бесшумно скользил меж деревьями, так, чтобы лечь на параллельный курс, не упуская девушку из виду. Сам плохо понимал, что его вдруг встревожило. До сих пор она, когда подпирала необходимость, устраивалась по нужде не на виду, конечно, но и не отдаляясь особенно, западные люди меньше комплексуют, когда речь идет о потребностях, не зря поименованных естественными. Скрылась с глаз — и ладненько. А сейчас вдруг решила пуститься в долгое странствие — они уже отдалились от места привала метров на пятьдесят, для чащобы это изрядное расстояние. Хотя гораздо ближе имелось вполне подходящее местечко, заросли багульника, где не заметишь и слона, если он решит уединиться с рулоном туалетной бумаги в хоботе. Она шагала ч е р е с ч у р уж непринужденно, вот что. Переигрывала малость. Он, конечно, мог и ошибаться,— но в этом случае ничего страшного не произойдет, тихонечко ретируется задним ходом, и вся недолга, а что там будет думать майор, никого не волнует...

Оглянулась, но Мазур беззвучно прянул за дерево. Ну, похоже, окончательно уверилась, что осталась в одиночестве.

И небрежно отшвырнула бумагу, повисшую на кустике. Полезла под комбинезон, на ходу вытащила узкую длинную коробочку, схожую по габаритам с рацией, зашарила взглядом по кронам — ну точно, ищет подходящее местечко... Они были уже по другую сторону сопки, перевалив ее неподалеку от подножия, теперь, даже если говорить нормальным голосом, на бивуаке не услышат — разве что, если заорешь...

Мазур торопливо вытащил приемник. Джен обеими руками подняла коробочку, словно целясь в вершину — и из коробочки выстрелила вверх тонюсенькая, едва заметная зеленая жилочка, взметнулась метров на десять, ее конец лег на пышную ветку. «Ну, эти штучки мы знаем,— подумал Мазур, заняв удобную позицию метрах в пятнадцати от стоявшей к нему спиной девушки.— Передача на спутник связи, их сейчас кружит столько, что и концов не найдешь, сателлит может быть совершенно посторонним, принадлежать людям, которые и понятия не имеют, что за заказчики откупили у них канал-другой...»

Прижал к уху приемник. Меж отзвуками далеких молний четко прорвался голос:

— «Гамма-Танго», «Гамма-Танго», я — Русалка. Дядя приехал в Нантакет, дядя приехал в Нантакет...

«С-сучка»,— невольно ругнулся Мазур. Ясно же было сказано, полная тишина в эфире, вертолет уже на подлете, вдали определенно слышится знакомое стрекотание — но все равно, подставляет всех, паршивка, мало ли кто может перехватить произнесенные на чистейшем американском диалекте английской мовы донесения...

Впрочем, она выгодно отличалась от большинства женщин, привыкших висеть на телефоне часами. Еще несколько раз повторила радостное известие про дядю, наконец-то нагрянувшего в Нантакет, и, не дожидаясь ответа, выключила рацию, стояла, осторожно подергивая антенну. Шум вертолета приближался. Мазур терпеливо ждал. Видимо, неведомый абонент, с которым она связывалась, держал свою бандуру на круглосуточном приеме — оттого так быстро и управилась. Но что это должно означать? Ну никак не могут они прислать сюда потаенно с в о ю группу захвата, даже в нынешние идиотские времена поджилки слабоваты для подобного финта...

«Вертолет идет на приличной высоте,— мельком отметил Мазур.— Глуповато, следовало бы на бреющем, черт этих сухопутчиков поймет... Минут через пять будет здесь».

Он вышел из-за сосны навстречу Джен и, обаятельно улыбаясь, спросил:

— Чей дядя-то, Русалка?

Револьвер она выхватила из кармана чисто автоматически, но Мазур, не обинуясь, поймал ее запястье на примитивный «катет, катет», слегка крутанул, подхватил на лету тяжелую игрушечку и переправил себе в карман. Отступил на шаг, оглядел девушку с ног до головы, хмыкнул:

— Последние желания есть?

Пожалуй, он переиграл со своими шуточками. А может, она в панике решила, что коварные русские медведи по всегдашнему своему обыкновению строили козни, и сейчас ее соотечественников тихонько режут. Бросилась на Мазура, как распрямившаяся пружина, в самом пошлом стиле гонконгских боевиков пытаясь достать его ногой по буйной головушке.

Не достала, конечно. Он из чистого любопытства поиграл с нею секунд тридцать, перемещаясь на поляне и работая в активной обороне — хотелось посмотреть, чему ее за океаном учили. Девочка с упрямством, которое Мазур в ней давно подметил, крутилась, как юла, дрыгая ручонками-ножонками, и получалось у нее плохо — в бушлате, бронежилете, комбинезоне с теплой подкладкой и высоких армейских ботинках класса не покажешь, это тебе не в невесомом кимоно порхать по залу...

Довольно скоро он понял, что девочке кто-то старательный и небесталанный прилично поставил курс каратэ с добавками из пары-тройки других зубодробительных дисциплин — но это не армия, ручаться можно, о с о б о серьезной школой и не пахнет... Ему стало скучно, пора было кончать, чтобы успеть приглядеться к вертолету.

Поймал Джен за кисть во время ее выхода из очередного головокружительного пируэта, умело скрутил, большим пальцем весьма невежливо влепил под горло — от этого еще никто не умирал, а вот двигательной активности на пару минут поубавится... Когда она согнулась, судорожно пытаясь ухватить хоть глоточек воздуха, прижав руки к горлу, Мазур ухватил ее за запястья, быстренько обмотал их веревкой — у него на поясе висел приличный моток, вещь в хозяйстве нужная,— свободный конец привязал к тонкой сосенке. Выхватил у нее из кармана рацию и, не раздумывая, грохнул о дерево потолще. Хваленая американская техника оказалась не на высоте — только осколочки полетели. Быстро огляделся, нашел подходящий наблюдательный пункт, задрал голову. Джен застонала, подняла голову.

— Сидеть тихо! — страшным шепотом рыкнул Мазур, глядя в небо.

Сверху вниз по отлогой дуге пошла синяя ракета, ярко светившаяся на фоне низких серых облаков, так пока что и не разразившихся дождем. Вертолет, закладывая вираж, снизился метров до двухсот — темно-зеленый Ка-33 той модели, что применяется в противолодочной авиации и морской пехоте, только этот был без носового гидролокатора, на суше совершенно бесполезного. Бортовой номер «триста пятнадцать», двойной винт, знакомая машина, на которой ему пришлось полетать даже больше, чем поездить в такси. Вот только по сторонам кабины висят обтекаемые топливные баки неизвестного образца, раньше таких что-то не приходилось видеть...

Вертолет резко пошел вверх и вперед, и за секунду до того, как склон сопки заслонил его от Мазура, каперанг еще успел заметить — правый топливный бак отделился от борта, по инерции немного пролетел вперед, прежде чем перейти в пике...

Наверное, его заставил в броске кинуться наземь тот же звериный инстинкт, выручавший не единожды. Умом он понимал, что с вертолета заметить его невозможно, но тело само сработало, он упал, перекатился, прижав к земле Джен, а из подсознания уже рванулся немой крик: «БОМБА!»

Веки сами сомкнулись от нестерпимого грохота, сотрясшего землю. Показалось на миг, что сопка валится на голову, сквозь толщу горы явственно передалось сотрясение, отзвук тугой и мощной взрывной волны, рвавшейся наружу из узкого распадка. И тут же все повторилось, грохот, сотрясение, жаркая волна, пронесшаяся высоко над головой. Сверху посыпался какой-то мусор, колючий и обильный.

Он чувствовал, как Джен колотит крупной судорогой, как она пытается вжаться в землю — бывали под бомбежкой, знаем... Осторожно открыв глаза, Мазур попытался определиться в мире, в который раз обернувшемся враждебным. Казалось, он оглох. Ни звука не долетает снаружи.

Он еще долго лежал, боясь пошевелиться, не зная, где сейчас кружит вертолет. Затыльник автоматного приклада больно давил на ребра — автомат оказался под Мазуром. Насколько он мог рассмотреть из своей неудобной позиции, меж стволов вдалеке клубился тяжелый дым неопределенного цвета. Медленно возвращался слух, перепонки целы — он уже слышал, как рокочут вертолетные лопасти в вышине, как жалобно стонет Джен, скорее уж, поскуливает по-щенячьи. Мыслей в голове не было никаких. Потому что все ясно и так. Кто-то продал — и совершенно неважно теперь, был ли вертолет подлинным или противник прислал свой, ухитрившись где-то подтормозить настоящий. Продал кто-то, стоявший весьма высоко. Точнее, очень близко к «варягу»... или?

Если это Глаголев, проще уж стреляться сразу — или подождать? Не будем спешить, знаете ли, пленки пригодятся и родным адмиралам... пленки!

Он лежал, как на угольях, время от времени кося на часы, не шевелясь, отвлекшись лишь раз, чтобы закатить Джен парочку звонких оплеух, испытанного средства от истерики, сработавшего и на сей раз. Унялась, только тихонько похныкивала, но это уже была малозначительная лирика.

Старательно выждав четверть часа и убедившись, что вертолет улетел. Мазур поднялся на ноги, отряхнул с себя сухие иглы. Джен простонала что-то насчет того, что ее следует развязать...

— Сиди, стервочка, набирайся ума...— сказал Мазур сквозь зубы, не глядя на нее.

Пригибаясь, выставив автомат, двинулся к гребню. Впереди еще тяжело колыхалась пыль, медленно оседая, тянуло острым запахом горелого — спаленной смолы, щепы, еще чего-то, скорее синтетического. Открытого огня он нигде пока что не заметил — и это напоминало что-то знакомое, пусть теоретически...

Впереди лежали поваленные деревья — а ведь совершенно не слышал треска, когда они рушились...

Мазур перевалил гребень — и оказался на иной планете, чужой, враждебной.

Распадка было не узнать. Никаких прежних ориентиров, только крутые склоны остались прежними, но повсюду — поваленный лес, а те деревья, что уцелели, покосились все до единого, чернеют гротескными телеграфными столбами. И склоны, и распадок покрылись слоем серочерного пепла, от которого там и сям лениво поднимались струйки дыма. И — никакого пожара. Сухой термический удар, превративший распадок в мертвую зону, черно-серое кладбище для людей и деревьев...

На месте зимовья — куча опаленных бревен. Мазур прошел еще метров пятьдесят, невольно замедляя шаг. У него не хватило духу приблизиться вплотную, не хватило, и все тут. То, что лежало на месте бивуака, напоминало даже не трупы, а грубые заготовки для манекенов, абстрактные скульптуры, сложенные из головешек. Видимо, тут вдобавок ко всему рванул весь их боезапас, патроны и гранаты, в одну секунду. Не было смерти. Только черносерые нелепые куклы, имевшие отдаленное сходство с человеческими фигурами,— и то не все...

«Вакуумные бомбы средней мощности»,— трезво, отстраненно подумал он. «Сухой» взрыв, в мгновение выжегший весь кислород, испепеливший и человеческую плоть, и деревья. Работал кто-то решительный, с немалой властью, такие бомбы — это вам не гранаты, которыми без хлопот может затариться даже энергичный прапорщик, но и не ядерные заряды, конечно. В пределах возможностей среднего генерала.

Голова все еще была совершенно пустая. В коленках появилась легонькая пакостная дрожь: он отчетливо представил, что обязан жизнью чистой случайности, которой не в силах предусмотреть лучший стратег. Случайности... и, косвенным образом, этой паршивке, собравшейся поболтать по спутниковой связи с неведомыми друзьями.

Нельзя сказать, что сей факт моментально переполнил его сердце жаркой благодарностью к Джен. Не было времени на лирику, да и желания всплакнуть у нее на груди крупными слезами благодарности не было никакого. Желание имелось одно — побыстрее убираться отсюда...

Он побежал к выходу из распадка, с радостью углядев, что взрыв туда не распространился. Перепрыгивая через поваленные стволы, ломясь по дымящемуся пеплу, выскочил к нормальной земле, к нормальным, не поувеченным соснам. Тишина стояла, словно где-нибудь на Памире: лесные обитатели еще долго будут приходить в себя после таких событий...

Быстро отыскал импровизированный тайник, кинул в рюкзак синий пакет и в том же темпе кинулся назад. Вряд ли с вертолета высадят десант — но все равно, нужно хватать мешки, вокзал отходит...

Джен пришла в себя — настолько, что уже сидела на корточках и увлеченно, яростно пыталась распутать зубами веревку на запястьях, столь всецело предавшись этому сложному занятию, что приближения Мазура не услышала вовсе. Мазур легонько тронул ее тугое бедро носком ботинка. Она вскинула голову — в глазах стоял такой страх и злость, что Мазуру, говоря откровенно, на миг захотелось попросту пристрелить напарницу во избежание новых жизненных сложностей. Но, к чести российских морских офицеров, идея эта тут же улетучилась, не получив дальнейшего развития.

— Брось,— сказал Мазур.— Все равно не получится. Те еще узелки.

— Руки же затекут...

— Не беспокойся,— сказал Мазур неласково.— Узлы хитрые, не сдавливают...— он отвязал второй конец веревки от сосенки.— Вставай, Русалка, и побежали...

— Но...

194

— ...тебя во все дырки! — рявкнул он, теряя терпение.— Они погибли, тебе ясно? Наши, ваши, все до одного.

— Значит, вертолет...

— Умница,— сказал Мазур нетерпеливо.— Золотая голова. Вертолет швырнул бомбу... Ходу!

Дернул за веревку. Ей поневоле пришлось вскочить. Глянув на компас и прикинув хрен к носу, Мазур размашистым шагом направился на северо-северо-восток, крепко зажав в левой руке конец веревки. Помощница прокурора — или кто она там — тащилась следом, ругаясь под нос, иные из этих словечек, как помнил Мазур, произнесенные на улице вслух, в добром десятке штатов привели бы прямехонько к судье и денежному штрафу.

— Ну хватит! — взмолилась она наконец.— Идиотство какое-то, я же тебе не корова... Развяжи руки, упаду!

— Ладно,— сказал он, на ходу вынимая нож.— Только предупреждаю сразу: при малейшей попытке взбрыкнуть пристукну сразу.

Разрезал веревку и старательно спрятал ее в карман, чтобы не оставить ни малейшего следа. Дернул подбородком:

— Шагай вперед, и в темпе, подруга, в темпе...

— Куда мы идем?

— В пространство,— сказал Мазур (к сожалению, по-английски это звучало гораздо суше, без всяких шутливых подтекстов).

— А точнее?

— Заткнись.

— В чем я виновата?

— Заткнись, говорю! — прорычал он.— Потом поговорим, это я тебе гарантирую...

Она умолкла. Мазур решил, что пришла пора испробовать процессор в действии, повозился с ним немного и пришел к выводу, что следует отклониться чуть восточнее. Прием был старый, но столько раз срабатывал в прошлом, учитывая инерцию человеческого мышления, что мог сойти и на сей раз. Темнее всего — под пламенем свечи. И те, кто хочет уничтожить кассеты вместе со свидетелями, и те, кто мечтает кассеты захватить, вряд ли быстро свыкнутся с мыслью, что беглецы возвращаются к «Заимке»... Здесь, правда, куча нюансов: невозможно узнать, кто считает всех членов группы мертвыми, а кто пока еще полагает диверсантов живыми. Действия противника предугадать совершенно невозможно. Люди с вертолета, правда, уверены, что погибли все — но ведь неизвестно в точности, сколько высоких недоговорившихся сторон заняты охотой, черт, ничего толком и не вычислишь...

В совершеннейшем молчании они прошагали километров восемь. Мазур угрюмо констатировал, что ситуация предельно идиотская. Прежде всего, они оснащены едва ли не лучше, чем экспедиция Стэнли, отправившегося на поиски Ливингстона в африканские дебри. Есть отличная прочная одежда, в которой не замерзнешь и холодной сентябрьской ночью. Бронежилеты, компас, безотказный процессор, автомат и два пистолета с солидным запасом патронов — плюс две осколочных гранаты и одна «Заря». Невероятно питательный сухой паек, которого при разумной экономии хватит недели на две. Фляжка спирта. Документы. Приемник, позволяющий моментально засечь радиопереговоры в опасной близости. Бинокль. Универсальный нож диверсанта, пусть и не из тех, стреляющих, но в хозяйстве весьма полезный. Сигарет, правда, мало, а денег нет ни рубля, но все равно, на судьбу плакаться грех — пещера Аладдина, Голконда...

Это в активе. К сожалению, пассив, если и не превращает тебя в банкрота, оптимизма тоже не прибавляет. Даже если допустить, что «точка три» не засвечена (а знают о ней лишь Глаголев и Кацуба), достигнув ее, сделаешь даже не полдела — так, четвертушечку. Насколько трудно, почти невероятно будет сцапать в тайге двух человек, настолько легко установить плотный бредень в обитаемых местах. Вот там-то «соседи» — на своем поле, во всеоружии, при всех богатых возможностях. Прием памятен по первому разу (да и по богатому прошлому опыту): ничего не подозревающая милиция получит ориентировку на двух особо опасных рецидивистов, которые украли ядерную боеголовку с затерянной в тайге ракетной базы и волокут ее в рюкзаке к китайской границе, чтобы толкнуть за потвердевшие юани. Что-нибудь вроде. С напором на невероятную опасность для общества и разрешением применять оружие на поражение, едва объекты появятся в прорези прицела...

И вдобавок — заокеанская помощница прокурора на шее.

— Ты и в самом деле по-русски не понимаешь? — спросил он, не замедляя шага.

— Только «перьестройка» и «Горбачев»,— откликнулась она, чуть-чуть повеселев.— И «водка», конечно...

196

— Водка — еще куда ни шло,— сказал Мазур.— А вот с остальными словечками толку не будет, еще и по шее дадут. В солидных словарях в таких случаях к слову непременно добавляют пометочку «устаревшее»... Ладно, могло быть хуже. Могли и негритянку прислать, вот тогда бы я извертелся...

— «Негритянка» — слово, которое считается расистским,— сухо сообщила она.— Нужно говорить — «черная». Или...

— «Афроамериканка»,— отмахнулся Мазур.— Законница, тоже мне... Покажи-ка, что там за паспорт прикрытия тебе дали. Генерал говорил, дали, как и всем...

Она, поколебавшись, полезла во внутренний карман. На ходу Мазур расстегнул нейлоновый чехольчик, вытащил родную краснокожую паспортину — которую, как ни шумели, все еще не заменили новомодными удостоверениями личности с двуглавым орёликом. Ну надо же — Дженнифер Сергеевна Чермак, российская гражданка, получившая сие высокое звание каких-то полгода назад...

— Ну, и как все это замотивировано? — поинтересовался он, возвращая ксиву.

— Отец — эмигрант из России,— сообщила она.— Мать — гражданка США. Они погибли в прошлом году, и я, прельщенная рассказами отца о загадочной России, решила вернуться на землю предков. У матери были влиятельные друзья в госдепе, они помогли все уладить. Это в а ш и смастерили. В Москве есть люди, способные подтвердить легенду, опять-таки ваши...

— Приятно слышать,— сказал Мазур.— Ладно, это все же хуже, чем ничего. На обитателей провинции, вплоть до наших захолустных шерифов, действовать будет убойно. Если только доберемся до людей, которые вздумают честно проверять твои показания...

Прикинув пройденное расстояние, посмотрел на небо — сплошь затянуто серым, но дождя до сих пор не пролилось ни капли. Ну ладно, время терпит. К тому же забрезжила идея, не столь уж и нахальная...

— Притормози, Дженнифер Сергеевна,— сказал он, останавливаясь и отхватывая ножом кусок веревки.— Небольшой привал...

Она моментально, с блаженным вздохом опустилась под дерево.

— Не спеши,— сказал Мазур, сняв рюкзак и автомат.— Сначала разденься.

— Что-о?!

— Сними бронежилет и бушлат. Остальное не обязательно. Мне не до секса.

— Ты...— она замолчала, когда дуло пистолета уперлось в висок.

— Живо,— сказал Мазур.— Иначе перережу поджилки и брошу здесь, в тайге. Ну!

Вполне возможно, имей она дело с соотечественником на территории родной державы, побрыкалась бы. Но Мазур рассчитывал на то, что эта прелестная головка в должной мере набита штампами насчет русских медведей. И угадал правильно — она, более не прекословя, косясь на пистолет с неприкрытым страхом, быстренько скинула, что следовало. Мазур, связав ей руки за спиной, привязал к дереву, предупредил:

— Если вздумаешь мне куда-нибудь влепить коленкой, так и брошу, привязанной... Стой смирно. Пора и обыскать...

Развязал на ее комбинезоне все завязки, расстегнул пряжки и пуговицы, обшарил самым тщательным образом — увы, из-за сугубо профессионального характера этой процедуры не испытав и тени эротического возбуждения, хотя тело под тонким шерстяным бельем было роскошное. Она изменила тактику — стояла, гордо выпрямив голову, закусив нижнюю губу, глядя сквозь Мазура презрительным взглядом.

— Ну, это нам знакомо,— хмыкнул он, сноровисто оглаживая и охлопывая.— Принцесса в лапах у пиратов...

Трофеев было немного — довольно длинный нож-выкидушка, десятка два патронов к револьверу, футлярчик с приспособлениями для чистки и смазки оружия, косметичка, батарейки к рации. Косметичку Мазур положил назад, батарейки выкинул за ненадобностью, зарыв в мох, патроны и футляр переправил к себе в рюкзак, а ножом тут же подпорол подозрительный шов изнутри комбинезона, зашитый совершенно не теми нитками, что все прочие.

Задумчиво поскреб в затылке, изучая извлеченную оттуда полоску шелка. Код из семи цифр и четырех латинских букв, в правом углу — отштампованный черной краской контур бизона с девятилучевой звездой внутри. Посмотрел на просвет, но ничего больше не обнаружил.

— Это что? — спросил он.

Джен молчала с брезгливо-непроницаемым лицом вирджинской барышни прошлого столетия, вдруг услышавшей от своего кучера-негра предложение выйти за него замуж. Мазур щелкнул зажигалкой и поднес пламя к уголку полоски. Джен выдержала марку до конца, молча смотрела, как догорел клочок шелка.

— Что-то все это не похоже на оснащение прокурорского офиса,— сказал он.— Скорее уж на удостоверение шпиона... Детка, ты не из ЦРУ? Дело житейское, чего уж там...

Она еще сильнее прикусила губу, глядя в неизвестные дали.

— Ну пойми ты,— сказал Мазур.— Я с тобой могу сделать, что душе угодно. Могу оставить вот так, а могу и просто бросить. Дать по голове и уйти, выбирайся потом...

— Ну делай, делай, скотина!— надрывно вскрикнула она.

Мазур подошел, вплотную, пригляделся. Накопившиеся в глазах слезы поползли на щеки — и страшно ей было, и держалась из последних сил... Одна беда: что бы она ему ни сказала, в чем бы ни призналась, проверить это невозможно. А пытать ее не станешь — не из гуманизма, а оттого, что просто-напросто некогда... Дурацкое положение.

— Ну ладно,— махнул он рукой, отвязывая девушку от дерева.— Сама уж застегнись, не нянька...

— Скотина,— бросила она самую чуточку ласковее, но все равно предельно ледяным тоном.

— Работа такая,— отмахнулся Мазур.— Слушай внимательно. Давай определим наши отношения всерьез и надолго. Я тебе нисколечко не верю...

— А в чем, интересно, ты меня подозреваешь? — огрызнулась Джен, возясь с многочисленными застежками.

— В том, что никакая ты не помощница прокурора.

— И что?

— А сам не знаю,— признался Мазур.— Подозрительно просто.

— Что именно? То, что я постаралась обеспечить независимый канал связи с боссом? Согласна, в данных условиях это вполне естественное желание оч-чень подозрительно... Ты бы на моем месте не сунул в карман украдкой спутниковый телефон?

— Ну хватит, мы не в суде, так что обойдемся без прений сторон... В общем, я тебе не доверяю из профессиональной подозрительности. Это аргумент?

— Это, конечно, аргумент...

— Осмелела?

— Ты меня не убьешь,— покачала она головой и даже улыбнулась вполне спокойно.— Ты же должен меня вытащить отсюда, как старший группы, офицер...

— И вытащу,— сказал Мазур.— Так вот, в тайге я тебя нисколечко не опасаюсь. И вряд ли ты против меня чтонибудь предпримешь, пока мы в дебрях. Но потом, когда достигнем более-менее обитаемых мест — тут я загадывать не берусь. А потому душевно тебя прошу: шагай по струночке, все приказы выполняй в темпе и безукоризненно...

— Есть, сэр! — она отдала честь на американский манер.— Может, в таком случае вернете оружие, сэр?

— Перебьешься,— сказал Мазур решительно.— Так оно спокойнее как-то... И предупреждаю, веди себя паинькой, не надо мое душевное благородство переоценивать...

ГЛАВА ЧЕТЫРНАДЦАТАЯ

ЗМЕИ ПОДКОЛОДНЫЕ

Серое небо кое-где было запятнано почти черными облаками — грузными, набухшими дождем, но они быстро уплывали на юг, словно задались целью непременно добраться до Шантарска со всеми запасами воды. Лишь пару раз с небес сыпался косой ливень и быстро прекращался, даже не успев промочить их шерстяные шапочки. Джен сначала упрямо требовала назад свой револьвер, но после второго отказа надоедать перестала. По всему видно: то, что Мазур не стал ни убивать ее, ни пытать, придало девчонке смелости и непринужденности, она даже пыталась, требуя признать ее равноправным партнером, давать советы и предлагать свои варианты отступления — вроде идейки добраться до ближайшего шерифа, то есть его местного аналога, и отдаться под его защиту. Поскольку предложено это было со всей серьезностью, Мазур лишний раз убедился, что его напарница не из ЦРУ: там все же сидят подкованные ребята, натасканные в российских реалиях. Ради интереса — все равно дорога была монотонной, без всяких опасностей на пути — он пытался угадать, что за контора могла подставить ему это очаровательное создание (в версию с окружным прокурором как-то интуитивно теперь не верилось). Увы, ничего не получалось, очень уж велик разброс: от частной сыскной фирмы (нанятой, скажем, конкурентом-политиком), до Общества охраны прав потребителей. В конце концов, был случай, когда одна крупная компания послала в Африку промышленных шпионов, чтобы те подорвали железнодорожный мост — на магистрали, по которой конкуренты вывозили медную руду. Шпионы бездарно провалились из-за бдительности местной вохры, тамошние ребята из контрразведки, навострившиеся было сшить дело о происках ЦРУ в молодом независимом государстве, уже вертели дырки для орденов, но диверсанты, оскорбившиеся попыткой припаять им политику, громогласно вопили, что они не какие-то там рыцари плаща и кинжала, а честные промышленные шпионы, что и смогли надлежащим образом доказать. Их, правда, все равно посадили, но все-таки не в качестве агентов ЦРУ — а это, что ни говори, плюс, срока не те...

— Куда мы идем? — поинтересовалась напарница в десятый раз.

Мазур и ухом не повел — шагал, словно заводной солдатик, демонстративно напевая под нос:

> Тело Джона Брауна покоится в земле,
> Дух Джона Брауна шагает по земле...*

— Мы же идем на север! Солнце слева, это же аксиома...

— Ну вот, а говоришь, давно забыла бойскаутские времена...— хохотнул Мазур.

— Я серьезно.

— Когда придем, увидишь.

— Но я имею право узнать... В Штатах тебя запросто можно было бы привлечь к суду. Дискриминация женщин. Ты меня поставил в подчиненное положение...

Мазур приостановился, оглянулся — она нисколечко не шутила. Послал бог подарочек...

— Ты эти феминистские штучки брось,— сказал он решительно.— В подчиненное положение попала не по причине пола, а оттого, что в любой группе есть начальник и подчиненный. Даже когда боевых единиц всего две. Уяснила? Потом пожалуешься своему прокурору, если выпа-

---

* Песня, сложенная сторонниками отмены рабства в США. Во время Гражданской войны получила большое распространение в войсках северян.

дет случай,— или кому там надлежит жаловаться согласно субординации...

Остановился, достал процессор. Втянул ноздрями про-
хладный, насыщенный сырой свежестью воздух. До цели
было еще довольно далеко — но запах гари ощущался явственно, резкий, принесенный северным ветерком. Джен
тоже наморщила нос:

— Пожар?

— Только не лесной, мисс Чингачгук,— сказал Мазур.— Это совсем по-другому выглядит, я-то знаю...

И вновь двинулся вперед, старательно принюхива-
ясь,— нет, никак не похоже на лесной пожар, дыма не видно. Неведомые соперники похозяйничали на «Заимке»?

— И все-таки, куда мы идем?

— Ладно,— сказал Мазур.— Коли уж связал нас черт с
тобой веревочкой одной... Возвращаемся в сказочный городок, вот и все секреты.

— Хочешь там пересидеть?

— Не совсем,— сказал Мазур.— Ты не забыла, что там
стоит целехонький вертолет? У вертолетов есть одно не-
сомненное достоинство: ключей зажигания, которых держат отдельно, как-то не предусмотрено... Конечно, его за
это время, пока мы бегали по тайге, могли и испортить,
но попробовать стоит. Грех не использовать такой шанс.

— А ты сможешь?!

— Смогу,— скромно сказал Мазур.— Высшего пило-
тажа не гарантирую, но в воздухе как-нибудь удержусь.
Учили...

Он не врал — учили всякому. Лет восемь назад в узких
кругах был широко известен казус на стальной магистрали, из-за которого у подполковника серьезного рода войск
слетела одна звездочка. Подполковник, будучи в легком
подпитии, изрядно оскорбился, узнав, что ему из-за отсут-
ствия билетов придется торчать на вокзале сутки: стоял
курортный сезон, а денег на взятку у поистратившегося в
отпуске орла уже не осталось. Конечно, он при своей выучке легко мог бы прыгнуть на подножку тронувшегося
поезда на бегу и зайцем устроиться на крыше — но посчитал такой вариант унизительным для русского офицера и
выбрал более комфортный вариант. Преспокойно поднялся в кабину электровоза, довольно корректно вышвырнул
оттуда машиниста с помощником, отцепил электровоз от
состава и преспокойно, с ветерком помчал к родному городу — и остановился лишь через девяносто километров,

когда выехал на большую сортировочную станцию и, запутавшись в рельсовых путях, заехал в тупик...

...Когда до «Заимки» осталось совсем немного, стало ясно, что горит именно там. Горело, вернее. Дым уже почти рассеялся — и Мазур, залегши с биноклем на опушке, увидел унылую картину почти полного разрушения.

Главный терем исчез. Вместо него красовалось пожарище — кое-где сплошные кучи обугленных бревен, кое-где еще сохранились уродливые контуры прежних залов, переходов, балконов. Купола рухнули, позолоченных двуглавых орлов не видно. Остальные строения уцелели... но на глазах Мазура вдруг взлетело высокое, прозрачно-золотистое пламя, мгновенно охватившее церквушку, поднялось выше раскольничьего креста. И меж домами показались трое в пятнистых комбинезонах, целеустремленно рысившие с канистрами в руках,— несомненно, команда поджигателей.

Он повел биноклем влево. И увидел вертолет с номером «315», стоявший у самого леса, а чуть подальше — второй, однотипный, без номера и прочих обозначений. Меж ними о чем-то оживленно толковала кучка людей в пятнистом, чуть в сторонке, на длинном поводке, скучала здоровенная овчарка. Совсем неподалеку лежали три трупа — в разных позах, сразу видно, не принесенные туда, а оставшиеся там, где застигла смерть.

Бинокль у него был отличный — шестидесятикратник, размерами даже меньше стандартных десяток, предназначенных для гражданского пользования. Он прекрасно различал лица, словно стоял в паре шагов от деловито совещавшихся, но все были незнакомые. От этого на душе стало чуточку легче — но он тут же подумал, что неизвестный двойник мог и не прилететь сам, предоставив риск пешкам...

И ни малейшей возможности хоть что-то или кого-то идентифицировать. И живые, и мертвые в одинаковом камуфляже, который сегодня можно увидеть на ком угодно,— от частных охранников до мирных дачников. Вполне возможно, покойники — не жертвы людей с вертолетов, а их же собственные доблестно павшие соратники. Оружие — тоже не привязка...

Вспыхнула еще пара домов — поджигатели старались вовсю. Уничтожают улики? Очень похоже: один вернулся, старательно плескал из канистры вокруг сгоревших, но не обрушившихся бревенчатых стен. Неглупо: поди докажи потом, что это пожарище и есть бывшая «Заимка», сходство ландшафта еще ни о чем не говорит, мало ли обширных прогалин и речушек, пожарище — это вам не череп, по методу Герасимова не восстановишь. Они спешат — боятся, что пойдет ливень... а что это там, возле вертолета? А это они, дешевки, предварительно вытащили цветные импортные телевизоры, серебряную посуду, даже самовары не забыли, барахольщики хреновы...

Показалось? Мазур всмотрелся. Конечно, он мог и ошибаться — но профессионально цепко запомнил это лицо. Ближе всех, нелепо вывернув голову, с широко раскрытыми глазами, лежал тот парень, сотрудник Бортко. Значит, и полковник по кличке Ведмедь вступил в игру? Мать вашу так, сколько же собак дерутся из-за кости? Пятнистый комбинезон мертвеца с фасада совершенно цел — били в спину... Зато у второго вместо лица — сплошное выходное отверстие — опять-таки сзади, в затылок...

Рядом пошевелилась Джен. Мазур, не глядя, придавил ладонью ее затылок, еще какое-то время водил биноклем, но не увидел ничего, заслуживающего внимания.

Хотя... Ему весьма не понравились черные овальные контейнеры, укрепленные на носу второго вертолета,— где у машин противолодочной обороны крепится гидролокатор. Очень похоже на антенны поискового инфракрасного датчика — а то и емкостного, способного на бреющем полете высмотреть любую белку или человека и отличить его от белки без всякого труда. От волка, впрочем, тоже. Ну, следовало ожидать. Пожалуй, с вертолетом он придумал не так уж глупо, лишь бы не успели его изничтожить...

— Отползаем,— шепнул он на ухо Джен.— Или нет, подожди...— Сунул ей бинокль.— Знакомых никого не видишь?

— Ты что? — округлила она глаза.

— А что? — безжалостно сказал он.— Такого уж прекрасного мнения о своих коллегах? Если уж вас к нам прислали — мог и к ним кое-кто своих прислать...

— Никого,— она вернула ему бинокль.

— Ну, тогда поползли...

Вертолет был цел — Мазур издали увидел, что и он, и домик нетронуты. Дальше начиналась лотерея. Неизвестно, сколько горючего в баках. Даже если они полны под завязку, лететь по прямой в Шантарск очень уж рискованно. Три часа, как минимум, а на деле гораздо больше, скорость придется держать не максимальную, а крейсерскую, серийная машина к рекордам не приспособлена. К тому же погода сквернейшая, можно напороться на грозовой фронт, а Мазур никак не мог назвать себя асом летного дела — способен попасть из точки А в точку Б, но все же не Валерий Чкалов, отнюдь... Да и сюрпризов по врожденному пессимизму следует ждать самых подлых — вертолеты противника в скорости ничуть не превосходят, но возможности у тех, кто сейчас старательно жег «Заимку», неизмеримо большие. Склепают очередную байку — если уже не склепали — попросят ничего не подозревающих военных поднять истребитель или «крокодил» (меж «Заимкой» и Шантарском с полдюжины военных аэродромов) — и тот без предупреждения поприветствует из всех видов бортового оружия, так, что обломки и клочья будут долго порхать над зеленым морем тайги... в святой уверенности, что пресекает поползновения террористов или беглецов из зоны. Нынче случаются самые невероятные поползновения и побеги, никто и не подумает удивляться.

Значит, запасной вариант в полном объеме. Курс на юго-восток, к «точке три». Одно плохо: как только вертолет взлетит, тем, у «Заимки», сразу станет ясно, что кто-то из тех, кому вроде бы полагается быть мертвыми, живехонек. Но это уже, как ни крути, неизбежные издержки производства...

— Сиди тут, как гриб под елочкой,— сказал он Джен, снимая с предохранителя автомат.— Как только запущу двигатель, можешь ко мне присоединиться. Но не раньше.

— Револьвер отдай.

Не ответив, Мазур двинулся к домику под прикрытием деревьев. Увидев под ногами россыпь пустых бутылок, должно быть, в прежние времена летевших в лес прямо с крыльца, бесшумно взял одну, из тонкого стекла. Выбрав ель потолще, встал за ней и, тщательно прикинув траекторию, запустил бутылку в сторону домика.

Она разбилась там, где Мазур и намечал,— под боковым окном. После нескольких секунд тишины из домика выскочил высокий простоволосый тип в комбинезоне, кинулся за угол, отстегивая на бегу клапан кобуры.

Наведя ему глушитель меж лопаток, Мазур плавненько потянул спуск. В последнее время проблемы гуманизма применительно к противнику его совершенно перестали волновать. Бегущий, на миг замерев в нелепой позе, ничком опустился на землю.

В домике, куда Мазур, перемещаясь по всем правилам, ворвался через секунду, все оставалось, как во времена первого, ночного визита — трупы на прежнем месте и в прежних позах, все вещи на месте, никого живого. Видимо, часовой был один. Но на всякий случай Мазур еще минуты две стоял у окна, наведя автомат на дверь сортира,— мало ли что, там мог оказаться напарник, у которого в самую неподходящую минуту скрутило живот. Вообще, работа сделана примитивно, но сейчас некогда трудиться ювелирно, ноги бы унести...

Никого. Мазур, мимоходом прихватив с полки блок «Мальборо» и затолкав себе в рюкзак, выбил металлическим затыльником приклада окошко, выпрыгнул наружу и побежал к вертолету, все время держа краешком глаза дверь сортира.

Распахнул дверцу, упал на сиденье пилота. Окинул беглым взглядом приборы — все знакомое, в общем, никаких неожиданностей. Кое-что прежде не встречалось, на этой модели он не практиковался,— но все усовершенствования третьестепенные...

Потянулся было к нужным тумблерам, но рука замерла на полпути, медленно опустилась к пистолетной кобуре. Он наконец-то понял, что за мимолетная деталь засела в подсознании, когда только что осматривался в домике.

Не подвело звериное чутье. В сенях на самодельном деревянном столике лежали д в а пятнистых берета — которых в первый раз там не было. Есть напарник, их тут двое сидело...

Снаружи — если признать, что второй засел в сортире и сейчас наблюдает через узенькую щель меж верхней кромкой двери и косяком,— Мазур виден не более чем по грудь...

Он медленно вытащил пистолет, большим пальцем сдвинул предохранитель, притворяясь, будто старательно изучает приборную доску — но боковым зрением уловил, как дверь построенного с душой сортира начинает отходить наружу, медленно-медленно, по миллиметру. Сидевший там окончательно уверился, что Мазур один, и самое время, справившись с испугом — а также застегнув штаны, надо полагать,— выполнять служебный долг... Интересно, что там у него? Если автомат — тем более надо класть с первой пули, еще попортит сгоряча вертолет, изверг...

206

Ага! Дверь распахнулась от молодецкого пинка изнутри, оттуда бомбой, в приличном темпе вылетел двойник убитого — та же косая сажень в плечах, похвальное проворство движений, обеими руками стиснул «Стечкин», словно пятиклассник — коленку одноклассницы, до которой дорвался впервые в жизни...

Пришлось стрелять прямо через стекло, осталась аккуратная дырочка без всяких трещин. В кабине потянуло тухлой пороховой гарью, «Зауэр» с глушителем сработал прекрасно, лишний раз подтвердив высокую репутацию Швейцарии и в этой области. А снаружи все было нормально — незадачливый герой кувыркнулся навзничь с дыркой во лбу.

Мазур запустил двигатель. Следовало его прогреть хотя бы по минимуму. Двойной винт со свистящим шуршанием завертелся на холостом ходу. Из леса вылетела Джен, изнервничавшаяся ожиданием в одиночестве, рванула к вертушке так, словно целилась на олимпийское золото. Плюхнулась на сиденье рядом, уставилась с недоумением, во взгляде читалось: «Почему стоим?»

— Потерпи...— проворчал Мазур сквозь зубы.— Сейчас...

Изощренно выругался про себя, взглянув на указатель горючего: хорошо, если бак заполнен на четверть. Видимо, дальних полетов в ближайшее время не предвиделось, и они поленились возиться с дозаправкой. Какой там Шантарск, тут и до Пижмана с таким запасом не дотянешь...

Понемногу увеличил обороты, пробуя на разных режимах. Движок басовито взвыл. В таежной тишине подобные звуки разносятся далеко, на «Заимке» не могут не услышать, но вряд ли сразу станут поднимать свои вертушки, несколько минут обязательно потеряют... Но все, ручаться можно, таращатся сейчас в эту сторону. Сначала они, руку на отсечение, обязательно подумают, что это балуют часовые...

— Пристегнись! — проорал Мазур.

И поднял машину в воздух. Не Чкалов, далеко не Чкалов — вертолет клюнул носом, качнулся, однако крепко вбитые навыки не подвели. Мазур повел трофей на юго-восток, над самыми вершинами деревьев, уверившись, что лег на курс, вывел газ на максимум. Джен таращилась на него со сложной смесью страха и восхищения, вцепившись в края сиденья,— а он молился неведомо кому, чтобы их подольше не заметили. Рывком поднял вертолет метров на пять выше — впереди замаячили вовсе уж высоченные ели, не врезаться бы...

Вообще-то, научиться водить вертолет не столь уж сложно. Смотря какой школе следовать. Их до недавних времен имелось две: советская и американская. По советской традиции, будущего летчика несколько лет мучили, вколачивая ему в голову устройство винтокрылой машины и заставляя сдавать множество зачетов по материальной части. Американцы поступали проще и рациональнее: давным-давно рассудили, что с несерьезными поломками вертолет дотянет до базы, а серьезные пилот починить все равно не сможет, оказавшись в экстремальной ситуации типа вьетнамской кампании, где дуло торчит чуть ли не из-за каждого куста, и гораздо проще спасаться на своих двоих, чем лихорадочно ковыряться в моторе под плотным огнем. Они сажали на вертолеты восемнадцатилетних пацанов, и те, по малолетству не умея толком бояться, гоняли на вертушках, как на своих «Харлей-Дэвидсонах» в гражданской жизни. И месяцев за пару выучивались водить более-менее прилично — а там уж шел жестокий отбор войны. В общем-то, на родине Мазура примерно так и обстояло с летчиками в первые годы Отечественной...

Естественно, и родной спецназ учился водить вертушки по американской методике, плюнув на идеологические страсти-мордасти вроде пресловутого низкопоклонства перед Западом. Так оно выходило гораздо практичнее и полезнее...

Внизу неслась сплошная размытая полоса, зелено-бурая. Сверху нависали угрюмые серые облака. Бортового вооружения, конечно, нет и в помине, а жаль. Радара тоже нет — это уже похуже, потому что вертолеты, в отличие от автомобилей, зеркалами заднего вида не оборудованы — по крайней мере эти модели, и если кто-то вздумает зайти в хвост, обнаружить его трудновато... Правда, и на тех вертолетах, что принадлежали уничтожившим «Заимку», бортового оружия Мазур не заметил, а это кое-какой плюс... Если начнут примитивно палить из автоматов, попасть будет трудновато, тут вам не кинобоевик...

Для проверки он заложил вираж, взглянул назад — и погони не увидел. Серое небо, казалось, с каждой минутой опускается все ниже, вот-вот придавит к земле... Он не глядя протянул руку вверх, вынул из гнезда наушники, соединенные проводом с приборной доской, нацепил.

В наушниках отчаянно трещали грозовые разряды. Как бы и в самом деле не влететь в грозу сгоряча... Она совсем близко где-то, она рычит и погромыхивает, и слева явственно мелькнул отдаленный отблеск молнии. А парашютов, конечно, никаких. Положим, от попадания молнии вертушка не загорится — но неминуемо возникнет разность потенциалов, при посадке проскочит разряд меж машиной и землей, и уж тут-то возможны нехорошие сюрпризы вроде взрыва бензобака, Мазур помнил лекции...

Ух! Вертолет тряхнуло — воздушная яма. Сердце на миг замерло, провалилось в невесомость. Мазур расслышал визг Джен — вот тебе, девочка, «русские горки»...

Пошла болтанка — но прекратилась вскоре. На выгнутом лобовом стекле расплылось несколько бесшумно-туманных взрывов — попали под дождь, а стеклоочистителей, конечно, не имеется...

В пулевую пробоину, украсившую боковое стекло, врывалась тугая тонюсенькая струйка холоднющего воздуха, трепавшего волосы Джен. Она склонила голову пониже, но тут же подняла: предпочла ошалелый сквозняк лицезрению проносящейся чуть ли не под ногами тайги, способному вызвать морскую болезнь. В наушниках трещали разряды, вонзаясь в мозг тонюсенькими буравчиками, и Мазур совсем было собрался их скинуть — но тут расслышал:

— Третий, третий, предполагаемый курс... третий! Курс — юго-восток, как понял, как понял, юго-восток, третий, юго-восток!

В ответ тут же прохрипело:

— ...орой, второй, слышу, курс — юго-восток, связ...

— Третий, не понял, не понял, третий.

— Свяжитесь с пятым, «Бредень» по стандарту, «Бредень» по стандарту, как понял, прием?

— Понял, понял... ретий... редень... стандарт...— и снова оглушительный треск близкой молнии.

Мазур скинул наушники, опасаясь за барабанные перепонки. Главное он и так понял: их бегство заметили, о чем торопились настучать кому-то еще. Ну, а слово «Бредень» ничуть не являло собою китайской грамоты, кошке ясно, что начнут ловить, используя все, что у них припасено в заначке, знать бы только — что?

— В хвост! — проорал он в ухо Джен.

— Что?

— Иди в хвост! — заорал он еще громче.— В окно смотри!

Там, в конце салона, было обращенное назад небольшое овальное окошко. Кивнув, Джен выбралась из кресла и, цепляясь за все, что только можно, стала пробираться туда. Вертолет вновь стало швырять.

— Пристегнись там! — завопил Мазур, обернувшись к ней.— Вон, есть ремни! А то как швырнет...— замолчал, прикусив язык, да так, что из глаз посыпались искры,— это очередная воздушная яма подвернулась на пути.

Впереди вздымались сопки, и их вершины были укутаны густыми серо-белыми облаками, не способными подняться выше. Хреновато. Вмажешься — только брызги полетят...

Стиснув зубы, Мазур поднял машину выше. Мгла вокруг сгущалась, но приходилось лезть вверх, вверх... Далеко не всеми приборами он умел пользоваться, тут уж было не до изысканности — летишь, не падая, и ладно. Очень может быть, профессиональный летчик давно бы уже отказался от столь безумного предприятия и пошел пешочком, но у Мазура не было профессионально поставленного страха перед окружающими опасностями, и он, вцепившись в рычаги, забирался все выше, одержимый лишь некоей фаталистической решимостью. Дождь заливал лобовое стекло, в кабине потемнело, все лампочки и светящиеся циферблаты обрели невыносимо яркие колера.

Покосился назад. Джен пристегнулась к боковому диванчику и, цепляясь за его спинку, старательно таращилась в окошечко, вряд ли способная что-то разглядеть в такой каше. Ничего, в том же положении находится и погоня...

Хватит, пожалуй, лезть за облака. Нет здесь сопок высотой в три километра... Мазур перешел в горизонтальный полет. Право слово, можно собой чуточку гордиться — машина тянет, отнюдь не собираясь пока что повторять подвиг Икара, вот только при такой скорости запас горючего тает, что твоя Снегурочка...

Накаркал — тряхнуло так, словно великанская ручища, сцапав вертолет за хвост, попыталась использовать его вместо теннисной ракетки. Картина Брейгеля: вокруг тишина и благолепие, а у бедного Икарушки только ножки торчат из воды...

Стиснув рычаги, Мазур выровнял машину. И несся дальше во влажной полутьме. Слева вспыхнул огненно-ветвистый зигзаг молнии, все вокруг озарилось пронзительно-зыбким сиянием, словно перенеся на миг в иной, нереальный мир. Еще одна молния, справа. Мазур шел по прежнему курсу, потому что ничего другого и не оставалось. Всякое представление о времени исчезло — справа на приборной доске светился циферблат, но Мазур, поглощенный борьбой с подступившей со всех сторон грозой, смотрел на него, не видя, не в силах понять, что означает положение стрелок. Не было времени это вспоминать.

Он вздрогнул, выпучил глаза — прямо за лобовым стеклом по едва выступавшему капоту (или как он там зовется?!) слева направо, вопреки порывам ветра, катился ярко-малиновый шарик размером с теннисный мяч, плыл неспешно, словно бы игриво, едва касаясь зеленой обтекаемой поверхности.

Мазур впервые в жизни видел шаровую молнию — и лихорадочно пытался вспомнить, чего от нее ждать. Кажется, она может и проникнуть в салон. А еще — взрывается, когда ей самой захочется... Он превратился в статую, сжав рычаги, вел машину по прямой, каждый миг ожидая взрыва, снопа искр, пламени...

И не сумел заметить, как исчез светящийся шарик, жуткий и прекрасный. Странное ощущение, не выражаемое в словах, на миг подмяло его волю — но, вспомнив, что когда-то читал о чем-то подобном, о странном, чуть ли не гипнотическом действии шаровой молнии на человеческое сознание, усилием воли вырвал себя из наваждения, удерживая машину на прежнем курсе...

Светом по глазам ударило так, что показалось, будто угодил под луч мощного прожектора. Машина рыскнула — Мазур секунд десять вел ее вслепую, смаргивая слезы. Да и потом перед глазами еще долго плавали разноцветные круги, но главное он видел: вертолет выскочил из грозы, из непогоды. Справа, слева, повсюду еще висели серые клочья, но их становилось все меньше, светило яркое солнце, ослепительно голубело небо, вертолет несся высоко над зеленой тайгой, кое-где прерывавшейся белыми пятнами березняка, уже потерявшего листву. Мелькнула серая ниточка неширокой реки. Мелькнули хаотически разбросанные буро-зеленые многоугольники. Лишь потом, когда они остались позади, Мазур догадался, что видел поля вокруг какой-то затерянной в тайге деревни.

Сзади послышался ликующий вопль. Обернувшись, Мазур узрел, что напарница прямо-таки подпрыгивает, пристегнутая широким ремнем, в приступе вполне понятной дикой радости оттого, что весь этот ужас кончился. Самому хотелось орать, но сдержался. Сурово ткнул пальцем, указав, чтобы не отвлекалась от своих прямых обязанностей взадсмотрящего.

Сверившись с компасом, он убедился, что не так уж и отклонился с намеченного курса. Румбов десять восточнее, не более того. Вытер лицо рукавом бушлата — оказалось, оно было мокрехонько от пота.

Ну вот, началось... На кремовой панели мигала красная лампочка, наглядно свидетельствуя, что горючего осталось минут на десять,— а ведь нужно еще приберечь сколько-то на посадку. Терять было нечего, и Мазур выжал максимальную скорость, немного снизившись, высматривая место для посадки. Увы, тайга лежала сплошным темно-зеленым ковром... нет, вон прогалинка, и еще... это сверху они крохотные, а на деле можно скачки устраивать, не хуже, чем на ипподроме... черт, опять пошла чащоба...

Сзади послышался свист. Джен показала ему два оттопыренных пальца, потом большим и указательным изобразила зазор в полсантиметра. Ага, сообразил он, две вертушки на хвосте, и они пока еще кажутся крохотными, значит, далеко...

Пора решаться, а то снова пойдет чащоба... Мазур крикнул:

— Все, двигай сюда! Садиться будем!

Она почти моментально оказалась на соседнем сиденье, громко предложила:

— А если подпустить поближе — и из автомата?

— Это тебе не боевик! — рявкнул он.— У них автоматы тоже есть... Не мешай!

И принялся манипулировать рычагами. Вертолет вихлялся, то и дело проваливался вниз, на миг наступала невесомость — это Мазур мчался к облюбованной поляне на всей скорости, пытаясь одновременно погасить высоту, и это удавалось ему плохо, машина на такие номера не рассчитана, вертолет в пикирующий бомбардировщик не превратишь...

Но вот, наконец, машина отвесно пошла вниз, вершины окружающих елей ожесточенно мотались, словно трава под ветром, с земли взлетел вихрь сухих листьев. Посадка получилась халтурная — то ли у Мазура недоставало умения, то ли он в спешке махнул рукой на качество — в пользу спешки... Вертолет ощутимо хряпнулся оземь, под полом даже хрустнуло что-то. Нет, ухитрился не подломить стойки колес...

То, что сверху казалось чащобой, обернулось, в общем, скорее редколесьем, в таком лесу от вертолета не спрячешься... Но переигрывать было поздно. Забросив за плечи рюкзак, Мазур схватил автомат, протянул руку Джен, помог ей выпрыгнуть. Лопасти двойного винта еще затухающе вращались, а они кинулись в тайгу по выбранному Мазуром курсу. Вертолетов еще не слышно. Мазур глянул на часы — тьфу ты, летели минут сорок и оказались от «Заимки» километрах в ста, если грубо прикинуть. Нет, учитывая скорость — все сто пятьдесят...

Джен шарахнулась. Мазур, опередив ее на шаг, отбросил ногой длинную, толстую змею, светло-серую с желтоватым брюхом, не успевшую вовремя убраться с дороги. Она пролетела по воздуху, извиваясь, словно бьющийся в падучей знак бесконечности, шумно шлепнулась в мох, заструилась прочь.

— Она не ядовитая,— сказал Мазур, добавил по-русски, не зная, как перевести: — Даурский полоз, желтопузик...

— Вон еще одна!

— Ничего,— сказал Мазур.— Говорю же, они безобидные, совершенно. Бежим! Нужно отбежать как можно дальше, прежде чем они сядут...

Вынул из набедренного кармана флакончик с аэрозолем, пустил за спину туманную струю, оседавшую тончайшим, невидимым порошком. Могли прихватить с собой собаку. Хотя...

Он притворялся перед самим собой, будто ему тогда почудилось, и пластмассовые коробки на носу вертолета — вовсе не датчики, позволяющие безошибочно засечь человека в тайге. Но трезвый и холодный профессионал, неустанно бдивший в нем, напоминал: ты, братец, пытаешься самого себя выставить идиотом. Сам ты, отправляясь в такую вылазку и располагая нешуточными возможностями, неужели не распорядился бы оборудовать хоть один вертолет должным образом? То-то...

Еще полоз. И еще. Митинг у них, что ли? Нет, но до чего редкая здесь тайга, и некого винить, кроме самого себя...

Шум вертолетов нарастал.

— Отдай револьвер! — вскрикнула Джен, уже не обращая ни малейшего внимания на трех здоровенных полозов, расположившихся на сиесту меж двумя елями, на солнышке. Перепрыгнула через одного, миновала второго — а третий успел убраться в кусты со всей возможной скоростью.

— Толку тебе от него! — пропыхтел Мазур, старательно, с редкими интервалами прыская на их следы «Антисобакином».— Толку-то против автоматов... Потом отдам, если подопрет!

Шум вертолетов накатывался свистящей волной, судя по звукам, они шли на бреющем. Вот у них-то, вполне возможно, был локатор, и место приземления смогли зафиксировать точно...

И тут Мазур увидел э т о. Первым. Через секунду Джен слабо вскрикнула, ее инстинктивно швырнуло в сторону, но Мазур успел удержать девушку на месте. И остановился. В забубенной головушке, привыкшей искать из безумных ситуаций еще более безумные выходы, забрезжила идея...

Справа, похоже, не так уж давно, рухнула гигантская ель — судя по торцу высоченного ствола, дерево одряхлело, прогнило и особенно шквального порыва ветра не вынесло, рухнуло, вырвав разлапистые корни из песчаной почвы, после падения переломившись у комля.

Образовалась огромная яма, над которой сюрреалистической статуей осьминога вздымался выворотень. Яма была почти вровень с краями заполнена даурскими полозами — казалось, там тяжело колышется серовато-желтая жидкость сродни ртути, ведьминское загадочное варево. И вокруг змей было несметное количество — висели на корявых корнях выворотня, конвульсивно изгибаясь, лениво ползали вокруг, прямо-таки переплетаясь в диковинные узоры. Прикинуть на глазок — пара сотен, а то и побольше. Все это шевеление, от дикой непривычности которого рябило в глазах, происходило беззвучно, над поверхностью кишевшего в яме клубка порой появлялись узкие приплюснутые головы, качались, дергались, сталкивались...

В детстве Мазур дважды видел в тайге нечто подобное — один раз с такими же полозами, второй с гадюками. Только змей там было раз в двадцать поменьше. К брачным играм такие сборища не имеют никакого отношения — не сезон. Змеи просто-напросто сползаются со всех окрестностей, сутки или двое это загадочное сборище копошится на выбранном по непонятной причине месте — а потом часть расползается, часть устраивается клубком на зимовку, запрятавшись поглубже под слой мха. Почему так происходит, что это за ассамблея, никто не знает — а может, знали когда-то, но забыли. В тайге случается подобное — простое на первый взгляд, но нынешним людям совершенно непонятное...

— Ты что... — прошептала Джен.

Мазур молча показал ей пальцем на яму. Потом сказал:

— Никакой детектор не отыщет... — И вновь плеснул аэрозолем.

Она тихонько пятилась, успела отодвинуться шага на три, но Мазур накрепко сграбастал за кисти. Легонько подтолкнул к яме, к ведьминому вареву. Джен упиралась, но совсем слабо, словно видела кошмар и не могла проснуться. Прошептала:

— Не могу... умру...

Некогда было играть в галантность. Мазур отвесил ей парочку хлестких пощечин — с правой, с левой! Не медля, выхватил нож, приподнял подбородок жутко иззубренным обушком:

— Зарежу, сука! — выдохнул он на великолепном штатовском сленге. — Запорю, как трахнутого опоссума! Только кишки поползут! Марш! Иначе обоим крышка! Кому говорю, мокрощелка стебанутая! Пошла вперед! — и тычком кулака в шею швырнул к яме.

Пожалуй, он был страшен — судя по белому, как стена, лицу Джен и зрачкам, расплывшимся во всю радужку. Тряхнув ее как следует, Мазур ощутил, что она стала безвольной, как кукла. И, не теряя времени, подтолкнул к яме, не глядя под ноги, наступая толстой подошвой на устилавших подступы полозов. Взметнувшаяся от боли змея словно кнутом, хлестнула его по ноге мускулистым телом. Мазур отшвырнул ее ногой.

Заламывая попытавшейся все же отпрянуть Джен руки за спину, толкнул к краю ямы. Нахлобучил ей шапочку на глаза и нос — чтобы дышала ртом и ничего не видела. Сам поневоле задержал дыхание, обхватив ее за плечи и опуская в это переплетение, скользкое копошение серо-желтых извивавшихся змей, напоминавших некоего осьминога с тысячей и одним щупальцем.

Девушка погрузилась по пояс — и вдруг провалилась с головой. Мазур кинулся следом, словно прыгал в воду «солдатиком», испытав ни с чем не сравнимые чувства — казалось, смесь всех эмоций и чувств, какие только существовали, плескалась под черепом. В глазах моментально потемнело, дышать стало тяжелее — но удушья все же не было. Скорчившись, прижимая к себе согнувшуюся, вжавшуюся лицом в коленки Джен, под наплывающий шум вертолетов, он сидел скрюченный, придавленный живой, почти не обеспокоившейся тяжестью, грудой сплетенных змей. Лишь в первый момент они задвигались чуть возбужденнее — а потом опять притихли, лениво шевелясь, те, кто был подальше, вряд ли и узнали о вторжении особей иного вида.

Он хотел надвинуть шапочку поглубже — но руки уже не мог поднять, придавленный изгибами и кольцами. Змеи, хладнокровнейшим образом включив их с Джен в число участников сборища, задевали хвостами по лицу, прижимались к щекам скользковатыми телами, используя сидящих на корточках людей, как дополнительную опору.

На человека они никогда не охотились, и человек на них давно уже не охотился, еще в каменном веке перейдя на более вкусную дичь, а расползаться подальше от незваных гостей змеям не велел тот же могучий и неизвестный инстинкт, что собрал их в яме на загадочные посиделки. И они к присутствию чужих отнеслись, можно выразиться, философски. Телепатией не владели и потому не могли узнать, сколько их сородичей Мазуру довелось сожрать в жизни.

Лишь изредка зажмуривший глаза Мазур чувствовал, как по кистям рук, по щекам, по всему лицу словно бы проводят липкой широкой паутинкой — это ближайшие безногие соседи по своему обыкновению исследовали языками вторгшееся в их бомонд существо. А однажды в большой палец левой руки впились крохотные зубы, почти не причинив боли. Мазур стерпел, не дернулся, и нового укуса не последовало.

Он был уверен, что с воздуха их заметить невозможно: глубоко закопались в змеиный клубок, который любая пешая поисковая группа чисто инстинктивно обойдет десятой дорогой. Одна из самых крепких и устойчивых фобий — страх и брезгливость человека к змеям. И никакой детектор, что тепловой, что емкостный, тут погоне не поможет: на экране тепловизора изобразит такое переплетение линий, что контуры человеческих фигур затеряются надежно, а емкостный датчик просто зашкалит...

Особенной вони вокруг не было — лишь резковатый сильный запах, скорее непривычный, чем отвратительный, походивший чем-то на грибной, от разломанных поганок. Шум вертолетов проплыл над головой, раздвоился — один, очень похоже, то ли завис, то ли опустился на том месте, где Мазур бросил вертушку с пустыми баками, второй еще мотался по широкой спирали.

Нащупав руку Джен сквозь упругие кольца, Мазур убедился, что девушка не просто дрожит — ее колотит. Своих часов он не видел, не мог знать, сколько времени прошло,— «внутренние часы» на сей раз работали скверненько, он тоже был из плоти и крови, со всеми присущими человеку инстинктивными страхами...

Похоже, не так уж далеко повизгивала собака. Так и есть. Пустили овчарку. Только ничего этим не добьются, «Антисобакин» — пассивного действия, не раздражает рецепторы запаха в собачьем носу (ведь случается, что след опытные охотники примерно вычисляют как раз по поведению нюхнувшей химии собаки), а словно бы отключает их на время, пес становится неспособным унюхать что бы то ни было, ему просто кажется, что вокруг нет в о о б щ е никаких запахов...

Взвыли винты. Теперь уже оба вертолета кружили по спирали, взяв за центр ту полянку. Право же, в их клекоте прямо-таки ощущалось обиженное повизгиванье потерявших след собак. Ребром ладони Мазур отпихнул назойливого полоза, особенно непринужденно устроившегося на голове и опустившего хвост на физиономию. Над самым ухом послышался явственный всхлип.

— Потерпи,— громко сказал он, все равно за шумом вертолетов услышать его посторонние не могли.

— Я сейчас с ума сойду...

— Сойдешь — здесь и брошу,— безжалостно сказал он.— Так что крепись.

— Погань какая... Давит, тяжело...

— Терпи,— сказал он, с трудом пошевелился, прикрывая ее своим телом от нависающей скользкой тяжести.

...Когда шум вертолетов затих вдали, он еще долго сидел на корточках в прежней позе — на случай коварного сюрприза в виде оставленной неподалеку засады. Змеи успокоились окончательно, лишь изредка в щеку тыкалась угловатая головка.

ГЛАВА ПЯТНАДЦАТАЯ

НАСЛЕДНИКИ МИЛЛИОНЕРА

Настал момент, когда пришлось решаться. Чересчур уж покойная тишина, пронизанная птичьим щебетанием, стояла вокруг.

— Давай выбираться,— сказал он.— Только не спеши, осторожненько...

Выбраться оказалось гораздо труднее, все равно что выпутываться из противолодочной сети. Хорошо еще, края ямы были довольно пологими. Мазур раздвигал упругие петли змеиных тел, распутывая их, как диковинную головоломку, неспешно, но довольно бесцеремонно. Его частенько кусали, но зубы у полоза слабоваты, а челюсти способны придушить разве что бурундука. Он медленно продвигался к краю ямы, помогая Джен. Два раза она срывалась, на третий Мазур, отбросив деликатность, чувствительно поддал ей кулаком по заднице.

Наконец голова оказалась на свободе, над верхним слоем змей. Дальше пошло полегче. Упершись носками ботинок в землю, рывком выбросил Джен наружу, и она растянулась ничком в метре от ямы, живописно увешанная полозами, словно какая-то древняя жрица таинственного змеиного культа. Выбравшись следом, Мазур поднял ее на ноги, прислушался. Убедившись в отсутствии противника, старательно обобрал с девушки всех змей, швыряя их наземь,— а там и с себя стряхнул спасителей.

Покрутил головой: Джен пошатывалась, закатывала глаза так, что это предвещало нешуточный обморок в самое ближайшее время. Схватив ее за руку, Мазур кинулся прочь — подальше от змеиной ассамблеи. Джен тащилась следом безвольной куклой. Вертолетов не слышно.

Тайга становилась гуще. Мазур остановился, лишь убедившись, что в пределах видимости не осталось ни единой змеи. Опустил девушку в мох, взялся сначала за фляжку со спиртом, но тут же передумал и полез за аптечкой. Распахнув алюминиевый футляр, пробежался кончиками пальцев по рядку шприцев, трубочек с таблетками, прочих причиндалов, словно пианист по клавишам. И решительно вынул из гнезда шприц-тюбик с четкой красной маркировкой: «Прилив-2», снял с иглы пластмассовый колпачок. Расстегнул пуговицу у запястья, умело вогнал иглу в локтевую вену, старательно выдавил тюбик. Джен сейчас была идеальной пациенткой — лежала трупом, не воспрепятствовав и жестом, чуть пошевелилась, когда игла входила в вену, но тут же обмякла.

Закурив, Мазур присел рядом на корточки, прекрасно зная, что результата ждать недолго. Первую сигарету высосал в полдюжины затяжек, вторую уже смаковал. Ситуация его не радовала, но и для печалей нет поводов. Маршрут должен был пролегать по довольно диким местам — в сторону Южной Якутии и Транссибирской магистрали, в краях, не обремененных ни золотом, ни человеческим жильем, ни даже лагерями, по крайней мере, в радиусе километров двухсот. Натолкнуться здесь можно лишь на случайного охотника или браконьера-рыболова.

Аккуратно сунул в мох окурок, покосился на девушку. Спросил:

— Глоточек спирта, леди?

— Не надо,— ответила она уже довольно ровным голосом, села. Щеки раскраснелись, зрачки заметно расширены.— Что ты мне впрыснул? Горячая волна идет, до кончиков пальцев...

— А голова?

Она помотала головой, потерла виски:

— А голова совершенно пустая, даже удивительно. На все мне сейчас плевать... Это наркотик?

— Ну что ты,— сказал Мазур.— Совершенно безобидная штука. Вот только ты у меня сейчас попрешь по тайге, как молодой и грациозный мустанг...

— Самое смешное, что я этому вполне верю...— Она встала, потрясла опущенными руками.— Отвернись, я прогуляюсь поодаль...

Мазур ухмыльнулся, сидя к ней спиной. Вообще-то, «Прилив» так назван не без своеобразного юмора, издавна присущего разработчикам всевозможного снаряжения для всевозможных спецназов. Коли по правде, это наркотик, на пару часов превращающий человека если не в супермена, то уж в неутомимого путника, способного отмахать приличный конец — и, самое главное, не свалиться потом в «ломке», когда минет искусственная эйфория. Есть там и побочный эффект, в данном случае как нельзя более пригодный — болтливость с легкой заторможенностью сдерживающих центров. Не пантопон, но нечто близкое. И потому рекомендуется употреблять исключительно в кругу тех, кому ты всецело доверяешь,— мало ли что они могут услышать. И, что особенно ценно, хитрая микстурка, хоть вводи ее в кровь литрами, не дает привыкания. Как наркотик, этот препарат пользовался бы поистине бешеным спросом, одна беда — он так сложен в приготовлении, что каждый тюбик ценится дороже золота, маломальски массовое производство невозможно, разве что для узкого круга миллионеров. Или тех, за кем стоит государство, традиционно плюющее на любые затраты, когда речь идет о тех, кто продолжает политику весьма специфическими средствами, не упомянутыми в классическом афоризме Клаузевица...

Вернулась Джен, бодрая, как слопавший полпупа сырого мяса молодой тигренок. Душа радовалась, на нее глядя.

— Положительно, это наркотик,— сказала она, нетерпеливо притопывая.— В колледже, был момент, пробовала всякую гадость ради эксперимента — очень похоже, знаешь ли... Наркотик?

— Нечто вроде,— сказал Мазур.— Не беспокойся, не привыкнешь... А что ты там пробовала?

— Все легкое. Снежок, «дикую хризантему», «бешеную лошадку»... Ну, не пора ли трогаться?

— Самая пора,— хмыкнул Мазур, вставая.— Пошли... А как на это все смотрит прокурор? Суровый босс?

— Ну, это давно было, я же сказала, ради эксперимента. Вовсе даже не втягивалась. Сначала, когда уезжаешь от родителей, хочется быть свободной, все на свете испробовать...

— Как насчет секса?

— Ну, естественно! — лихо ответила она, бодренько шагая рядом.— И белые бывали, и черные, однажды переспала с девушкой, вот только повторять что-то не было желания, хоть и не скажу, будто мне это не понравилось...

— У меня было впечатление, что в ЦРУ насчет наркотиков весьма строго. Вышибают моментально...

— При чем тут ЦРУ? — искренне удивилась она.— Я же говорю: все было давно, все эксперименты. Когда закончила колледж, была невыносимо респектабельной яппи, с репутацией недотроги и крайне целеустремленной юной дамы, мечтающей о карьере. Не исключено, из-за такой репутации они на меня и вышли, все тесты прошла прекрасно... Правда, дальше были колебания, в конце концов, ФБР, как потом и оказалось, больше напоминает обычную бюрократическую контору, чем питомник джеймсов бондов...

— Прекрасно,— сказал Мазур, не останавливаясь.— Значит, ФБР? Джимен, точнее, дживумен?

Посмотрел на нее, не в силах удержаться от откровенной улыбки. Очень уж сложная гамма переживаний играла у нее на лице. С одной стороны, прекрасно понимала, что прокололась и угодила в ловушку, с другой же — не могла ни сопротивляться бродящему в крови «Приливу», ни возмутиться толком и взять себя в руки, засекреченные медики дело знают...

— Скотина,— сказала она вяло.— Это что, промывание мозгов? Ведь предупреждали, что доверять вам нельзя, несмотря на все ваши перемены...

— Шагай, не останавливайся,— сказал Мазур.— Конечно, промывание мозгов. Ты еще не ощущаешь позывов вступить в коммунистическую партию? Ничего, сейчас потянет... Не обижайся, причем тут коварные коммунисты... Участникам таких игр вообще доверять нельзя, на кого бы ни работали. Ты сама-то разве не морочила нам голову?

— Но это же другое дело.

— С чего бы вдруг? Лицедейство, милая, как его ни зови, сути своей не меняет... О чем бы тебя еще спросить?

— Не надо,— попросила она в слабой попытке проявить решимость.— Это нечестно. Я просто выполняла задание, ставки были очень уж велики... Мы ведь работаем и за рубежом, ты, наверное, не знаешь...

— Знаю.

— За военными всегда необходим присмотр,— сказала Джен.— Они везде одинаковые, независимо от системы.

— Ну, спасибо...

— У них всегда будет тяга вести свою, самостоятельную игру.

— Но ваши парни, как я понял, всерьез намерены погасить карьеру нашего живчика на взлете?

— Ты ничего не понимаешь,— сказала Джен.— Знаешь, есть довольно модная теория насчет того, что преступниками становятся не предрасположенные к этому, а те, кто оказался в ситуации, когда закон можно нарушить, с их точки зрения, безнаказанно. Проблема соблазна. Дайте тысяче человек возможность н а в е р н я к а украсть деньги — и, будьте уверены, процент тех, кто отказался из врожденной порядочности, будет весьма низким...— Она говорила чуть невнятно, строила фразы так, словно в минуту позабыла правила родного языка, щеки пылали: это вовсю действовал «Прилив».— Все мы — потенциальные преступники...

— И ты?

— Может быть, и я, меня же не ставили в такие условия...

— Ну, это мы мигом,— сказал Мазур.— Полмиллиона долларов и российский паспорт за подробную информацию о ФБР. Как?

— Нет. Я люблю свою страну...

— Да я шучу,— сказал Мазур.— У вас там и так наверняка сидит табунок приличных «кротов»... Интересно, как это ты ухитрилась внедриться под видом помощницы прокурора? Я о вашей военной разведке всегда был лучшего мнения...

— Все делалось в жуткой спешке,— призналась она.— У них просто не было времени на серьезную проверку, свистопляска стояла такая, что телефоны раскалились добела...

— Прекрасно,— сказал Мазур.— Боялись, они начнут дергать президента за ниточки?

— Дело даже не в президенте. Дреймен вытащил сюда одного из «гномов», и тот участвовал в охоте, это все должно быть на пленках...

— «Гном» министерства финансов? — резко перебил Мазур.

— Да,— сказала она, как автомат.— Один из них...

— Бог ты мой...— вырвалось у Мазура.

Уж он-то, знающий иные уголки Америки лучше, чем тамошние обитатели, прекрасно знал, что такое «гномы» министерства финансов. Неизвестно в точности, сколько их всего — до таких вещей не всегда способна докопаться и разведка. Личности их держатся в строжайшем секрете и от потенциального противника, и от своих собственных граждан. «Гном» — это специалист, знающий в с е методы защиты американских бумажных денег от подделки.

Все до одного. «Гномы» знают тайны тех загадочных устройств, которые на территории США выносят безапелляционный приговор предъявленным для опознания долларам и всегда безошибочно отсеивают подделки, с каким бы мастерством те не были исполнены. Сказки и легенды

222

многих народов повествуют об удачниках, при знании соответствующих подходов отбиравших горшки с золотом у гномов и прочих лепреконов. Здесь картина та же: тот, кто **надежно** ухватит «гнома» за горло, сможет шлепать подделки, которые никто никогда в жизни не отличит от настоящих. При желании, если найдутся деньги на аппаратуру, фальшивые баксы можно печатать вагонами. Действительно, искушение чересчур уж грандиозно, и полагаться нельзя даже на генералов. Попробуйте представить себя на месте человека, владеющего таким секретом...

— Я понимаю, мне теперь конец,— сказала Джен почти без выражения.— Вы же обязательно ухватитесь за эту информацию, как любой на вашем месте, будете выбивать из меня имена и детали...

— Не хнычь,— задумчиво сказал Мазур.— У меня, понимаешь ли, нет приказа вылавливать «гномов», и я вовсе не обязан указывать в рапорте содержание всех посторонних разговоров...

— Правда? Врешь ведь... Потом обязательно продашь...

— Сколько в тебе оптимизма...— сказал Мазур.— Скажи-ка лучше, не врешь насчет ФБР? Может, это очередное прикрытие?

— Ничего подобного,— запротестовала она.— Я — специальный агент ФБР, даже имя настоящее. Надо же мне было хорошо себя показать в этой истории с кассетами...

— Которыми?

— Опять-таки видео,— сказала она.— Два месяца назад. В Штаты ввозили из Швеции партии так называемого «зооделикатеса» — женщины трахаются с собаками и конями, мужики — со свиньями, с коровами... В общем, по некоторым признакам это попадало в категорию «федеральных преступлений» — не столько содержимое кассет, сколько методы и пути нелегального ввоза. Я отлично справилась, правда. Вот и поручили это задание, по прецеденту. Никто ведь не ждал особых неожиданностей, предполагалось, я просто буду присматривать за нашими мальчиками... ФБР знает о вашей совместной операции, но она, в принципе, руководство устраивает — лишь бы были твердые гарантии, что Дреймен ни за что не обоснуется в Белом Доме в каком бы то ни было качестве...

— Интересные мы с тобой типы,— задумчиво сказал Мазур.— Такую бомбу в рюкзаке тащим... Может, махнем на все рукой и загоним по весу бриллиантов? Тебе определенно пойдет, если фунта два бриллиантов будет сверкать, где только удастся прицепить...

— Не надо. Не хочу я таких бриллиантов. Страна покатится неизвестно куда...

— Ладно уж, патриотка,— сказал Мазур.— Я шучу.

— Ты правда не будешь меня закладывать?

— Насчет правды...— протянул он.— Знаешь, будь мне лет на пятнадцать поменьше, я бы тебя с удовольствием заложил и считал бы, что исполняю свой долг. А сейчас я старый.

— Ну уж...

— Не в том смысле. Служака старый, вот что. С возрастом понимаешь, что приказы всегда следует исполнять от и до. И не более того. Иначе получаются сплошные неприятности и огорчения. Нет у меня прямого приказа тебя раскалывать — отсюда и будем танцевать...

Он не кривил душой. С возрастом то ли умнеешь, то ли становишься ленив — в специфическом смысле. Ни к чему преподносить Глаголеву еще и этот секрет. Во-первых, Глаголев — ч у ж о й генерал, во-вторых, есть секреты, которые изначально следует закапывать поглубже. Нет гарантии, что тайна «гнома» не попадет к тем, кто и так нахапал выше крыши. Он знал достаточно, чтобы понимать: пинок по финансовой системе США вызовет реакцию во всем мире — с непредсказуемыми последствиями...

— А условия какие-нибудь с твоей стороны будут? — спросила Джен.

— А как же. Прямо здесь, под деревом. Нежно и обстоятельно.

— Я так не могу, правда. Ты нормальный мужик, но я не привыкла этак вот расплачиваться...

— Что, секрет «гнома» этого не стоит?

— Ты настроен...

— Да ладно,— сказал Мазур.— Это я развлекаюсь от скуки, для скоротания пути. Приятно хоть немного побыть джентльменом. Да и немного жаль тебя, бедолагу: даже если и наградят за эту операцию чем-нибудь круглым и блестящим, на груди носить, в отличие от военных, все равно не сможешь...*

— Жалеть женщину — это мужской расизм...

_____

* В отличие от наград, присуждаемых Конгрессом США, ведомственные медали (ЦРУ, ФБР и др.) креплений не имеют, на груди не носятся — их можно лишь держать в коробочке на столе, на стеллаже и пр.

— Эк тебя замкнуло...— покрутил головой Мазур.—
Я тебя жалею, как младшего боевого товарища, устраивает? Плох тот полковник, что не жалеет юных лейтенантов... Вот только пистолетик не отдам, не проси. Не из
недоверия, а оттого, что в данных условиях твоя игрушка
совершенно бесполезна. Это тебе не с наркоманами на
улице перестреливаться... А вообще, что-то мы разленились. О деле забыли.

Он достал приемник и прижал его к уху, не останавливаясь. Ничего особенного не услышал — атмосферные
разряды, шорохи и трески. На пределе слышимости, правда, комариным звоном слышались голоса далеких радистов, но ни слова разобрать не удавалось. Не выключая
приемника, выведя громкость на максимум, Мазур сунул
его в нагрудный карман.

— Нам далеко идти?

— Пустяки,— сказал Мазур.— Километров триста.

— Километр — это сколько?

— Ну, боевая подруга, ты меня умиляешь... Километр
ровно на шестьсот метров короче вашей мили, так что не
столь уж жуткое расстояние... Потом пойдут населенные
пункты. И вот тут-то для нас и начнется веселая жизнь...
Нет, вон туда,— Мазур легонько повернул ее, взяв за плечи.— На ту горку. Осмотримся. Машинка уверяет, что
здесь полно болот, да я и сам помню. И, кроме того, радиопереговоры идут относительно близко от нас, что мне
не нравится... И, наконец, пора на ночлег определяться.
Через часок эта проблема во всей красе встанет.

— А зверей здесь много?

— Звери нынче сытые,— сказал Мазур.— Главное, береги ноги, если подвернешь ногу или сломаешь — конец...

— Что с тобой? У тебя вдруг лицо изменилось, словно
привидение увидел...

— Так, разные воспоминания,— медленно сказал он,
чувствуя, как лицо становится застывшей маской.— Смотри-ка, под ногами определенно хлюпает, а дождя тут не
было. Точно, болото...

— Это опасно?

— Есть болото, а есть трясина. Опасна именно трясина. В болоте, если не особенно глубокое, разве что перемажешься, как черт... Хотя и в болотах есть поганые местечки... Тихо!

Он приостановился, поднес приемник к уху. Нет, не послышалось:

— ...расчетную точку,— пищал далекий голосок.— Выброска десанта начнется по графику.

— ...в подтверждение всех прежних приказов... на поражение...

— Ну вот и дождались,— сказал Мазур.— Они не так уж и далеко. И не похоже, чтобы собирались брать в плен. Уж извини, но тут не до сладких колыбельных. Попадемся — обоим крышка.

— Я понимаю...

— Ну вот, тогда дыши, как прикажу, и никак иначе...

Сверху ему открылась местность, только что виденная на экране процессора — в виде зеленых и синих изогнутых линий и скопища красных черточек, обрамленных цифрами и соответствующими значками. Левее, ближе к северу, начинаются болота. Вернее, заболоченная тайга. К югу, правее от избранного Мазуром маршрута, прогалин и лугов было гораздо больше...

И над одной из прогалин как раз зависали в четком строю несколько крохотных вертолетов, опустившихся совсем низко над тускло-желтой равниной, над зарослями жухлой невысокой травы. Мазур рывком поднял к глазам бинокль.

Пять машин — а дальше, у самого горизонта, видны еще вертушки, крохотные даже в окулярах его неслабого бинокля. Все как на подбор — транспортные. На траву из зависших в полуметре, не более, от земли машин цепочками выскакивают фигуры в камуфляже. Впрочем, не только в камуфляже — среди них там и сям виднеются марсианские силуэты в мешковатых комбинезонах противохимической защиты — куклуксклановские капюшоны, круглые очки,— разворачиваясь в шеренгу с похвальной выучкой, овчарки натягивают поводки, стелясь в азарте над землей длинными прыжками, без труда можно определить офицеров, энергично жестикулирующих, растягивающих длиннющую цепь пошире... Интересно, знают они, в чем дело, или им преподнесли нечто убедительно-весомое? Второе, скорее всего. Но стрелять хуже они от этого не станут, наоборот...

Черт побери, их тут не меньше батальона, а если учесть и тех, что маячат на горизонте крохотными подвижными крупинками, получается вовсе грустно... Хорошо еще, что шеренги нацеливаются на отрезок пути, давно пройденный беглецами. И все равно...

— Ходу,— сказал Мазур, беглым взглядом окинул напарницу, потом посмотрел на часы. Действие «Прилива» кончалось, на проворстве это не скажется, а вот мозги от вялости освободятся...

— Куда?

— В ту сторону,— показал он на отлогий склон.— Как себя чувствуешь, запоздалые переживания не колотят?

Она приостановилась, словно прислушивалась к себе, пожала плечами:

— Нет, в общем-то. Некогда, видимо...

— Ну и прекрасно,— сказал он нетерпеливо.— Бежим!

«Антисобакин» следовало беречь, расходовать по крошке — флакон довольно объемистый, но неизвестно, сколько им еще предстоит болтаться по тайге. Вот и выходит: пройденный путь смотрится этаким пунктиром — к иным участкам собаки совершенно нечувствительны, а иные смогут унюхать, нельзя же рассчитывать, что чутье отшибет у всех сразу. Сможет ли погоня в ы с т р о и т ь маршрут беглецов?

Нет, рано. Но как только они определят примерное направление — жди сюрпризов. Вертолет позволил с маху переместиться на полторы сотни верст, но одновременно выдал само существование беглецов, снял все неясности. Теперь они знают: кто-то выжил после бомбежки. Быть может, сгоряча преувеличивают число уцелевших — то-то и подняли парочку батальонов, скоты...

Мазур предусмотрительно срубил две молоденьких елочки, обрубил ветки, так что получилось две палки повыше человеческого роста. Вручил одну Джен:

— Ваше копье, скво...

— Что, драться?

— Ох...— вздохнул он.— Нащупывать дорогу. Никогда не топала по болотам?

— Не приходилось...

— Прежде чем поставить ногу, прощупывай как следует. А то попадется «окошко», ухнешь туда, даже пискнуть «Боже, храни Америку!» не успеешь... Иди за мной, след в след. Провалишься — клади палку поперек.

Он тщательно замаскировал низенькие пеньки и кучку лапника мхом и старой хвоей — чтобы походило издали на муравейник. И оба двинулись в глубь болота.

Довольно скоро пятнистые штаны вымокли по колено. Холодная вода проникала в туго зашнурованные ботинки через верх — правда, вскоре она нагрелась от тела, прохлада стала привычной, не ощущалась уже. Мазур не собирался забираться далеко в болота — можно вляпаться так, что и в самом деле не вынырнешь, хотел всего лишь пройти по кромочке, чтобы оставить меж ними и погоней, если та возьмет след, широкую полосу. Да и опасно держаться на открытом месте — вдруг пошлют вертолеты?

Перед болотом остановится любая собака, даже обученная должным образом туда не полезет, а сунется, все равно не возьмет след с поверхности ржавой воды... Беда в том, что его процессор оперировал цифрами солидными, самой мелкой единицей измерения взяв километр (представавший на крохотном экранчике, пожалуй, десятой долей миллиметра). И там, где граница болота четко светилась красным, в реальной жизни хлюпающая под ногами вода тянулась на десятки и десятки метров за пределы отмеченной территории. Убедившись, что от процессора сейчас толку нет, Мазур спрятал его в карман, застегнул на пуговицу и положился на звериное чутье, на прошлый опыт таежного уроженца.

Болотные прогалины сменялись полосками сухой земли, украшенной лишь редкими березками, корявыми и хилыми, жесткой осокой, блекло-желтыми зарослями травы, название которой Мазур давно забыл. Временами они пересекали гривы — целые острова, широкие, обширные, поросшие то елями, то великанскими кедрами. Тогда можно было и припустить рысцой. Порой в стороне взлетали испуганные рябчики, тяжелые осенние глухари — судя по их реакции, охотники сюда захаживали не так уж редко. Однажды слева вдруг затрещало, словно через кусты пер трактор. Это оказался высоченный лось. Джен так и присела, разинув рот. Мазур без лишних уговоров дал ей легонький подзатыльник, подтолкнул вперед. Автомат он держал под рукой — на гриве можно столкнуться и с медведем, от неожиданности способным разобидеться и полезть в драку. На гривах полно грибов, ягод, кое-где, в кедрачах, земля усыпана шишками. И кормится тут самый разный лесной народ, от бурундука до «хозяина тайги»...

Вновь — широченная полоса болота, голая равнина, утыканная вовсе уж редкими березками. Под ногами хлюпает, вздымаются крупные пузыри, ощущение такое, словно шагаешь по подвесному мостику или бесконечным качелям... Мазур старательно щупал дорогу палкой, поставив ногу в воду, чуть притопывал.

«Окна» — штука и в самом деле коварная...

Далеко позади послышалась автоматная очередь — едва различимая череда тихих, но звонких хлопков. Нервишки шалят? Или на медведя напоролись и шмальнули сгоряча? Джен дернулась ближе к нему.

— Стоять! — бешеным шепотом скомандовал Мазур.— Не торопись, мать твою, иди, как я учил...

И тронулся вперед, щупая палкой, как слепец. Это не трясина, к счастью, дно сухое, корни травы длинные, за годы срослись, образовав огромный ковер, но можно угодить и на прореху... А до дна порой бывает далеко, с головой ухнешь...

— Далеко еще? — задала Джен насквозь идиотский вопрос.

Он не ответил — сам не знал. Шагал, как робот, озабоченно отмечая, что тени становятся все длиннее, что сумерки скоро сгустятся. То и дело оглядывался на Джен — пора бы и устраивать ее на ночлег, а то свалится, захандрит от такого начала пути...

Остановился перед неширокой, метров в двести, полосой ржавой воды, разделявшей две обширных гривы. Заботливо спросил:

— Писать не хочешь?

— Нет, спасибо,— серьезно ответила Джен, подула, отбрасывая со лба прядь мокрых волос.— Пойдем дальше, пока идется?

— Подожди...

Он решительно свернул вправо, подошел к кедру, всмотрелся.

Когда-то, очень давно, на стволе сделали затес — столь широкий и глубокий, что дерево с раной так и не справилось, как ни затягивало нарастающей корой, осталось нечто вроде дупла. И из самой его серединки торчало нечто ядовито-зеленое...

Мазур попробовал пальцем. Больше всего походило на окисленную медь — гвоздь? Ага, похоже. Годочков этому гвоздю должно быть поболе, чем ему самому,— как и кедру. Вот кого здесь не было за последние полсотни лет, так это лесорубов, кедры, как на подбор, матерые, вековые...

Он поднял бинокль, мысленно продолжил прямую линию. На том берегу на стволе стоящего у самой воды кедра метрах в трех от земли виднелось столь же уродливое дупло, стянутая рана, и в центре ее — очередной медный гвоздь.

— Пошли,— сказал он решительно.— Кто-то преду-
смотрительный оставлял отметочки, охотниками тут и не
пахнет — им это ни к чему...

Гвозди некогда были длиннющими — они и сейчас,
конечно, такими остались, но ушли в кору по самую
шляпку...

В лесу было, как обычно, гораздо темнее, нежели на
равнине.

Мазур спешил, шаря взглядом по стволам. Но неведомый путник, озабоченный когда-то тем, чтобы проложить
надежную систему указателей, поработал в свое время на
совесть — даже теперь без труда можно было рассмотреть
целую цепочку зеленых шляпок, забитых метрах в десяти
одна от другой. Не исключено, в старые времена болото
было поглубже, и путь через него знал лишь загадочный
забивальщик гвоздей — потому и вколачивал их, в общем,
на виду...

Мазур не особенно и удивился, когда впереди показалась небольшая избушка. Сумерки сгущались. Он хозяйственно прислонил к дереву обе палки, снял автомат с
предохранителя и передал Джен фонарик, предупредив:

— Пока не подойдем вплотную, не включай, в тайге
свет далеко видно...

Избушка, похоже, была поставлена в те времена, когда дедушка Мазура гулял по Невскому бравым новоиспе-
ченным гардемарином, ревниво глядя, вовремя ли отдают
честь нижние чины вкупе с городовыми... И работал тут
не один человек — очень уж могучие бревна пошли некогда в дело. Даже крыша уцелела — плоские толстенные
плахи, придавленные парочкой выворотней с обрублен-
ными корнями. Окна напоминают бойницы — в избушке
недурно можно отсидеться. Дверь заперта на огромный
висячий замок. Обойдя избушку кругом, оценив окна-бой-
ницы, Мазур опустил автомат — внутрь мог забраться
разве что кто-то вроде бурундука или белки. Поблизости — яма с прозрачной водой, определенно родничок. В
стену вбиты несколько проржавевших больших колец —
коновязь?

Он присмотрелся к замку, потом отступил, примерился и могучим пинком сокрушил его — замок за долгие годы
превратился в комок ржавчины, изъевшей его до нутра,
на землю упала лишь парочка рыже-черных железок, а
остальное взвилось облаком тяжелой трухи. Дверь скрипнула, чуть подалась, но открыть ее сразу не удалось, при-

шлось прямо-таки выковыривать ножом проржавевшие трубчатые петли, а потом еще долго раскачивать толстые доски, сбитые широкими самоковаными полосами. В конце концов сломались и эти скрепы: решив не мудрствовать, Мазур пинками вышиб две доски, оставив остальные в неприкосновенности,— достаточно, чтобы человеку пролезть внутрь, и ладно...

— Мы что, будем там ночевать? — спросила Джен, до того смирнехонько стоявшая в сторонке.

— Ага,— сказал Мазур, отряхивая с себя тяжелые чешуи ржавчины.— Не на дереве же сидеть. Если нас тут достанут — что под крышей ты здесь ночуй, что на вольном воздухе, все одно...— и засмеялся.— Тьфу ты, поймал себя на том, что с утра по-русски не говорил...

Изнутри потянуло устойчивым запашком гнили и запустения, но чистоплотная американочка носом уже не крутила — начала понемногу привыкать, успела перемазаться и употеть так, что на посторонние запахи уже не реагировала.

Мазур, стоя на пороге, повел лучом. Неподъемный стол, две лавки, лежанки с кучей истлевшего тряпья...

— Заходи,— сказал он, посторонившись.— Вытерпеть можно. Снимай быстренько штаны и все, что под ними, нужно выжать как следует, огонь я разводить не рискну...

Поставил фонарик в уголке рефлектором вверх, вышел, отошел на несколько метров — нет, с дальнего расстояния совершенно незаметно будет, деревья заслоняют. Вернулся в избушку. Джен, сидевшая на лежанке с обнаженными ногами, дернулась чуть смущенно.

— Сиди,— сказал он устало.— Какие тут светские приличия, да и женщин я видел во всех видах...— Расшнуровал свои ботинки, стащил брюки, шерстяное белье, принялся старательно выжимать.— Как и ты, надо полагать, мужчин... ага!

— Что?

— Колечко видишь? — он показал в полумрак.— Ну, точно... Там подвал. Надо глянуть.

— Зачем? — устало спросила она.

— А вдруг там клад. Вот будет обидно — груда золота, и не возьмешь с собой... Все равно делать нечего, а спать рано...

Ему и в самом деле было любопытно — избушка ни капельки не походила на обычное охотничье зимовье, скорее уж на этакий таежный блокгауз. И вообще, когда это в глухой тайге, за пару сотен верст от ближайшего жилья, на двери навешивали замки? Нужно быть либо заматерелым скопидомом, одержимым патологической боязнью воров, либо предусмотрительным человеком, имеющим основания опасаться визита постороннего.

Мазур попробовал люк. Кольцо проржавело лишь сверху, но за долгие годы крышка чуть ли не срослась с досками пола, пришлось старательно поработать ножом по контуру, а потом и выломать петли. Понатужившись, рванул. Взлетело облачко древесной трухи, открылся черный проем, и оттуда шибануло застарелой затхлостью — однако не столь уж спертой, как он ожидал. Видимо, в подполье были продухи для вентиляции. Пережидая, пока туда проникнет немного свежего воздуха, Мазур оглянулся на спутницу. Покачал головой, подошел и приложил ладонь ко лбу. Жара нет, но девушку явственно трясло.

— Ну-ка, вытяни очаровательные ножки,— сказал он, доставая флягу со спиртом.— Грех тратить столь качественный продукт на растирание, но здоровье дороже... Давай ногу и не дергайся, не до эротики тут.

Старательно растерев ей ноги спиртом, решил на этом не останавливаться, извлек аптечку и принялся перебирать шприцы. Джен моментально отшатнулась.

— Да ладно тебе,— сказал Мазур терпеливо.— На сей раз — вполне безобидное зелье, для страховки от простуды. После таких прогулок и у привычного человека ноги скрутит.

— Знаю я твою фармацевтику...

— Не суетись,— сказал Мазур.— Я и себе делаю, видишь? Та же в точности маркировка... Или у тебя есть еще секреты, вовсе уж смертоносные?

— Да нет...

— Тогда давай руку и не дергайся. Скинь все остальное — пропотело, мокрое... Бушлат накидывай прямо на голое, быстрее согреешься. Потом все же попробуем костерчик...— Он отступил на шаг от лежанки, критически окинул девушку взглядом.— Ну вот, добавить обольстительную улыбку к российскому бушлату на голое тело — и готов разворот для «Плейбоя». Под заголовком типа: «Новое мышление и мирное сотрудничество». Вообще, твоему шефу я бы намылил шею: посылать милую девочку в сибирские дебри...

— Опять мужской расизм? — вполне серьезно поморщилась она, кутаясь в бушлат и в самом деле являя собою довольно приманчивую картинку.

— Глупости,— сказал он.— Всего-навсего — «баддисистем»*. Тебе не плеснуть глоток спирта?

— Ага,— сказала она живо.— Сначала — глоток спирту, потом — «не холодно ли будет мне спать одной?»

— Все еще ждешь от русского подвоха?

— Вы, мужики, везде одинаковые...

— Stop catching crabs**,— проворчал Мазур.

— Что?

— Родной язык надо знать,— отмахнулся он.— Ну ладно, если уж полезли в голову фривольности, значит, отогрелась немного да и лекарство уже действует... Пойду посмотрю, что там за пещера Аладдина.

Посветил вниз широким, пронзительно-белым лучом. Спустился на пару ступенек, осторожно пробуя их босой ногой. Присвистнул, покачал головой:

— Вот оно что...

Подпол оказался совсем маленьким — примерно четыре на четыре. По всему периметру черными щелями зияли «продухи». Не обычное деревенское подполье, а сущий склеп, сплошная каменная коробка. В одном углу громоздилась какая-то странная махина, высокий агрегат с массивным колесом, определенно чугунным. Штабелем лежали непонятные пухлые пачки. А под лестницей навзничь лежал скелет — одежда из прочной домотканины хорошо сохранилась, рядом валяется старомодный картуз, из-под полы поддевки видна потемневшая серебряная цепочка, а на костяшках пальца тускло посверкивает широкое обручальное кольцо. Покойника и не подумали в свое время обобрать, значит, дело не в грабеже...

— Что там? — спросила сверху Джен.

— Точно, пещера Аладдина,— отозвался он.— Покойников не боишься?

— Если они по ночам не шастают.

— Есть тут скелет, один-единственный...

— Иди ты!

— Ну, спускайся. Правда, скелет. Коли уж он до сих пор не начал выступать, и дальше будет смирнехоньким...

---

* Buddy-system — система шефства старослужащего над новобранцем в армии США.

** «Перестань ловить леща!» (в морском обиходе — «Не черпай воду веслом», в быту — «Не пори горячку») (*амер. сленг*).

На верхней ступеньке появилась пара стройных обнаженных ножек — Мазур мимолетно засмотрелся. Джен спустилась, встала рядом с ним, чуть вздрогнула, увидев костяк, но, в общем, не собиралась падать в обморок.

Мазур присел на корточки, посветил:

— Видишь определенно несовместимую с жизнью дырку в башке? Что скажешь, специальный агент?

Джен присмотрелась, с понимающим видом покачала головой:

— Теменная кость проломлена острым предметом, предположительно топором. Смерть должна быть мгновенной.

— Вот и мне так кажется,— пробурчал Мазур, двумя пальцами вытянул за цепочку потемневшие серебряные часы-луковицу, глянул, положил обратно.— Его не ограбили, значит, дискуссия возникла по неким принципиальным поводам...

— А это еще что?

Он подошел поближе. Поднял ближайшую пачку, разодрал ветхую бумагу, указательным пальцем поддел бечевку, легко разорвал. В подвале не было и следа сырости, не зря его так старательно выкладывали камнем. Обертка и бумага обветшали, но содержимое свертка сохранилось почти идеально...

Деньги всегда делали из отличной бумаги. Мазур взял верхнюю купюру, непривычно большую. Из окруженного причудливыми узорами овала на него диким взором таращилась мордовская физиономия государя Петра Алексеевича.

— Это что, деньги? — догадалась Джен.

— Деньги,— сказал он.— Царские. И приличные деньги, надо тебе сказать. За одну такую бумажку можно было купить... ну, я не знаю, колье с во-от такими бриллиантами. Только они все, надо полагать, фальшивые — очень уж эта махина смахивает на печатный станок... У нас тут в старые времена хватало мастеров. Без всяких ксероксов чудеса делали. Тут миллионы... Правда, ни на что они уже не годятся.

— Почему же все это оставили?

— Ну-у...— сказал Мазур.— У нас же, если ты не знала, была гражданская война, и почище вашей. Такие бури пронеслись... Надо полагать, хозяин где-то сложил голову, посреди всех перипетий, а другие не знали...

— Может, это хозяин и есть? — она кивнула на ухмылявшийся череп, обративший пустые глазницы к никчемным сокровищам.

— Вряд ли,— подумав, сказал Мазур.— Напади на него кто-то со стороны, обязательно унес бы деньги. Я не специалист, но сделано на совесть, с большим тщанием... Это, скорее всего, и есть дизайнер, он же печатник. Может, хозяин решил, что пора вовремя остановиться. И уволил работничка. А сам уже сюда не вернулся... Скорее всего, так и было. И при Советской власти эти денежки были в обращении, еще несколько лет ходили, так что обязательно забрал бы, останься он жив... В общем, за давностью лет расследование прекращается.

— И никакого золота,— сказала Джен разочарованно.— Везде одни бумажки...

— Я ж говорю — что бы мы с золотом делали? — пожал плечами Мазур.— А в общем, нам повезло. Подвал каменный, сухо, отличной бумаги навалом — разведем огонь прямо тут и одежду подсушим весьма даже качественно...

ГЛАВА ШЕСТНАДЦАТАЯ

РЕЧНОЙ КОРОЛЬ

Мазур имел все основания гордиться собой.

Пошли пятые сутки «автономного плавания», если считать с того рассвета, когда они покинули избушку со скелетом (так и не побеспокоившим ночью), а в сухопутном экипаже не было ни потерь, ни серьезных травм. Мелкие царапины в счет не шли. Как и легкая депрессия, в которую Джен помаленьку погружалась, столкнувшись с необозримостью здешних просторов, которые следовало прилежно преодолевать на своих двоих. Мазур лишь следил, чтобы эта вполне понятная тоска не переросла в безнадежность,— старался изо всех сил, чередуя кнут и пряник, порой взывая к профессиональной гордости, не позволяющей уронить престиж ФБР в глазах бывшего коммуниста, то бишь его, порой откровенно пугая, что вколет ей, скрутив по рукам и ногам, вовсе уж жуткое снадобье, превратив на недельку в совершеннейшего робота.

Ничего даже отдаленно похожего у него в аптечке не имелось, но Джен, накрепко усвоившая, что русские обожают устраивать «промывание мозгов», пугалась чисто автоматически. Правда, особого беспокойства она не доставляла, пряник пока что пришлось применять лишь дважды, а кнут — вообще единожды.

Главное, от погони они оторвались. В первый день еще слышали отдаленное вертолетное зуденье у горизонта, но оно умолкло уже через каких-то полчаса. Определенно, преследователи решили, что беглецы пойдут прямо на юг, к Шантарску, и действовали соответственно. Если еще действовали. Они быстро должны были понять, что в таких условиях беглецов не разыщет и парочка воздушно-десантных дивизий, а значит, Мазур не обольщался, скоро будет выбрана более выигрышная тактика. Кордоны у населенных пунктов, поднятая на ноги агентура, проверки на дорогах — и прочие удовольствия, которые человек с богатым опытом легко способен предвидеть. От чего, впрочем, его задача легче не становится...

Единственное светлое пятно во всей этой истории — полнейшая неосведомленность противника о том, с к о л ь к о человек уцелело после бомбежки. И кто именно уцелел. Мазур успел как следует, хоть и бегло, осмотреть погибших — добрая половина из них, как ни тягостно об этом думать так отстраненно, с холодной логикой, практически испарилась, угодив в эпицентр. Вакуумная бомба такого типа в некоторых отношениях уступает лишь атомному взрыву, штука страшная... И ситуация работает на Мазура: когда невозможно дать т о ч н у ю ориентировку на розыск, неизбежны накладки и провалы. То, что возле Глаголева оказался стукач, не меняет дела. Мазур прекрасно представлял себя на месте того, кто руководит облавой, представлял, как скрипят мозги и пляшут разнообразнейшие комбинации: женщина и трое мужчин? Двое мужчин? Полдюжины? Здесь бессильна и ЭВМ: количество комбинаций выражается четырехзначной цифрой, если принять за исходную точку, что уцелели пятеро-шестеро диверсантов...

И все равно, в первом же населенном пункте придется нелегко. За глухонемую ее выдать, что ли? Но об этом не преминут посудачить, глухонемая красотка — отличная зацепка, остро пахнущий след... Глупо думать, что ее фотографиями погоня не располагает, а уж снимков Мазура у них столько, что можно стены оклеивать вместо обоев... Он, конечно, не брился, но особо на эту уловку не рассчитывал. Отечественные программы для ЭВМ, используемые народцем определенного пошиба, ничуть не уступают иностранным аналогам: моментально дают полный набор вариантов — подозреваемый с бородой и с усами, с длинными волосами, с короткими, вообще бритый наголо...

— О чем задумалась? — наигранно бодро окликнул он напарницу, шагавшую рядом, как автомат.

— Я и не представляла, насколько лес бывает омерзительным, когда его так много...

— Ну, это ты зря,— сказал Мазур.— Просто привыкла к городской жизни, а? Электроника, кондиционеры...

— Вот именно. Несмотря на Мичиган. Есть же разница меж пикниками и этакими вот странствиями...

— Вспомни отцов-основателей,— сказал Мазур.— Гордая тень «Мэйфлауэра», Джордж Вашингтон с его топориком — вот уж кого ты мне решительно не напоминаешь со своими увертками* — герои Аламо... что там еще?

— Побывал бы Вашингтон на моем месте... Посмотрела бы я, что осталось от его хваленой правдивости.

— Бог ты мой, разве я тебя обманывал в чем-то?

— Все равно...— горько вздохнула она.— Хорошо еще, ты меня не заставляешь коров доить...

— Это что, поговорка какая-то?

— Да нет,— сказала Джен.— Это роман Кеннета Скоггса «Джек на планете Канзас». Я не больно-то много читаю, времени нет, но однажды пришлось двое суток маяться бездельем в мотеле, и кто-то забыл книгу... В общем, этот самый Джек случайно оказывается в роли Робинзона на канзасской ферме. Ехал мимо, сломалась машина, отправился за помощью — а фермер повез жену в больницу, в город, началось наводнение, и Джек оказался пленником. Вместе со всей живностью. Ферма убогая, старомодная, в Канзасе таких сколько угодно, я сама видела. Вместо холодильника — ледник, ни телевизора, ни телефона. Еды, правда, хватает — но обыкновенной, которую нужно готовить самому, с нуля, из сырых продуктов, на газовой печке.

— А он что, не умеет?

---

* В американских школьных хрестоматиях приводится история о том, как Джордж Вашингтон в детстве подрубил топориком дерево, но честно рассказал об этой проказе отцу.

— Конечно. Он вообще городской человек, единственное, что умеет — взять упаковку чего-нибудь замороженного и всадить в микроволновую печь, а уж она сама подаст сигнал... Электронщик из Большого Яблока*. Коров видел только по телевизору. А там, на ферме, их с дюжину. Лошадь, собаки, куры, индейки... Коров надо доить, они ревут, всех надо кормить, а он ничегошеньки не умеет. Даже не представляет, кому что давать. Вот четыреста страниц и описывается, как он учится на ходу. Вода-то спадать не собирается, это надолго... Иногда смешно, иногда — не особенно. Вообще, занятный роман. За неделю из него получился неплохой фермер, а еще через неделю он уже управляется так, словно там и родился.

— Нужда заставит калачи печь...— задумчиво сказал Мазур по-русски.— Хозяин что же, так и не вернулся?

— Там все замотивированно — у хозяина от переживаний за жену случился инфаркт, лежит без сознания, подключенный к медицинским агрегатам, никто и понятия не имеет, что ферма осталась без присмотра: все думают, там племянник, а он еще раньше решил от дяди сбежать без предупреждения... Вот и воспользовался случаем. Словом, когда вода спадает и появляется машина шерифа — решил на всякий случай посмотреть, как там и что, Джек себя уже ощущает сущим суперменом...

— Понятно,— сказал Мазур.— Надеюсь, он после таких приключений не воспылал любовью к фермерской жизни и не бросил Нью-Йорк?

— Нет, конечно. С огромным облегчением возвращается домой.

— Вот это правильно,— сказал Мазур.— Это я и называю жизненной правдой. Насильно мил не будешь. Не полюбишь вдруг коровок и лошадок только оттого, что пришлось в компании с ними пережидать наводнение, наоборот, еще сильнее возненавидишь после всего пережитого. Мне однажды три дня пришлось просидеть в компании верблюдов, и я после этого верблюда видеть не могу...

— Правда, он счастлив оттого, что показал себя настоящим мужиком, не пасующим перед трудностями...

— А, ну, это, конечно...— сказал Мазур.— Есть чем гордиться. Вот и ты постарайся рук не опускать. Никто тебя не заставляет полюбить эти места пуще жизни — но держаться нужно...

---

* Прозвище Нью-Йорка.

— По-моему, я держусь.

— А кто вчера ночью во сне всхлипывал? Честное слово офицера. И прижимался ко мне, как ребенок к своему плюшевому мишке. Было, мисс Деспард, что уж там...

Это была чистая правда, нынешней ночью все так и обстояло — ночевать под деревьями, пусть и завернувшись в большие куски выдуманной не самыми бестолковыми конструкторами ткани, неплохо державшей тепло, было, в общем, привычно для Мазура, но вряд ли могло устроить заокеанскую гостью, избалованную цивилизацией.

Всхлипывала она довольно жалостно. И Мазур добросовестно попытался задеть ее самолюбие. Однако на сей раз Джен что-то не вспоминала о феминизме — надувшись, смолчала.

— Правда, всхлипывала,— безжалостно сказал Мазур.— Если так и дальше пойдет, во мне самым пышным цветом расцветут тезисы откровенного мужского шовинизма... тс!

Бесшумно скользнул за дерево, увлекая девушку за собой. По спине прошел холодок.

В первый миг показалось, что на поляне — вставший на задние лапы медведь, расположившийся к ним спиной у обширного малинника с перезрелой ягодой. Но теперь Мазур прекрасно видел, что ошибся. Это было нечто подобное человеку — если только бывают люди в два с половиной метра ростом, сплошь заросшие длинной и густой светло-коричневой шерстью... Существо преспокойно обирало высокие кусты, работая широченной лапищей, как граблями, пропускало меж пальцами ветку, потом ело с горсти. Шеи у него, похоже, не было вовсе, голова торчала острым бугорком прямо из плеч, оно не походило ни на что, виденное прежде. И Мазура охватил незнакомый, никогда раньше не испытанный страх. Колени стали ватными, руки безвольно повисли, он смог еще подумать, что следовало бы перекинуть автомат на грудь, но схватиться за оружие не смог, окаменел... Покосившись на Джен, увидел ее совершенно белое лицо. И не шелохнулся.

Неизвестно, сколько они так простояли. Собрав в кулак всю волю, Мазур заставил себя медленно-медленно поднять руку, цепко ухватил ладонь Джен, и оба, не сговариваясь, кинулись бежать — напролом, не зная куда, с невероятным хрустом проламываясь сквозь густой кустарник, каким-то чудом огибая деревья, ни разу ухитрившись не споткнуться, словно неведомая сила, надзиравшая за их бешеным бегом, плавно несла над землей...

Опомнились на какой-то полянке, ошарашенно переглянулись и упали в мох, переводя дыхание,— сердце, казалось, вот-вот выскочит из груди, покатится под ноги... Загадочный таежный житель все еще стоял у Мазура перед глазами, запечатленный мозгом с фотографической точностью, а по спине до сих пор оглаживал мягкой лапкой тот новый, ни на что не похожий страх. Помотав головой и чуточку придя в норму, он проверил, все ли на месте: ничего удивительного, если бы бросил автомат или бесценный рюкзак... Нет, ухитрился ничего не потерять, и Джен тоже.

Отстегнул флягу и вопреки всем прежним привычкам сделал приличный глоток спирта. Спирт прошел в глотку, как вода. Мазур зажмурился, все еще в и д я.

— Дай сигарету,— придушенным голосом попросила Джен.

— Ты же не...

— Ага, года три... Дай.— Она глубоко затянулась, с закрытыми глазами выпустила дым.— Бог мой, это же сасквоч...

— Только без ваших американских ругательств,— сказал Мазур, с радостью отмечая, что дыхание медленно приходит в норму, а страх понемногу улетучивается.— Надо же, а я думал, их уже и не осталось...

— Правда, сасквоч...

— Хозяин,— сказал Мазур.— Он же — сосед. По-здешнему. Давненько уже их не видели, думал, вымерли все...

— И ведь никто не поверит...

— Это точно,— сказал Мазур.— Поэтому потом рассказывай уж заодно и про мамонта, который нас ночью едва не растоптал. И про груду алмазов в подвале. Все равно не поверят ни единому слову, так что лучше использовать фантазию на всю катушку. Не так обидно будет...

— А он за нами не погонится?

— Что-то я не слышал, чтобы он гонялся за мирными прохожими,— серьезно сказал Мазур.— Главное, не задираться самим... При желании вполне мог догнать — мы ж шумели на весь лес, как два спятивших бульдозера...

— Черт, и никому ведь не докажешь...

— А зачем? — махнул он рукой.— Мало нам в жизни других забот? Успокоилась? Тогда пошли. Что бы там ни говорили, лучше на всякий случай убраться подальше. Это определенно е г о места...

...Часа через три они вышли к реке — как засвидетельствовал процессор, это была Таймунчи, бравшая истоки километров на сто южнее. Преграда солидная — метров шестьсот медленной сероватой воды, в это время года уже холодной, как мозги налогового инспектора. Это сравнение пришло в голову Джен, попробовавшей воду рукой. Мазур до столь поэтических высот не воспарял, хмуро стоял на берегу и курил, стряхивая пепел в воду.

— Ну, и какие будут приказы, командир? — спросила Джен с безразличным видом, свойственным дисциплинированным солдатам.— Мой жизненный опыт здесь решительно не годится... Вплавь, кажется, не стоит...

— Если понадобится, пойдем и вплавь,— угрюмо сообщил он.— В конце концов, не зима, спирт и лекарства есть. Плот я с помощью ножа соорудить вообще-то смогу, хоть и не Рэмбо, но времени уйдет масса. Двинемся вверх по течению, поищем брод, ассигную на это час. Если не найдем брода, придется составить конкуренцию Марку Спицу*, тут уж ничего не поделаешь...

Джен кивнула, и они двинулись вдоль берега.

— В дождь этот пейзаж и вовсе унылый, я думаю...

Мазур остановил её жестом, тихо сказал:

— Давай-ка помолчим. Над рекой все звуки далеко разносятся, издали услышать можно...

— Засада? — спросила она понятливо, понижая голос до старательного шепота.

— Да нет,— неопределенно сказал он.— Здесь, видишь ли, давненько ходит поговорка, что самый опасный зверь в тайге — как раз человек. И поговорочка сплошь и рядом оправдывается.

— Гос-споди...— прошептала она с чувством.— Я-то считала все это голливудскими выдумками — дебри, человек, что опаснее дикого зверя... Даже в Колумбии было поспокойнее, я там была два раза, офицером связи при группе...

— Да уж, тут тебе не Колумбия,— сказал Мазур с ноткой законной гордости.— Пусти сюда твоих колумбийцев — и косточек не найдут. Не веришь?

— Ох, верю...

---

* М а р к С п и ц — американский пловец, золотой призер двух Олимпиад (*1968 г., 1978 г.*).

— Внимание!

Мазур остановился, обратившись в слух. Вскоре подтолкнул девушку к лесу, и оба залегли за крайними деревьями. Шум мотора становился все явственнее, приближался — с верховьев реки шла лодка. Скорее уж катер, не простая моторка.

Точно, катер. Он с приличной скоростью прошел почти посередине реки — дюралевый, длинный, наполовину закрытый надстройкой с большими иллюминаторами, выглядевший довольно новым. На борту не было ни номера, ни названия — только у самого носа по синему фону золотой краской нарисована корона.

Мазур проводил его взглядом, почесал в затылке:

— Что-то не похож ни на военный, ни на милицейский. Да и чересчур хорош для государственного ведомства. Скорее уж какой-то богатенький субъект выбрался половить рыбку или поохотиться на природе...

— Это хорошо или плохо? — деловито спросила Джен.

— Это очень даже хорошо,—сказал Мазур.— Ручаться могу — по шуму мотора не похоже, чтобы он с постоянной скоростью шел издалека. Скорее, где-то поблизости завел мотор и отчалил от берега. Коли уж мы в том направлении двигаемся...

— И что?

— Да это же азбука,— сказал Мазур.— До ближайших обитаемых мест довольно далеко. Запас горючего с собой нужно волочь изрядный, емкость бака не бог весть какая. У него где-то поблизости должна быть база, с запасом горючего, палаткой, обустроенным бивуаком — как серьезные рыбаки и поступают...

— Слушай, никак не могу уловить твою мысль.

— Если я не ошибся и там, куда мы идем, у него бивуак, а не просто пописать к берегу причаливал... В общем, мы его дождемся, а потом вежливо попросим перевезти на тот берег.

— Что-то я, глядя на твою улыбочку, начинаю питать подозрения на счет вежливости...

— Слушай, нам нужно переправиться на тот берег или как? Тебя холодная водичка привлекает?

— Не особенно,— сказала Джен.— Но это же мирный посторонний человек.

— Законопослушный вы народ, джимены,— проворчал Мазур.— Не забыла, в каком мы положении? Брось ты эти предрассудки цивилизованных мест, тут они как-то не работают. В конце-то концов, я не собираюсь никого убивать...

Джен замолчала, но еще долго крутила головой. Мазур хмыкнул:

— Насколько я помню ваши фильмы, там любой легавый при крайней необходимости бросается навстречу первой попавшейся машине, сует под нос водителю свой значок, орет, что именем закона временно реквизирует колеса, вытряхивает бедолагу на обочину — и катит вдаль...

— Но мы же сейчас не представляем закон?

— А Дреймена в Белом Доме лицезреть хочешь? То-то... Шагай и не майся комплексами.

Приятно, когда угадываешь правильно. Минут через пятнадцать Мазур издали увидел на берегу выцветшую палатку-шестиместку. Прибывшие устроились всерьез и надолго — рядом с палаткой был установлен капитальный стол из струганных досок (привезенных с собой, конечно), над ним водружен столь же обстоятельный навес из брезента на высоких шестах. Такой же шест торчит возле палатки, и от него под полог уходит тоненькая ниточка антенны — интересно, рация у них или просто транзистор? — а на воде у палатки покачиваются две лодки: резиновая черная и дощатая плоскодонка без мотора, определенно игравшая роль грузовой баржи. Нигде не видно мусора, ни единой консервной банки, клочка газеты или смятой сигаретной пачки, не говоря уж о пустых бутылках. Хозяйственный народ, надо признать.

Сняв свой рюкзак, Мазур повернулся к девушке:

— Надевай. Поднимешься во-он туда, на пригорок... видишь? Где поваленное дерево. Притаишься там и подождешь, чем у нас закончатся дипломатические переговоры.

— А если там никого нет?

— Есть,— сказал Мазур, опуская бинокль.— У входа в палатку — две пары сапог. Значит, их там как раз двое, ручаться можно,— сменную обувь в тайгу брать как-то не принято...

— Может, револьвер отдашь?

— Дался тебе этот пугач,— проворчал Мазур.— Сама же твердила насчет законности, а где у тебя разрешение на ношение оружия в суверенных российских пределах? Шагом марш...

Он смотрел ей вслед и, лишь убедившись, что достигла места и залегла за поваленным деревом, осторожно двинулся вперед, вдоль берега. Деревья почти вплотную подступали к воде — да и палатка умещалась на узкой полосе песка не более пяти метров шириной,— так что подкрасться незамеченным оказалось нетрудно. Он еще постоял за деревом, прислушиваясь. Из палатки доносилось негромкое бормотанье, перемежавшееся музыкой,— обычная радиопередача, с уверенностью можно сказать.

Мазур сделал несколько шагов на открытое пространство — песок глушил звуки и негромко позвал:

— Эй, есть кто дома?

Автомат он перевесил на плечо, но не прикасался к нему, чтобы не пугать заранее обитателей крохотного лагеря.

Что-то взорвалось в затылке ослепительной болью.

...Открыв глаза, он обнаружил, что валяется ничком, уткнувшись физиономией в песок — рыхлый, с крохотными крупинками окатанного водой кварца. В затылке все еще невыносимо ломило, руки и ноги оказались связаны. Совсем рядом слышались негромкие голоса — только мужские, с радостью определил Мазур, все еще морщась от колючей боли в затылке.

Радость тут же сменилась злостью и тревогой. Джен могла и не заметить, как ему приварили по затылку, до сих пор сидит в своем укрытии, могут наткнуться и на нее. Да и оружия у нее нет, а приемчиками против вооруженных мужиков много не навоюешь. Он слышал, как поблизости щелкнул затвор — судя по звуку, карабин. Конечно, кто же идет в тайгу без ружья? И автомат попал к ним в руки, и оба пистолета — он лежал как раз на левом боку, но револьвер Джен из кармана бушлата исчез, иначе почувствовал бы его ребрами. Нет, но как этот гад ухитрился подкрасться сзади? Подкрался и двинул чем-то. Вообще-то, единственный, кто может подкрасться незамеченным даже к самому крутому спецназовцу — опытный таежный охотник, следовало бы учесть и оглянуться сначала...

— Подымите мне его, гниду,— распорядился кто-то.

Две пары рук невежливо ухватили Мазура под бока, вздернули в воздух, на миг возникло замешательство, и один из державших спросил:

— А куда его?

— Да вон, к скамейке прислони спиной, пусть сидит, как барин.

Приказ выполнили моментально. Мазур кое-как уселся на песок, горизонтально вытянув связанные ноги. Поднял голову, стараясь не охнуть,— затылок все еще тупо ныл.

Напротив него стояли трое — на безопасной дистанции, метрах в пяти, но все равно до Мазура долетал густой запах свежей рыбы. Его автомат довольно умело держал коренастый мужичок лет пятидесяти, седой, с продубленным лицом, казавшимся вырезанным из еловой коры: глубокие морщины, жесткая кожа... Другие двое выглядели помоложе, но судя по физиономиям, большую часть жизни тоже проводили под открытым небом, во всякую погоду и в любое время года. Серьезный народ, мгновенно оценил Мазур. Удавят, и глазом не моргнут, благо грозить прокурором в данной ситуации совсем уж глупо, за прокурора тут издавна косолапый, который в жизни не сможет подписать ордер...

— Чем это вы меня, скоты? — поинтересовался он.

— А стяжком,— сказал седой, поддел носком резинового сапога валявшийся тут же еловый колышек.— Удобная в хозяйстве вещь, спасу нет... Болит головка? Ты не горюй, это, брат, ненадолго.

Остальные заржали так пакостно, что о подлинном подтексте реплики их вожака мог бы догадаться и менее искушенный человек. У покойников, как правило, голова болеть перестает...

Мазур опустил взгляд к поясу — и ножны, и кобура, конечно же, пусты.

— Забурела рыбинспекция, я смотрю,— сказал седой, подкинув автомат в широких ладонях, покрытых целой сетью бугристых шрамов. Ручонки старого браконьера, определил Мазур. Вон как порвало крючками от самоловов...

— Это в каком же смысле? — спросил он, притворяясь полным идиотом. Следовало потянуть время. Если Джен забеспокоится, решит перебраться поближе... У двоих оружия в руках нет, тут достаточно двинуть сзади седому, перехватить трещотку...

— У тебя, я смотрю, в мозгах еще бурление, искорки, поди, кружат...— ухмыльнулся седой.— Забурели ребята, чего уж там. В старые времена трюхали на ржавом корыте, со ржавой берданкой, а теперь — ты только посмотри. И автомат у него красивенький, и пистоли по карманам распиханы, и ножик самый что ни на есть страхолюдный...— Он полез в карман, вытащил нож, полюбовался.— Глядеть тоскливо. А еще скулите, что перестройка вам посади́ла на шею кучу уголовного элемента... Ты бы в старые времена при такой амуниции ходил? Шиш...

— Слушай, отец родной,— сказал Мазур.— Ну какой я тебе, если приглядеться, рыбинспектор? Что ты чепуху порешь?

— Ну? А кто же ты, голубь, есть?

— Прохожий турист,— сказал Мазур.— Мирный человек.

— А такие штучки туристам всем выдают или через одного? — встряхнул он автоматом.— Наворотили, не сообразишь сразу, где тут что и нажимать...

— Вот и не нажимай,— сказал Мазур.— Вообще поменьше в руках верти, а то напарнику чего-нибудь отстрелишь или, хуже, себе самому...

— Учту,— пообещал седой, вешая автомат на плечо дулом вниз.— Ну, колись, инспекция, чего уж... Самое время. Остальные где? И сколько вас, волюнтаристов? Лодку, как я понимаю, где-то в отдалении оставили, а сами рыскаете пешочком, хорошо еще, я тебя вовремя засек, а там уж проще было...

— Говорю тебе, я мирный турист,— сказал Мазур.— Сущий голубь, как ты совершенно правильно определил.

— Ты поглядывай,— бросил седой одному из своих.

Тот встрепенулся, подхватил прислоненный к скамейке, подальше от Мазура, карабин, отошел к лесу.

— Туристы, родной, с таким арсеналом не шляются,— сказал седой уверенно.— А военных на триста верст поблизости нет. Не в германский же тыл тебя на разведку послали? Сам рассуди, откуда тут германский тыл? Никаких тут вражьих тылов, одна тайга... И на охоту с такими стволами никто не ходит. В общем, влип ты, как проститутка Троцкий. И пока я не начал над тобой твоим же ножичком эксперименты ставить, лучше колись сам. И быстренько, некогда нам тут арии распевать. Кратенько, быстренько: где остальные, что задумали? Что за новая идея Карзубину в голову стукнула. И все прочее. Твою рожу я что-то не помню, надо полагать, вызвали новеньких, нам неизвестных, то-то на пристани крутились эти... с плотами. Сплавщики, мать их так. Якобы. Ну?

— Да говорю тебе...— взревел Мазур.

И получил пинок под ребро, так что поневоле умолк, охнув.

— Будешь повышать голос, тварь, я тебе по старинному обычаю ерша в задницу запихну,— сказал седой, при-

246

вычно сминая меж пальцами мундштук папиросы.— А назад его вытащить будет не в пример труднее, все равно, что ежа против шерсти родить... Усек? Глядишь, и жизнешку свою поганую выторгуешь...

— А это наверняка? — спросил Мазур.

— Я тебе не господь бог, чтобы обещать наверняка. Там видно будет.

— Тогда какой мне смысл с тобой откровенничать?

— То есть как это? — удивился седой.— Есть же разница: помирать тебе тихо и культурно или — как драной кошке у скорняка... А может, и помилую. Смотря что споешь. Я по всему твоему виду просекаю, что человек ты в наших играх совершенно случайный, вдруг и не буду руки поганить лишним утопленничком... Тебе что Карзубин наговорил? Что я мелкая сявка, которую взять за жопу еще полегче, чем пьяную пэтэушницу? Очень похоже — то-то ты на меня зенки таращишь без всякого страха и почтения, будто на посиделки пригласили...

— Городской,— мрачно обронил тот, что остался при вожаке.— Бля буду, городской. Привык, что прокуроры по асфальту косяками гуляют, а каждому перекрестку свой мент полагается, при палке и свистульке... Король, дай я ему покажу, как в зоне на оленях ездят...

— Стоять,— мимоходом обронил вожак, и тот примолк.— Так вот, гость дорогой. Не знаю, что тебе молол Васька Карзубин, какой мелкотой он меня представлял — только я на этой речке царствовал при всех генсеках, начиная с Леньки, и ради Бориски или там Генки жизнь переиначивать не собираюсь. Не могу поступаться прынцыпами,— протянул он, неплохо имитируя брежневское бормотанье.— Не могу...— Его глаза стали двумя льдинками.— Ну, ты будешь колоться или в самом деле ерша в жопу загнать для начала?

Мазур лихорадочно прикидывал шансы. Велик был соблазн преподнести какую-нибудь правдоподобную легенду, чтобы тянуть время как можно дольше,— но столь же велик риск запутаться, не зная местных реалий.

— Пой, ласточка, пой,— поторопил седой уже нетерпеливо.— Если до сих пор не набежали тебя выручать мордовороты с пулеметами — значит, скоро их и ждать не стоит. Пошел ты один в разведку, так я понимаю, и влип по дурости своей... Ну?

— Ладно,— сказал Мазур.— Ты у меня по карманам не шарил, так я понимаю? Только на скорую руку стволы повытаскивал? — И он без колебаний повернулся левым боком.— Слазь-ка в карман, во внутренний, возле самого рукава. На «молнию» застегнут. Достань удостоверение, почитай — может, и перестанешь меня держать за рыбинспектора...

— Ну ни хрена себе, Король...— послышался голос караульного, удивленный до крайних пределов, тягучий.— Ты только глянь...

Король уставился через плечо Мазура, особых эмоций на его дубленой физиономии не отразилось, но все же и он был удивлен не на шутку, по глазам видно. Тогда и Мазур вывернул голову.

Джен была от них метрах в десяти. Она шагала над берегом, по мягкому песку, солнце было у нее за спиной, а из одежды на ней имелись лишь шерстяные кальсоны в обтяжечку. Она ступала походкой манекенщицы, ставя ногу за ногу, колыша бедрами, держа руки на талии, ближе к спине, грудь была такая, что и Мазур поневоле засмотрелся, не говоря уж об остальных...

Она молниеносно вырвала руку из-за спины, и раздались два оглушительных выстрела.

Седой еще оседал, скрючившись в три погибели, когда Мазур, перекатившись по песку, влепил связанными ногами в коленную чашечку единственному из троих, кто стоял без оружия. Добавил подошвой в лицо, крутнулся, оторвав голову от земли — тот, с карабином, смирнехонько лежал у стола, головой к Мазуру...

— Живее! — отчаянно вскрикнул он.

Но Джен без понуканий кинулась к нему, вытащила нож из кармана Седого, с размаху полоснула по веревкам.

— Аккуратней...— прошипел Мазур, почувствовав, как острейшее лезвие чиркнуло по мякоти большого пальца.— Дай, я сам...

Взял у нее нож, перехватил пополам веревку на ногах. Поднялся, не обращая внимания на капавшую с пальца кровь, кинулся к автомату. Выпрямился. Нажал на спуск.

Третий, как раз пытавшийся подняться, осел в песок и больше не шевелился.

— Зачем? — вскрикнула Джен.— Он же был без оружия... Все равно что пленный...

— А потому что,— сказал Мазур, кривя рот в подобии улыбки.— Потому что мог рассказать и про некую девицу, и про то, что с ней перебрасывались репликами на иностранном языке. В конце-то концов, не мы первые начали? Вот так здесь и живут порой, если ты не знала.— Он шагнул вперед, взял ее за руку.— Покажи-ка...

Вынул из ее пальцев маленький тяжелый «Дерринджер» — два ствола, 10,4 миллиметра, удобная в обращении и надежная штучка, единственная модель пистолета, удержавшаяся на конвейере сто тридцать лет... Покрутил головой:

— Ты где его прятала?

— Где надо,— отрезала она.— Я же все-таки агент ФБР... Вот только патронов больше нет.— Ее постепенно покидал азарт короткой схватки, лицо стало, как это обычно бывает, отрешенным и усталым.— Так и знала, что купятся. Мужики всегда покупаются на такие примочки, у Кейт было нечто похожее в Юте...

Мазур не стал расспрашивать, кто такая Кейт и что за дела они проворачивали в Юте. Обошел лежащих, внимательно приглядываясь, и тут же убедился, что правки не требуется — и седой Король, и субъект с карабином были украшены аккуратной дырочкой посреди лба. Как бы ни относиться к специальным агентам ФБР, приходится признать, что стрелять их учат всерьез...

Обернулся. Джен стояла, уронив руки, ежась то ли от холода, то ли от запоздалого страха: задумка, что и говорить, была рискованная, хоть и сработала в штате Юта... Быть может, ей и не приходилось еще убивать.

Не было времени нежно гладить по головке. Мазур подошел, положил ей ладонь на затылок и притянул к себе. Легонько тряхнул:

— Молодец. Беги, одевайся. Не дай бог, те вернутся, придется уходить ш у м н о...

Бросив на него отчаянный взгляд, она попыталась что-то сказать, даже открыла рот, скривившись, словно собралась плакать, но Мазур взял ее за голое плечо и подтолкнул к лесу. Она пошла в чащу, чуть пошатываясь, ускоряя шаг.

Мазур заглянул в палатку — спальники, ящики с консервами, еще карабин... Подошел к берегу рядом с лодками. В землю были глубоко вбиты толстые колышки, и, привязанные к ним, в воде покачивались три выпотрошенных осетра, один чуть ли не в человеческий рост, два поменьше. М-да, многое окончательно проясняется. По нынешним городским ценам, да если предварительно прокоптить — миллионов семь-восемь чистой прибыли. Пожалуй, и в самом деле наречешь себя Королем — при таких-то доходах...

Он преспокойно вытащил самую короткую рыбину, отсек голову и бросил ее в реку, отрубил кус килограммов на пять. В дороге пригодится, мясцо питательное, не зря его во все времена обожали цари, генсеки и президенты...

Вернулась Джен. Мазур к тому времени уже осмотрел резиновую лодку и разыскал в палатке коротенькие весла. Лодка оказалась импортная, большая, могла вместить и четверых.

Встал, держа весла в левой руке, окинул напарницу пытливым взглядом. Нет, не похоже, что ее выворачивало,— бушлат чистый. Некоторые, случается, после своего п е р в о г о блюют...

— Почему они с тобой так...— сказала она вялым голосом.

Мазур показал на двух оставшихся осетров, тяжело лежавших на песчаном дне под тонким слоем прозрачной воды:

— Незаконная ловля. Огромные доходы. У вас, насколько я помню, за подобное спрашивают серьезно?

— Вплоть до тюрьмы,— машинально кивнула она.— И скорее тюрьма, чем штраф.

— Вот видишь. Запаниковали сдуру, а могли бы и жить...— Мазур мягко коснулся ее плеча.— Пошли?

Она оглянулась на трупы:

— Надо же что-то сделать...

— Протокол составить? Или молитву прочитать? Садись в лодку...

Он привычно заработал веслами. Глубина начиналась неподалеку от берега, вода сразу стала темно-зеленой, непрозрачной. Сильное течение чуть сносило легкую лодку, и Мазур приналег, ободряюще улыбнулся девушке:

— Будем считать, я дважды твой должник...

Она даже не пыталась улыбнуться в ответ, сидела, ссутулившись, с самым несчастным видом. Вся прошлая бравада куда-то улетучилась — положительно, это у девки п е р в ы е... Напоить бы спиртиком вволю и дать денек отлежаться, но времени нет. Ничего, оклемается — это многих славный путь...

Мазур вслушивался в окружающую тишину, никак не мог сообразить — в самом деле слышно далекое жужжанье мотора или мерещится?

— Ничего не слышишь? — спросил он.

— Нет,— вяло ответила Джен с таким видом, что сразу было ясно: на нее сейчас рассчитывать нечего.

— На нет и суда нет...— проворчал он под нос по-русски, что есть сил налегая на весла.

Как он ни старался, нормальной шлюпочной скорости выжать не удавалось. Весла — коротышки, а сама лодчонка для гонок никак не приспособлена. Плыла проворно, но не так быстро, как ему бы хотелось, противоположный берег приближался чересчур медленно.

Лодка вдруг рыскнула, правое весло Мазур едва не упустил — его прямо-таки рванула за борт неведомая сила. Ощущение было такое, словно под водой к ним ухитрился подобраться боевой пловец,— на тренировках выкидывают шуточки и почище...

Лодку бросило вправо. Мазур уже понял, что случилось: поперек реки был натянут самолов, толстенная леса со множеством крючков, в которых осетр и запутывается. Крючки здоровенные, леска как раз и рассчитана на то, чтобы ее не порвала жаждущая избавления рыбина. Обычно самолов ставят глубоко — но, скорее всего, одна как минимум рыбина уже попалась и, начав биться, намотала на себя изрядно лесы, самолов стал гораздо короче, его подтянуло ближе к поверхности...

Лодка остановилась — Мазур обеими руками держал запутавшееся в лесе весло, несколько крючков впились в ярко-красную дощечку. Ничего страшного, быстренько перерубить ножом...

— Достань у меня нож из ножен,— сказал он Джен.— Руби леску... Да шевелись ты!

Она почти справилась, когда Мазур услышал тоненькое шипение. И похолодел. Крючки заточены и направлены на совесть, так, чтобы глубоко вошли в бок рыбе, проколов прочную кожу,— что для них тонкая резина?! До берега метров сто, должны успеть...

Он греб, как ошалелый, уже понимая, что ему не чудится, и катер довольно близко. Лодка состояла из нескольких изолированных отсеков, это давало лишний шанс, но все равно — тот, проколотый, уже наполнился водой и работал наподобие тормоза, хлипкое суденышко накренилось, а катер грохотал совсем близко... И над его надстройкой блеснул солнечный зайчик — бинокль!

Метрах в двадцати от лодки вода словно вскипела — картечь! Выстрел прозвучал сухим несерьезным хлопком.

Видимо, те, на катере, соображали быстро и сомнениями не мучились — увидев чужих в своей лодке, моментально схватились за ружья...

Второй выстрел — на сей раз из карабина, пуля вжикнула над головой. Катер несся на полной скорости, вспенивая воду, задрав острый нос с золотой короной на синем, над плоской крышей надстройки чернели две фигуры, и некогда было меняться местами — лодка еще сильнее накренилась...

— Автомат! — рявкнул Мазур.— Пониже ватерлинии! Шевелись, мать твою!

Привстав — лодку качнуло так, что она едва не черпнула воду чисто символическим бортом — Джен сняла у него с шеи автомат, чуть ли не у самых глаз Мазура глушитель озарился тускло-желтыми вспышками... Она лупила длинными, и Мазур, загребая, как бешеный, видел, что на голубом корпусе катера потянулись черные строчки пробоин. Люди на нем то ли увидели автомат, то ли не могли не почувствовать удары пуль в борта. Оба присели, прячась за надстройкой, катер заложил широкий вираж и метнулся к противоположному берегу — уже отяжелело, грузно, потеряв прежнюю резвость, вода струилась в пробоины...

О многом успеваешь передумать в доли секунды. Мазур, видя, что прямой опасности нет, что стрелять они больше не собираются, лихорадочно пытался прикинуть: сколько времени пройдет, прежде чем информация о них с Джен (или просто о «двух мужиках в камуфляже», если на катере не разглядели девушку) распространится настолько широко, что достигнет ушей погони? Предположим, в милицию люди с катера не побегут. А если и побегут, ручаться можно, будут повествовать крайне уклончиво, упоминая лишь о «двух неизвестных». Или не двух, а, скажем, полудюжине беглых зэков, вовсе даже не в пятнистых бушлатах. Им самим вовсе не интересно, чтобы нападавших нашли и устроили очную ставку,— они же представления не имеют, что произошло на бивуаке, кто вдруг столь профессионально наехал на Короля, будут подозревать кого-то знакомого, сведение неких старых счетов...

Все равно, если только компаньоны усопшего Короля не решат объявить его пропавшим без вести, трупы пойдут на экспертизу. Пули будут извлечены и должным образом описаны. Предположим, в такой глухомани плоховато со специальной техникой и хорошими специалистами... Три дня в запасе? Четыре? Когда информация попадет к «соседям»? Точнее, тому у них, кто быстренько сопоставит этот случай кое с чем предшествующим...

И потом, среди с в о и х ребятки с катера непременно проболтаются. Пойдут слухи, сплетни, пересуды... при этом варианте информация, конечно, будет распространяться медленнее — откуда у «соседей» стукачи в столь специфическом бомонде, в такой глуши? Но все же разойдется, как круги по воде.

Короче, как ни крути, а что им не удастся выйти из тайги раньше, чем слухи о них достигнут тех, с кем не хочется встречаться...

— Стой!— отчаянно вскрикнула Джен.

— Что такое? — встрепенулся Мазур, продолжая работать веслами, поднимая тучу брызг. Окинул взором реку. Катер стоял рядом с плоскодонкой, и трое спешили вытащить его на берег, что у них получалось плохо — не хватало людей для такой работы.

— Приехали же!

Мазур опомнился, бросил весла — лодка уже стояла, уткнувшись носом в берег, подошвы, промяв тонкий резиновый пол, упирались в дно...

ГЛАВА СЕМНАДЦАТАЯ

ДРУЗЬЯ ЧЕЛОВЕКА

«Дерринджер» Мазур выбросил в воду, все равно патронов к нему больше не было, а на роль пугача не годился из-за непривычного вида. Лодку издырявил ножом, отпихнул от берега, и она тихонько поплыла по течению. За все это время с того берега их не побеспокоили, хотя на бивуаке виднелись суетившиеся фигурки, доносились едва слышные яростные проклятья. Но браконьеры, по всему видно, решили не связываться с неизвестной опасностью. Справедливо рассудив, должно быть, что автомат с глушителем случайный человек таскать не будет, и лучше не рыпаться...

Когда они углубились в тайгу, Мазур достал из рюкзака револьвер и молча сунул Джен.

— Растрогана доверием, сэр. А запасные патроны?

— Люблю баловать женщин,— проворчал Мазур, подавая ей тяжелую коробочку.

Видно было, что она сразу почувствовала себя увереннее: побаюкала в руке короткоствольную массивную игрушку, выдвинула барабан, заботливо сдула слой сероватых пушинок, который всегда появляется, если таскать оружие в кармане или в рюкзаке. Мазур догадался, что за мысль мелькнула у нее на лице, и сказал:

— Пошли, потом почистишь. Нужно побыстрее отсюда убираться...

— Они же не заявят в полицию?

— Да уж конечно,— сказал Мазур.— И в погоню вряд ли кинутся.

Она слегка передернулась:

— Все так просто получилось, обыденно даже, оттого и жутко немного...

— Такова жизнь,— сказал он.— Насколько я знаю, у вас в глуши тоже есть местечки, где все конфликты решают исключительно пальбой, а?

— А ты у нас бывал? — спросила она, старательно выдерживая равнодушный тон.

— Ты меня не подлавливай,— ухмыльнулся Мазур.— Я же не шпион, я военный. Мы с вами до сих пор пакостили друг другу на территории третьих стран, неписаный договор, сдается мне... Не был я в Штатах, увы. А интересно было бы посмотреть...— Он вновь усмехнулся.— Я имею в виду, посмотреть, как все это выглядит в натуре. Лейтенант-коммандер меня бы понял...

— Ты о чем?

Мазур отчего-то был в прекрасном настроении.

— Каждому мужчине хочется произвести впечатление на очаровательную девушку...— сказал он.— Бывала в Гордон-Сити? Это — если меж Флайтом и Нидвеллом свернуть со сто двадцать третьей федеральной дороги...

— Знаю. Тихий такой городок.

— Уж куда тише,— сказал Мазур.— А если въезжать в него по ответвлению с федералки, что будет справа?

Она призадумалась на миг:

— По ответвлению... Ага, мотель «Рамада». Огромная такая неоновая вывеска — мексиканец с сигарой...

— Вижу, бывала,— сказал Мазур.— Итак, проезжаем Гордон-Сити насквозь, держа строго параллельно озеру. И что мы увидим дальше?

254

— Мимо бара «Дикси»?

— Ага.

— Дальше начинается колючая проволока,— сказала Джен.— Собственность федерального правительства. Видны только круглые купола... Со стороны озера не приблизиться — там патрулируют катера военной полиции.

— И что за проволокой?

— Ну откуда я знаю? — пожала она плечами.— Там уже зона действия Ди-Ай-Ди, насколько мне известно.

— Тоже мне ребус,— сказал Мазур.— Под куполами — антенны системы НОРАД. А дальше, в сторону Канады,— крылатые ракеты и база подготовки боевых пловцов. Поскольку я тебе выдаю в а ш и государственные тайны, совесть у меня спокойна. Но ты там, у себя, не болтай лишнего, а то прицепится Ди-Ай-Ди...

— Нет, серьезно?

— Ага,— сказал он.— Рассказать, что хранится на складах под нейтральной такой вывеской «Блай Индастри»? Здоровенная вывеска, с автостоянки у бара «Дикси» ее прекрасно видно...

— Ну, ты даешь...— сказала она растерянно.— Все же...

— Говорю, в жизни там не был,— сказал Мазур.— Но при необходимости не плутал бы, а? Ладно, не принимай озабоченного вида. Ручаюсь, ваши парни, что обеспечивают безопасность, прекрасно знают, что мы знаем... Такие уж игры, все всё знают. Секреты нынче — понятие относительное... Ты мне лучше скажи: у тебя здесь, в наших местах, есть связь? Контакт, резидент...

Она мгновенно подобралась, покосилась недоверчиво.

— Я просто вычисляю,— сказал Мазур.— Должен быть контакт, это азбука. Такую операцию не проводят без надежных тылов. Я и без тебя знал, что ФБР вовсю работает за границей.

Джен шагала рядом, то и дело бросая на него пытливые взгляды. Молчала.

— Я из тебя секретов не выдавливаю,— сказал Мазур.— Просто стал в последнее время чертовски недоверчивым. Тебе не приходило в голову, что твой здешний связник может тебя продать, как продал группу кто-то у нас? Подумай об этом на досуге...

— На пушку берешь?

— А зачем тебе нужна была та шелковая тряпочка с кодом? — спросил Мазур.— Своеобразное удостоверение личности, а? Зачем-то ты его привезла с собой... Чтобы показать з д е с ь. Чтобы прийти к такому выводу, не обязательно быть полковником с приличным стажем. Любой хваткий лейтенантик сообразит...

Она отвернулась, лихорадочно что-то прикидывая.

— Я на тебя не давлю, ты просто подумай,— сказал Мазур.— Уверен, связник у тебя есть, весь мой опыт об этом прямо-таки вопиет, нельзя ту тряпку интерпретировать иначе... Если мы, достигнув обитаемых мест, начнем играть в свою игру каждый, можем потерять все... Ладно, ты подумай, не тороплю. Если...

Замолчал, присев на полусогнутых и развернув дуло автомата в сторону подозрительного звука. Сделал Джен знак, она живо отбежала под дерево.

Слева приближался ноющий стрекот вертолетного движка. Они замерли, Джен машинально полезла в карман за револьвером, но Мазур перехватил ее руку, покачал головой.

Рокот, опустившийся к самым верхушкам деревьев, наискосок пересек их маршрут примерно в полукилометре впереди. Потом вертолет — не особенно большой, судя по звуку, и уж никак не военный «крокодил» — несколько минут кружил, то камнем падая вниз, то взмывая повыше. Справа от Мазура колыхнулись еловые ветки — это промчались испуганные белки.

Джен показала пальцем на себя, потом на него, явно спрашивая: «Нас ищут?» Мазур, подумав, мотнул головой. Это и в самом деле не походило на погоню, во всяком случае, за ними. Скорее уж на поиски места для посадки. Не могут же это оказаться сообщники придворных покойного Короля? Мазур слушал эфир на ходу, но ничего не засек, никаких переговоров. Вряд ли речные браконьеры прибыли сюда на вертушке, им-то вертолет ни к чему... Очень уж было бы нерационально волочь по воздуху на внешней подвеске такой катер.

Гул отдалился. Решившись, Мазур забросил автомат за спину, подпрыгнул, ухватился за сук и полез вверх, осторожно пробуя подошвой сучья. Оказавшись у вершины, где взбираться дальше было бы невозможно, стал искать подходящую точку, откуда можно увидеть краешек неба.

Вертолет словно бы сам ворвался в поле зрения, довольно потрепанный на вид Ка-26 с пассажирской кабиной. Зависнув вдали, он казался грузным насекомым, нацелившимся на что-то, привлекшее внимание на земле. Бинокль использовать не удалось: приходилось держаться обеими руками, и Мазур не смог рассмотреть цифры и буквы на борту. В одном был уверен: это не военная окраска, не военная маркировка...

Стекла выпуклой кабины сверкнули в лучах клонящегося к закату солнца — вертолет повернулся на месте, клюнул носом. И унесся вдаль, по-прежнему держась над самыми кронами. Мазур не спеша полез вниз.

— Черт его знает,— сказал он в ответ на вопросительный взгляд Джен.— Покрутился и улетел себе, не похоже на погоню. Они, я уверен, давно перешли к более выигрышной стратегии — блокируют все места, куда мы можем выйти.

— И делают это вполне профессионально...— протянула Джен.

— Уж это наверняка,— сказал он.— До сих пор такими уж раззявами они себя не показали... Но мы ведь тоже профессионалы, а?

— Где ты рассчитываешь выйти?

Мазур внимательно посмотрел на нее:

— А что, есть разница?

— Ну, интересно просто...

— А раз интересно, значит, кое-какое представление о сибирской географии имеешь? Ну ладно, можешь не отвечать. И насчет вашего резидента, и вообще. Во-первых, кассеты все равно у меня, а во-вторых, если ты в какомнибудь городке, не знаю в котором, попробуешь от меня оторваться, будет хуже в первую очередь для тебя самой. С твоим-то знанием русского, выражающемся в двух словах, которые и сами русские забывать начали... Сгоришь, как Джордано Бруно...

— Если бы мы могли друг другу доверять полностью...— сказала Джен чуть виновато.

— Подожду, когда ты дозреешь,— отмахнулся Мазур.— Пошли.

...Первые признаки опасности он заметил, когда они продвигались по отлогому склону сопки, поросшей мрачными, обомшелыми деревьями. Продвигались медленно: земля была сплошь затянута тускло-зеленым, со ржавыми подпалинами мхом, а под ним покоились многочисленные колодины и валежник. То и дело подошвы срывались с них, нога, случалось, по колено уходила в мягкую, пружинящую зелень.

Тревога копилась понемногу. То появлялось неприятное ощущение ч у ж о г о взгляда, то вдалеке, меж деревьев, оставалось полное впечатление, промелькивало некое шевеление, но в следующий миг, стоило перевести туда взгляд, исчезало бесследно, тайга вновь казалась безопасной, вымершей. Мазур быстро понял, что расстроенные нервы тут ни при чем — у боевых машин расстроенных нервов просто не бывает, даже у постаревших. Работает рефлекс, вот и все. Рыжеватое пятно, сероватое пятно, на секунду четко обрисовавшееся на фоне кедра,— это б ы - л о в реальности...

Хруст валежника вдали? Или почудилось? А это что за звук? После встречи с «лесным хозяином» поневоле начнешь тревожиться. Но он был сущим великаном, а н е ч - т о ж и в о е, чье потаенное сопровождение Мазур ощущал все сильнее, выглядело н и з к и м...

— Слушай, ты ничего такого не чувствуешь? — спросила вдруг Джен.

Мазур посмотрел на нее. Она держала револьвер в руке — указательный палец на барабане, средний на спуске.

— А что?

— Вон там словно бы пробежал кто-то...

— Человек? — спросил Мазур.

— Да нет, больше на зверя похоже, над самой землей мелькнуло.

— Поглядывай,— сказал он тихо.— Мне тоже что-то такое мерещится. А когда мерещится двум сразу, это уже не галлюцинация.

Впереди виднелось болотце, покрытое низкими корявыми кустами и моховыми кочками. Словно не желая с ним соприкасаться, невысокая сопка изогнулась полумесяцем — лысоватая, с вершиной, ощетинившейся острыми верхушками.

— Туда,— показал Мазур.— Пройдем-ка параллельно болотцу, по открытому месту. Любопытно, что будет...

Они двинулись меж болотом и сопкой. Под ногами порой чавкала коричневая влажная земля, высоко тянулись кусты тальника, окруженные прозрачными лужами.

В лесу, который они покинули, раздался протяжный вой.

— Ага,— сказал Мазур, скорее обрадованно.— Не понравилось?

Из нескольких мест в ответ послышалось нечто среднее меж лаем и ворчаньем. И снова — длинный, заливистый вой. Джен поводила стволом.

— Убери,— сказал Мазур.— Они метрах в двухстах, все равно не достанешь...

— Волки?

— Очень похоже. Стой спокойно, не дергайся. Не должны бы они так открыто лезть на человека — сытые осенью, да и уважают...

«Не факт,— подумал он.— Это они р а н ь ш е человека уважали — когда их били о вертолетов почем зря, когда тоталитарная советская власть зорко бдила, чтобы при первом же нападении волка на человека ответить облавами с флажками, ядом, мобилизацией промысловиков. В последние годы подрасшаталось все и вся, а ведь известно: во время войн, всевозможных смутных времен и прочих пертурбаций, когда и до людей-то нет дела, не то что до зверья, число волков растет лавинообразно. Еще в Пижмане наслушался всякого». Он поднес к глазам бинокль. Меж деревьями на склоне мелькнуло нечто рыжевато-серое, мохнатое. Ага!

Полагая себя в безопасном отдалении, волк спокойно уселся, закинул голову и взвыл. Выскочили еще двое, закружились вокруг, крупный зверь, не вставая, щелкнул зубами, едва на ухватив одного из подбежавших за плечо. Оба рванули в тайгу. Вереницей пронеслись меж стволов еще несколько, определенно собираясь перерезать дорогу.

Опытным охотником Мазур никогда не был, да и волков видел лишь по телевизору, но в э т и х ему почудилась некая несообразность. Прежде всего, они были р а з - н ы м и — у одного морда узкая, у другого гораздо шире, тот серый, а вон тот, присоединившийся к воющему, похож скорее на немецкую овчарку с широкими ушами. Вновь донеслись звуки, больше похожие на лай. Но волк не лает, известно даже дилетанту...

— Волки,— сказала Джен уже утвердительно.— Так ведь?

— Погоди...— процедил он сквозь зубы, не отнимая бинокля от глаз.

— Вон там!

Впереди, метрах в трехстах, на кромке болотца, появились три крупных зверя. Сели, вывалив языки. Мазур развернулся в их сторону, поймал в окуляры, искренне сожалея, что оптика не прикреплена к чему-нибудь серьезному, дальнобойному, типа ПГС-1 или «Крико-Снипер» с приличным ремингтоновским патроном...

До них метров триста — значит, нечего и пытаться. Его автомат — строго говоря, пистолет-пулемет — был прекрасным инструментом для ближнего боя, штурма, доброй перестрелки с засевшим на небольшом расстоянии противником. Но для пальбы на дальние дистанции решительно не годился, уже на ста метрах никакой точности попадания. А о пистолете, висевшем на поясе, о пушечке Джен и вообще говорить смешно...

Все же он, повернув барабанчик прицела на максимум, вскинул автомат и плавно потянул курок, взяв гораздо выше цели.

Не стоило и стараться. Далеко в стороне от сидящего волка взлетел едва заметный фонтанчик воды. Мазур выругался от злости. Волки не шелохнулись, загораживая дорогу.

— Пальнуть? — спросила Джен.
— Отставить,— резко сказал он.— Не достанешь ведь...
— Что они так нагло...

Сверху, на сопке, послышался многоголосый вой, перемежавшийся коротким яростным лаем. У Мазура зарождалось нехорошее подозрение.

О чем-о чем, а о волкособаках он наслушался вдоволь. На юге, в сагайских степях, они давно уже стали нешуточной проблемой и вредили отарам — да и всему живому в деревнях — как только могли...

Это у лошадей с ослами не бывает потомства, а волк и собака — родственники довольно близкие. И в интимную связь вступают без малейших предрассудков, весьма даже охотно, чем издавна и пользовались толковые охотники, чтобы улучшить породу: течную сучку отводят в лес, привязывают там на ночь, и не было случая, чтобы волки ее сожрали...

Так что Джек Лондон иных своих четвероногих героев не выдумывал, а брал из жизни. В последние годы Шантарская губерния убедилась в этом на собственном опыте. Брошенные хозяевами собаки прибивались к волчьим стаям, даже у кобеля был шанс выжить, не говоря уж о суках. Потомство плодилось неимоверно. Мало того, что все метисы особенно крепки, жизненной силой и здоровьем безусловно превосходя «чистокровок»,— потомство собаки и волка обладает кое-какими невероятно пакостными с точки зрения человека чертами. От волка — ярость, от собаки — полнейшее отсутствие страха перед человеком, издавна присущее чистокровному волку. Отсюда невероятная наглость нападений.

Стая состояла как раз из волкособак — впрочем, очень может быть, и щедро разбавленная «чистыми» волками. То-то они сидят, можно сказать, безмятежно, полное впечатление, что сейчас цинично захохочут...

По склону метнулось с полдюжины поджарых силуэтов.

— Стоять! — бешено выдохнул Мазур.

Поднял автомат, выдвинул плечевой упор до предела и ждал. Рассыпаясь веером, разведчики понеслись к нему... Н-на!

Короткая очередь швырнула переднего на землю, по инерции он прокатился кубарем, замер. Остальные, пробороздив лапами землю, притормозили. Но никакой робости в них Мазур не замечал. Просто, столкнувшись с отпором, решили благоразумно подождать, оценить ситуацию...

Мазура вдруг осенило: мало того, что они не боятся предмета, в котором чистокровный волк моментально бы опознал ружье — они вообще не связывают его с гибелью сородича! Помнится, читал какой-то рассказик — фантастический правда, но суть звериной психологии схвачена была верно. Пушка, которая не бабахает. Беззвучная смерть одного зверя остальных ничуть не обескуражила, ее просто-напросто не связали с черным предметом в руках у жертвы... А до чего грамотно прижали к болотцу, твари, есть, видимо, опыт...

— Если опять кинутся, пальни разок,— распорядился Мазур, понизив голос до шепота, словно боялся, что они могут услышать и понять.— Только раз, понятно?

Она кивнула, сжав левой рукой запястье правой.

Вторая атака последовала внезапно — будто молниеносно разжались пружины. Уже с десяток зверей наметом, стелясь над колодинами, проваливаясь в мох на склонах, кинулись к болотцу. Грохнул выстрел, и несшийся впереди споткнулся, покатился через голову, взвыл совершенно по-собачьи, забился...

Тогда стал стрелять и Мазур — скупыми очередями, тщательно целясь, крутясь вправо-влево. Казалось, совсем рядом мелькают оскаленные пасти, прижатые уши... Волки падали, визжали, но упрямо лезли вперед — пока их не поубавилось настолько, что атака захлебнулась как-то сама собой. Двумя выстрелами Мазур добил подранков, выпрямился, молниеносно сменил магазин.

Все это время из леса на сопке несся вой и взлаивание — вожак умело дирижировал своей бандой. Те, что прежде преграждали дорогу, уже исчезли меж деревьев. Отовсюду несся угрожающий вой, ожесточенный лай. Они потеряли с полдюжины, но осталось, если попытаться прикинуть, десятка полтора...

Мазур повелительно дернул подбородком. Джен поняла. Они медленно двинулись вдоль болотца — что вызвало новый взрыв воя. Видно, как вдали торопятся, спешат перерезать распадок с полдюжины поджарых силуэтов.

Тайга почти вплотную подступает к болоту. Пришлось остановиться — еще навалятся всем скопом...

Джен споткнулась, выдернула ногу из размякшей бурой земли. Вой вожака. Мазур несколько раз выстрелил одиночными — на сей раз никого не зацепив. Волки отскочили на безопасное расстояние. Моментально сообразили, какое расстояние будет безопасным... Сразу видно.

Мазур лихорадочно пытался вспомнить, что в таких случаях бывает в случае гибели вожака: рассыпается стая в панике или, наоборот, кидается с удвоенной яростью? Вспомнить никак не удавалось. К тому же это были не волки...

Новая атака. На сей раз Мазуру удалось подшибить переднего. И они с Джен продвинулись еще на двадцать метров, но волки не лопухнулись — подступили ближе. Дальше по открытому месту не пройдешь, болото вплотную подступает к деревьям, придется войти в чащобу, игра затягивается до бесконечности...

Джен выстрелила без команды — и жалобный вой поблизости свидетельствовал, что пуля не пропала даром. Они продвинулись вперед, оказавшись у самых деревьев. Волки следовали по пятам, смыкая кольцо, меж замшелыми стволами мелькали мохнатые морды, хрустел валежник. Один, отчаянный, метнулся вперед. Громкий выстрел. Взвизгнул, покатился — молодец, попала...

— Перезаряди пушку,— сказал Мазур. Расстегнул кобуру и подал ей свой пистолет.— Свинти глушитель. Придется шуметь... Так, теперь прикрывай...

Сбросив рюкзак, на ощупь выхватил из него «Зарю». Выпрямился, прикидывая. Кольцо сжималось.

— Значит, так,— сказал он.— Кидаю хлопушку — и быстренько отступаем во-он в том направлении, бок о бок. Пали во все, что движется... И не беги. Внимание!

262

Чиркнул воспламеняющей теркой о подошву ботинка, размахнулся и кинул через плечо, стараясь угодить подальше. И быстрым шагом двинулся вперед, посылая пулю за пулей в оскаленные морды.

Грохнуло так, словно рядом рушились разбитые молнией деревья. Боковым зрением Мазур увидел ослепительную вспышку позади. Оба кинулись вперед, стреляя по сторонам, оглохнув на несколько секунд — ага, подействовало, шарахнулись, растерялись, только хвосты мелькнули...

Мохнатое тело вытянулось над поваленным деревом в прыжке. В левой руке у Мазура уже был нож, он ударил навстречу по всем правилам, посторонился, отшвырнув плечом обмякшее туловище. Пистолетные выстрелы словно бы долетали издалека, как сквозь вату в ушах.

...Пожалуй, оба они потом ни за что не смогли бы связно и толково рассказать о схватке. В бою такое случается сплошь и рядом. Они прорвались, вот и все. Ошеломленные взрывом звери потеряли несколько минут, и этого хватило.

В один прекрасный миг Мазур обнаружил, что поблизости не видно ничего живого, да и поодаль тоже. И выдохнул:

— Бегом!

Они со всех ног кинулись наискосок по склону сопки. Обогнули яму с темной стоячей водой, перепрыгнули русло высохшего ручья. Болотная трава с широкими мясистыми листьями цеплялась за ноги. Мазур прыснул несколько раз из баллона с «Антисобакином» — и у волков, и у собак зрение неважное, искать будут чутьем...

Вломились в заросли переспевшего крыжовника. Перевалив через невысокий холм, спустились в котловину. За ней вздымались серые скалы. Туманное облачко аэрозоля оросило камни. Мазур кивнул на вершину.

Обзор оттуда открывался прекрасный, километров на двадцать. Лежа на камнях, оба минут через десять увидели, как слева, далеко внизу, далеко в стороне, с десяток мохнатых клубков пронесся по сухому руслу — забирая туда, где людей не было и быть не могло.

— Сбились со следа,— переводя дух, заявила Джен с самодовольством опытной таежницы.— Пронесло...

— Меня тоже,— хмыкнул Мазур, но она не поняла юмора — в английском той игры слов не получается... Никакого тебе каламбура. Джен недоумевающе покосилась, но он не стал углубляться в лингвистические дебри.

Лежа на боку, подтащил к себе рюкзак, проверил арсенал. Два автоматных магазина на тридцать патронов — и в том, что вставлен, осталась примерно половина. Два десятка пистолетных патронов и две осколочных гранаты. Не густо...

— Куда пойдем? — спросила она.

— Вон туда,— показал Мазур.— В противоположную сторону. Слегка отклонимся от маршрута, но тут уж ничего не поделаешь, лучше оказаться от них подальше. Упрямые, твари...

Поднес к глазам бинокль, но волков уже не увидел — скрылись в чаще на юго-западе. Солнце садилось, от скалы протянулась длиннющая тень длиной километра в три, черным треугольником лежавшая на темно-зеленых кронах, почти упиравшаяся в округлую сопку за узенькой речушкой.

— А я читала Фарли Моуэта,— сообщила вдруг Джен.— Не читал?

— Нет.

— Этот парень полгода, кажется, жил в Канаде один-одинешенек среди волков, и они его ни разу не тронули...

— Значит, нам попались неправильные волки,— проворчал Мазур.— Надо им об этом сказать, как встретимся...

У самого горизонта что-то блеснуло. Мазур вскинул бинокль.

Давешний сине-белый вертолет упорно кружил над тайгой на западе.

— Знаешь что, давай-ка отсюда сматываться,— сказал он.— Скоро стемнеет, а нам еще ночлег искать...

ГЛАВА ВОСЕМНАДЦАТАЯ

ЗАГАДКА ЧЕТЫРЕХ ВЕКОВ

Такого скверного ночлега им за все время странствий еще не выпадало — коротать ночь пришлось по-птичьему: на сосне, выбрав дерево повыше, с толстыми сучьями. Мазур не сомневался, что «Антисобакин» отшибет у оставшихся волков чутье не менее надежно, чем у их дальних родственников, взятых человеком на службу, но Джен откровенно паниковала. Боже упаси, вслух не жаловалась, храбрясь изо всех сил, держа марку то ли стойкого и несгибаемого агента ФБР, то ли малость зацикленной на женском равноправии феминисточки, но глаза говорили красноречивее слов. Чересчур жестоко было бы насмехаться над ней или, несмотря ни на что, разбивать лагерь на земле.

А посему Мазур притворился, что вполне разделяет ее тревоги и считает, будто ночлег на дереве — мудрейшее стратегическое решение, давно пришедшее в голову ему самому. Хороший командир знает, что толковых подчиненных не грех иногда и побаловать — так, самую чуточку. Чтобы и не подозревали, будто их балуют... И если уж быть предельно честным перед самим собой, он решил подстраховаться. «Собакин» «собакином», но полной гарантии он дать не может. Вот если бы распылить его на квадратном километре... Какая-нибудь ловкая тварь, благодаря счастливому для нее стечению обстоятельств обогнувшая «зараженный» участок и сохранившая чутье, могла отыскать следы. Все его знакомые здешние охотники отзывались о волкособаках предельно матерно, но и весьма уважительно — как сам Мазур среди понимающих людей о «тюленях» Ван Клеена или «красных беретах»...

Предприятие его ждало нешуточное: пришлось сделать лассо из остатков веревки — хорошо еще, там был изрядный кусок,— сначала взобраться самому, десять раз проверить каждый сук, чтобы не подломился в самый неподходящий момент, потом поднять к развилке (он все глаза проглядел и долго бродил по лесу, пока отыскал сосну с подходящей развилкой) рюкзаки и Джен, потом привязать девушку к стволу ремнем, чтобы не навернулась вниз во сне...

— Представь, что это такой пикник,— сказал он, сидя верхом на суку и подавая ей продукты.— Благовоспитанная девочка выбралась в лес с благонравным джентльменом...

— ...я такие пикники...— проворчала себе под нос благовоспитанная девочка.

— Полностью с тобой согласен,— сказал Мазур.— Но поесть все же нужно — горючее заливают в бак, не спрашивая, нравится это мотору или нет.

— Есть, сэр... Дай шоколаду. А ветчины не надо, хорошо?

— У самого в глотку не полезет,— понятливо кивнул Мазур.

Его самого, как и всякого военного человека с четвертьвековым стажем, служба приучила спать где угодно, на чем угодно и в любой позиции. Будь он один, безмятежно дрых бы до рассвета. Но рефлекс командира, отвечающего за подчиненного, заставлял то и дело открывать глаза, проверяя, как там Джен. Она, похоже, так и не сомкнула глаз — молчала, прижавшись к стволу и обхватив его обеими руками, делала вид, будто дремлет, но, поклясться можно, так и не заснула. В очередной раз (когда вокруг уже посерело, и близился рассвет) Мазур вынырнул из беспокойной дремы от ее вскрика. Оказалось, внизу что-то померещилось.

С дерева слезли, когда вокруг было еще темно. Мазур подозревал, что и Джен надоело играть в первобытных людей, ломота во всем теле пересилила прежние страхи, ставшие чуточку абстрактными. И показал ей кое-какие упражнения, предназначенные как раз для подобных случаев,— размять затекшие мускулы и привести тело в полную боевую готовность.

Проделав весь комплекс и убедившись в его действенности, Джен не без ехидства поинтересовалась:

— А ты мне не выдал русских военных тайн? Что-то я о такой аэробике не слышала...

— Разговорчики в строю, бут*...— проворчал Мазур, старательно выгибаясь в пояснице и в молниеносном темпе прогнав целый каскад приемов.— Я смотрю, приходишь в себя, острить начала... Значит, тебе и рюкзак тащить. Первые два часа. Не в целях наказания, а из мудрейшего сержантского принципа: рядовой всегда должен быть занят делом... Иначе для чего он нужен?

...Процессор, как всегда, отличался завидной правдивостью: там, где он и предсказал, обнаружилась огромная, несколько километров в поперечнике, топь, сплошь поросшая высокой болотной травой. Кое-где торчали чахлые кустики карликовой березы, слева тянулись морщинистые валы торфяников, справа — редколесье. На юго-востоке, куда и лежал их путь, виднелись синеватые конусы сопок — да нет, скорее всего, гор. Пейзаж был невероятно унылый, а опущенная в мокрую землю палка ушла на всю длину. И Мазур, не мудрствуя лукаво, ре-

* Boot — салага (*жаргон американской морской пехоты*).

шил идти в обход, по редколесью, хоть это и должно было отнять несколько часов. Соваться в трясину не стоило.

Джен вновь шагала хмурая, невыспавшаяся и подкалывать уже не пыталась. Жаль, иначе Мазур тоже мог ей кое-что напомнить: как некий стойкий суперагент под воздействием не самого сильного наркотика заболтался до полной откровенности... Похоже, эти места человеком в свое время посещались. Один раз он увидел в стороне остатки длинной, наполовину утонувшей в трясине гати, в другой — пень с несомненными следами топора. Пень, правда, был старый, затесы от топора давно почернели. Долго шагали меж высоких красноватых бугров сухого торфяника, потом вновь потянулось редколесье. Погода снова испортилась, наползали тучи. Вскоре стал моросить мелкий дождик, самая противная разновидность падающей с неба воды,— капель не ощущается, микроскопическая взвесь заполняет весь окружающий воздух, словно бы стоит в нем, влага повсюду, к чему ни прикоснись, от веток до непромокаемой поверхности бушлата, вязаные шапочки незаметно становятся сырыми, зажженная сигарета быстро сыреет, сухие на вид стволы поваленных деревьев превращаются в ловушки, где при малейшем невнимании ничего не стоит поскользнуться... Над головой уныло-серое небо, над деревьями — серая мгла, скрадывающая расстояние...

— Интересно, что это был за вертолет? — спросила Джен довольно равнодушным тоном. Видимо, хотела просто поболтать, чтобы не так клонило в сон.

— А черт его знает,— сказал Мазур.— Не похоже что-то на серьезную погоню. Может, волков выслеживает. За них нынче платят хорошо, мы с тобой наколотили на приличную сумму, вот только с собой не унесешь.

— Не хватало еще не стаю медведей наткнуться.

— Медведи стаями не ходят.

— Я в кино видела...

— Про Сибирь, поди?

— Ага.

— Ну, по Сибири ты теперь сама гуляешь, так что имеешь полную возможность сравнивать,— сделал Мазур широкий жест рукой, словно вокруг простирались его собственные владения.— Если тебе дома поверят, штампы — вещь живучая...

Она еще что-то говорила, Мазур порой отвечал невпопад. Мысли были заняты предстоящей переправой, о чем он напарнице пока не сообщал. Если они и дальше пойдут в том же темпе, еще задолго до темноты выйдут к Кигину — а это уже не Таймунчи, это гораздо серьезнее, и пошире, и течение посильнее. Никуда не денешься, придется переправляться. Хорошо еще, потом уже не встретится на пути больших рек — так, мелкота... Поневоле начинаешь уважать первопроходцев — они точно так же топали на своих двоих, но одежда была не в пример хуже, на пути частенько попадались воинственные племена, как в первобытные времена, придерживавшиеся убеждения, что любого путника следует на всякий случай незамедлительно пристукнуть. А оружие у казаков было такое, что нынешнему диверсанту попади оно в руки, тот от тоски повесился бы на первом суку — неподъемные фитильные уроды, которых приходилось готовить к стрельбе едва ли не дольше, чем современную баллистическую ракету, за это время любой местный абориген успевал выпустить пару дюжин стрел. В такую погоду, должно быть, пищали оказывались и вовсе бесполезными — в момент отсыреет порох на полке, погаснет фитиль...

Они, наконец, достигли высоченных сопок, остроконечных и высоких, словно исполинские индейские вигвамы,— это поэтическое сравнение пришло в голову Джен. Мазур посоветовал ей написать поэму и издать на средства ФБР. Сам он, не ощущая ни малейшего поэтического вдохновения, все внимательнее оглядывал окрестности — начинало казаться, что они угодили на чью-то тропу, в свое время обозначенную самым тщательным образом. Все чаще он видел на стволах почерневшие, но определенно время от времени подновлявшиеся затесы. Дважды на обрубленных сучьях, высоко от земли, обнаруживались отбеленные временем и дождями черепа каких-то мелких копытных — то ли самок-оленíх, то ли кабарожек. Джен то и дело обращала к нему вопрошающий взгляд. Они лишь молча пожимал плечами. Всех таежных загадок не знают и те, кто проводит жизнь в чащобах...

Третий череп первой заметила она. Череп когда-то принадлежал оленю-быку, пребывавшему, надо полагать, в расцвете лет,— на каждом роге Мазур насчитал по шесть отростков. Он белел в развилке толстого кедра, и повреждений на нем Мазур не усмотрел. Случается, быки, схватившись из-за самки, ухитряются запутаться рогами в сучьях, да так и погибают, но вокруг, сколько Мазур ни шарил в траве, не отыскалось ни единой кости. Да и висел череп метрах в трех от земли, что естественные причины исключало полностью.

— Я нечто подобное видела в Тактоунской резервации,— сообщила Джен, когда они двинулись в путь, оставив череп позади.— Индейские обряды.

— Мало ли что,— сказал Мазур задумчиво.— Тут хватает местечек, куда нога белого человека вообще не ступала. Слишком много тайги и слишком мало людей. А насчет индейцев — святая правда, ваши индейцы, если ты не слышала, как раз от предков здешних аборигенов и произошли. Отсюда и двинулись Америку заселять, когда, должно быть, всех мамонтов слопали... Ну вот, еще затес.

— А это не опасно? — насторожилась Джен.— Аборигены, обряды...

— Брось ты,— сказал Мазур.— Вот о чем я в жизни не слыхивал, так это о человеческих жертвоприношениях, равно как и столбах пыток. Это уж ваши индейцы самостоятельно придумали — столбы я имею в виду. Правда, в стародавние времена на Чукотке было нечто похожее, но до нее далековато... эй!

Он молниеносно завалился назад, на лету подхватив Джен и сбив ее с ног, перекатом отлетел к дереву, левой рукой прижав голову девушки к земле, правой перебросив автомат из-под мышки. Тело среагировало само, когда левая нога вдруг ощутила нечто тонкое, упругое, то ли прогнувшееся гибко, то ли лопнувшее... Можно голову дать на отсечение — он слышал над собой негромкий тугой посвист рассекаемого воздуха, когда падал в прыжке...

Они лежали во мху, затаившись. Вокруг стояла тишина, перед глазами еще покачивались бледно-желтые стебли высохшей травы. Мазур повел стволом вправо-влево, решился приподняться, потом переполз чуть правее.

Вонзившаяся в дерево стрела еще подрагивала — толщиной в добрых два пальца, длиной чуть ли не в метр, трепетало густое оперение (Мазур так и не разобрался, какой птице перья принадлежат).

— А ты говорил, никаких опасностей...— прошептала Джен, подползая с выставленным вперед револьвером.— Ничего себе сюрприз...

Мазур с чувством выругался, помянув всю родословную аборигенов и их несомненных предков-бабуинов. Вообще-то, и свой брат-славянин, обитавший в этих краях, испокон веков баловался самострелами — но э т о т самострел, судя по месту попадания, был поставлен на человека... Каким бы крупным ни был олень или медведь, стрела непременно пролетела бы над ним.

Жестом приказав Джен оставаться на месте, он быстро пополз вперед. Встал, огляделся. Попытался выдернуть стрелу, но не получилось, чересчур глубоко засела. Принялся работать ножом — и вскоре освободил наконечник, длиной чуть ли не в ладонь, широкий, без единого пятнышка ржавчины. Он мог и ошибаться, но древко казалось совсем новым, стрела изготовлена в этом году...

Мысленно проведя траекторию, он направился к тому месту. И отыскал горизонтально укрепленный лук со спущенной тетивой — изготовивший его умелец городской цивилизации не чурался и без зазрения совести осовременил древнее изделие. Тетива была трудолюбиво изготовлена из свитых жилок толстой лески, для «натяжки» использовалась такая же леска, а сам лук старательно обмотан полиэтиленом, закрепленным леской потоньше. Конструкция не боялась непогоды, могла находиться в боевом положении черт-те сколько...

— Охотничьи примочки,— сказал он, вернувшись к Джен. Не стоило беспокоить ее лишними сложностями.

— Интересно, это на какого же зверя? — Она подошла к стволу, встала напротив ямки, проделанной ножом Мазура.— На слона, не иначе? Не темни, а?

— Ну, на человека,— хмуро сказал Мазур.— Но послушай, я в жизни не слышал о таких художествах...

— Можно подумать, ты здесь жил постоянно. Сам говорил, увезли тебя еще мальчишкой из этих мест... Святилище какое-нибудь?

— Так-то оно так, но все равно...— с сомнением покачал он головой.— Ну не слышал я о засекреченных святилищах! Не бывало их тут! Если гораздо южнее от Шантарска... У здешнего народца есть разве что «деревья духов», но их никогда не окружали самострелами и капканами, наоборот, любой странник мог спокойно повесить на ветку какое-нибудь подношение, чтобы дорога была легкой... Давай лучше подумаем, что нам дальше делать. Впереди могут попасться новые сюрпризы...

Огляделся. Вокруг вздымались крутые, поросшие кедрачом склоны.

— Туда? — понятливо указала Джен.

— Придется,— вздохнул Мазур.— Стороночкой обходить будем эту чертову тропу — я не сомневаюсь, что это все же тропа. Вряд ли и на склонах самострелы понатыканы. Подожди, придется палки вырезать. Везде скользко, а уж со склона можно так навернуться...

— А обойти никак нельзя?

— Увы,— сказал он.— Это ж какой круг делать по горам... Да и непонятно, что именно надо обходить, придется смотреть в оба, вот и все. Поди угадай, куда она ведет... А вдобавок, на наше невезение, эта тропинка с нашим маршрутом почти идеально совпадает. Как для нас приготовлена. Ну, понятно — это, судя по всему, самый короткий и легкий путь на юг и юго-восток, к каковому выводу здешние жители пришли без всяких процессоров...

Темп продвижения замедлился несказанно. Вверх и наискосок по склону, вниз и наискосок по склону, зорко глядя под ноги, то и дело упираясь палками, тщательно ставя ногу, подошвы не так уж и скользят, спасибо засекреченным дизайнерам, но все же шагать тяжеленько... А чертов дождик старательно насыщает воздух летучей сыростью, полное впечатление, что влага помаленьку проникает под кожу...

— Стоп,— сказал Мазур. Откинул капюшон, осмотрелся.— Видишь?

Джен подошла, ухватилась за его локоть, чтобы, используя в качестве точки опоры, обогнуть дерево.

— Вон там? — спросила она.

— Ага,— сказал Мазур.

Вынул бинокль, тщательно протер линзы специальной тряпочкой, особо усердно поглощавшей влагу. Смотрел недолго, передал бинокль Джен. Она почти сразу же вернула, сказала с торжеством:

— Я ведь говорила! Ну, и на что это похоже?

В отвесном склоне одной из сопок зияла высокая черная дыра — вход в пещеру. Перед ним, по обе стороны, двумя дугами протянулись шеренги высоких столбов с грубо вырезанными рожами. Мазур машинально пересчитал их — двенадцать. Два крайних покосились, но все остальные выглядят крепкими, довольно новыми, хоть и почернели от дождя. Вытесаны из цельных стволов — высоченные идолы, насколько можно рассмотреть, то ли оструганные с превеликим тщанием, то ли заглаженные наждаком или чем-то подобным до того, что дерево кажется гладкой, почерневшей костью.

— Ни черта не понимаю,— признался Мазур.

— Вон, видишь? Там определенно жгли костры, и не единожды. И там... Углей кучи.

Он кивнул. Кострища остались не перед идолами, а там, где он сам расположился бы на привал, приехав навестить пещеру. В стороне, у сплошной стены леса, защищавшего небольшую прогалину перед входом в пещеру от северного ветра. Никаких черепов у подножия идолов, вообще ни единой косточки — если им и приносили какие-то жертвы, то уж никак не в виде людей или дичины...

Осмотрел прогалину в бинокль гораздо тщательнее. Никакого мусора, ни малейших следов человеческого присутствия — только черные пятна двух кострищ, высокие идолы и вход в пещеру. А вот затес на дереве присутствует — и на сероватом срезе, расположенном примерно на высоте двух метров, просматривается черный, выжженный знак, своеобразный иероглиф, то ли птица, то ли стилизованный олень, то ли непонятно что...

Оглянулся на Джен и, увидев в ее глазах неугасимый пламень женского любопытства, покачал головой:

— Нет уж, не пойдем мы туда. Опасно.

— Почему? Пространство перед пещерой — сплошной камень. Там ни волчьей ямы не вырыть, ни капкана установить... Посмотри. Голый камень, да и гора сплошь каменная...

В этом был толк, Мазур и сам прекрасно видел, что площадка у пещеры — едва ли не самое неподходящее место в мире для устройства ловушек, копки ям и закладки мин. Голый сероватый камень с россыпями угловатых обломков. Чтобы установить идолов, там непременно пришлось бы пробивать колодцы достаточной глубины, подножия высоких столбов окружены валиками мелких камней — следы забутовки, конечно. Пришлось потратить массу времени и труда... зачем?

Его самого покусывало любопытство. Ни о чем подобном даже не слышал прежде, хоть в детстве и наслушался завлекательных побасенок о похороненных в гробах на верхушке дерева шаманах, женщинах с медвежьими мордами, подстерегающих шоферов на глухих таежных дорогах, о заклятых кладах и призраках убитых варнаками купцов...

— Посмотри,— настаивала Джен.— Если пройти вон там — можно к пещере спуститься как бы сверху. Опять-таки по голому камню. А потом вон там...

— Ты не помнишь, кого это в Эдеме сгубило любопытство? — проворчал Мазур.— Ну ладно, только с предельной осторожностью, словно по минному полю, черепашьим шагом... Лишний раз ресницами не махнешь без моей команды.

— Есть, сэр! А главное, там, в пещере, можно и выпить горяченького?

Мазур, подумав об оставшихся в рюкзаке банках с саморазгоревающимся какао, мысленно облизнулся и кивнул. В конце концов, самое время для привала...

По крутому склону спускались со всей мыслимой осторожностью, медленно лавировали меж острых высоких камней. Опыта Мазура хватило, чтобы опознать в нем песчаник — достаточно мягкую горную породу. Чересчур уж похожий на овал со срезанным основанием вход в пещеру вполне мог оказаться делом человеческих рук — или, по крайней мере, человеческие руки тщательно облагородили творение природы. С нынешними стальными кирками работы на неделю-другую — но все равно, должны быть очень уж веские причины, чтобы вести такие работы в глухой тайге...

Они предусмотрительно встали за скалу — чтобы неизвестный обитатель пещеры, вздумай он выскочить оттуда, не успел причинить вреда, а сам моментально попал бы под выстрелы. Мазур поглядывал на ближайшего идола — грубо вырезанная, но тщательнейшим образом обработанная рожа таращилась в пространство узенькими глазками. Нет, без наждака не обошлось, дерево лоснится под неощутимым дождиком, словно мокрое стекло...

— Что дальше, мисс Бекки Тэтчер? — спросил Мазур, приблизив губы к ее уху.

— Кто? — удивилась она.

— Что делать будем, спрашиваю?

— Камень кинем.

— Логично,— пробурчал Мазур.— Особенно если там сидит человек и пьет чай — то-то весело будет бедняге...

Чуть высунулся из-за скалы и крикнул внутрь, в черноту:

— Есть кто-нибудь?

Отпрянул, оба старательно прислушивались. Тишина. Мазур вновь высунул голову и дружелюбно крикнул:

— Выходи, а то гранату швырну!

Любезное предложение осталось без ответа. Поразмыслив, кинули внутрь пару камней. Слышно было, как они со стуком катились по туннелю, пока не остановились. Мазур похлопал Джен по плечу и кивнул, указав пальцем на карман, где у нее лежал револьвер.

Выстрел раскатился гулким эхом, унесшимся по туннелю куда-то вглубь. Они старательно выждали минуты две, но никто так и не появился, чтобы выругать нахальных пришельцев.

— С богом,— сказал Мазур, доставая фонарь.— Прикрывай по всем правилам, держись сзади и правее на два шага... джамп!

Они ворвались в туннель, действуя согласно наработанной методике,— в принципе одинаковой, что в ФБР, что в спецназе. В правой руке Мазур держал автомат — достоинство этой модели еще и в том, что тренированный неслабый человек легко может держать трехкилограммовую игрушку, словно пистолет — а фонарь поднял выше головы на вытянутой руке, благо высота туннеля позволяла. Фокус старый, но эффективный.

Мощный белый луч высветил тщательно обработанные стены. Чтобы добиться столь высокого качества работы, трудиться следует или ради идеи, или за огромные деньги, прямо-таки метро... Неужели это сделано руками, без всяких механизмов? Очень похоже, никакой механизм по таежным тропкам не протащишь... Если присмотреться, можно различить кое-где следы кирки.

Они медленно продвигались вперед. Мазур чертил лучом широкие спирали, осматривая предварительно и пол, и свод. Нет, нигде не видно стыков и швов, так что упавшей на голову глыбы, приведенной в действие хитрым механизмом, опасаться не стоит. Вовсе уж титаническую работу пришлось бы проделать... И под ногами — никаких сюрпризов. Сплошной, гладкий камень.

Луч фонаря словно вмиг потускнел, сузился во мгновенье ока — это за коротеньким поворотом открылась обширная пещера. Джен негромко ахнула, когда свет отразился от тускло сверкнувшей высокой фигуры, в которой сначала почудилось нечто марсианское. Мазур посветил прямо на нее, потом омахнул стены лучом, убедился, что другого выхода отсюда нет. Опустил автомат, а там и вовсе повесил на плечо — укрыться здесь было негде...

Медленно подошел к высокому пьедесталу, составлявшему одно целое со скалой,— пол просто-напросто углубили, оставив постамент в человеческий рост.

Под ногами шуршало и похрустывало, но он, не глядя, расшвыривал носками ботинок весь этот хлам, неотрывно глядя на постамент, испытывая нечто вроде благоговения... Он уже понял, кто перед ним. Именно такой облик и рисовал один из вариантов старинной легенды, оказавшийся верным.

Золотая статуя ростом примерно в метр, странная, не похожая ни на одно изваяние европейской работы — разве что на некую абстрактную фигуру, какими в неисчислимом множестве одарил человечество двадцатый век. Значит, не античная статуя, якобы дотащенная до Сибири предками здешних таежных племен, участвовавших в набеге на Рим... Несомненно, азиатская работа, хотя Мазур был не настолько образован, чтобы с ходу определить место изготовления — Монголия? Бирма? Китай?

Вытянутая голова дынеобразной формы, брови-дуги, овальные уши, руки без суставов, полукружиями спускавшиеся к талии, ноги едва намечены разделительной линией — явная древность, похожа скорее на каменных баб, разбросанных по южным степям, только золотая. Выпуклый живот раскрыт, как цветок, там виден ребенок, а у него в утробе — еще один, совсем уж маленький, в точности, как упоминали легенды...

— Что это? — прошептала Джен.

— Сорни-Най...— ответил Мазур, не отрывая глаз.

— Рыцарь? Какой еще рыцарь?*

— Да нет, ты не расслышала...— сказал Мазур.— Это Золотая Баба. Бог ты мой, ее ищут четыреста лет...

Никак не меньше. Легенды о ней кружили по Сибири задолго до прихода казаков, а в шестнадцатом веке попали в книги западных авторов, порой даже указывавших на карте примерное расположение загадочного святилища, где «незнаемые народы» хранят свое божество. Вскоре после появления Ермака, живо заинтересовавшегося золотым изваянием, всякие следы исчезают. Совершенно. На четыреста лет. Лишь иногда эвенк, хант или манси помоложе, уже приобщенный к городской цивилизации, пересказывает то, что слышал от своих стариков: будто в незапамятные времена Золотую Бабу утащили в непроходимые дебри особо доверенные шаманы, укрыли в надежном тайнике, а потом покончили с собой, чтобы тайна умерла вместе с ними... Многие из тех, кто всерьез пытался отыскать Золотую Бабу, полагали, что она укрыта на Таймыре в одной из многочисленных пещер,— но там на сотни квадратных километров тянутся совершенно безжизненные и никем не преодоленные про-

---

* Слово «Най» созвучно с английским «найт» — «рыцарь».

275

странства, голые скалы, дикие горы, лунные пейзажи, множество мелких рек, непроходимая болотистая тундра. В горы Бырранга не заходят даже нганасаны и местные ненцы, помещая там «страну мертвых»... Быть может, слух про Таймыр в свое время как раз и распустили в качестве «дымовой завесы»?

— Ее ищут четыреста лет,— повторил Мазур.— Это статуя из легенд, понимаешь? Как Святой Грааль — прости, господи, за такое сравнение... Как индейские клады в Мексике.

— Интересно, она дорого стоит?

— Может быть, миллионы,— сказал Мазур.— Миллионы долларов.— И обернулся к ней: — Может, прихватим? Каких-нибудь сто пятьдесят — двести килограммов, что нам стоит, суперменам?

— Не получится...— грустно сказала Джен.— Странная какая...

— Скорее — древняя,— сказал Мазур.— Ни на что не похожа, правда?

— Атлантида? — спросила она завороженно.

— А я бы не удивился...— хмыкнул Мазур.

Воздух в пещере вовсе не казался затхлым — незаметный изнутри вентиляционный ход? Мазур отошел, присел на корточки. Грудами свалены самые разнообразные подношения — сгнившие меха, не в переносном, а в прямом уже смысле заслуживавшие названия «мягкая рухлядь», проржавевшие ружейные патроны, кучки бумажных денег — вот довоенные, вот царские, а там Ильич в кепке — кучки золотых монет... Он нагнулся, поднял вещицу, потер рукавом. Почерневший серебряный портсигар, массивный, с золотыми накладками-вензелями, четкая надпись гласит, что он некогда был вручен подпоручику Смирнитскому за отличную стрельбу на полковых соревнованиях. А рядом маслянисто посверкивает орден Ленина — еще старого образца, на штифте. Морской кортик царских времен, несомненно, адмиральский — уж в этом-то Мазур разбирался. Медаль «За взятие Будапешта», рукоять казачьей шашки, цветной эмалевый подстаканник, тусклый самовар-пузан, брошка с синими стеклышками, карманные часы, еще подстаканник, никелированный, полуистлевшая пестрая шаль, солдатский «Георгий» — видимо, сюда годами несли все, что считалось самым ценным в хозяйстве... Местами кучи разнообразнейших предметов, вороха бумажных денег и мехов громоздились непроходимыми завалами, достигая груди Мазура. Вон переносной приемник середины шестидесятых годов — приличных размеров пластмассовый чемоданчик. Мазур помнил, что внутри множество радиоламп. Чудо техники для своего времени. Вон шитый золотом — натуральной золотой канителью — широкий погон с двумя просветами без звездочек. Полковничий...

— Знаешь что, давай-ка отсюда убираться,— сказал Мазур.

Джен разглядывала орден Александра Невского — дореволюционный. Подняла брови:

— Что, привидения?

— Пошли,— сказал Мазур.— Что-то нехорошо у меня на душе. То ли место так действует, то ли... Тебе не кажется, что люди, которые это святилище берегут от постороннего глаза которую сотню лет, могут оставить п о с т о я н н ы х сторожей? Я бы на их месте чересчур не полагался только на чащобу и удаленность...— И, уже громче, распорядился: — Пошли, говорю!

— Глупость какая...— протянула она, неохотно бросив орден в кучу хлама.— Ну какие сторожа?

—Это Азия, родная,— сказал Мазур, подталкивая ее к туннелю.— Это другой мир, ты еще не поняла? Другая планета. Как бы ты сама отнеслась к мексиканцу, вздумавшему отколоть нос у памятника Линкольну? А здесь все серьезнее...

Пригибаясь, он первым вышел из туннеля, сощурился, чтобы глаза побыстрее привыкли к свету. Нельзя сказать, чтобы он так уж верил в постоянных часовых, но насчет Азии он, пожалуй, был прав — это другая планета, другая психология, другое измерение времени. Даже сейчас в тайге и тундре есть места, куда белого местные наотрез откажутся вести,— даже те из них, кто видел многоэтажные дома и цветные телевизоры не только на картинке. Азия. Местный житель привык за тысячи лет, что любые новшества и любые пришельцы рано или поздно исчезают, как утренний туман, вместе с памятью о них...

Выстрел высек каменную крошку у него над головой.

Мазур ответил короткой очередью, не успев ничего сознать, ни о чем не успев подумать. Рефлекс не подвел — метрах в двадцати от него с ревом завалился матерый учаг*, забился на камнях, а спрыгнувший с него человек

_____
* У ч а г — верховой олень.

277

ужом скользнул за дерево. Еще один выстрел — пуля пропела где-то высоко в стороне. С двух сторон отозвались другие карабины.

— Вверх! — Мазур подтолкнул Джен к скалистому откосу, по которому они сюда спустились.

Это был единственный путь отхода — безумием было бы соваться в прилегающую к пещере тайгу, где наверняка полно других ловушек. Что ж, Европа способна в ы - ч и с л и т ь Азию, но неспособна Азию понять...

Огрызаясь короткими очередями, Мазур прикрывал девушку, карабкавшуюся меж острыми камнями. Нападавшие уже поняли, что он стреляет, пусть и бесшумно, дурак бы понял, увидев все еще бьющегося в судорогах оленя, брызгавшего кровью на камни. Они хоронились за деревьями, стреляли редко, но пули ложились в опасной близости — вокруг так и взлетало каменное крошево.

Мазур успел подумать: насчет «белку в глаз» — это все же преувеличение, однако и обольщаться не стоит, ошеломление у них довольно быстро пройдет, и охота начнется по всем правилам. В тайге они ему дадут сто очков вперед, неподалеку явственно послышался заливистый собачий брех...

Глянул вверх — Джен сама, без команды, догадалась достать револьвер, и, появись кто на дороге к вершине, не оплошала бы. Ну, одной головной болью меньше... Хорошо еще, склон покрыт сущим лабиринтом из высоких камней...

Что-то ударило в поясницу — достали-таки! Поясница тупо заныла, но Мазур знал, что бронежилет выдержит и не такое, а потому не беспокоился, рукой освидетельствовать не полез. Лишь бы в кассеты не угодили, а то восстанавливай потом пленку...

Снизу доносились крики на непонятном языке, лаяли собаки. Вот и вершина. Мазур, послав вниз еще одну очередь, быстренько сменил магазин. Сорвал рюкзак, не колеблясь, вытащил гранату, вырвал кольцо. Разжал пальцы, подождал секунду. Швырнул назад. Граната, как он и рассчитывал, оглушительно лопнула в воздухе, в полете, произведя скорее психологическое воздействие.

— Куда? — Джен повернула к нему бледное, отчаянное лицо.

Он без колебаний показал вниз, крикнул:

— Перебежками!

278

И кинулся следом за ней. Сердце оборвалось на миг — она поскользнулась, проехалась задом по камню, но успела уцепиться за угловатый валун. Мазур уже добежал, подхватил ее. Посланные снизу пули все еще звонко щелкали по камням на вершине — не похоже, чтобы хранители святилища пошли на штурм, Мазур успел сделать все, чтобы его зауважали в момент...

— Л-любопытство...— успел он выдохнуть на ходу.— Две Вар-рвары, бля...

— Что? — вскрикнула она, услышав непонятную русскую фразу.

— Вперед!

Обрывая застежку, выхватил баллон и щедро прыснул на камни туманной струей. Схватил Джен за руку и помчался гигантскими прыжками под прикрытие деревьев. Он успел с вершины окинуть взглядом окрестности и потому уверенно бежал в распадок меж двумя высоченными сопками — оттуда можно было прорваться в чащобу. Не сбавляя темпа, встряхнул баллон, поднеся его к уху. Послышалось шуршанье — кончается, черт, еще несколько доз — и можно выбрасывать...

...Дальнейшее слегка путалось, слившись в бешеный бег меж деревьев, перемежавшийся кратким отдыхом. Они не садились, просто, привалившись к стволам, жадно хватали воздух, жмурясь от затекавших в глаза соленых струек пота. И вновь бежали по гигантской, сложной кривой, огибая подножия сопок, налетая лицом на невесомо-липкую паутину. Но все же это никак нельзя было назвать слепым, паническим бегством сломя голову, они попросту отступали со всей возможной скоростью, а это совсем другое дело, если кто понимает... Они даже не особенно и уклонились с маршрута, в чем Мазур убедился, найдя полминутки для того, чтобы поработать с процессором.

— Не могу...— простонала Джен. Даже не упала — мягко осунулась под дерево, словно лишенный костей манекен.

Мазур упал рядом. Не подгонял и не настаивал — видел, что наступил момент, когда человека и в самом деле нипочем не поднять, хоть ты уши ему отрежь.

— Полежи,— прохрипел он.— Расстегни все, что можно, пусть тело подышит... Кажется, оторвались. Можно передохнуть,— снял с нее шапочку, сам расстегнул на ней бушлат.— Ничего, выкарабкаемся...

Она лежала навзничь с закрытыми глазами, грудь, как обожали изъясняться авторы дореволюционных дамских романов, бурно вздымалась. «А ведь старею,— подумал Мазур, ощущая в легких уколы десятков тоненьких иголочек.— Укатали сивку крутые сявки...»

— Все,— выдохнула она.— Сломалась, кажется.

— Бог ты мой, что за пошлости,— хрипло ответил он, с трудом подбирая английские слова. Казалось, все чужие языки выбило из памяти.— Ты еще скажи: «Брось меня!» Или что-нибудь не менее классическое...— и стал бесшумно копаться в рюкзаке, так, чтобы она не видела.— Не пори ерунды, специальный агент. До реки нам осталось всего ничего. И дальше пойдем не спеша, гарантирую...

Мысленно добавил про себя: «Потому что лезть в холоднющую сентябрьскую воду таежной реки такими вот взмыленными — значит быстренько откинуть копыта, несмотря на всю высокопробную химию из аптечки...»

— Оторвались? — спросила она слабым голосом.

— Похоже, оторвались,— сказал Мазур елико возможно бодрее.

Но особенно этому факту не радовался. Они всего-навсего ушли из прямой видимости — и только. Собак еще можно остановить аэрозолем, сбить со следа — а вот их хозяева, вобравшие тысячелетний опыт предков, так просто не отвяжутся. Способны читать малейший след, от сломанной веточки до притоптанной травы так же легко, как Мазур — боевой устав морской пехоты. Погоня будет двигаться не так уж быстро,— но скорость вполне можно компенсировать неутомимостью. Вряд ли отстанут — Мазур на их месте ни за что бы не отстал. Все-таки — Золотая Баба, наверное, самый охраняемый от белых секрет тайги...

Так что нужно побыстрее переправляться на левый берег Кигина — тогда есть шанс стряхнуть с хвоста погоню или хотя бы усложнить им задачу. У них-то аптечек нет, хоть и таежные жители, а плавать в такую погоду не любят, да и оленя в эту пору палкой не загонишь в реку... Обязательно останутся далеко позади.

Он привстал, вытянул левую руку и, взяв шею Джен в мертвый захват, метко вонзил в вену острие шприца-тюбика с «Приливом». Она не сопротивлялась — то ли от неожиданности, то ли вымоталась до предела — и Мазур без малейших хлопот, привычно и ловко выдавил тюбик.

Когда осторожненько вынимал иглу, его ударом тока прошила пренеприятнейшая мысль: а умеет ли она плавать?! До сих пор разговор об этом как-то не заходил. Правда, еще когда они приближались к Таймунчи, Мазур раза три упоминал, что переправляться придется вплавь. И она промолчала, приняла эту идею спокойно, значит, умеет... или нет?

Он пережил мгновение панического страха, что случалось раз в сто лет. Ведь если не умеет — все рушится или по крайней мере осложняется до предела. Она вполне могла решить, что бравый супермен измыслил какой-то хитрый способ переправы, при котором она и ног не замочит... нет, слышала же: «Вплавь».

Джен пошевелилась, проворчала:

— Эти твои хамские манеры... Скоро и вовсе на иглу посадишь...

— Прижми-ка лучше пальчиком,— сказал Мазур, накладывая на место укола смоченную спиртом ватку. Аппетитно потянул носом воздух — машинально, как любой мужик. Помедлив, спросил: — Ты плавать умеешь?

— Конечно,— спокойно сказала она.— Это же входит в курс нашей подготовки. Я многое умею...

— Молодец, подруга Бэтмена,— облегченно вздохнул Мазур.

— А если бы не умела?

— Вот об этом лучше не думать...

...Широкая серая река несла воды равнодушно и где-то даже величественно. Стоя рядом с Джен на берегу, Мазур на миг почувствовал себя совершеннейшим муравьишкой. А ведь в море, несмотря на его безграничный простор, такого чувства у него не возникало отроду...

— Придется лезть в воду? — спросила Джен с грустной покорностью судьбе и надеждой на чудо.

— Увы,— сказал Мазур, сбрасывая бушлат.— Одежду долой, носки долой. Белье оставь — шерсть движений не связывает, и будет некоторая иллюзия тепла, на первое время... Если сведет ногу судорогой, не паникуй. Тут же подавай голос. Главное — не паниковать. И не останавливаться. Раньше поплывем — раньше выплывем...

Он говорил уверенно, даже лениво, выдерживая солидный тон самонадеянного по заслугам сибиряка, привыкшего, согласно американским представлениям, каждое утро вместо зарядки нырять в сугроб прямо из окна — за компанию с бродившими по двору белыми медведями. Но на душе было пакостно. Даже не за девчонку опасался — впервые в жизни испугался, что у него в холодной воде может схватить сердце. Хватало примеров. Что, старость подползает? Нельзя же быть вечным, с «морскими дьяволами» такого еще не случалось, даже старец Протей, по слухам, первый в истории подводный спецназовец, в конце концов помер вместе с остальными дохристианскими богами...

— И в бою неравном пал кудрявый клен...— проворчал он, нагнетая в себе бодрость и боевую злость. Увидев, что Джен, уже разоблачившаяся до шерстяного белья, собиралась попробовать воду босой ногой, поторопился крикнуть, чтобы отвлечь внимание: — Эй, помоги! Возьми автомат, надень ботинки и подстрахуй. Мне еще деревце срубить нужно, я там заметил подходящее...

Он срубил ножом молодую елочку с пышными лапами, вполне способную поддержать на воде их багаж, весивший не меньше пуда. Когда они с Глаголевым обговаривали запасную трассу отхода, конечно же, подумали и о том, что придется переправляться через реки, не обремененные мостами и паромами. Но герметичные мешки-поплавки и баллончики со сжатым воздухом остались в рюкзаках Петрова со Смитом, ничего не попишешь...

— Ну, вперед? — спросил он, добросовестно перекрестившись.

Взял в зубы пустой шприц-тюбик, напрягши мышцы, столкнул в воду елочку с привязанными к ней тюками — все упаковано надежно, не подмокнет, но лучше не думать о том, что на время переправы остались без оружия, беспомощные, как перевернутая на спину черепаха... Подтолкнул девушку:

— Входи в воду медленно, не паниковать. Не останавливаться. Марш!

И решительно двинулся первым. Холодная вода обожгла, как кипятком, сердце на миг ухнуло куда-то вниз, как бывает в пикирующем самолете. Он загребал одной рукой, левой подталкивая деревце, так и норовившее двинуться по течению. Джен вовсю работала руками и ногами, показывая пока что неплохой стиль. Двухметровый кусок веревки, привязанной к их талиям, соединял, как пуповина.

Холод помаленьку проникал в каждую клеточку тела, казалось, он, подобно воде, плещется меж суставами, тугой струей поднимаясь по пустотелой трубе-позвоночнику в череп. Веревка рывком натянулась, Мазур поднял глаза — нет, ничего страшного, просто Джен, подхлестнутая все еще бурлившим в крови «Приливом», вырвалась вперед. Он поплыл быстрее, прямо-таки волоча елку, веревка вновь ослабла.

Казалось, они пересекают море — приподнимаясь из воды при каждом гребке, Мазур видел, что берег словно бы застыл на месте, не приближаясь ничуть. Так оно всегда и кажется, когда себя не помнишь от нетерпения, в теплой воде или в холодной — все едино, но помогала эта мысль плохо... «Он приближается, приближается, берег,— повторял Мазур мысленно, чувствуя, как деревенеет тело, боясь сжать зубы посильнее, чтобы не перекусить тонкий пластик шприца.— Приближается ведь, тварь!»

Джен вскрикнула, сбившись с темпа, погрузившись в воду так, что над серой поверхностью осталось лишь ее лицо с безумными глазами, забилась, оглядываясь на него в смертной тоске. Хлебнула воды, забарахталась. Нечеловеческим усилием Мазур наддал, подтолкнул к ней деревце. Она схватилась левой рукой, вершинка погрузилась в воду вместе с одним из тюков. Мазур сунул ей шприц, заорал, выскочив по пояс из воды:

— Нога?! Уколи, живо!

Ее правая рука исчезла под водой — слава богу, еще не потеряла голову, ожесточенно боролась... Деревце погрузилось совсем. Выпустив его, Мазур большим и указательным пальцами левой руки, словно ухватом, подпер затылок Джен, что есть мочи подталкивая к берегу и девушку, и хлипкую пародию на плот. Успел даже примериться, как оглушит ее, если начнет цепляться за него и потянет на дно...

Ну вот, она опять гребет обеими руками, плывет как-то странно, боком, видимо, нога еще не отошла окончательно, а иглу просто выпустила, дуреха, утопила шприц, вместо того чтобы вернуть. Если у самого сведет судорогой ногу, хреновато будет...

Весь мир состоял из серой воды, тяжело и ритмично колыхавшейся перед глазами — вверх-вниз, вверх-вниз, вверх-вниз,— попадавшей в рот, в глаза, в ноздри. Еловая лапа колола щеку, на миг заслонила все, веревка то и дело натягивалась — Джен сносило по течению, и Мазур что-то хрипло рычал ей, неизвестно на каком языке. В голове крутилось: «Могло быть хуже, могло быть хуже».

Сердце пока не подвело. Спасал опыт, натренированные мускулы, умение всегда побеждать. Бывало и похуже. Всего-то — проплыть из точки А в точку Б... И все равно, ощутив, наконец, под ногами твердое дно, увидев, как Джен поднялась над водой по бедра, он едва не взвыл от дикой животной радости....

ГЛАВА ДЕВЯТНАДЦАТАЯ

ПОДАРОК ОТ ЗАЙЧИКА

Они выпрямились во весь рост на берегу — промокшие насквозь, трясущиеся от холода. Зубы стучали так, что, пожалуй, можно было услышать и на том берегу. Отвязав тюки, Мазур сделал над собой легкое усилие, вновь вошел в воду по колени и отпихнул ель подальше. Она идиллически поплыла по течению вершиной вперед.

Джен что-то сказала, совершенно неразборчивое,— что походило больше на звонкую трель кастаньет.

— П-помолчи,— отмахнулся Мазур, рывками развязывая хитрые морские узлы.

Прежде всего он извлек автомат, бережно уложил на сухой песок, бросил девушке ее ботинки:

— Белье снять, ботинки надеть, живо!

— Х-холодно,— наконец изрекла она что-то осмысленное.

— Ценное наблюдение,— сказал Мазур, ежась.— Тонко подмечено...

— Д-дай одежду...

— Потом,— категорическим тоном сказал он.— Сначала нужно обсохнуть, а лучшего средства, чем марш-бросок, еще не придумали. Да шевелись ты!

И, прежде чем она успела опомниться, ловко содрал с нее тонкий шерстяной свитер, наскоро выжал. Рявкнул:

— Я тебе что, горничная?

Через несколько минут они бежали по тайге, смахивая на Адама и Еву, изгнанных из рая,— только, в отличие от прародителей рода человеческого, волокли на спине угловатые тюки. Автомат болтался у Мазура на шее, чувствительно хлопая по голой груди. Зрелище, надо полагать, было препикантнейшее — жаль, некому было полюбоваться, кроме ошалело взлетавших повыше к вершине белок. Мазур безжалостно гнал девушку напрямик, хорошо еще, что быстро отыскал безотказную погонялочку — достаточно было один раз звонко шлепнуть по голой заднице. Рассерженно косясь через плечо, она промолчала. И наддала — при малейшей заминке Мазур издавал бодрый крик:

— А по заднице?

Минут через двадцать, увидев подходящий выворотень, он решил, что пора и остановиться. Нельзя сказать, что отогрелся полностью, но кровь заструилась по жилочкам бодрее. Он бросил тюк в яму, под выворотень, расстелил шуршащую непромокаемую ткань и сделал приглашающий жест:

— Прошу ложиться, мисс...

Тут только она вспомнила о правилах приличия и девичьей стыдливости, отступила, прикрываясь ладонями:

— Ты что?!

— Ложись, дура,— сказал Мазур, плеская на ладонь спирт из фляги.— Растираться будем... Ну, спиной вверх, кому говорю!

Поставив рядом автомат и чутко прислушиваясь к окружающему, он принялся растирать девушку спиртом, не особенно и экономя. Вокруг запахло, словно в забегаловке. Понемногу ее кожа под ладонями становилась сухой и горячей. Мазур, время от времени критически озирая рабочее пространство, принялся наводить глянец собственной вязаной шапочкой. Перевернул ее на спину, как куклу, отбросил руки, когда попыталась прикрыться, и заработал в прежнем ритме, не испытывая ни малейших эротических позывов. Джен покорно лежала, закрыв глаза.

Напоследок Мазур, ловко и неожиданно нажав двумя пальцами на щеки, заставил ее открыть рот и опрокинул туда полный колпачок спирта. Она задохнулась, привстав, отчаянно кашляла.

— Ничего-ничего,— сказал Мазур, похлопывая ее по спине.— Лишь бы назад не пошло... Никто от этого еще не умирал, в Кентукки самогонку гонят и покрепче... А теперь — укольчик.

— Нет...

— Сидеть! — он уже сбросил колпачок с иглы.— Если подхватите пневмонию, мисс, вас только пристрелить останется, я серьезно говорю... А теперь одевайся быстренько.

Растерся сам, пропустил глоточек, все — на скорую руку, без прежнего тщания, полагаясь на счастливую звезду и на старую, общеизвестную истину: на войне к человеку отчего-то не вяжутся прежние гражданские хвори вроде насморка или радикулита... Блаженно откинулся, привалившись спиной к переплетению жестких корней, вытер лицо шапочкой, вкусно пахнущей спиртом и женской кожей. Выпустил густую струю дыма, окликнул:

— Мисс Деспард, как самочувствие?

Она промолчала, лежала навзничь с закрытыми глазами. Мазуру это не понравилось, и он переспросил громче:

— Самочувствие как?

Молчание. Мазур не спеша докурил сигарету до фильтра, спрятал окурок в песок, присел на корточки рядом с Джен и похлопал ее по щеке:

— Ты не уснула?

— Нет,— сказала она тусклым голосом.

— А почему молчим?

— Все надоело,— сказала она, приоткрыв глаза.— Не могу я больше.

— А как же женское равноправие? Неужели будешь перед мужчиной слабость показывать?

Она хлопнула ресницами, но промолчала. Мазур такие состояния прекрасно знал — когда люди не то чтобы ломаются в одночасье, но им вдруг начинает казаться, что все пропало, что выхода нет и все дальнейшие усилия бессмысленны. Сюсюканье здесь недопустимо, нужна шокотерапия...

— Встать, — сказал Мазур командным голосом.— За нами погоня, ты не забыла?

— Помню...

— Нужно идти.

— Не могу. Давай я останусь прикрывать, а ты беги...

— Дура,— сказал Мазур.— Это только в мыслях красиво, а на самом деле это ведь смерть... А смерть, что характерно, насовсем. Ты агент ФБР или как?

Она повернула голову, открыла глаза — взгляд был совершенно отрешенный. Не стоит и взывать к священным теням пассажиров «Мейфлауэра» и героев Потомака, напоминать о статуе Свободы и распевать с чувством «Звездное знамя». Нужно быстренько искать кнут.

Мазур приложил к ее виску холодный глушитель, поставив заранее на предохранитель и держа палец подальше от спуска. Сказал:

— Пристрелю ведь.

— Стреляй.

Мазур держал руки подальше — так и тянуло залепить ей парочку оплеух. Чего же может бояться благовоспитанная и благополучная американская девочка, натасканная агентесса? Боли? Смерти? У нее непременно должен быть подавлен страх перед болью и смертью, не официанткой работает... А если заходить с другого конца? Она агентесса, но еще и девочка, то бишь очаровательная молодая женщина, какие там в Штатах у дам самые навязчивые фобии?

Ага. Он ухмыльнулся. Все-таки те, кто его в свое время готовил, звезды и ученые звания носили не зря...

Бесцеремонно запустив руку в карман ее бушлата, Мазур извлек револьвер, отбросил подальше, встал на колени и еще бесцеремоннее принялся возиться с застежками комбинезона.

Вот тут она быстренько привстала:

— В чем дело?!

— Ты очаровательна,— сказал Мазур голосом завзятого уличного приставалы, каковые по обе стороны океана, в общем, одинаковы.— Вот я и решил, что не стоит отпускать тебя на тот свет, не разделив предварительно с тобой страсть...

И навалился, разбрасывая ей руки, грубо целуя в шею. На какой-то миг и в самом деле потерял над собой контроль, ничуть не играя — хороша была, чертовка, тут же справился с собой и продолжал грубо тормошить ее, без малейшей фальши изображая охваченного похотью орангутанга. В отсутствии фальши он твердо убедился по ее сопротивлению — Джен отбивалась что есть сил, всерьез, панически, забыв про боевые искусства...

Когда она, по расчетам Мазура, дозрела, он разжал руки — и успел получить ногтями по щеке — откатился в сторону, делая вид, что девчонка его одолела. Она вскочила, вся расстегнутая и растрепанная, сгоряча полезла в карман за револьвером и, обнаружив там пустоту, отпрыгнула к выворотню, наконец-то догадавшись встать в классическую «дикую кошку»:

— Не подходи! Скотина!

Мазур, потирая тыльной стороной ладони царапины на щеке, уставился на нее с хмурым одобрением. Вот что значит нащупать больное место...

— Молодец,— сказал он, покосившись на испачканную кровью ладонь.— Обожаю добродетельных девочек...

287

— Не подходи!

— И не думаю,— сказал Мазур.— Ну, опомнилась? Застегни все, и пойдем...

Похоже, до нее медленно-медленно начинало доходить. На лице играла разнообразнейшая гамма эмоций — так что Марсель Марсо позавидовал бы. Опустила руки и зло выдохнула:

— Скотина. Психолог долбаный. Солдафон, медная башка...

Мазур вразвалочку подошел к ней, взял за плечи — она сначала непроизвольно шарахнулась, но опомнилась, гордо вздернула подбородок,— посмотрел в глаза и сказал, цедя слова:

— Кьюти*, это ты у меня в первый и последний раз показывала характер. Ясно? Коли уж я теперь нащупал твое слабое местечко, ничего не поделаешь. Я тебе даю слово офицера: если опять пойдут капризы типа «я дальше не пойду» или «я сломалась» — оттрахаю во все дырки так, что ты и в порнофильмах не видела...

— Я порнушки не смотрю,— огрызнулась она.— Только по работе, если придется...

— Это детали,— сказал Мазур.— Ты пойми, я не шучу. Я должен вытащить и тебя, и кассеты. А уж какой я тебя вытащу — никого не интересует. Дома будешь рассказывать, какая я сволочь... Ну, ты мне веришь насчет офицерского слова?

Она опустила глаза, зло сжав губы.

— Веришь...— сказал Мазур.— И правильно делаешь. Если...

Он умолк, повернул голову. Далеко-далеко, чуть ли не на пределе слышимости, раздался короткий грохот, несмотря на расстояние, слышно было, как раскатилось звонкое эхо.

— Это еще что? — встрепенулась Джен.

— А это я пожертвовал последней гранатой,— сказал Мазур.— Поставил «натяжку» там, где срубил деревце. Конечно, на нее мог налететь и какой-нибудь зверь, но душа мне подсказывает, что без наших стражей сокровищ не обошлось... Они уже около реки.

Вернулся к выворотню, закинул рюкзак за плечи и двинулся вперед, не оглядываясь. Почти сразу же его догнала Джен, все еще застегивая пряжки комбинезона. Мазур

---

* Cutie — киска, красотка (*америк. сленг*).

молча протянул ей револьвер, похлопал по плечу и фыркнул, когда она негодующе отшатнулась.

...Мазур держал в памяти этот распадок и высоченную голую скалу, отдаленно похожую на жирафью голову, столь же надежно, как свой личный учетный номер, значившийся в суперсекретной картотеке. И узнал ее моментально, когда вершина, украшенная смахивавшим на рог камнем, показалась над темно-зелеными вершинами елей. Вот только радоваться было рановато...

— Почему встали? — спросила Джен.— Ты же говорил, тайник где-то здесь...

— Потому и стою,— сказал Мазур.

Они встретились взглядами. Очень похоже, она поняла. Больше ни о чем уже не спросила.

Опустив рюкзак в мох, Мазур распорядился:

— Оставайся здесь. И поглядывай назад, мало ли...

Двинулся вперед едва ли не на цыпочках. Все чувства были обострены до предела. Он приближался к скале, выписывая широкие зигзаги, параллельно подножию, рыскал «челноком», как хорошая охотничья собака, глядя, не мелькнет ли во мху зеленая ниточка «натяжки». Впрочем, не обязательно «натяжка». Ожидать следует чего угодно — «умной» мины с инфракрасным рецептором, датчика, способного послать радиосигнал о прибытии гостей к Жирафьей Голове, засады...

Вот она, громадная каменная глыба. Теперь вправо, пока не окажется прямо перед глазами острый выступ, нависший над серой жилой какого-то минерала, выделявшейся на желтоватом фоне... Сердце стучало, но он старался не поддаваться эмоциям. Кустарник стоит сплошной стеной, но если попробовать...

Куст подался под рукой. Без излишней поспешности Мазур выдернул его из земли, аккуратно отложил в сторону. Еще один, еще... Осторожно подергал бурую, под цвет сухих кустов, непромокаемую ткань, даже на расстоянии отдававшую едким химическим запахом, способным отпугнуть любое зверье, имевшее скверную привычку лазать по оставленным людьми захоронкам. Столь же аккуратно свернул ее, положил рядом. Все еще — никаких сюрпризов... Помедлил, посветил фонариком в узкую расщелину — и вытащил оттуда три продолговатых тюка, завернутых в зеленую непромокаемую ткань. Вспорол их ножом на всю длину. Прежде чем запустить туда руки, отступил, вытер обильный пот со лба, достал сигарету.

По крайней мере, на Глаголева пока можно полагаться. Все на месте, ни засады, ни сюрпризов. Как и договаривались, генерал сделал захоронку в строжайшем секрете от своего ближайшего окружения, даже от Кацубы, использовав пребывавших в полнейшем неведении подчиненных, никоим боком с операцией «Тайга» не связанных. Приятно узнать, что полагаться можно хотя бы на одного-единственного человека из внешнего мира,— а то, что это генерал, придает бодрости...

Штатская одежда в аккуратных пакетах с пришпиленными карточками, на которых тщательно выписаны клички. Магазины к автоматам, гранаты, еда, аптечки — сокровище, да и только. В отдельном пакете — стопка паспортов, соответствующим способом состаренных, потрепанных даже, чем замызганнее, тем убедительнее, это давно известно.

Сокровище. Вот только из тех, кому оно было предназначено, до «третьей точки» добрались всего двое, а остальные уже никогда из тайги не вернутся... Мазур, присев на корточки, задумчиво перелистывал паспорта. У него впервые в жизни возникло ощущение, что они были чудовищно обмануты,— и его коллеги, и парни с той стороны. По обе стороны океана свято верили, что служат своим империям, а посему цель оправдывает средства и любые сомнения неуместны,— и великолепно подготовленные боевые пловцы резали друг другу глотки, вырывали загубники, взрывали и жгли, считая высшим позором и немыслимым профессиональным ляпом смерть при выполнении задания. Высшим шиком было — и выполнить задание, и вернуться. Они долгие годы сходились в схватке — для чего? Чтобы жирные коты по обе стороны океана преспокойно проворачивали на пару свою коммерцию, помогая друг другу пополнять банковские счета, пугая своих сограждан кто коммунистической угрозой, кто империалистической? А потом в одночасье оказалось, что жирные в с е г д а были заодно. Что «Серебряная Звезда» и «Золотая Звезда» — не более чем побрякушки, полученные пешками, убивавшими пешек. Что...

Он мысленно плюнул — не стоило терзать душу, поскольку ничего невозможно поправить, остается, сжав зубы, надрывать пуп ради того, чтобы хоть один жирный кот получил по заслугам...

Отложил себе в рюкзак пару комплектов одежды, подумал, кинул туда же еще пару пакетов. Оставшуюся одежду извлек из пакетов и перемешал так, чтобы непонятно было, для скольких человек она предназначалась,— карточки с кличками в карман, пусть сыщики, если доберутся, поломают голову: размеры, в принципе, одинаковые, поди догадайся, может, тут по три куртки для одного-единственного путника и предназначалось...

Прихватил несколько магазинов, пару гранат, солидную пачку денег. Окликнул Джен и, когда она подошла, вручил ей новый паспорт, а старый забрал, предупредив:

— Та же легенда, что и по старому документу. Зовут тебя теперь Шабалина Бриджит Степановна, ничего прочего менять не придется.

— И на допросе?

— Все эти скороспелые легенды — для п о с т о р о н-
н и х, ты не забыла? — сказал Мазур.— Если попадем на серьезный допрос, из нас и так все вытряхнут, никакие бумажки не спасут... А знаешь что? Как же мы раньше не подумали, болваны... Когда доберемся до обитаемых мест, ты у нас будешь глухонемая. Точно, хорошая идея, надо потом обговорить... Будешь мычать и гугукать — к глухонемым, знаешь ли, испокон веку относятся с этаким брезгливым сожалением и сторонятся...

— А это что?

—Секрет,— сказал Мазур, бережно пряча в застегивавшийся на «молнию» карман солидное красное удостоверение с золотым двуглавым орлом, византийским приблудышем.— Потом объясню... Нет, это форменное идиотство — я о твоих шефах. Что, у вас нет знатоков русского языка?

— Почти нет,— виновато пожала плечами Джен.

— Ага,— проворчал Мазур, превращая оставшиеся паспорта в кучу обрывков.— За сицилийцами следили, за колумбийцами, русскую мафию ухитрились проглядеть, а она вам и показала...

Он старательно сжег на плоском камне все обрывки, растер невесомый пепел. Отошел, подбрасывая в руке белый шарик величиной с теннисный мяч, разматывая с него почти невесомую антенну, длиннющую, прочную. Закрепил конец на корявой ветке ближайшего куста, положил шарик на камень и что есть силы наступил на него подошвой.

От обломков потянуло паленым — миниатюрный передатчик послушно покончил с собой, передав первый и единственный в своей жизни кодированный сигнал. Запеленговать никто не успеет, а вот Глаголев будет знать, что захоронку вынули именно те, кому она была предназначена... и кто-то еще, помимо Глаголева? Ничего не поделаешь, придется рискнуть. Зато поисковые группы «Аквариума» в темпе ринутся в несколько оговоренных точек. Может, что-то путнее из этого и выйдет...

Без всякой спешки заменил глушитель своего автомата на новешенький из захоронки, сунул в карманы пару баллонов с «Антисобакином». Подумав, прихватил еще гранат. Наблюдавшая за ним без особого воодушевления Джен пожала плечами:

— Лучше бы вместо всего этого прилетел вертолет...

— Ага,— сказал Мазур.— И на обратном пути получил в борт над тайгой совершенно неопознанным «Стингером», что было бы идеальным решением проблемы. Сражения, хорошая моя, всегда выигрывает пехота...— Развернул карту, отпечатанную на листе тончайшего пластика.— Я тебя поздравляю. Если мы будем двигаться в прежнем темпе, без случайностей,— помолчал,   послав ей выразительный взгляд,— то суток через трое выйдем к железной дороге... Не слышу восторженного визга?

— Обойдешься. Можно посмотреть карту?

— Бога ради. Только с каких это пор ты научилась читать по-русски?

— Просто интересно.

— Ну, посмотри...— Мазур развернул перед ней прозрачную в ярком солнечном свете карту.— Мы примерно здесь. Вот это — Транссибирская магистраль. Тебя какой город интересует? Я о вашем ФБР самого хорошего мнения, особенно после знакомства с тобой, но в д е р е в н ю вы своего резидента вряд ли внедрите — знаний не хватит. Еще негра пошлете, обрядив его сибирским мужичком... ах, прости, черного...

Балагуря, он искоса следил за девушкой. Вовсе не обязательно знать русский язык для того, чтобы читать карту,— можно пойти по самому легкому пути, вбив начертанные чужими буквами названия населенных пунктов в зрительную память. Очень уж старательно она разглядывала прозрачный лист.

— Мы пойдем на запад или на восток? — осведомилась она.

— Секрет. Или у тебя н⁀ обоих направлениях явки имеются?

— Слушай! — воскликнула она в сердцах.— Ну что бы ты делал на моем месте?

— Молчал бы,— вынужден был признать Мазур.— Но послушай, нельзя же так... Во-первых, наверху, как я понимаю, железно договорились, что добычей партнеры поделятся честно, а во-вторых... Что, в самом деле рассчитываешь оторваться от меня и шмыгнуть на явочную квартиру? Кассеты, не забудь, у меня. Как, напарница? В старинных романах в таких случаях писали: «Ее прелестное личико выражало внутреннее борение...» Ну?

Глядя в сторону, она сказала, словно переламывала что-то в себе:

— Черт с тобой, супермен. Явка в... Ординское.

— Ордынское,— удовлетворенно поправил Мазур.— Ну, это, откровенность за откровенность, по пути. Интересно, как бы ты расспрашивала прохожих насчет адреса? Не можешь ведь не знать адреса...

Джен взглянула чуточку насмешливо:

— Ты знаешь, я тебя обманула немножко. Я по-русски знаю еще несколько слов. «Поч-та». «Телеграф». У вас на вокзалах есть почтовая контора, а там найдется телефон-автомат...

— Убедила,— сказал Мазур.— Но все равно, одна ты туда не пойдешь. Повторяю, я всерьез опасаюсь, что тебе там могут дать по голове, твои же соотечественники. Допускаешь такую гипотезу?

— Теоретически,— нехотя созналась она.

— Ну, а я — практик... И потому — пессимист.

— Но не в квартиру же со мной...

— Под окошком постою, как влюбленный,— сказал Мазур.— Понимая всю щекотливость твоего положения. Ладно, посторожи, пока я все это замаскирую снова... или нет! Есть идея получше...

Он за несколько минут привел тайник в состояние полнейшего разгрома. Душу щемило от такого вандализма — одежду разбросал вокруг, срубив ножом еще несколько кустов, рассыпал патроны, вывинтил запалы из гранат и забросил подальше. Еду и вовсе раскидал по прилегающей местности — очень скоро набежит мелкое зверье, распотрошит пластиковые пакеты, усугубляя картину разгрома. И ни один преследователь так и не поймет, что же тут, собственно, произошло, что именно из тайника было взято — если было...

— Знание иностранных языков — великая вещь, запомни на будущее,— говорил он, шагая рядом с девушкой.— Есть одна невыдуманная история. Сто пятьдесят лет назад, в восемьсот сорок пятом, в закрытую тогда для иноземцев Японию заявилась английская эскадра. И стояла на рейде, пошевеливая пушками — мягко и ненавязчиво убеждала установить дипломатические отношения. Японцы послали на корабли группу ниндзя. О ниндзя много наврано, но эти парни и в самом деле умели работать... Они тихонечко проникли на корабль, просмотрели все бумаги в каюте командира эскадры, даже подслушали его совещание с офицерами. И так же незаметно ушли... — он сделал театральную паузу.

— А где юмор?

— А юмор здесь в том, что означенные ниндзя при всей своей подготовке не знали ни словечка по-английски. А потому ни слова не поняли в бумагах, ни слова не уразумели из услышанного. Так-то... Подожди,— взял он девушку за локоть.— Мы сейчас свернем вон туда...

— Зачем?

— А чтобы сделать круг и взобраться во-он на тот обрыв. Не самое удобное место для засады, но нам это на руку...

— Ты что, хочешь...

— Ага,— сказал Мазур.— За ветерком я наблюдаю давно, он вот уже с час не меняет направления. Дует в направлении пройденного пути. Собаки нас не учуют. Не могу я оставлять этих ребят за спиной... Они не отстанут. Это Азия.

— Нехорошо как-то,— вздохнула Джен.— Это же мы к ним нагрянули...

— Все я понимаю,— глухо сказал Мазур.— Но когда вопрос стоит примитивнейше, «кто кого», выбирать не из чего. Ты не вздумай высовываться, без тебя справлюсь...

...На обрыве, вздымавшемся над длинной впадиной, забитой высокими обомшелыми елями с длинными сухими ветвями, они пролежали часа четыре. Джен в конце концов задремала, улегшись ничком, подложив под щеку вязаную шапочку. Пару раз засопела носом во сне — но никаких признаков подступавшей простуды пока что не было. У себя их Мазур тоже не чувствовал.

Ожидание — штука тягостная, и привыкнуть к нему невозможно. Мазур внутренне извелся, но лежал смирно, через каждые пять минут с ритмичностью часового механизма поднося к глазам бинокль и изучая окрестности. Ветер так и не переменился, небо чуточку очистилось, но серого было больше, чем синего.

Они появились, когда Мазур твердо постановил выждать еще час, а потом отправиться восвояси другой дорогой. Переправа далась им нелегко — Мазур быстро рассмотрел, что одежда у них мокрая, даже обтрепанные меховые шапки. Трое, растянувшись цепочкой, продвигались трусцой на низеньких серых учагах. Вокруг невеликого аргиша* носилась черно-белая собачонка с закрученным в колечко хвостом. Сразу видно было, что едут они, почти в точности повторяя маршрут беглецов. Карабины наизготовку. По лицам не понять, молодые они или старые — узкоглазые, морщинистые физиономии казались одинаковыми, изначальными, как эта тайга. Мазур чувствовал себя последней сволочью, но другого выхода не было, в конце концов, они первыми начали стрелять и недвусмысленно дали понять, что намерены убить...

Тронул пальцем теплую щеку Джен. Она мгновенно проснулась, в первый миг недоумевающе хлопнула глазами. Мазур приложил ей палец к губам, ощутив на миг совершенно неуместную здесь мимолетную нежность,— ну не место ей здесь, не место, дома надо было сидеть...

Показал знаками, чтобы лежала тихонечко и не высовывалась. Она столь же выразительным жестом заверила, что поняла,— но револьвер положила рядом с собой.

Мазур бесшумно, упираясь локтями, припав к земле, подполз почти к самому краю обрыва. Дальше нет смысла — и место начинается открытое, и чертова собачка учуять может, несмотря на ветер. Он не верил во всевозможные колдовские способности, приписываемые соплеменникам его преследователей: если что и было в старину, быльем поросло, отчего-то ведь гонятся с винтарями, не полагаясь на шаманское чародейство...

До них — метров семьдесят. Все шансы. Мазур задержал дыхание, прицелился в последнего и мягко потянул спуск.

Того словно бы шквальным порывом ветра снесло с оленя. Учаг, оставшись без седока, встрепенулся, но тут же побрел вперед. Донесся заливистый лай собачонки. Двое оставшихся отреагировали с похвальной быстротой — по сторонам прожужжали выпущенные наугад пули. Мазур выстрелил. Второй свалился у ели. За ним — третий. Дистанция все же подвела — третий, выронив карабин, попы-

---

* А р г и ш — местное слово, здесь употребляется в значении «караван».

тался отползти в сторону, он уже понял, откуда стреляют, полз прочь от обрыва... Глушитель со слабым щелчком плюнул желтым пламенем. Ползущий замер, шапка свалилась. Собачка металась вокруг, зло, потерянно гавкая. Мазур выждал еще минут пять — но никто из трех не шевелился, в бинокль видно было, что они мертвы, что олени равнодушно бродят меж деревьев. «Никакого проклятия с Золотой Бабой не связано,— зачем-то подумал Мазур.— Никаких проклятий для нахала, дерзнувшего...» Но на душе от этого не стало легче, наоборот...

ГЛАВА ДВАДЦАТАЯ

КАПКАН ДЛЯ ПОДНЕБЕСНОЙ

Дымок он учуял издали — собственно, даже не дымок, горячее дуновение, донесшее смешанный запах горелых смолистых сучьев и жареного мяса. В первый момент рот непроизвольно наполнился слюной: они все это время жили на концентратах и сублиматах, пусть чертовски питательных, Мазур предпочитал не отвлекаться на охоту.

Джен остановилась — тоже учуяла. Они переглянулись.

— Будем обходить? — спросила Джен.

— Погоди,— процедил он.— Надо же посмотреть, кто это тут пикник устроил, чтобы не оставлять за спиной неизвестно кого...

— Может, с т о р о ж а?

— Вряд ли,— мотнул он головой.— Обогнали нас и устроились перекусить? Они бы по следу шли. Двое суток уже не беспокоят...

Они двинулись вперед. Мазур тихо приказал:

— Ты руками особенно не размахивай, держи ближе к телу — в лесу в первую очередь г о р и з о н т а л ь н о е шевеление в глаза бросается...

Тихонько перешли вброд узенький неглубокий ручей и пошли по отлогому склону, в густом кедраче. Направление Мазур выбрал верно — приятный запашок усиливался, распространяясь с легоньким ветерком.

— Птица, точно,— прошептал он.— Она в эту пору упитанная...

— Тс!

— Ага, сам вижу...

Далеко впереди меж деревьев мелькнуло ярко-алое пятно. И еще одно. Потом пятна замерли, больше не перемещались.

Мазур нагнулся к ее уху:

— Схоронись за тем кустиком и притворись пеньком. Я один пойду. Если что, свистну, подойдешь. Ни слова не говори, сиди с умным видом, но спину мне держи...

— А вдруг...

— Если «вдруг» — буду один справляться,— отрезал он.— Ну, живо скройся!

Сделал два шага вперед, оглянулся и, не увидев ее за кустами, уверенно стал красться к неподвижным алым пятнам, от ствола к стволу, бесшумными перебежками, напоминавшими плавные балетные движения. Отклонился с курса, взяв левее,— чтобы подойти со стороны громадного поваленного ствола, замшелого, даже на вид трухлявого. Идеальное укрытие.

Опустился за ствол так, чтобы меж ним и сидящими вокруг костерка — кое в чем разбираются, развели из сухих сучьев, практически не дающих дыма, был не только ствол, но и густые заросли краснотала.

Их было четверо — все в ярко-красных, чертовски мешковатых костюмах с капюшонами, предназначенных, надо думать, для людей гораздо более основательной комплекции. Костюмы крайне похожи на рыбацкие непромокаемые робы, неуместные в самом сердце континента, посреди тайги. Один поворачивает на импровизированном вертеле из длинного сучка и двух рогулек какую-то большую птицу, то ли глухаря, то ли тетерева, ощипанную кое-как, наспех, еще двое следят за ним так жадно, что с первого взгляда видно: голодны до крайности. Четвертый сидит чуть поодаль, время от времени озирается, держит на коленях «Калашников» образца 1947 года, давно замененный в самых отдаленных гарнизонах более современными моделями. Уверенно держит, видно, что привык обращаться с этой штукой. Он тоже то и дело косится на дичину — а та уже почти готова, вон как жареным тянет...

Глядя на их охваченные голодным азартом лица, Мазур поневоле сглотнул бесшумно слюну. Что интересно, все четверо были азиатами — раскосые глаза, густые черные волосы, суть желтоватые лица. Но — не местные. Не эвенки, уж за это-то Мазур мог поручиться. Сагайцы? Хакасы? Якуты?

Тянулись минуты, а четверка сидела на прежнем месте и в прежних позах, никого больше не появилось. Что за черт? Если не считать птицы на вертеле и автомата, при них не было н и ч е г о. Вообще ничего. Ни ружей, ни рюкзаков, ни даже шапок. Полнейшее отсутствие всех и всяческих вещей, изголодавшиеся лица... Либо заблудившиеся туристы, либо сорвавшиеся в побег заключенные. Второе вероятнее — туристы в тайгу автоматы не берут, да и браконьерам они ни к чему... Нет, оставлять эту компанию в тылу решительно не годится. Куртки распахнуты — татуировок на груди ни у кого не видно. На руках — тоже. Но это еще ни о чем не говорит.

Джен, должно быть, изнервничалась, пора кончать...

Мазур уже хотел отползти, но тут вдруг задумался: а почему костюмы к р а с н ы е? С каких это пор таким манером наряжают зэков? Да ну, не растекайся фантазией по древу, одернул он себя,— д в е «Заимки», подобные Прохоровой, в одном месте ну никак не могут оказаться... Против теории вероятности.

Но делать нечего — надо поболтать... Он бесшумно обогнул по дуге странную компанию, пожиравшую глазами аппетитную птичку, на корточках преодолел последние метры — и выскочил из-за дерева за спиной типа с автоматом, рыкнул:

— Всем сидеть! Руки!

Часовой вскочил — но Мазур без труда выбил у него автомат ногой, вторым ударом подшиб под коленную чашечку, третьим отправил в горизонтальное положение. Бил щадяще, вполсилы. Те трое и не шелохнулись — сбились в кучку, сидя на корточках, прижавшись друг к другу, вжав головы в плечи и подняв руки. Теперь Мазур рассмотрел, что все они худые до крайности, можно изучать анатомию по четко обрисовавшимся ребрам и ключицам.

Переместился влево, держа их под прицелом, быстрым взглядом оглянулся по сторонам. Никого. Тишина и благолепие. Стоя на безопасной дистанции, поднял обшарпанный автомат, отсоединил магазин и большим пальцем выщелкнул патроны в свою шапочку. Дернул затвор, присовокупил выскочивший патрон к остальным. Всего набралось одиннадцать.

Лежащий уставился на него с такой ненавистью, что Мазур для пущей надежности отступил еще на шаг. Полная противоположность тем трем — они взирают с грустной покорностью судьбе, пресловутым азиатским фатализмом... Сунув два пальца в рот, Мазур громко свистнул. И, глядя на лежащего, спросил спокойно:

— Откуда, куда, зачем?

— С-сука...— прошипел лежащий. Лицо, впрочем, самую чуточку изменило выражение, словно он все-таки не понимал чего-то до конца.

— Это тебя так зовут? — спросил Мазур, повел стволом.— Лежать!

Показалась Джен, с револьвером наготове, в левой руке она, склонившись в противоположную сторону от тяжести ноши, волокла рюкзак Мазура, напоминая сейчас простую русскую бабу, собравшуюся к колодцу за водой. Мазур кивнул ей на пленных. Она поняла, аккуратно поставила рюкзак и двинулась к костру. Негромко свистнув, Мазур мотнул головой, показал взглядом на лежащего — он выглядел самым здесь решительным, опасным, и потому следовало его обшмонать в первую очередь.

— Руки за голову,— сказал ему Мазур, придвигаясь для подстраховки поближе.— Дернешься — капут...

Джен выпрямилась, показала ему на ладони полупустую коробку спичек. Перешла к остальным — те без команды повалились в мох лицами вниз, старательно сплетя пальцы на черноволосых затылках. У тех не оказалось вообще ничего. Положительно, странная компания...

Потянуло горелым. Сняв с рогулек птицу, Мазур отложил ее в сторону, на чистый мох. Присел на корточки, левой рукой вмиг отщелкнул крышку затворной коробки, вытащил затвор, снял с него боевую пружину, сложил детали кучкой. Закурил и, держа автомат дулом вверх, сказал:

— Можешь перевернуться. Сесть. Руки на колени.— Повернулся к тем трем.— Вы тоже садитесь, но смотрите у меня.

Они не шелохнулись.

— Кому сказал? — повысил голос Мазур.— Сесть, руки на колени. По-русски не понимаете, что ли?

И увидел, как лицо у разоруженного мгновенно изменилось: на нем мелькнула словно бы яростная надежда. Смотрел, как человек, которому предложили дернуть за кольцо при совершенно неизвестных последствиях,— то ли чека гранаты окажется выдернутой, то ли это откроется банка пива...

— Кто такие? — спросил Мазур.— Они что, в самом деле по-русски не понимают?

Тот закивал. Чуть подумав, Мазур высыпал патроны рядом с полуразобранным автоматом, натянул шапочку и коснулся пальцами виска:

— Майор Сергеев. Прапорщик Савельева. Вэчэ двадцать один восемьсот семьдесят пять, рота охраны. Как попали в расположение объекта и что тут делаете?

Он ожидал любой реакции, но не взрывоподобного всплеска эмоций — пленника прямо-таки подбросило, как от удара током, он не воскликнул даже, радостно заорал:

— Товарищ майор! — и попытался вскочить.

— Сидеть! — приказал Мазур.— Кто такой?

Тот плюхнулся наземь с блуждавшей по лицу улыбкой идиотской радости, зачастил:

— Товарищ майор, капитан Кутан Жаксабаев, Советская Армия... то есть была... потом немного в киргизской, только там пошли такие сокращения...

— Спокойно,— сказал Мазур, опустив дуло автомата чуть пониже.— И конкретнее.

— Капитан Жаксабаев, Тракайская воздушно-десантная дивизия, командир роты разведки... Командир дивизии — генерал-майор Рудницкий, начальник штаба — полковник Архутин, последнее место дислокации перед расформированием — Завьялово Тульской области...

Увы, Мазур проверить это никак не мог — не настолько хорошо знал наименования дивизий бывшей Советской Армии и фамилии командиров. Другое дело — кое-какие иностранные армии, тут он в момент поймал бы на вранье любого...

— А эти? — кивнул Мазур на троицу.

— Это китайцы, товарищ майор,— он повернулся к спутникам и громко сообщил: — Ребята, все в порядке, это военные, мы куда-то к военному объекту вышли...

Мазур поднял брови — капитан произнес это на английском, пусть и далеком от совершенства, безусловно не позволившем бы выдать себя за аборигена где-нибудь в Австралии или графстве Кент. Но все же это был довольно сносный английский, изучавшийся определенно не в рядовой советской школе.

Для проверки он громко сказал остальным по-английски:

— Сесть. Руки на колени.

Они моментально выполнили приказ — правда, только двое, а третий, по всему видно, всего лишь равнялся на товарищей, команды не понял.

— Имя, подданство, место жительства? — Мазур дернул стволом в сторону того, что поднялся первым.

Тот торопливо, где-то даже подобострастно ответил:

— Ван Ши-кай, господин офицер. Китайская Народная Республика, город Байцзы. По торговая делам пришел в Советский, родственник, которым здесь, никогда не шпион...

— Хэнь хао*,— нетерпеливо сказал Мазур, знавший с дюжину китайских слов. Продолжил по-английски: — Довольно. Остальные?

— Остальный тоже китайца. Приходили по-через граница...

— Дома людей много-много-много, работа меньше...— вежливо щурясь, вмешался второй.— Советски хороший, земли много-много-много, работа... Господин офицер, наша согласен сидеть в тюрьме сколько надо, посадите настоящая зона...

— Странное желание,— хмыкнул Мазур.— Что, согласны?

— Согласны, согласны! — горячо подтвердил китаец.— Посадите все настоящая зона, где государство...

— Помолчите пока,— сказал Мазур, повернулся к тому, кто назвал себя капитаном. Вспомнил, что безошибочный способ проверить кое-что все же есть.— Кто командовал дивизией в семьдесят девятом?

— Генерал-майор Ерпылев.

— Начальник штаба?

— Подполковник Семыко.

— Где он сейчас?

— Как это? Его ж в цинке привезли из Кунене...

Это уже было гораздо интереснее. Названный Жаксабаев говорил чистую правду. В семьдесят девятом, когда к гидроузлу в Кунене практически прорвалась мощная колонна бронетехники и под ударом отборных юаровских десантников рухнула кубинская линия обороны (а так называемая ангольская армия попросту улетучилась куда-то в небытие, учинив грандиозный драп), именно Тракайская дивизия была в пожарном порядке, при полной секретности выброшена навстречу. И показала потомкам буров, что почем. Правда, потери были такими, что не подходили даже под стандартно-обтекаемый термин «значи-

---

* Очень хорошо (*китайск.*).

тельные». Как раз в те веселые времена Мазур и резался под водой с «тюленями» Ван Клеена...

— Вообще-то это ничего еще не доказывает,— сказал Мазур.

— Товарищ майор, ведите на объект! — заторопился Жаксабаев.— Я же не требую, чтобы вы мне на слово верили, пусть особый отдел разбирается, сколько положено. Должны же остаться копии всех документов в Москве... в военно-учетном...— он даже привстал.— Я одного прошу — доставьте в особый отдел, или в КГБ, как там оно теперь называется... Только в милицию не надо. Милиция тут ни при чем, но дело такое, что лучше в госбезопасность...

— Вы что, голубки, с каторги бегали? — спросил Мазур.

— Вот то-то и оно, что с каторги. С частной.

— Это как? — спросил Мазур. Перехватив жадный взгляд, бросил капитану зажженную сигарету.— Рассказывайте подробно, но не размазывайте.

— А может, сразу в особый отдел?

— Я здесь решаю,— сказал Мазур командным тоном.

— Есть... В общем, дивизию вывели из Литвы в чистое поле. И пошло расформирование — ну, не мне вам объяснять... Все рассыпалось за неделю. Ни техники, ни материальной части, ни самой дивизии, а какое было подразделение... Кол бы осиновый Меченому в жопу...

— Давай без лирики,— поторопил Мазур.

— Есть... Вызвали, сунули документы и объяснили, что я теперь вольный, как ветер. Семьи не было, я холостой, погулял немного по Туле, съел знаменитый пряник, посчитал оставшуюся денежку — как раз хватило на билет до Суверенной Киргизии. Пришел в министерство обороны, сначала обрадовались, сулили золотые горы и генеральские погоны, только эйфория быстренько прошла, и оказалось, что настоящая армия Киргизстану не по карману и не по зубам... Но послужить я там успел. Полтора месяца. Потом опять вызвали, опять сунули документы, объяснили, что снова свободен, только на сей раз по-киргизски, вот и вся разница... Ветерку хорошо, он жрать не хочет... А делать я ничего не умею. Кроме грамотного командования ротой разведки. Звали в охрану к одному баю, который в Чуйской долине ударными темпами поднимает сельское хозяйство...

— Конопельку сеет? — усмехнулся Мазур.

— Ее, родимую... Эти золотых гор не обещали, но в качестве аванса предлагали пачку денег толщиной с верблюжье копыто. Ну, отказался. Не хотелось как-то в «черные жигиты». И компания не та, и Советский Союз, прежде чем развалиться, напихал в голову всяких глупостей, из-за которых теперь болтаешься между небом и землей и не можешь через некий порожек переступить...

— Короче,— дружелюбно посоветовал Мазур.

— Короче, прибился к челнокам. У нас в Киргизии теперь есть огромный перевалочный пункт — из Пакистана, из Турции, из Индии везут оптом барахло, а наши набивают сумки и разъезжаются по всей Сибири... Киргиз — человек скотоводческий и торговлей вразнос раньше как-то не занимался, но нужда и не такому обучит. Благо занятие нехитрое. Муж сестры с братом возили вещи в Шантарск, я к ним, можно сказать, нанялся. На роль грузчика и телохранителя. С рэкетом отношения налаженные, но сейчас ведь развелось неисчислимое множество беспредельщиков, которым даже неписаные законы не писаны...

— Ну и как, прибыль есть? — не без любопытства спросил Мазур, уже встречавшийся с «челноками» на знаменитой шантарской барахолке по прозвищу Поле чудес.

— По сравнению с тем, что творится в Киргизии,— жить можно. Муж сестры даже «Жигули» купил — подержанные, но ездить могут. В общем, я сюда ездил полгода. А с месяц назад попался без документов этим... Я же думал сначала, это настоящая милиция, а ведь мог бы расшвырять и сделать ноги. Потом, конечно, дошло. Когда засунули в этот «КАМАЗ», якобы рефрижератор, в компании с дюжиной китайцев, и поперли на севера...

— Короче.

— Километрах в двухстах, примерно вон там,— он показал в тайгу,— у какой-то речки стоит зона. На вид самая настоящая, все, как полагается. Колючка, бараки, вышки, собаки, автоматчики... Но это частная зона, понимаете? Там человек триста. В основном нелегальные китайцы, которых искать не будет ни одна собака. И немного таких, как я. Меня-то прихватили по ошибке, приняли за китайца, но они и русских бичей отлавливают по всей губернии. А потому тамошняя каторга — бессрочная. С выходом через трубу — я в прямом смысле, есть там котельная, где сжигают мертвых. А иногда и живых, случается... Нам все быстренько объяснили, чтобы не питали

303

никаких иллюзий и не вздумали играть в борцов за права человека. Со мной разобрались быстро, поняли, что никакой я не китаец... Ну и что? Расхохотались в лицо: мол, не отпускать же теперь...

— Лесоповал? — спросил Мазур.

— Да вы что?! Стоило бы из-за лесоповала огород городить... Там прииски. Какой-то беловатенький металл, тяжелый. Я так подозреваю, платина. Никогда не видел платины, но на золото, бичи говорили, совершенно не похоже — кто-то из них работал раньше в старателях, разбирался... А серебро, я точно помню, самородным не бывает, его выплавляют из руды... Говорят, чуть подальше к северу есть еще один прииск, там вроде бы алмазы. У нас считалось, что там еще хуже, туда отправляют в виде последнего наказания, вообще край света и преддверие ада... Не верите, товарищ майор? Я-то вам верю, будь вы о т т у д а, давно бы положили всех, не разбираясь...

— Я в последнее время всему верю,— задумчиво сказал Мазур.— А вы, значит, в побег сорвались...

— Так точно. У Вана,— он кивнул на китайца,— была идея. Эти двое — его земляки. А я там оказался единственным из русских, кто с ними мог объясниться. Китайцы туда попадают специфические — русского не знает никто, многие только через недельку-другую врубаются, что это не настоящий лагерь... Меня сначала не спрашивали о биографии, а потом хватило ума промолчать, назвался автомехаником. Вот и решились...

— Вертолеты там есть? — спросил Мазур.

— Я только один видел. Ка-26, бело-синий. Но слышал, как другие летали. Дело поставлено с большим размахом — вы представьте, какая экономия на зарплате, любые затраты на...— он горько усмехнулся,— на благоустройство лагеря сто раз окупятся. Ну вот... Прошли, я так прикидываю, километров двести. За пять дней. Пока вроде бы оторвались... Товарищ майор, пойдемте на объект! Или... Можно, поедим сначала? Кишка к кишке липнет. Сначала боялись стрелять, шли на ягодах и червивых грибах, их тут полно...

— Ладно,— сказал Мазур.— Лопайте птичку.

Хотел было достать из рюкзака что-нибудь из своих запасов, но вовремя сообразил: после ягодно-грибной диеты набросятся на суперкалорийные продукты, как ни останавливай, понос прошибет такой, что с места не сдвинутся. А птичка не такая уж большая, не пронесет...

Он невольно отвернулся, глядя, как четверо, разодрав птицу на неровные куски, принялись вгрызаться в жестковатое мясо. Хрустели косточки. «Вот теперь понятно, что искал над тайгой тот вертолет»,— подумал Мазур. В общем, ничего удивительного. В нашем нынешнем искаженном мире только сытые романтики используют людей в качестве живой охотничьей дичи — более приземленные прагматики быстренько смекнули, сколь выгодны бесплатные рабочие руки. А риск не так уж велик — кто будет искать бичей или беспаспортных китайцев, нелегально просочившихся в страну?

Капитан с набитым ртом пробубнил:

— Мы первые, кому удалось оттуда сбежать. С одной стороны, приятно даже, а с другой — душа в пятки уходит...

«Логично,— подумал Мазур.— Если вспомнить, что где-то неминуемо должны быть купленные чиновники, менты и прочие холуи,— без таких нелегальный прииск просто не выживет. Судя по рассказу, пусть беглому и отрывочному, это, конечно же, сложившаяся система, отлаженный механизм... Какой нелегал или бич, даже вырвавшись из тайги, сунется с жалобой к властям? Забьется поглубже или сбежит подальше...»

— До Шантарска рассчитывали добраться? — спросил он.

Капитан кивнул, проглотил огромный кусок, едва не поперхнувшись:

— А куда же еще? До Шантарска — и домой со всех ног. Вы уж простите, как-то не тянет искать правду. Я здесь — иностранный подданный, коробейник с видом на жительство. Сломают, как сухое печенье. Они там завели настоящие досье — сфотографировали, сняли отпечатки пальцев, заставили подписать контракты — мол, добровольно просим принять на работу в какое-то там старательское товарищество с ограниченной ответственностью, обязуемся под угрозой неустойки отработать три года. Контракты, что характерно, с открытой датой. Мы многое успели обсудить — от скуки и от голода остается только разговаривать. Ли,— он показал на одного из китайцев,— хотя и нелегал, а дома был инженером, мужик начитанный, интеллигент... И пришли к выводу, что жаловаться бесполезно. Если даже туда и поедут власти — там наверняка, зуб дать можно, обнаружится самое культурное хозяйство...

— Уж это точно...— проворчал Мазур.— А что же в КГБ стремились?

— Чтобы не приняли за настоящих зэков. Не сомневайтесь, я все могу подтвердить... если только Жамолай, муж сестры, еще в Шантарске. Мог и уехать с моими документами. Поискал меня по моргам и уехал — что тут еще сделаешь?

Мазур покосился в сторону — Джен, судя по глазам, умирала от любопытства, но дисциплинированно молчала. Из редких реплик на корявом английском она, конечно, суть дела уяснить не могла...

— Все в таких робах? — кивнул он на одежду.

— Да. Для надежности...

— А автомат? Я так понимаю, одному из охранничков очень не повезло?

— Двум,— сказал Жаксабаев с застывшим лицом.— Только у второго оружие забрать уже не удалось, некогда было. Предпочли синицу в руках и рванули в тайгу... Следы табаком посыпали — там в пайке выдавали понемножку. Но табак кончился давно...— Он не стал просить, но с глазами ничего поделать не мог.

Мазур протянул ему полупустую пачку:

— Забирай. Погоди, сейчас еще зажигалку достану, у вас спичек осталось с гулькин нос...

— Так мы же сейчас...— сказал Жаксабаев, осекся, взглянул на Мазура как-то странно, то ли испуганно, то ли зло.— Мы же сейчас пойдем на объект? Товарищ майор...

Он еще ни в чем Мазура не подозревал — просто обострившимся чутьем загнанного зверя улавливал сбой в том варианте будущего, что сам себе успел нарисовать на радостях...

— Какие у них поисковые группы? — спросил Мазур.

— Серьезные группы,— сказал Жаксабаев.— Мордовороты, как на подбор, и кое-кто, могу вам точно сказать, отслужил в хороших войсках... Я таких сразу узнаю. За месяц, что там надрывал пуп, было два побега. В первый раз беглых назад приволокли в тот же день, во второй — сутки провозились, но все равно всех выловили. Вот только меня не предусмотрели... Я сначала сделал крюк, повел ребят на север, а они, ручаюсь, сгоряча рванули на юг, им и в голову не пришло, что кто-то побежит к Полярному кругу. Иначе бы не оторваться, несмотря на табак. Овчарки, как на подбор — я про настоящих собак. И парочка каких-то импортных гончаков. Гадом буду, им охрану кто-то весьма понимающий ставил.

— Бело-синий вертолет...— задумчиво повторил Мазур.— Все сходится. Видел я, как этот вертолетик над тайгой порхал. Последний раз он мне попался примерно вот здесь...— Он вытащил из бокового кармана карту и встряхнул, разворачивая.— А вы сейчас вот здесь приблизительно. Изучите карту как следует, я на вашу зрительную память полагаюсь... а, ладно! — Он махнул рукой, извлек свой водонепроницаемый компас и протянул капитану.— Карту отдать не могу, а без компаса перебьюсь.

Жаксабаев, взяв у него квадратную черную коробочку, смотрел с тем же пытливым недоумением в раскосых глазах. Тем временем Мазур, откинув клапан рюкзака, извлекал пакеты с обезвоженным мясом, тяжелые бруски шоколада. Положил рядом гранату с вывинченным запалом. Жестом подозвав Джен, снял у нее с пояса темно-зеленую плоскую флягу, сунул туда же.

— Вот, чем могу...— сказал он.— А вот это — от собак, наверняка имели дело с чем-то подобным. Лучше бы вам, капитан, побыстрее отсюда убираться.

— Товарищ майор...

— Насчет объекта я вам соврал, каюсь,— сказал Мазур.— Некуда мне вас вести, уж не посетуйте...

Китайцы непонимающе таращились на них, порой перекидываясь короткими щебечущими фразами.

— Товарищ майор...— капитан напоминал сейчас ребенка, которого жестоко обманули.

— Извини,— сказал Мазур.— Ничего не могу поделать. У меня свое задание, и на хвосте у меня, если уж откровенно, висят волки еще почище твоих. Так что прости, разбегаемся...

Он встал, махнул Джен и подхватил рюкзак. Держась к сидящим вполоборота, отступил в чащобу, и, широко размахнувшись, бросил поодаль от капитана запал к гранате. Когда за деревьями уже не видно было алых пятен, перешел на бег. Джен не отставала. Описав небольшую дугу, они легли на прежний курс.

Особенных угрызений совести Мазур не испытывал. Он был профессионалом, моряком к тому же, и прекрасно знал, сколько на свете возникает нештатных ситуаций, которые можно охарактеризовать избитой фразой: «Каждый сам за себя, один бог за всех». Есть во флоте флажный сигнал, для понимающих жутковатый и зловещий — «Следую своим курсом». Случается, в бою или при торпедной атаке просто нет возможности застопорить ход и спасать качающихся на волнах людей, поскольку четкий приказ это недвусмысленно запрещает, у капитана другое задание, которое он обязан выполнять в первую очередь, что бы ни творилось вокруг. И тогда на мачте взвиваются флаги, составляющие звучащий смертным приговором сигнал, корабль идет, не сбавляя хода и не меняя курса — прямо по чернеющим в воде головам...

ГЛАВА ДВАДЦАТЬ ПЕРВАЯ

СЛЕДУЮ СВОИМ КУРСОМ

Настроение у него было мерзейшее — история незадачливого капитана настолько походила на его собственную, что хотелось взвыть от злобы на эту жизнь и эту страну, летевшую, такое впечатление, в бездонную пропасть, где внизу похохатывал кто-то черный и рогатый, а за спиной у него колыхались отблески багрового огня.

«А не рвануть ли подальше? — подумал он вдруг, удивляясь будничной простоте этой мысли.— Законно. Выйти в отставку, выправить визу на Украину... нет, туда даже визы не надо. Сесть на кораблик с «челноками», добраться до Стамбула... а дальше и не обязательно. С руками оторвут профессионала подводной войны, за которым не тянется хвост в виде сотрудничества с иностранной разведкой, выдачи военных секретов и прочих ужасов. Пожалуй, и гражданство получить можно. Со знанием языков, с хорошей профессией...» Нет, не выйдет. Непременно привяжутся спецслужбы, добрый десяток, у которых все они, начиная с Морского Змея и кончая Лымарем, давно значатся под всевозможными кодовыми номерами.

Он выругался вслух. Хотелось надавать себе оплеух за то, что вообще осмелился об этом думать и даже взвешивать все «за» и «против». Все от усталости. Но, мать вашу, что же должно было случиться в стране, чтобы верные офицеры Империи допускали для себя такой вариант даже в мыслях!..

— Он действительно офицер? — спросила Джен, успевшая к тому времени выслушать в кратком изложении отчет о происшедшем.

— Не сомневаюсь,— сказал Мазур.— Мы друг друга нюхом чуем, как собаки...

Показалось, она непременно отпустит какое-нибудь язвительное замечание о русских нравах. Мазур приготовился ответить откровенным хамством. Однако Джен, помолчав, вдруг сказала:

— Надо же, как похоже...

— На что?

— На то, что у нас в южных штатах случается с мексиканскими нелегалами,— задумчиво призналась она.— «Мокрые спины», слышал?

— Ага.

— Косяками идут через границу и попадают в лапы к предприимчивым ребятам. Конечно, до такого размаха — колючая проволока, частные тюрьмы — у нас никогда не допустят, но и общего больше, чем поначалу кажется...

— Ты детективы читаешь? — спросил Мазур.

— Изредка.

— Ле Карре?

— Только «Лудильщик, портной, солдат, шпион».

— Жаль,— сказал Мазур.— У него есть романчик с великолепным, я считаю, названием. «Зеркальная война». Если попадется, пробеги на досуге. Нет ни хороших парней, ни плохих. Есть отражение в зеркале. И не надо мне опять твердить про американские свободы и перечислять поправки к конституции, очень тебя прошу...

Она вздохнула, кивнула едва заметно. Хороший признак — с недельку назад обязательно бы устроила дискуссию на предмет безусловного превосходства американских свобод. Бледно улыбнулась:

— Чего доброго, ты меня скоро коммунисткой сделаешь...

— Ерунда,— сказал Мазур.— Чтобы тебя сделать коммунисткой, надо самому быть коммунистом, а я себя ни в чем таком не замечал... Просто ты у меня в конце концов накрепко усвоишь парочку простых житейских истин. Жизнь — это выбор наименьшего из зол. И не более того. Вот и вся премудрость, что бы там ни твердили философы с обеих сторон, отрабатывающие жирные гонорары.

— А как это согласуется с христианским взглядом на мир?

— Не знаю, честное слово,— сказал Мазур.— Наверное, плоховато согласуется. Вовсе даже не согласуется. Но я, с прискорбием должен признать, никудышный христианин. А ты?

— Аналогично,— пожала она плечами.— Отец меня водил к методистам, но мать вообще ни в какую церковь не ходила. А там и отец рассорился с методистами, но ни к кому другому не прибился... Как думаешь, хорошо это или плохо, что мы с тобой такие?

— А черт его знает,— сказал Мазур.— Я же тебе не гуру. Что, начала ощущать...— он помолчал, не зная, какое слово и подобрать.— Позывы?

— Как тебе сказать...— протянула она.— Здесь, в этих ваших лесах, постепенно понимаешь, какой ты крохотный, и какая огромная планета.— Джен приостановилась, огляделась вокруг.— А знаешь, что самое жуткое? Если вдруг случится какой-нибудь катаклизм, не ядерная война, а просто катаклизм... Все исчезнет: и небоскребы Манхэттена, и мост Золотые ворота, и ваш Кремль, и «Шаттлы» с мыса Канаверал — а з д е с ь все останется в точности таким же. Как будто никогда и не было человека.

— Я тебя поздравляю,— сказал Мазур.— Еще неделя странствий — и ты начнешь понимать, отчего именно русская душа испокон веку считается загадочной. Станешь загадочным посреди таких просторов.

— Пожалуй...

— Если поймешь русскую душу, сделаешь карьеру. Перейдешь в ЦРУ, лекции будешь читать...

— А ты меня и в самом деле изнасиловал бы?

— Тьфу ты,— сказал Мазур, сбившись с шага.— Если иностранец еще способен когда-нибудь понять русскую душу, то женскую логику понять немыслимо...

— Нет, правда?

— А что, хочется?

Она возмущенно замолчала, и они долго шли локоть к локтю в напряженной тишине. Чтобы разрядить обстановку, Мазур спросил:

— А как насчет Нью-Гэмпшира? Рэмпол и Дреймен там победили на первичных?

— Вот то-то и оно,— сказала Джен.— Помимо всего прочего...— и спохватилась: — А ты откуда знаешь про...

Мазур досадливо поморщился:

— Пойми ты наконец, что мы не встречаем на улицах медведей и тостер с кофемолкой не перепутаем...

Была в американских предвыборных играх некая полумистическая закономерность: кандидат в президенты, получивший большинство голосов на первичных выборах в штате Нью-Гэмпшир, с железной непреложностью обосновывался вскоре в Белом Доме. За последние полсотни лет нашлось одно-единственное исключение, как водится, лишь подтвердившее правило...

— Странный вы народ, американцы,— сказал Мазур.— Я не говорю, что непременно следовало пускать в ход винтовку с оптическим прицелом, чтобы остановить этого типа... Но девочку-то могли подсунуть? И щелкнуть в инфракрасных лучах? Или выдумать еще что-нибудь коварное? Я о ФБР был лучшего мнения — а вы что-то напоминаете то ли институт благородных девиц, то ли помешанных на чести рыцарей без страха и упрека...

Джен повернулась к нему и, глядя с непонятным выражением, усмехнулась:

— А если у человека прекрасно подобранная группа охраны, на дальних подступах отсекающая все разработки по компрометации?

— Ах, во-от как...— сказал Мазур удовлетворенно.— Ну, извини. Я о вас хуже думал. Слушай, меня всю жизнь немножечко дразнила историческая загадка: был ваш Гувер педиком или нет?

— Иди ты!

— Ладно, не обижайся. Извращения всякие бывают: Андропов стихи писал да вдобавок, если верить нашему доктору Лымарю, иногда использовал кое-какие магические приемчики...

— Что, серьезно?

— Вернешься, поговоришь с доктором. У него на этот счет есть целая теория. Со ссылками на старинную магическую практику. Видишь ли...

Замер, перебросил автомат под руку.

Метрах в сорока от них стоял высоченный зверь, палевый, с черной спиной, вывалив широкий розовый язык и насторожив уши, вглядывался в путников, прямо-таки подрагивая всем телом в охотничьем азарте. «Опять?» — пронеслось в голове у Мазура. То ли волк, то ли собака, пойми его...

Потом зверюга повернула голову, Мазур увидел у нее на шее черный широкий ошейник с жуткими стальными шипами, способный разодрать пасть и медведю, так что любо-дорого будет посмотреть. Все-таки овчарка — великан-восточноевропеец, из той породы, что захирела и почти исчезла после того, как подсократили северные лагеря... Мазур опустил язычок предохранителя напротив латинской буквы «Е» — одиночный огонь — и молча ждал.

Пес в неуловимый миг переменился, пропала злая напряженность, шерсть на загривке улеглась. Он широко махнул хвостом, гавкнул, взрыв передними лапами мох — и помчался дальше, обогнув стоявших. Слышно было, как он азартно лает, проламываясь сквозь кустарник.

— Фу ты,— вздохнула Джен.— Я думала, волк...

— Тут похуже,— сказал Мазур, нахмурившись.— Помолчи-ка...

Стал прислушиваться — далеко впереди похрустывал валежник, раздавался едва слышный лай.

— Ну-ка, в сторону! — распорядился Мазур, круто забирая вправо.

— Поняла, кажется,— сказала Джен, поспешая следом.— Камуфляж?

— Ага,— ответил Мазур.— Те, кто одет в камуфляж, для него — свои. По виду мы, надо полагать, от его хозяев не особенно отличаемся... А это плохо в л ю б ы х смыслах... Ложись!

Они залегли за поваленным деревом. Почти повторяя путь пса, промчались еще двое, столь же огромные. Блеснули в проникших под густые кроны солнечных лучиках стальные шипы, окаймлявшие ошейники. Мазур терпеливо ждал. Показалась еще собака — но эта, визжа и подскакивая в тщетных попытках угнаться за далеко опередившей ее сворой, была на длинном, выпущенном во всю длину, поводке. Поводок держал рослый малый в пятнистом комбинезоне и кепочке-афганке, козлом скакавший через колоды. За ним редкой цепочкой бежали еще человек десять, одетые точно так же, с «сорок седьмыми» наперевес. У одного раскачивался над головой гибкий зеленый прутик антенны — висевшая на спине рация, Мазур рассмотрел, была довольно компактной. Они промчались метрах в пятидесяти, хрустя валежником, тяжело дыша,— а гораздо дальше, где-то у горизонта, стрекотал вертолет...

— Не за нами? — прошептала на ухо Джен.

— За н и м и,— сказал Мазур.

— А как ты думаешь...

— Ничего я не думаю! — рявкнул он яростным шепотом.— Следую своим курсом... Лежи!

Еще с четверть часа они лежали в укрытии: Мазур справедливо опасался, что охрана частного лагеря (а это, несомненно, она) при встрече с непонятными путешественниками моментально поддастся соблазну разрубить узелок старым таежным способом — нет человека, нет и проблемы. Так гораздо проще. Трупы можно искать до скончания века, в старые времена бесследно исчезали целые обозы, но с тех пор возможности органов правопорядка увеличились ненамного, в той их части, что касается тайги...

— Ну, кажется, можно...— сказал он.— Полежи, осмотрюсь...

Он приподнялся над бурым замшелым стволом, достигавшим стоящему человеку чуть ли не до пояса.

Тупой удар под левую лопатку слился с сухим хлопком винтовочного выстрела. Не успев ничего понять — подсознание сработало само,— Мазур на миг замер в неуклюжей позе, медленно завалился направо без стона и вскрика. Упал щекой в жесткую сухую траву, сделал яростную гримасу — Джен уже округлила глаза, собираясь крикнуть — прижал палец к губам и медленно потянул к себе автомат. Под лопаткой ныло, но Мазур знал, что невредим: пробей пуля бронежилет и попади прямехонько в сердце, он бы сейчас уже потихоньку остывал... Неизвестный стрелок метил наверняка, и не его вина, что Мазур остался жив. Сколько их может быть?

Джен замерла столь же недвижно. В глазах стоял немой вопрос, но Мазур пока что не мог сообразить, что делать. Уверен был в одном: стрелок видел его одного, выстрел раздался, как только Мазур поднялся над кустами...

И потому он лежал, сдвинув предохранитель на «F» — огонь очередями. Прислушивался, не хрустнет ли ветка под ногой: бить белку в глаз и передвигаться по тайге совершенно бесшумно — две большие разницы. Таежные кочевники ходят т и х о — и не более того. Не было у них жизненной необходимости перенимать навыки коммандос или ниндзя, овладевать искусством превращения в бесшумные тени — да и индейские таланты с легкой руки Фенимора Купера преувеличены до полной невозможности...

Один он там или несколько? Значит, все это время хранители пещеры неутомимо шли по следу — кто еще будет палить из винтовки? Очень похоже, противник занервничал — выстрелил, едва завидев Мазура, даже не дав себе труда проверить, где второй беглец. Они вряд ли перепутают следы д в у х со следами о д н о г о, просто обязаны знать, что беглецов все еще двое...

Значит, торопятся. Надо полагать, населенные места совсем близко, быть может, деревня даже ближе, чем Мазур рассчитывал. Собачьего лая не слышно, это уже лучше...

Он осторожно вытянул руку, прикоснулся к карману Джен. Она поняла, осторожно извлекла револьвер, взвела курок. Автоматчики с собаками уже далеко, вряд ли услышат одиночные выстрелы — в чащобе их глушит моментально, не получается эха...

— Пальнешь пару раз в том направлении,— показал он, касаясь губами ее уха.— Повыше, над головой... В белый свет. Как только я скроюсь с глаз... Понятно? Досчитай до шестидесяти — и снова...

Она кивнула, не отрывая щеки от земли, взгляд изменился, стал цепким и сосредоточенным. Мазур, елико мог бесшумнее, прополз метров десять — пока не кончилось толстенное поваленное дерево. Дважды бабахнул револьвер, слышно было, как пули прочертили след по вершинам елей. Посыпались иголки.

Мазур перекатился под защиту толстого ствола, замер на полусогнутых. Затем осторожно переместился левее. Еще два выстрела из кургузой фэбээровской игрушки, пули чиркнули в кронах, звонко полетели щепки. Полное впечатление со стороны, будто потерявший голову, ошеломленный смертью напарника человек лупит наобум. В голове у Мазура лихорадочно, словно спятившая кинопленка, перематывались сцены схватки у святилища. Поняли ли охраннички Золотой Бабы, что на дерзких визитерах были бронежилеты? Вообще-то не должны были догадаться, единственное попадание, когда Мазуру влепило в броник над поясницей, в горячке первой схватки могло сойти и за промах... Не коммандос, в конце-то концов?

Успокаивая себя этими мыслями — и помня в то же время, как опасно считать противника дураком,— он преодолел зигзагами еще метров тридцать, от ствола к стволу, огибая сухие кусты и колоды. Над головой сердито зацокали, посыпался какой-то мусор — это возмущалась белка.

Он не особенно удивился, когда понял, что вышел в тыл противнику. Противник был один-единственный, его выгоревшая короткая брезентовая куртка четко рисовалась на фоне темно-коричневого ствола, за которым он

314

притаился с карабином наперевес. Никакого камуфляжа — как и у тех его соплеменников, кто гнался за беглецами прежде. На одном была такая же брезентуха, на другом короткий полушубок, третий, кажется, щеголял в старомодном драповом пальто...

Содрогаясь от омерзения к себе самому, Мазур поднял автомат. По выгоревшему белесому брезенту моментально продернулась короткая строчка черных дыр с опаленными краями. Стоявший на один невыносимо долгий миг застыл в прежней позе, потом, словно выдернули некий невидимый гвоздик, странно перегнулся пополам. Рухнул в мох. Карабин, стукнув прикладом о ствол ели, упал поблизости, покатилась по земле шапка из облезлой собачины. Прекрасно понимая, что напортачить на такой дистанции он никак не мог, Мазур все же заставил себя подойти вплотную и проверить — работал многолетний рефлекс.

Осторожно перевернул труп. На поясе нож в самодельных деревянных ножнах, какие-то полотняные мешочки. Узенькие глаза уже остекленели, теперь лицо еще больше походило на физиономию каменной бабы из сагайских степей. Ни шевеления вокруг, ни звука, ни выстрела. Последний, определенно. То ли их было немного, то ли остальные сейчас в пожарном порядке уволакивают статую на новое место...

«Джен немного ошиблась,— подумал Мазур, испытывая дикое желание выплюнуть залившую глотку противную кислятину — не существовавшую в реальности.— Если случится Большой Катаклизм, Кремль, «Шаттлы» и манхэттенские небоскребы в самом деле исчезнут, но э т и невысокие узкоглазые люди останутся. Потому что они, в отличие от нас,— столь же неотъемлемая часть тайги, как корявые сухие кусты и морщинистая еловая кора. Означает ли это, что им ведома некая правда, неизвестная нам, или все проще?»

И метнулся вперед — некогда было философствовать и терзаться угрызениями совести. В бешеном темпе, расширяя витки спирали, обежал прилегающую тайгу, но ничьего присутствия не обнаружил. Точно, этот был последний.

Направился к поваленному дереву, где Джен, должно быть, с ума сходила от беспокойства. Остановился, сдернул черную вязаную шапочку, освобождая уши. Прислушался.

Далеко-далеко, на пределе слышимости, кто-то словно бы ломал сухие тоненькие прутики — по одному, по нескольку, по одному... Так-так-так... так... нескончаемая череда прутиков разлетелась на куски — длинная очередь, опустошающая магазин...

Он достал приемник, нажал кнопки. Сквозь шуршание разрядов — небо ясное, но где-то за горизонтом вновь собирается гроза — слышались раздраженные голоса:

— «Дракон», «Дракон», я «Орел». Чего телепаетесь?

— «Орел», ты бы лучше глядел в оба, а то толку от твоей вертушки нет ни хрена...

— Что у вас?

— Ребята палят со злости. Видели этих... издалека, а собаки след не берут,— приемник выплюнул связку затейливой матерщины.— Будто чутье отшибло, в бога мать...

— «Дракон», ты там осматривайся тщательнее. В пятом квадрате мотались совершенно посторонние вертушки, такое впечатление, военные. Поосторожней там, а то напоретесь черт знает на кого... Гоните этих козлов, говорю! Шкуру сдеру! Военных тут сроду не бывало, так что дело вонючее, носом чую...

— Эт-то точно,— задумчиво пробормотал Мазур, выключив приемник и ускоряя шаг.

ГЛАВА ДВАДЦАТЬ ВТОРАЯ

ПРИЮТ УСТАЛЫХ СТРАННИКОВ

Цивилизация открылась перед ними неожиданно, как вспышка пламени в ночи: они, пробираясь густым ельником, вдруг оказались на краю обширного поля. Далеко тянулась полоса черной рыхлой земли, вся в буграх и ямках, покрытая аккуратными рядами уже успевшей увянуть и пожухнуть картофельной ботвы, а за полем, окруженное невысоким, кое-где зиявшим прорехами забором, стояло обширное подворье. Добротный пятистенок, бревенчатые строения поменьше, сараи и сарайчики, телеантенна на высоченном шесте, круглый бак в пятнах ржавчины, поднятый на посеревшие деревянные козлы трехметровой высоты, зеленый трактор «Беларусь»...

Они остановились под крайней елкой, переглянулись, будто опасались, что мираж растает. Похоже, оба одновременно испытали странное, ни на что не похожее ощущение: впервые после долгих шатаний по и з н а ч а л ь- н о й чащобе увидели вновь дом, забор, трактор...

— Ну как? — с ноткой хвастовства спросил Мазур, словно это его волей впереди возникло творение рук человеческих.

Какой-то миг Мазуру казалось, что Джен кинется ему на шею от избытка чувств. Нет, к сожалению, не поддалась эмоциям. Спросила по-деловому:

— Это место есть у тебя на карте?

— Нет,— сказал он.— Мы либо здесь, либо здесь... Посмотри. А железная дорога километрах в тридцати к югу.

— Похоже на ферму...

— У нас это в старые времена называлось немного иначе,— сказал Мазур, поднимая к глазам бинокль.— Но сейчас и фермы появились... Ага. Ручаться можно, все это как раз и принадлежит этакому новоявленному фермеру, такой вид, словно он совсем недавно сюда перебрался и начал обустраиваться. Шест для антенны совсем новый, а ворота того и гляди упадут... Да и половина сараев без крыш. Хочешь посмотреть?

— Нет. Лучше пойдем туда.

— Погоди...

Сколько он ни всматривался, признаков жизни не уловил — никто не появлялся во дворе, даже собаки не видно и не слышно. Впрочем, сегодня воскресенье... нет, какое дело деревне до красных чисел? А впрочем... Картошка убрана, могли и в гости к кому-то уехать...

— Пошли,— сказал он.

Чуть ли не половину расстояния пришлось преодолевать по полю — по влажноватой, рассыпчатой земле, где высокие ботинки вязли чуть ли не по щиколотку и моментально украсились полупудом грязи. Потом началась стежка, плотная, утоптанная, делившая поле примерно пополам и мимо хутора уходившая куда-то в березняк.

На ходу Мазур достал из внутреннего кармана удостоверение, сдул невидимые пылинки, раскрыл, полюбовался собственной физиономией в пехотном мундире с полковничьими погонами. Три печати, золотой двуглавый орел на обложке, золотое тиснение... Полковник Сташук Виктор Степанович, начальник шестого отдела Западно-Сибирского управления федерального комитета охраны и профилактики предприятий атомной энергетики. Разрешено ношение оружия, автомат номер... пистолет номер... Внутрь вложено вчетверо сложенное командировочное предписание, выданное тем же комитетом, сроком на два месяца.

Удостоверение выглядело крайне представительно и авантажно. Одна загвоздка: федерального комитета с таким названием попросту не существовало в природе — но документ был рассчитан не на всезнающих контрразведчиков, а на обитателей глухой провинции, вряд ли способных без запинки перечислить все нововведенные департаменты, комитеты и прочие префектуры. Тут и горожане, пожалуй, запутаются, чего стоила одна череда переименований и реорганизаций КГБ, когда не успевали менять вывески, а чекисты не всегда и знали, придя поутру в родимую контору, как она нынче зовется...

Глаголев почерпнул эту идею из суперзакрытых архивов, без зазрения совести повторив британскую наработку, касавшуюся знаменитой в узких кругах операции «Феникс». В чем она там заключалась, Мазур точно не помнил, не в ней суть.

Суть в том, что за несколько месяцев до начала операции «Оверлорд» британский разведчик появился во Франции с безупречными по исполнению документами сотрудника одного из рефератов РСХА — главного управления имперской безопасности. Реферат этот действовал на Востоке, в Польше и России, и лощеный субъект в черном мундире пребывал в Париже в качестве уполномоченного — как-никак во Франции хватало воинских подразделений и строительных бригад, целиком состоящих из славян, необходима координация и все такое прочее...

Реферата этого в составе РСХА никогда не существовало. Однако британская разведка действовала умнее, чем может показаться на первый взгляд. Во-первых, немецкие бюрократические структуры были столь запутанными и громоздкими, что в них путались сами тевтоны. Во-вторых, сотруднику несуществующего отдела не грозит опасность столкнуться с «сослуживцами» и «коллегами». В-третьих, что важнее всего, эти документы позволяли наплевать на периодические изменения реальных удостоверений, на внесение в них все новых «секреток». И никакого парадокса здесь нет. После очередных изысков на ниве безопасности по заинтересованным учреждениям с немецкой педантичностью рассылаются циркуляры, мгновенно доходящие до оперативников всех и всяческих контор.

Что-то вроде: «Для корочек первого отдела условный знак вместо точки с запятой посреди фразы отныне заменяется на восклицательный знак, в удостоверениях второго отдела добавляется лишняя точка, для третьего отдела...» И так далее. Но если, скажем, двадцатого отдела не существует, никому и в голову не придет сообщать циркулярно об отсутствии такового. И уж тем более вносить изменения в несуществующие удостоверения...

Одним словом, месяца два британец работал, словно под шапкой-невидимкой, благополучно проходя все и всяческие проверки. И провалился по пресловутой непредвиденной случайности, от которой никто не гарантирован: на Гитлера устроили покушение его же собственные генералы, грянул особый режим и новые строгости, проверяли абсолютно всех, не глядя в документы...

— Эге-гей, хозяева! — громко крикнул Мазур, входя в ворота — хуторяне могли и испугаться камуфляжного гостя с автоматом, деревня деревней, но и в нынешней глуши от патриархальности далеко... Канули в прошлое прежние нравы, когда, уходя, не запирали дверь, а единственного в волости пьяницу-бездельника знала в лицо и по имени вся округа по причине его раритетности...

И остановился, словно налетев на невидимое стекло.

В нескольких шагах от него лежал громадный рыже-белый кавказец — янтарные глаза остекленели, под головой засохла темно-алая лужица, уже похожая на лоскут грубой ткани.

Мазур, пригнувшись, взял автомат наизготовку. Огляделся. В рассохшийся столб покосившихся, вросших в землю ворот загнан на добрых два пальца десантный нож с черной пластмассовой рукоятью — точная копия того, что висел на поясе у Мазура. Широкое лезвие причудливых акульих очертаний покрыто бурыми засохшими пятнами.

— Боже мой...— произнесла сзади Джен.

— Прикрой! — сквозь зубы бросил Мазур, кинулся к дому. Стояла глухая тишина. На крыльце — целая россыпь подсохших пятен, широких бурых мазков. А на ступеньках валяется камуфляжный бушлат с капюшоном и серым воротником из искусственного меха — снова копия тех, что надеты на Мазура и Джен...

Он пнул дверь, держа палец на курке, ворвался через обширные сени в комнату, зацепившись рюкзаком за косяк. Следом влетела Джен, по всем правилам ушла в сторону грациозным пируэтом, поводя стволом револьвера...

Все перевернуто вверх дном. Валяется телевизор, нелепо зияет огромная дыра на месте разбитого кинескопа, стол лежит на боку, скатерть косо сползла с него, комом ссунувшись на ноги лежащего...

Человек лежал вверх лицом. Понять, что это мужчина, можно было только по одежде. Мазур мельком глянул на то, что осталось от лица, побыстрее отвернулся. Рядом раздались шумные звуки — это рвало согнувшуюся пополам Джен.

Переживет, от этого еще никто не умирал... Мазур кинулся в соседнюю комнату. Женщина лежит ничком, ситцевый халатик задран выше пояса, на месте затылка — сплошное месиво багровых сгустков. Еще комната, еще... Все. Больше никого. Что можно разбить, разбито, что можно перевернуть, перевернуто. «Не бывает таких совпадений, не бывает»,— сказал он себе, похолодев.

Вернулся в комнату, примыкавшую к сеням, услышав звон разбитого стекла. Одна створка окна оказалась выбитой, Джен перегнулась наружу, лежала грудью прямо на осколках стекла, острыми зубьями торчавших снизу, спина дергалась — ее все еще неудержимо рвало. Теперь Мазур слышал занудное жужжанье немногочисленных осенних мух. Тикали ходики на стене, каким-то чудом уцелевшие.

Не бывает таких совпадений, повторил он про себя. Пятнистый бушлат. Нож. Возможно, еще что-то, впопыхах не замеченное...

Он за воротник выдернул Джен, поднял на ноги. Она смотрела дикими глазами, бессмысленно водя ладонями по испачканному на груди бушлату.

— Соберись,— сказал Мазур.— Нужно сматываться, моментально...

Не колеблясь, размахнулся и залепил ей парочку оглушительных пощечин — только голова моталась. Тряхнул за воротник и заорал в лицо:

— Соберись! Покойников не видела?!

Она дрожала всем телом, но оплеухи свое благотворное действие уже оказали. Промолвила:

— Д-думаешь...

— Думаю,— сказал Мазур.— Видела нож? А бушлат? Здесь не город, нас с тобой живыми не доведут ни до властей, ни до милиции... Я же не смогу в них стрелять, боже ж ты мой... Ну, ты в норме?

— В норме,— сказала она, страшно побледнев.— Извини, я и не думала...

320

— А кто думал? — чуть успокоившись, проворчал Мазур.— Мать твою, нет на карте этой фазенды, вот и думай — то ли мы возле Колмаково, то ли возле Керижека...

— Что, если об этом еще никто не знает? — спросила она слабым голосом, отвернувшись от стола и лежащего за ним человека.

— Дай подумать,— сказал Мазур. Замечание и в самом деле было толковое.— Судя по следам крови, все произошло часа три назад...

— Или четыре. Добавь еще и погоду...

— Или четыре,— кивнул Мазур.— О н и, конечно, поблизости не крутятся — ушли. Но обязательно объявятся где-то рядом. Я бы на их месте подослал властям «случайного свидетеля» — шофер ехал мимо, остановился водички попросить. Только такого свидетеля еще подготовить надо, все залегендировать толково, чтобы самого сгоряча не засадили за решетку... Короче, нужно сматываться. И в первом удобном местечке избавляться от камуфляжа. Хватит, теперь мы мирные граждане...

Замолк, шагнул ближе к окну, прислушался.

Шум моторов приближался с пугающей быстротой — они уже совсем близко, определенно мотоцикл, но там еще и машина...

— Бежим! — вскрикнула Джен.

— Поздно,— сказал он, чувствуя, как стянуло кожу на лице.— Если они вооружены — ни за что не успеем пересечь поле, из автомата в два счета влепят по ногам. А если... Подождем. Вдруг и будет шанс...

Он присел на корточки, глядя сквозь выбитое стекло в бинокль — ага, уже выехали из березняка, впереди летит темно-зеленый мотоцикл с коляской, в коляске никого нет, тот, что за рулем, одет в серый бушлат и шапку со светлой кокардой... Участковый? Следом едет «ГАЗ-53», в кузове три человека, судя по одежде, не милиционеры и не солдаты, оружия не видно, разве что у одного за спиной торчит дуло двустволки...

— Ну, это не смертельно,— сказал он, ощущая во всем теле знакомую легкость, предшествовавшую а к ц и и.— Проблевалась уже?

Джен кивнула, потянулась к карману.

— Не трогай пушку,— сказал Мазур.— Стой смирнехонько. Там куча пейзан* и один-единственный милицио-

---

* П е й з а н —устаревшее ироническое название крестьянина (фр.).

нер. Это несерьезно. Значит, кто-то уже здесь побывал... Шапку дай!

Он во мгновение ока проделал в ее шапочке дырки для глаз и рта, потом то же самое проделал со своей. Распорядился:

— Надень. Так...— придирчиво проверил, чтобы из-под шапочки не выбивались волосы и в мешковатой фигуре нельзя было опознать женщину.— Сойдет. Работать буду я, а ты подстраховывай, держи мне спину, и не более того. По возможности не стреляй — или уж в ноги...

— Мотоцикл? — спросила она.

— Умница ты моя...— оскалился Мазур.— Конечно. На хрен нам грузовик... Встань туда!

Они прижались к бревенчатой стене по обе стороны окна — того, где одна створка была выбита. Мотоцикл затарахтел по двору, остановился метрах в десяти от дома. Мазур натянул шапочку до горла, осторожно выглянул. Поблизости остановился и грузовик, люди спрыгивали не спеша. Громко чиркнула спичка о коробок.

— Перекури, Михалыч,— сказал кто-то.— Туда зайти — неделю потом не спать. Как свинью резали.

— Говорил я ему насчет этих выселков. Фазенда, фазенда... Вот и дохозяйствовался. Блядь, слава богу, детишек дома не было...

— А райцентр что, Михалыч?

— Ну, что...— сердито, сварливо отозвался участковый, пожилой уже капитан.— Сайганов сказал, информация у них была. Дезертиры сдернули с «точки».

— Тут же до ближайшей «точки»...

— А куда деваться? К железке тянутся, само собой...

— Суки, козлы, тварь... Ну ты возьми одежду, возьми жратву... Резать-то зачем? Т а к резать? Я, когда вошел, думал, сердце по полу покатится... Сколько их было-то, Михалыч?

— Сайганов сам не знает. Начальству не всегда с горы виднее... То ли четверо, то ли пятеро. Майор ему сказал «несколько». Этот, то ли гэбэшник, то ли особист...

— Что ж ты у мужиков ключи отобрал? Поехали бы к тракту...

— Сиди! У них автоматы... Понял? Они тебя с твоей тулкой враз пополам располовинят, как шведа под Полтавой. Да и меня с «Макаркой» уделают на манер решета... Сайганов говорит, вызвали солдат, вроде бы вертолет должен подойти...

— Когда еще солдаты будут...

— Сиди! Полководец...

Они стояли у грузовика, ожесточенно курили, перебрасываясь сердитыми репликами,— конечно же, никак не могли себя заставить войти в дом, каждый надеялся, что другой шагнет первым...

«Сволочи,— подумал Мазур.— Версию подобрали вполне жизненную — не так уж редко с рассыпанных по здешним местам «точек» срывались в побег солдаты — и при застое, и при перестройке, и при развитом ельцинизме. Кто мирно, не взяв с собой из оружия и перочинного ножика, а кто и прихватив табельный ствол...»

— Поймать бы самим, мужики? — мечтательно сказал кто-то.— Они б у меня...

— Но-но,— сказал Михалыч, однако по тону чувствовалось — он и сам бы не прочь кое на что закрыть глаза.— На то власти есть.

— Почешутся они, твои власти. Дед рассказывал, в пятьдесят третьем, после лаврентьевской амнистии, они таких ловили... И никаких тебе властей.

— Михалыч! — раздался чей-то испуганный вскрик.— Смотри, окно разбито! А когда я сюда въехал...

Пора. Кивнув Джен, Мазур отскочил на два шага в глубь комнаты — и вылетел наружу под отчаянный звон, в облаке битого стекла. Тяжелый рюкзак немного сбил центровку тела, но приземлился он на расставленные ноги вполне грамотно, первым ударом сбил участкового, вторым оглушил, ушел в сторону, достал в броске того, с ружьем, отпрянул, наведя на них автомат, заорал дико:

— Стоять! Стоять, говорю!

Они шарахнулись, сбившись в тесную кучку, с лицами, полными удивления и злости. Не отводя от них взгляда и ствола, Мазур присел на корточки, вытащил пистолет из кобуры участкового, не глядя, сунул себе в карман, сдернул ружье с плеча лежащего, отступил на шаг и, широко размахнувшись, грохнул им о толстый столб, державший навес над крыльцом. Приклад полетел в одну сторону, стволы в другую, но ремень не дал им разлететься, и бывшая тулка упала у крыльца.

— Лежать!— рявкнул Мазур.— Мордой вниз! В землю! Поубиваю!

Четверо один за другим опускались на колени, трое послушно легли лицом в сухую желтую землю, четвертый, самый молодой, помедлил, выдохнул с неимоверной яростью:

— Каз-зел, попался б ты мне в Грозном...

Мазур выпустил короткую очередь ему под ноги. Подействовало. Лег рядом с остальными. Со своего места Мазур видел, что ключ зажигания торчит в замке мотоцикла.

Оглянулся назад, громко позвал:

— Серега, делаем ноги! Говорил же Витька — тут мусора...

И для пущей наглядности поманил рукой. Тут только Джен поняла, что ей следует делать, дернулась было к окну, но Мазур показал — нет, в дверь! Окинул взором поле боя. Участковый и владелец тулки в себя еще не пришли — простите, мужики, ничего тут не поделаешь, такие игры...

Господи, какая тишина вокруг! Как синеет небо над полем, какими белоснежными кажутся березы, как красив ельник...

Кивнул Джен на коляску мотоцикла, и она неумело полезла туда. Не спеша обошел вокруг грузовика, всаживая в каждую покрышку короткую очередь. Зашипел воздух, быстро вырываясь наружу.

Потом забросил в кузов «Макарку» — все-таки казенное оружие, взгреют Михалыча, а у самих и так под завязку стволов, прыгнул в седло старенького мотоцикла, ударил ногой по рычагу. Мотор завелся сразу — определенно участковый или кто он там, свои колеса холил и лелеял. Мазур без излишней поспешности, плавно отпустил сцепление, повернул рукоятку газа. Мотоцикл тронулся, выехал со двора, Мазур включил вторую скорость и крутанул ручку на себя гораздо более энергичнее.

Дом словно отпрыгнул назад. Мотоцикл несся по накатанной твердой колее, меж высоких берез, ветер тугой волной бил в лицо, но вязаная маска спасала от холода. Мазура охватило животное ликование, которое он и не собирался подавлять, летел, едва ли не хохоча от восторга: впервые за долгие дни, проведенные на своих двоих, они передвигались по-настоящему б ы с т р о...

Впереди показался защитного цвета «уазик», дернулся так, словно попытался блокировать дорогу. Мазур, сжав зубы, понесся ему в лоб, на таран.

Нервы не выдержали у водителя «уазика» — он дернулся вправо, вылетел на обочину, косо встал, правыми колесами на невысоком обрывчике, левыми в колее. Мазур притормозил, перекинул рычаг на нейтралку. На твердой дороге мотоцикл нисколечко не занесло.

Длинной очередью резанул по левым колесам машины. Сидевшие внутри шарахнулись. Мазур успел рассмотреть, что там кто-то в милицейской шинели, и кто-то в белом халате поверх пальто, и еще какие-то в штатском... Шофера вообще не видно — упал на сиденье.

Мазур помчался дальше. Ему пришло в голову, что преследователи на данный момент сами себя перехитрили. Особенности человеческого мышления в экстремальных ситуациях прекрасно изучены: ручаться можно, те, с подворья, и участковый, возможно, тоже, станут клясться и божиться, что своими глазами видели двоих мужиков, а то и поболе... Самых натуральных солдат. И те, кто впутан в операцию н е п о с в я щ е н н ы м, будет ориентировать своих подчиненных на розыск нескольких солдат. То есть — молодых парней. Так-то...

ГЛАВА ДВАДЦАТЬ ТРЕТЬЯ

КАТИТСЯ, КАТИТСЯ ГОЛУБОЙ ВАГОН...

Через шесть километров — он педантично засек по спидометру, слева, примерно в полукилометре, показалась деревня, широко, по-сибирски разбросанная. Мазур пролетел мимо поворота. Увидел подальше обращенный к нему тылом указатель, сбросил скорость, оглянулся. На облупившейся синей табличке значилось: КЕРИЖЕК. Складывалось не так уж плохо — карту он вызубрил наизусть, помнил, что километрах в двадцати проходит граница соседней области, туда и нужно лететь метеором. Пока скоординируют действия соседи, много воды утечет...

Мотор против ног — сие неплохо. И участковому, и тем, из «уазика», придется тащиться до деревни не менее часа, а телефонная связь в подобных местах сожаления достойна. По-хорошему, не помешало бы свалить телефонный столб, вон она линия, тянется по обочине... стоп, одернул он себя, это ты уже увлекся. Умелому человеку ничего не стоит завалить пару столбов с помощью осколочных гранат — но жаль терять время, да и особенного урона «условному противнику» не нанесешь, в райцентре все равно уже знают...

Дорога петляла меж перелесков, участков густой тайги и обширных желтых полей, покрытых щетиной стерни. От нее то и дело ответвлялись еще более узкие стежки, их было множество, но Мазур несся по той, что согласно здешним меркам могла считаться «федеральной автострадой». Джен смирнехонько сидела в коляске, вертя головой. Дорога была пустынна, только однажды далеко справа показался «Беларусь» с прицепом, но до него далековато, вряд ли тракторист успел заметить шапочки-маски на головах седоков.

Мазур решительно свернул с «автострады» влево — на узкую извилистую дорогу, скорее, тропу, ведущую к озеру, которое он заметил еще издали. Судя по следам шин, к озеру частенько ездили и машины, и мотоциклы — значит, рыбное... Черт, воскресенье ведь, можно напороться, но делать нечего, пора превращаться в совершенно штатских людей...

Мотоцикл вылетел на берег. Мазур соскочил, содрал с головы маску, огляделся. Пусто. Озеро не меньше двух километров в диаметре, на том берегу виднеется зеленая выцветшая палатка, но людей возле нее незаметно, да и не рассмотрели бы ничего на таком расстоянии. Рядом с палаткой — вишневого цвета автомобиль, на воде круглая резиновая лодка оранжевого цвета. Опустив бинокль, Мазур сделал вывод: не исключено, горожане, машина определенно японская, лодка тоже невыносимо импортного вида, быть может, не за рыбой, а за уединением приехали...

Снял крышку бака, заглянул — бензина осталось не так уж много, но километров на полсотни хватит. Цилиндры пышут жаром, но это ничего: погода прохладная, движок остынет быстро. Да и мотоцикл старый, а следовательно, пахать должен исправно, новехонькие моторы надежностью как раз не отличаются...

— Ну, что сидишь? — спросил он, вываливая содержимое рюкзака на траву.— Сбрасывай все милитаристское, будем превращаться в мирных граждан...

Она, снимая бушлат, покрутила головой:

— Нападение на полицейского, кража мотоцикла...

— Угон без цели хищения,— сказал Мазур.— А это совершенно другая статья, да будет тебе известно... Ничего, не переживай. Не стали бы они нас слушать — вколотили бы в землю сгоряча, совсем как у вас, где-нибудь в Кентукки или Техасе...

— Искупаться бы,— мечтательно сообщила она, разоблачаясь до белья.— Представляю, как от нас несёт... У вас в поездах есть душ?

— Ага,— сказал Мазур.— И зимний сад, и бассейн с гейшами... Тьфу ты, тебе еще придется прочитать целую лекцию про наши поезда и особенности поведения в них... Держи вот и топай в лес, чем богаты...

Протянул ей большой зеленый тюбик и, не дожидаясь, когда скроется за деревьями, разоблачился до состояния Адама, выдавил на ладонь толстую пахучую колбаску, начал с груди. Прозрачная паста — по слухам, из арсенала космонавтов — качественно собирала с тела пот и грязь, так что разить козлом от них не будет, и на том спасибо...

Одевшись, сковырнул с крыла номер и забросил его в воду. В здешних глухих местах никого не удивишь мотоциклами без номеров и седоками без шлемов, ГАИ на проселочных дорогах не видали отроду... Критически обозрел себя в мотоциклетное зеркальце — щетина давно перешла в рудименты окладистой бородки, в неярких, но добротных и недешевых свитере и куртке не похож ни на вокзального бродягу, ни, что важнее, на юного дезертира. Сумка тоже неброская, но объемистая и прочная.

Старательно располосовал ножом непромокаемую ткань на полдюжины кусков, завернул автомат, магазины, гранаты — что бы ни было написано в удостоверении, лучше не светиться с трещоткой на шее, вокруг какая-никакая цивилизация... Каждому встречному корочки предъявлять не будешь, особенно тем, кто узрит тебя издали.

Синяки на пояснице и под лопаткой все еще ныли — грамотно стреляли, черти, жаль, не подденешь «тюфяк» под свитер, не тот образец, сразу бросится в глаза... Сделал два узла из бушлатов, размахнулся и по очереди запустил их в озеро. Благодаря броникам пошли на дно моментально, только булькнуло. Опрыскал все вокруг «Антисобакином», надел на ремень кобуру и ножны, прикрыл свитером, распихал по карманам деньги, приемник, обоймы к пистолету. Оказавшись в совершенно штатском виде, на миг почувствовал себя словно бы голым — привык за эти дни к тяжести бронежилета. Не оглядываясь на лес, нетерпеливо прикрикнул:

— Мисс Деспард, пикник кончается, родители дома ждут!

— Сейчас! — откликнулась она.

Но ждать пришлось еще минут пять. Зато результат все ожидания оправдал: из леса появилось прямо-таки очаровательное создание, живая реклама косметических фирм.

Создание досадливо поморщилось:

— Что ты уставился? Сам же велел накраситься, как индианке...

— Это я от восхищения,— сказал Мазур.— Успел уже забыть, что в напарницах у меня роковая женщина... Покажи-ка револьвер.

Широко размахнувшись, бросил его в озеро, метрах в двадцати от берега плеснуло, побежали круги. Джен горестно охнула:

— Что ты...

— Все, разоружилась,— сказал Мазур.— Дальше наш путь лежит по обитаемым местам, где у милиции есть скверная привычка проверять документы и карманы.

— Могли бы сделать разрешение, вроде твоего...

— Ну, не смеши,— сказал Мазур.— Разрешение на пистолет у дамы, не знающей по-русски ни слова? Кем тебя должны были представлять, а? Перетерпи...

— Жалко. Словно голая осталась...

— Ничего, привыкнешь.

— А где мы будем садиться на поезд?

— С поездом придется все тщательно обмозговать...— сказал Мазур, разворачивая карту.— Не хочу я соваться на ближайшие станции — хоть это и не города, а деревни, могли и там поставить тихарей.

— Не на ходу же вскакивать?

— На ходу, конечно, не стоит,— задумчиво сказал он.— На ходу и я не на всякий поезд вскочу, если скорость будет приличная,— не супермен же, в конце концов... Есть идея. Посмотрим. Садись в коляску. Все, начала работать легенда по варианту «Город». Не забыла?

— Нет.

Выехав опять на проселочную дорогу, он погнал на предельной скорости. Но сбавил газ, когда впереди показался высоченный, грязно-зеленого цвета «Урал», издали замигал фарами. Сблизившись, Мазур увидел военный номер, маячившие над кабиной головы в афганках — дуги тента были сдвинуты сплошным рядком, сам тент снят, на продольных скамейках сидят солдаты, видны автоматные стволы, над бортом высунула голову овчарка...

Аккуратненько притерся к обочине, так, чтобы при необходимости рвануть с места. Никто пока что не наводил на него оружия, смотрели скорее с любопытством, и явно не на него, а на его пассажирку.

«Урал» остановился почти вровень с мотоциклом. Теперь Мазур разглядел на дверце эмблему внутренних войск. Распахнулась дверца, справа на дорогу спрыгнул офицер при полевых погонах, быстрым шагом направился к Мазуру.

— Учения, что ли? — жизнерадостно рявкнул он.

Офицер, не ответив, подошел вплотную. Лицо у него было напряженное, серьезное, не тратя времени, спросил:

— К Керижеку правильно еду?

— Да, вообще-то,— сказал Мазур.

— Туда, потом налево?

— Да нет, командир, ошибочка,— сказал Мазур.— Воон туда, на развилке направо, как покажется ельник, еще раз направо — а там уж по прямой... Случилось что?

— Ты сам откуда, керижековский?

— Да нет, мы с женой колмаковские, к свату собрались...

— Солдат по дороге не видели? В камуфляже, с автоматами, без всяких транспортных средств?

— Ничего похожего,— сказал Мазур.— Витька Дрокин в камуфляже на рыбалку поехал, так он год армейское донашивает... Что стряслось-то?

Офицер досадливо пожевал губами, решился:

— Смотались дезертиры. С оружием. Под Керижеком вырезали всех на ферме, так что имей в виду, а лучше всего дуй в деревню, по дорогам не болтайся. Район вот-вот закроют, облава будет...

— Ну, спасибо, командир,— сказал Мазур с встревоженным видом.— Раз пошел такой боевик, конечно, лучше сидеть дома...

«Первую проверку выдержали»,— подумал он, плавно выжимая рычаг. Проверка, правда, была и не проверка, так себе, но все равно, подозрений не вызвали...

Если они поедут по указанной Мазуром дороге, в Керижек не прибудут и к вечеру — уклонятся к северу, запутаются в безымянных стежках, судя по карте, кончающихся в тайге. Ну и черт с ними. Вряд ли догадаются, что это он нарочно,— крайним, как водится, будет солдатик-шофер, развилок и ельников тут до чертовой матери, поди разберись...

Ветер бил в лицо, дорога шла по сплошной тайге, потом вывела к другой, довольно широкой, снабженной кое-где синими указателями, поддерживавшимися в неплохом состоянии. Через полчаса Мазур оставил позади Байкальскую область и без малейшего триумфа и помпы въехал на территорию соседней. Начали попадаться встречные и попутные грузовики, легковушки, лесовозы — и парочка мотоциклов, один был не обременен номером, как и мазуровский.

Судя по карте, совсем неподалеку проходила асфальтированная автострада, транссибирская М-134,— но туда не стоило соваться, чтобы не напороться на случайный патруль. Следовало преодолеть как можно большее расстояние по глухим местам, и Мазур выжимал из мотоцикла все, на что тот был способен. Помаленьку кончался бензин — он пару раз, почти не замедляя хода, левой рукой снимал крышку и убеждался, что горючка убывает с нехорошей быстротой. Вскоре уровень бензина опустился ниже высокой трубки заборника — и кранты, хоть и останется литров несколько, в карбюратор уже не попадет...

Пришлось рискнуть и выехать на сто тридцать четвертую ради спрямления пути. Сделав по ней километров пятнадцать, Мазур вновь свернул на проселок. Он уже дважды слышал за лесом прорывавшееся сквозь стук мотоциклетного мотора мощное громыханье поездов.

Финита. Гип-гип ура. Проселочная дорога вела к железнодорожной колее. Двойной рядок рельсов, полное отсутствие линии электропередачи, невысокие, черно-белые полосатые столбики — она, Транссибирская. Дорога шла параллельно рельсам, метрах в десяти от них, справа — тайга, слева — поля.

Мотор пару раз подозрительно чихал, и Мазур, наконец, решился перейти в пехоту — благо увидел возле путей то, что искал. Он поехал медленнее, высмотрел подходящий просвет меж деревьев, повернул туда и, подпрыгивая на корнях, ехал, пока дороги для мотоцикла не стало никакой, переднее колесо замерло меж двух близко стоящих сосен.

— Приехали,— объявил он, выключая мотор.— Объявляю перекур, а также, ежели кто писать хочет...

— Не хочу,— сказала Джен.— Душа стремится на поезд...

— Аналогично.— Он сунул в рот сигарету и протянул ей.— Ты вроде бы бросала, но что-то вновь начала, я смотрю.

330

— С тобой начнешь...

— А что? По-моему, я тебя вполне грамотно вытаскиваю.

— Вот только законы нарушаешь при этом с великолепной непринужденностью,— усмехнулась Джен.

— Эк, как в тебе законопослушание засело...

— Рефлекс,— сказала она, чуть ли не виновато пожимая плечами.— Что поделаешь. Мы, конечно, не ангелы, случалось всякое, но я представила, как средь бела дня и при нескольких свидетелях вырубаю шерифа где-нибудь в Массачусетсе — мурашки по коже... Выгнали бы, как пить дать.

— Подопрет — трех шерифов вырубишь,— проворчал Мазур.— Ладно, я тебя могу обрадовать. Ничего особенно жуткого мы делать отныне не будем — кроме маленькой диверсии на железной дороге. Не надо падать в обморок, мисс Деспард, миледи. Я же сказал — маленькой. Скорее уж хулиганство, чем диверсия. Ведь если я поезд под откос пущу, нам в него уже не сесть... Покурила? Бери свою сумочку и пошли.

Закинул на плечо свою — автомат и все прочее были завернуты надежно, железо не брякнуло. Они вышли на дорогу, и Мазур уверенно свернул в обратную сторону. Несколько минут шагали вдоль рельсов, наконец показался светофор — двухцветный, стоявший меж колеями, над самой землей, по соседству с каким-то серым металлическим ящиком. Красный не горел, светился зеленый.

Мазур уже собрался было приступить к диверсии, но по ту сторону путей показался верховой на невысокой, мышиного цвета лошадке. Пришлось вновь достать сигареты и сделать вид, что всецело поглощен прикуриванием.

Всадник неторопливо проехал мимо, покосился с любопытством, но в разговор вступать не стал.

— Ковбой? — с любопытством спросила Джен.

— Ага,— сказал Мазур, подметив висящий у седла кнут.— Русский ковбой. Пастух, проще говоря. Кольта у него нет — так и ваши настоящие ковбои их давненько уже не таскают...— Взглянул на ее напряженное лицо, подыскал в памяти подходящие архаические термины из английского и усмехнулся: — Хочешь исторический анекдот на тему верховой езды? В семьсот семнадцатом наш знаменитый император Петр Первый издал указ: «Офицерам полков пехотных верхом на лошадях в расположение конных частей являться запрет кладу, ибо они своей гнусной посадкой, как собака на заборе сидя, возбуждают смех в нижних чинах кавалерии, служащий к ущербу офицерской чести». Я тебе подлинный приказ цитирую...

Она бледно улыбнулась:

— А про вас что-нибудь подобное было? Про моряков, я имею в виду?

— Ого! — сказал Мазур.— «Всем чинам экипажей флотских, от матросов до адмиралов, в странах иноземных бывая, до смерти не упиваться, дабы не позорить честь флотскую и государство Российское». Понимал император флотскую психологию, слов нет...— Посмотрел вслед всаднику, казавшемуся уже игрушечным.— Начнем, пожалуй...

Встал на колени, склонился, приложил ухо к прохладному рельсу. Не почувствовал ни малейшего содрогания — поезда поблизости не имелось. Выпрямился, задрав свитер, достал пистолет и, не колеблясь, метров с десяти дважды выстрелил по линиям светофора.

Взлетело стеклянное крошево, зеленый огонек погас. Подобрав гильзы, Мазур подтолкнул Джен:

— Пошли, живенько!

И быстрым шагом направился навстречу ожидавшемуся поезду, в ту сторону, откуда они примчались.

— Правда, не будет аварии? — спросила Джен.

— Какая там авария,— отмахнулся он.— Встречного состава не будет, иначе не горел бы зеленый, да и движение тут подчиняется тем же законам, что и на шоссе, правостороннее, это колея для тех, что идут на восток...

— Но могут вызвать полицию...

— Мне, конечно, грустно с тобой делиться печальными секретами,— сказал Мазур.— Но с прискорбием должен объяснить, что не будет ни особенного шума, ни удивления. У нас сейчас на железных дорогах хулиганят вовсю — светофоры бьют, камнями окна выбивают, кладут на рельсы всякую дрянь. Времена такие, смутные и зыбкие, порядок подрасшатался... А потому никто и не станет особенно удивляться. Спишут на проделки окрестных тинейджеров, свяжутся со станцией по радио и преспокойно поедут дальше. Светофор для того и поставлен, чтобы его можно было заметить издалека, затормозят, как миленькие...

Отойдя метров на триста от места, где он столь бесцеремонно нахулиганил, Мазур свернул в лес. Отыскав подходящую колоду, они присели под деревом, метрах в пятнадцати от опушки. Справа раздался перестук колес — это шел состав с той стороны, куда они стремились. За деревьями мелькнули зеленые пассажирские вагоны, состав пролетел, не снижая скорости.

Неизвестно, сколько придется ждать. Чтобы не терять времени, Мазур начал в темпе просвещать Джен — подробно рассказывал, что из себя представляют российские поезда, и как себя следует вести, чтобы не возбуждать подозрений. Начал с общих вагонов — еще неясно, куда предстоит попасть, может, придется трястись на жестких скамьях...

Джен прилежно слушала, и глаза помаленьку круглели. В самом деле, для благополучного западного человека сие диковато. Но Мазур не чувствовал ни обиды за державу, ни позывов ущемленной гордости — некогда было.

Оказалось, торопился напрасно — успел все растолковать подробно и вдумчиво, а поезда все не было. Минут сорок они решительно не знали, куда себя девать, то перебрасывались пустяковыми фразами, то пытались развлечь друг друга анекдотами. Смешно, но Мазур и впрямь самую чуточку ощущал себя партизаном, устроившим диверсию на оккупированной территории...

Как водится, далекий шум поезда послышался в самый неожиданный момент. Меж стволов Мазур видел кусочек рельсового пути — показалось могучее рыло тепловоза, багажно-почтовый вагон... А что, если при нынешнем бардаке он попросту пролетит мимо, наплевав на отсутствие светофора? Сегодня всего можно ожидать...

Нет, сработало — послышался адский визг и скрежет, состав затормозил, уйдя из поля зрения. Джен вскочила, Мазур поднялся следом, потянулся и сказал:

— Ну, работай на совесть...

Им пришлось пройти лесом, параллельно дороге, метров двести — Мазур не вполне верно выбрал место. Так, вон те вагоны — общие, вон те — плацкарт... Двери открыты, железные приступочки опущены, чуть ли не у каждого вагона толпится табунок любопытных пассажиров, мужик в железнодорожном кителе, без фуражки, промчался в сторону тепловоза, за ним поспешает молодой милицейский сержант, придерживая длинную дубинку на боку...

Они как ни в чем не бывало вышли из леса и не спеша двинулись вдоль вагонов к голове поезда. Все было проделано столь буднично и непринужденно, что никто не обратил на них внимания,— все-таки не отличались ни одеждой, ни количеством конечностей, самые обыкновенные люди, кому в голову придет...

Мазур охотнее всего забрался бы в купейный, где гораздо проще укрыться от любопытных глаз. Но до купейных они добраться не успели — железнодорожник в сопровождении милиционера понесся назад, чуть ли не галопом, махая рукой на стоявших у лесенок.

— По вагонам, по вагонам! Сейчас поедем!

Скорее всего, с графиком что-то было не в порядке, и сзади нагонял попутный. Милиционер тоже махал рукой, и пассажиры живенько полезли в вагоны. Мазур с Джен преспокойно поднялись следом, как свои люди. Он прямиком направился в вагон, готовый к сложностям, и сложности начались практически моментально. Дорогу ему бдительно загородила проводница, дебелая деваха в мятой форменной рубашке:

— Эй, а ты куда это? Что-то я тебя не припомню...

Клыками она не щелкала — лаяла, в общем, по обязанности. В тамбуре, кроме них, никого уже не было. Изобразив самую обаятельную и примирительную улыбку, Мазур сказал:

— Да понимаешь, мы с женой в общем ехали, и больше нет никакой возможности. Жена на третьем месяце, а там такой контингент... Эта, светленькая, сказала, у вас места есть. Неужто не договоримся?

Проводница обозрела его с ног до головы — трезвого и одетого не так уж плохо — хмыкнула:

— Что ж ты жену на третьем месяце в общий потащил?

— Не было билетов,— осторожно сказал Мазур.— А в Иркутск нужно позарез. Я так и думал, потом освободится что-нибудь...

— Освободится...— проворчала она.— А ревизоры?

— А моя горячая, от чистого сердца, благодарность? — сказал Мазур.— Мы хоть и не кавказцы, однако насчет благодарности не хуже понимаем... Сколько там нужно мужских достоинств?

— Чего-о?

— А вот,— сказал Мазур, демонстрируя сотенную купюру.— У этого обормота на телеге все мужское достоинство наружу, потому так и прозвали...

Она фыркнула:

— Я и не замечала что-то...— повернулась к Джен.— Чего молчишь? Придумаем что-нибудь, ладно...

— Да она не говорит,— сказал Мазур.— И не слышит. Я серьезно. Глухонемая.

— Иди ты!

— Точно,— сказал он, посерьезнев лицом.

Вот тут проводница распахнула глаза до пределов возможного, тщетно пытаясь скрыть чуточку брезгливое любопытство:

— Иди ты... А и правда... Что, совсем-совсем?

— Ага,— Мазур вздохнул и добросовестно изобразил перед лицом Джен какие-то загадочные фигуры, всеми десятью пальцами.

Она ответила столь же тарабарскими знаками. Проводница дозрела, с первого взгляда видно:

— Нет, ну надо же... А красивая. Слушай, а не боишься, что дите... нет, точно не слышит? Отчаянный ты мужик... Пошли. Там боковых мест куча, езжай до самого Иркутска...

Все удовольствие обошлось Мазуру в мизерную по сравнению с его денежными запасами сумму. Проводница (уже обращавшаяся с Джен, как с пустым местом) быстро спрятала денежку, провела к боковым местам и удалилась, то и дело оглядываясь, крутя головой. Они уселись, поставив сумку Мазура под столик. Джен облегченно вздохнула, косясь на ряды откинутых полок, как на клетки с экзотическими зверями.

С точки зрения Мазура, ничего экзотического там не имелось: в отсеке напротив них на трех из четырех полок безмятежно дрыхли, выставив голые пятки из-под сероватых простыней, справа раздавалась громкая пьяная болтовня с неизбежной примесью матов, слева плакал ребенок и мамаша тщетно пыталась его успокоить, в проходе, уцепившись за верхнюю полку, стоял мужичок в майке и, пошатываясь, пытался что-то сообразить — скорее всего, в какую сторону следует двигаться, чтобы отыскать туалет. Где-то курили — а соседи крикливо урезонивали. Где-то раздавалась совершенно непонятная речь — то ли кавказцы, то ли среднеазиаты во весь голос обсуждали свои загадочные проблемы, а может, попросту травили анекдоты, кто их разберет. В общем, ничего необычного — растелешенность, суета, гомон и полнейшее пренебрежение светскими условностями. И нельзя сказать, чтобы запахи были такими уж ужасными. Обычный плацкартный вагон. Для Мазура, разумеется.

Раздалось негромкое мяуканье. Мазур недоумевающе оглянулся.

На столике стояла корзинка-клетка из железных прутиков, с ручками, и в ней маялся здоровенный рыжий котище. Простоволосая бабуля, единственная из четырех соседей Мазура по отсеку не спавшая, перехватив его взгляд, оживилась. Сейчас пойдет в атаку, определил он.

Точно. Старушка шустро пересела на самый конец полки, поближе к ним, и, с обрадованным видом истосковавшейся по собеседникам общительной души, открыла огонь:

— Что-то я вас не видела... На станции сели? Разве тут станция где-то?

— Из общего вагона перешли,— сказал Мазур, разворачиваясь к ней и покоряясь неизбежному.— Надо же, чуть руку не сломал, когда затормозили, в стенку так и врезался...

— Ох, а у меня Васька со столика кувыркнулся! — она кивнула на кота.— Сама чуть по стеночке не размазалась... А это жена ваша?

И началось... Повздыхав для порядка над глухонемой красавицей (и похвалив Мазура за то, что не побоялся взять в жены увечную, на что он скромно опустил глаза), бабулька с ходу стала выкладывать всю свою подноготную. Мазур моментально узнал, что годочков ей семьдесят один, едет к сыну в Иркутск, а сын мужик хороший, хоть и закладывает да потихоньку от жены бегает налево, а ведь и не мальчик уже, ровесник Мазура (весь в батю, шалопута, тоже ухарь был, ох, я с им наплакалась, пока не сообразила поленом колошматить)... И так далее, и тому подобное. Поскольку от Мазура в ответ ждали такой же ширости души, он старался оправдать ожидания — военный, в отпуске, везет жену к брату (нет, брат-то нормальный, слышит-говорит, это уж жене одной так не повезло из всей родовы...)...

Потом Пелагея Филипповна, добрая душа, выговорившись немного и приустав, взялась жалеть Джен еще активнее — и старательно потчевать домашним салом, которое американка, ручаться можно, видела впервые в жизни. С немой мольбой покосилась на Мазура. Тот опустил веки: что это за русский человек, если в жизни не видел сала?!

Джен покорно принялась жевать. Судя по ее лицу, ожидала худшего. Часа через полтора пьяная компания, к счастью, сошла, стало потише. Бабуля прилегла вздремнуть. За окнами уже смеркалось, и никто их пока что не потревожил, все шло отлично...

Увы, на очередной станции вошли трое хмырей, Мазуру с первого взгляда не понравившихся — этакая приблатненная шелупонь, шагавшая по проходу с видом полновластных хозяев жизни, развязная напоказ. Задержались возле Джен, нагло обозрели — и приземлились на опустевшие места пьянчуг, по соседству с отсеком Мазура. Однако, против его ожиданий, спиртное доставать не спешили — сидели, лениво перекидываясь негромкими фразами с примесью определенно блатного жаргона. У одного Мазур заметил татуировку на пальцах, компания ему не нравилась все сильнее — от нее так и веяло грядущим беспокойством, раза два, не особенно и понижая голос, проехались насчет женских статей Джен. При необходимости, конечно, ему ничего не стоило сделать из троицы салат по-флотски, но любой скандал означал неизбежное появление милиции, протокол и прочие удовольствия...

— А интересно, зачем старому чмырю такая кошечка? — совсем уж громко поинтересовался самый высокий.— Володя, ну что он с ней делать будет? Своим вялым?

Мазур внимательно, многообещающе посмотрел на него. Тот ответил нахальной ухмылкой: ну, что ты мне сделаешь? Плюнув мысленно, Мазур отвернулся.

Они совершенно трезвые, все трое. И багажа нет. Никакого. Старый, избитый прием: скандал, драка, появляются стражи порядка, всем действующим лицам предлагается пройти куда следует — применительно к обстановке это означает, что придется где-то сойти... А там и группа захвата, как из-под земли.

Мазур не мог определить, подсадка это или обыкновенное хамье, и злился на себя, все сильнее поддаваясь беспокойству. В его положении приходилось быть святее папы римского, потому что поезд ничем не отличается сейчас для них от надежного капкана... Если это подсадка, придется давить на психику автоматом... а что потом? Стоп-кран, в тайгу... Скверно.

Потрогал ногой сумку, задвигая ее поглубже. Все четверо соседей спали, даже кот задремал. Эх, бодрствуй бабуся Пелагея Филипповна, соколом бы налетела на ворога, отчитала по-простому, по-русски, чтобы не вязались к увечной при живом-то муже... Провинциальный народ не настолько еще освинел, чтобы применять рукоприкладство к старухам, тут вам не город...

Джен коснулась его локтя, показала пальцем себе в грудь, в направлении туалета. Он кивнул, похлопал по руке — тоже нервничала, видела по поведению этой троицы, что что-то тут нечисто, вовсе не обязательно знать язык...

Она удалилась. И почти сразу же высокий с дружком встали, довольно громко высокий сообщил оставшемуся дружку:

— Володь, ты пока сиди, а мы крошке поможем джинсики расстегнуть, может, и найдем там чего интересного...

И, ускоряя шаг, двинулись вслед за девушкой. Оставшийся третий, тот, с наколками, в ярко-синей куртке, уставился на Мазура с вызовом — но Мазур, не обращая на него внимания, кинулся следом.

В тамбуре, у двери туалета — Джен уже успела войти — он нос к носу столкнулся с обоими. Успел еще сказать:

— Эй, полегче...

И говорить стало некогда. Реакция спасла. Увидев молниеносно дернувшуюся к нему руку — ребро ладони определенно шло на вырубающий прием — Мазур неуловимо для глаза посторонился, перехватил запястье, встретил пальцы торцом ладони... Высокий поневоле взвыл, столкнувшись с неизвестным ему захватом из спецкурса «бой на ограниченном пространстве». Р-раз! Два! Коленом!

Послав согнувшегося пополам противника головой вперед так, чтобы макушка качественно и чувствительно пришла в соприкосновение с дверью, Мазур отметил краем глаза шевеление в проходе, быстро удалявшееся синее пятно. Сообразил вдруг и, отбросив коленом бесчувственного парня, кинулся в вагон.

В противоположном конце уже захлопнулась дверь, ведущая в межвагонное пространство. Сумки под столиком не было. Мазур наддал. Ну конечно же, конечно — он, должно быть, чересчур уж внимателен был к своей сумке, и они решили, там есть чем поживиться, выманили с помощью нехитрого финта... Не прыгнет же с поезда на ходу, сука такая?

Мазур мчался, распахивая двери, отталкивая попадавшихся на пути людей — но не теряя головы, ожидая возможного нападения на случай, если все еще сложнее. Мелькали испуганные лица, кто-то охнул, отлетая к стене...

С шумом распахнулась очередная дверь. Ага! Володя в синей куртке сидел на корточках над расстегнутой сумкой, ничуть не опасаясь вторжения ее хозяина, по расслабленной позе видно — должно быть, полагал, что дружки надежно вырубят лоха, вполне возможно, этот номер был отработан давно...

Но тут еще и кое-что другое... Глаза у вора, честное слово, были прямо-таки квадратными. Медленно подняв на Мазура бледное лицо, он, как сидел на корточках, так и отступил-отпрыгнул к стене, заслонился руками:

— Шеф, ты спокойно, все п-путем...

Мазур видел со своего места, что в расстегнутой сумке, среди разворошенной непромокаемой ткани матово поблескивает черный ствол автомата, зеленеют кругленькие гранаты... Шагнул вперед, еще плохо представляя, что в столь дурацкой ситуации делать.

— Шеф, договоримся... Бля буду, не знал...

Поезд ощутимо замедлял ход. Мазур все еще подыскивал слова, с помощью которых мог бы удержать незадачливого вора в его заблуждении — шакаленок решил, что столкнулся с волком,— но тут Володя взвился, словно подброшенный пружиной. Сверкнуло узкое лезвие. Мазур без труда отклонился, промедлил с ударом — распахнутая сумка волновала его больше, чем желание немедленно располовинить челюсть грабителю — и тот, кошкой метнувшись к двери, ускользнул в тамбур одновременно со стуком распахнувшейся противоположной двери.

— Эт-то что такое? — рявкнул молодой, но весьма начальственный голос.

Хорошо, что Мазур вовремя подавил рефлекс и удержал руку. Перед ним стоял давешний сержант, придав себе самый грозный облик, поигрывая вынутой из петли дубинкой с перекладиной.

— Что такое, гражданин? — повторил он сурово.— Носитесь по поезду, как дети малые, людей пихаете, пассажиры жалуются... А не дыхнуть ли нам?

— Он у меня сумку украл,— нетерпеливо сказал Мазур.— Догнал, успел... у него нож.

— А документики?

— У него?

—У вас, гражданин, у вас...

Мазур стоял меж ним и сумкой, но прекрасно понимал, что не сможет заслонить ее от взгляда случайного. Если что — придется вырубать этого симпатичного парнишку... или все же рискнуть и показать удостоверение, ведь смастерили же ради чего-то?

— Говорю вам, у него нож! — повысил голос Мазур.— Там еще двое...

Он показал пальцем, и сержант, движимый чисто профессиональным рефлексом, поневоле уставился в квадратное мутное окошко. Мазур плавно переместился влево, моментально опустился на колени и звучно застегнул «молнию». Сержант обернулся:

— А вы...

И тут же оба полетели на стену — заскрипело, лязгнуло, поезд замер, как вкопанный. Слева виднелся бетонный забор с огромными красными буквами НЕ КУРИТЬ. Станция, подумал Мазур. Видимо, к ней и подгадывали...

— Впер-ред...— сержант с похвальной быстротой извлек пистолет и кинулся в том направлении, повелительным кивком велев Мазуру не отставать.

Поздно, улетела птичка... У распахнутой наружной двери стояла незнакомая проводница, матерясь во весь голос. Завидев сержанта, заорала:

— Костя, ну где ты ходишь? Трое спрыгнули, звезданул мне по шее так, что руки не гнутся...

— Говорил я вам,— сказал Мазур.— Видимо, хотел выгрести что поценнее и сойти на станции... .

— Ясно,— сказал сержант тоном человека, которому ничего еще не ясно.— Вы в каком вагоне, гражданин? Пройдемте-ка...

— Костя! — воззвала проводница.

— Ну, а что я сделаю? — вполне логично вопросил в ответ сержант.— Лови их теперь по закоулкам... Скажи Степану, пусть свяжется со станцией, хоть и толку-то нуль...

Тут, в довершение всего, появилась проводница из Мазурова вагона, затараторила:

— Ох, вот вы где... А там супруга ваша мечется, спросить же ничего не может, я и не знаю, как ей на пальцах полагается растолковать... Я ж знаю, на пальцах они понимают, да не умею...

Сержант снял фуражку, старательно отел лоб:

— Кому на пальцах? Чего на пальцах? Ленка, что у нас сегодня за балаган?

В результате к своему месту Мазур возвращался во главе целой процессии: дебелая Ленка растолковывала сержанту насчет немой жены «этого вот гражданина»,

340

вторая проводница увязалась следом и вяло жаловалась на оглоушившего ее мазурика. Сержант молчал и тихо сатанел.

Джен вскочила им навстречу, тщетно пытаясь хоть что-то понять. Больше всего Мазур боялся, что она сгоряча начнет разбрасывать приемчиками всю эту ораву, а потому еще издали сделал самую веселую физиономию, изображая руками нечто непонятное ему самому. От толчка проснулась бабушка Пелагея Филипповна. Решив почему-то, что ее нового попутчика обижают, как и предвидел Мазур, соколом налетела на ворога, хоть и не на того, на кого следовало бы, взахлеб рассказывая, какие симпатичные и милые люди этот вот военный и его жена, которая увечная, бедняжка...

Похоже, больше всего на свете сержанту хотелось пальнуть в потолок. Он успокоился гигантским усилием воли, присел подальше от Филипповны и воззвал:

— Так, все молчат! Ну помолчите вы, граждане, не в Думе! Это у нас, значит, потерпевший... Документики попрошу.

Мазур сунул ему паспорт, жестами велел Джен сделать то же самое. Сержант привычно стал листать... «Мать твою,— подумал Мазур,— там нет никаких отметок о браке, а они все орут про жену...» И точно, сержант поднял голову, заложив пальцем соответствующую страничку:

— Говорите, жена...

Мазур, чтобы побыстрее со всем этим покончить, сунул ему красное удостоверение.

— Та-ак...— сказал сержант. Раскрыл.— Ого...— прочитал до конца.— Эге...— еще раз перечитал и вернул Мазуру.— Н-ну, понятно... У вас они, значит, ничего не взяли, товарищ полковник?

Окружающие воззрились на Мазура так, словно полковников не видели никогда в жизни. Ну, понятно: в форме и генерал не вызывает особого интереса, а когда твой штатский попутчик вдруг оказывается в неплохих чинах...

— Ничего,— сказал Мазур.

— Точно посмотрели?

— Ага.

Сержант сделал движение, словно хотел сам заглянуть в сумку,— но опомнился, почесал в затылке:

— Э-э...

— Вот именно,— сказал Мазур с многозначительным видом, постучав указательным пальцем по удостоверению.— Все там, и вообще...— с намеком покосился на окружающих.— Все в порядке, сержант, обошлось.

— А может, нужно по рации? Может, тут что-нибудь этакое...— он сделал несколько загадочных жестов, явно пытаясь выяснить, не потребно ли загадочному полковнику вмешательство спецслужб.— Если уж такое дело...

Поезд, дернувшись взад-вперед, медленно пополз к станции.

— Да нет,— сказал Мазур.— Обыкновенное ворье, положили глаз на хорошую сумку... Что от меня требуется?

— Да что тут требуется...— развел руками сержант.— Я сейчас протокол составлю, а вы в... докуда едете? В Иркутске заявите в линейный отдел. Я ж не Шерлок Холмс, моя задача — следить за порядком. Если уж успели спрыгнуть, где их теперь ловить? Таких нынче по поездам немеряно...— Он вытащил из планшетки лист белой бумаги и, вновь оказавшись в привычных обстоятельствах, исполнился уверенности: — Так. Лен, иди-ка в свой вагон, ты все равно и не видела ничего...

— Да, а кому по шее двинули?

— С твоей шеей потом закончим, сначала с гражданина показания сниму,— он спохватился: — Я кому сказал — идти к Степану?

— Так станция уже...

— Ну вот и иди на вокзал! Сообщишь дежурному, пусть даст приметы по линии. И иди, и иди...

Протокол он составил довольно быстро. Мазур расписался крупной неразборчивой закорючкой, не читая. Джен тоже пришлось расписаться — сообразила поставить такую же закорючку. Сержант еще раз наказал непременно подать заявление в Иркутске и удалился.

Мазур прижался затылком к вагонной переборке, прикрыл глаза. На ощупь нашел ладонь Джен, стиснул. В висках жарко колотилась кровь. Он глубоко вдохнул несколько раз, приводя дыхание в норму, подумав, что такая поездочка принесет седых волос больше, чем все предшествующие задания...

Поезд вновь остановился — на сей раз неспешно, плавно. За окнами стояли люди с чемоданами.

— Ох, я бы этому ворью руки рубила...— призналась бабушка.

— Золотые слова, Пелагея Филипповна...— сказал Мазур с закрытыми глазами.

ГЛАВА ДВАДЦАТЬ ЧЕТВЕРТАЯ

СОРОК ВОСЕМЬ
УТЮГОВ НА ПОДОКОННИКЕ

Ночь прошла спокойно. Мазур, игнорируя укоризненные взгляды старушки с котом, устроил Джен на верхней полке, а сам лег на нижнюю, поставив сумки в тесный ящик, образованный сложенным столиком. Предварительно помог ей управиться с наволочкой — моментально пришел на помощь, едва она беспомощно уставилась на пакет с бельем, и никто ничего не заметил. Простыни, конечно, оказались сыроватыми, как и надлежит. Несмотря на не отпускавшее ни на секунду напряжение, Мазур искренне позабавился в душе, глядя, как Джен с неописуемым выражением в глазах комкает влажную простыню, привыкая к мысли, что придется на э т о лечь. В конце концов она, сняв лишь кроссовки, улеглась поверх одеяла — но это никого не могло, пожалуй, удивить или привлечь внимание, мало ли какие у людей привычки...

Когда погасили свет, вагон быстро угомонился. Шумных компаний, рассевшихся за бутылкой, к счастью, не оказалось — зато из соседнего вагона, что был ближе к хвосту, доносились пьяные голоса, один раз в межвагонном тамбуре определенно произошла короткая свара с дракой. Слышно было, как растаскивают дуэлянтов, как матерится проводница, грозя ссадить всех к чертовой матери еще до Ордынского, и лениво отлаиваются нарушители порядка.

Неизвестно, спала ли Джен — по крайней мере, ворочалась она редко. Мазур положил пистолет под подушку и временами погружался в чуткий полусон, подобный собачьему, моментально приоткрывая глаза, стоило раздаться шагам или скрипу двери. В конце вагона расхныкался ребенок, но потом притих. Отсека через три шепталась давешняя парочка, судя по сопровождавшему паузы шуршанию, кавалер то и дело пробовал распускать руки, но получал отпор под сдавленно-кокетливое хихиканье.

Иногда Мазур, взглянув на столик у окна, видел, как сверкают фосфорически-зеленым глаза смирнехонько сидевшего в своей переносной тюрьме кота. И вновь опускал веки, чтобы минут через десять вынырнуть из легкой дремы. Пару раз даже снились сны — нечто неуловимое, забывавшееся моментально, но, несомненно, кошмарное или близкое к тому.

Поезд дважды останавливался на крохотных станциях, но лишь во второй раз к ним в вагон подсела замотанная жизнью женщина лет сорока с маленькой дочкой, на подсадку ничуть не походившая.

...Утром Джен отправилась в туалет, как на Голгофу. Как ни удивительно, проводница взялась кипятить титан уже в девять, и они, заполучив кипяток, сварганили вполне приличный кофе. Угостили котовладелицу Пелагею Филипповну, в благодарность рассказавшую длиннющую историю о том, как ее зять с евоным братом отправились на рыбалку, но спьяну утопили мотор, однако ничуть этим не огорчились, поскольку рыбалка была исключительно предлогом, водки было запасено море разливанное — и безжалостный рыбинспектор Щербак, решивший было, что накрыл с поличным злостных браконьеров, был потерпевшими кораблекрушение споен в момент столь надежно, что сам на обратном пути утопил казенную рацию.

Когда бабуля сошла километров за полсотни до Ордынского, Мазур на миг ощутил себя осиротевшим — не столько из лирических чувств, сколько оттого, что Филипповна служила идеальным прикрытием, любой, кто сел в вагон позже, посчитал бы, что она едет с Мазуром, и они, несомненно, родственники — ворковали, словно два голубка, поминутно именуя друг друга Степанычем и Филипповной, гоняя кофеек...

Хрипел динамик, гоняя осточертевшую еще вчера культурную программу — юбочка из плюша, а он такой, мой новый парень, просто чумовой, не лей мне чай на спину...

Висевшее на стене у титана расписание он запомнил хорошо. Одна беда — провести с Джен военный совет было решительно невозможно. Приближалось Ордынское, и Мазур немного беспокоился — по профессиональной привычке холил и лелеял пессимизм. Юный сержант мог и доложить о случившемся по радио, на всякий случай упомянуть о загадочном полковнике с грозным удостоверением. Наконец, вся эта сцена все же могла оказаться хорошо срежиссированной и искусно поставленной попыткой ознакомиться с багажом похожего по всем приметам на разыскиваемого пассажира. Если так, группа захвата уже в поезде — или дожидается в Ордынском. Сам он без особого труда прыгнул бы с поезда на полном ходу — но Джен за собой не потащишь, шею сломает, как пить дать... Вряд ли они сунут агентуру на все без исключения поезда — чересчур много их проходит в обеих направлениях, тут никаких кадров не напасешься...

В конце концов Мазур решился. За неполные сутки успел присмотреться к попутчикам, среди них вроде бы не замечалось криминальных личностей, способных повторить вчерашний финт. До Ордынского, даже если поезд запаздывал, оставалось каких-то полчаса, нужно позарез поговорить...

Хорошо еще, что никто не заставляет непременно убирать постель на светлое время дня. Мазур кивнул Джен и первым вышел в пустой тамбур, достал сигареты, стоя так, чтобы ни на миг не упускать из виду свою постель. С превеликим наслаждением сделал длинную затяжку. Тихо сказал:

— Ну, глухонемая, можешь пока говорить...

— Ничего, если я закурю? Та девушка курила...

— Держи,— Мазур щелкнул зажигалкой.— Примерно через полчаса будет Ордынское.

— Выходим?

— Нет,— сказал он решительно.— Опасно. Уж вокзалы-то они возьмут под наблюдение в первую очередь...

— Тогда?

— Есть идея,— сказал он быстро.— Рвану стоп-кран, когда будем еще в городе, спрыгнем и махнем деловым шагом. Ей-богу, сойдет с рук. С замком я справлюсь, не сейф... Теперь вот что... Я не специалист по выявлению слежки, меня такому и не учили. Так что твоя задача — во все глаза смотреть на перрон, когда будем стоять в Ордынском. Можешь засечь тихарей в штатском?

— Запросто,— сказала она лихо.— Уж чему-чему, а этому нас учили.

— Только особенно не пялься. Прикрывайся ладонью, что ли, напусти на себя поэтический вид, задумчивый...

— Не учи. Справлюсь. По-моему, сыщики везде одинаковы. Конечно, за то, что с маху выявлю всех поголовно и отличу каждого зеваку от наблюдателя, не ручаюсь, но если вокзал о б с т а в л е н, засеку.

— Ну-ну... Явка твоя где?

Она поколебалась, но все же ответила:

— На улице Ленина...

— Задача упрощается,— сказал Мазур.— Улица Ленина — это, как правило, или самый центр, или близко к нему. Был у нас такой народный обычай, я имею в виду правила наименования улиц...

— Но я тебя прошу — не стоит идти со мной в квартиру. Я тебе верю — однако м н е могут и не поверить...

— Решат, что я тебя перевербовал, а?

— Сам понимаешь, наши игры...

— Понимаю,— сказал Мазур серьезно.— Ну, пошли? Ты, смотри, не заговори в вагоне на радостях...

— Мм-м,— старательно промычала она, гася сигарету в консервной баночке, прикрепленной к окну.

...В Ордынское прибыли с мизерным по российским меркам опозданием — всего-то на двенадцать минут. К поезду обрадованно хлынул невеликий табунок пассажиров. Мазур сидел вполоборота к окну, кося глазом. Здание вокзала еще дореволюционной постройки, темно-розовое с белыми обводами, а рядом современная пристройка, уродливый куб из серого бетона и мутноватого стекла. Неизбежные коммерческие киоски, задумчиво гуляет милиционер в форме, поодаль устроились цыгане, сложив чемоданы и мешки в громадную кучу, вон та кучка стриженых, одетых чуть ли не в рванье,— явно призывники, нынче осенний призыв. Не тот рекрут пошел, ох, не тот — машинально погоревал Мазур. Квел, пьян в сиську, а до чего уныл...

Джен сидела, вовсе отвернувшись от окна, смотрелась в круглое зеркальце, прилежно наводя макияж. Неплохо, отметил Мазур. Вновь попытался вычислить в перронной суете тихарей, но ничего не получилось, не хватало навыка. Вон тот показался подозрительным, очень уж бдительно таращится на перрон, башкой так и вертит... нет, к нему с радостным видом подлетел второй, показал сетку со множеством пивных бутылок, и оба браво двинулись куда-то за угол, меж старым вокзалом и новым. Милиционер проводил их профессионально долгим взглядом, развернулся, зашагал в другую сторону.

Прошли двое в кожаных куртках — то ли высматривая свободное место, то ли совсем другое высматривая... Мазур украдкой проводил их взглядом: нашли место, сели, возятся с сумкой... Вид совершенно беспечный — игра?

Вновь стукнула дверь. Послышался веселый, звонкий голос:

— Ронни, я понимаю, что по-русски ты не знаешь ни слова, но цифры, позволь тебе заметить, у русских точно

346

такие же, как у нас. И «пять» означает пятый вагон, а не восьмой...

— Промахнулся, извини. Зато посмотри, какое зрелище — сущая Италия, обшарпанная окраина, где белье сохнет на веревках поперек улочки, а мужчины гуляют в плавках...

Говорили по-английски, с характерным южным выговором — врастяжку, чуть гнусаво, Мазур и сам так мог при нужде. Он спокойно, даже скучающе, повернул голову. По проходу не спеша прошли трое импортных людей — молодые парни в хороших джинсах и ярких куртках, с небольшими рюкзаками, какими-то пластиковыми футлярами. В полной уверенности, что ни одна живая душа их не понимает, они весело и раскованно комментировали все, что видели на пути — без брезгливости, но с нескрываемой насмешкой. На перроне захрипел динамик, поезд дернулся и медленно пополз мимо бетонного куба и длиннющих зеленых заборов. Мазур перехватил взгляд Джен, смотревшей вслед соотечественникам с грустью-тоской, они уже скрылись в соседнем вагоне, а девушка сидела в той же позе, опустив зеркальце. Горек хлеб шпиона, чуточку насмешливо подумал Мазур, сам однажды угодивший в схожую ситуацию — когда они с Морским Змеем сидели в баре Ниджилы, упакованные под чудаковатых британских туристов, и болтали, само собой разумеется, на соответствующем языке, а занявшие соседний столик соотечественники, инженеры, помогавшие местным поднимать с нуля химическую промышленность (завод, который они построили, потом все равно пришел в запустение), вовсю обсуждали меж собой идиотские шляпчонки, идиотские значки и дурацкие курточки двух импортных гусей. Так что никакой тоски они тогда не испытывали — вместо прилива ностальгии а-ля Штирлиц хотелось примитивно заехать землячкам по морде....

Он поднялся, подхватил сумку и кивнул Джен. Та быстро поднялась, они вышли в тамбур, где уже дымил скверной сигареткой длинновязый акселерат. Пришлось подождать, пока докурит и смоется. Поезд все еще полз довольно медленно, пересек улицу с оживленным автомобильным движением, стал подтормаживать, потом опять двинулся с невеликой скоростью. Поставив сумку на пол, Мазур повозился с замком. Нажал ручку, чуть приоткрыл дверь. Скорость была смешная — для него. Не стоило рисковать и заставлять девчонку прыгать на

347

ходу. Даже если чуть подвернет ногу, хлопот прибавится несчитанно...

— Эй, вы это куда? — раздался за спиной склочный голос.

Обернувшись, Мазур узрел субъекта лет пятидесяти, в синем тренировочном костюме, с физиономией профессионального и последовательного правдолюбца. Из тех, похоже, что в старые времена обожали строчить письма в газеты, именуя свое личное мнение не иначе как «советский народ требует». Кажется, Мазур его уже видел пару раз — из соседнего вагона, точно.

Он мгновенно придал лицу некоторую пьяную расслабленность и сообщил, хмыкая:

— Куда-куда... Вокзал проехали, а дом мой во-он, за тем кирпичным... Сходить пора.

— Ты мне это брось,— категорическим тоном заявил субъект.— Порядок должен быть. Подожди разъезда, там и сходи, как все люди. Нажрался с утра, еще под колеса вместе с бабой...

Некогда было разводить плюрализм. Удар ногой швырнул любителя порядка к противоположной двери. Мазур, возвращаясь в прежнюю позицию, правой рукой что есть силы рванул красную дужку стоп-крана.

Система сработала безукоризненно, как в былые времена: вмиг отчаянно заскрежетали тормоза, Мазура с Джен швырнуло к стене. Он самортизировал удар рукой, распахнул дверь, спрыгнул, бросив предварительно сумку. Подхватил на лету Джен — и, вновь взлетев на ступеньку, хозяйственно захлопнул дверь.

Оба бегом припустили в переулок, застроенный с одной стороны деревянными двухэтажными домами, с другой — длинным рядком кирпичных гаражей. Никого в переулке не было, и никто за ними, естественно, не погнался — не будет ни погони, ни особого разбирательства, поматерятся, и поезд пойдет дальше, чтобы не выбиваться из графика и не блокировать путь, правдоискатель обязательно настучит — ну и хрен с ним, вряд ли успел запомнить точные приметы...

— Оп-па...— выдохнул Мазур.— Шагом, шагом...

Она послушно остановилась, пошла шагом. Мазур показал взглядом вправо — там возле зеленого двухэтажного домика стояли две бело-синих милицейских машины, подъехал мотоциклист в белом шлеме и белоснежных ремнях.

— Полиция? — тихо спросила Джен.

— ГАИ,— сказал Мазур.— Дорожная полиция. Нам они совершенно не опасны, ибо мы пешеходы... но все равно, не беги, а то еще подумают черт-те что... А лучше всего — посидеть и покурить. Вон лавочка.

Они уселись на лавочку метрах в двухстах от штаб-квартиры ГАИ. Мазур, доставая сигареты, спросил:

— Что на вокзале?

— Я же говорю, сыщики везде одинаковы,— сказала Джен.— Вокзал был под наблюдением. Как минимум — четыре человека, у выхода и на перроне. Довольно профессионально построили «конверт». Наблюдали за поездом, никаких сомнений. У одного даже кобуру заметила — видно было ремешок меж воротником и полой пиджака...

— Вообще-то, это не обязательно по нашу душу,— сказал Мазур.— Мало ли что... Но будем считать, что ищут нас,— чтобы не расслабляться. Послушай, а тебе не приходило в голову, что твой здешний связник мог вульгарно провалиться? Не успев вывесить сорок восемь утюгов на подоконнике.

— Какие еще утюги?

— На подоконнике висели сорок восемь утюгов, и разведчик сразу понял, что это сигнал провала...— сказал Мазур.— И возьмут тебя там, как котенка. Или кутенка.

— Он не мог провалиться,— сказала Джен.— Он здесь, можно сказать, официально. С ведома ваших соответствующих организаций.

— Бог ты мой,— сказал Мазур.— Ну, это еще хуже... С ведома тех самых организаций, которые нас гоняют, как волков поганых? Ты вообще соображаешь...

— Не кричи, пожалуйста. Ты же сам говорил, что в с я организация не может быть в курсе. Что охоту за нами ведет какое-то высокопоставленное лицо или группа лиц, используя свой аппарат в качестве пешек...

— Все равно.

— Давай не будем? — сказала Джен упрямо.— У меня недвусмысленный приказ, и я его должна выполнять. Ты все равно будешь на улице, в отдалении, и сможешь смыться. На все четыре стороны. Что ты, в конце концов, вообразил?

— Что ваши фильмы, где сыщика то и дело подставляют его продажные шефы, все же худо-бедно отражают жизнь,— сказал Мазур.— Только и всего... Ладно, я и не стремлюсь тебя переубедить. Но смотри там в оба...

— Слушай, давай сначала поищем аптеку?

— А что такое?

Она сделала гримаску, без всякого смущения сказала:

— Понимаешь, начинаются женские дела. Нужны тампоны.— И чуть удрученно призналась: — У меня первый день всегда тяжело проходит, особенно когда работы выше крыши и переутомишься. Валяюсь, как разломанная кукла...

«Только этого мне не хватало»,— подумал Мазур. А вдруг в ее импортном организме что-нибудь разладится после всего пережитого? Импортный организм нежный, к России не приспособлен, как не годятся для наших проселочных дорог «мерседесы» и «тойоты»...

— Может, оставить тебя на явке и все дела? — спросил он озабоченно.— Самое неподходящее время, чтобы валяться разломанной куклой...

— Если получу такие инструкции, останусь,— сказала она.

...Город был не такой уж и маленький, тысяч сто населения, а потому мог похвастать всеми атрибутами цивилизации — в том числе и такси. Побродив немного, присмотревшись к коловращению жизни, купив по дороге пачку пресловутых «Тампаксов» и темные очки, Мазур принялся отлавливать машину. Остановился седоватый толстяк на синей «шестерке», подрабатывавший, надо полагать, в дополнение к пенсии.

Джен, во исполнение строжайших инструкций, прилежно молчала, не без любопытства поглядывая вокруг. Хорошо, что она не поняла ни словечка из того, что Мазур сказал пенсионеру,— иначе непременно возникли бы сложности...

Шоферюга, как частенько случается, попался общительный — но заготовленную Мазуром легенду, не особенно и сложную, заглотал без малейшего сопротивления. Ну, были в гостях. Ну, хотят забросить вещички и съездить попрощаться еще с одним знакомым. Что до молчания «жены», смирнехонько сидевшей на заднем сиденье... Мазур, устроившийся рядом с водителем, изобразил глазами и мимикой недвусмысленный намек на некую ссору. Пенсионер понимающе похмыкал и больше этой темы не поднимал.

Джен узнала вокзал в самый последний момент. Мазур видел в зеркальце, как она непроизвольно встрепенулась, но промолчала, только положила руку на карман

350

куртки, пытаясь нащупать револьвер. Сделав ей успокаивающий жест, Мазур надел темные очки, подхватил сумки и выпрыгнул из машины. Шагая к камере хранения, он на миг ощутил себя огромной подвижной мишенью в чистом поле — но не собирался менять решения. Слишком много населенных пунктов «соседям» пришлось взять под наблюдение, слишком много непосвященных оперативников втянуто в игру — а ведь есть еще и повседневная рутина, так что новое поручение останется очередной прихотью высокого и далекого начальства, которое обычно выполняют спустя рукава. Вряд ли они постоянно патрулируют сам вокзал — гораздо рациональнее пасти лишь перрон, следя за прибывающими и отъезжающими. Да и инструкции у них неминуемо туманны — то ли два человека, то ли полдюжины, то ли появятся здесь, то ли нет...

Все отняло минут пять. Он вприпрыжку вернулся к машине, плюхнулся на сиденье и сказал:

— А теперь на Ленина, батя, там мы тебя и отпустим...

Отпустили, конечно, домов за десять от нужного. Не спеша пошли по широкой улице.

— Ты с ума сошел? — тихо спросила Джен.

— Ничего подобного,— сказал Мазур.— Это называется — под свечой темнее всего. Не сталкивалась с подобной аксиомой?

— Вообще-то смысл есть,— признала она.— Но как подумаю, что все кассеты лежат в примитивнейшей камере хранения...

— То-то и оно. От нас ждут нечеловеческих хитростей, а мы им — примитив. Хорошо срабатывает.

— А если пожар?

— Напряги память и подумай хорошенько,— сказал Мазур.— Ты когда-нибудь слышала про пожар на железнодорожном вокзале?

Она добросовестно задумалась. Мазур остановил ее, отошел к бело-синему киоску и купил обоим мороженое. Вернувшись, сунул ей красивый пакет и поинтересовался:

— Ну как, вспомнила?

— Ты знаешь, как не бьюсь, припомнить не могу...— сказала она с удивленной улыбкой.

— То-то,— осклабился Мазур.— Горят дома, бензохранилища, леса и отели. А железнодорожный вокзал — нечто незыблемое и с пожаром никак не ассоциируется. Если и загорится, раз в сто лет. И потом, есть еще один нюанс...

Мы сейчас совершенно слились с толпой — никуда не спешим, никакой поклажи не имеем. Если нас каким-то чудом и засекут, брать тут же ни в коем случае не будут. Станут следить, справедливо рассудив, что сокровища мы куда-то запрятали. Ты не видела слежки, когда отъезжали от вокзала?

— Не было никакой слежки. И за тобой, когда ты возвращался, никто не шел.

— Вот видишь,— сказал Мазур.— Честно говоря, у меня было желание отправить кассеты обыкновенной посылкой. На шантарский адрес кого-нибудь из знакомых. В советские времена я бы рискнул — но сейчас почта работает похуже, чем у вас лет сто назад на Дальнем Западе. Впрочем, в советское время мы бы с тобой в жизни не встретились и такую операцию не крутили бы... Постой здесь, доложи мороженое. Если пристанут знакомиться, гордо отворачивайся.

Он взбежал по ступенькам к двери в торце панельной пятиэтажки, над которой висела вывеска «12-е почтовое отделение». Минут через пять появился на улице. Джен с презрительным видом смотрела на поток машин, а возле нее вертелся сын кавказских гор в своей национальной одежде — замша, золото на пальцах и во рту, сизая трехдневная щетина — и уныло, без особой надежды, тянул:

— Дэвушка, правда нэ хочешь в рэсторан, да?

Мазур дружелюбно похлопал его по плечу:

— Дарагой, это не ты на лестнице стодолларовую бумажку потерял?

— Какой лестница, да? — встрепенулся сын гор.

— А вон, где почта,— сказал Мазур.— На лестнице лежит, и президент на ней такой солидный... Вроде тебя такой.

— Разыгрываешь, да?

— Канэчно, да,— сказал Мазур, взял Джен под руку и направился прочь. Оглянувшись, увидел, что бог весть какими ветрами занесенный сюда горец все же философски озирает лестницу — вдруг да и в самом деле залежался зеленый президент?

— Ну что? — спросила Джен.

— Как в старом анекдоте,— ответил Мазур.— Есть одна плохая новость и одна хорошая. Телеграмму я отправил. Отметился, теперь генерал будет знать, где мы. Эта новость, понятно, хорошая...

— А плохая?

— Не такая уж плохая, но все-таки... Междугородный телефон у них только в одном месте — на центральном телеграфе. Раньше была еще парочка отделений, но в последние годы, как водится, навели экономию. Идя навстречу пожеланиям населения.

— Как?

— Тебе этого не понять... Это только мы понимаем. В общем, все почтовые отделения они вряд ли возьмут под контроль — это им не прежние времена, да и невозможно просмотреть абсолютно все телеграммы, идущие в Шантарск, моя к тому же вовсе не зашифрована, просто условный сигнал... А вот поставить на телеграфе постоянный пост — вполне реально. Но идти туда придется — иначе как получить дальнейшие инструкции? Та же ситуация, что и у тебя... Не следовало бы, но приказ недвусмысленный. Ага, вот и твой семьдесят девятый... Пару кругов вокруг сделаем для надежности?

— Обязательно.

— Может, и номер квартиры наконец выдашь?

— Ну зачем тебе?

— Чтобы осмотреть все подходы. Вдруг тебе в окно прыгать придется?

— Третья,— неохотно сказала она.

— Так,— присмотрелся Мазур.— Первый этаж, значит. Постой, а я рекогносцировочку проведу...

Он не спеша подошел к подъезду, где сидели на лавочке три бабки, и возле них крутилась беспородная желторыжая собачонка. Присел на корточки. Собачонка — еще щенок, сразу видно,— тут же радостно кинулась к нему поласкаться. Почесав ее за ухом, Мазур спросил:

— Бабушки, а однокомнатные квартиры в подъезде есть?

Они воззрились на незваного собеседника довольно подозрительно. Мазур, изобразив самую простецкую улыбку, поторопился сообщить:

— Если бы я был вор — замками бы интересовался... Мне б однокомнатную снять.

— С женой разводитесь? — поинтересовалась одна.

— Нет,— сказал Мазур.— Офис хочу открыть. То бишь — контору.

— Во-о! — закивала самая старая с недоброжелательным видом.— И до нас добрались. Офис ему понадобился. А потом девки пойдут, пьянки, за тобой следом и рикитеры явятся... Размечтался! Вон, в семьдесят седьмом пустили одного такого, теперь по лестнице пройти жутко...

— Да я-то рэкетирам не нужен,— сказал Мазур.— Доходы больно уж маленькие. Я аптеку открыть хочу.

И угодил в точку — бабульки моментально оживились, преисполнившись самых добрых чувств.

— Аптеку? — переспросила самая худая.— Слышали, подруги? Вот это дело, а то пока дойдешь до Камышинской, сто раз помрешь... А не врешь? Тот армян из семьдесят седьмого тоже сначала наобещал...

— С места не сойти,— сказал Мазур.— Место бойкое, улица центральная — в самый раз для аптеки. Повесить вывеску побольше и покрасивее, чтобы издалека видели...

Отношение к нему переменилось кардинальнейшим образом.

— Однокомнатную? — сказала самая старая уже заинтересованно.— Так у нас на всех пяти однокомнатные. Третья, над ней, значит...

— Седьмая,— беззвучно пошевелив губами и воздев глаза к небу, подсказала сидящая рядом.— Седьмая, потом одиннадцатая, за ней, на третьем, пятнадцатая...

— Нет, мне бы на первом этаже,— сказал Мазур.— Каково больным будет наверх карабкаться?

— Я ж говорю — третья. Только этот коммерсант, может, и не сдаст?

— Семеновна, да с чего ж он коммерсант?

— А говорили — из этих?

Меж старушками вспыхнула оживленная дискуссия. Мазур не вмешивался, навострив уши. Скоро выяснилось, что старушки здесь сидят, словно на боевом посту, с рассвета до заката, если нет дождя, и знают всех, кто в их подъезде обитает. Жилец из однокомнатной третьей коммерсантом был окрещен по некоторым чисто внешним признакам: подъезжал на новеньких «Жигулях», входил и выходил нерегулярно, что позволило бабулькам сделать в общем-то логичный и верный вывод — где бы ни работал, строгим распорядком дня не связан. А вдобавок ходит в кожаном пальто, пиво в авоське не таскает, и к нему порой захаживают такие же, как он, хорошо одетые, трезвые. Точно, коммерсант или мафиози, вон как вежливо здоровается...

— А дома он, интересно? — спросил Мазур, когда старушки стали повторяться.

— «Жигули»-то вон стоят,— она показала на белую «семерку», в самом деле новенькую.

Ничего не поделаешь, придется идти. Мазур вошел в подъезд — хорошо еще, дверь закрывается, со двора не видно, покурил меж первым и вторым этажом, преспокойно вышел. Развел руками:

— Не открывает что-то, спит, видимо. Через часок еще зайду, больно уж место хорошее...

И побыстрее свернул за тот же угол, из-за которого вышел. Джен нетерпеливо кинулась навстречу:

— Где тебя носит?

— Погоди,— сказал Мазур, озираясь.

Окна выходят на запущенный парк, место тихое. Первый этаж расположен довольно высоко, вон тот балкон, судя по всему, как раз третьей квартире и принадлежит. Положительно, явку выбирали тщательно: при необходимости ничего не стоит, прыгнув с балкона, уйти через парк... Балконная дверь приотворена, но за плотными занавесками ничего внутри не видно.

— Иди уж,— сказал он.— Только, я тебя очень прошу... Сверим часы. Ровно через пять минут, если все пройдет гладко, выгляни на балкон. Якобы любуешься диким ландшафтом. И обо мне ничего не говори, идет? Скажи, что вас из тайги выбралось целых шестеро, и старший группы оказался настолько предан идее братского сотрудничества, что благородно отпустил тебя на явку, усадив в такси...

— Хорошо,— нетерпеливо сказала она, переступая на месте.— Я постараюсь побыстрее...

Мазур отошел поглубже в парк, уселся на облюбованную скамейку под высоченным тополем с облетевшими листьями. Листья толстым слоем усыпали потрескавшиеся бетонные дорожки, неподалеку уныло возвышается чаша фонтана — на первый взгляд, бездействующего со сталинских времен. Три фигуры на постаменте посреди широкой чаши облупились настолько, что не разобрать, то ли пионеров когда-то изображали, то ли трех поросят.

Пять минут. Шесть. Семь. Светло-коричневые занавески с еще более светлым узором не шелохнулись.

Он ждал еще минуту — учитывая непредвиденные случайности и накладки. Однако в толк не мог взять, что за накладки могут помешать человеку непринужденно выйти на балкон или хотя бы выглянуть, находясь в гостях у земляка и собрата по профессии. Либо засада, либо...

Вообще-то он мог и уйти. У него не было прямого приказа бросать Джен в подобной ситуации, но был другой приказ: спасать в первую очередь кассеты. Выводы сделать нетрудно. И все же...

Можно сказать, он к ней привязался. А можно сказать — не привык б р о с а т ь...

Решительно встал, быстрыми шагами приблизился к углу дома и направился к балкону. Напрягся, подпрыгнул, ухватился за ржавые вертикальные прутья, сделал парочку махов — и перебросил тело через перила, бесшумно, как учили. Оглянулся вокруг — ни зевак, ни прохожих. Достал пистолет, держа его дулом вверх, сделал глубокий вдох, выдох...

И ворвался в комнату сквозь узкую щель в приотворенной двери, левой рукой отбросив занавеску, держа пистолет в полусогнутой правой. Тот, что связывал руки лежащей ничком Джен, еще успел поднять голову — в следующий миг Мазур угодил ему твердым носком кроссовки по болевой точке меж шеей и плечом, сбил на пол, добавил еще. Вихрем пронесся в кухню — никого. Туалет и ванная пусты. Дверь заперта изнутри и заложена на стальную щеколду.

Вернувшись в комнату, он быстренько развязал Джен руки и справедливости ради той же веревкой спутал запястья бесчувственному хозяину. Отмотал от валявшейся тут же довольно объемистой бухточки нейлонового канатика еще кусок, связал ноги, накинул на шею скользящую петлю и другой конец привязал к лодыжкам — теперь хозяин при резком движении сам себе надежно перехватил бы дыхание. Наклонился над Джен, похлопал по щекам. Нигде не видно газового баллончика или шприца — похоже, просто-напросто вырубил приемом, сволочь такая...

Зажал ей нос, приподняв за плечи. Вскоре Джен, не открывая глаз, стала фыркать и слабо вырываться. Медленно разлепила веки.

— Привет,— сказал Мазур.— Говорил я тебе? Встать можешь?

— Сейчас...— она приподнялась, села, потирая левой рукой висок.— Ты откуда...

— Шел мимо,— нетерпеливо сказал Мазур.— Что, поссорились?

— Он меня встретил, предложил выпить... Я пошла к окну... чтобы занавеску... дальше не помню,— охнула, потерла шею.— Болит, и плечо...

Мазур повернул ее голову:

— Он сам из этой бутылки пил?

— Ага...

Схватив со стола бутылку «Гленливета», Мазур запрокинул Джен голову и влил в рот добрый глоток. Она глотнула, закашлялась. Сзади послышался стон.

— Ну вот, и резидент проснулся,— сказал Мазур.— Сорок восемь утюгов... Эй, лежи-ка смирно!

Сдавленный хрип — это связанный попробовал перекатиться на живот, но петля моментально сжала ему глотку, и он замер в прежней позиции. Джен, пошатнувшись, поднялась и упала в кресло.

— Быстренько и подробно...— сказал ей Мазур.

— Я вошла. Узнала его по фотографии, назвала пароль. Он ответил. Перебросились парой фраз, он предложил выпить, принес бутылку из кухни, я пошла к балкону...

— Тут и ударил,— закончил за нее Мазур.— Значит, в предательстве или двойной игре не обвинял? Просто врезал исподтишка? Едва впустив в квартиру?

—Ага...

— Ну, ты и теперь еще сомневаешься, что я был прав?

— Теперь не сомневаюсь,— похоронным тоном призналась Джен.— Но это же проверенный агент, меня заверяли...

— Милая, а ты не забыла, каковы ставки в игре? — ласково, как несмышленого ребенка, спросил ее Мазур.— Тут у любого мозги поплывут и зелененькие президенты в глазах замелькают...

У Джен было лицо человека, враз лишившегося доброй половины иллюзий,— потерянное, печальное. Злорадствовать не хотелось: пусть взрослеет потихоньку...

— Ну, как ты? — спросил Мазур.

— Нормально,— попыталась она улыбнуться, привстала, охнула и упала назад, схватившись за живот.

— Что?!

— Пустяки, ничего пока... Так, кольнуло.

— Ну, посиди пока,— сказал Мазур.— У меня тампоны в кармане, может, тебе надо?

— Нет, рано...— она отерла со лба бисеринки пота.— Что-то я немножко расклеилась...

Откровенно говоря, Мазуру хотелось, наплевав на феминизм, обнять ее — и не только утешения ради. Увы, не время и не место. Лежащий вновь пошевелился, уже гораздо осторожнее.

— Кричать будете? — вежливо спросил его Мазур.— Что-нибудь насчет пожара или грабителей? — и поднял пистолет со спущенным предохранителем.— Бога ради, можно во всю глотку...

Тот молчал, по роже видно, лихорадочно просчитывал ситуацию. Мазур поднялся с корточек, неторопливо обошел комнату — телефона нет, стандартная меблировка. Выдвинул ящики стола — ага, небольшая рация-переноска с кольчатой антенной, потому телефон и без надобности. А эта модель детектора нам знакома...

Он взял черную коробочку и старательно обошел квартиру, не пренебрегая уборной. Нет ни «жучков», ни работающих магнитофонов. Значит, никто не услышал происходящего, на выручку не придет...

Налив себе рюмочку, Мазур присел рядом с лежащим и старательно обыскал его. Извлек пистолет из подмышечной кобуры, бросил в угол — у самих этого добра хватает,— а вот ключи от машины, наоборот, хозяйственно переправил себе в карман. Бегло осмотрев пригоршню разных мелочей, швырнул их на стол и, выпрямившись, повернулся к Джен:

— Ты его первая будешь допрашивать? Галантно уступаю очередь...

Она кивнула. На лбу и висках снова сверкали капельки пота — точно, начинаются женские проблемы. Попросила:

— Посмотри, может, где-нибудь найдется диктофон. У любого агента должен быть на всякий случай...

— Ну как же,— ворчал Мазур, выдвигая ящики.— Незабвенный Дэйл Купер, он меня достал со своей Даяной, которой к тому же и не существовало, я так подозреваю... «Даяна, Даяна, в меня летит бутылка из-под виски, нет, из-под джина...» Есть диктофончик. Сейчас перемотаю... А твой диктофон, кстати, где?

— А мой был ради экономии места вмонтирован в передатчик, который ты так галантно шарахнул об дерево.

— Ну, извини... Держи. Сейчас я тебе создам все условия для продуктивной работы...— Мазур протащил связанного по полу, положил у самых ног Джен.— Вот, теперь тебе и голос напрягать не придется.

В комнате стояла жарища. Мазур догадался, почему был приоткрыт балкон: батареи прямо-таки раскалены, котельная, как водится, работала в соответствии со своим загадочным планом расхода топлива, ничего общего не имеющим с потребностями обывателей. Отдернул занавеску указательным пальцем, выглянул — поблизости никого. И закрывать балкон не стал.

— Давай,— сказал Мазур, носком кроссовки коснувшись уха лежащего.— Будешь вежливо и подробно отвечать на вопросы дамы, иначе я, богом клянусь, уши тебе твоими же яйцами заткну...

— Подождите,— глядя зло и затравленно, сказал связанный.— Не валяйте дурака. Джен, ты что, настолько спелась с этим красным? Может, и трахаетесь уже?

— Моя сексуальная жизнь тебя не касается,— отрезала она.

«Молодец, девочка»,— подумал Мазур. И сказал:

— У меня такое впечатление, что кое-кто из присутствующих спелся с красными еще интимнее, и это, что характерно, не мисс Деспард...

— Ты что же, думаешь...— вырвалось у Джен.

— А ты еще не поняла? — покачал головой Мазур.— Не верю я в совпадения. Он здесь сидит с ведома наших братских спецслужб, он вознамерился тебя отчего-то связать... Не улавливаешь некоей закономерности? Впрочем, я на твое мнение не давлю, можешь сама попробовать...

— Да подождите вы,— прямо-таки с досадой бросил пленник.— Какая разница, кто с кем спелся? Вы представляете, сладкая парочка, какая идет игра? И сколько вы можете получить, если отдадите кассеты?

— Девять граммов в спину,— сказал Мазур.

— Бросьте! Бывают ситуации, когда платить человеку выгоднее, чем убирать его... Вас все равно перехватят по дороге. А я могу дать вам гарантии... Конечно, с вашей стороны, в свою очередь, придется сделать соответствующие шаги. Письменные обязательства, развернутые, подробные... Джен, это будущее. И великолепное будущее. Тебе вовсе не обязательно сразу уходить из Бюро. Наоборот, открываются интересные перспективы...

— Заткнись, скотина,— она прямо-таки взвилась, в голосе самым причудливым образом сплелись обида и злость.

«Идейная девочка,— констатировал Мазур.— Смотреть приятно. Не перевелись еще люди, верящие в идеалы. Может, это и хорошо?»

Он подошел к Джен, похлопал по плечу:

— Не кричи, какой смысл? Ты только посмотри на него — вот настоящий профессионал. Холодная голова, с полнейшим самообладанием контролирует ситуацию...— Подошел поближе и пнул лежащего под ребра.— Это задаток. Не люблю, когда девушек бьют по голове и крутят руки. И если ты, сволочь, профессионал, то должен понимать, что шанса у тебя ни единого. Кроме одного — разинуть пасть и петь, как соловей... Я ведь вижу, как у тебя бегают глазки. Никого ты в гости не ждешь, спасти тебя может только случайность, а она не всегда выручает...— и пнул еще раз грязной подошвой, прямо в лицо, чтобы окончательно сбить спесь и лишить иллюзий.— Джен, он тебе нужен живой?

— Пожалуй,— сказала Джен.— Одной записи может оказаться мало. Лучше, если к ней будет приложен живой свидетель.

— Ага, помню. Ваши суды прямо-таки помешаны на свидетелях, все, что наболтает какой-нибудь болван, перевешивает улики и доказательства. Ваши юристы сами жалуются, что я, американских газет не читал? Ладно, дело твое.

— Джен, подумай,— сказал пленник, облизывая с губ перемешанную с грязью кровь.— Может быть, тебе лучше по-хорошему договориться с Маллисоном?

— М а л л и с о н?! — ахнула Джен.

— Ну да. Я же тебе говорю, ставки неимоверно велики...

Джен, закусив губу, выпрямилась:

— Ударь его!

— Пожалуйста,— сказал Мазур.— С превеликой охотой... Эп! Еще?

— Хватит,— она овладела собой.— Это, собственно, не ему и предназначалось... Боже мой... Чак...

— У нас мало времени,— мягко сказал Мазур.— Давай работать...

Разумеется, из вопросов Джен и ответов пленника Мазур не понял и трети — мелькали сплошь незнакомые имена и ссылки на неизвестные ему события. Однако суть уловить было нетрудно. Боевики голливудского производства сплошь и рядом отражают реальную жизнь — кто-то из непосредственных шефов Джен с самого начала играл на стороне будущего вице-президента. И параллельно с одним «сердечным согласием» — Глаголев плюс заокеанская военная разведка — рядом столь же потаенно существовало другое, связанное с в о и м и общими интересами. Ничего удивительного, случается и не такое. В шахматы просто невозможно играть в одиночку... Но если группа Мазура успела добраться до кассет и лишь потом попала под огонь, Джен продали еще на старте — этот сукин сын еще до ее появления в России получил шифровку с недвусмысленными инструкциями: если выйдет на контакт, любыми средствами выбить из нее, где находится группа, а потом навести на таковую местных партнеров.

— Обрастаем сенсационным материалом,— проворчал Мазур, глядя, как Джен бережно прячет крохотную кассету.— Закончила?

Она молча кивнула.

— Ну вот, теперь моя очередь...— сообщил Мазур пленнику.— Вы, как я понимаю, у местных партнеров доверием пользуетесь? Вот и прекрасно... Где устроены засады?

— На железнодорожном вокзале. На автобусной станции. На автомагистрали у обоих выездов из города — на западе и на востоке.

— Еще?

— Может быть, на центральном переговорном пункте. И в речном порту. Не знаю точно, у них не так уж много людей...

— Что о нас известно?

— Что часть группы все-таки выбралась из тайги, предположительно — человека три-четыре, не больше. Кто именно, неизвестно.

«Те, в деревне, видели, что людей в камуфляже д в о е,— подумал Мазур.— Но эта информация, вполне возможно, поступила сюда с опозданием. Быть может, этому типу ее не успели передать — или, как водится в таких играх, делились не всей добычей...»

— Они нас знают в лицо? — спросил Мазур.— Фотографии есть?

— Вас не затруднит чуть передвинуться? Ближе к свету? — он, кривя разбитые губы, долго всматривался в лицо Мазура.— Хм... Пожалуй, на тех фотографиях, что я видел, вы выглядите несколько иначе. Прическа покороче, чисто выбриты... Профессионал, конечно, такими различиями не обманется, но промахи неизбежны — они не знают точно, в каком именно населенном пункте вы появитесь, да и напряжение первых дней спало... Короче говоря, у вас есть шансы проскочить незамеченным. Кое-какие.

— А она? — Мазур кивнул на Джен.

На лице лежащего промелькнуло явственное злорадство:

— Боюсь, с крошкой Джен обстоит немного хуже. Ее фотографии не в пример качественнее. И я бы не рискнул заявить, что она сейчас и з м е н и л а свой облик. Ее узнать гораздо легче. Джен, подумай хорошенько. В конце концов, мы все американцы — ты, я, Чак Маллисон... А эти могут тебя убрать за ненадобностью. Откуда ты знаешь, какие игры они за твоей спиной ведут?

Она ничего не сказала, даже не пошевелилась — откинулась на спинку, полузакрыв глаза, волосы на висках стали влажными.

— Женские дела, а? — сочувственно спросил пленник.— Джен, а ты помнишь, как тебя пришлось снимать с задания в Эль-Пасо? — Он почти непринужденно повернул голову к Мазуру.— Была поставлена засада, но у мисс Деспард первый день менструации, знаете ли, протекает — извините за дешевый каламбур — особенно тяжело. Пришлось выводить ее черным ходом и отвезти в отель, чтобы отлежалась. Вам скоро придется тащить ее на себе, а у вас и без нее хватает хлопот... Подумай, парень. Ты в жизни не видел столько зеленых спинок, сколько можешь получить...

Мазур осторожно поднял Джен из кресла и отвел на кухню. Тихо спросил:

— Выдержишь? А то, может, и в самом деле тебе имеет смысл стать богатой...

Джен сверкнула на него глазами:

— Отпусти. Сама стою, без подпорок. Постараюсь выдержать. Тампоны дай.

Вырвала у него коробочку и скрылась в ванной. Вернувшись в комнату, Мазур отволок пленника к дивану и старательно примотал оставшейся веревкой к двум ножкам. Усмехнулся:

— Привет Чаку Маллисону. Насколько я успел узнать девочку, она с ним покончит...

— Идиоты...— простонал тот, жмурясь.— Болваны...

Мазур смастерил ему кляп из разорванной простыни — чтобы не задохнулся, но и не вытолкнул изо рта раньше времени. Усмехнулся:

— Ну вот, проверим твое везение. Рано или поздно обеспокоятся, начнут тебя искать... В скелет не превратишься.

Услышав, как хлопнула дверь ванной, направился туда. Джен выглядела немного получше. Мазур протянул ей ключи:

— Когда выйдешь из подъезда, увидишь слева белую машину. Номер сто шестьдесят девять — на буквы не обращай внимания, все равно ты их не знаешь... Садись непринужденно и быстренько, отъезжай к следующему дому. Я смотаюсь через балкон, а то меня возле подъезда соседки видели... С ключами разберешься?

Она кивнула:

— Конечно. Брелок — пульт сигнализации, что тут непонятного? Только... не смей его убивать, понятно? Он мне нужен живой. Дома.

— Есть, сэр,— ухмыльнулся Мазур.— Пусть живет...

Когда за Джен захлопнулась дверь, он задумчиво погладил кобуру под свитером. Руки чесались обрубить хвост — но слово следует держать, да и не столь уж опасен этот тип...

Повернулся к связанному. В глазах у того не было страха — одна вселенская печаль. Мазуру даже показалось, что по комнате призрачным журавлиным клином пролетают бесконечные вереницы зеленых бумажек с портретом Франклина*, непоправимо уплывающие в небытие вместе с беглецами. Он усмехнулся, быстро и методично опорожнил ящики стола, вышвырнул на пол одежду из шкафа, разбросал все, что мог. Сунул в карман пистолет и рацию, подошел к лежащему, присел на корточки:

— Это тебя ограбили, маленький. Соображаешь? Открыл дверь по наивности, ворвалась банда тинейджеров, настучала по зубам и унесла все, что подвернулось. Соображаешь? Понял, спрашиваю?

Тот чуть заметно кивнул, глядя с бессильной яростью.

— Умница,— сказал Мазур.— Иначе, если нас повяжут, будем в два голоса уверять, будто ты сам отдал и машину, и ствол, что на самом деле и должен был обеспечивать наш отход... В такой ситуации наши ребятки и своему-то не поверят, а уж чужому, которого априорно подозревают в двойной игре,— и подавно. И устроят тебе что-нибудь вроде случайной автокатастрофы... Я толковые вещи говорю, а? Вот видишь... Так что не было нас тут,

---

* Портрет Бенджамина Франклина помещен на пятисотдолларовых купюрах.

померещилось тебе. И мой тебе добрый совет: настраивайся заранее на роль главного свидетеля, возмущенного до глубины души махинациями злодея Маллисона — и совершенно добровольно поведавшего мисс Деспард о двойной игре предателя... Спасай, что возможно,— то бишь свою драгоценную шкуру...

И направился к балкону, философски подумав, что ему все равно не дождаться от руководства ФБР медали за все свои труды. Ну и черт с ними, лишь бы девчонка достала на родине эту гниду Маллисона,— всех, причастных к этому делу, надо выкорчевать, как сухой пень...

Когда заносил ногу за перила, из-за угла показалась сухопарая дамочка с черным пуделем на поводке. Делать было нечего, и Мазур прыгнул, приземлился в трех шагах от нее. Приложил палец к губам, сказал дружелюбно:

— Ничего страшного, никаких воров, вот у меня и руки пустые, никакого мешка на горбу... Муж вернулся из командировки, принесла нелегкая...

И побыстрее направился прочь, пока она не опомнилась.

ГЛАВА ДВАДЦАТЬ ПЯТАЯ

ПРИВЕТ С БОЛЬШОЙ ЗЕМЛИ

— Шантарск, в четвертую кабину! — захрипел динамик.

Мазур, минут сорок торчавший у окна, встрепенулся, быстрыми шагами пошел к застекленной двери с облупившейся красной цифрой «4». Не садясь на крохотную откидную лавочку, поднял трубку. В соседней кабине жизнерадостно вопил густой бас:

— Выезжай! Выезжай, говорю, готовы подписывать! Дозрели!

По извечному обычаю русского человека, привыкшего к технике времен даже не Попова — Грэхема Белла — Мазур закричал в трубку:

— Але, але! Шантарск?

— Слушаю,— довольно внятно произнес в ответ женский голосок.

— Сташук,— сказал Мазур, невольно понижая голос.

— А, Витя? — как ни в чем не бывало прозвенел голосок.— Ну наконец, нашел время... Как женился, так и дорогу забыл? Тебе Гошу?

— Ага,— сказал Мазур.— Есть он?

— Где ему быть, у телевизора торчит... Погоди.

После нескольких секунд молчания раздался уверенный, чуть насмешливый голос генерала Глаголева:

— Але, Витек? Ну, нарисовался наконец, а мы тут ждали-ждали, все жданки съели... Где шатаешься?

— Дела,— сказал Мазур.— Замотался вконец, едва расхлебался...

— Ты домой-то собираешься?

— Да пора бы,— сказал Мазур, ощутив огромное облегчение, как будто все проблемы теперь должны были сгинуть.— Я и сам уже думаю, сколько можно тут торчать...

— Когда тебя ждать?

— Как погода... Дня через два думаем... («двойка» была условным сигналом, извещавшим, сколько людей осталось от группы).

— Через два...— повторил Глаголев сухо.— Мало... Вот что, я тут на тебя еще одну задачку взвалю, не в претензии?

— Какие претензии, Гоша?

— Сходишь насчет «пятерочки» с дядей потолковать? Он говорил, есть свежая «пятерочка», новье, пробега чуть ли не ноль...

— Да схожу, какой разговор,— сказал Мазур.— Все равно без дела болтаться...

— А развлекаешься как?

— В домино играю,— сказал Мазур.

— Ну ладно, меня тут Нинка дергает... Давай, Витек, зайди к дяде, и жду тебя вскорости. Сто лет не пили, пора бы по старой памяти... Пока!

— Поговорили? — тут же вклинилась телефонистка.

— Поговорили,— сказал Мазур.

Повесил трубку и вышел в зал с облегченным видом решившего все насущные проблемы человека — и лицедействовать особенно не пришлось. Задержался у крыльца, достал сигарету. Попытался определить, есть ли за ним хвост,— но не смог, конечно. Двое вышли следом, остановились в стороне, тоже закурили — еще не факт, мало ли какое совпадение... Нельзя ни в коем случае показать, что пытаешься засечь слежку,— опыта никакого, сразу бросится в глаза профессионалам, что ты озабочен их возможным присутствием. Возможно ли, чтобы любой звонок в Шантарск был под контролем? Запросто. В старые времена у «соседей» стояла отличная аппаратура, с компьютерами, которые можно было запрограммировать на любое ключевое слово,— и, стоило ему прозвучать в разговоре, абонентов разъединяли автоматически. Многое можно было проделывать с помощью той аппаратуры... которая, надо полагать, никуда не делась, стоит на том же месте и те же спецы возле нее посиживают...

Он дисциплинированно перешел улицу на зеленый свет, свернул к киоску, купил пару пакетиков соленых орешков, сигарет, распихал все по карманам и пошел дальше с видом человека, который никуда не торопится, решительно не представляет, как убить время. Остановился у шеренги телефонов-автоматов, стал по очереди снимать трубки, выискивая исправный. Нашел. Бросил купленный в том же киоске жетон, заслоняя спиной аппарат, набрал первый пришедший в голову номер. Выждал несколько секунд и громко сообщил, стараясь заглушить монотонный писк коротких гудков:

— Это я. Узнал? Молоток... В восемь вечера у кафе. В восемь вечера, говорю. Ну, лады. Будь...

Повесил трубку и столь же неторопливо двинулся прочь. У небольшого магазинчика «Ткани» перешел неширокую тихую улочку, разделенную пополам тополевой аллейкой, свернул во дворы, меж домами вышел к двойному ряду гаражей, ускорил шаг, почти побежал, не оглядываясь.

За его спиной раздался шумный выдох: «Х-хэк!», звук удара и шум падения словно бы туго набитого мешка. Обернулся. Собирая светлым пиджаком ржавчину с гаражной двери, по ней сползал совершенно незнакомый тип — закатив глаза, обмякнув — а над ним воинственно стояла Джен, прикидывая, не следует ли добавить. Мазур в два прыжка оказался рядом с ней, и они кинулись в глубину гаражного лабиринта. У зеленой двери, уткнувшись в нее радиатором, стояла белая «семерка», уже без номеров, только за передним и задним стеклом прикреплены лейкопластырем небольшие картонки с надписью «Транзит» и выдуманным Мазуром из головы шантарским номером. Распахнув незапертые дверцы, упали на передние сиденья, сползли так, чтобы голов не было видно из-за спинок. Уставились в зеркальце заднего вида.

Там, где остался упавший, зашумел автомобильный мотор, резко взвизгнули тормоза. Хлопанье дверок, суета, топот бегущих... В зеркальце Мазур видел: у поворота нарисовался субъект в штатском, огляделся и, не усмотрев нигде признаков движения, рысцой вернулся назад. Буквально через минуту мотор взревел, и машина унеслась.

— Они тебя вели от самой почты,— сообщила Джен.— Пеший хвост и машина с тремя штатскими.

— Благодарю за службу...— сказал он, по-прежнему скрючившись в три погибели.

— А, пустяки. Я думала, ваши работают тоньше. Стандарт, в общем, обычный хвост по принципу «ноги плюс колеса». Я думала, оцепят все вокруг, начнут прочесывать...

— Вряд ли,— сказал Мазур.— Они же видели, что я без всякой поклажи, а ты и вовсе неизвестно где. Да и звоночек мой заставит их поломать головушку... Они еще, пожалуй, решат, что мы отлично знаем сей город, откуда им знать, что местечко это мы час искали... Если они не местные, совсем хорошо, потому что...

Джен нетерпеливо перебила:

— Дозвонился?

— Конечно. Благодарят за службу...

— Ну не мотай ты нервы!

— Сейчас,— сказал Мазур, извлекая из внутреннего кармана шуршащую карту.— Где у нас пятый квадрат... где у нас условные значки... Ага. Нам надлежит добраться до этого вот городка и пойти в тамошнюю военную комендатуру. Там я назову свою фамилию, ту, что в удостоверении,— и все наши мучения кончатся. По крайней мере, так выходит в теории... За практику стопроцентного ручательства не дам.

Она заглянула в карту:

— Это далеко отсюда?

— Километров сто, ежели по прямой,— сказал Мазур.— Не забыла еще, чем отличается километр от мили? Прекрасно... Город с поэтическим названием Вишнегорск. Черри-Таун, чтобы тебе было понятнее. Интересно, какой идиот его так назвал, откуда вишни в наших широтах... Может, был Вешнегорск, а неграмотный картограф потом перепутал?

Посмотрел на нее — Джен было явно не до каламбуров, тем более на непонятном ей языке. Выглядела не лучшим образом, но все же в обморок падать пока не собиралась, джинсы на вид сухие. «Черт бы побрал это равенство полов,— сердито подумал Мазур.— Впервые за четверть века послала фортуна напарника женского рода, у которого начались специфические хлопоты...»

— Ничего, все в норме,— сказала она, перехватив его взгляд.

— Орешков хочешь?

— Этих? — она оглядела пакетик.— Лучше выкинь, это же «третий список», для слаборазвитых стран, видишь индекс?

— Нам, казакам, нипочем, что бутылка с сургучом...— проворчал Мазур по-русски, кидая в рот орешки. Добавил по-английски: — Нас ни Советская власть, ни десятилетняя перестройка угробить не смогли, что уж тут бояться орешков для слаборазвитых... Номер той машины запомнила?

— Пятьсот шестьдесят три. Впереди — «эм», такая же, как у нас, сзади — «эйч» и какая-то непонятная буква, «а» навыворот, и последняя «ти»...

— А марка? — тут же он спохватился.— Ладно, как она выглядела?

Судя по описанию Джен, вишневая «девятка». Номер местный — Мазур успел заметить, что тут подобных множество.

— Рация не пищала? — спросил он.— Никто твоего резидента не вызывал?

— Ни разу.

— Ну, понятно,— сказал Мазур.— Они нас засекли, но делиться не спешили, хотели сначала выпотрошить сами. Так что лежать ему спеленутым еще долго. А мы, соответственно, можем на этой машине и дальше кататься, хоть и с оглядкой на милицию... Давай прикинем. Кассеты им нужны больше, чем мы. И потому брать они нас не станут как можно дольше, будут гадать и прикидывать, то ли мы запрятали где-то поклажу, то ли собираемся кому-то здесь передать... Логично?

— Логично. Я бы тоже не спешила с арестом. В такой ситуации.

— Ага... Выставят засады везде, где мы, по их разумению, можем появиться,— скажем, здешний военкомат...

— Кто?

Он объяснил наскоро и продолжал задумчиво:

— И над моим звоночком будут ломать мозги до скрипа, ребус хороший. Поди догадайся, велели мне уходить из города или ждать здесь. Но мы-то знаем, что убираться следует как можно быстрее, не может нам везти до бесконечности...

— На вокзалы нельзя...

— Да уж,— кивнул Мазур.— И на этой тачке я бы из города выбираться не рискнул. На первом же постовом погорим.

— Значит, либо автострада, либо садимся на поезд где-нибудь на маленькой станции?

— Молодец,— сказал Мазур.— Начинаешь читать мои мысли, словно супруга со стажем...

— Не так уж и трудно. Можно подумать, вариантов бегства у нас масса...

— Люблю я тебя за скромность...

— Ну, так что мы делаем?

— Я, конечно, дилетант,— сказал Мазур,— но, на мой взгляд, в городе не заметно ничего даже отдаленно похожего на чрезвычайные меры милиции...

— Ну, я плохо знаю, как работает ваша милиция в чрезвычайных ситуациях, однако, на мой взгляд, ты попал в десятку...

— Значит, милиция вне игры,— сказал Мазур.— Уже лучше. А посему пусти-ка меня за руль, покатаемся по городу — у восточной окраины...

...Около восьми вечера он вошел в вестибюль гостиницы, белого здания сталинской постройки, именовавшейся без затей и лишней помпезности «Центральная». Правда, как он мимоходом выяснил, центр города давно уже переместился гораздо южнее, и там была еще одна гостиница, поновее,— но название менять не стали. И Мазура вполне устраивал именно этот старомодный отельчик: из-за удобного расположения окон, а также отдаленности...

Справа, у входа в ресторан, уже начиналась обычная вечерняя суета провинциального городка. Толпились невыносимо крутые ребятки в китайской коже, при отечественном низкопробном золотишке, столь старательно изображавшие из себя боссов мафии, что даже человек случайный понял бы: высшим достижением для этих сопляков было бы — обчистить коммерческий киоск на окраине, да и то из тех, что по недосмотру не охвачены «параллельной налоговой службой». Девочки были соответственные — то ли начинающие путанки, то ли не разбиравшиеся в тайнах высокой моды старшеклассницы. У окна уже кого-то хватали за грудки, кого-то не пускали в задымленный зал и он яростно качал права, мелькали вездесущие китайцы и столь же непременные кавказские люди, порой проходили неброско одетые мужчины, чуть брезгливо косясь на всю эту тусовку. Судя по тому, как уверенно они прокладывали себе путь и как льстиво ухмылялся вышибала, это и был местный серьезный народ.

Мазур показал Джен на кресло в левой половине зальчика, где было потише. Там располагалась за стеклянной перегородочкой крашеная блондинка, а у ведущей в номера лестницы скучал за столом верзила в камуфляже и синем берете с загадочной эмблемой. Оглядев стоящих у гостиничной стойки — мужик с чемоданом то ли въезжал, то ли съезжал, а парочка столь же кожаных ребят болтала с крашеной администраторшей — Мазур уверенно направился к ним. Ребятки были трезвехонькие, и оба вертели в руках связки ключей — то ли прижившиеся при гостинице таксисты, то ли местные плейбои. Его устраивали оба варианта.

Он решительно положил ладонь на локоть ближайшего:

— Можно тебя на минутку? Дело есть...

Парень, не особенно и удивившись, отошел за ним к чахлой пальме в крашеной деревянной кадке. Окинул оценивающим взглядом:

— Какие проблемы? Может, тачку до аэропорта?

— Номер нужен,— сказал Мазур.

— Земляк, если есть бабки, этого добра...

— Погоди,— сказал Мазур.— Ты не понял. Оглянись,— он показал на Джен.— У нее здесь муж. А у меня самолет в полночь.

— Питерский, что ли?

— Ага,— сказал Мазур.— И планы у нас простые, как перпендикуляр,— провести часа три в полном уединении, чтобы ни одна живая душа в дверь не колотила. А документы предъявлять никак не хочется — останется след, карточку заполнят, а если мужик моей подруги по следу пойдет, он меня и в Питере достанет, улику предъявит...

— Шибко крутой?

— Да не то чтобы,— сказал Мазур.— Но в этом плане не хилый, так что мне нужно часика три пожить на полном нелегальном положении. А вот потом-то мне твоя тачка и понадобится — закинем ее домой, и поеду я с тобой в аэропорт...

— С финансами у тебя как?

— Да уж получше, чем у правительства,— сказал Мазур с нахальным видом залетного микробизнесмена.— Если любовь, кто ж бумажки-то считает?

— Золотые слова,— он оглянулся на Джен.— Ну, ты знаешь, телушка стоит всей этой нелегальщины... Пардон, дама — у тебя ж любовь, извини, с языка слетело...

— Ладно,— сказал Мазур.— Ну что, начнем цифры декламировать? Я сейчас одурел, поскольку влюблен и от нетерпения на месте прыгаю, отстегиваю всем, кого покажешь и сколько скажешь — начиная, понятно, с тебя...

— И шо я в тебя такой влюбленный? — осклабился таксист.— Посиди возле Джульетты минут пяток, сейчас оформим, как в лучших домах Лондона. Мы ж тут не звери, про любовь понимаем...

...Мазур прекрасно понимал, что доят его по максимуму,— грех не попользоваться таким случаем. Но отчитываться за командировочные денежки ему ни в коем случае не грозило, и он метал сотенные не жалея — крашеной блондинке, распорядителю-таксисту, дежурной по второму этажу. И видел, что они ничегошеньки не заподозрили,— возможно, и зашевелились бы в их сообразительных головушках кое-какие мысли, будь он один и требуй номер на ночь без всяких документов. Однако Джен стала весомейшим аргументом в пользу его версии. Деньги, мужик и красивая девочка — идеальное сочетание аргументов, способных задавить любые подозрения в зародыше...

— Ну вот,— сказал проводивший его до номера таксист, открыл дверь ключом и распахнул ее с таким видом, словно великодушно предоставлял собственную квартиру, а сам уходил спать на чердак.— Буфет вон там, если что, Танька снизу звякнет Эльке,— он кивнул на дежурную, старательно смотревшую в другую сторону.— А уж Элька тебе моментом в дверь стукнет. Тук-тук, тук-тук-тук... Ты у нас не первый такой Ромео, и не десятый даже...

— Да я вижу, механизм отработан,— сказал Мазур.— Молодцы.

— А то! Нужда заставит — блоху научишься подковывать...

— Значит, Коля, я тебя в двадцать три ноль-ноль жду...— сказал Мазур.

— Как штык,— важно заверил таксист и удалился, фальшиво насвистывая свадебный марш Мендельсона.

Номер оказался, по здешним меркам, довольно-таки неплохим — спальня и прихожая, высокий сервант с посудой, цветной телевизор, притом работающий.

— Девичьего трепета не испытываешь? — осведомился он, усаживая ее в мягкое кресло перед телевизором.

— Шуточки у тебя...— огрызнулась она устало, беззлобно.— Слушай, это что — ц в е т н о й телевизор?

— Ага,— сказал Мазур, оглянувшись на экран битого жизнью «Электрона», где жутким химическим колером светились краски, в которых при некотором напряжении ума можно было опознать синюю, красную и желтую.— Бывает и хуже. Нам здесь долго не жить... Ты посиди, а я в буфет схожу.

— Только, умоляю, не нужно ни местных яств, ни орешков для «третьего мира»...

— Учту,— пообещал он, сбрасывая куртку.

Когда он возвращался, пышноволосая Элька сделала большие глаза и завистливо вздохнула — Мазур не сомневался, что в ближайшее же время ее дружок прослушает краткую, но весьма эмоциональную лекцию на тему: «Бывают же мужики!» Впрочем, глаза у Джен стали столь же огромными:

— Это что?

— Шампанское,— сказал Мазур, методично выставляя бутылки из картонного ящика на стол.— Ровно дюжина. В старые времена, при государе императоре, господа офицеры, особенно морские, счет шампанскому вели непременно на дюжины. А это фрукты,— он выложил кучу огромных желтых апельсинов.— А это — шоколад, он у нас, между прочим, получше ваших «Сникерсов»...

— Нет, ты что, всерьез рассчитываешь все это истребить? Мы же на четвереньках поползем...

— Да нет, конечно,— сказал Мазур, поставил под стол банку пива, уселся напротив и серьезно сказал:— Ты знаешь, можешь и посмеяться, но... Захотелось вдруг представить, что вокруг и в самом деле все прекрасно, беззаботно, и ничего нет, кроме шампанского, фруктов, красавицы, ожидающей в номере... Денег у меня больше, чем нам необходимо, это ж на целый взвод было рассчитано... Почему бы и нет? Можем мы себя немножко побаловать?

— Что-то в этом есть,— задумчиво сказала Джен, катая по столу апельсин.— Только не рассчитывай, что после пары бокалов я пойду туда...— она кивнула в сторону спальни.

— Дорогая, я прекрасно понимаю, сколь высоки моральные качества агентов ФБР,— сказал Мазур.— Вы, американцы, всегда заботились о морали, даже с комиссарами нас обставили...

— То есть?

— Комиссар — это назначенный правительством чиновник, надзирающий за политическим и моральным состоянием армейских частей,— сказал Мазур.— Так?

— Так. Уж это-то я про ваших комиссаров знаю, читала кое-что...

— Вот и мимо,— сказал Мазур.— Я тебе только что зачитал официальную формулировку, охватывающую функции и полномочия а м е р и к а н с к и х комиссаров. Каковые у вас в армии появились годах в тридцатых прошлого века... Так кто с кого брал пример?

— Нет, серьезно?

— Вернешься, полистай энциклопедии,— сказал Мазур.— Комиссаров вы изобрели, милые мои, а большевики у вас идею подхватили готовенькой...— Он ловко откупорил бутылку и разлил по бокалам.— Много не будем, а понемножку можно... Кстати, рация до сих пор так ни разу и не пискнула — лежит твой соотечественник и думает печальную думу.

— Он у меня ляжет,— сказала Джен агрессивно.— Дай мне только домой добраться... Маллисона наизнанку вывернут, найдется кому...

— Ты там поосторожнее,— серьезно сказал Мазур.— Твое здоровье! Ну, еще что-нибудь веселое рассказать? Хочешь еще один указ императора Петра Первого? Снова подлинный? — Он подобрал в уме подходящие архаизмы, кратенько объяснил ей насчет уральских богачей, обнаглевших от полной вседозволенности, и торжественно начал: — «Ведомо мне стало, что заводчики мои на Урале, поелику оторваны от зраку моего, Никита Демидов и солеварщик Строганов Семка, перестали достодолжное попечение иметь о пользе государства Российского и, вознесясь до богатств немыслимых, теряют облик и подобие человеческое. Занимаются потехами праздными и исканиями не солей и руд горных, а поисками и охотой за телами бабьими, превращая заводы наши в Содом и Гоморру. Никита сын Демидов, по установленному мною розыску, учиняет перемены в женском поле по четыре-пять разов на месяц и уподобился султану турецкому. Наплодил потомства столько, что на цельный завод работных людей хватит. На вызовы обербергкомиссара пермского не является. А приехал в Пермь по своей нужде на барже с литьем и в виде непотребном гонял с бабами пьяными и голыми на тройках по улицам, прохожих пермяков садил в сани насильно и, напоив, в грязь ссаживал. Бергколлегии чиновника особых дел Иванцова раздел догола и, машкеру козла ему нацепив, женил на козе, и до тех пор собственноручно его плетью охаживал, пока сей несчастный с козой, поправ закона божьего, не соединился...»

— Бог ты мой! — она беззаботно смеялась, щеки раскраснелись от пары немаленьких бокалов.— И это все — всерьез? Подлинное?

— Я же сказал,— кивнул Мазур.— Было дело... Итак. «Солеварен соликамских заводчик Строганов Семка совсем от рук отбился. Над девкой заводской Глафирой изгалялся, а как по старости своей и слабости мужской дела до конца довести не сподобился — набил ей естество солью и отпустил с миром, отчего девка оная трое суток в Каме-реке отмывалась. В город Санкт-Питербурх приехав, разгулялся окончательно, ночь афинскую устроил с дебошем и убивством непотребным, чем привел жителей в великое изумление. Оштрафован полицмейстером на пять тысяч рублей. Указываю: Демидову Никитке и Строганову Семке год мне на глаза не показываться, а ежели они исправления своего за сей год не покажут и на пользу государства Российского во всю мочь работать не станут — все животы их и имущество отписаны будут в казну незамедлительно...» — Он перевел дух и глотнул шампанского.

— Ну и как, исправились? — отсмеявшись, спросила Джен.

— Да нет, насколько мне известно,— сказал Мазур.— Хулиганить стали потише, вот и весь результат... А потом император умер и надзирать стало некому, так что...

Осекся. Джен с потемневшим лицом смотрела поверх его плеча так, словно узрела ползущего по стене паука размером с кулак. Мазур невольно положил руку на кобуру, но тут же вспомнил, что за спиной у него только стена и телевизор с выключенным звуком. Обернулся. Ага, программа «Время». На фоне американского флага и бодрых лозунгов беззвучно ораторствует обаятельный седовласый субъект, рядом, улыбаясь во весь рот, стоит не менее обаятельный, вот только не седой, гораздо моложе. Рядом с ними две очаровательных дамы, а вокруг бушует развеселая толпа...

— Рэмпол? — спросил он.
— Седой,— кивнула Джен.— Второй — Дреймен...
— Тварь такая,— жизнерадостно сказал Мазур.— Ничего, мы...

Тук-тук, тук-тук-тук!

Мазур, не рассуждая, прянул к двери, что твой леопард. Обернулся, перебросил Джен пистолет, она поймала иссиня-черную игрушку на лету, отпрянула к стене.

— Кто? — спросил Мазур.
— Я, Эля...
— Ну, сейчас...— ответил он нарочито раздраженно.

Прислушался. Вроде бы не слышно ни движения в коридоре, ни голосов... Чуть приоткрыл дверь, готовый ко всему.

Нет, она одна, в коридоре никого больше...

— Что, неужели нарисовался, козел? — спросил Мазур.
— Ага,— она энергично закивала.— Высокий такой, в кожаном пальто, лоб с залысинами?
— Он, гад,— сказал Мазур.
— Подъехал на вишневой «девятке», с ним еще двое, и в машине один остался... Вас обоих обрисовал в точности, так на месте ногами и перебирает, не терпится ему... Ой, я боюсь даже... у него пушки, случайно, нет? Еще палить начнет...
— Не начнет,— успокаивающе сказал Мазур.— Никакой он не мафиози, успокойтесь,— так, строит из себя, пока жареный петух не клюнет... Расспрашивал?
— Ага. Танька его отшила, так он до сих пор по вестибюлю круги делает... И эти с ним, смотрят волками...

Мазур, не глядя, протянул руку и вытащил из кармана висевшей рядом с дверью куртки пачку пятидесяток. Не считая, отделил половину, сунул девчонке в руку:

— Эля, а нельзя попросить кого-нибудь из мальчиков, чтобы ему самую малость чавку начистили?
— Ой, да за такие бабки...— она мысленно прикинула сумму и мысленно же, по лицу видно, решила отначить половину.— Сейчас схожу в кабак, парни его живо выкинут...
— И чтобы мордой по асфальту, а? — мстительно сказал Мазур.— Чтоб не вынюхивал, педик...
— А он еще и педик?!
— От нормального дама с любовником по гостиницам не пряталась бы...— сказал Мазур.— Значит, заметано?

— Да моментом! Еще и охранника подпишем... Вы не беспокойтесь, сидите тут, как за каменной стеной, а в одиннадцать Колян за вами подскочит...— улыбнулась наспех и зацокала каблучками по коридору.

Захлопнув дверь и повернув ключ на два оборота, Мазур сказал:

— Все. Уходим,— сорвал телефонную трубку, накрутил «02», успев помолиться богу, чтобы номер не оказался занятым.— Але, дежурный? Это охрана, из «Центральной». У нас тут буянит один шибко из себя деловой, ревнивый муж, что ли, орет, будто застукал жену с кем-то, сейчас гранату в номер кинет... А у него и точно граната, показал, гад, и опять спрятал... Да откуда я знаю, макет там или настоящая, проверять на себе, что ли? Высокий такой, в кожане, с ним еще парочка, на вишневой «девятке», номер я отсюда вижу... ага, М 563 ХЯТ... вы там в темпе подъезжайте, а то они тут натворят дел, гранатометчики хреновы...

Бросил трубку на рычаг, благословляя свой инстинкт, отчего-то велевший все это время таскать в кармане гранату — про запас, на всякий случай...

Джен уже стояла одетая, с его пистолетом в руке. Мазур кивком показал ей на выключатель. Свет погас везде, кроме ванной,— и его было достаточно. Держа банку над ванной, Мазур одним ударом отсек от нее верхнюю треть и ухитрился при этом не забрызгаться хлынувшим пивом. Размотал колечко толстой лески, велел:

— Бутылки сюда! Живо?

Остановился на миг в нелепой позе, собравшись одновременно двигаться в двух разных направлениях. И все же подскочил сначала к окну, почти бесшумно распахнул первую раму, открыл шпингалеты второй, предварительно как следует пошуровав лезвием ножа меж подоконником и створками, чтобы легче открылось потом. Окна, конечно же, были не заклеены на зиму — когда это в наших гостиницах простирали заботу о постояльцах столь далеко?

Свалка в вестибюле будет та еще. Ребятки постараются добросовестно отработать немалые денежки. Но «ревнивый муж» и его спутники, несомненно, быстренько поймут, в чем дело, и начнут махать жуткими удостоверениями. Предположим, это им поначалу не особенно и поможет — однако рано или поздно добьются своего. Скоренько расколют и Таньку, и Эльку. «Вас обоих обрисовал в точности». Еще бы... Ладно, будем надеяться, что милиция подкатит вовремя и добавит переполоху...

Но быстро же прикатили! Вычислили или в гостинице еще со старых времен остались стукачи? Черт, какая разница...

Сноровисто и быстро сделал «натяжку» — граната с выдернутой чекой покоится в банке, примотанной к ножке тумбочки у двери в ванную, вокруг расставлены закупоренные бутылки шампанского, вся эта машинерия связана с дверной ручкой. Когда выломают дверь — хватит и грому, и звону, и летящих осколков стекла...

Для безвинного гостиничного персонала нет ни малейшей опасности — даже самый неопытный оперативник в такой ситуации кинется вышибать дверь самолично, персонал моментально (и справедливо) будет заподозрен в сговоре с беглецами и отстранен от любых действий...

Приблизил лицо к холодному стеклу. Окна выходят на задворки гостиницы — кухня-пристрочка к главному зданию, гаражи, огромные мусорные баки... А отчего это худая бродячая собака вдруг встрепенулась, поджалась, уставилась в сторону?

Но выбора не было. Мазур распахнул створку, вскочил с ногами на кресло. До земли было метра два — первый этаж невысокий... Вроде тихо...

— Давай! — мотнул он подбородком.

Джен, не колеблясь, вскочила на кресло, встала коленкой на подоконник. В лицо ударила вечерняя прохлада. Спрыгнула во двор, присела, но тут же выпрямилась, обернулась к нему.

Мазур, аккуратненько перенеся ногу через подоконник, прыгнул следом. Во дворе было темновато, большинство выходивших в него окон не горели. Он забрал у Джен пистолет, опустил руку, прижав глушитель к колену, повернулся к зданию левым боком — кто-то уже приплюснул любопытную физиономию к окну первого этажа, но свет в комнате погасить не догадался, и оттого, ручаться можно, ничего не видел. Ох ты, да он же тепленький еле... Порядок.

Несколько секунд он чутко прислушивался, махнул Джен, и они направились заранее присмотренной дорожкой, мимо мусорных баков, к гаражам, откуда без проблем могли попасть во дворы прилегающих домов. Собака шарахнулась — но не от них...

Из-за гаража выдвинулась темная фигура — на уровне пояса тускло сверкнул вороненый металл — окликнула еще без уверенности, подчиняясь рефлексу гончей:

— Эй, там! А ну-ка, сюда...

Мазур нажал на курок. Фигура подломилась в коленках, застыла, потом невероятно медленно рухнула на усыпанный кухонными отбросами асфальт. Какую-то долю секунды Мазур пребывал в жуткой растерянности — что если все же случайный прохожий? Но когда на асфальт со стуком упал «Макаров», отбросил всякие сомнения. Подтолкнул Джен, и они бросились мимо гаражей.

Двор, в дощатой беседке брякает гитара, светятся огоньки сигарет, кто-то заухал вслед:

— Ат-тю-тю-тю! Лови, держи!

И несколько молодых пьяных голосов жизнерадостно заржали. Они пробежали мимо, завернули за угол.

— Стоп,— сказал Мазур.— Не беги...

Дальше была одна из центральных улиц. Ярко светят уличные фонари, прохожих еще немало... Они двинулись к недалекой автостоянке, стараясь не выделяться излишней поспешностью. Сзади заливисто взвыла сирена. Мазур напрягся.

Две бело-синих милицейских машины — впереди «уазик», за ним «Жигули» — промчались в сторону гостиницы, завывая и озаряя все вокруг мельтешением мертвенно-синих вспышек проблесковых маячков. «Вперед, ребята, вперед!» — мысленно поторопил их Мазур.

На стоянке была тишь, гладь да божья благодать. Мазур поднялся по деревянной лесенке к будке сторожа, подал квиток и документы на машину — которые ему тут же вернули вместе с ключами. Джен стояла у «семерки», зачем-то приложив руку к правому карману куртки, словно пыталась помешать выскочить оттуда какому-то зверьку.

— Что такое? — спросил он, отпирая дверцу.

— Рация пищит...— шепотом сказала она.

— Ага,— сказал Мазур.— Вспомнили, наконец, о подельничке...— Взял у нее рацию, воровато оглянулся на будку сторожа, присел на корточки, делая вид, что осматривает покрышку. И сунул рацию под стоявшую рядом «Ниву».— Ну, пусть себе пищит. Интересно бы послушать, о чем они там болтают, но нам это вряд ли чем-то поможет. Садись.

Распахнул перед ней дверцу, стал обходить машину со стороны капота...

Сзади, в той стороне, где гостиница, упруго бахнул взрыв — не столь уж и шумный, на улице хватало машин, далеко было до полуночной тишины... И все же рвануло на совесть, сторож даже выскочил из своего курятника на крохотную площадочку, уставился в ту сторону, но ничего не увидел, дома заслоняли. Окликнул Мазура, не успевшего сесть за руль:

— Эй, ты не видел, что там?

— А черт его знает,— как мог равнодушнее отозвался Мазур.— На выхлоп похоже...

— Да какой там выхлоп! Тут взрывом пахнет!

— Тебе виднее,— еще равнодушнее сказал Мазур.— Я в армии не служил, мне без понятия...

Сел за руль и не спеша вывел машину со стоянки. Свернул налево, доехал до светофора, еще раз свернул налево, направляясь к восточной окраине города, где, как они видели днем, по той самой М-134 то и дело проходили большегрузные грузовики, и на запад, и на восток, многие въезжали в город или выезжали из него...

Джен чуть нервно рассмеялась.

— Что такое? — обеспокоенно спросил Мазур.

— Бог ты мой, сколько было шоколада, фруктов и шампанского...

— Все это уже на стенках,— сказал он.— Ничего не имею против, если бы к этому натюрморту добавились украшеньицем чьи-то мозги...

— А кассеты...— спохватилась она.

— Куда же я еду? — ухмыльнулся Мазур.— Нам по дороге, не забыла? Здесь я их ни за что не брошу...

— Может, мимо гостиницы проедем?

— Опомнилась... Знаешь, это уже излишняя роскошь и даже где-то садизм.

ГЛАВА ДВАДЦАТЬ ШЕСТАЯ

РОМАНТИКИ БОЛЬШОЙ ДОРОГИ

Сумку он заполучил назад до смешного легко — протянул мятый квиток, на котором значилось «Сташук» и еще что-то, вовсе уж неудобочитаемое, хмурая тетка, бормоча: «Кирпичей напихал, что ли...», принесла и хлопнула на железный прилавок самую обыкновенную на вид коричневую сумку, в которой лежали автомат, оставшиеся гранаты и бомба, коей предстояло уничтожить немало карьер, в том числе и за океаном. Хлопнула так, что Мазур непроизвольно скривился, хотя и знал, что германская трещотка выносит более худшее обращение, а гранаты, само собой, без запала. Тетка, подметив его гримасу, забурчала с некоторой надеждой на перебранку, способную ей скрасить нудное вечернее дежурство:

— Хрусталей у тебя там нет, поди, а если есть хрусталя, так надо было заранее предупреждать...

Вокруг в обширном подвальном помещении не было ни души. Снаружи хвостов не имелось — заметно было бы за версту, камера хранения располагалась на изрядном удалении от здания вокзала, окруженная пустым пространством, где тихарь мог бы притвориться разве что урной или пустой коробкой из под «Абсолюта». Мазур подхватил сумку, прикинул на вес — все вроде бы в целости. Не в силах побороть вполне понятную тревогу, повернулся спиной к широкой амбразуре окна выдачи, расстегнул молнию, на ощупь отыскал кубический сверток с кассетами, пощупал сквозь скользковатую синтетику автоматный ствол. Тетка нудила за спиной:

— У нас не воруют, а ежели было что ценное, надо было сначала и предупредить или по карманам распихать...

— А если в карманы не влезет? — спросил Мазур беззлобно. Пора было исчезать, но его нервы вдруг приятно пощекотала странная волна, этакое искушающее желание задержаться поодаль от опасности. Нечто сродни искушению кинуться вниз, когда смотришь с высоты.

— Мать, а ты в курсе, кто нынче у американцев президентом? — продолжал он.

— Чего? Чтобы ты мне был сынком, я тебя должна была классе в третьем родить, не иначе... Хамит еще...

— Нет, серьезно, не припомнишь?

— Был какой-то,— сказала тетка.— На трубе все играет, на такой гнутой. А вид до чего простецкий — словно бы тебе Ваня Шумков из локомотивного. Наш хоть и закладывает, а все же поавантажнее... Кто не закладывает-то?

— И про Дреймена слышала?

— Это кто такой?

— И не услышишь,— сказал Мазур.— Это я тебе гарантирую...

380

Насвистывая, легонько помахивая сумкой, вышел на вольный воздух, по замусоренному пустырю направился к дальней стоянке, где в мертвенно-синем свете единственного фонаря выстроилось с полдюжины машин.

Возле белой «семерки», где за рулем осталась Джен, стояли трое, доносились громкие реплики.

Пистолет Мазур оставил ей, чтобы прикрывала при нужде. И сейчас, не раздумывая, присел на корточки в темноте, расстегнул сумку, вставил магазин. Не загоняя патрона в ствол, положил автомат магазином вверх. Пошел быстрее. Слышал уже, как в стекло машины барабанят все громче.

— Ну ты, открывай!

— Какие проблемы? — спросил Мазур издали, приглядываясь.

То ли слегка поддавши, то ли приглядываются — запашок ни о чем еще не говорит, долго ли побрызгать на куртку? Трое, крепкие, хорошо одетые, никак не вокзальные бичи...

— А ты кто? — один резко развернулся к нему, остальные стояли на прежнем месте.— Она что у тебя, немая? Язык проглотила?

— Го-ордая,— протянул второй.

— Нет, какие дела? — спросил Мазур.

— Ты за место платил, сука?

— За стоянку, что ли? Не заметил я здесь никаких сборщиков денежек...

— Дуру не гони. Здесь, дядя, стоят извозчики, и каждый за место платит живыми денежками. А ты на халяву хотел пристроиться?

— Ладно, мужики,— примирительно сказал Мазур.— Никого я везти не собираюсь, я здесь вообще человек случайный, видели номера? Заехал вещички забрать, понятия не имел, что тут у вас извозчики — и кони топают на рыночной на площади...

Один — если не притворялся, самый поддавший из троицы — все еще колотил в стекло и надсаживался:

— Нет, ты личико-то покажи, Гюльчетай!

От стоявшего в стороне темного большого БМВ — не самой последней модели, но все же довольно новенького — к ним решительно направились еще один верзила в штатском и милиционер при белых ремнях.

— Ладно,— сказал Мазур.— Разойдемся, мужики, мне еще ехать и ехать...

Стал обходить машину со стороны капота. Услышав, как шаркнули по асфальту каблуки — это кто-то кинулся следом — обернулся как раз вовремя, чтобы перехватить руку с каким-то предметом. Взяв на излом, припечатал атакующего лбом о капот. Предмет выкатился под свет фар — электрошокер. Не теряя времени, сбил второго, распахнул дверцу, забросил внутрь сумку, выпрямился. Джен завела мотор — и тут же раздался длинный свисток.

Это не группа захвата, пронеслось у него в мозгу. Совершенно неграмотно работают. Видимо, в момент сообразили, гады, что нездешний транзитник — еще более лакомый кусочек, нежели частный извозчик, не заплативший положенной дани...

Двое только еще поднимались, слишком растерянные, чтобы успеть разозлиться. Третий растерянно застыл соляным столбом с ошарашенно-оскорбленным видом короля, получившего пинок под зад в собственном тронном зале...

Мазур, запустив руку во внутренний карман, выхватил тугую пачку денег, согнутым указательным пальцем поддел обертку и с молодецким криком:

— Лови! — метнул прямо в лоб оскорбленному королю.

Пачка сначала угодила ему в лоб, а уж потом рассыпалась. В мертвенно-синем свете запорхали пятерки. Двое, спешившие от БМВ, даже приостановились: зрелище, в самом деле, было незаурядное, не каждый день такое выпадает...

Кошкой скользнув на сиденье, Мазур крикнул:

— Подбирай, орда! — и распорядился: — Полный газ!

Джен лихо рванула влево — с визгом покрышек, по-американски врубив высокую передачу, так что колеса прокрутились по асфальту не хуже, чем у какого-нибудь Шварценеггера. Машину слегка повело вправо-влево. Мазур оценил ситуацию с первого взгляда, и, едва они скрылись за первым же поворотом, распорядился:

— Тормози. Пусти меня за руль.

Она перебралась на пассажирское место, явственно пошатываясь, полузакрыв глаза. Лицо блестело от пота.

— Тяжко? — участливо спросил Мазур.

Она виновато улыбнулась:

— Я же говорила — иногда весь первый день лежу трупом...

— Ничего,— сказал он ободряюще.— Прекрасно держишься пока...

И горестно подумал: право же, это профанация героического спецназа — напарница с женскими хворостями. Вы можете себе представить Джеймса Бонда, вдруг сраженного приступом острого простатита прямо посреди схватки с очередной толпой злодеев? Или одержимого зубной болью во время милого общения с обольстительной агентессой КГБ?

...Он минут сорок наблюдал за проезжавшими машинами — выбирал большегрузный, где не было бы в кабине никого, кроме водителя. Мало того, грузовик следовало присмотреть поновее, желательно импортный. Логика была проста, как растолковал в Шантарске Кацуба: чем дороже и импортнее грузовик, тем солиднее фирма, чем солиднее фирма, тем больше уверенности, что у ее владельцев все схвачено, аккуратно внесены все писаные и неписаные налоги, и мелкие дорожные вымогатели, кем бы они ни были, приставать поостерегутся.

Долго не попадалось ничего подходящего — то в кабине сидят двое или трое, то машина старенькая, то идут колонной. Не партизан, в конце концов, чтобы нападать на автоколонны...

Хорошо еще, что милиции поблизости так и не появилось. Место было уединенное — квартал блочных девятиэтажек у крохотного, почти круглого озерца, а дальше город, собственно, и кончался. Только слева последним его рубежом виднелась небольшая нефтебаза. Правда, насколько он знал, километрах в трех впереди располагался бетонный домик поста ГАИ — последний привет моторизованному страннику. Он-то Мазура и смущал донельзя — самое удобное место для перехвата, единственная дорога и голые поля вокруг, бездорожье, по которому далеко не уедешь... Оставалось лишь полагаться на случай, на то, что его машину не остановят,— а это-то и было слишком рискованно после всего того, что он натворил в городке...

Ага. Слева на автостраду выворачивал громадный, новенький «Вольво» — белая кабина, затейливый обтекатель над ней, бесконечный параллелепипед фургона. По белому борту — крупные телефонные номера, черные и синие, затейливая эмблема и огромная надпись: АО КВЕСТ. В кабине — только шофер. Даже если кто-то и лежит на узенькой лежанке за его спиной, опомниться не успеет...

С сомнением покосился на спутницу.

— Все у меня получится,— твердо сказала Джен.

Мазур плавно отпустил одну педаль и слегка придавил другую. «Жигуль» прыгнул вперед, надежно перегородив дорогу. Мастодонт успеет затормозить, но вот объехать не сможет, не вывернуть ему...

Все произошло, как было рассчитано — грузовик замер с утробным свистом гидравлической системы, и ту же Мазур выскочил, махнув над головой красным удостоверением, кинулся к кабине. Вскочил на высокую подножку, маяча корочками у бокового стекла, балансируя, встал так, чтобы водитель при всем желании не смог его сбросить, распахнув дверцу.

Стекло медленно опустилось, на Мазура уставилась равнодушная физиономия. «Почти ровесники,— прикинул он.— Тем лучше — не молод уже, понапрасну дергаться не станет...»

— Какие дела?

— Милиция,— сказал Мазур, напряженно сторожа каждое его движение.— Вон ту девчонку, в машине, никогда не видел?

Водитель невольно перевел взгляд на Джен, уже сидевшую за рулем «Жигулей». Пожав плечами, вновь повернулся к Мазуру — и прямо-таки натолкнулся виском на пистолетный глушитель.

— Пересядь,— сказал Мазур.— Живо! Он настоящий...

Водителя он оценил совершенно правильно: тот, не шевелясь, проронил почти спокойно:

— Мужичок, а ты последствия просчитал?

Мазур чуть прижал глушитель к его виску. Медлить было никак нельзя — видел в зеркальце, что вдали уже приближаются фары попутной машины.

— Впр-раво...— прошипел он.

Водитель передвинулся. Тут же «семерка» отпрыгнула на обочину, вылезла Джен и пошла к кабине, к правой дверце, волоча сумку. Ноги у нее заплетались. Мазур бросил на нее взгляд — и тут водитель бросился.

Точнее, попытался, но не успел. Мазур приложил ему совсем легонько, чтобы поскучал пару минут, не больше. Сел за руль и захлопнул дверцу. Мимо, почти впритык, пронесся такой же мастодонт, Мазур не успел рассмотреть марку, да и не собирался.

Джен не без труда взобралась в кабину. Мазур перелез через ноги постанывавшего водителя, взял его за лацканы кожанки и передвинул на прежнее место, за руль. По-хлопал по физиономии.

— Ну? — спросил тот, жадно хватая ртом воздух.— Излагай, с чем нагрянул...

— Смелый?— хмыкнул Мазур.

— Это молодежь дергается и палит почем зря, а ты вроде в летах. Несуетливый. Знаешь хоть, в чью машину влез?

— Догадываюсь,— сказал Мазур.— Крутая фирма, а?

— Может, пойдешь своей дорогой?

— Попозже,— сказал Мазур.— Куда?

— На Иркутск.

— Как раз по мне,— сказал Мазур.— Вот втроем и поедем. Давай, космонавт, потихонечку трогай...

— А твои — подальше за постом?

— Мимо,— сказал Мазур.— Хочешь верь, хочешь нет — но груз твой мне не нужен. Машина тоже. Но ехать мне необходимо...

— А твоя? — он кивнул на «семерку».

— А сломалась,— сказал Мазур, прижав ему глуши-тель к боку.— Искра в землю ушла.

— Понятно...

— Занятный ты мужичок,— сказал Мазур.— Мне само-му вот решительно ничего не понятно... Но это так, к сло-ву. Короче... Большегрузы тормозят на посту?

— Смотря какие.

— Твой?

— А если тормознут?

— Я с тобой не шучу...— сказал Мазур, наклонившись всем корпусом вправо, достал из сумки гранату и сунул в боковой карман шоферу.— Запала там нет. Пока.

— Сам вижу.

— Хватит, а? — сказал Мазур.— Я верю, что ты му-жик самостоятельный и непугливый... Доказал ты мне. Только ты подумай, непугливый, чего стоит твоя жизнь, если мне терять абсолютно нечего...

Могуче заворчал мотор — это водитель повернул ключ. Почти сразу же грузовик плавно тронулся с места.

— Ну наконец-то,— сказал Мазур.— Зачем лезть на рожон, если через пару часиков мы все равно сойдем? А ты при любом раскладе не виноват — что тебе было де-лать, если стволом в личность тыкали? Так тормозят ваши машины или как?

— Скорее нет, чем да,— угрюмо сообщил водитель.

— Потому и без охраны? И без напарника? Рейс не такой уж длинный, а груз серьезный...

— Телепат.

— Давно на этом мамонте ездишь?

— Привык.

— Вот и прекрасно,— сказал Мазур.— Если привык, предпочтешь пару часов беспокойства стремлению исполнить свой гражданский долг. Договорились? Никто не виноват, что именно ты мне подвернулся. Судьба...

— Лимонку вынь.

— Ладно,— сказал Мазур. Извлек у него гранату из кармана, ввинтил запал.— Но смотри... Мне терять нечего.

— Горячку не пори — и разойдемся по-хорошему,— сказал шофер.— Я не дергаюсь — ты не дергаешься.

Он был не так уж спокоен, как хотел показать, конечно...

— А я тебе о чем толкую? — хмыкнул Мазур.

— В розыске?

— Не у милиции,— сказал Мазур.— С друзьями повздорил, а это, знаешь ли, похуже...

Когда показался высокий бетонный домик с круглой крышей, Мазур сполз пониже лобового стекла, знаком велел Джен последовать его примеру. Зажал в руке гранату и сказал:

— Ты уж меня не подводи, бравый... Ведь не успеешь выпрыгнуть за ногу удержу...

Грузовик, слегка сбавив скорость, катился, не останавливаясь. Мазур, глядя снизу вверх на освещенное лампочками приборной панели лицо шофера, видел, что тот спокоен,— насколько может быть спокоен человек в данной ситуации... Значит, жезлом ему не машут.

По его расчетам, пост остался позади. Он осторожно выпрямился, сел поближе к шоферу, спросил:

— Как там было?

— Как обычно. Никакой облавы. Похоже, не врешь насчет дружков...

— Я человек правдивый,— усмехнулся Мазур.— Это что?

Возле ярко освещенного, несмотря на позднее время, стеклянного павильона стояла колонна военных машин — четыре «ГАЗ-66» с брезентовым тентом.

— Забегаловка,— сказал шофер, временами осторожно кося на Мазура.— Солдатики водкой запасаются, опять на точку с грузом из города. Вроде собирались закрывать, да что-то не похоже, иначе возили бы оттуда, а они все на точку гоняют... Слева будет «кирпич», километров через семь, там она и есть...— он покривил губы.— Это если ты шпион. Запомни про точку, авось мне от тебя выйдет снисхождение... Точка, правда, не более чем склад ГСМ и что-то еще похожее, интендантство, одним словом...

Он замолчал — видимо, спохватившись, что по привычке заболтался с непрошеным попутчиком, как со знакомцем.

Темная приземистая машина обошла их на приличной скорости — и встала далеко впереди, косо перегородив дорогу. Мазур узнал давешний БМВ, уже распахнулись обе правые дверцы, мелькнули белые ремни милиционера...

— Тормози,— сказал Мазур, пряча гранату в карман.— Это совсем другое дело, поболтаем и разойдемся...

— Точно?

— Видишь, я лимонку спрятал? Разойдемся...— он врал без зазрения совести, но ничего другого не оставалось.

Милиционер утвердился на широко расставленных ногах, держа пистолет дулом вверх, обхватив левой рукой запястье правой.

— Разойдешься, как же...— бросил шофер.

— Откуплюсь,— сказал Мазур.— Не дергайся, главное... А то тебе заодно достанется.

Мельком оглянулся на Джен, ободряюще похлопал по коленке. Она, вновь усердно играя роль глухонемой, молчала, держа руку в кармане. Выдернув на всякий случай ключ зажигания, Мазур быстро спросил:

— Знаешь их?

Двое верзил, разомкнувшись, подходили с двух сторон к кабине.

— Да так, местные,— сказал шофер.— Мое дело — сторона...

— Вот и сиди тихо,— успел сказать Мазур.

Дверцы распахнулись одновременно. Слева послышалось:

— А, Толик... На попутчиках калымишь?

— Навязались вот,— неопределенно ответил шофер.

Тот, что распахнул правую дверцу, стоял, поигрывая наганом. Дуло все время оставалось наведенным на Мазура — но работа была грубая, дилетантская.

— Что ж ты так быстро уехал? — спросил он, глядя на Мазура мимо Джен, как мимо пустого места.

— А что, еще надо было денежкою пошвыряться?

— Ну, почему нет? Интересный ты мужик, транзитник, потрясти тебя вверх ногами — много интересного, такое впечатление, посыпется... Машину-то чего бросил?

— Бензин кончился,— сказал Мазур.

— Ну, бери сумочку и вылезай, посмотрим...

— Ага,— сказал Мазур.— Помаленьку тебе не надо, нужно все — и сразу?

— Улавливаешь мысль,— охотно отозвался тот.— Такова се ля ви — я к тебе заеду, может, и ты меня обшмонаешь. Если повезет... В общем, не трясись. Мы тут честные романтики ножа и топора, посмотрим, что у тебя есть, оставим на молочишко — и поедешь ты дальше небитым, а лялька нетраханой. Называется — кафе быстрого обслуживания. Видел по ящику?

— Сколько? — спросил Мазур.

— Э, нет. Сами посмотрим, а там видно будет. Давай-давай. А то дяденька лейтенант тебя сейчас заберет как подозрительную личность согласно указу президента, и, пока до города ехать будете, с вами и попытка к бегству может приключиться... Этот промолчит,— он кивнул на водителя.— У него своих хлопот выше крыши, а на дороге закон один — в чужое не касайся...

— Нарваться не боишься? — спросил Мазур спокойно.

— Был бы ты серьезный, давно бы предупредили по цепочке — мол, поедет такой-то кент, и трогать его нельзя... Ничего не поделаешь, земеля, в этой жизни самое чреватое — зайти на чужой двор без хорошей отмазки... Ну, выпрыгивай. А то на выезде мусорня засуетилась, может, это тебя и ищут...

— Ладно,— сказал Мазур.— Сумку держи.

Протянул ему сумку над коленями Джен — и, едва тот машинально сунул в кабину руку, прыгнул головой вперед, оттолкнувшись одной ногой от рулевой колонки, другой — от бока водителя. Прием был старый, отработанный, главное — не бояться лететь башкой вперед, не бояться падать... А бояться его отучили давно.

Они покатились по земле, обнявшись, словно влюбленные. Встал один Мазур — верзила выл, зажав вывихнутую правую руку, наган валялся в стороне — не глядя, вырвал из сумки автомат, вскинул и ушел в сторону, в полосу темноты.

388

Пуля лейтенанта прошла в стороне и выше. Мазур ответил короткой очередью, продолжив ее так, чтобы прошлась по машине, мельком отметил, как брызнули стекла и упала на руль голова остававшегося за рулем четвертого.

Тот, что держал на прицеле шофера, сам вылетел под выстрел. Все уместилось в секунды. Не испытывая ровным счетом никаких эмоций, Мазур выстрелил в последнего, корчившегося под ногами, прыгнул в кабину. Некогда было уговаривать. Сунув шоферу глушитель в бок, воткнул ключ в скважину и рявкнул:

— Ходу!

Высунулся в окно правой дверцы. Далеко позади и в самом деле что-то происходило — виднелись синие вспышки маячков, примерно там, где располагался пост ГАИ, низко над ним проплыл желтый проблесковый огонь вертолета...

Машина неслась по темному асфальту, шофер сидел за рулем с остолбеневшим лицом каменного степного идола, чересчур ошарашенный, чтобы бояться или протестовать. Слева мелькнул «кирпич» перед уходящей в начинавшееся редколесье немощеной дорогой.

— К обочине,— сказал Мазур.

Двигаясь плавно, как во сне, подтолкнул Джен к дверце. Она хотела спрыгнуть, не получилось — прямо-таки сползла наземь по борту. Подав ей сумку, Мазур обернулся к шоферу:

— А теперь жми до Иркутска без остановок...

— Видел, что сзади делается?

— Моя забота,— оказал он.— Тебе-то что? Если остановят — увидел на дороге этакое побоище, тормознул, но выходить побоялся. И погнал дальше, себя не помня с перепугу... Ты, главное, про нас помалкивай, а я, если что, не стану врать, будто знаю тебя сто лет и ты мне помогал этих неудачников мочить... Усек? — Он с места, одним прыжком выскочил наружу, опасаясь подвоха. Помахал рукой:

— Гони, дядя!

Белый мастодонт, призрачно белея в ночи, стал набирать скорость — водитель и в самом деле выбрал путь наименьшего сопротивления. Мазур схватил за руку Джен, потащил на ту сторону дороги.

— Слишком много вестерна...— сказала она слабым голосом.

— Я ж не виноват, что жизнь такая...— отмахнулся
он.— Быстрее! Быстрее, я тебя прошу! Они же скоро поедут...

— Кто?

— Инопланетяне,— огрызнулся он. Оказавшись меж
деревьев, сбавил скорость, осторожно отводя ветки от ее
лица.— Держись, успеем...

ГЛАВА ДВАДЦАТЬ СЕДЬМАЯ

ИГРЫ В ПРЯТКИ ПО-АРМЕЙСКИ

Идти приходилось медленно — вокруг стояла темно-
та, а фонарик он из предосторожности включал редко,
короткими вспышками, когда вокруг чересчур уж густо
смыкался кустарник. Проломившись сквозь него, вышли
к деревьям, по лицу хлестнули жесткие, знакомо пахнущие иглы — начинался ельник, ветер уже не чувствовал-
ся. Джен покорно тащилась следом, постанывая украдкой.

Мазур все дальше забирал влево. Остановился, услышав совсем низко над дорогой шелестящий рокот. Далеко
позади, ниже вершин деревьев, тускло засветился желтый
проблесковый маячок, поднялся выше. Вертолет включил
прожектор, полоснул им по дороге, но не снизился — целеустремленно пронесся дальше. Мазур вслушивался, пока
рокот не стих вдали.

— Точно, попер за фургоном,— сказал он.— Не стали
они местность вокруг обшаривать...

— И что дальше?

— Пошли,— сказал он.— Водку солдат может пить до
бесконечности, но вот запасаться оною — процесс недол-
гий и конечный...

— Что ты еще придумал?

— Видела грузовики возле павильончика?

— Похожие на армейские?

— Они и есть армейские. Где-то вон там — дорога на
базу. Грузовики сейчас пройдут туда...

— А не рискованно голосовать?

— А кто сказал, что мы будем голосовать? — усмехнулся Мазур.— Мы просто сядем, вот и все... Уж там-то

нас искать не догадаются. Штатский беглец никак не ассоциируется с военной базой...

— А потом?

— Смотря по обстановке,— сказал он.— Главное — попасть внутрь. Дальше либо попробую установить контакт с братьями по разуму, либо... Ну, там будет видно.

— Я, пожалуй, на ходу не смогу вскочить...

— А кто тебя заставляет? — пожал он плечами.— Мы и не будем на ходу прыгать, еще чего...

Через несколько минут они вышли к дороге — широкой просеке, размолоченной колесами грузовиков до самого жалкого состояния. Мазур зажег сигарету, прикрывая ее ладонью, жадно затянулся. Вокруг было темно и тихо, лишь изредка с автострады комариным звоном доносился шум машин.

— Присядь под деревом,— заботливо сказал он.— Подожди, куртку подстелю...

Не мешало бы вколоть ей «Прилив» — но совершенно неизвестно, как он на нее подействует в ее нынешнем состоянии. Ручаться можно, разработчики в жизни не думали, что их адское варево может понадобиться женщине, одолеваемой исконно дамской хворью. Так что лучше не экспериментировать...

— Сколько там еще, четверо? — тихо спросила она, усаживаясь на расстеленную изнанкой вверх куртку.— Бог ты мой, сплошные трупы вместо дорожных указателей, и полицейский вдобавок...

— Коррумпированный, — усмехнулся Мазур.

— Думаешь, эту разницу учтут? — резонно спросила она.

— Отсюда вывод: не попадаться,— сказал Мазур.— Знаешь, у меня временами бывает идиотское ощущение: словно ничего вокруг и нет. Я имею в виду, кажется порой, что на свете есть только диверсанты, те, кто за ними гонится,— и, конечно, цель. Объект. А все остальное и все остальные — некий подвижной фон, неодушевленный, этакая живая декорация.

— Рехнуться можно,— сказала она.

— А у тебя что, такого ощущения не бывает?

— Бог миловал.

— Это от молодости,— сказал Мазур.— Как только... ага!

Вдали показались желтые огни — приближалась колонна. Вскоре раздался и шум моторов, три «шестьдесят шестых», те самые, шли с небольшими интервалами, переваливаясь на колдобинах, натужно взревывая. Слышно было, как в кузове второго то и дело шумно перекатывается что-то тяжелое, похоже, ящики — груз не закрепили, работнички, нет на них хорошего старорежимного старшины. Эта армейская разновидность жизни ныне практически вымерла — но Мазур ее еще застал...

Он пропустил мимо первый грузовик, второй... Стоял метрах в десяти от обочины, чтобы не попасть под луч света,— водители беззаботно врубили дальний, благо встречного движения не было и ослепить никого не ослепишь.

Поднял автомат, положив ствол на сук, тщательно прицелился и плавно потянул спуск. И еще раз.

Сначала ничего не произошло — третий грузовик как ни в чем ни бывало прошумел мимо, колыхаясь по-утиному. Промахнуться Мазур не мог и потому терпеливо ждал.

Красный огонек над номерным знаком последней машины удалился метров на пятьдесят, когда впереди раздался скрип скверно отрегулированных тормозов, гудки вразнобой. Гудки почти сразу же стихли, колонна остановилась.

— Пошли!! — шепотом распорядился Мазур.

Уже издали можно было разобрать яростный затейливый мат. Второй грузовик стоял, самую чуточку накренившись на правое переднее колесо, в лучах фар мелькали фигуры в выцветших бушлатах, неторопливо стекавшиеся к пострадавшей машине. Ее шофера можно было определить издали — он один, пиная безвинное колесо, суетился, и сыпал проклятьями. Остальные взирали вполне философски. Мазур насчитал восемь человек — надо полагать, все. Они крались в темноте к последней машине. Ясно было, что ни одна живая душа не заподозрила злодейского умысла, дела человеческих рук, Мазур на их месте тоже не заподозрил бы. Войны в этих местах не случалось лет семьдесят, со времен последних крестьянских восстаний против красных, а вражеских диверсантов здесь никто не ожидает — и правильно делает, в общем...

Мазур подхватил Джен за бока, подкинул вверх. Она перевалилась через борт, исчезла под тентом. Прыгнул следом. Присел и зажег фонарик — так, чтобы луч оказался ниже уровня брезентового тента.

Похоже, они, отправляясь в город, рассчитывали на гораздо больший груз — уже вторая машина шла полупустой, иначе не катались бы так ящики. А здесь, кроме вороха брезентовых полотнищ у кабины, больше ничего и не было.

Выключив фонарик, Мазур на ощупь устроил Джен в уголке кузова, прикрыл ее до горла брезентом, ожесточенно вонявшим соляркой и пылью. Подумал, что выглядеть они оба будут, как черти после субботника по чистке котлов,— но выбора не было.

Выпрямился. Целлулоидные окошечки тента были мутными, увидеть сквозь них ничего не удалось бы, не мыты сто лет. Впрочем, пока что и не было нужды. Совсем близко кто-то плаксиво тянул:

— Нет, ребята, ну давайте елку срубим, вагой поднимем, топор же есть... Мне что, до утра куковать?

Его перекрыл целый хор протестующих голосов — похоже, никому не хотелось возиться, да еще в темноте. Нет сомнений, они и впрямь затарились в забегаловке водочкой — очень уж страстно вопили, упрекая разгяву, а тот отругивался, уверяя, что, когда отъезжали от придорожного гадюшника, старательно попинал все покрышки, но ничего подозрительного не заметил:

— Железяка какая-нибудь валялась...

— Ага, из леса прилетела,— хмыкнул кто-то, не подозревая, насколько был близок к истине.— Ну ты и чмо болотное, Козырь, из-за тебя теперь дедушки за стол и в полночь не сядут...

— Ребята, если вагой...

— Цыц! — рявкнул кто-то.— Еще вертолет вызовем... Ладно, так: все едут на точку, а Козырь остается стеречь казенное имущество. Сам виноват, домкрат в кузове возить надо... Не хнычь, Козырь, разбужу кого из скворцов, пошлю к тебе с домкратом... Па-а машинам, господа деды, водяра прокиснет!

Под обрадованные возгласы все кинулись по машинам, застучали сапоги. В кузов к Мазуру и Джен никто не сел. «ГАЗ» дернулся, взял влево, объезжая пострадавший грузовик, у которого все еще матерился в голос бедняга Козырь. Заорал вслед:

— Вадька, пошли скворца, не забу-удь!

Мазур проделал ножом дыру в брезенте и стал смотреть вперед. Довольно долго тянулся однообразный пейзаж — стена елей, по которым скользили лучи фар, дорога почти не петляла, шла, как по ниточке.

Машину подбрасывало. Встав на корточки и пытаясь рассмотреть в темноте лицо девушки, Мазур сказал:

— Все, никакой погони уже не будет...

— А за шпионаж нас не посадят?

— Ты что?

— Ты же сам сказал: военная база...— в ее голосе сквозила явная настороженность.

— А...— тихо отозвался Мазур.— Это ты фильмов насмотрелась насчет бедных американцев, которых за шпионаж гонят в Сибирь... Во-первых, мы и так в Сибири, а во-вторых — у нас в понятие «военная база» иногда вкладывается совсем не тот смысл, что у вас, сама убедишься...— он не боялся, что в кабине услышат тихий разговор, мотор ревел во всю ивановскую.— Чует мое сердце, ты не кары за шпионаж испугаешься, а самой базы...

Встал и проделал справа и слева еще по отверстию, чтобы иметь полный обзор. Минут двадцать по обе стороны была только надоевшая до чертиков тайга, потом слева открылся широкий пустырь, и на нем при тускловатом свете давно пошедшей на ущерб луны чернел некий апокалипсический курган из огромных серых глыб. Мазур даже заморгал от неожиданности. Вокруг громоздились какие-то коробчатые конструкции, косо ушедшие в землю.

Он понял, в чем тут дело, увидев оставшийся нетронутым «грибок», кубик с бетонной крышей. А это, конечно же, пулеметная башня — кирпичный полуовал, на котором громоздится стальной колпак, все сооружение похоже на крохотную копию одной из башен Псковского кремля и давненько уже заброшено...

Это была взорванная ракетная шахта, от которой остались одни руины да вентиляционные выходы, те самые «грибки». Когда-то здесь под землей таилось грозившее супостату ядерное чудовище — но потом его изничтожили свои же, когда наверху решили, что на данном историческом отрезке вокруг державы супостатов более не имется, а есть лишь загадочные друзья. Саму ракету, конечно, вывезли, а все подземные сооружения, влетевшие в дикие миллионы, пошли на слом. Картина знакомая. Любому толковому офицеру от нее хочется блевать...

Впереди показались огни. Высоченный забор из колючей проволоки, распахнутые железные ворота, кирпичный кубик КПП. Грузовики проскочили в ворота, почти не снижая скорости, свернули влево, вправо...

Длинная трехэтажная казарма определенно заброшена — такой уж у нее угрюмый вид. Заброшен и детский городок — резные деревянные фигурки гномов и зверюшек, частокол, горки, теремки... А здесь, похоже, живут — окна светятся.

«Точка», как легко рассмотрел Мазур при свете редких фонарей, являла собою причудливую смесь дотлевавших остатков жизни и разрушения. Проехали мимо бэтээра без колес, мимо грузовика, от которого осталась лишь проржавевшая кабина на остатках шасси. Дальше — вновь казарма, где светится пара окошек. И еще одна. Мазур искал в душе хотя бы тень мимолетного умиления оттого, что снова оказался по другую сторону забора, отделявшего штатскую жизнь от военной, но, кроме горестной брезгливости, ничего не мог отыскать. Забор, такое впечатление, давно рухнул, и все смешалось в причудливом бардаке...

Машины остановились у здания без окон, с высокими железными воротами — гараж, несомненно. Из кабин и кузова соседней машины, радостно гомоня, хлынули господа деды. Зазвенело стекло.

— Тщательней, тщательней вынимай! — распоряжался давешний командный голос. Свое кантуешь, не дядино! Ширенко, ты куда запропал?

Скрипнула половинка железных ворот, затопотали чьи-то торопливые шаги. Испуганный тенорок доложил:

— Товарищ старший сержант, «бригада ух» в лице четырех салабонов занята ночным ремонтом материальной части! Дежурный по бригаде скворец Ширенко!

— Вольна-а...— протянул сержант.— Кругом и продолжать. И чтоб ни одна зараза наружу до утра и носа не казала!

Затопотали удаляющиеся шаги.

— Вадька,— позвал кто-то.— Разгружать-то будем? Схожу, подниму молодых?

— А пошло оно все на хер,— философски сказал сержант.— Куда до утра денется? Так, Серега, ты проследи, чтобы горючее дотащили в темпе и скрытно... там у меня сверток на сиденье, не трогай, пусть лежит. Масаев где? Давай к поварам, погляди, как там мясцо, дошло, нет? Остальные шагом марш в расположение лейб-гвардии славных дедов! Кому сказал?

Несколько человек, чуть слышно звеня бутылками, двинулись прочь.

— Вадька...

— Шагай! Сгоняй-ка мне мухой в каптерку и роди пол-дюжинки бушлатиков, да поновее, непачканых...

— Вадька, ты не борзей. А если застукает?

— Друг Миша, а не пошли бы вы, на хер, в каптерку? Моя проблема. Или завидушки берут?

— Вадьк, а если успеет проспаться?

— Сказал, мои хлопоты. Дергай в темпе.

— Ладно, я предупредил...— и зазвучали удаляющиеся шаги.

Сержант Вадька, как понял Мазур по звукам, остался возле машины. Чиркнула спичка, потянуло сигаретным дымком. Мазур бесшумно скользнул под брезент, к Джен. Приложил ей палец к губам, гадая, что все эти мизансцены означают. Пора было подумать, как непринужденнее и естественнее себя объявить. Поискать здешнего командира? Особиста? Хотя какой тут особист... Или, не мудрствуя, дождаться, пока сержант смоется, завести грузовик ключом или без ключа — и катить себе ночной порой, обходными дорогами, в Вишнегорск? Сердце чует, пропажу машины здесь заметят не раньше, чем через недельку... Ворота настежь, часовой признаков жизни не подавал, если он вообще там имеется...

Клятый сержант все бродил возле машины. Застучали шаги.

— За смертью посылать...— вяло ругнулся сержант.— Что слышно?

— Да вроде лежит нажравшись...— и через задний борт стали переваливаться какие-то легкие предметы, должно быть, те самые бушлаты.— Держи новые. Говорю тебе, не нарвись...

— Иди, Мишаня, к толпе, и в темпе...

— Ох, смотри, Вадька...

Сержант, оставшись в одиночестве, вновь принялся нетерпеливо расхаживать вокруг машины, прищелкивая подошвами. Мазур про себя обозвал его на все буквы двух алфавитов, сначала русского, потом латинского, и даже добросовестно попытался протелепатировать несложную мысль:

«А не пойти ли тебе на хрен»?

То ли из него телепат был неважный, то ли из сержанта — ничего не получилось и получиться не могло, сержант не собирался бросать свой неведомый замысел.

— Вадик...

«Ах, во-от оно что,— подумал Мазур, услышав тихий женский голос.— А кто-то, значит, лежит, нажравшись... Это что, прямо тут вы и собрались?» Рядом ворохнулась Джен. Он ободряюще пожал кончики пальцев — и накрылся с головой, отодвинувшись в самый угол.

— Нет, там грязно, тряпье в соляре, сюда прыгай...

— Вадик...

Какое-то время в противоположном конце кузова длилось легко объясняемое молчание — тихие шорохи, прерывистое дыхание, бессвязный лепет...

— Водки хочешь?

— А ничего?

— Я тебе купил «Тик-така», зажуешь...

Шуршание бумаги. Вкусно запахло чем-то копченым, захрустела металлическая пробка водочной бутылки, потянуло спиртным.

Мазур завистливо втянул ноздрями воздух. «Не перевелись еще ухари в славных вооруженных силах»,— подумал он, ухмыляясь в темноте.

— Вадька, мочи нет...

— Я тебе сказал, заберу? Вот и заберу, подумаешь, перетерпеть... Сколько там дедушке до дембеля? Слезки...

— Вадик...

— Галка, я тебе что сказал? Ты ж у меня одна, все всерьез, ты не думай...

Из отрывочных реплик не так уж трудно было извлечь суть и домыслить остальное. Девочка скоропостижно выскочила замуж за бравого офицера, оказавшегося по прибытии к очередному месту службы не столь уж и бравым, все быстренько пошло наперекос, ей это надоело выше крыши, зато муженек принимал жизнь такой, как она есть, и после водочки поучал молодую жену старым казачьим способом, благо нынче не водилось ни замполитов, ни бдящей общественности, да и суд офицерской чести в этой глуши отыскать было бы трудновато. А потом возник классический треугольник с участием сержанта Вадьки, которого Мазур так и не видел еще в лицо, но примерно себе представлял. Практически та же история, что у достопамятного боцмана Барадаша, или...

— Вадик, да я с ним ложиться уже не могу, а он, наоборот, как нажрется...

— А как насчет кого другого? Который тебя любит пламенно и нежно?

— Ох, Вадька...

Дальше, как нетрудно было предвидеть, началось то, что в старых романах стыдливо прикрывали многоточиями. Мазур и не слушал бы тихие стоны вперемежку со счастливым шепотом — но куда от них деться, не уши же пальцами затыкать? Черт его знает, что там за муж, но у этой парочки все происходило так самозабвенно, пылко и долго, что Мазур невольно ощутил самую черную зависть. Пожалуй, и впрямь увезет... На второй круг пошли, прелюбодеи, едва передохнув, все это прекрасно, и дай вам бог удачи, но сколько же можно тут торчать, слушая ваши разнеженные шепотки? И не холодно им, обормотам...

— Галь...

— Вадик, ну хватит...

Мазура так и подмывало откашляться басом, все прежнее напряжение схлынуло. Кажется, Джен чуть слышно фыркнула — не нужно было знать языка, чтобы прекрасно разобраться в происходящем.

— А этот придурок орет, я фригидная...

— Задница у него фригидная.

— Ой, ну... Так-то...

— Но ты ж у меня не фригидная...

— Все равно, неудобно как-то, я ни разу...

— Ох ты невинная моя... а так...

— О-ох...

«Лучше бы ты была фригидная,— грустно подумал Мазур.— Положеньице насквозь идиотское...»

Он добросовестно попытался задремать, но ничего не получалось.

Парочка немного угомонилась, но что-то там у них, судя по возне и стонам, продолжалось, лениво уже, затухающе. Мазур первым услышал громкие шаги — шаркающие, принадлежавшие, очень похоже, крепенько поддавшему индивидууму. И, подчиняясь мужской солидарности, едва не предупредил вслух об опасности.

Но они и сами уже услышали, притихли, как мышки, и две парочки по разным концам кузова затаили дыхание. Шаркающие шаги долго звучали вокруг грузовиков, возникая то справа, то слева. Потом в недолгой тишине Мазур явственно расслышал знакомый звук — щелканье отводимого пистолетного затвора. И забеспокоился не на шутку — если полезет искать, может завертеться такая карусель, с пальбой и мордобоем, что вся точка сбежится... Может, вырубить его? Но как это сделать незаметно для нежданных соседей?

Шаги немного отдалились. Раздался вопль:

— Щуренко!

— Щиренко, тарищ капитан! Внеплановый ремонт техники согласно приказа...

— Чьего приказа, мать твою?

— Сержанта Колымаева, тарищ капитан!

— О! А где эта сука?

— Кто, тарищ капитан?

— Сержант Колымаев где? Ур-рою суку... Что видишь?

— Пистолет системы Макарова, тарищ капитан!

— Ты колымаевскую смерть видишь, скворец!

— Так точно!

— С-смерть видишь?

— Так точн!

— Чью?

— Колымаевскую.

— Так достань мне эту суку из-под земли! Ну что стоишь, что? Бегом марш мне доставать Колымаева!

— Тарищ капитан! Тарищ капитан! — судя по голосу, бедолага Щиренко осторожненько отступал, то и дело оглядываясь.— Есть доставать...

— Бегом марш! Ну?

Застучали шаги. Отойдя на безопасную дистанцию, Щиренко рванул быстрее лани. Интересно, сколько пройдет времени, пока до капитана дойдет, что Колымаева ему никто доставлять не собирается?

— К-колымаев...— бормотал капитан, бродя вокруг машины.— На К-колыму... посмертно... Блядь долбаная, нашла с кем тереться, с гандоном деревенским...— и из него хлынул такой поток эпитетов по адресу присутствующей здесь же парочки, что Мазуру захотелось вылезти и набить капитану морду.

Похоже, не ему одному...

— Вадька!

Поздно. По асфальту шлепнули босые ноги. Что-то металлическое громко упало, и над самой землей хлестнул выстрел — нельзя так ронять «Макарку» со взведенным курком...

— Вадька! — отчаянный женский визг рядом едва не оглушил Мазура.

Нет, похоже, никого не задело. Там уже орали, топчась — видимо, вошли в клинч:

— Кто гандон? Кто блядь? Н-на! Н-на! (о кабину словно ударили тяжелым мешком) Н-на!

— Р-рота... бьют!

— Н-на!

— Вадька!

— Н-на, сука!

— Вадька, убьешь!

«Увезет, точно,— подумал Мазур.— Если уж на принцип пошло...» Слышно было, как от дверей гаража робко подают голос выскочившие первогодки:

— Тарищ капитан... тарищ сержант...

— Н-на! Командир завтра приедет похмельный — пожалуешься...

«Нежности во вкусе Ромео и Джульетты смешны, если они происходят в армейском пехотном полку»,— по памяти процитировал Мазур. А драка тем временем продолжалась без малейшего вмешательства со стороны. Однако вскоре то ли отчаянно взывавшей Галочке удалось привести в разум нежного друга, то ли капитан уже пришел в столь плачевное состояние, что бить его дальше было просто противно. Сержант залез в кузов, ворча и матерясь, стал одеваться. Рядом, всхлипывая, возилась Галочка.

— Ох, а завтра...

— Да ни черта он не вспомнит. Как в тот раз. Пусть лежит...

— Замерзнет же...

— И хер с ним. Будешь молодая вдова, еще проще, с разводом проблем не будет...

— Ох, Вадька...

— Все, исчезай. Старлей бежит...

Она перелезла через борт и растворилась в ночной тиши.

— Что такое?

— Да ничего такого,— все еще остывая, пробасил сержант из кузова.— Капитан опять нажрался, шпионов под машиной ловил. Палить начал, да споткнулся, упал. Очнулся — гипс...

— Хорошо он падал...

— Да уж как повезло...

— Колымаев!

— Что — Колымаев? Я ж ему не нянька.

— ...твою! Тебя сколько можно покрывать? Земляк хренов! Погоди до дембеля, хоть трех баб увози...

— Толя, так все путем. Не вспомнит. Пусть похмельную головенку поломает, откуда нагар в стволе... Ты ему скажи, что повара вчера по пьянке хлопнул, а?

— Пошел ты... Щиренко! Возьми двоих, волоките капитана на квартиру. А ты исчезни, Ромео. Ладно, я Лидке скажу, пусть ей у нас постелит... все, разошлись!

«Родная армия,— умиленно подумал Мазур, когда вокруг настала совершеннейшая тишина.— Земляк за земляка, да здравствует любовь...» Но ясно уже, что искать в этом заведении кого-то, кому можно доверить свою тайну или просто попроситься на легальный ночлег, повертев удостоверением,— дело чреватое. Рискованно связываться с этой махновщиной в каком бы то ни было качестве.

Он достал процессор, нажал несколько кнопок. Экран зеленовато фосфоресцировал во мраке.

— Кончилось? — шепнула Джен.

— Сдается мне... Много поняла?

— Почти все, наверное... Это кто, муж? Или ревнивый соперник?

— Ревнивый муж,— сказал Мазур.— Все легко узнаваемо, а? Какого черта мы с вами друг друга ракетами пугали полсотни лет, если этакие вот сцены из жизни без перевода понять можно...

— А дальше?

— Ты про них или про нас?

— Про нас.

— Сейчас поедем,— сказал он.— На этой самой машине. Нам и сотни километров не придется одолеть, авось проскочим... Есть тут пара дорог, хотя, боюсь, поплутать придется...

— На э т о й?

Мазур хмыкнул:

— А что, опасаешься проверки у ворот или военной полиции? Или поняла, что нравы здесь самые непринужденные?

— Поняла...

— Тогда пошли в кабину.

Ключа зажигания он не нашел, но не особенно этому опечалился: ловко соединил провода, и мотор заработал. С наслаждением сунул в рот сигарету, снова переживая щекочущее чувство, будто нацепил шапку-невидимку. Вдали светились окна в казарме — похоже, там и гуляли деды. Показались возвращавшиеся первогодки, Щиренко с товарищами. До них было метров пятьдесят. Машина у них на глазах медленно развернулась, тронулась прочь. Они попытались рассмотреть, кто сидит за рулем (девушке Мазур велел пока что пригнуться пониже), но этим и ограничились. Никто не кинулся наперерез, никто не стал играть в пограничника Карацупу.

В будке КПП тускло светилось окошко, но никто не вышел на крыльцо. Ворота, похоже, пребывали в нынешнем распахнутом состоянии не один месяц — у нижних кромок росла высокая трава, уже, конечно, высохшая и побуревшая. Мазур, держа не больше тридцати, выехал в ворота, чуть прибавил газу и на развилке повернул налево, в сторону, противоположную той, откуда пришла колонна. Над лесом стояли крупные звезды, мотор пару раз подозрительно чихнул, но снова заработал ровно.

— Бензинчику маловато,— сказал Мазур.— Не говорю, что не хватит, но маловато... Да, а Козырь-то, судя по всему, так там и кукует.

— Кто? И где?

— Тьфу ты,— сказал он.— Все время забываю, что ты не понимаешь ни словечка... На твоих глазах развернулась сущая драма...

— Ну, это-то я поняла... Можно неприятный вопрос?

— Да?

— У вас что, вся армия...

— Ты это брось,— сказал Мазур.— Не настолько же мы превратились в Верхнюю Вольту... По-моему, в отдаленных гарнизонах испокон веков все обстояло одинаково. Под любыми широтами.

— Извини, я не хотела...

— Да ладно,— усмехнулся он.— В конце концов... Что ты думаешь о сыскарях из секретной службы вашего министерства финансов?

— Эти-то? — с невыразимым презрением протянула Джен.— Жалкое подобие секретной службы, но самомнения хоть отбавляй, смеют себя конкурентами считать...

— Ну вот, тогда ты меня прекрасно поймешь,— сказал Мазур.— В конце концов, все это,— он очертил широкую дугу левой рукой,— все это — сухопутные войска. И с точки зрения морского офицера... Иного от них и ждать не следовало. Пехота-с.

— А у вас все прекрасно?

— Ну, мы все-таки флот... Как самочувствие?

— Могло быть хуже,— дипломатично сказала она.— Отдохнула немного, полежала под крышей, хотя отдых был, надо сказать, полон самых ярких впечатлений...

— Но было весело...— сказал Мазур.

— У меня уже все путается,— призналась она.— Уже не понимаю, сплю или вокруг реальность. Трупы, бег без памяти, коллеги предают...

— Он тебе, кстати, дома сможет напакостить? — спросил Мазур.

— Да уж наверняка попытается. А я-то, дура, ломала голову, зачем мне дали дублирующий канал для подачи отчета...

— В обход Маллисона?

— Ага.

— Кто-то у вас умный сидит,— сказал Мазур.— Предусмотрел неожиданности. А то и знал. Мы ж с тобой и понятия не имеем, кто еще в эти игры впутан...

«И не обсуждаем в с е возможные варианты»,— мысленно добавил он. Он не удивился бы, окажись потом, что Глаголев использовал их группу в качестве приманки, а тем временем другие хваткие ребята без лишнего шума изымали из каких-то далеких сейфов еще один комплект кассет, пока за Мазуром с Джен, высунув язык, гоняются натасканные гончие. И даже не возмущался бы ничуть — у войны свои законы...

— И все равно, противно,— пожаловалась она.— Я же его пять лет знаю, он меня и вербовал в колледже...

— Бывает,— сказал Мазур.— Думаешь, мне не обидно? Прослужить двадцать пять лет — а потом, едва пало подозрение, на тебя начинают орать последним матом твои же старые сослуживцы...

— Когда это?

— А, ерунда,— спохватился он.— Был такой поганый эпизод... В общем, зеркальная война. Как справедливо... Стоп!

Он остановил машину, свернув к самым елям,— так, что по крыше кабины и тенту заскребли густые ветви, выключил мотор и фары. Покрутил ручку, опустив донизу стекло со своей стороны.

— Что такое?

— Тихо. Прислушайся.

Скоро никаких сомнений не осталось — высоко над головой в темном небе прошел вертолетный гул. Мазур высунул голову в окно, но проблескового огня не увидел.

— Т у д а летит? — спросила Джен.

— Очень похоже,— сказал он.— Видимо, пронеслись вперед по дороге, не нашли нас, и у кого-то забрезжили идеи. Ничего, ты представь, как они там пытаются хоть что-то вызнать...

Он включил приемник. Хрипели далекие неразборчивые переговоры, эфир был забит болтовней, как консервная банка селедками,— ну разумеется, поблизости город с его радиофицированными службами, аэропорт...

— Я — «Амыл-четыре»,— вдруг выхватила автонастройка четкую и внятную реплику, произнесенную так громко, словно радист сидел у них на крыше.— Снижаюсь на «точке», попробую осмотреться, прием.

— «Амыл-четыре», разрешаю. Соблюдать предельную осторожность, не раскрываться. Полная конспирация, Амыл, вокруг не продохнуть от конкурентов...

— Это еще кто на нашу голову?! — проворчал Мазур.— Видеоманы, мля...

ГЛАВА ДВАДЦАТЬ ВОСЬМАЯ

ТЕРЕМА

На что-то еще надеясь, он то притаптывал педаль газа, то пробовал снижать передачу. Напрасно, мотор чихал все чаще, на миг становясь мертвым слитком железа, машина дергалась, как кот, которого помимо его желания волокут куда-то за хвост. И заглохла окончательно. Если верить стрелочке, горючее еще оставалось, но, сколько Мазур ни терзал стартер, мотор не заводился, и он отступился в конце концов, боясь посадить аккумулятор.

Задремавшая было Джен открыла глаза:

— Сломались?

— Ага,— сказал Мазур без особого раздражения.— Ну да нам не привыкать... Выйди, пожалуйста. Кабину придется поднимать...

Он предварительно обыскал все в поисках инструментов — но из таковых обнаружил лишь обшарпанный гаечный ключ двенадцать и четырнадцать, обломанный на конце напильник и огромный штопор с деревянной ручкой. Его нож сгодился бы в качестве ножниц по металлу и отвертки, но вот гайки отворачивать приспособлен не был — спецназовские инструменты не годятся, чтобы чинить какие бы то ни было агрегаты, ибо приспособлены для прямо противоположных действий...

Проводка вроде в порядке, свечи исправно давали искру. У него давно уже зародились подозрения, что засорился жиклер,— но карбюратор голыми руками не снять...

Опустив кабину на место и пнув совершенно неповинную в аварии покрышку, Мазур залез в кузов, где сидела Джен, вытер о брезент испачканные руки — двигатель не протирали лет сто — и устало сообщил, усевшись рядом:

— Пациент скорее мертв, чем жив.

— Так серьезно поломались?

— Может, и не особенно,— сказал он.— Но инструментов нет никаких, бесполезно... Тебя, случайно, не учили чинить автомобильные двигатели без инструментов?

— Нас их вообще чинить не учили.

— Америка...— проворчал Мазур.— В общем, вариантов у нас немного. Или оставаться, или идти. Оставаться совершенно бессмысленно — попутных машин ждать нечего, а вот погоню дождаться можно запросто.

— А если идти, то куда?

— Подержи фонарик,— сказал он, разворачивая карту.— Возьми процессор, квадратную клавишу слева нажми... Ага. Мы примерно вот здесь. Условно говоря. С допуском примерно километр-полтора для любого направления — техника наша столь ювелирно не работает и не привыкла каждую елку считать, дает лишь азимуты и общее приближение...

— Что ты задумал?

— А?

— Я тебя уже начала понимать, ты знаешь,— сказала Джен,— как только ты принимаешься болтать сам с собой, совершенно ненужные подробности нанизывать — значит, уже определил для себя какую-то идею и просчитываешь ее мысленно...

— Да?

— Точно тебе говорю. Успела поневоле изучить, как надоевшего супруга...

— Насчет супруга — это здорово,— сказал он задумчиво.— Мне этот намек нравится, в нем при некоторой игривости мыслей можно и усмотреть...— спохватился, хмыкнул.— Черт, и верно. Идея нехитрая — здесь, в радиусе десяти километров, обозначены сразу три деревеньки. Причем одна совсем близко. А деревня, как выражались в старину господа ландскнехты, все равно, что полнехонькая свинья-копилка. Там и мотоцикл можно украсть, и переночевать под крышей. Конечно, если туда дошли слухи о садистах-дезертирах... Нет, сомнительно. Во-первых, мы слишком далеко забрались, и не могут же наши «друзья» резать по человеку поблизости от каждой деревни, даже от них такого вряд ли дождешься... Во-вторых, мы ничуть дезертиров не напоминаем. В-третьих...

— Да ладно,— сказала Джен.— Я же говорю, начала тебя понимать, и еще как... Спроси прямо: дойду я или нет. Я дойду. Из кожи вылезу. Только ты иди погуляй, пожалуйста, мне тампон сменить надо.

Мазур угрюмо полез из кузова.

Приемник он держал включенным — батареек осталось изрядно — и за предусмотрительность был вознагражден примерно минут через сорок, когда они давно уже шагали по дороге. Тот самый «Амыл-4» доложил своему неизвестному шефу, что они благополучно приземлились на территории «точки» и провели детальный опрос ее обитателей, показавший полное неведение последних о каких бы то ни было посторонних визитерах. Вернее, так это выглядело в переводе на литературно-казенный язык — в действительности разъяренный «Амыл» честил последними словами незадачливых вояк, давая им самые неприглядные характеристики. Оказалось (чему Мазур не удивился нисколечко), что и дежурный на «точке» был пьян по причине, надо полагать, последнего воскресенья на этой неделе, плавно перетекающего в первый понедельник следующей.

Шеф кратко, но без особой душевной теплоты посочувствовал и приказал убираться в некий загадочный «восьмой квадрат», а поиски продолжить утром. Из этого разговора Мазур сделал два вывода: во-первых, «Амыл» и его шеф, несомненно, представляли некую государственную службу — поскольку рассчитывали, что на «точке» их не погонят моментально взашей, а выслушают и ответят на вопросы. Во-вторых, вышеупомянутые прекрасно сознавали, что являются лишь одной из вышедших на охоту конкурирующих свор, о чем говорили открытым текстом. Зато обо всем остальном изъяснялись в эзоповском стиле, прямо-таки изощряясь в уклончиво-многозначительных фразах и оборотах. Что печальнее — из их разговора без труда можно было понять, что гоняются они за д в у м я беглецами, и один из этих беглецов — мужского пола, а вот второй — как раз противоположного...

Правда, Мазура эти открытия не столь уж и огорчили — когда за тобой гоняются неделями, появление еще одного охотника за скальпами особой нервозности не вносит. Стараешься покрепче придерживать скальп на голове, только и всего...

Самый выигрышный ход в таких ситуациях — стравить конкурентов. Увы, сие теоретическое откровение на практике непригодно, потому что непонятно, к а к их стравить... Такие штучки хороши в городах, где масса возможностей, но в чистом поле гораздо сложнее...

— Ну вот,— сказал Мазур.— Взгляни-ка.

Далеко слева сквозь лес просвечивали огоньки — с полдюжины, желтые и синеватые, один был расположен гораздо выше остальных, наверное, на пригорке. Временами иные из них исчезали, вновь появлялись — это их заслоняли качающиеся ветки.

— Даже раньше, чем я рассчитывал,— сказал он.— Пошли?

— Напрямик? — поморщилась она.

Джен и в самом деле шагала, как стойкий оловянный солдатик,— что Мазура отнюдь не радовало, представлял, как ей скверно и муторно. Хотя сам в таком состоянии не бывал и, слава богу, никогда не будет, это, надо полагать, не уступает хорошему похмелью с его слабостью и головокружением,— значит, примерно представить можно...

— Пройдем вперед,— сказал он.— Дорога влево загибается, может, мимо деревни и пройдет...

Оказалось, он ошибся — самую малость отклонившись влево, к северу, дорога вновь уходила на восток с такой точностью, словно ее прокладывали по компасу. Зато обнаружился поворот — и уж он-то вел к деревне, никаких сомнений. Мазур, посветив фонариком, легко рассмотрел глубокие отпечатки автомобильных шин, засохшие вместе с серой грязью.

Оба приободрились, хоть и не рассчитывали на радушный прием, близость жилья сама по себе действовала возбуждающе. Здесь в любой деревеньке найдется пустующий дом, и не один, так что можно устроиться на ночлег, никого не тревожа...

— А казалось, совсем близко...— вздохнула Джен, когда они прошли по узкой дороге не менее километра.

— То-то, что казалось,— сказал Мазур.— Ночью огонек виден далеко, кажется, два шага пройти, а там, может, километров десять...

— Ох, не накаркай...

— Может, и все двадцать... Ладно, это я уже шучу. Дорогу всегда лучше мысленно удлинять — потом приятнее будет ошибиться...

— Видишь?!

Он и сам уже видел. Остановился, держа ладонь на висевшем через плечо автомате. Долго вглядывался.

После незабываемой таежной встречи с «хозяином» в первый миг показалось, что судьба опять свела с кем-то подобным,— даже отсюда, с расстояния метров в двести, можно было разглядеть, что возвышавшаяся у дороги фигура превосходила человека ростом чуть ли не в два раза...

Они стояли. Фигура тоже не шевелилась, словно бы повернувшись к ним боком. Плавных очертаний, словно бы беременная женщина или пузатый борец сумо, голова остроконечная — колпак? Шлем?

— Тьфы ты, да это же статуя,— сказал Мазур.— Определенно статуя, и на волосок не шелохнулась...

— О п я т ь?!

— Да нет, тут что-то другое,— сказал он.— Не должно быть в этих местах ни эвенков, ни якутов, одни славяне... Пошли тихонечко?

Они двинулись вперед. Стояла прохладная тишина, в той стороне, где огоньки, раздавалось собачье тявканье, что опять-таки не свидетельствовало о близости деревни,— собачий брех по ночам далеко разносится...

— Статуя,— сказал Мазур уже совершенно спокойно.— Видишь?

— Ага. Мне по ассоциации отчего-то Будда вспомнился... Похоже?

— Не то чтобы похоже, но смахивает...

Вблизи трехметровая статуя из тщательно отполированного дерева — Мазур не поленился проверить руками — оказалась и слегка похожей на индийские статуи, и чем-то бесспорно отличавшейся. Даже не нужно быть специалистом, чтобы определить — перед ними некий обобщенный образ. Сидящий в позе «лотоса» мужчина в затейливой остроконечной шапке — руки покоятся на коленях, физиономия, в общем, не отмечена ни жестокостью, ни печатью порочных наклонностей, отрешенная, с легкой загадочной улыбкой. Вряд ли она вырезана из срубленной в окрестной тайге ели — судя по толщине и фактуре дерева, колода-заготовка была взята от могучего кедра, каких здесь что-то не заметно. Ну да, и круглый постамент — явно древесный спил...

— Интересно...— протянула Джен, старательно обойдя статую вокруг.— К местной религии это никакого отношения не имеет?

— Но-но,— сказала Мазур.— Тут христиане живут, правда, за последние годы в вере пошатнулись, но это и вас касается...

— Смотри, на груди крест.

— Не христианский,— сказал Мазур, погладив ладонью барельеф на груди статуи — крест с петелькой вместо верхней перекладины.— Египетский символ вечной жизни.

— А это видишь? — она нагнулась, подняла горсть чего-то легкого, как пепел, осыпавшегося с ее ладони невесомыми хлопьями.— Лепестки цветов, погибли от прохлады... Куда это мы попали? Очередной сектой попахивает...

— Вот это уже ближе,— мрачно кивнул он.— Что-то я такое слышал... То-то и смотрю — некоторое несовпадение с картой, нет там этой деревеньки... Думал сначала, что ошибся, но возле ближайшей деревни никакой сопки не должно быть...

— И что теперь делать?

— А ничего,— сказал он, подумав.— Двигаться прежним курсом. Я о таких поселках читал в газете, но не упомню, чтобы там писали про человеческие жертвоприношения и обычай жарить посторонних путников на ужин. Шизанутые, конечно, судя по тем, которых по телевизору показывали, но не агрессивные, наоборот, весьма даже приветливые поначалу...

— Все они приветливые поначалу. Будет время, расскажу, как наши внедрялись в «Храм небесного хрусталя»...

— Ладно,— сказал Мазур.— Это у нас пошли чересчур уж скороспелые выводы. Мы ведь еще деревни и не видели. А отсутствие ее на карте, строго говоря, не аргумент. Есть масса умирающих деревушек в два-три дома, их и на картах уже обозначать перестали... Пошли. Не посмотрев, не разберешься. А что врать, на месте решим...

Они шагали еще с полчаса. Потом появились первые дома — большие, выглядевшие новыми строения с высокими окнами, высокими крутыми крышами, чем-то напоминавшие сказочные терема: веранды с фигурными столбами и балясинами, высокие крылечки, затейливые наличники. Правда, вся архитектура была немножко странная — загнутые края крыш напоминают китайские, но плохо сочетаются с типичнейше русскими наличниками и бугорчатыми башенками, подходившими скорее католическим соборам. Куда ни взгляни — везде эта причудливая смесь разнообразнейших деталей. Впрочем, нельзя отрицать, что это было красиво.

— Нет,— сказал Мазур, глядя на двойной ряд домов, окаймлявших широкую улицу.— Это не обыкновенная деревня. И статую делал не провинциальный самородок. Все-таки — секта...

В деревне лениво побрехивали собаки. Из расположенного в отдалении кирпичного домика доносилось мерное постукивание — собственная дизельная электростанция, не бедствуют... Кое-где окна светятся, но занавешаны плотными портьерами, что на обычные деревенские нравы не похоже,— там в ходу только легкие занавески.

— Это у них не гараж ли? — показала Джен на темное здание, построенное без особенных затей в виде обувной коробки, без окон, с высокой двустворчатой дверью (но снабженное по кромке крыши столь же затейливым наличником с египетскими символами).

— Похоже. Слышишь? Вроде бы флейта. Или нечто похожее. Мне кажется, именно так флейта и должна звучать...

— Ну да,— кивнула Джен.— В принципе, флейта — это ведь дудочка? Дудочка посвистывает...

Они стояли на окраине загадочного поселка, слушали мелодичный посвист флейты. Джен, по ней видно, с превеликим удовольствием спихнула обязанность принимать решения на Мазура. Против чего он, столько сделавший для утверждения себя в роли сурового командира, протестовать никак не мог, чтобы не подрывать авторитет, заработанный в суровой борьбе с проявлениями заокеанского феминизма...

— Идет,— сказал он.— В конце концов, нам нужно поспать часов шесть, а утречком отправимся восвояси. Если это гараж, у них есть инструменты. Можно затемно вернуться к грузовику...

— А может, нам сразу попросить инструменты и вернуться? Что-то мне это не нравится. Никак не могу забыть «Хрустальный храм»...

410

— Я, честно говоря, именно это и хотел предложить...— сказал Мазур.— Но хотелось, чтобы ты на настоящей постели выспалась.

— Не надо мне создавать особых условий!

Она была почти прежней — Равноправная Подруга Тарзана. «Ну да, вторые сутки пошли,— цинично хмыкнув в уме, сказал себе Мазур,— оклемалась немножко, а жаль чуточку — как расслабленно лежала на плече ее голова, когда ехали в грузовике...»

— Вперед, напарник,— сказал он браво.

Они подошли к гаражу — приблизившись вплотную, Мазур уже не сомневался, что это гараж, явственно попахивает бензином, у высокой двери лежат две покрышки, аккуратно накрытые куском полиэтиленовой пленки... Автомат он давно спрятал в сумку, а пистолет остался у Джен — Мазур как-то смирился с этим, не стал забирать, чтобы чувствовала себя увереннее. Ничего, вряд ли здесь их встретят огнем, а если и начнется карусель, сумка под рукой...

— Простите? — негромко сказали сзади, мягко, явно стараясь не испугать неожиданностью.

Мазур обернулся. Перед ним стоял не экзотический сектант в ярком балахоне, с бритой головой, а вполне современный молодой человек в кожаной куртке — фонарик Мазура светил ему в грудь, не ослепляя, и оба увидели молодое лицо, окладистую бородку, синие джинсы.

— Чем могу служить? — спросил абориген столь же мягко.

— Мы с женой попали в неприятную ситуацию,— сказал Мазур столь же вежливо.— Машина сломалась на дороге, а инструменты я, как последний дурак, забыл в городе...

— На магистрали? И вы шли пешком пятнадцать верст?

— Да нет,— сказал Мазур.— Километрах в пяти. На той дороге, что идет мимо «точки». Нам объяснили, там можно спрямить путь, вот и влетели...

— Понятно. Мы поможем, конечно, только стоит ли вам возвращаться туда в три часа ночи?

— А удобно ли...— сказал Мазур.

— Помилуйте! — словно бы даже оскорбился молодой человек.— Все это,— он обвел рукой вокруг,— лишь часть сотворенного господом мира, какие же преимущества мы имеем перед вами? Какое мы имеем право именовать себя «хозяевами», а вас — «гостями»?

— Ну, я вот слышу — собаки...

— Увы,— сказал молодой человек.— Не можем мы простирать терпимость настолько, чтобы позволить враждебно настроенным личностям поджечь поселок. Построенный своими руками.

— Да уж, так далеко заходить не стоит,— кивнул Мазур без всякой насмешки.— Все красивое, жалко... Сташук, Виктор Степанович,— он поколебался.— Жена у меня иностранка, по-русски не понимает...

— Апостол Иона,— сказал молодой человек так просто, словно именовал себя прапорщиком.— Один из круга стоящих близ Учителя...

«Ну конечно,— подумал Мазур.— Должен быть и Учитель с большой буквы, без этого в таких делах никак нельзя...» А вслух сказал:

— Очень приятно.

— Благодарю вас,— серьезно сказал апостол Иона.— Уже по вашим первым словам видно, что вы принимаете нас без малейшей насмешки, доброжелательно...

Мазур пожал плечами:

— Каждый вправе жить, как он хочет... Значит, все это вы сами построили? Молодцы...

— Благодарю вас,— повторил «апостол».— Пойдемте, пожалуйста, я представлю вас Учителю...

— А удобно ли в три часа ночи?

— Учитель в это время как раз готовится к медитациям,— сказал молодой человек.— Не беспокойтесь, он рад любому гостю, пусть даже пришедшему сюда по воле обстоятельств. Ибо никогда не известно, где кончается случай и начинается предначертание судьбы...

— Это верно,— сказал Мазур искренне, согласный с последней фразой на все сто.

Они вышли к самому большому дому, похожему на остальные, но двухэтажному и украшенному вдобавок высокой колоколенкой. Кажется, там и колокол висел.

— Простите, а как все это называется? — спросил Мазур, когда они поднимались на крыльцо.

— Община Учителя Варфоломея, последнего и окончательного воплощения Христа.

Это было произнесено столь благоговейно, истово, что Мазуру стало немного не по себе,— он инстинктивно побаивался сумасшедших, как всякий нормальный мужик...

Широкий коридор, увешанный огромными иконами,— краски яркие, свежие. Мазур моментально рассмотрел, что

412

от христианских икон эти отличаются изрядно: чересчур уж огромны глаза святых, а балахоны скорее буддистские и украшены самыми разнообразными символами, многих из которых Мазур никогда прежде и не видел. Он задержался, рассматривая зеленоликого важного субъекта с бородой в три косички, восседавшего на черепахе с гордым видом сержанта, вдруг произведенного сразу в полковники. Панцирь черепахи состоял из множества выпуклых иероглифов, а во рту у нее белели клыки, подходившие скорее тигру.

— Великий Дамбу-Ньоган, светоч религии бон,— сказал молодой человек с едва уловимой ноткой нетерпения.

«Сматываться надо»,— подумал Мазур. Бон — «черная вера», антипод буддизма с утонувшими во мраке веков корнями, с ней в свое время заигрывали и Ленин, и Гитлер, как раз и позаимствовавший свою перевернутую свастику у этих загадочных колдунов. Хорошо, если этот их Дамбу-Ньоган — очередная, выдранная с мясом деталька дурацкой мозаики, а вдруг тут всерьез играют в сатанистские игры?

«Апостол Иона» ввел их в обширную светлую комнату, усадил в высокие кресла, приятно пахнущие свежим деревом. Мазур поставил сумку у ножки, огляделся. «Апостол», пробормотав извинения, вышел.

— Ну?— нетерпеливо спросила Джен.

— Держи ушки на макушке,— тихо сказал Мазур.— Будь готова в любой момент...

Полукруглая дверь бесшумно открылась. Вошел худой человек неопределенного возраста — в первый миг Мазур и не рассмотрел ничего, кроме аккуратно расчесанной гривы, длинной бороды клином и больших запавших глаз. Да и потом рассмотрел немногим больше — «ботва» оказалась столь обильной, что в ней вполне можно было спрятать «Мини-Узи» с запасным магазином. Интересно, как его следует приветствовать? Мазур, не раздумывая, чуть привстал и вежливо раскланялся.

В ответ волосатик в обширном алом балахоне поклонился ему чуть ли не земным поклоном, присел на краешек стула по другую сторону резного деревянного стола и сказал:

— Приветствую вас в сей обители, ибо я, воплощение отца моего, смиренный Варфоломей, для того и воздвиг ее, чтобы утешить страждущего и накормить голодного...

413

Произнесено это было столь елейно, что Мазуру показалось, будто задницу ему намазали вареньем и вот-вот начнут облизывать, столь же велеречиво объясняя это заботой о путниках. Интересно, зачем этому Варфоломею укрепленная по коньку крыши радиоантенна, вполне подходившая для мощного передатчика типа АРХ или аналогичного? Ее-то Мазур успел рассмотреть — натренирован был замечать нечто подобное в любой темноте. Распространять учение по прилегающему эфиру или с единомышленниками перекликаться? С некоторых пор нестандартные таежные заимки ничего, кроме тревоги, у Мазура не вызывали...

Некоторое время они, словно Чичиков с Маниловым, усердно состязались в благовоспитанности — Мазур извинялся за неожиданное вторжение, а смиренный Варфоломей объяснял, что для него нет умилительнее радости, нежели принять в обители своей страждущего странника, твердо могущего рассчитывать на гостеприимство хоть до скончания времен.

Слава богу, состязание это вскоре было прервано — вошел еще один богатый растительностью молодой человек в черном балахоне, с поклоном принялся расставлять на столе стеклянные кувшины, блюдца и тарелки. В деревянном горшочке золотился мед, на блюде горой лежали свежие огурчики.

— У вас не теплица ли? — светски спросил Мазур.

— Братия руки приложила,— сказал Варфоломей, подавая пример, разрезал первый попавшийся огурчик и тонко намазал медом.— И к пасеке также... Уж простите, у нас не полагается убиенного мяса, кроме масла, ничего животного в обители на прокормление не идет...

Мазур, не колеблясь, взял огурчик и потянулся к меду — гуру черпал себе из того же горшочка, вряд ли успели молниеносно подготовить отраву... Кто мог знать, что нагрянут гости? Не держат же они заранее «заправленные» яства? Черт, что в голову лезет... Но лучше уж допустить в башку параноические мысли, чем лопухнуться и попасть в силки. Диверсант на задании просто обязан быть параноиком...

Все бы ничего, но очень уж пустые и блестящие глаза и у Варфоломея и у подававшего пищу отрока, а в голосе «Христа» звучат интонации граммофонной пластинки, в тысячный раз скрипящей одно и то же... «Христов» в кавычках нынче развелось, как собак нерезаных...

— Простите великодушно,— приложил Варфоломей к груди узкую ладонь.— Охотно поговорил бы с вами далее, но настало святое время медитаций, общения с отцом небесным...

— О, не затрудняйте себя нашими скромными персонами...— без запинки выговорил Мазур.— Соблаговолите лишь указать, где мы можем обрести ночлег...

— Я пришлю кого-нибудь из апостолов для беседы и заботы о вас,— пообещал Варфоломей, опустив глаза долу.

— Примите душевную благодарность от сраженного вашей добротой страждущего путника,— сказал Мазур, жалея, что Джен не понимает ни словечка.

По лицу Варфоломея — точнее, ничтожно малой его части, открытой для обозрения,— решительно нельзя было понять, как он относится к искренним стараниям Мазура вписаться в окружающее, и уловил ли легкую насмешку. Он отступил с поклонами, уже не такими низкими, тихо прикрыл за собой дверь.

— Блеск,— покачала головой Джен, хрустя огурчиком.— Что это, вкусное такое?

— Огурец.

— Нет, это желтое...

— Это мед,— сказал Мазур, одним ухом прислушиваясь, не идет ли кто по коридору.

— Он же совсем не такой...

— Потому что прямо от пчелки, а не из магазина...— сказал Мазур.— Большая разница.

— Ни словечка не поняла, но чуть от смеха не описалась, на вас глядя... По интонациям чую, что вы несли грандиозную чушь...

Мазур приложил палец к губам. Извлек приемник, включил автонастройку и, пользуясь моментом, зачерпнул разрезанным пополам огурчиком медку прямо из горшочка. Шизики они тут или нет, а покушать любят и толк знают...

— Ничего больше не трогай,— остановил он девушку, когда та потянулась к желтым большим яблокам.— Он жрал только огурцы и мед...

— Думаешь...

— Тихо!

— Анахорет вызывает Боярина,— внятно раздалось из крохотного динамика.— Анахорет вызывает Боярина, прием...

Они замерли, ловя каждый звук.

— Вас слушают, Анахорет,— раздался в ответ деловитый мужской голос.— Кравицкий на связи.

— Милейший Сергей Михайлович, если вас не затруднит, передайте Боярину елико возможно скорее, что у меня объявились странные гости. Он меня предупреждал в свое время, знаете ли...

— Знаю. Кто? Опишите.

— Мужчина, за сорок. Рост...

Не было нужды слушать дальше. «Ах ты, сука,— успел подумать Мазур,— то-то понимающие люди шепчутся, что «соседи» стоят за доброй половиной этих «Христов», методики обкатывают, надо полагать...» Выключил приемник, сунул его в карман и взмыл с кресла.

Джен, не особенно и удивившись, нырнула рукой под свитер, извлекла пистолет.

— Вперед,— приказал Мазур и, повесив на плечо расстегнутую сумку, распахнул дверь.

Сторóживший в трех шагах от нее «апостол Иона» встрепенулся, с угрожающим видом сделал несколько плавных движений, скорее всего, долженствовавших изображать шаолиньскую «школу змеи». Все это были чистейшей воды прибамбасы, сиречь выдрючиванье — в чем Мазур убедился буквально через три секунды, без усилий поймав запястье «апостола», вывернув ему руку и прижав к себе спиной. Приложил ему к горлу лезвие ножа и шепотом приказал:

— Веди к Варфоломею, сука, а то... Ну?

— Небеса тебя накажут, сын войны...

Похоже, э т о т искренне верил во всю здешнюю муть — но не было времени мягко и душевно проводить среди него должную пропаганду. Мазур прижал лезвие — чтобы расслоило верхний слой кожи и появилась кровь. Почувствовав боль, «апостол» по-детски взвизгнул:

— Не надо!

— К Варфоломею, мразь!

Джен, озираясь, замыкала шествие. Никто им так и не попался по пути. Поворот, лестница на второй этаж, повсюду их дурацкие иконы... И надо же было угодить в это логово, мимоходом упрекнул себя Мазур, как по ниточке вышли...

— Постереги его,— бросил он Джен, распахнул дверь.

Варфоломей, пристроив наушники на гриву, сидел перед пультом небольшой, но мощной рации (над которой висела очередная икона, изображавшая некую помесь лемура с орангутангом, облаченную в оранжевую мантию). Он все еще говорил:

— ...волосы темные, до плеч, одета...

— Эй! — окликнул Мазур.

Варфоломей обернулся и отчаянно завизжал в микрофон:

— Помогите!

— Стих,— сказал Мазур, даже не дернувшись вырвать у него микрофон — все равно поздно.— Шасть ГПУ к Эзопу — и хвать его за жопу. Мораль сей басни ясен — не надо больше басен...

И точным ударом ноги отправил вскочившего Учителя в угол. Наушники слетели у него с головы. Мазур неторопливо выдвинул плечевой упор автомата и с чувством прошелся им по рации, вмиг превратив в абстрактную скульптуру. Погасли лампочки, разлетелись обломки пластмассы, в завершение Мазур вырвал из разъемов все провода, какие нашлись. Оторвал один вовсе, обмотал шею Учителя и ласково спросил:

— Удавить?

Тот отчаянно замотал головой. Волосы полезли в глаза Мазуру.

— Погоны носишь, сука? — спросил Мазур.

— Меня заставили... прилепились к благому делу... уловив в сети свои на слабости натуры...

— Где Боярин? — спросил Мазур.

— В Шантарске... Меня предупреждали о вас, не о вас конкретно, о выходящих из тайги... особенно о тех, чей вид отличается от обычных странников в местах сих... И напоминали не единожды, в последние дни особенно...

— Оружие есть? — спросил Мазур.— Или какая-то охрана?

— Ничего и отдаленно похожего...— прохрипел Варфоломей.— Пойми ты, я уловлен в сети и в марионетку превращен, но духовные мои чада не ведают...

— Крепенько это в тебя въелось,— не без одобрения сказал Мазур.— Чтобы и на блиц-допросе нести свою херню...

— Молю вас...

Мазур отмахнулся. Отпустил Варфоломея, огляделся и решительно принялся кромсать ножом на длинные полосы алый балахон Учителя, сделанный из натурального плотного шелка. Варфоломей ежился, сидя на корточках и задрав руки вверх, словно на примерке у портного. Следовало бы вырубить его, но Мазур пожалел — еще перешибешь пополам сморчка...

— Ну вот,— сказал он, уложив связанного Учителя на пол и подхватив оставшиеся полоски.— Лежи и медитируй, а я взмываю в астрал...

В коридоре он столь же быстро связал «апостола». Джен, стоявшая на страже с пистолетом наизготовку, спросила:

— Настучал?

— Ага,— кивнул Мазур, поднимаясь с корточек. Повесил автомат на плечо.— Все, сматываемся. Посмотрим, что у них есть в гараже.

В коридоре было тихо и пусто. Издалека доносились нежные переливы флейты, выводившей тот же незатейливый мотив.

ГЛАВА ДВАДЦАТЬ ДЕВЯТАЯ

У КОШКИ — ДЕВЯТЬ ЖИЗНЕЙ

На востоке нежными акварельными красками светилась золотисто-алая полосочка восхода, небо было прозрачно-голубым, невероятно чистым, и зеленое море тайги выглядело только что сотворенным, юным. Пара сидела под могучим выворотнем, у тихо булькающего таежного ключа с чистейшей прозрачной водой, и головка девушки доверчиво прильнула к груди мужчины...

Под рукой стоял снятый с предохранителя автомат, и тут же лежала сумка с бесценным багажом. Увы, несмотря на небывалое очарование восхода, для лирики и романтики как-то не находилось места — Мазур с Джен дремали, прижавшись друг к другу, после выматывающих ночных блужданий, начисто забыв, что природой вокруг можно любоваться, а меж мужчиной и женщиной есть некоторые интересные различия, способные служить любви и удовольствию.

Он в очередной раз открыл глаза, глянул на часы, на тайгу — и безжалостно растолкал девушку. Когда она начала по-домашнему разнеженно, не открывая глаз, отмахиваться и отодвигаться, намочил платок в ледяной воде и приложил к ее лицу.

418

Вот тут она мгновенно встрепенулась:

— Садист...

— Пора,— сказал Мазур.— Кто рано встает, тому Гувер подает...

Спали часа два, не более. Самым беззастенчивым образом выведя из гаража «Газель», они на предельной скорости неслись сначала по лесным стежкам, а потом и по второстепенной асфальтированной дороге — пока не выбрались к сто тридцать пятой федеральной. Там машину решено было бросить. До Вишнегорска оставалось километров сорок, но Варфоломей и его апостол, как только найдут способ привлечь внимание к своему бедственному положению, наверняка поднимут тревогу. Вполне возможно, их освободили вскоре после отъезда Мазура с Джен — какое-нибудь ночное радение, требующее присутствия всего сектантского Политбюро в полном составе... И тревогу они поднимут, как пить дать. Там могла оказаться и запасная рация — или еще какое-нибудь средство связи. В любом случае шантарские шефы Варфоломея, встревоженные прерванным разговором, аларм* сыграли моментально, и машина давно должна была закрутиться на полном ходу...

Так что грузовичок загнали в чащобу, забросали ветками и сухими листьями следы шин — и не без печальных вздохов перешли в пехоту. С полчаса брели по тайге, а потом, когда стало ясно, что до последнего перед Вишнегорском села осталось всего ничего, устроились вздремнуть...

— Холодная какая...— Джен все еще вытирала лицо.

— Не хнычь,— сказал Мазур.— Ты лучше умойся. Родниковая вода — вернейшее средство для сохранения красоты...

— Нет, благодарю... Я отойду по утренним делам?

— Валяй,— сказал Мазур.— А я осмотрюсь...

Он прошел метров тридцать среди замшелых кедров, поднялся на невысокую лысую горушку и поднял бинокль.

Демьяново лежало впереди, как рельефная карта. Горушка располагалась на плоской, заросшей лесом возвышенности, а село привольно раскинулось за круто спускавшейся дорогой, в огромной котловине. Четырьмя рядами по-сибирски вольно стояли избы, окруженные обширными огородами, в центре села виднелось несколько казенных домишек, кирпичных и шлакоблочных, самое высо-

---

* Alarm — тревога, беспокойство (фр.).

кое было в три этажа. Слева, за околицей, виднелся громадной шахматной фигурой вход в шахту — увенчанный конусом куб. Возле него зеленели три «КРАЗа», стояли еще какие-то машины. Над деревней, подрагивая, поднимались из труб столбы раскаленного воздуха — начинали готовить завтрак. Груды белой отработанной породы, образовавшие на западной окраине деревни сущий лунный пейзаж, подвесной мост над речушкой, тянувшейся параллельно крайней улице... Никакого движения Мазур не заметил, хотя на шахте, по уму, давно бы пора начаться рабочему дню. Вдали — длинные складки сопок, а за сопками невидимая отсюда река, а за рекой — город Вишнегорск...

На реке, что характерно, мост — половинка отведена для поездов, половинка для машин. А мост легко может стать идеальной ловушкой, так что обмозговать все нужно ювелирно, чтобы не спалиться в двух шагах от желанной цели. Хватало прецедентов... Даже профессионалы, бывало, расслаблялись, завидев на горизонте сияющие купола своего Града Небесного,— и переставали смотреть под ноги.

Когда он вернулся, Джен, немного посвежевшая, сидела, без всякого удовольствия откусывая от толстенного бруска шоколада — заправлялась по обязанности.

— Итак, фельдмаршал? — спросила она живо.

— Пойдем к дороге,— сказал Мазур.— Я вылезу на всеобщее обозрение и осмотрюсь, а ты будешь подстраховывать. Без стрельбы — разве что будет мой прямой приказ. Не похоже что-то, чтобы в деревне базировалась некая засада — все насквозь просматривается, никаких машин, никакой суеты... В общем, по обстоятельствам. Идеальный выход, пожалуй,— вульгарно отобрать у проезжего машину или мотоцикл. Пока успеет нажаловаться властям, мы уже будем в Вишнегорске...

— А если тебя схватят, когда пойдешь?

— Нет там засады,— сказал Мазур.— Я эфир слушал старательно, а засаду без малейшего радиообмена не организуешь — на таких-то пространствах...

Он оставил Джен и сумку, и автомат — пистолет, правда, у нее забрал. Вышел на потрескавшийся асфальт, прошелся вдоль леса, слегка поеживаясь от утреннего холодка. Впереди виднелся дальний конец деревни — остальное заслонял крутой спуск.

Послышался шум мотора. Со стороны Демьяново прошел разбитый «ГАЗ-53» — пожалуй, захватывать этот агрегат не стоило, еще развалится, не доехав до моста... Водитель мельком покосился на Мазура и равнодушно прибавил газу.

Вряд ли он со стороны выглядел бродягой. Джинсы, правда, кое-где запачканы после достопамятного ночлега в кузове военного грузовика, пятна от смазочного масла въелись намертво. Но куртка была хорошая и дорогая — в тереме Варфоломея они не постеснялись забрать с вешалки на первом этаже коричневую кожанку и серый австрийский пуховичок.

Ага! Мазур выплюнул окурок, присмотрелся. По направлению к деревне довольно бодро катил темно-зеленый «ГАЗ-69» с четырьмя дверцами и выцветшим брезентовым верхом — древняя машина, сто лет уже не выпускают, но в хороших руках и при умелом обхождении кое-где бегает до сих пор.

Оглянулся. Джен, засевшую метрах в пятнадцати от дороги, отсюда не видно — ну и ладушки. Отставая от «газика» метров на триста, катит грузовик со светлой кабиной — кажется, еще один «пятьдесят третий»...

Вышел на краешек асфальта, помахал рукой. В «газике» — двое, но восходящее солнце светит прямо в лобовое стекло, и не рассмотреть толком, кто это...

— Руки! — послышалось практически одновременно со скрипом тормозов.

«Газик» еще не успел остановиться, а справа уже грузно выпрыгнул милицейский капитан, целя в Мазура из «Макарова». Судя по морщинистому лицу, выслужил все сроки.

«Пенсионный фонд тебя, поди, с фонарем ищут, а ты туда же, деревенский детектив»,— зло подумал Мазур, но руки прилежно поднял, не кобенясь, местный Анискин с перепугу мог и пальнуть...

«Газон» стоял прямо против него, и он видел, что водитель — совершенно штатский и на вид, и по одежде, вовсе уж пожилой. Угораздило же! Конечно, сделать его нетрудно...

Грузовик остановился за «газиком». Водитель был в форме, пассажир рядом с ним был в форме, и в кузове теснились рослые автоматчики. Невезеньице...

— В чем дело, начальник? — мирно окликнул Мазур.

Правая дверца грузовика распахнулась, офицер крикнул, не вылезая:

— Помочь, капитан? Что там у вас?

«Значит, они не вместе,— подумал Мазур.— Шанс, стало быть, есть. Нетрудно, конечно, обидеть в доли секунды этого мухомора, рвануть в тайгу — но солдатня, пехота хренова, непременно устроит веселую погоню с шумом и оглаской на весь район...» Больше всего сейчас он боялся даже не попасть в плен — опасался, что у Джен сдадут нервы, полоснет из автомата, и начнется кабаре с половецкими плясками. По рожам видно, хочется им размяться, засиделись, едучи...

Капитан, одышливо хватая ртом воздух, просеменил к Мазуру и нацепил на него наручники — сразу видно, практика у него в этом скучном занятии была небольшая. Подтолкнул стволом:

— Лезь в кабину. Рядом с шофером садись, говорю,— и только после этого обернулся к грузовику: — Езжайте, справились...

Грузовик взревел мотором, объезжая «газон». Мазур сказал:

— Справились-то справились, только к чему такие строгости? Никого не трогаю, ловлю попутку...

— В конторе поговорим,— пропыхтел капитан.

Грузовика уже не было видно. «Газон» покатил к деревне, чихая и дребезжа. Как ни странно, на душе у Мазура было не так уж и печально — видимо, все оттого, что Джен осталась незамеченной, а капитан никакой опасности не представлял.

— Ладно, шериф,— сказал Мазур.— Ты мне стволом в затылок не тычь, насчет высшей меры пока что не было разговора. Знаю я, как эта дива по неосторожности бабахает...

— Документы есть? — спросил капитан неприязненно, но ствол убрал.

— А как же,— сказал Мазур.— Полные карманы.

Водитель косился на него с откровенным страхом. Вокруг потянулись добротные пятистенки, рыжая собака, захлебываясь лаем, старательно гналась за машиной метров пятьдесят, потом отстала. Гнедая спутанная лошадь, высоко взметывая передние ноги, отошла с дороги. Мазур сидел с философским видом, чувствуя локтями кобуру и ножны. Ситуация отнюдь не безвыходная, побарахтаемся...

Машина остановилась возле пристроечки из рыжего кирпича, прилепившейся к углу двухэтажного шлакоблочного здания. Капитан выскочил первым, старательно держа Мазура под прицелом, отступил к крыльцу:

— Выходи. Пошел вперед! Если что — стреляю...

Мазур с самым благонамеренным и законопослушным видом поднялся на невысокое крыльцо. Потянул скованными руками ручку двери. И вошел в комнату, обставленную без всяких претензий,— обшарпанный стол, несколько стульев. Две двери вели в какие-то внутренние помещения. Одна — определенно каталажка, обита железом, с большим глазком. Вторая самая обыкновенная. На столе — черный телефон без диска, в углу — зеленый железный сейф, обычный ящик с примитивным замком.

Капитан вошел следом, распорядился:

— Садись в угол.— Подошел к двери без глазка, постучал: — Товарищ майор...

Оттуда минуты через две вышел, зевая, застегивая рубашку и потирая щеку, еще не проснувшийся толком майор — совсем молодой, лет тридцати. И сонная одурь с него слетела моментально:

— Дмитрич, ты где его взял?!

— А на дороге,— сказал капитан гордо.— Сам вылез. Там солдаты какие-то ехали сзади, он и не ерепенился, голубок...

— А девчонка где?

— Какая? А... Не было никакой девчонки, товарищ майор. Один он.

Взглянув на лицо майора, Мазур безошибочно мог бы перечислить все слова, какие тот собирался сказать младшему по званию, но старшему годами. Однако они так и не прозвучали. Майор помотал головой, стряхивая остатки сна, поморщился:

— Дмитрич, ну ты шляпа...

— Вы ж ориентировали... Как появится...

— Ну, и где ее теперь искать? По тайге? У тебя пара батальонов под рукой есть? — Он повернулся к Мазуру.— Или вы, Кирилл Степанович, с ней где-то встретиться условились?

— Путаете вы меня с кем-то,— сказал Мазур.— Я Степанович, но Виктор. Документы показать?

— Где?

— В правом кармане.

— Дмитрич, возьми. И посмотри заодно...— Он достал из кармана форменных брюк небольшой ПСМ, отступил в угол, весьма толково подстраховывая деревенского шерифа.

Тот старательно охлопал Мазура, вытащил нож из ножен, пистолет из кобуры, повертел в руках:

— Ну, волчара...

— Положи на стол,— нетерпеливо сказал майор.— Документы возьми. Так... Сташук... Надо же, какая серьезная контора обозначена... А что, есть у нас такая? Или сами придумали?

— Я с вами разговаривать не буду,— сказал Мазур.— Вы, простите, не мальчик, должны понимать...

— А с кем — будете?

— С военным комендантом в Вишнегорске.

— Ах, вот что...— поднял брови майор.

— Товарищ майор, пистолет иностранного производства...— встрял капитан.

— Ты, Дмитрич, посиди,— сказал капитан нетерпеливо.— Сядь за стол, посиди, покури... А с полковником Бортко поговорить не хотите, Кирилл Степанович? Или не знаете такого? Я вижу, плохо вы разбираетесь в наших структурах...

— А точнее? — спросил Мазур.

— А точнее — епархия нашего управления простирается от Шантарска и аж до Байкала. А до Байкала еще ох как далеко... Где ваша напарница? Кассеты еще у нее?

— Какие кассеты?

— Ну не гоните вы мне дебила...

— Короче,— сказал Мазур.— Что вам от меня нужно, гражданин начальник? Согласно командировочному предписанию следую своим курсом, и давать вам объяснения касательно чего бы то ни было, простите, не уполномочен. Если у вас есть ко мне претензии, извольте объяснить, в чем грешен.

— Нет у меня претензий,— сказал майор.— Мне нужны кассеты. Я не претендую на все, цели и задачи у нас с вами разные, так что можете поделиться полюбовно. То, что нужно нам, ни к чему вам, и наоборот. И не стройте вы девочку. Я же вас видел в Шантарске, когда вы шли к Ведмедю... Все вы понимаете.

Капитан завороженно слушал — судя по всему, ему сообщили минимум информации, и он только теперь начинал понимать, что столкнулся с какой-то загадкой, неизмеримо превышавшей по сложности все случавшиеся прежде в его районе...

Мазур покосился в окно — «газона» у крыльца уже не было — и сказал:

— Сигаретку дайте, чтобы было, как по избитым шаблонам... Благодарю. О каких вы кассетах говорите, решительно не представляю.

— Ну бросьте вы! — с досадой сказал майор.— Они уже у вас на хвосте. Мы перехватили переговоры, этой ночью, вы здорово нашумели в поселке у сектантов, где-то уже крутятся вертолеты... Сейчас пошел очень простой расклад: кто кого опередит. Наша группа сюда примчится первой или они. Нас с вами вместе положат... Или вы от них такого хамства не ждете?

Вполне возможно, он был предельно искренен. Вот только у Мазура не было приказа делиться добычей — с кем бы то ни было. Пора кончать, пока и в самом деле не примчались «соседи»...

— Где вы оставили девушку?

— Да не было никакой девушки...— подал голос капитан.

Проигнорировав его, майор продолжал:

— Кирилл Степанович, не дурите. У нас мало времени. Наших ребят, каюсь, вы со следа сбили — но это для вас же хуже. Если о н и налетят, не справимся...

— Вот и давайте разойдемся,— сказал Мазур.

— Я д о л ж е н получить кассеты. У меня приказ.

— У меня тоже.

— Вы без нас не сделаете ни черта. Мост они наверняка уже блокировали. По нашим сведениям, сюда переброшено до двух рот, счастье еще, что они тоже сбились, тайга велика... А я даже по рации не могу связаться с нашими — засекут. Подозревал, что вы здесь объявитесь, нет у вас другой дороги, но чтобы так быстро... Примерно к полудню ждали.

— А я как чуял, попросил Федора проехаться...— вмешался капитан, которому, должно быть, чертовски не хотелось оставаться простым статистом — в собственном кабинете, к тому же.

Майор вновь его проигнорировал. Благоразумно держась поодаль, следя за каждым движением Мазура и поигрывая пистолетом, быстро сказал:

— Да прикиньте вы все шансы! Кроме нас, вас сейчас никто не защитит.

— Не привык я как-то, чтобы меня защищали,— сказал Мазур.

— А если ее найдут в тайге? Пока мы тут с вами разводим дипломатию? Вы же...

Он машинально повернулся на стук распахнувшейся двери.

На пороге стояла Подруга Тарзана — растрепанная, раскрасневшаяся, тяжело дышавшая, с висевшей на плече сумкой. В момент секундного замешательства Мазур успел еще мимолетно умилиться.

— Девушка, вам что...— по инерции начал капитан.

Джен крутнулась волчком. Удар подошвой в классическом стиле Ван Дамма швырнул майора к стене, в каковую он и впечатался, потеряв на лету пистолет, когда по запястью ему угодил носок кроссовки. Капитан успел вскочить — но благоразумно замер, увидев направленный ему в живот автомат. Пропыхтел:

— Нападение на сотрудников при исполнении...

— Не надо, он старенький,— быстро сказал Мазур по-английски, увидев, что девчонка готовится для нового удара ногой.— Капитан, вынь-ка ключик от браслеток и мне брось... Тьфу ты, ну и замотался я с вами...— Он освободился от наручников, как цирковой факир.— Ладно, ключик уже не нужен, я и забыл, что умею все это и так снимать... Сядь, дедушка.— И вновь обратился к Джен на соответствующем языке: — Ты как меня нашла?

— Тоже мне, проблема! — фыркнула она, все еще переводя дыхание.— Бинокль был, посмотрела с горы, куда поехала эта развалина... Ну я бежала...

— Сейчас побежишь еще быстрее,— пообещал Мазур, хозяйственно подбирая пистолет майора, кладя нож в ножны, а свой ствол в кобуру.— Поздравляю, у нас опять сидят на хвосте...

Напряженно взиравший на них капитан вдруг открыл рот и с видом человека, внезапно, как громом с ясного неба, настигнутого озарением, охнул:

— Диверсанты! Шпионы!

— Вот именно,— огрызнулся Мазур, заталкивая в камеру стонущего майора.— Где тут секретный объект «три шестьдесят две»? Ну-ка, топай следом. Да пистолетик оставь, где ты видел, чтобы на нарах с пистолетами куковали?

Захлопнул за ними тяжелую несмазанную дверь, подхватил со стола свое удостоверение, подошел и звучно чмокнул Джен в щеку:

— Благодарю за службу. Уносим ноги. Они тут говорили, что мост блокирован, очень может быть, и не врали. Нужно срочно что-то придумать...

И первым вышел на крыльцо. Спустился на нижнюю ступеньку. Сделал два шага и понял, что они оказались в глухом кольце.

Везде — меж ближайшими домами, у бревенчатого магазинчика напротив, возле угла здания — стояли солдаты, те самые, с обогнавшего «газон» грузовика. Мазур узнал парочку физиономий. Рослые, откормленные ребята, в надетых поверх бушлатов брониках, в затянутых пятнистой тканью шлемах-сферах, они стояли, как статуи, расставив ноги, подняв автоматы дулами вверх. Тут же красовался и сам грузовик — а из кабины как ни в чем не бывало выглядывал майор Кацуба, щурясь с видом кота, предвкушающего самое тесное общение с полным сметаны горшком. Такой же поджарый, редкоусый, ничуть не изменившийся за последние недели, пока они не виделись.

— Ну, потеряшки, что стоите? — крикнул он громко и весело.— Вокруг эфир гудит от перенапряжения, конкуренты мечутся, вот-вот нагрянут... Давайте живенько!

Мазур не чувствовал ни радости, ни облегчения. В этой игре слишком часто предавали и его, и Джен, слишком многие оказались врагами, хотя им положено было оставаться если не друзьями, то хотя бы соблюдающими присягу служистами.

Он хотел верить, что все мытарства кончились. И не мог. Никому нельзя было верить. И Кацубе тоже. Правда, вырваться из этого кольца, оценил он взглядом профессионала, нет никакой возможности.

И стоял возле крыльца, словно Лотова благоверная, сознавая, что пора сделать шаг — и не в силах его сделать...

1996

ОГЛАВЛЕНИЕ

От автора 3

Глава первая
СТРАСТЬ ЗАДАВАТЬ ВОПРОСЫ 4

Глава вторая
УЮТНАЯ РОДНАЯ ГАВАНЬ 27

Глава третья
ВЕДМЕДЬ 43

Глава четвертая
НОВЫЕ СЮРПРИЗЫ 58

Глава пятая
ЖУРНАЛИСТКА ПО-ШАНТАРСКИ 71

Глава шестая
А ВАС, ШТИРЛИЦ, ПОПРОШУ ОСТАТЬСЯ... .. 86

Глава седьмая
ПЛОВЕЦ ИЗ ТОПОРА ХРЕНОВЫЙ 101

Глава восьмая
САМЫЕ ДУШЕВНЫЕ РЕБЯТА 115

Глава девятая
ЕСЛИ ДОВЕРИТЬСЯ СОЛДАТАМ... 133

Глава десятая
ПРОФЕССИОНАЛЫ 144

Глава одиннадцатая
ОСТРОВ СОКРОВИЩ, ИНКОРПОРЕЙТЕД 157

Глава двенадцатая
ДОЛОГ ПУТЬ ДО ТИППЕРЕРИ,
ДОЛОГ ПУТЬ 174

Глава тринадцатая
БИЛЕТ В ОДИН КОНЕЦ 181

Глава четырнадцатая
ЗМЕИ ПОДКОЛОДНЫЕ 200

Глава пятнадцатая
НАСЛЕДНИКИ МИЛЛИОНЕРА 218

Глава шестнадцатая
РЕЧНОЙ КОРОЛЬ 235

Глава семнадцатая
ДРУЗЬЯ ЧЕЛОВЕКА 253

Глава восемнадцатая
ЗАГАДКА ЧЕТЫРЕХ ВЕКОВ 264

Глава девятнадцатая
ПОДАРОК ОТ ЗАЙЧИКА 284

Глава двадцатая
КАПКАН ДЛЯ ПОДНЕБЕСНОЙ 296

Глава двадцать первая
СЛЕДУЮ СВОИМ КУРСОМ 308

Глава двадцать вторая
ПРИЮТ УСТАЛЫХ СТРАННИКОВ 316

Глава двадцать третья
КАТИТСЯ, КАТИТСЯ
ГОЛУБОЙ ВАГОН... 325

Глава двадцать четвертая
СОРОК ВОСЕМЬ УТЮГОВ
НА ПОДОКОННИКЕ 343

Глава двадцать пятая

ПРИВЕТ С БОЛЬШОЙ ЗЕМЛИ 364

Глава двадцать шестая

РОМАНТИКИ БОЛЬШОЙ ДОРОГИ 379

Глава двадцать седьмая

ИГРЫ В ПРЯТКИ ПО-АРМЕЙСКИ 390

Глава двадцать восьмая

ТЕРЕМА 404

Глава двадцать девятая

У КОШКИ — ДЕВЯТЬ ЖИЗНЕЙ 418

Александр Александрович Бушков

СЛЕД ПИРАНЬИ

Роман

Макет
  К. Бирюкова

Технический редактор
  Л. Гурьянова

Верстка
  В. Циммерман

Лицензия ИД № 05480 от 30.07.01.
Лицензия ИД № 02040 от 13.06.00.

Подписано в печать 16.05.02.
Формат 84×108$^{1}/_{32}$. Гарнитура «Таймс».
Печать офсетная. Усл. печ. л. 22,68.
Доп. тираж 7000 экз. Заказ № 4399.

Издательство «ОЛМА-ПРЕСС»
129075, Москва, Звездный бульвар, 23

Издательский дом «НЕВА»
199155, Санкт-Петербург, ул. Одоевского, 29

Отпечатано с готовых диапозитивов
в полиграфической фирме «КРАСНЫЙ ПРОЛЕТАРИЙ»
103473, Москва, Краснопролетарская, 16

Алексеев С.
Сокровища Валькирии-3

Есть на Земле Звездные Раны — следы космических катастроф. В одном из таких мест, отличающихся аномальными явлениями, на Таймыре, построен научный город Астролема. Туда в поисках Беловодья, легендарной страны счастья, устремляется журналист Опарин...

Тем временем в Горном Алтае, в Манорайской впадине, ведется глубинное бурение. Мамонт и Дара, как всегда, оказываются там, где Земле, хранящей Соль Знаний, грозит беда.

Латынина Ю.
Саранча

Юлия Латынина — известный экономический журналист. Автор бестселлера «Охота на Изюбря», романов «Разбор полетов», «Стальной король». Безжалостное описание финансовых уловок, неженская манера письма, достоверное знание материала — все это выделяет ее произведения из массы экономических детективов.

В ее новом романе Валерий Нестеренко, крупный московский авторитет, расследует убийство друга — главного технолога небольшого, но очень прибыльного предприятия, на которое претендовали и губернатор, и продажный глава облУВД, и зарубежная фармацевтическая компания.

Маркеев О.
Черная луна

Новая книга молодого писателя является продолжением сюжета романа «Угроза вторжения». Главный герой Максим Максимов, член тайного военного Ордена, возвращается к жизни, чтобы вновь вступить в бой.

Канун президентских выборов. Для одних это время ставок и сделок, для других — выбора жизненного пути и переоценки прошлого, а для посвященных это время Дикой Охоты — бескомпромиссной и беспощадной битвы со Злом. В городе, под которым в любой миг может разверзнуться огненная бездна, закручивается дьявольская интрига, захватывающая в свой водоворот политиков, спецслужбы, сатанистов и посланцев тайных восточных Орденов.

Роман изобилует малоизвестными фактами деятельности спецслужб, тайными доктринами тайных лож, мистическими откровениями и магическими формулами. Все это делает его прекрасным образом романа в жанре «мистического реализма». Только прочитав «Черную Луну» до конца, вы поймете, что не все так просто в сегодняшней жизни и не все так безнадежно.

Норка С.
Русь окаянная

Новая книга автора, известного широкой публике под псевдонимом Сергей Норка, — пожалуй, самое мрачное пророчество уходящего века. Одна из ее частей, «Инквизитор», после опубликования в 1996 году стала настоящей сенсацией и до сих пор пользуется бешеной популярностью в политических кругах России и Европы. Сегодня автор, великолепно владеющий жанром политической фантастики, предлагает читателю нетривиальный ход: самому провести грань между нашей реальностью и вымыслом, весьма на нее похожим.

Алексеев С.
Волчья хватка

Роман известного писателя, как и все предыдущие его книги, поднимает острые проблемы истории России и ее сегодняшнего дня. Захватывающие события разворачиваются на страницах романа: хозяин Урочища — охотничьей базы, — бывший спецназовец, «афганец», принадлежит к старинному сословию ратников-араксов, защитников Отечества, некогда составляющих Засадный Полк преподобного Сергия Радонежского. Каков он сейчас, как живется и служится араксу в наше время?

Тебя не спрашивали, согласен ли ты стать участником этой жестокой игры. Револьвер уже приставлен к виску, и через секунду твой палец должен нажать на спусковой крючок. Ты можешь отказаться, но тогда смерть настигнет тех. кто рядом с тобой, и нет выхода из этого безумного лабиринта. Но в твоих силах изменить правила, направив оружие в сторону тех, кто считает себя вершителями твоей судьбы...

Бакунина Е.
Открытое столкновение

В Москве убит глава столичного банка, в лесу подо Ржевом — пятеро боевиков и депутат Государственной думы. Эти два громких дела ведут разные следователи, которые приходят к общему выводу, что за этими событиями стоит один человек, которого называют между собой Он. Единственная ниточка, ведущая к Нему — два друга, занимающихся поисками останков солдат Великой Отечественной войны.

Погони, перестрелки, взрывы, монастырь в лесу, сто монахов, бывших уголовников, мертвые фрицы в болоте... и настоящие военные действия на линии обороны Москвы, как в далеком сорок первом.

Сафонов Д.
Ласковый убийца

Игра-детектив... Интересное и опасное занятие: неверный ход означает поражение.

Четверо мужчин играют в детектив. Они не знакомы друг с другом; у каждого из них — своя партия.

Они еще не знают, что их судьбы страшным образом переплетены, и виной тому — одна женщина.

Единственная...

Басманов А.
Тихий омут

Остросюжетные произведения, вошедшие в книгу, — «Первая охота «Совы» и «Тихий омут» рассказывают о расследованиях частного агентства «Сова». Распутывая порученные им дела, сотрудники агентства сталкиваются с преступной деятельностью вчерашних работников «невидимого фронта» и милиции.

Ковалев А.
Визит шаровой молнии

Она появилась внезапно, как внезапно влетает в дом шаровая молния, приводя всех в ужас и смятение. Красота Аиды привлекает и женщин и мужчин. Своим обаянием она расположит к себе любого. Некоторые ее способности кажутся сверхъестественными. Но никто не догадывается, сколько жизней и судеб оказалось в этих нежных, девичьих руках. И теперь она решает, кому жить, а кому умирать...

Любимое кресло, шотландский плед и хитро запутанный клубок тайн и загадок — каким заманчивым становится любой вечер с книгами этой серии! Можно не отрываться от интеллектуальной игры (спешить, слава Богу, некуда), ну, может быть, только на секундочку отвлечься и приготовить очередную чашку чая.

Клюева В.
Коварство без любви

Компания друзей волею обстоятельств и из-за незадачливости самой взбалмошной из них — Варвары вынуждена провести несколько дней в валдайской глуши в гостях у представителей бизнеса. Странное поведение хозяев — деловых партнеров — и сторожа недостроенной гостиницы, а потом несчастный случай с ее владельцем заставляют друзей-гостей задуматься, какая роль предназначена им в игре, затеянной хозяевами. Но игра скоро кончается. Буря и дождь пресекают попытки связаться с внешним миром, и смерть бродит где-то рядом...

Григорьева А.

Ожерелье из мертвых пчел

Судьба устраивает новое испытание очаровательной Вике Архангельской — героине уже второго романа А. Григорьевой — «Ожерелье из мертвых пчел» (в романе «Назначаешься убийцей» героиня боролась против обвинения в несовершенном преступлении — и победила!). Бурные и небезобидные события разворачиваются вокруг элитного спортивного клуба «Атлантида», где героиня ведет занятия в секции аэробики.

Тонкие и нервные, как полет ласточки, романы — одна из жемчужин в короне «ОЛМА-ПРЕСС».

Рваная ткань повествования рождает бессчетное число тайн, многие из которых поставят вас в тупик. Вас не покинет ощущение, что здесь все чего-то не договаривают, не раскрывают до конца карт. Отточенный язык авторов и замысловатые хитросплетения судеб их героев (в этих книгах почти нет случайных персонажей) обязательно сделают вас горячими поклонниками этой серии.

Никто не любил милиционеров, кроме самих милиционеров. До недавнего времени, по крайней мере, дела обстояли именно так.

Однако наша суперпопулярная серия «МЕНТЫ» и шедевр с одноименным названием, недавно обошедший телеканалы ТНТ и НТВ, сделали их настоящими героями нашего времени.